馬自毅 注譯
陳滿銘 校閱

新譯幼學瓊林

三民書局

刊印古籍今注新譯叢書緣起

劉振強

人類歷史發展，每至偏執一端，往而不返的關頭，總有一股新興的反本運動繼起，要求回顧過往的源頭，從中汲取新生的創造力量。孔子所謂的述而不作，溫故知新，以及西方文藝復興所強調的再生精神，都體現了創造源頭這股日新不竭的力量。古典之所以重要，古籍之所以不可不讀，正在這層尋本與啟示的意義上。處於現代世界而倡言讀古書，並不是迷信傳統，更不是故步自封；而是當我們愈懂得聆聽來自根源的聲音，我們就愈懂得如何向歷史追問，也就愈能夠清醒正對當世的苦厄。要擴大心量，冥契古今心靈，會通宇宙精神，不能不由學會讀古書這一層根本的工夫做起。

基於這樣的想法，本局自草創以來，即懷著注譯傳統重要典籍的理想，由第一部的四書做起，希望藉由文字障礙的掃除，幫助有心的讀者，打開禁錮於古老話語中的豐沛寶藏。我們工作的原則是「兼取諸家，直注明解」。一方面熔鑄眾說，擇善而從；一方面也力求明白可喻，達到學術普及化的要求。叢書自陸續出刊以來，頗受各界的喜愛，使我們得到很大的鼓勵，也有信心繼續推廣這項工作。隨著海峽兩岸的交流，我們注譯的成員，也由臺灣各大學的教授，擴及大陸各有專長的學者。陣容的充實，使我們有更多的資源，整理更多樣化的古籍。兼採經、史、子、集四部的要典，重拾對通才器識的重視，將是我們進一步工作的目標。

古籍的注譯，固然是一件繁難的工作，但其實也只是整個工作的開端而已，最後的完成與意義的賦予，全賴讀者的閱讀與自得自證。我們期望這項工作能有助於為世界文化的未來匯流，注入一股源頭活水；也希望各界博雅君子不吝指正，讓我們的步伐能夠更堅穩地走下去。

新譯幼學瓊林 目次

卷二

卷三

卷四

導 讀

一

中國文化源遠流長，燦爛輝煌，它綿延數千年而不絕，在眾多古文明中，唯一能傳承至今，其主要原因之一，是重視教育，形成優良傳統。

兒童教育是教育的中心和重點。早在殷、周時代，就已經為貴族子弟設立了小學。春秋戰國時期，隨著私學的興起，民間開始出現對兒童進行啟蒙教育的機構。到了漢代，這種機構漸趨成熟，稱作「書館」，教師稱「書師」，而且規模也比較大，有些書館的肄業學童多達百人以上。因《周易・蒙卦》中有「蒙以養正，聖之功也」之說，故而後世通常把兒童教育稱為「蒙養」，對兒童進行啟蒙教育的學校稱為「蒙學」，也稱「幼學」，所用教材稱為「蒙養書」或「小兒書」。宋元時期是我國古代蒙學發展的重要階段，不僅學校數量增多，逐漸普及到鄉村，而且在教育內容、方法以及教材等方面，都形成了自己的特點，對後來明清時期的蒙學教育產生了很大的影響。

由於古代典籍浩如煙海，包羅萬象，既有天文地理、花鳥魚蟲各種知識，也有哲學、史學、文學、政治、法律等學說制度，更有體現在其中的價值觀念、道德倫理規範、審美情趣等等，可說博大精深，一般人就是皓首窮經，也難於畢讀，更何況是幼童；加上漢字方塊字的特點，增加了學習的難度。為使初學者盡快入門，掌握初步的道德行為規範和基本的知識技能，即所謂「灑掃、應對、進退之節，愛親、

敬長、隆師、親友之道」，以及「禮、樂、射、御、書、數之文」，我國自古一直重視編寫通俗易懂的蒙學教材，曾由不少著名的學者和國家重臣親自執筆，如迄今為人所知的最早啟蒙讀物便是秦相李斯等編撰的《蒼頡篇》；另有帝王直接過問的，如《千字文》是南朝梁周興嗣奉梁武帝之命編撰的。此外，像東漢的蔡邕，晉朝的束皙、顧愷之，宋代的朱熹、呂祖謙等，也都曾編寫過蒙學教材。據史載，這類著作到唐代就有《急就篇》、《勸學》、《發蒙記》、《啟蒙記》、《開蒙要訓》、《兔園策》、《太公家教》等，它的內容主要是以識字為主，兼及文化知識和倫理道德的教育。可惜除了《千字文》外，這些書均未完整地保存下來，甚且已完全失傳。

有宋以降，蒙學讀物日益增多，呈現大發展的趨勢，這種狀況一直持續到清末民初時期。在總結前人經驗的基礎上，北宋後開始出現分門別類、按專題編寫的讀物。大略而言，有以下五類：(1)識字教學的教材，如《三字經》、《百家姓》等，主要目的是教兒童識字，同時也介紹一些基礎知識。(2)倫理道德的教材，如《童蒙訓》、《少儀外傳》、《性理字訓》等，側重於講授倫理道德規範及待人接物、為人處世的準則。(3)歷史教材，如《十七史蒙求》、《敘古千文》、《史學提要》、《歷代蒙求》等，這些書有的簡述歷史發展的脈絡，有的選輯歷史故事或歷史人物的嘉言善行，既向兒童傳授歷史知識，也對他們進行思想教育。(4)詩詞聲律的教材，如《訓蒙詩》、《小學詩禮》、《聲律啟蒙》等，選擇淺顯易懂的詩歌詞賦及音韻常識，供兒童學習、記誦、模仿。(5)有關名物制度等常識的教材，如《名物蒙求》等，內容涉及天文、地理、人事、鳥獸、草木、衣服、建築、器具等。此外，也有一些涉及面較廣的綜合性讀物，如《龍文鞭影》、《增廣賢文》、《東萊博議》等，其內容或多或少地包含了上述各類。由於這類教材都是為不識字或識字不多的幼童、村夫所編，故一般句子都不長，明白如話，合轍押韻，琅琅上口，便於理解記誦。這樣經過一段時期的學習，使初學者既能讀寫常用漢字，增長知識，在此同時，也濡染、接受了中國文化的歷史觀、宇宙觀、道德倫理規範、價值觀念、行為方式等，逐漸被培養成名副其實的「文化人」。

二

在眾多的啟蒙讀物中，《幼學瓊林》是其中的佼佼者，自編成後便風行全國，歷久不衰。在近代新式教育興起前的數百年間，始終是家喻戶曉、使用最廣泛的蒙學讀本之一，以致當時有「讀了《增廣》（指《增廣賢文》）會說話，讀了《幼學》（指《幼學瓊林》）走天下」之說，可見它影響之大。

《幼學瓊林》原名《幼學須知》，明末程登吉（字允昇，西昌人）原編（一說是明代景泰年間進士邱濬所編），清乾隆年間鄒聖脈加以增補注釋，並更名為《幼學故事瓊林》，簡稱《幼學瓊林》。這裡的「故事」，不是現代漢語中大人給孩子講的童話趣聞，而是「典故」、「史事」的意思。此書又有《成語考》、《故事尋源》等異名，由此可看出它的內容特色。「瓊林」二字寓有兩意：一，「瓊」本意為美玉，「瓊林」即寶庫，含有本書內容搜羅宏富，精湛詳實，美不勝收之意；二，宋代的御花園中有瓊林苑，自宋太宗起，皇帝例在瓊林苑設宴款待新科進士（事見本書卷四〈科第〉的有關注釋），後世遂以「瓊林」喻中進士，書以「瓊林」命名，也含有鼓勵學童努力讀書，早登金榜的用意。

《幼學瓊林》初刊年月不詳，卷首有鄒聖脈乾隆二十五年書於寄傲山房之序。正文四卷（包括增補注釋），另有首卷一，內容為天文圖、地輿圖、河圖、洛書、五嶽圖、冠禮、婚禮、喪禮、祭禮、雜禮，以及孔子、盤古、傳說中的三皇五帝和夏禹、商湯、周文王、周武王、秦始皇、漢高祖，順序以至明太祖的中國歷朝開國皇帝的圖像。一至四卷在版式上皆分上下兩半，有一橫線隔開，下半部分（約五分之四）為正文及注解；上半部分採用小字，包含四項內容：(1)歷代帝王紀（詳列歷朝帝王世系），(2)交接稱謂（詳細介紹「本人」與各有關親屬、友朋、賓主、上下級等等的稱謂、謙稱、敬稱），(3)物類別名（各種常見器物、動植物名稱），(4)往來尺牘（以例文形式介紹各種函札的格式、用語）。扉頁有「寄傲山房塾課」字樣，想是鄒聖脈用以教學授徒的課本。

在眾多蒙學課本中，《幼學瓊林》之所以能脫穎而出，大受歡迎，的確有它獨到之處，約而言之，有以下幾個特點：

㈠內容周徧。舉凡天文、地理、歷史、宗教、科舉、職官、衣食住行、婚喪嫁娶、製作技藝、花木鳥獸、名物制度，以及為人處世之道、立身行事之規、常用習見的字詞成語典故等，幾乎都可以在書中找到，而所選對象又十分精當。在一定意義上，本書猶如一本中國文化知識的小百科全書。

㈡釋文簡練準確。往往少則三、五字，多則不過十餘字，便介紹並解釋清楚一個成語或詞彙。如「無言曰緘默，息怒曰霽威」；「謙送禮曰獻芹，不受饋曰反璧」；「管中窺豹，所見不多；坐井觀天，知識不廣」；「小過必察，謂之吹毛求疵，乘患相攻，謂之落井下石」；「一日三秋，言思慕之甚切；渴塵萬斛，言想望之久」等，言簡意賅，注釋明晰。再如「人笑曰解頤，微笑曰莞爾，掩口笑曰胡蘆，大笑曰絕倒，眾笑曰哄堂」，僅二十六字，說清了不同場合下的五種笑容，類似的情況在書中比比皆是。讀熟了這些句子，也就記住了這些詞語的意義，有事半功倍之效。本書中所講解的語詞，大多數至今仍然習見而常用，如松柏節操、春秋鼎盛、推心置腹、捷足先登、拋磚引玉、管中窺豹、唇亡齒寒、草木皆兵、奴顏婢膝、阮囊羞澀，以及閣下、足下、洗塵、奠儀、祝敬等。其中更有不少格言警句，依然發人深省，勉人奮進，如「老當益壯，寧知白首之心；窮且益堅，不墜青雲之志」、「兼聽則明，偏信則暗」、「與善人交，如入芝蘭之室，久而不聞其香；與惡人交，如入鮑魚之肆，久而不聞其臭」、「他山之石，可以攻玉」、「求士莫求全，毋以二卵棄干城之將；用人如用木，毋以寸朽棄連抱之材」等，都是著例。

㈢通俗實用。我國是禮儀之邦，在文明發展的歷程中，形成十分完整的待人接物、送往迎來、賀喜弔喪、敬老愛幼、尊人謙己的禮節和語詞，讀了本書，不僅懂得許多知識和禮儀，而且可以直接運用於日常生活中，如稱謂有閣下、足下、函丈、西賓、不佞、鯫生；賀男壽曰南極星輝，賀女壽曰中天婺煥；

賀人生子曰嵩岳降神；賀入學曰雲程發軔；問人年齡，說春秋幾何；讚人貌美，言傾國傾城；問人病曰貴體違和，自謂疾曰偶沾微恙；謝人厚禮曰厚貺，自謙禮薄曰菲儀；謝人寄書，曰辱承華翰；謝人致書，曰多蒙寄聲；求人涵容，曰望包荒；求人改文，曰望賜郢斫；弔喪時，勸喪家「節哀順變」，所送錢財謂之「奠儀」等，都是家人、親戚、朋友、師生等人際交往中常見之事和所應有的禮節。教育程度不高者，亦可比照書中文句以及天頭處所附「往來函牘」中列出的各種類型的範文（賀年祝壽、邀請答謝、借錢還貸、弔唁問喪等）及書寫格式，依樣畫葫蘆，應付一般的交際往來、婚喪禮儀。

(四)鄒聖脈的增補注釋得當。《幼學須知》在流傳過程中，先後有過數人加以增補或注釋，以致不同的版本在內容及篇目上皆有差異。鄒聖脈認為前人所注大都支離破碎，決心「汰舊注之支離」、「易新詮之確當」，對正文中語詞、典故的出處來源重新注釋，詳其所當詳，略其所當略，對其中一些比較冷僻艱澀之詞加以解說。相對於其他版本，鄒氏所注所補確實較好，故而程鄒本一出，其餘各本就逐漸湮沒了。辛亥革命後，還出現了費有容的續增本和葉浦蓀的再增本，前者著重於續增民國以後的各種新知，如「名譽為第二生命，法律有三大自由」、「納稅當兵，各完責任，鞠躬脫帽，始盡儀文」之類，後者所增主要仍是人物掌故，但就其內容的精粹與文采來說，均遜於程、鄒本，加之此時新式教育已經普及，教學方法與教材的編寫更趨合理，所以費氏、葉氏的新編本反響也不大。

毋庸諱言，《幼學瓊林》成於明末清初，自然帶有那個時代及文化觀念的深刻烙印，如君為臣綱、父為子綱、三從四德、富貴在天，以及算命卜卦、超舉飛昇等等，隨著社會和科學的進步，它們已逐漸被淘汰了。不過，透過這些在一定時期內真實存在過的東西，仍可以起一些了解古代文化和社會的作用，只是今日讀它，當取其精華而棄其糟粕，相信這樣必有莫大的收穫。

三

本書以光緒十四年（西元一八八八年）新鐫《幼學故事瓊林》（寄傲山房塾課）為底本，刪去首卷各圖及書內天頭處所附的「歷代帝王紀、交接稱謂、物類別名、往來尺牘」，正文部分的文字則參校（程鄒本）的其他版本。校勘中除更正明顯的刊刻錯誤（如士、土、往、住等）外，對各版本中的異字，在不悖文義、邏輯的原則下，採用以底本為主、適當從眾的辦法處理，即不同版本中如該字、詞有多種，則用底本；若有三個以上版本用同一字、詞，則選用該字、詞。但限於篇幅，校勘處不一一加以注明。

正文中鄒聖脈增補的部分依照原樣，置程氏原文之後，以「新增文」標明。注釋部分，由於古今字義有很大變化，加上鄒氏所注偏重於摘引史籍，介紹成語典故的出處，自不免受其藏書、閱讀條件、範圍的限制，有不少典故詞語在詞源上更早於鄒氏引用之書，故而根據實際情況，全部重加詮釋，以適合今人的閱讀需要。如有一時查不到出處的，則存疑並加注說明，以求教於方家。對鄒氏注釋及原文中人名、地名、引用史料有錯誤之處，加注說明。

馬自毅

一九九七年二月

原序

欣逢至治，擢取鴻才，時藝之外，兼命賦詩，使非典籍先悉於胸中，未有揮毫不窘於腕下者。然華子之《類賦》、姚氏之《類林》，卷帙浩繁，艱於記憶，惟程允昇先生《幼學》一書，誠多士饋貧之糧，而制科度津之筏也。但碎金積玉，原屬無多，則摘艷熏香，應增未備，庶幾文人足供驅使。奈坊刻所補，殊不雅馴，在老成能知去取，固誚續貂；若初學未識從違，反云全璧，一經習染，俗不可醫，即用鍼砭，難痊痼疾矣。爰採彙書，各增編末。文必絕佳，片箋片玉；語期可誦，一字一溓；并汰舊注之支離，易新詮之確當，詳所當詳而不厭其繁，略所當略而不嫌其簡，務歸明晰，一閱了然，如藍田之琬琰，元圃之琳瑯，能令見者寶之，各欲私為祕枕，因顏之曰「瓊林」。覽是書者，其以余言為不謬否？時乾隆二十五年歲在庚辰仲春上浣。

霧閣鄒聖脈梧岡氏書於寄傲山房

卷一

電之神㉙，望舒是月之御㉚。甘霖、甘澍，俱指時雨㉛；玄穹㉜、彼蒼㉝，悉稱上天。

【章　旨】本節從宇宙誕生、開天闢地講起，引用大量中國傳統哲學觀念和神話傳說，說明宇宙起源以及日月星辰、雷電風雨等自然現象，從中顯現出中華民族之先祖們對這些問題的思考與認識。

【注　釋】❶混沌　古人想像中宇宙形成前的狀態，即陰陽未分時的「元氣」之狀。❷乾坤始奠　陰陽天地分開確立。乾，天，陽。坤，地，陰。《易·說卦》：「乾，天也。坤，地也。」奠，定。❸氣　即元氣。❹五星　指金、木、水、火、土五星。❺七政　古書中「七政」所指不一，此指日月及五星。見《史記·五帝本紀》裴駰集解。❻三才　天、地、人。《易·繫辭下》：「有天道焉，有人道焉，有地道焉，兼三才而兩之。」天能覆蓋萬物，地則承載萬物，而人為萬物之靈，助天地之所不及，故合稱「三才」。❼日為眾陽之宗二句　太陽是所有陽性事物的根本，月亮是一切陰性事物的象徵。皇甫謐《年曆》：「日者，眾陽之宗。月，群陰之宗。」案：此處的「陰」、「陽」指陰陽二氣。陰陽是中國古代哲學的基本概念之一，本意指日照的向背，向日為陽，背日為陰，後遂用以指兩種互相對立而又互補的勢力或屬性。凡動的、熱的、向上的、向外的、明亮的、強壯的、亢進的為陽；凡靜的、寒的、在下的、向內的、晦暗的、減退的、虛弱的為陰，並認為陰陽的交替相互作用是宇宙的根本規律，逐漸引申應用於自然現象、社會關係、倫理道德、人生、身體等一切領域。本書的〈天文〉、〈地輿〉、〈歲時〉、〈君臣〉、〈父子〉、〈夫婦〉、〈人事〉、〈器物〉等各卷各節，都或隱或顯地體現了這個概念。宗，根本；首腦。象，象徵。❽螮蝀　虹的別名。見《爾雅·釋天》。❾淫氣　古人認為虹是由天地間的邪惡之氣所形成。《釋名·釋天》：「虹又曰螮蝀。陰陽不和，婚姻錯亂，淫風流行，則此氣盛。」淫，邪惡；浸淫。❿月裡蟾蜍　傳說月中有蟾蜍，乃后羿妻嫦娥偷吃西王母仙藥奔月所化成。見《後漢書·天文志上》劉昭注。⓫月魄　月初生或圓而始缺時不明亮的部分。在此泛指月。⓬風欲起而石燕飛　傳說中零陵山有許多石燕，每逢風雨時群起而飛，雨止又變回石頭。見《水經注·湘水》。⓭天將雨而商羊舞　據《孔子家語·辨政》載：齊有一足之鳥，飛集於宮廷，齊侯遣使問孔子，孔子回答說：此鳥名商羊。古時有個兒童，屈一足而跳，並且唱歌說：「天將大雨，商羊鼓舞。」現在齊有此鳥，將有大雨。商羊，即「一足鳥」。⓮旋風名為羊角　羊角是旋風的別名，因風盤旋如羊角而得名。見《莊子·逍遙遊》成玄英疏。⓯閃電號曰雷鞭　在自然界中，閃電和雷聲是同時的，因光速比音速快，所以人先看到閃電，然後聽到雷聲。古人不明此理，以為閃電在雷聲之前，便把劃破長空，發出耀眼之光的閃電看成是雷神在揮動鞭子。《淮南子‧原道》：「使風伯掃塵，電以為鞭策，雷以為車輪。」⑯青女乃霜之神　青女是神話中的霜雪之神。《淮南子‧天文》：「青女乃出，以降霜雪。」高誘注：「青女，天神，青霄玉女，主霜雪也。」⑰素娥即月之號　素娥，即嫦娥。因有嫦娥奔月的傳說，故亦以「素娥」代月。見《文選‧月賦》李周翰注。⑱雷部　古人認為打雷閃電刮風下雨都有各種各樣的鬼神掌管，各部門如同人間的衙門，主管打雷的即「雷部」。⑲律令　《搜神記》載：律令為周穆王時人，疾走如飛，死後成為雷部小鬼。⑳車　指司雷雨之車，也叫雷車。見《莊子‧達生》。此車需童男或童女推挽而行。㉑阿香　即雷部推車之女子。見《續搜神記》。㉒雲師　雲神。語見張衡〈思玄賦〉。㉓豐隆　雲神之名。見〈離騷〉王逸注。㉔滕六　雪神。見牛僧儒《幽怪錄》。雪花多為六瓣，故名。㉕欻火　火光一現。古代有「雷者火也」之說，見《論衡‧雷虛》。故用欻火為雷部掌雷火之鬼名。欻，晃動。㉖謝仙　雷部掌雷火之鬼。見歐陽修《集古錄‧跋尾》。㉗飛廉　神禽。鹿身，頭如雀，有角，蛇尾豹文，能致風，為風神。見〈離騷〉王逸、洪興祖注。㉘箕伯　箕，箕星。主簸物，能致風氣，故也為風神。因其為長，長者又可稱伯，故又稱箕伯、風伯。見《文選‧思玄賦》李善注。㉙列缺乃電之神　閃電劃破長空，如同將天撕開裂口，故用作電神名。列缺，天上的裂縫、天門。見《楚辭‧遠游》注。㉚望舒是月之御　指望舒是月神的車夫。見〈離騷〉注。御，此處指駕駛車馬者。㉛甘霖甘澍二句　甘霖、甘澍，二者都有及時雨之意，故用以指「時雨」。甘霖，指久旱而雨，語見迺賢〈仙居縣杜氏二真廟〉詩。甘澍，指時雨滋生萬物，語見《後漢書‧段熲傳》。㉜玄穹　幽遠高渺的天空。語見張華〈壯士篇〉。玄，幽遠；黑色。穹，天空的代稱。古人認為天空的形狀是中央隆起而四周下垂，故稱。㉝彼蒼　指天。地球外面包有大氣層，從地面上看為青藍色，所以《詩‧秦風‧黃鳥》有「彼蒼者天」的句子。蒼，深青色。

【語譯】混沌的元氣一經開闢，天地陰陽便從此分定。那元氣中輕靈清純的部分向上浮升，形成了天；厚重混濁的部分凝結在下面，那便是地。太陽、月亮以及金、木、水、火、土五星，並稱為「七政」；天、地和人，合起來叫做「三才」。太陽是眾陽的宗主，月亮是太陰的象徵。虹的別名叫蝃蝀，由天地之氣交匯浸淫而形成；月宮裡的蟾蜍，是月亮的精華所凝聚而成的。風欲起時，石燕高飛；雨將下時，商羊亂舞。風勢回轉盤旋，彷彿彎曲的羊角；閃電劃破長空，如同雷神揮動鞭子。青女是主管降霜的神靈，曝，矖。忱，情意；真誠的心意。⑯託人轉移二句　謂託人之力而改變或挽回已極艱難危險的局勢或事情，叫全賴「回天之力」。回天，轉移不易挽回的形勢。見《後漢書・梁統傳》。⑰再造　猶再生、重生。一般用於對重大恩惠的感謝。《宋書・王僧達傳》：「再造之恩，不可忘屬。」⑱二天　一般而言，「天」只有一個，若對人有極大的恩德和庇護，如第二重天，故比作「二天」。語見《後漢書・蘇章傳》。⑲冰山　冰凍結成的山。冰山看似高大，但遇太陽即融化，故以此比喻不長久之事，也指不足依靠的勢力。《開元天寶遺事・依冰山》：「汝輩以謂楊公之勢，倚靠如泰山；以吾所見，乃冰山也。」⑳天壤　天地之別。《抱朴子・論仙》：「為其不同，已有天壤之覺、冰炭之乖矣。」壤，土壤；大地。㉑晨星謂賢人寥落　語本謝脁〈京路夜發〉詩：「曉星正寥落。」謂賢人稀少如黎明時的星。寥落，稀疏冷落。㉒雷同　雷聲都是相同的。以此指人無獨立見解，人云亦云。語見《禮記・曲禮上》。

【語　譯】雪花六瓣，紛紛飛揚，是豐年的預兆；太陽升起，有三竿之高，是說時間已很遲了。蜀犬向著太陽狂吠，比喻人識見有限，少見多怪；吳地的水牛看到月亮便氣喘吁吁，用來嘲笑人畏懼太過。盼望殷切，好比大旱之年企盼天空的雲霓；受恩極深，如同萬物得到雨露的滋潤。參星與商星，此出彼沒，永不相見；牛郎和織女，隔河相望，每年七月初七的夜晚才能見一次。后羿的妻子嫦娥，成仙升天，飛到月宮裡；傅說死後，他的精神寄託於箕、尾二星之間。「披星戴月」，是說日夜操勞，艱苦異常；「沐雨櫛風」，是說奔波在外，倍極辛苦。事情在無意中完成，如同浮雲「無心出岫」；恩澤廣泛施行，就像「陽春有腳」。送人禮物應當自謙，說自己斗膽仿效「獻曝之忱」；託人挽回扭轉已處劣勢的事情，說全靠您的「回天之力」。感激救死的恩情，說「再造」；稱頌再生的德澤，說「二天」。看似堅固，實則容易消亡的情勢或權力如同「冰山」；事物懸殊極大，彷彿一天一地，可稱「天壤」之別。賢德之人因稀少罕見，比作「晨星」；人云亦云，言語相似，則以「雷同」來形容。

心多過慮，何異杞人憂天❶；事不量力，不殊夸父追日❷。如夏日之可畏，是謂趙盾；如冬日之可愛，是謂趙衰❸。齊婦含冤，三年不雨❹；鄒衍下獄，六月飛霜❺。父仇不共戴天❻，子道須當愛日❼。盛世黎民，嬉遊於光天化日之下❽；太平天子，上召夫景星❾慶雲❿之祥。夏時大禹在位，上天雨金⓫；《春秋》、《孝經》既成，赤虹化玉⓬。箕好風，畢好雨⓭，比庶人願欲不同；風從虎，雲從龍⓮，比君臣會合不偶⓯。雨暘時若⓰，係是休徵⓱；天地交泰⓲，斯稱盛世。

【章旨】古人認為人與天地相通，「人道」（社會規律、道德等）應當合於「天道」（自然規律），有違背者，將受到天的懲罰。本節引用歷史故事與神話傳說，講「天人相合」、「天人感應」之理。

【注釋】❶杞人憂天　《列子・天瑞》載：古時杞國有個人終日擔心天將墮落，砸死自己，以致吃不下飯、睡不著覺。後人以此比喻不必要的或無根據的憂慮。❷事不量力二句　相傳夸父是古代神話中的神，他想追太陽，越走近太陽越熱，渴極欲飲，以致喝乾了黃河與渭水，仍未解渴，便想去北方找大河，但還未到達，就在路上渴死了。見《列子・湯問》。後人遂以此比喻做事不自量力。殊，此處作差別、不同解。❸如夏日之可畏四句　指趙衰、趙盾父子性格之不同，一和藹可親，如冬日之陽光；一嚴厲暴躁，如夏日之驕陽。見《左傳・文公七年》。趙衰（？～西元前六二二年），春秋時晉國之卿。隨從公子重耳流亡在外十九年，助重耳回國即位（即晉文公）。晉文公作三軍，謀求元帥，他推薦郤穀；文公命他為帥，辭位不就，讓於他人。趙盾，趙衰子。晉國執政，有才幹。❹齊婦含冤二句　《漢書・于定國傳》載：東海（古齊國）有位善良的少婦，丈夫死後不改嫁，專心侍奉婆母，婆母不忍心連累她，便自殺身死，小姑卻控告嫂嫂殺母，少婦含冤服罪，獄吏為她辯白，郡守不聽，殺婦抵命，上天因而震怒，三年不下雨，該郡因而大旱。後任郡守察明原因，到她墓前祭奠，天才下雨。❺鄒衍下獄二句　相傳鄒衍在燕國時，燕昭王築碣石宮，拜他為師，昭王死，繼位的惠王聽信讒言，把鄒衍關進監獄，鄒衍有冤難白，仰天而哭，當時正是六月盛暑，天卻忽然降霜。見《初學記・天部》。此後，「六月飛霜」便成為「冤獄」的典故。鄒衍（亦作「騶衍」），戰國末年哲學家。齊國人。歷遊燕、魏、趙等國，受到諸侯尊禮。❻父仇不共戴天　對有殺父之仇的仇人，不能同在一個天底下生活，必須拚個你死我活。表示仇恨極深，誓不兩立。語本《禮記・曲禮上》。❼子道須當愛日　指父母年事高，不可能與子女共守一生，故而做兒女的，應該珍惜父母健在的日子，孝敬老人。《法言・孝至》：「孝子愛日。」子道，做兒子的準則。愛日，珍惜光陰。❽盛世黎民二句　指太平盛世時，百姓可以盡情嬉戲遊樂。黎民，平民百姓。光天化日，喻太平盛世。陸隴其〈答仇滄柱太史書〉：「不才庸吏得於光天化日之下，效其馳驅。」❾景星　星名。一云德星。形如半月，在夜晚增添光亮。據傳說在王者政教無私、精誠動天時，便會出現。見《文子・精誠》。❿慶雲　五色彩雲。是祥瑞的象徵。王者德行高尚時，天空中便有慶雲。《漢書・天文志》：「慶雲，喜氣也。」⓫夏時大禹在位二句　《竹書紀年》載：夏朝時大禹治水，歷經數年而告成功，感動上天，連降三天三夜的金子，又降三天三夜的稻穀。⓬春秋孝經既成二句　據《搜神記》載：孔子編寫《春秋》、《孝經》兩書完成後，稟告上天，有赤虹自天而下，化成長約三尺的黃玉，上有刻文，孔子跪拜接受。《春秋》，編年體史書。相傳孔子根據魯國史書整理編纂而成。參見本書卷四〈文事〉有關注釋。《孝經》，儒家經典之一。論述孝道及宗法思想。漢代列入「七經」。作者說法不一，以孔門後學所作一說較為合理。本書原作者認為係孔子所作。⓭箕好風二句　相傳箕星主風，畢星主雨，所以《書・洪範》有「星有好風，星有好雨」的說法。箕、畢，二星名。好，喜歡。⓮風從虎二句　虎嘯生風，龍騰生雲。指同類的事物互相感應。語出《易・乾・文言》。⓯偶　偶然。⓰雨暘時若　晴雨應時。語見《書・洪範》。雨是「肅，時雨若」之省，意思是國君為人敬肅，雨就會順時而下。暘是「乂，時暘若」之省，意思是國君處理國政得當，太陽就會順時而出。乂，治。若，順。⓱休徵　美好的徵兆。休，此處作吉慶、美善、福祿解。⓲天地交泰　天地相交，亨通安泰。語出《易・泰》：「天地交，泰。」泰指泰卦。泰卦是下乾上坤（☷☰）之卦。乾是天，坤是地，天下於地，就是天地相交之象，所以泰卦是大通之卦、大吉之卦。彖辭說：「泰，……天地交而萬物通也。」後世因以「交泰」形容時運亨通。這裡的「天地」也含有「君臣」、「上下」之意。

【語　譯】憂慮太過，與杞人憂天沒什麼區別；做事情不自量力，和夸父追日毫無差異。趙盾為人，如夏天的太陽，炎炎似火，人人懼怕；趙衰待人和藹，如冬日的陽光，可親可愛。齊婦含冤而死，上天震怒，以致三年不下雨；鄒衍被捕入獄，在六月盛夏時，卻忽然飛霜。殺父之仇必報，不與仇人生活在同一天日之下；盡兒女之孝心，應當珍惜父母健在的時日，侍奉贍養。興盛太平之世，平民百姓安居樂業，在光天化日之下歡欣嬉遊；太平時期，有才德的皇帝能感召上天，出現景星、慶雲的祥瑞。夏朝時大禹平治水土，功齊天地，使天連下三天黃金雨；孔子編纂成《春秋》和《孝經》，赤虹自天而下，化為黃玉。箕星喜風，畢星好雨，比喻人的欲願各自不同；虎嘯生風，龍騰生雲，說明君臣的會合相得不是偶然的。晴雨適宜，應時而至，這是吉慶福祿的徵象；天地上下相交，通暢平安，便稱得上是太平盛世。

新增文

大圜❶乃天之號，陽德❷為日之稱。涿鹿野中之雲，彩分華蓋❸；柏梁臺上之露，潤浥金莖❹。欲知孝子傷心，晨霜踐履❺；每見雄軍喜氣，晚雪銷融❻。鄭公風，一往一來❼；御史雨❽，既霑既足。赤雹繞樞而附寶孕❾，白虹貫日而荊軻歌❿。太子庶子之名，星分前後⓫；旱年潦年之占，雷辨雌雄⓬。中台為鼎鼐之司⓭，東壁是圖書之府⓮。魯陽苦戰揮西日，日返戈頭⓯；諸葛神機祭東風，風回纛下⓰。東先生精神畢至，可禱三日之霖⓱；張道士法術頗神，能作五里之霧⓲。兒童爭日，如盤如湯⓳；辯士論天，有頭有足⓴。月離畢而雨候將徵㉑，星孛辰而火災乃見㉒。

【章　旨】本節補充介紹各種天象，以及與天象有關的歷史事件和傳說。

【注　釋】❶大圜　即大圓。此處指天。圜，同「圓」。《楚辭・天問》：「圜有九重，孰營度之？」❷陽德　即太陽。古人對太陽有多種稱呼，如陽德、陽精、日精等等，都含有尊崇之意。《文選・謝莊・月賦》：「日以陽德，月以陰靈。」❸涿鹿野中之雲二句　崔豹《古今注・輿服》載：黃帝與蚩尤戰於涿鹿之野，有五色祥雲，金枝玉葉，結成一朵美麗的花，覆蓋在黃帝的身上，後來黃帝就按它們的顏色形狀，製成華蓋。❹柏梁臺上之露二句　《文選・班固・西都賦》：「抗仙掌以承露，擢雙立之金莖。」謂：漢武帝造柏梁臺，作銅柱，上有仙人掌，舉著承接露水的盤子。漢武帝以露水和玉屑飲用，以求長壽。金莖，銅柱。浥，濕潤。❺欲知孝子傷心二句　傳說西周時，尹吉甫聽信後妻讒言，將兒子伯奇趕出家門，孝子伯奇無罪被逐，十分傷心，清晨踏霜彈琴，因此而作〈履霜操〉。見《初學記》引《琴操》。❻每見雄軍喜氣二句　唐李紳鎮守揚州，章孝標曾賦〈春雪〉詩「朱門到晚難盈尺，盡是三軍喜氣消」，以恭維他的軍隊雄壯，喜氣洋洋，致使春雪消融。見《唐才子傳》。❼鄭公風二句　相傳鄭弘早年以打柴為生，得到仙人幫助，早上刮南風，晚上起北風，以便於他運載柴薪，至今風向依然如此，人稱「鄭公風」。見《後漢書・鄭弘傳》注。鄭公，指後漢鄭弘。❽御史雨　唐代顏真卿當御史時，平原地方有冤案，沒有得到公正的判決，天大旱，直至顏真卿前往，秉公執法，天始降雨，人稱「御史雨」。見《舊唐書・顏真卿傳》。❾赤電繞樞而附寶孕　傳說黃帝之母附寶看見赤色電光繞北斗星，於是受感應而懷孕，二十四個月之後生下黃帝。見《帝王世紀》。樞，北斗第一星。❿白虹貫日而荊軻歌　《史記・刺客列傳》載：荊軻入秦刺秦王，燕太子丹將他送到易水邊，荊軻唱道：「風蕭蕭兮易水寒，壯士一去兮不復還。」由於他的精誠感動蒼天，白色長虹便穿過太陽。古人認為這是天下將有非常舉動時的天象變化。因「日」代表君主，故「白虹貫日」常被看作傷害君主的徵兆。⓫太子庶子之名二句　古代以星辰象徵人事，認為三星代表天王正位，中星是明堂正位，即帝王，前星是太子星，後星是庶子星。見《晉書・天文志》。星，指三星。即明亮而接近的三顆星。⓬旱年潦年之占二句　相傳師曠占卜，以雷聲來分辨旱年、潦年。他說：「雷初發時，聲音格格霹靂的，為雄雷，表示旱氣；聲音依依不大霹靂的，是雌雷，表示水氣。」見《太平御覽・天部・雷》。潦，同「澇」。雨水過多。⓭中台為鼎鼐之司　中台星對應人間的公卿宰輔之位。中台，三台星之一。三台星，古星名。也叫「三能」，屬太微垣，共六顆星，兩兩而居。西面二星為上台，中為中台，東面是下台，古人認為中台星對應人間的公卿宰輔。見《晉書・天文志》。鼎鼐，皆炊器。鼐，大鼎。舊時以宰相治理國事，總領百官，如鼎鼐之調和五味，故用以喻宰相之權位。⑭東壁是圖書之府　古時認為東壁星主掌天下圖書，因稱天子的圖書館為東壁。見《晉書・天文志》。⑮魯陽苦戰揮西日二句　據《淮南子・覽冥》載：戰國時，魯陽公與韓構鏖戰，正打得激烈，日已黃昏，於是舉戈向落日一揮，太陽便返回天空。魯陽，楚平王孫司馬子期的兒子。即魯陽文子，封魯陽，故稱魯陽公。⑯諸葛神機祭東風二句　三國時，周瑜想火燒曹操兵營，卻苦於冬天不刮東風。諸葛亮登臺祭風，果然風向轉東，大旗皆向西飄動。見《三國演義》四十九回。諸葛，諸葛亮（西元一八一～二三四年）。三國時政治家，字孔明。早年隱居隆中，留心時事，後被劉備請出，成為劉備的主要謀士。劉備稱帝，任他為丞相。劉禪繼位，他受遺詔輔政，封武鄉侯。當政時期，勵精圖治，賞罰分明，推動西南地區經濟文化發展。曾多次出兵攻魏，爭雄中原，病死於五丈原軍中。纛，大旗。⑰東先生精神畢至二句　傳說東皙通神明，天旱時祈雨，可得三日甘霖。見《晉書・東皙傳》。東先生，指東皙（約西元二六一～三〇〇年）。西晉人，字廣微。少以博學多知聞名，撰《晉書》的〈紀〉、〈志〉，參與汲冢古書的整理，官至尚書郎。⑱張道士法術頗神二句　相傳張楷喜好並精通道術，能夠作五里雲霧。見《後漢書・張楷傳》。張道士，指張楷。東漢人，字公超。隱居弘農，向他求學的人甚多，以致所居之地成市鎮。⑲兒童爭日二句　據說孔子有次在路上走，看見兩個兒童正在爭辯，一個說：「太陽初升時如車輪一樣大，中午則只有盤子那麼大了。這是因為早上太陽離我們近，就大；中午離我們遠，就小。」另一個說：「早晨的陽光很涼，中午時則像沸水般熱。這說明早上太陽離我們遠，所以涼；中午離我們近，所以熱。」孔子不能回答。見《列子・湯問》。⑳辯士論天二句　《三國志・蜀書・秦宓傳》載：蜀國有個秦宓，能言善辯，一次他與吳國的使者辯論有關天的問題，針對吳使提出的「天是否有頭、有腳」的問題，秦宓說：「根據《詩・大雅・皇矣》『乃眷西顧』句，天有頭，在西方；《詩・小雅・白華》云『天步艱難』，所以天有腳。」㉑月離畢而雨候將徵　古人認為畢星喜雨，故當月亮運行的軌道靠近畢星時，就要下雨。《詩・小雅・漸漸之石》：「月離于畢，俾滂沱矣。」離，相並；並列。畢，畢星。㉒星孛辰而火災乃見　據《左傳・昭公十七年》載：這年冬天，「有星孛于火辰」，申須預測諸侯將會有火災發生，到次年五月，宋、衛、陳、鄭等國果真都發生了火災。孛，星芒四出掃射的現象，故而用作彗星的別稱。辰，辰星。

【語　譯】「大圜」是天的別號，「陽德」是日的稱呼。涿鹿之野的彩雲，繡上了華蓋；柏梁臺上的清露，潤濕了銅柱。清晨踏霜操琴，孝子表達了內心的傷悲；傍晚積雪消融，係三軍的雄風與喜氣所致。鄭公風朝南暮北，往復不息；御史兩獄決而降，浸潤旱地。附寶看見赤電纏繞北斗星，由此受孕；荊軻慷慨悲歌，致使白色長虹貫穿太陽。星名有太子、庶子，太子星在前，庶子星在後；雷聲可辨旱年、雨年，雄雷預告旱年，雌雷顯示雨年。三台星中的中台，對應人間的公卿宰輔之位；眾星中的東壁，主管天下的圖書文章。魯陽公與韓構鏖戰激烈，太陽要落向西山了，魯陽公揮戈一指，落日又返回天空；諸葛亮神機妙算，登臺求東風一助，果然風向轉變，旌旗向西飄揚。晉代束皙能通神明，天旱祈雨，他的精神達於上天，果降三日甘霖；東漢張超的法術頗為神妙，能作五里雲霧。兒童爭論太陽的遠近大小，以盤子、熱湯來比喻；辯士談說天體，認為天有頭有腳。月亮靠近畢星，這是將要下雨的徵兆；彗星掃過辰星的軌道，便預示著火災即將發生。

地輿

【題解】地輿，大地。輿，本意是車。地載萬物，故比作車輿。大地承載萬物，養育萬物，是人類的母親，是人賴以生存的根本，農耕時代尤其如此。因而自古以來，人們對大地有特殊的尊崇與情感。華夏民族的先民們在赤縣神州廣袤的土地上辛勤耕耘，生存蕃衍，建立起東臨大海，西靠高山，北接大漠的「中國」，創造了燦爛輝煌的古文明，留下無數優美動人，與土地有關的神話傳說和文學名著。本篇簡介中國的行政區劃、名山大川、壯美景色，以及與山川湖海相關的歷史、神話和成語典故。

黃帝畫野，始分都邑❶；夏禹治水，初奠山川❷。宇宙❸之江山不改，古今之稱謂各殊。北京原屬幽燕❹，金臺是其異號；南京原為建業❺，金陵❻又是別名。浙江是武林之區，原為越國❼；江西是豫章之郡，又曰吳皋❽。福建省屬閩中❾，湖廣地名三楚❿。東魯、西魯，即山東、山西之分⓫；東粵、西粵，乃廣東、廣西之域⓬。河南在華夏之中，故曰中州⓭；陝西即長安之地，原為秦境⓮。四川為西蜀⓯，雲南為古滇⓰。貴州省近蠻方，自古名為黔地⓱。

【章旨】本節介紹中國行政區劃的由來、大概位置與古今地名的異同等。

【注釋】❶黃帝畫野二句　相傳中國的都邑規模由黃帝所劃定。《漢書・地理志》載：黃帝劃野分州，得百里之國萬區，然後經土設井，立步制畝，使八家為井，井一為鄰，鄰三為朋，朋三為里，里五為邑，邑十為都，都十為師，師十為州。黃帝，傳說中我國中原各族共同的祖先。居五帝之首，姬姓，號軒轅氏、有熊氏，生有二十五子，為後世十二姓的共祖。曾戰勝炎帝於阪泉，擒殺蚩尤於涿鹿，被諸侯擁立為天子。相傳中華文化制度，如文字、律呂、算數、醫學、甲子、養蠶、衣裳、舟車、弓矢等，都創始於黃帝時。今陝西省扶風縣境內有黃帝陵。畫，劃分。❷夏禹治水二句　夏禹，亦稱禹、大禹。夏代的建立者，姒姓，名文命，舜時任司空。傳說當時洪水氾濫，禹的父親用堵截法治水未能成功，後來禹採取疏導法，終於治平洪水，被舜選為繼任人。舜去世後即位，建立夏朝，年百歲，死於會稽（今浙江紹興）。見《史記・夏本紀》。今紹興市東南有大禹陵。相傳我國古代的行政區劃由禹制定。當時洪水橫流，不辨區域，禹自冀之西，分為荊、豫、幽、雍四州，冀之東，分為兗、青、徐、揚四州，加上冀，是為九州（「九州」的名稱和地理區域，古書記載略有出入）。見《書・禹貢》、《爾雅・釋地》。❸宇宙　上下四方為宇，古往今來為宙。見《淮南子・原道》注。後世一般作為天地萬物的總稱。❹幽燕　地名。幽，幽州，古九州之一。燕，指戰國燕地，即今河北省北部及遼寧一帶。《爾雅・釋地》：「燕曰幽州。」後來漢武帝置十三州刺史部，幽為其中之一。❺建業　古縣名。東漢末年，孫權改秣陵縣置，治所即今南京市。吳黃龍元年（西元二二九年），遷都於此。❻金陵　即今南京市。戰國時楚邑，秦時改為秣陵。❼浙江是武林之區二句　春秋時，浙江在越國的轄境內，而武林即浙江首府杭州。杭州別號虎林，因其西南有虎林山（古山名，合靈隱、天竺諸山）而得名，唐時避太祖李虎諱，改稱武林。❽江西是豫章之郡二句　豫章為古郡名，漢高帝六年（西元前二〇一年）置，治所在南昌，轄境相當於今江西省，五代時稱吳皋，故豫章、吳皋是江西的別稱。此外，南昌縣（今市）古名豫章，隋朝時改南昌縣置，治所在今南昌市，故「豫章」亦為南昌的別名。❾閩中　古郡名。秦朝設置，治所在冶縣（今福州市），轄境相當於今福建省和浙江省寧海及其以南的區域，秦末廢。❿湖廣地名三楚　秦、漢時，分戰國楚地為東楚、西楚、南楚，合稱「三楚」。衡山、九江、江南、豫章、長沙為南楚，以後設置的「湖廣」曾為其一部分，故稱。湖廣，古行省名。元代置，治所在武昌路（今武漢市武昌），轄境相當於今湖南、湖北、廣西的全部及廣東、貴州的一部分。明代南界廣西南路劃出，另置廣西省。⓫東魯西魯二句　東魯為山東別號，西魯為山西別號。⓬東粵西粵二句　廣東、廣西本古百粵地，故又別稱粵東、粵西，或東粵、西粵。⓭河南在華夏之中二句　指河南地處古九州的中間，因而又名中州。華夏，中國的古稱。亦泛指相對於「蠻夷」部落而言的中原人。華，意為「榮」。夏，指夏朝。中州，古地區名。即中土、中原。狹義的中州指今河南省一帶。⓮陝西

即長安之地二句　秦在統一中國之前，偏處西北陝西一帶，長安即在境內。⓯四川為西蜀　四川就是西蜀。中國古代蜀族在今四川西部曾建蜀國，後歸併於秦，秦於其地置蜀郡。三國時，劉備在成都稱帝，國號漢，史稱蜀漢或蜀，轄境為今四川、雲南、貴州等地。⓰雲南為古滇　雲南古為滇國。滇，古國名。在今雲南省東部滇池附近地區。戰國時，楚將莊蹻至其地，稱滇王，漢武帝時歸漢，此後雲南即以「滇」為簡稱。⓱貴州省近蠻方二句　貴州省靠近南蠻地方，自古以來，簡稱為黔。蠻，我國古代對南方少數民族的泛稱。也稱「南蠻」、「蠻方」、「蠻夷」，部族繁多，言語、習俗不一，散居今我國西南地區。黔，在今貴州省東北部。戰國、秦代時期屬黔中郡，唐代屬黔中道，故用作貴州省的簡稱。

【語　譯】我們中國的疆域，自從始祖黃帝劃分後，才區別了王都、城邑的規模；大禹治平洪水，才確定九州與山川。古往今來，天地間的江河山脈不曾更改，但它們的稱謂卻大不相同。今日的北京是原幽州或燕國的屬地，金臺是它的異號；南京原來叫建業，金陵又是它的別名。浙江省有武林山，春秋時是越國的屬地；江西在漢代歸豫章郡，又曾名吳皋。福建省原屬閩中，湖廣地方本名三楚。東魯、西魯，就是山東、山西；東粵、西粵，即為廣東、廣西。河南省位於中國中原地區的中央，所以叫做中州；長安為陝西首府，古代是秦國的轄境。四川就是西蜀，雲南古為滇國。貴州省靠近南蠻地方，自古以來，簡稱為黔。

東嶽泰山，西嶽華山，南嶽衡山，北嶽恆山，中嶽嵩山，此為天下之五嶽❶；饒州之鄱陽，岳州之青草，潤州之丹陽，鄂州之洞庭，蘇州之太湖，此為天下之五湖❷。金城湯池，謂城池之鞏固❸；礪山帶河，乃封建之誓盟❹。帝都曰京師❺，故鄉曰梓里❻。蓬萊、弱水，惟飛仙可渡❼；方壺、員嶠，乃仙子所居❽。滄海桑田，謂世事之多變❾，河清海晏，兆天下之升平❿。水神曰馮夷⓫，又曰陽侯⓬；火神曰祝融⓭，又曰回祿⓮；海神曰海若⓯，海眼曰尾閭⓰。

【章　旨】本節介紹中國的名山大湖、山海之神，以及由山川湖海之特性歸納引申的成語典故。

【注　釋】❶東嶽泰山六句　五嶽是我國五大名山的總稱，即東嶽泰山、西嶽華山、南嶽衡山、北嶽恆山、中嶽嵩山。見《書言故事・十》。傳說為群神居所，古代帝王常往祭祀。五嶽之說，舊時認為始於堯舜時代，此係漢代經學家牽強附會。據今人考證，當始自漢武帝。五嶽之山，古今略有不同。漢宣帝定以今山東的泰山為東嶽，陝西的華山為西嶽，安徽的天柱山（又名霍山）為南嶽，河北的恆山（曲陽縣西北）為北嶽，河南的嵩山為中嶽。即《爾雅・釋山》中的五嶽。隋代改今湖南的衡山為南嶽，此後遂成定制。明代又以今山西渾源縣境內的恆山為北嶽，清順治年間移祀北嶽於此。後亦成定制。嶽，高大的山。❷饒州之鄱陽六句　五湖是我國五個大湖的總稱，即江西饒州的鄱陽湖、湖廣岳州的青草湖、江蘇潤州的丹陽湖、湖廣岳州的洞庭湖、江蘇蘇州的太湖。見《書言故事・十》。具體湖泊則眾說不一。

❸金城湯池二句　指城堅如金，敵人不可能攻破，池內水燙，敵人不敢靠近，形容城池的險要堅固。見《漢書・蒯通傳》注。湯，熱水。池，護城河。❹礪山帶河二句　指「礪山帶河」是古代封建盟誓之辭。比喻永久不變。《漢書・高惠高后文功臣表序》載：漢高祖分封功臣時訂立盟誓，盟云：「黃河如帶，泰山若礪，國以永存，爰及苗裔。」意思是即使黃河狹得像帶子，泰山小得像磨刀石（比喻歲月悠久），你們的國家還會存在，並且傳給子孫後代。礪，磨刀石。

❺京師　首都的舊稱。《公羊傳・桓公九年》載：「京師者，天子之居也。京者何？大也。師者何？眾也。」❻梓里　代指故鄉。梓，樹名。古代家宅旁常種桑樹和梓樹，桑葉用以養蠶，梓木用以做器具。范成大〈楊君居士挽詞〉：「身倚梓里恭。」❼蓬萊弱水二句　言蓬萊山與弱水，只有神仙才能飛渡。蓬萊，古代傳說中三神山之一。大致方位在今山東省蓬萊縣東的海中。《十洲記》載：「(蓬萊山)對東海之東北岸，周回五千里，外別有圓海繞山。圓海水正黑，而謂之冥海也。無風而洪波百丈，不可得往來，唯飛仙有能到其處耳。」弱水，凡水道由於水淺或當地人不習慣造船而不通舟楫，只用皮筏交通的，古人往往認為是水太弱不能勝舟，因稱「弱水」。見《書・禹貢》。輾轉傳聞，遂有水

弱以致無力負芥或不勝羽毛之說。古籍所載弱水甚多，如《十洲記》、《西遊記》等。❽方壺員嶠二句　《列子．湯問》載：渤海東面有大壑（大而深的溝谷），其中有五山：岱輿、員嶠、方壺、瀛洲、蓬萊，這些山高三萬里，山頂的平地方九千里，兩山之間相距七萬里，山中所居皆神仙。方壺、員嶠，皆神山名。❾滄海桑田二句　據晉代葛洪著《神仙傳》載：有位名叫麻姑的女仙，說她自己已經看見東海三次變成為桑田，海水乾涸，種上桑樹，顯非短時期所能為，意指年齡很大，而後世則比喻世事變遷極大。儲光羲〈獻八舅東歸〉詩：「獨往不可群，滄海成桑田。」❿河清海晏二句　黃河水清，滄海波平，古人認為是天下太平的徵兆。鄭錫〈日中有王字賦〉：「河清海晏，時和歲豐。」晏，平靜；安寧。⓫馮夷　相傳渡河溺死，天帝署為河伯。見《抱朴子．釋鬼》。⓬陽侯　波濤之神。傳說他本是古代諸侯，有罪，自投江，為大波神。見《楚辭．九章．哀郢》注。⓭祝融　傳說中的火神。獸身人面，乘兩龍。有人說他是炎帝的後裔，也有人說是黃帝後裔。見《山海經．海內經》、《山海經．海外南經》。⓮回祿　火神。名吳回。見《左傳．昭公十八年》。一說是祝融弟，一說即祝融。⓯海神曰海若　《博物志》謂：海為百川匯歸，「故海曰百谷王，神曰海若」。⓰海眼曰尾閭　指洩水的孔洞稱海眼，也叫尾閭。南唐劉崇遠《金華子》載：北海縣有人掘地，發現五銖錢，取之不盡。稍後，又見錢中間有塊石頭，上寫：「此是海眼，以錢鎮之。」這人十分害怕，重新掩住洞眼。尾閭，神話中海水匯歸之處。尾，在百川之下，故稱。閭，聚集。水聚集之處，故稱。在扶桑（今日本）之東，有一石方圓四萬里，厚四萬里，海水悉從其下而洩。此即尾閭。見《文選．嵇康．養生論》注引司馬彪語。案：在古代神話中「海眼」與「尾閭」本不是一回事，但二者皆有洩水的石孔之意，所以原作者稱「海眼曰尾閭」。

【語譯】東嶽是泰山，西嶽是華山，南嶽是衡山，北嶽是恆山，中嶽是嵩山，這是中國著名的五大高山；饒州的鄱陽湖，岳州的青草湖，潤州的丹陽湖，鄂州的洞庭湖，蘇州的太湖，這是中國著名的五大淡水湖。「金城湯池」，形容城牆和護城河堅固，不可攻破；山如礪石，與天共存，河似長帶，萬古流長，是帝王分封功臣時的誓盟之辭。皇帝所居的都城，叫「京師」；人們稱自己的故鄉為「梓里」。蓬萊、弱水，遙遠艱險，只有神仙能飛到那裡；方壺、員嶠，山高路遠，是神仙所住的地方。「滄海桑田」，比喻世事變化極大；「河清海晏」，是天下太平的徵兆。水神名馮夷，又一名陽侯；火神叫祝融，又叫做回祿。海神的名字是海若，至於海眼，是海下洩水的洞孔，又名「尾閭」。

岸，佛教語。指徹悟的境界，也叫菩提岸。沈鯨《雙珠記・元宵燈宴》：「道岸先登，天街思陟。」㉕淄澠之滋味可辨　相傳齊國有個名叫易牙的人，善於辨別滋味，能品嘗出淄、澠二水的不同。見《列子・說符》。淄，淄水。即今山東省內的淄河。傳說大禹治平洪水後，因土石黑，數里之內水皆為黑色，故名淄水。淄，也通「緇」。黑色。澠，澠水。古水名，源出於今山東淄博市東北，西北流至博興東南，久湮。據說水味十分甘甜。㉖涇渭之清濁當分　涇水清澈，渭水混濁，當涇水匯入渭水後，二者依然清濁分明。《詩・邶風・谷風》：「涇以渭濁。」《毛傳》：「涇渭相入，而清濁異。」後因以「涇渭分明」比喻對好壞、是非的判定。涇，涇水。在陝西省中部，源出於六盤山東麓，東南流經甘肅到陝西高陵縣境入渭河。渭，渭水。黃河最大的支流，流經黃土高原，挾帶大量泥沙，河水混濁。

【語　譯】希望得到別人的寬容原諒，說請「海涵」；感謝他人的恩澤，說受到「河潤」。浪跡江湖，沒有負擔拖累的人，可稱江湖散人；有豪情壯志者，則是湖海之士。一個人只會問舍求田，那是胸無大志；能夠掀天揭地做大事業者，才是奇才。沒有根由地興起事端，發生意外糾紛，叫做「平地風波」；有獨立精神、擔當大任、毫不動搖者，可稱「中流砥柱」。黑子、彈丸，都以誇張的方式形容很小的地域；咽喉、右臂，則是比喻關鍵部位或重要的地方。勢單力孤，難以完成大事業，可以用「一木焉能支大廈」來比喻；英雄憑他的膽略，則有「丸泥可封函谷關」的自信。做事先失敗、後成功，謂「失之東隅，收之桑榆」；辦事只差最後一點而未能成功，稱「為山九仞，功虧一簣」。「以蠡測海」，比喻人的識見淺薄；「精衛啣石」，則是喻指人做事徒勞無功。「跋涉」，是說行路艱難；「康莊」表示道路平坦。土壤貧瘠、不長五穀草木的，稱「不毛之地」；肥沃豐饒的田野，叫「膏腴之田」。得到某物卻一無所用，就如同獲得不長莊稼的石田；做學問已經大有成就，則可用「誕登道岸」來形容。淄水、澠水的味道不同，放在一起也能辨別；涇水、渭水有清有濁，當它們合流後，依然清濁分明。

泌水樂飢，隱居不仕❶；東山高臥，謝職求安❷。聖人出則黃河清❸，太守廉則越石見❹。美俗曰仁里❺，惡俗曰互鄉❻。里名勝母，曾子不入❼；邑號朝歌，墨翟回車❽。擊壤而歌，堯帝黎民之自得❾；讓畔而耕，文王百姓之相推❿。費長房有縮地之方⓫；秦始皇有鞭石之法⓬。堯有九年之水患⓭；湯有七年之旱災⓮。商鞅不仁而阡陌開⓯；夏桀無道而伊、洛竭⓰。道不拾遺，由在上者善政⓱；海不揚波，知中國有聖人⓲。

【章旨】本節著重講歷史人物的言行舉止及其與山川地輿的關係，由此顯現揚善懲惡的價值觀。

【注釋】❶泌水樂飢二句　此指高人雅士雖然清貧，仍隱居在家，不願做官。《詩・陳風・衡門》：「泌之洋洋，可以樂飢。」謂人雖窮困，以泌水充飢，仍然非常快樂。❷東山高臥二句　《晉書・謝安傳》載：謝安少年時即以才華聞名於世，東晉王朝多次請他做官，皆推辭，隱居於會稽東山，以山水文籍自娛。後世因以「東山」喻隱居之地，「東山高臥」喻隱居不仕。❸聖人出則黃河清　黃河水含有大量泥沙，渾濁不堪，傳說有聖人出現時，黃河水就變得清澈了。《易乾鑿度》：「聖人受命，瑞應先見於河，河水先清。」《文選・李康・運命論》：「夫黃河清而聖人生。」❹太守廉則越石見　相傳在福州府城南海邊有越王石，隱於雲霧中，貪贓枉法的太守見不到。南北朝時南朝宋人虞愿任晉安太守，節儉愛民，以清廉而有才幹著稱，惟有他見到了越王石。見《南齊書・良政・虞愿傳》。❺美俗曰仁里　《論語・里仁》有「里仁為美」之語，後因以稱風俗淳美的鄉里。❻惡俗曰互鄉　《論語・述而》：「互鄉難於言。」意思是互鄉這個地方的人很難和他們交談。後世的人便認為互鄉有惡俗，鄉人互相為惡，所以才會「難與言」。❼里名勝母二句　《史記・魯仲連鄒陽傳》載：曾子有一次走到一個名叫「勝母」的地方，因勝母有不孝之意，便繞開而不進去。曾子，春秋末年魯國人。名參，孔子學生，以孝著稱，提出「吾日三省吾身」的修養方法，主張「慎終追遠」（慎重地辦理父母的喪事，虔誠地追念祖先），被後世尊為「宗聖」。❽邑號朝歌二句　相傳墨子有次乘車而行，當得知前面即將到達的縣邑名「朝歌」時，以其地名有早晨唱歌之意，不合「非樂」之主張，便掉轉車頭返回。見《水經注・

淇水》。墨翟，即墨子（約西元前四八六～前三七六年）。春秋戰國之際思想家，墨家的創始人，名翟，原為宋國人，曾任大夫，後長期居住魯國，聚徒講學。墨子力主「兼愛」、「非攻」，倡導「非樂」、「節用」、「尚賢」、「尚同」，其學說在當時與儒家並稱「顯學」。❾擊壤而歌二句　相傳堯帝時社會安定，百姓衣食無憂，怡然自得。有位老人口含食物，拍著土地，唱道：「日出而作，日入而息，鑿井而飲，耕田而食，帝力於我何有哉。」見《帝王世紀》。擊壤，拍打土地。堯帝，傳說中的五帝之一。號陶唐氏，名放勛，史稱唐堯。相傳他命羲和掌管時令，製定曆法，曾任命鯀治水，未成。接受四岳推薦，以舜為繼承人，經三年考核後，命舜攝位行政。去世後，舜繼位，史稱禪讓。❿讓畔而耕二句　傳說商朝末年文王為西伯時，便以「仁」感化百姓，治理有方，耕地的農夫互讓田界，路上行人互相讓路。見《史記．五帝本紀》。畔，田界。文王，周文王。商末周初周族領袖，姬姓，名昌，商紂時為西伯，亦稱伯昌，一度被囚於羑里（今河南湯陰北）。在位時從周原遷都到豐（今陝西西安西南灃水西岸），在政治、經濟等各方面做滅商的準備，享國五十年。⓫費長房有縮地之方　據《神仙傳．壺公》載：費長房有縮地的法術，能使千里以外之地，縮之即在眼前。費長房，東漢人，是一方士。⓬秦始皇有鞭石之法　傳說秦始皇想渡海去看日出處，苦於無路可行，有神人揮鞭驅趕石頭作橋。見《三齊略記》。秦始皇（西元前二五九～前二一〇年），戰國時秦國國君。秦王朝的建立者，西元前二四六～前二一〇年在位。即位時年僅十三歲，呂不韋等掌權，親政後平定叛亂，免呂不韋職，旋進行統一戰爭，用十年時間消滅六國，建立了中國歷史上第一個統一的中央集權國家。廢除封建割據，實行郡縣制，國家一切重大事務由皇帝決定，統一法律、貨幣、度量衡和文字，派兵北擊匈奴，南定百越，築長城，這些都有助於經濟文化發展。但也實行嚴刑苛法，焚書坑儒，租役繁重，激起人民普遍不滿。死後不久即有陳勝、吳廣起兵，全國響應，秦朝很快滅亡。⓭堯有九年之水患　據說堯帝時洪水氾濫，堯任命鯀（禹的父親）治水，用九年時間仍未成功。見《史記．夏本紀》。⓮湯有七年之旱災　據《淮南子．主術》載：湯時大旱七年，太史占卜後說要以人來祭祀。湯說：「求雨的目的是為民眾，如果要以人來祭祀，應該由自己擔當。」於是剪去頭髮指甲，身披白茅草，在桑林中祈禱，果然天降大雨。湯，商朝的創立者。有才幹，重用人才，作了周全的準備，終於滅夏，建立商朝。⓯商鞅不仁而阡陌開　商鞅（約西元前三九〇～前三三八年），戰國時政治家。衛國人，名鞅，也稱衛鞅，少好刑名之學。秦孝公下令徵求「有能出奇計強秦者」，他入秦，任左庶長，實行變法，令民為什伍，有罪連坐，獎勵軍功、耕織，廢井田，開阡陌，普遍推行縣制，統一度量衡等。因功受封於商十五邑，號為商君，因稱商鞅。商鞅變法奠定了秦富強的基礎，但也侵犯了當權的貴族們的利益，秦孝公死後，被貴族誣害，車裂而死。事見《史記・商君列傳》。舊史家往往指責商鞅變法時採取的措施不合周禮，故為「不仁」。阡陌，田間的小路。也泛指田界。⓰夏桀無道而伊洛竭　相傳桀當政時，伊水、洛水枯竭了。這是上天對夏桀暴虐無道的懲罰，也是夏朝將亡的徵兆。《國語・周語》：「昔伊、洛竭而夏亡。」夏桀是夏朝的末代國君。荒淫無度，殘害百姓。商湯起兵伐桀，大敗夏軍，他逃至南巢（今安徽巢湖西南）而死，夏朝因此滅亡。⓱道不拾遺二句　指路上有失物，而無人拾取，是民風廉直的表現，所以舊時常用作為對統治者政績的讚揚，認為係統治者「善政」所致。《史記・商君列傳》：「行之十年，秦民大悅，道不拾遺，山無盜賊。」⓲海不揚波二句　謂海面風平浪靜，沒有狂風暴雨、驚濤駭浪，這是有「聖人」的象徵。相傳周成王時，越裳氏來朝見周公，說：「天無暴雨，海不揚波，中國一定是有聖人了。」見《韓詩外傳》卷五。

【語　譯】以水充飢，安貧樂道，這是高人雅士隱居在家，不願做官的表示；東山清靜，高枕無憂，則是說辭去官職，以求輕鬆安閑。聖人出世，黃河的水便會清澈；太守廉潔奉公，越王石才會顯現。風俗淳美的鄉里稱為「仁里」，交相為惡的地方，叫做「互鄉」。孝敬父母的曾子，不願進入名叫「勝母」的里巷；主張「非樂」的墨子，車行至名叫「朝歌」的縣邑時，就掉頭而返。堯帝時，黎民百姓怡然自得，拍著土地引吭高歌；周文王治理下的民眾樸實仁義，會互相謙讓耕地。費長房通曉收縮土地、化遠為近的方法，秦始皇時有揮鞭驅趕石頭造橋的奇術。堯帝時洪水為患九年，商湯時旱災肆虐七年。商鞅不仁厚，廢除自古以來的井田制，開阡陌，獎軍功；夏桀暴虐無道，上天使伊水、洛水枯竭，以示儆懲。路不拾遺，是由於為政者治理有方的緣故；海中波浪不揚，便知道中國有聖人了。

新增文

神州曰赤縣❶，邊地曰穹廬❷。白鷺洲，二水中分吳壯麗❸；金牛路，五丁鑿破蜀空虛❹。瀑布嶺頭懸，蒼碧空中垂白練❺；君山湖內翠，水晶盤裡擁青螺❻。浩蕩吳江❼，險稱天塹❽；嵯峨秦嶺❾，高謂坤維❿。雪浪湧鞋山，洗清步武⓫；彩雲籠筆岫，絢出文章⓬。金谷園⓭中，花卉俱備；平泉莊⓮上，木石皆奇。灘之凶，無如虎臂⓯；路之險，莫若羊腸⓰。煙樹晴嵐，瀟湘可紀⓱；武鄉文里，漢郡堪誇⓲。七里灘是嚴光樂地⓳，九折坂乃王陽畏途⓴。將軍征戰之場，雁門、紫塞㉑；仙子遨遊之境，玄圃、閬風㉒。

【章旨】本節化用古典詩詞中的一些名句以及歷史故事，介紹名勝古蹟，文筆十分優美。

【注釋】❶神州曰赤縣　「神州」、「赤縣」都是中國的別稱，常合稱為「赤縣神州」。《史記・孟荀列傳》載：戰國時齊國人鄒衍創「九州」之說，謂「中國名曰赤縣神州，赤縣神州內，自有九州」。❷邊地曰穹廬　古代以穹廬稱遊牧民族居住的氈帳，因它的形狀像天空那樣中間隆起四面下垂而得名。後因用以泛指北方的邊地或少數民族。丘遲〈與陳伯之書〉：「對穹廬以屈膝。」❸白鷺洲二句　李白〈登金陵鳳凰臺〉詩：「三山半落青天外，二水中分白鷺洲。」白鷺洲，古代長江中的沙洲。在今南京市水西門外，長江水流經過此地時被一分為二。吳，今江蘇省在春秋時為吳國的轄境。❹金牛路二句　《水經注・沔水》載：秦惠王想起兵伐蜀，但苦於沒有道路，於是作五石牛，在尾巴上放置金子，詭稱能屙金子，要獻給蜀國，但無路可走，蜀王下令讓五位力士修路開道，路成而秦得以伐蜀。後世因此有詠史詩：「五丁不鑿金牛路，秦惠何由得併吞。」五丁，神話傳說中的五個力士。❺瀑布嶺頭懸二句　李白寫〈望廬山瀑布〉詩：「日照香爐生紫煙，遙看瀑布掛前川。飛流直下三千尺，疑是銀河落九天。」由衷地讚美廬山瀑布，本句即由此化出，將瀑布形容為從藍天中垂下的白絹。練，潔白的熟絹。❻君山湖內翠二句　唐代詩人劉禹錫有〈望洞庭〉詩，描繪洞庭秋夜的湖光山色，詩云：「湖光秋月兩相和，潭面無風鏡未磨。遙望洞庭山水色，白銀盤裡一青螺。」君山，一稱洞庭山。在洞庭湖中，相傳為舜妃湘君遊處，故又稱湘山。劉詩末句寫在皓月銀輝下，遠遠望去，青翠的君山在澄澈寧靜的湖面襯托下，彷彿是晶瑩剔透的銀盤中放置了一顆小巧玲瓏的青螺。意境極美。❼吳江　長江。❽天塹　天然的壕溝。比喻地形險要。《南史・孔範傳》載：隋朝軍隊將渡江，眾人請求備防，孔範說：「長江天塹，古來限隔，虜軍豈能飛渡。」❾嵯峨秦嶺　高大的秦嶺。嵯峨，高峻貌。秦嶺，橫貫中國中部、東西走向的古老褶皺斷層山脈，是中國地理上的南北分界線。廣義的秦嶺西起甘肅、青海，東到河南省中部，包括岷山、終南山、華山、嵩山等。海拔在二〇〇〇～二五〇〇公尺左右。主峰太白山（三七六七公尺），北側斷層陷落，山勢雄偉。山間多橫谷，為南北交通孔道。❿坤維　即「地維」。古人以天為陽、為乾，地為陰、為坤。「地維」指地的四周，亦即使地固定的東西。《晉書・后妃傳》：「德均載物，比大坤維。」因古人認為天圓地方，天有九柱支持，地有四維繫綴。而秦嶺乃相對於我國的中部及東部的平原、丘陵而言，極為高峻，故稱為坤維。⓫雪浪湧鞋山二句　宋人有詠鞋山的詩，云：「飛瓊乘醉出天閶，墜下弓鞋千古存。若使當年添一隻，雪花浪裡浴雙鴛。」「雪浪」句即由此化出。鞋山，在鄱陽湖中，形狀似鞋而得名。步武，六尺為步，半步為武。指相距不遠。後也引申為跟著前人的足跡走，比喻模仿、效法。這裡主要用原意。⓬彩雲籠筆岫二句　這裡套用宋人詠筆山詩：「紫霧凝成應濡墨，彩雲籠處便生花。一天星斗晴光岫，絢出文章自一家。」筆岫，筆山。在河北省境內，因其山巒似筆而得名。岫，峰巒。⓭金谷園　晉代豪富石崇所建的園林。位於距洛陽城六十里的金谷澗中，有清泉茂林、奇花異木、水池假山等。見石崇〈金谷園詩序〉。⓮平泉莊　唐朝宰相李德裕建。園中花石俱奇，其中猶以醉石、醒石為珍貴。見《劇談錄・李相國宅》。⓯虎臂　虎臂灘。古地名，在魚腹縣（今四川省奉節縣）南，地勢險要，水流湍急。漢代楊亮任益州刺史，至此處覆舟，因而當時人又稱為使君灘。見《水經注・江水》。⓰羊腸　彎曲狹窄如羊腸的道路。太行山上的坂道即稱「羊腸坂」、「羊腸」。曹操〈苦寒行〉：

「北上太行山，艱哉何巍巍；羊腸坂詰屈，車輪為之摧。」⑰煙樹晴嵐二句　歷代稱瀟湘有八景：山市晴嵐、漁村落照、江天暮雪、煙寺晚鐘、平沙落雁、遠浦歸帆、瀟湘夜雨、洞庭秋月。見《夢溪筆談・十七》。「煙樹晴嵐」即此八景的約稱。瀟湘是湘江的別稱，因湘江水清深而得名。⑱武鄉文里二句　據《南史・胡諧之傳》載，漢中人范伯年有次與宋明帝論及廣州的貪泉，宋明帝問：「你的家鄉有這樣的泉水嗎？」范答：「臣漢中惟有文川、武鄉、廉泉、讓水。」范伯年是從字面上釋「貪」，相對而言自己家鄉的文、武、廉、讓，並非真有這些地名，而是說家鄉人（包括他本人）為人清廉，講求倫理道德、文治武功。⑲七里灘是嚴光樂地　據說嚴光經常在七里灘垂釣，所以七里灘是他的樂土。見《後漢書・逸民傳》。七里灘，在浙江富春江畔。嚴光，東漢初會稽餘姚（今浙江）人。一名遵，字子陵，曾與劉秀同學。劉秀即位（漢光武帝）後，他改名隱居，劉秀授官給他當，他不接受，歸耕於富春山。⑳九折坂乃王陽畏途　據說漢代益州刺史王陽上任時，路經九折坂，見山道危險，不敢過而返回。後來王尊上任，走過這裡，說：「這就是王陽害怕的地方吧？」隨即命令車夫前進。見《漢書・王尊傳》。九折坂在四川，因其山道險峻多轉折而得名。㉑雁門紫塞　雁門關和長城。雁門，雁門關。故址在今山西省雁門關西雁門山上，東、西峭峻，中路盤旋崎嶇，宋代為防禦契丹重地。紫塞，秦代築長城，所用土呈紫色，故又稱古長城為紫塞。見崔豹《古今注・都邑》。㉒仙子遨遊之境二句　玄圃、閬風，皆神話中的山名，相傳在崑崙山中，瓊樓玉宇，翠水瑤池，是神仙遨遊之處。見《水經注・河水一》。

【語　譯】神州就是赤縣，都是中國的別名；邊地牧民住穹廬，穹廬便成為邊塞的代稱。長江中的白鷺洲，把江水分成兩半，使江南景色分外壯麗；為了得到金牛，五位力士鑿通蜀道，屏障頓失，秦國得以伐蜀。廬山瀑布自山頭飛流而下，似蒼碧的天空中垂下的白練；洞庭湖中的君山鬱鬱蔥蔥，如放置在水晶盤上的青螺。長江浩浩蕩蕩，以其險要而稱天塹；秦嶺巍峨綿延，因它的高峻而稱作坤維。鞋山腳下雪白的浪花奔湧飛濺，洗清了一個個腳印；筆山山峰籠罩著五色彩雲，彷彿巨筆所寫出的絢麗文章。石崇的金谷園裡，栽種著無數名貴花卉；李德裕的平泉莊上，收集了各種奇樹異石。水灘中最凶險的，當首推虎臂灘；山道中最艱難的，莫過於羊腸坂。煙樹晴嵐，是值得記載的瀟湘景色；武鄉文里，是堪可誇耀的漢郡地方。嚴光辭官隱居，在七里灘悠然垂釣；王陽怕死，走到九折坂便畏懼艱險而退回。雁門關、古長城，是將軍征戰、金戈鐵馬的場所；崑崙山上的玄圃、閬風，瓊樓玉宇，是仙子們遊玩的樂土。

歲時

【題解】星移斗換，暑去寒來，一代又一代的先民在生產和生活的現實中，逐漸觀察並認識了月亮圓缺、氣候冷暖、春華秋實、韶華不再等特點和變化規律，於是制定曆法，劃分年節四季，總結生產、生活經驗。這些認識與經驗，經過不斷地思考、提煉，凝結為中國哲學的一些基本概念和體系（如金木水火土及其相生相剋）。此外，在年復一年祭祀祖先、驅趕厲鬼、祈求平安、歡慶豐收等活動中，某些相對固定的儀式代代相承，流傳至今，遂成民俗。本篇即摘要介紹一年中的主要節令、習俗、月象、五方方位、神祇，以及與歲月時令有關的諺語、典故、箴言等。

爆竹一聲除舊，桃符萬戶更新❶。履端，是初一元旦❷；人日，是初七靈辰❸。

元日獻君以〈椒花頌〉，為祝遐齡❹；元日飲人以屠蘇酒，可除癘疫❺。新歲曰王春❻，去年曰客歲❼。火樹銀花合，指元宵燈火之輝煌；星橋鐵鎖開，謂元夕金吾之不禁❽。二月朔為中和節❾，三月三為上巳辰❿。冬至百六是清明⓫，立春五戊為春社⓬。寒食節是清明前一日⓭，初伏日是夏至第三庚⓮。四月乃是麥秋⓯，端午卻為蒲節⓰。六月六日，節名天貺⓱；五月五日，節號天中⓲。端陽競渡，弔屈原之溺水⓳；重九登高，效桓景之避災⓴。五戊雞豚宴社，處處飲治聾之酒㉑；七夕牛女渡河，家家穿乞巧之鍼[22]。中秋月朗，明皇親遊於月殿[23]；九月風高，孟嘉落帽於龍山[24]。秦人歲終祭神曰臘[25]，故至今以十二月為臘；始皇當年御諱曰政，故至今讀正月為征[26]。

【章旨】本節主要介紹一年中的主要節日、習俗及其起源。這些節日、民俗中有不少至今仍是中華民族的主要節日，如春節、端午、中秋等。

【注釋】❶爆竹一聲除舊二句　這二句講「過年」的情形。句本宋代王安石〈元日〉詩：「爆竹聲中一歲除，春風送暖入屠蘇。千門萬戶曈曈日，總把新桃換舊符。」傳說古時有個凶猛可怕的野獸叫「年」，吃人傷畜，為害甚大。天神將牠鎖進深山，一年只許在年終出來一次。於是每到臘月三十晚，家家關門閉戶，挑燈守歲，在門口貼紅紙、放鞭炮來威嚇「年」。「年」一無所得，只能回深山。於是防「年」便變成安安寧寧過年的意思。根據現代民俗學和古文字學，在甲骨文和金文中，年由「禾」和「人」組成，像人在禾下收割或頭頂稻禾之狀。《爾雅・釋天》疏云：「年者，禾熟之名，每歲一熟，故以歲為名。」每屆歲終，豐收的季節剛過，春種的日子將臨，慶祝今年的豐熟，祈求來年的收成；忙碌一年，多日不見的親友聚會，飲食娛樂，逐漸衍為盛節。爆竹，民間習俗中爆竹能驅鬼避邪，嚇跑「年」獸山魈，故過年時燃放。後來便逐漸用於節慶喜宴。桃符，古代認為桃木是五木之精，能壓伏邪氣，鎮制百鬼，所以懸二桃木於門口，上書神荼、鬱壘二神名，以禦凶鬼，此即桃符，每到新年時更換。見《風俗通》。後來因桃木刻畫費事，就逐漸演變為春聯。❷履端二句　踏進一年的第一天，即初一、元旦。張華〈食舉東西廂樂〉詩：「履端承元吉。」履，鞋子。轉意為踩、踏。端，初始。❸人日二句　謂農曆正月初七是人的生日。人日，即人類的生日。此民俗與中國民間傳說中萬物起源有關。東方朔《占歲時書》：「天地初開，一日雞，二日狗，三日豬，四日羊，五日牛，六日馬，七日人，八日穀。」因人為萬物之靈，故又稱「靈辰」。舊俗人日吃七寶羹，以絹綢金箔做成人形飾品，掛在屏風和帳子上，婦女戴在兩鬢，以求吉利。❹元日獻君以椒花頌二句　指元旦那天向國君獻上〈椒花頌〉，以祝平安長壽。元日，元旦。〈椒花頌〉，相傳為晉代劉臻妻陳氏所獻，頌云：「旋穹周迴，三朝肇建。青陽散輝，澄景載煥。標美靈葩，爰採爰獻。

聖容映之，永壽於萬。」見《晉書・列女・劉臻妻陳氏傳》。遐齡，長壽；高齡。❺元日飲人以屠蘇酒二句　古人在守歲時飲屠蘇酒，以除去瘟疫。見《荊楚歲時記》。屠蘇是一種闊葉草，唐代名醫孫思邈每年臘月贈親友鄰里，囑咐他們用酒浸泡，於除夕、元日飲用，可防瘟疫。癘疫，瘟疫。❻新歲曰王春　《春秋》一書，首句即為「元年春，王正月」（魯隱公元年正月），後人注解：「係王於春，大一統也。」於是稱新歲為王春。❼客歲　相對於「主人」而言，「客人」是要離開的，已經離去的一年因稱「客歲」。語見劉世教〈合刻李杜分體全集序〉。❽火樹銀花合四句　此四句出自唐代宰相蘇味道〈正月十五日夜〉詩：「火樹銀花合，星橋鐵鎖開。暗塵隨馬去，明月逐人來。遊妓皆穠李，行歌盡〈落梅〉。金吾不禁夜，玉漏莫相催。」火樹銀花，比喻燈光焰火的絢麗燦爛。舊時多指元宵節燈景。星橋，指護城河上的橋。元宵節城內外無數燈火，倒映在護城河中，遙望如天上星（銀）河，所以護城河上的橋也就被稱作「星橋」。鐵鎖開，舊時的城都有城牆，外環以護城河，平時夜晚城裡戒嚴，護城河上的橋吊起，不准隨便通行，以利於守衛，元宵節前後三天開禁，遊人隨意往來，所以說「鐵鎖開」。金吾，官名。掌管京城的戒備防務。❾二月朔為中和節　唐代宰相李泌請求以二月初一為中和節，取它居春季之中而和緩的意思。令民間釀春酒祭祀，祈求豐年；百官呈上農書，表示以農為本。為唐德宗批准。見《舊唐書・李泌傳》。朔，月球和太陽的黃經相等的時候。在朔日，月球走到地球和太陽之間，和太陽同時出沒，呈現新月的月相。朔總在農曆每月初一前後，因而常稱初一為朔。❿三月三為上巳辰　古時以農曆三月上旬巳日為上巳節。這天百姓群遊踏青，浴於水濱，以春氣除卻病魔，以清水洗滌汙垢，稱為上巳春浴。見《後漢書・禮儀志上》。魏晉後改為三月初三。⓫冬至百六是清明　冬至後第一百零六天是清明節。見《燕京歲時記》。⓬立春五戊為春社　自立春日起，第五個戊日是春社。五戊，即第五個戊日。戊，「天干」之一。天干是中國古代表示次序的符號，為甲、乙、丙、丁、戊、己、庚、辛、壬、癸。常與「地支」（子、丑、寅、卯、辰、巳、午、未、申、酉、戌、亥）配合，以記時。春社，古代春秋兩季祭祀土地神，一般在立春、立秋後的第五個戊日，春祭即為春社，秋祭為秋社。王駕〈社日〉詩：「桑柘影斜春社散，家家扶得醉人歸。」⓭寒食節是清明前一日　在清明的前一天，嚴禁生火做飯，只能吃冷的食物（寒食），叫做寒食節。相傳春秋時晉公子重耳流亡在外十九年，大臣介子推隨從在旁，在缺糧挨餓時，曾割下自己腿上、手上的肉給重耳充飢。重耳歸國當上國君後，大封功臣，惟獨未封介子推，介子推便隱居山中。重耳得知後十分慚愧，派人找他出山，他不願意。為迫使他出來，重耳放火燒山，介子推抱木不出，被燒死，時為清明前一日。重耳遂令每年此日不得生火做飯，以追緬子推。見蔡邕《琴操》卷下。⓮初伏日是夏至第三庚　謂初伏的那一天就是夏至後的第三個庚日。伏，指金氣伏藏之時。舊時五行學說認為，立秋後，金取代了火，由於金害怕火，所以每到庚日必潛伏躲藏。庚，即金。從夏至起第三個庚日為初伏，四庚為中伏，立秋後逢庚日為末伏。「三伏」是一年中最熱的時期。見《太平御覽・時序部・伏日》。夏至，二十四節氣之一。中國古代曆法根據太陽在黃道上的位置，將全年劃分為二十四個段落，即二十四節氣，作為農事活動的依據。其名稱依次是立春、雨水、驚蟄、春分、清明、穀雨、立夏、小滿、芒種、夏至、小暑、大暑、立秋、處暑、白露、秋分、寒露、霜降、立冬、小雪、大雪、冬至、小寒、大寒。夏至日，太陽幾乎直射北回歸線，北半球白晝最長。⑮四月乃是麥秋　農曆四月小麥成熟，故謂之麥秋。見《禮記・月令》。⑯端午卻為蒲節　舊俗在端午節時，將昌蒲切碎，泡入酒中，飲後可避瘟疫之氣，所以端午節又稱為「蒲節」。見《事物原始》。蒲，昌蒲。草藥名。⑰六月六日二句　傳說宋真宗大中祥符四年（西元一〇一一年）六月六日，有天書降下，真宗下詔以這一天為天貺節。見《宋史・真宗紀三》。貺，賜與。⑱五月五日二句　據《提要錄》載：「五月五日午時為天中節。」因其與端午節同一天，常也作端午節的別稱。⑲端陽競渡二句　相傳端午節起源於對屈原的紀念。楚國大夫屈原盡心於國事，卻遭讒見嫉，貶於江南。他於五月五日投汨羅江而死。楚國人民十分感歎傷心，便於這一天造龍舟爭相競渡來救他，以竹筒或樹葉裹米（即粽子）來祭他。見《荊楚歲時記》。競渡，賽船。⑳重九登高二句　《續齊諧記》載：東漢人桓景求學於費長房，有天費告訴桓景：九月九日你家將有災難，並教以避難方法，桓回家囑咐家人以細絹趕製香囊，裝入茱萸，至該日，全家臂縛香囊，登上高山，飲菊花酒，躲過了災難，此後農曆九月九日（重陽）登高、飲菊花酒、插茱萸遂成習俗。重九，農曆九月初九，也稱「重陽」。㉑五戊雞豚宴社二句　這裡講的是社日（春社、秋社）的習俗。在立春或立秋後的第五個戊日，家家戶戶殺豬宰雞，祭祀宴飲。韓愈〈南溪始泛〉詩云：「願為同社人，雞豚宴春秋。」豚，小豬；也泛指豬。治聾之酒，即社日飲用的酒，因可治耳聾而得名。㉒七夕牛女渡河二句　民俗於七月七日晚，牛郎織女渡河相會時，家家婦女在庭院中設香案，對月穿鍼，乞求織女傳授織布繡花的技巧。見《荊楚歲時記》。七夕，農曆七月初七晚上。㉓中秋月朗二句　相傳羅公遠會道術，有一年中秋節，以拐杖化為大橋，領著唐明皇登橋去月宮遊玩。見《楊太真外傳》。明皇，唐明皇。即唐玄宗（西元六八五～七六二年），因謚號為至道大聖大明孝皇帝，故稱。唐玄宗西元七一二～七五六年在位，初期先後任用姚崇、宋璟為相，整頓武則天、韋后專權時的弊政，社會安定，經濟發展，史家譽為「開元之治」（玄宗年號為「開元」）。以後，喜好聲色，寵幸楊貴妃，李林甫、楊國忠相繼執政，吏治腐敗，北方和西北邊鎮節度使掌握重兵，形成尾大不掉之勢。安史之亂爆發，太子亨即位，被尊為太上皇，抑鬱而死。㉔九月風高二句　據《晉書・桓溫傳》，東晉人孟嘉於重陽日隨桓溫遊龍山，帽子被山風吹落。後來，「落帽」便成為重陽登高的典故。㉕臘　本為祭名，在十二月間舉行。見《說文》。始於周代，秦時以十二月為臘月，後世沿襲至今。《新唐書・曆志二》：「以十二月為臘月。」㉖始皇當年御諱曰政二句　秦始皇名嬴政，秦代避其諱，改讀「正月」為「征月」。見《書言故事・十》。

【語譯】爆竹聲聲，送走了舊歲舊事；萬戶千家，換上了新的桃符，以迎接新年。履端，指正月初一元旦；人日，在正月初七，是人類的生日。元旦那天，將〈椒花頌〉獻給君王，祝他長壽；請鄉鄰朋友喝屠蘇酒，以除瘟疫。新歲別名王春，去年則稱客歲。火樹銀花合，比喻元宵節的夜晚燈光焰火絢麗輝煌，交相輝映；星橋鐵鎖開，是說元宵節開禁，放下吊橋，聽任城內外遊人自由往來，觀燈火。二月初一是中和節，三月初三為上巳春浴之時。冬至後第一百零六天是清明，立春後的第五個戊日為春社。寒食節在清明的前一天，初伏日則是夏至後第三個庚日。四月麥熟，稱為麥秋；端午飲蒲酒，故名蒲節。六月初六是天貺節，五月初五稱天中節。端午節龍舟競渡，以悼念溺水身死的屈原；重陽節插茱萸登高，則仿效桓景躲避災難。社日那天，家家戶戶殺豬宰雞，祭祀土地神，還喝可以治耳聾的酒；七月初七牛郎織女渡河相會，婦女們擺上香案，乞求得到織布繡花的技巧。中秋之夜，月色清朗，唐明皇到月宮中遊玩；重陽登龍山，山風將孟嘉的帽子吹落於地。秦國人每年歲終祭神，稱為臘，因此至今稱十二月為臘月；秦始皇名嬴政，秦人避諱，讀「正」為「征」，後世便一直按此讀「正月」為「征月」。

東方之神曰句芒❶，乘震❷而司春。甲乙屬木❸，木則旺於春，其色青，故春帝曰青帝❹。南方之神曰祝融❺，居離❻而司夏。丙丁屬火❼，火則旺於夏，其色赤，故夏帝曰赤帝❽。西方之神曰蓐收❾，當兌❿而司秋。庚辛屬金⓫，金則旺於

周末無寒年，因東周之懦弱；秦亡無燠歲，由嬴氏之凶殘⑩。泰階星平曰泰平⑪，時序調和曰玉燭⑫。歲歉曰饑饉⑬之歲，年豐曰大有⑭之年。唐德宗之饑年，醉人為瑞⑮；梁惠王之凶歲，野莩堪憐⑯。豐年玉，荒年穀，言人品之可珍⑰；薪如桂，食如玉⑱，言薪米之騰貴。春祈秋報⑲，農夫之常規；夜寐夙興⑳，吾人之勤事。韶華㉑不再，吾輩須當惜陰；日月其除㉒，志士正宜待旦㉓。

【章　旨】本節講解與時光、歲月有關的成語典故，強調歲月不返，韶華不再，以勉人珍惜光陰、刻苦勤學。

【注　釋】❶月有三浣四句　唐代制度，官吏每十天休息洗沐一次，後因稱十天為一浣；每月上、中、下旬為上、中、下浣。又稱三澣。見《丹鉛總錄・時序・三澣》。浣，洗濯。❷學足三餘四句　三國時魏國董遇好學，有人說讀書沒時間，董卻說：「學者當以三餘：夜者日之餘，冬者歲之餘，雨者晴之餘。」意指夜晚、冬季、陰雨天都是可用以讀書的餘暇時間。見《三國志・魏書・王肅傳》裴松之注。❸朝三暮四　《莊子・齊物》載：春秋時宋國狙公餵猴子，對猴子說：「早上給三個橡子，晚上給四個。」猴子發怒，狙公又說：「早上四個，晚上三個。」眾猴都高興。朝三暮四或朝四暮三，其實數量相同，所以說是「以術愚人」。後世多用以指反覆無常。❹日就月將　謂為學每日有成就，每月有進步。語出《詩・周頌・敬之》。將，進步。❺焚膏繼晷　晚上點燃蠟燭或油燈讀書。比喻讀書勤奮，夜以繼日。韓愈〈進學解〉：「焚膏油以繼晷，恆兀兀以窮年。」晷，日影。指白晝。❻俾晝作夜　把白天當作黑夜。語出《詩・大雅・蕩》。俾，使。❼虛延　白白度過。❽寒暄　問候起居寒暖的套話。語見班固《漢武內傳》。暄，暖。❾可憎者四句　謂社會上世俗心態，多半嫌貧羨富，趨附權勢，冷落貧賤，令人可憎可厭。人情冷暖，也作「人情冷煖」。見《齊東野語・姚孝錫》。世態炎涼，語見文天祥〈杜架閣〉詩。人情，人心、世情。世態，世俗。❿周末無寒年四句　《漢書・五行志》載：「周失之舒，秦失之急，故周衰無寒歲，秦亡無燠年。」謂東周末年懦弱衰落，使得天不寒冷；秦始皇兇暴殘忍，以致沒有溫暖的歲月。燠，暖。⓫泰階星平曰泰平　古人認為三台星的上階象徵天子，中階象徵諸侯卿大夫，下階象徵士庶人，六星平正則世治，傾斜則世亂。見《晉書・天文志》。三台星共有六顆，兩兩並排成三列，如階梯，稱為泰階。⓬時序調和曰玉燭　古代神話說鍾山之神名燭龍，身長千里，天帝命他銜玉燭照天門，世治則火光明亮，世亂則昏暗，所以後人把國泰民安、風調雨順稱為玉燭。見《山海經・大荒北經》等書。《爾雅・釋天》：「四氣和謂之玉燭。」⓭饑饉　災荒。語見《詩・大雅・雲漢》。穀不熟為饑，蔬不熟為饉。⓮大有　大豐收。儲光羲〈觀競渡〉詩：「能令秋大有。」⓯唐德宗之饑年二句　史載唐德宗時遇災荒，沒有糧食釀酒，有次街上有一醉漢，大家圍觀，以為是吉祥豐收的預兆。⓰梁惠王之凶歲二句　《孟子・梁惠王上》載：孟子對梁惠王說：「塗有餓莩而不知發。」野莩，野地裡餓死的人。莩，通「殍」。餓死之人。⓱豐年玉三句　豐年的美玉和荒年的米穀都極可貴，故用以比喻人品之珍貴。見《世說新語・賞譽》。⓲薪如桂二句　柴價貴如買桂枝，米價貴如買珍珠寶玉。語見《戰國策・楚策三》。⓳春祈秋報　春季祈求上天保祐豐收；秋季收穫後，以豐厚的祭品報答神靈。見《詩・周頌・載芟序》及《詩・周頌・良耜序》孔穎達疏。⓴夜寐夙興　晚睡早起。形容勤勞。語出《詩・小雅・小宛》。㉑韶華　美好的時光。常指春光；也比喻人的青春年華。李賀〈嘲少年〉詩：「英道韶華鎮長在，髮白面皺專相待。」㉒日月其除　指光陰不待人。語出《詩・唐風・蟋蟀》。除，去掉。引申為逝去。㉓待旦　等待天明。謂早起做事，不睡懶覺。《書・太甲上》：「先生昧爽不顯，坐以待旦。」

【語　譯】一月三十天有「三浣」：初旬十日為上浣，中旬十日為中浣，下旬十日為下浣；做好學問，要充分利用「三餘」的時光：夜晚是白晝之餘，冬季是一年之餘，下雨是晴天之餘。以詐術愚弄人，叫做「朝三暮四」；做學問日益進步，稱為「日就月將」。「焚膏繼晷」，形容日夜辛勞；「俾晝作夜」，是說把白天和夜晚弄顛倒了。無所作為而自覺慚愧，可以說「虛延歲月」；與人交談，講些客套話，則稱「少敘寒暄」。趨炎附勢，羨富嫌貧，是人情冷暖、世態炎涼的表現，這是最可憎、可厭的。東周末年沒有寒冷的年代，是因為周王室太懦弱了；秦朝敗亡時沒有溫暖的歲月，則由於秦始皇太兇殘了。泰階的星星平正，象徵國泰民安，謂「泰平」；風調雨順，四時平和，則稱「玉燭」。荒年叫饑饉之歲，豐收謂大有之年。唐德宗時遇荒年，街市上看到一個醉漢，人們都認為這是吉祥的徵兆；梁惠王時有大災荒，城郊野外到處是餓死的人，實在可憐。豐年玉、荒年穀，都用以形容人品的珍貴；薪如桂、食如玉，則用以比喻物價騰貴到了極點。春季祈禱豐收，秋天祭祀報恩，這是農民的常規；夜寐夙興，晚睡早起，是吾輩應當勤勉之事。美好的歲月一去不返，我們理當珍惜光陰；日月時光容易流逝，有志之士應該及時努力。

新增文

寒暑代遷，居諸❶疊運。九秋授御寒之服❷，自古已然；三月上踏青❸之鞋，於今不改。雙柑斗酒，雅稱春遊❹；對影三人❺，僅堪夜飲。五月孤軍渡瀘水，蜀丞相何等忠勤❻；上元三鼓奪崑崙，狄將軍更多妙算❼。二月撲蝶之會❽，洵可樂焉；元正磔雞之朝，必有取爾❾。吳質浮瓜避暑，陂塘九夏為秋❿；葛仙吐火驅寒，戶牖三冬亦暖⓫。豪吟釋子，夜敲詠月之鐘⓬；勝賞君王，春擊催花之鼓⓭。清秋汾水，歌傳漢武之詞⓮；上巳蘭亭，事記右軍之蹟⓯。人日臥含章簷下，壽陽試學梅妝⓰；中秋過牛渚磯頭，謝尚細吹竹笛⓱。寇公春色詩，真可喜也⓲；歐子〈秋聲賦〉，何其淒然⓳。

【章　旨】本節補充介紹與歲時有關的史事、詩文及節令。

【注釋】❶居諸 《詩・邶風・日月》：「日居月諸。」居、諸本是語助詞，後借指光陰。❷九秋授禦寒之服 句出《詩・豳風・七月》：「七月流火，九月授衣。」是說每到九月，就要給在外的親人捎去禦寒的衣服。九秋，指秋季的九十天。❸踏青 春天到郊野遊覽。孟浩然〈大堤行〉：「歲歲春草生，踏青二三月。」舊時多以清明節為踏青節。❹雙柑斗酒二句 《高隱外書》載：戴顒帶兩隻柑一斗酒外出春遊，乘東風，逐柳絮，聽黃鸝鳴唱，雅興十足，後世遂以「雙柑斗酒」作為春日勝遊的典故。❺對影三人 李白〈月下獨酌〉詩：「花間一壺酒，獨酌無相親。舉杯邀明月，對影成三人。」雖是獨飲，但他本人、月亮及他的影子，便成了「三人」。本句源於此。❻五月孤軍渡瀘水二句 語出諸葛亮名作〈前出師表〉：「受命以來，夙夜憂慮，恐付託不效，以傷先帝之明。故五月渡瀘，深入不毛。」瀘，水名。在今四川西南部。蜀丞相，指諸葛亮。參見本卷〈天文〉有關注釋。❼上元三鼓奪崑崙二句 《宋名臣言行錄》載：宋代狄青鎮守廣西，敵將踞崑崙關，元宵節夜，狄大宴賓客，二鼓時狄稱不舒服，暫起入內，不一會兒復出，繼續宴飲，至天明時，忽有人報告：「是夜三鼓，狄將軍已奪崑崙矣。」三鼓，古代擊鼓報時，三鼓即三更，約半夜十二時。❽撲蝶之會 古時民俗，每年二月，長安士女相聚，撲蝶為戲，名為撲蝶會。見《誠齋詩話》。❾元正磔雞之朝二句 《裴氏新語》載：晉人於元旦殺雞宰羊，有人問伏滔為什麼，伏說：「正月土氣上升，草木萌發，羊吃百草，雞啄五穀，故而殺雞宰羊，以助生氣。」本句即此意。元正，正月初一。磔，分裂牲體以祭神。❿吳質浮瓜避暑二句 謂吳質把瓜泡在池水中，使盛夏涼如秋月。見《文選・曹丕・與吳質書》。吳質（西元一七七～二三〇年），三國魏人。有文才，歷官北中郎將、振威將軍、侍中等，封列侯。浮瓜，把瓜果泡在涼水中，起冰鎮的作用。後人因用作伏天消夏行樂之辭。陂塘，池塘。九夏，夏季九十天。⓫葛仙吐火驅寒二句 相傳葛玄冬天請客，口中吐火，一室如春。見《神仙傳》。葛仙，葛玄（西元一六四～二四四年）。三國吳人，字孝先。曾從左慈學道，受太清、九鼎、金液等丹經，於閣皂山修道，道教尊為葛仙翁，又稱太極仙翁。⓬豪吟釋子二句 僧人如滿有〈詠月〉詩，詩成時極為得意，於是夜半撞鐘慶賀。豪吟，豪放地吟詠。釋子，釋迦牟尼之徒，即僧侶。⓭勝賞君王二句 《開元天寶遺事》記：唐玄宗於早春時欲賞名花，命高力士取羯鼓，臨軒縱擊，奏〈春光好〉。曲終回頭觀望，柳、杏等樹果然綻開葉芽花蕾。⓮清秋汾水二句 史載漢武帝秋天遊汾水，作〈秋風辭〉：「秋風起兮白雲飛，草木黃落兮雁南歸。」流傳千載。見《文選・漢武帝・秋風辭序》。⓯上巳蘭亭二句 晉永和九年（西元三五三年）三月三日，王羲之與諸士子集會蘭亭，賦詩興樂，王羲之為詩集寫序，即著名的〈蘭亭序〉。見《晉書・王羲之傳》。右軍，即王羲之（西元三〇三～

三六一年或三二一～三七九年）。東晉書法家，曾官右軍將軍，習稱王右軍。其書法博采眾長，推陳出新，自成一家，人稱其字「飄若浮雲，矯若驚龍」，後世尊為「書聖」。今浙江紹興蘭亭，有他的故居遺址。⑯人日臥含章簷下二句　據說南朝宋武帝之女壽陽公主正月初七（人日）臥含章殿簷下，梅花落在額頭上，變成五色，拂之不去，宮中競相仿效，稱梅花妝。見《太平御覽》卷九七〇引《宋書》。⑰中秋過牛渚磯頭二句　有一年中秋夜，謝尚泛舟牛渚山下的采石磯，遇見袁宏在另一舟上吟詩作歌，便登上袁舟，吹笛唱和，談論達旦。見《續晉陽秋》。謝尚（西元三〇八～三五七年），東晉人，字仁祖。曾官尚書僕射、豫州刺史。⑱寇公春色詩二句　寇準曾作〈江南春〉詞以詠春色云：「波渺渺，柳依依，孤村芳草遠，斜日杏花飛。輕煙淡靄青山外，卻有人家懸酒旗。」明快輕麗，春色喜人。寇公，寇準（西元九六一～一〇二三年）。北宋政治家，曾任宰相，契丹南攻時，力排眾議，堅持抵抗，取得勝利，封萊國公，後遭貶，死於貶所，追諡忠愍。⑲歐子秋聲賦二句　歐陽修作有〈秋聲賦〉：「秋之為狀也，其色慘淡，煙霏雲斂；其容清明，天高日晶；其氣凜冽，砭人肌骨；其意蕭條，山川寂寥。」蕭瑟悲涼，淒然憂傷。歐子，歐陽修（西元一〇〇七～一〇七二年）。北宋文學家，字永叔，號醉翁、六一居士。散文暢達委婉，為「唐宋八大家」之一，詞風婉麗，亦長於史。

【語　譯】寒來暑往，氣候循環交替；日居月諸，歲月飛快流逝。九月授親人禦寒的衣服，古時便已如此；三月做踏青的鞋子，今人依然未改。雙柑斗酒，是春遊的雅事；對飲成三人，是夜晚自斟自飲的景況。諸葛亮在五月率領孤軍渡過瀘水，何等忠貞勤勞；狄將軍元宵節午夜出奇兵奪取崑崙關，有過人的神機妙算。長安二月的撲蝶會，的確是件樂事；元旦早晨殺雞宰羊，必然有其深意。吳質避暑，浮瓜於清泉中，站在池塘邊上，即使三伏盛夏，也如秋天般涼爽；葛玄能夠吐火驅寒，儘管是嚴冬，屋裡仍溫暖如春。僧人如滿，對月吟詩，豪興所至，夜半敲鐘；唐明皇欲賞名花，初春時節，擊鼓催促花開。漢武帝清秋遊汾水，作〈秋風辭〉，流傳千載；上巳節，王羲之與諸名士雅集蘭亭，此事記載於他所寫的〈蘭亭序〉中。正月初七，壽陽公主臥於含章殿簷下，梅花落在額上，十分美麗，宮娥嬪妃都仿做梅花妝；中秋節，謝尚船過牛渚磯頭，與友人吹笛吟詩。寇準的〈江南春〉詞，描摹了嫵媚動人的江南春色，讀來輕靈喜悅；歐陽修的〈秋聲賦〉，寫下了蕭瑟悲涼的秋景，讀來令人淒然。

朝廷

【題解】所謂「朝廷」，是指皇帝、王朝而言，也包括皇族。不直言，是表示尊敬。

中國古代文化的產生和發展與先祖們以農耕為主的生產、生活方式有直接而密切的關聯，帶有鮮明的農業文明的特點，崇尚權威，也需要權威。但它又不像希伯來等文化，沒有絕對的、無所不包的神權，而有其理性色彩。皇帝是「真命天子」，是「龍種」，確有君權神授之意，但「天」、「天命」，又含有宇宙、自然規律的成分，而且在漫長的歲月中，又孕育發展了以儒家學說為主體的倫理道德規範，君主也有他的職責。因此，在中國的政治觀念中，既強調君權至上，無條件服從；也有品評帝王言行的準則，合者為聖君賢主，悖離者是庸君昏君，最下者為獨夫民賊。更重要的是，皇帝本人的所作所為必須合乎天意，合乎倫理道德規範，一旦違背而又不知改悔，天命就會轉移，衡量的標準之一是民心向背。當失去天意民心時，新的承天命者便可以取而代之，如商湯滅夏桀，周武王伐紂等等。由於科學水準的低下，古人在解釋「天命」時，不可避免地帶有迷信的色彩，如各種各樣的祥瑞徵兆，或上天震怒時的饑荒災難、山崩海嘯等等。此外，中國文化讚賞和平、仁愛，反對暴力等特點也顯現在政治學說中，故推崇有道德、行仁義的「王道」，貶抑以武力壓人的「霸道」，哪怕武功赫赫，也算不上聖賢君王。這些觀念通過歷代使用並傳承的尊稱、敬語、常用的表達詞彙以及一些千古流傳的歷史事跡、傳說顯現出來。

本書原作者著眼於對兒童的啟蒙教育，故用詞、舉例雖都極淺顯而習見，但實際上已包含了中國政治觀念的主要部分。

三皇❶為皇，五帝❷為帝。以德行仁者王，以力假仁者霸❸。天子，天下之主；

諸侯，一國之君。官天下，乃以位讓賢❹；家天下，是以位傳子❺。

【章　旨】中國傳統文化尊崇、服從帝王與王權，認為皇帝乃天子（天的兒子），有一定的神格，在宗法人倫上則是大宗，是理所當然的國君，但至少在早期，又不是絕對地、無條件地對他頂禮膜拜與盲從，而是按照整個文化體系的價值觀念和道德準則，對皇帝本人及其政績有所品評：尊崇以德行仁的王道，貶抑以力假仁的霸道。〈朝廷〉篇的起首一節，即先介紹傳說中中國最早的皇帝——三皇五帝，其次介紹王者與霸者、天子與諸侯，以及君主的繼位方式。

【注　釋】❶三皇　古代神話中的遠古帝王。語見《周禮・春官・外史》。其說法不一，除天皇、地皇、人皇（泰皇）外，還有說三皇是伏羲、女媧、神農，或燧人、伏羲、神農，或伏羲、神農、祝融，或伏羲、神農、共工，或伏羲、神農、黃帝的。其中以第一說較為普遍。❷五帝　五帝的原型是原始社會晚期部落或部落聯盟首領。語見《大戴禮記・五帝德》。說法有四：黃帝、顓頊、帝嚳、堯、舜，或謂太皞伏羲氏、炎帝神農氏、黃帝軒轅氏、少皞金天氏、顓頊高陽氏，或謂少皞、顓頊、帝嚳、堯、舜，或謂伏羲、神農、黃帝、堯、舜。其中以第一說和第四說較普遍。❸以德行仁者王二句　王、霸，指王道、霸道。早期儒家主張「王道」，即以仁義道德治理天下，與法家的「霸道」以力服人，嚴刑峻法，暴力統治相對。如孟子就主張王道，反對霸道，認為王道以仁義治天下，人民心悅誠服；而霸道以武力強制，口服心不服。語見《孟子・公孫丑上》。後來卻有所變化。荀子注重王道而不反對霸道，認為既要「隆禮尊賢」，也應「重法愛民」。到了漢朝，則已「王霸雜之」，後世沿襲，且更偏於霸道，但就價值評判而言，前者仍高於後者。❹以位讓賢　即「禪讓」。讓位於賢德而有才能的人。相傳堯為部落聯盟首領時，大家推舉舜為繼承人，堯對舜考察三年後，使幫助辦事。堯死後，舜繼位。隨即以同樣的方式，經過治水考驗，以禹為繼承人。見《史記・五帝本紀》。這種原始的民主制度，古人認為是以天下為公，即公（官）天下。❺家天下二句　相傳禹死後，他的兒子啟廢去大家公推的伯益，自己為帝，建立夏朝，以後代代傳位於子，是謂家天下。家天下，帝王把國家作為自己一家的私產，世代相傳。語本《禮記・禮運》：「今大道既隱，天下為家。」

【語　譯】古來天皇、地皇、人皇稱為三皇；伏羲、神農、黃帝、堯、舜稱為五帝。以仁義道德治理天下的是王道，以武力征服天下的是霸道。天子是天下的主宰，諸侯是一國的君主。官天下，指帝王將王位讓於有賢德和才能的人；家天下，則是帝王將王位傳給自己的子孫。

陛下，尊稱天子❶；殿下，尊重宗藩❷。皇帝即位曰龍飛❸，人臣覲君曰虎拜❹。皇帝之言，謂之綸音❺；皇后之命，乃稱懿旨❻。椒房❼是皇后所居，楓宸❽乃人君所蒞❾。天子尊崇，故稱元首❿；臣鄰輔翼，故曰股肱⓫。龍之種⓬、麟之角⓭，俱譽宗藩；君之儲、國之貳，皆稱太子⓮。帝子爰立青宮⓯，帝印乃是玉璽⓰。宗室之派，演於天潢⓱；帝胄之譜，名為玉牒⓲。前星⓳耀彩，共祝太子以千秋⓴；嵩嶽效靈，三呼天子以萬歲㉑。神器大寶，皆言帝位㉒；妃嬪媵嬙，總是宮娥㉓。

【章　旨】本節概略介紹與帝王及宮廷有關而常用習見的尊稱和別稱。

【注　釋】❶陛下二句　陛下是臣下對帝王的尊稱。陛，帝王宮殿的臺階。東漢蔡邕《獨斷》卷上釋其意：「群臣與天子言，不敢指斥天子，故呼在陛下者而告之，因卑達尊之意。」❷殿下二句　殿下是漢代以後，對太子、親王的尊稱。唐以降，惟太子、皇太后、皇后稱「殿下」。宗藩，皇室家族中被分封為諸侯者。語見《史記・太史公自序》。❸龍飛　語本《易・乾》「飛龍在天」。比喻帝王即位。❹虎拜　《詩・大雅・江漢》：「虎拜稽首，天子萬年。」案：召穆公名虎，因有戰功，周宣王賞給他山川田土，他稽首拜謝。後世因稱臣拜君為虎拜。❺綸音　《禮記・緇衣》：「王言如絲，其出如綸。」舊時臣下諛頌帝王權勢極盛，用「絲綸」比喻帝王的一句極微細的話也會產生很大的影響。後因稱帝王的詔書為「絲綸」或「綸音」、「綸綍」。絲，細縷。綸，粗絲。❻懿旨　皇太后、皇后的詔令。語見《西廂記諸宮調・卷三》。懿，美好仁厚，常用以稱美婦女。❼椒房　漢代后妃所住的宮殿，以花椒和泥塗抹牆壁，取其溫暖有香氣，兼有多子之義，故名。見《漢書・車千秋傳》顏師古注。後世沿用。❽楓宸　皇帝居處稱宸。漢代宮殿前多植楓樹，故名楓宸。語見王安石〈賀正表〉。❾蒞　到；臨。❿元首　本意是頭，比喻君主。語出《書・益稷》。今用以代稱國家的最高領導人。⓫股肱　股是大腿，肱是手臂，皆人體重要部位。比喻帝王左右輔助得力的臣子。語出《書・益稷》。⓬龍之種　即龍種。舊時以龍象徵皇帝，因稱皇帝子孫或皇族後代為龍種。《隋書・房陵王勇傳》：「天生龍種。」⓭麟之角　即麟角。麟是傳說中的珍異動物，用以比喻皇室。語本《詩・周南・麟之趾》：「麟之角，振振公族。」後世也常用此比喻稀罕可貴的人才或事物，如鳳毛麟角。⓮君之儲二句　儲、貳，皆有副職之意，故儲君、儲貳、儲副、儲宮，皆用以指君位繼承者，故為太子的代稱。見《事物異名錄》卷八。⓯青宮　按照《易・說卦》「震為長男，為東方」的說法，古制便規定太子居東宮，又因東方屬木，於色為青，所以又稱青宮。語見于仲文〈侍宴東宮應令〉詩。⓰玉璽　璽，印。本為統稱，秦以來專指皇帝的印。因它以玉製成，故謂玉璽。語見《史記・秦始皇本紀》。⓱宗室之派二句　古時稱皇室為「天潢」，謂皇室支分派別，如導源於天池，故稱。庾信〈周大將軍義興公蕭太墓誌銘〉有「派別天潢，支分若木」之語。派，水的分流，此處指皇室子孫。天潢，猶天池。⓲帝胄之譜二句　皇室的譜籍以玉刻成，稱為玉牒。見《宋史・職官志四》。胄，指帝王或貴族的後裔。牒，古代的書版。在此特指譜籍。⓳前星　古人認為心宿三星象徵皇室：中星為天子位，前星為太子位，後星為庶子位。見《史記・天官書》。⓴千秋　即千歲。舊時稱皇帝為萬歲，稱太子、王公等為千歲、千秋；也作生日的敬詞。《書言故事》卷一：「祝太子壽曰千秋令節。」㉑嵩嶽效靈二句　傳說漢武帝與群臣登嵩山時，聽到山岳顯靈，三呼萬歲。見《史記・封禪書》。㉒神器大寶二句　神器和大寶都指帝位。《漢書・敘傳上》：「神器有命。」《易・繫辭下》：「聖人之大寶曰位。」㉓妃嬪媵嬙二句　謂妃嬪媵嬙都是宮中婦女的名稱。杜牧〈阿房宮賦〉：「妃嬪媵嬙，王子皇孫，辭樓下殿，輦來於秦。」妃，原指配偶，即妻。後世則專指皇帝的妾。案：夏、殷以前，后妃制度較簡，帝妻一般皆稱妃，如黃帝有四妃。周朝開始立皇后，正嫡稱后，次為妃。嬪、嬙，皆古時宮廷中的女官名。媵，古時指隨嫁。也指隨嫁之人，如媵臣、媵婢。本文指隨侍后妃的女官。

【語　譯】陛下，是對天子的尊稱；殿下，是對皇室宗親的尊稱。新皇即位登基，稱作「龍飛」；臣子覲見君王，叫做「虎拜」。皇帝的詔書謂之綸音，皇后的命令稱為懿旨。椒房是皇后居住的地方，楓宸指皇帝住的宮殿。天子地位尊崇，是天下的首腦，故稱元首；臣下如皇帝的手足，輔佐襄贊，所以叫股肱。龍種、麟角，都是讚譽宗藩之語；儲君、儲貳，皆為太子的別稱。太子之所居名為青宮，皇帝之印則稱玉璽。宗室的支分流派，皆從皇帝推演而來；皇族的家譜，名叫玉牒。太子星明亮輝煌，天下人共祝太子的生日；嵩嶽山神顯靈，三呼天子萬歲。神器、大寶，都是帝位的代稱；妃嬪媵嬙，皆指皇宮裡的后妃女官。

姜后脫簪而待罪❶，世稱哲后❷。馬后練服以鳴儉❸，共仰賢妃。唐放勳德配昊天❹，遂動華封之三祝❺；漢太子恩覃少海，乃興樂府之四歌❻。

【章　旨】本節講述古代傳說與歷史中著名的賢德君王和后妃的事跡。

【注　釋】❶姜后脫簪而待罪　據《列女傳》載：姜后因周宣王好色，便脫下自己所戴的首飾（簪），待罪於永巷（幽禁妃嬪或宮女的處所），讓人對周宣王說：「我無才德，使君王沉湎於聲色而忘記德行，失去禮節而晚起，其罪在我。」宣王很慚愧，說：「這是我失德，不是夫人之罪。」自此勤於政事。姜后是周宣王王后。❷哲后　聰明、有識見的皇后。❸馬后練服以鳴儉　《後漢書．馬皇后紀》載：馬后儉樸有德，曾經說：「我身為天下母（即國母），而身穿大練，吃粗糙的食物，這是為天下人做榜樣。」馬后，漢明帝皇后，馬援之女。練，粗布衣服。❹唐放勳德配昊天　傳說堯生活節儉，尚賢愛民，故天顯示祥瑞以表彰其德。《史記．五帝本紀》：「帝堯者，放勳。其仁如天，其知如神。就之如日，望之如雲。」唐放勳，即堯。堯又稱陶唐氏，名放勳，史稱唐堯。參見本書卷一〈地輿〉有關注釋。昊天，天。❺華封之三祝　《莊子．天地》載：堯巡視華州時，地方官獻上三條祝辭：「願聖人多福、多壽、多男子。」華，華州。古地名。封，封人。封疆守土之人，即當地的官員。❻漢太子恩覃少海二句　據《漢書．明帝本紀》，漢明帝為太子時，樂人做歌四章，歌頌太子之德：一曰〈日重光〉，二曰〈月重輪〉，三曰〈星重輝〉，四曰〈海重潤〉。恩覃，即覃恩。廣布恩澤之意。舊時多指帝王對臣下普行封賞或赦免。覃，延及；深入。少海，渤海。也用以比喻太子。見《海錄碎事・帝王部》。

【語譯】姜后因周宣王好色，脫下簪珥以待罪，世人稱讚她是明哲的皇后；漢明帝的馬皇后，穿粗布衣服，提倡節儉，天下景仰，譽為賢德的后妃。堯帝尚賢愛民，功德如昊天般廣大，因此華州官員獻上三祝；漢太子的恩澤如渤海般深厚，因而樂人作歌四章來頌讚。

新增文

德奉三無❶，功安九有❷。陳橋驛軍兵欲變，獨日重輪❸；春陵城聖哲挺生，一禾九穗❹。祥鍾漢代，禁中臥柳生枝❺；瑞藹宋廷，榻下靈芝生葉❻。設鼓懸鐘❼，千古仰夏王之樂善；釋旄結襪，萬年欽西伯之尊賢❽。信天命攸❾歸，馳王騶帝❿；知人心愛戴，冠道履仁⓫。帝堯用心，哀孺子又哀婦人⓬；武王伐暴，廉貨財還廉女色⓭。六宮無麗服，玄宗罷織錦之坊⓮；萬姓有餘糧，周祖建繪農之閣⓯。仁宗味淡而撤蟹⓰，晉武尚樸而焚裘⓱。漢文除肉刑⓲，仁昭法外；周武分寶玉，恩溢倫中⓳。更知唐主頌成功，舞揚七德⓴；且仰漢高頒令典，約法三章㉑。

【章　旨】本節補充介紹歷史上賢德君王的政績、言行，以及他們贏得上天感應的情況。

【注　釋】❶三無　天無私覆，地無私載，日月無私照。見《禮記・孔子閑居》。❷九有　九州。語出《詩・商頌・玄鳥》。❸陳橋驛軍兵欲變二句　西元九六〇年，後周大將趙匡胤藉口北漢和遼會師南下，率軍出征，行至陳橋驛，授意部下給他穿上黃袍，擁立他當皇帝，取後周而代之，改國號為宋，是為宋太祖，傳說在兵變的那天，太陽出現兩重光環。見《宋太祖記》。❹春陵城聖哲挺生二句　劉秀生於春陵，在出生的那年，一株稻長九個穗，他的父親認為這是祥瑞，故為他取名秀。見《東觀漢記・帝紀・世祖光武皇帝》。聖哲，指漢光武帝劉秀。❺祥鍾漢代二句　傳說漢昭帝時，御花園中一棵倒臥在地的柳樹忽然立起，生出枝葉，蟲吃柳葉而形成文字：「公孫病已立。」病已，即漢宣帝。見《漢書・五行志》。鍾，匯聚；專注。禁中，宮中。因宮廷門戶有禁，非侍御者不得入，故名。❻瑞藹宋廷二句　相傳宋仁宗母親臥榻下長了一棵有四十二葉的靈芝，以後仁宗便統治天下四十二年。見邵伯溫《邵氏聞見後錄》。藹，繁茂。❼設鼓懸鐘　《鬻子》載：禹治理天下時，設立鐘、鼓、鐸、磬、鞀，告訴民眾有事可以分別敲擊，「教以義者擊鐘，啟以憂者擊磬，諭以道者擊鼓，告以事者振鐸，有訟獄者搖鞀」。以通達下情。❽釋旃結襪二句　謂周文王伐崇時，襪帶開了，他自己結上，沒有讓臣下幫助，以示對他們的尊重。釋旃，脫去衣飾。旃，本意為一種以旄牛尾作裝飾的旗幟。西伯，即周文王。參見本書卷二〈地輿〉有關注釋。❾攸　所。❿馳王驟帝　語本《白虎通》：「三皇步，五帝驟；三王馳，五霸鶩。」步為緩行，驟為疾走。意指三皇五帝的性格作風不同，治理方式不一。馳，傳揚。意指三王（行仁政愛民）的聲名遠揚，使行使霸道的帝王驚懼。⓫冠道履仁　謂君王以道德仁義立身行事，治理國家。也作「體道履仁」，見韓愈〈除崔群戶部侍郎制〉。冠道，把道德放在第一位。冠，用作動詞。履仁，實行仁義。履，用作動詞。⓬帝堯用心二句　《莊子・天道》載：舜曾經問堯：「天王之用心何如？」堯說：「我不對鰥寡孤獨者倨傲，不讓貧窮的人受煎熬，悲憫死者，嘉獎孺子，關心憐憫婦女，這就是我所留心的。」用心，關注；留心。⓭武王伐暴二句　《帝王世紀》載：武王攻克商朝都城後，進入商朝宮殿，見到玉，說：「這是諸侯的玉，把它們歸還給諸侯。」天下人都說：「武王廉於財矣。」進入內室，見到美女，說：「這是諸侯之女，讓她們回自己的家。」天下人都說：「武王廉於色矣。」廉，廉潔；不貪。武王，周武王。周王朝的建立者。周文王子，名發。繼承父親滅商遺志，先會盟諸侯於孟津，誓師。繼而聯合西南各族渡黃河進攻商，牧野一戰取得大勝，並分路攻克中原各地，滅亡商朝，建立周朝，建都於鎬（今陝西西安西南）。在原來商的王畿，繼續封紂之子武庚為殷君，統理殷遺民，並設三監加以監督。⓮六宮無麗服二句　史載唐玄宗即位初年，勵精圖治，頒布詔令，規定后妃以下，都不准穿戴金玉錦緞，專門為宮廷織錦的作坊因此而停工。玄宗，唐玄宗。參見本書卷二〈地輿〉有關注釋。⓯周祖建繪農之閣　《舊五代史・周書・世宗本紀》載：周世宗關心農業生產，曾經命人建造畫有農夫蠶女畫像的樓閣。周祖，即後周世宗柴榮。五代後周皇帝，西元九五四～九五九年在位。即帝位後，在政治、軍事、經濟各方面全面進行整頓和改革，懲辦貪汙，招撫流亡，清查土地，興修水利，整編軍隊，提倡節儉，釐定制度等等，百事並舉；並先後取南唐、西蜀、契丹等地，成為全國統一的先聲。⓰仁宗味淡而撤蟹　《邵氏聞見後錄》載：仁宗食新蟹，見有二十八隻，便問：「要花費多少錢？」侍者回答：「二十八千。」仁宗認為太奢華，不忍心下筷而撤去。仁宗，宋仁宗（西元一〇一〇～一〇六三年）。名趙楨，西元一〇二二～一〇六三年在位。即位初，由劉太后聽政，親政後社會矛盾已十分尖銳，官吏兵員額和俸餉大增，在與西夏的戰爭中宋軍屢敗，遼乘機索地，仁宗妥協，增加納遼「歲幣」，復以歲幣與西夏議和，國庫空虛，雖起用范仲淹等人進行改革，史稱「慶曆新政」，終因猶豫動搖，致使改革夭折。⓱晉武尚樸而焚裘　《晉書・武帝本紀》載：程據獻給晉武帝一件以珍禽羽毛編織成的衣服，武帝命令在殿前把它燒掉，並下詔令，不准天下再獻珍奇之服。晉武，晉武帝（西元二三九～二九〇年）。名司馬炎，晉朝的建立者，西元二六六～二九〇年在位。他最初是魏國丞相，旋即稱帝，咸寧六年（西元二八〇年）滅吳，統一全國，在位時，頒布新修律令，廣封宗室，制戶調式，規定按官品等級確定占田數額，以及按蔭庇親屬定占佃客、衣食客數額，優容士族門閥，晚年荒淫，立痴呆的次子衷為太子，啟賈后之禍及八王之亂。⓲漢文除肉刑　中國古代有劓（割鼻）、刖（砍腳）、黥（臉上刺字）等酷刑（參見本書卷四〈訟獄〉有關注釋），漢文帝下令以笞、杖等刑代替，廢除酷刑。見《史記・文帝本紀》，後世沿襲。漢文，漢文帝（西元前二〇二～前一五七年）。即劉恆，西元前一八〇～前一五七年在位。呂氏之亂平定後，他以代王入為皇帝，執行「與民休息」的政策，減輕田租、賦役和刑獄，使農業生產得到恢復、發展，又削弱諸侯王勢力，以鞏固中央集權。史家把他和景帝統治時期並舉，稱「文景之治」。⓳周武分寶玉二句　《書・旅獒》載：周武王把寶玉分給宗藩諸侯。倫，即指宗藩、皇室。⓴唐主頌成功二句　唐太宗即位後，與魏徵等人共同創作了〈秦王破陣樂〉（又名〈七德舞〉）。見《新唐書・禮樂志》。舞者一百二十八人，身著戎裝，手執戈戟，通過攻守擊刺和隊形變化，表現各種陣法，歌頌唐太宗的德行武功；即禁暴、戢兵、保大、定功、安民、和眾、豐材等「七德」。其音樂在漢族清商樂基礎上吸收了龜茲樂的成分，史稱其舞象及音樂「發揚蹈厲，聲韻慷慨」，是唐代最著名的歌舞大曲之一。唐主，唐太宗（西元五九九～六四九年）。即李世民，西元六二六～六四九年在位。隋末，隨父李淵起兵反隋，與兄建成統兵作戰，戰功卓著，封為秦王，任尚書令，六二六年發動玄武門之變，殺建成等，得封太子，旋受禪為帝，在位時推行均田制、租庸調法和府兵制度，加強對官吏的考察，發展科舉制度，他常以「亡隋為戒」，任賢納諫，社會經濟得以恢復，史稱「貞觀之治」，並曾擊敗東突厥，開通西域通道，以文成公主嫁吐蕃贊普松贊干布。㉑漢高頒令典二句　秦朝用嚴刑峻法，民眾苦不堪言，劉邦占領關中後，約法三章：殺人者死，傷人者及盜抵罪，盡除秦法，深得百姓擁護。這是劉邦日後能奪取政權的重要因素之一。見《史記・高祖本紀》。漢高，漢高祖（西元前二五六或前二四七～前一九五年）。名劉邦，西漢王朝的建立者，西元前二〇二～前一九五年在位。字季，沛縣人，秦末任泗水亭長，陳勝起兵時，他率眾響應，稱沛公，後與項羽軍隊同為反秦主力，西元前二〇六年率軍攻占咸陽，推翻秦朝統治。同年，項羽入關，大封諸侯王，他被封為漢王，占有巴蜀、漢中之地，不久，即與項羽展開長達五年的楚漢戰爭。項羽失敗自殺，他即帝位，實行中央集權，先後消滅諸位異姓諸侯王；實行重本抑末政策，發展農業生產，打擊商賈豪強；以秦律為依據，制定《漢律》九章。這些措施有利於社會經濟的恢復和漢朝的鞏固。

【語譯】作為君主，最高的德行是奉行三種無私：即天無私覆，地無私載，日月無私照；最大的功績是安定九州。當陳橋驛兵變，擁立宋太祖時，太陽出現兩重光環；漢光武帝在春陵城誕生的那一年，一株稻竟長了九個穗。祥兆匯聚於漢朝，所以園中倒地的柳樹居然立起並生枝葉；瑞氣繁茂於宋代，臥榻下的靈芝長出葉片。大禹設鼓懸鐘，傾聽民情，為千古所景仰；周文王親自繫襪帶，以尊重賢人，受萬世欽佩。「三王馳」、「五帝驟」，相信這都是天命所歸；「冠道德」、「履純仁」，這樣才會得到民眾的愛戴。堯帝執政，既關懷小孩，也憐憫婦女；周武王討伐暴虐的商紂，既不貪圖財寶，也不貪戀女色。唐玄宗下令停罷織錦的作坊，於是六宮后妃不穿華麗的服飾；周世宗建造繪有農夫蠶女畫像的樓閣，並重視農事，使得百姓都有餘糧。宋仁宗不忍靡費，撤去價昂的新蟹不食；晉武帝崇尚儉樸，焚燒珍貴的裘服以告誡臣民。漢文帝廢除肉刑，仁厚之心昭示於法律之外；周武王分寶玉給伯叔之國，恩惠普施於皇族。更應知道唐太宗以〈秦王破陣樂〉頌揚德行武功；還需敬仰漢高祖入關中，約法三章，廢秦苛政。

文臣

【題解】本篇和下篇〈武職〉都承接上篇〈朝廷〉，講解文武官員的職責、官場上的常用稱謂和慣用語。

在中國傳統政治架構中，臣子的最大職責和義務是忠心耿耿地輔佐皇帝治理國家，使百姓安居樂業，並在維護王權的前提下，彌補或糾正皇帝個人意見及政策的某些不足。這些都可以從文中所舉事例看出。

帝王有出震向離❶之象，大臣有補天浴日❷之功。三公❸上應三台❹，郎官上應列宿❺。宰相位居台鉉❻，吏部職掌銓衡❼。吏部天官大冢宰❽，戶部地官大司徒❾，禮部春官大宗伯❿，兵部夏官大司馬⓫，刑部秋官大司寇⓬，工部冬官大司空⓭。司憲、中丞，都御史之號⓮；內翰、學士，翰林院之稱⓯。天使，譽稱行人⓰，司成，尊稱祭酒⓱。稱都堂曰大撫臺⓲，稱巡按⓳為大柱史⓴。

【章旨】本節主要介紹中央各機構及其長官。從其名稱可以看出，古代設置機構、官員及其職掌時，盡量使它們合於天象和五行的運行規律。

【注釋】❶出震向離　語本《易・說卦》：「帝出乎震，相見乎離。」震，對應東方、木、春天；離，對應南方、火、夏天（參見本書卷一〈歲時〉第二節有關注釋），有日漸興旺之意。謂春天萬物萌發，夏天萬物壯大，喻皇帝治理國家，能日漸興旺。❷補天浴日　意指臣下要輔佐皇帝以補益他的缺失、規諫他的錯誤。語見《宋史・趙鼎傳》。天、日，皆指皇帝。❸三公　三種高級官吏的合稱。周代三公有兩說：一說為司馬、司徒、司空；一說為太師、太傅、太保。漢以後有所變化。至明清雖仍以太師、太傅、太保為三公，但只用作大臣的最高榮銜。❹三台　三台星。《晉書・天文志》：「三台六星，兩兩而居。一曰天柱，三公之位也。在人曰三公，在天曰三台……。」❺郎官上應列宿　古人認為郎官也有各自對應的天上星宿。語見《後漢書・明帝紀》。郎，帝王侍從官的通稱。其職責原為護衛、陪從，備顧問及差遣。東漢以尚書臺為政務中樞，長官為尚書郎，職責與過去不同。後世遂以侍郎、郎中、員外郎為各部要職。❻台鉉　猶言台鼎。指宰相的職位，表示顯要。語見《陳書・章昭達傳》。台，三台星。位於紫微宮帝座之前，故以喻宰相。鉉，舉鼎的器具。形狀像鉤，銅製，用它提鼎的兩耳。比喻君王依靠宰相來治理國家。❼銓衡　衡量輕重的器具。引申為評估斟酌之意。語見《後漢書・第五倫傳》。❽吏部天官大冢宰　謂吏部古名天官，長官稱大冢宰。天官，官名。《周禮》六官之一，為百官之長。因吏部長官總御眾官，好像天道統理萬物，故稱為「天官」。大冢宰，又名冢宰、天官冢宰。居百官之首謂之冢。宰，主持。❾戶部地官大司徒　謂戶部古名地官，長官稱大司徒。地官，《周禮》六官之一。掌管土地和人民，因其安撫萬民，猶土地長養萬物而得名。大司徒，即司徒、地官司徒。西周開始設置，後世用以稱戶部長官。❿禮部春官大宗伯　謂禮部古名春官，長官稱大宗伯。春官，《周禮》六官之一。掌典禮，以禮儀繁文縟節，好似春天草木生發，故而得名。大宗伯，即春官宗伯、宗伯。官名。西周始設置，後世作為禮部尚書的別名。⓫兵部夏官大司馬　謂兵部古名夏官，長官稱大司馬。夏官，《周禮》六官之一。掌軍政和軍賦，因兵威震赫，如夏日長盛而得名。大司馬，即司馬、夏官司馬。西周始設置，後世用作兵部尚書的別稱。⓬刑官秋官大司寇　謂刑部古名秋官，長官稱大司寇。秋官，《周禮》六官之一。掌刑獄，因刑罰嚴厲，象秋天肅殺而得名。大司寇，即司寇、秋官司寇。西周始設置，後世用作刑部尚書的代稱。⓭工部冬官大司空　謂工部古名冬官，長官稱大司空。冬官，《周禮》六官之一。掌工程製作，因其製作、安置居所工程，如冬斂藏而得名。大司空，即司空、冬官司空。官名。西周始置，後世用以稱工部長官。⓮司憲中丞二句　明代的巡按都御史又別稱大司憲、大中丞。見《通典・職官六》。御史為官名，秦以前本為史官，漢以後專主監督糾察，其官署名御史臺，唐代一度稱肅政臺，旋復舊稱；明初改名為都察院，長官為左、右都御史。又分十三道，設監察御史，定期分赴各省區巡視，考核吏治，稱為巡按，其品級雖低，但可與省區長官分庭抗禮，知府以下均奉其命，事畢還京。⓯內翰學士二句　翰林院翰林學士別稱大內翰、大學士、詞臣等。唐代初年始設翰林院，本為各種文藝技術內廷供奉之處，另建學士院，選任有文學的朝臣充翰林學士，為皇帝最親近的顧問兼祕書，宋以後猶有翰林院和翰林學士院之分，明代始將修史、著作、圖書等事務歸併翰林院，正式成為外朝官署，翰林學士從此地位漸低，成為文學侍臣，清沿明制。⑯天使二句　天使是對外交官（行人）的美稱。天使，天子的使者。指外交官員。劉禹錫〈謝賜冬衣表〉：「九月授衣，載馳天使。」行人，官名。周代開始設置，是秋官司寇的屬官，掌管朝覲聘問、交際禮儀、接待賓客等。明代設有行人司，又有行人之官，掌傳旨、冊封等事。⑰司成二句　司成是對國子監主管（祭酒）的尊稱。見《通典・職官九》。司成，官名。古代教導貴族子弟之官，後世相沿，作為國子監祭酒的別稱。祭酒，國子監主管官（即今所謂國立大學的校長）。古人飲酒，必使尊、長者先祭，國子監之長為師表，而且設奠時總是讓他主祭，故稱「祭酒」。⑱稱都堂曰大撫臺　明代稱各衙署長官為堂官。都察院長官都御史、副都御史、僉都檢史，以及被派遣到外省帶有這些兼銜的總督、巡撫，均通稱為「都堂」。見《稱謂錄・都堂》。此外，也別稱為「撫臺」，語見王世貞《觚不觚錄》。⑲巡按　見⑭。⑳大柱史　即「柱下史」。御史的別稱。因他們常侍立在殿柱之下而得名。見《史記・張丞相列傳》司馬貞索隱。

【語　譯】帝王有「出震向離」的卦象，喻治理天下、日漸興旺之意；大臣「補天浴日」，應負輔佐帝王、補益規過的職責。三公對應天上的三台星，各部郎官相當於天上的眾星宿。宰相協助君王治理國家，位極重要，比作「台鉉」；史部掌管天下官吏，選拔衡量人才。吏部古名天官，長官稱大冢宰；戶部古名地官，長官稱大司徒；禮部古名春官，長官稱大宗伯；兵部古名夏官，長官稱大司馬；刑部古名秋官，長官稱大司寇；工部古名冬官，長官稱大司空。司憲與中丞，都是都御史的別號；內翰和學士，皆為翰林院士的代稱。天使，是對掌管聘問交際的官員（行人）的美譽；司成，是對主管教育的國子監祭酒的尊稱。都堂別名大撫臺，巡按又稱大柱史、柱下史。

方伯①、藩侯②，左右布政③之號；憲臺、廉憲④，提刑按察⑤之稱。宗師⑥稱為大文衡⑦，副使稱為大憲副⑧。郡侯、邦伯⑨，知府⑩名尊；郡丞、貳侯，同知⑪譽美。郡宰、別駕⑫，乃稱通判⑬；司理⑭、廌史⑮，讚美推官⑯。刺史、州牧⑰，乃知州⑱之兩號；廌史、臺諫，即知縣之尊稱⑲。鄉宦⑳曰鄉紳㉑，農官是田畯㉒。鈞座、台座㉓，皆稱仕宦㉔；帳下、麾下，并美武官㉕。

【章　旨】本節主要介紹主要地方官員的尊稱和別稱。

【注　釋】❶方伯　古代對諸侯中領袖的稱謂，以其為一方之伯（長）而得名。明清時用作對布政使的美稱。❷藩侯　指諸侯。明清時與「藩臺」、「藩司」同為布政使的別稱。❸布政　布政使。官名。明洪武九年（西元一三六七年）撤銷沿自元代的行中書省，除南北兩京外，分全國為十三承宣布政使司，每司設左、右布政使各一人，為一省最高行政長官，此後，為加強統治力量，專設總督、巡撫等官，布政使權位漸輕，清代始正式定為督、撫的屬官，專管一省的財賦和人事。❹憲臺廉憲　皆按察使的尊稱。前者因按察使掌執法刑名而得名；後者因元代有肅政廉訪使，與按察使職掌略同，故稱。❺提刑按察　即提刑按察使。官名。主管一省的司法、刑獄和監察，多簡稱為按察使。❻宗師　官名。漢始設置，掌管宗室子弟的訓導，後世代指掌管教育及科舉考試的長官。❼文衡　指用文章試士以決定取捨的權責；也稱主掌這種權責的人，因其評文如同以秤稱物而得名，是美稱。❽憲副　廉憲之副。又稱大經略、大中憲。❾郡侯邦伯　一郡、一邦之長。前者因秦始皇立郡縣制，郡地的面積略同於古時方伯諸侯，故名。❿知府　官名。宋代於升府之處，命朝臣出任長官，稱知（主持）某府事，簡稱知府。明代始以知府為正式名稱，管轄州縣，為府一級行政長官，清代沿置。⓫同知　官名。歷代所指不一，明清定為知府、知州的佐官，分掌錢糧、緝捕、海防、江防、水利等，分駐指定地點。郡丞、貳侯，秦制，每郡置一丞，為郡守之副貳，後世遂以郡丞、貳侯稱美同知。⓬別駕　漢代置別駕從事史，為刺史的佐吏。刺史巡視轄境時，別乘驛車隨行，故名。宋代之通判近似別駕之職，後世因沿稱通判為別駕。⓭通判　官名。宋初始於諸州府設置，即共同處理政務之意，地位略次於州府長官，明清設於各府，分掌糧運及農田水利等事務，職任遠較宋初為輕。郡宰是其別稱。⓮司理　官名。司理參軍的簡稱。宋代設置，掌獄訟，故作為推官的代稱。⓯廌史　即豸史。古代執法官戴獬豸冠，故以此美稱掌管獄訟的推官。獬豸，傳說中的異獸，能分辨曲直。參見卷二〈衣服〉有關注釋。⓰推官　官名。唐代在節度使、觀察使等官員下置推官，掌勘問刑獄。元、明於各府亦置，清時廢。⑰刺史州牧　地方官員名。漢武帝時，分全國為十三部（州），置刺史，其官階低於郡守，後曾改稱知州，明清時作為知州的別稱。職權各朝有所不一。⑱知州　官名。宋代派朝臣為州一級的地方行政長官，稱「權知某軍州事」，簡稱知州，明清以知州作為州的長官名稱。⑲鷹史臺諫二句　宋制，凡知縣兩任滿，考評皆佳，得升御史，且知縣有審理地方獄訟之責，故以「鷹史」、「臺諫」尊稱他。臺諫，御史的別稱。知縣，官名。管轄一縣的地方長官。⑳鄉宦　即鄉官。漢代始置，多以地方長老或有威望者擔任，佐縣令治一鄉之事。㉑鄉紳　舊時稱辭官居鄉者或鄉官。㉒田畯　官名。周代設置，掌管田土農事，後世用以稱農官。㉓鈞座台座　皆對尊長或上級的尊稱。鈞，古代的重量單位之一。比喻掌國家大權、舉足輕重者。台，三台星。見卷一〈天文〉有關注釋。㉔仕宦　官員的通稱。㉕帳下麾下二句　謂帳下、麾下都是對武官的美稱。因將軍出征住帳篷，故名帳下。麾，旗幟。古時征戰以旗指揮兵卒進退，故名麾下。

【語　譯】方伯、藩侯，都是對左、右布政使的敬稱；憲臺、廉憲，是對提刑按察使的尊稱。宗師可稱作大文衡，副使又名為大憲副。郡侯、邦伯，都是對知府的尊稱；郡丞、貳侯，則是對同知的美稱。郡宰、別駕，是通判的代稱；司理、鷹史，是推官的美譽。刺史、州牧，是知州的兩種別稱；鷹史、臺諫，是對知縣的尊稱。鄉官叫做鄉紳，管農業的官又名田畯。鈞座、台座，都是對文官的敬稱；帳下、麾下，都是對武官的美譽。

秩官❶既分九品❷，命婦❸亦有七階。一品曰夫人❹，二品亦夫人，三品曰淑❺人，四品曰恭❻人，五品曰宜❼人，六品曰安❽人，七品曰孺❾人。

【章　旨】本節主要講因丈夫、兒子做官而受相應封號的婦女的品級。就其名稱可以看出有很強的男尊女卑、三從四德的特點。

【注釋】❶秩官　指官職。秩，官吏的俸祿，其本意也有秩序之意，引申以指官吏的職位或品級。❷九品　古代官吏的九個等級。始於魏晉，從第一品至第九品，每品又分正從，共分十八等（唐、宋劃分較細，有三十等）。一般情況下官員循級而升，少數可達正一品（宰相）。❸命婦　古代婦女有封號者之稱。命婦享有各種禮節上的待遇。❹夫人　此處為命婦的封號。夫，扶也；扶持丈夫（兒子）之意。案：對古代命婦稱謂，歷代有多種詮釋，此為其一。下同。但無論何解，基本含義皆不出三從四德、相夫教子之範圍。❺淑　美好；善良。❻恭　恭敬；奉行。❼宜　安；合適。❽安　安穩；溫和。❾孺　親和；稚。

【語譯】官職既然分為九品，命婦也隨之有七等：一品稱夫人，二品也稱為夫人，三品叫淑人，四品名恭人，五品為宜人，六品是安人，七品稱孺人。

婦人受封，曰金花誥❶，狀元報捷，曰紫泥封❷。唐玄宗以金甌覆宰相之名❸，宋真宗以美珠箝諫臣之口❹。金馬、玉堂❺，羨翰林之聲價；朱幡、皂蓋，仰郡守之威儀❻。台輔❼曰紫閣明公❽，知府曰黃堂❾太守。府尹❿之祿二千石⓫，太守之馬五花驄⓬。代天巡狩，讚稱巡按⓭；指日⓮高陞，預賀官僚。初到任曰下車⓯，告致仕曰解組⓰。藩垣、屏翰⓱，方伯猶古諸侯之國；墨綬、銅章，令尹即古子男之邦⓲。太監掌閹⓳門之禁令，故名閹宦；朝臣皆搢笏於紳間，故曰搢紳⓴。

【章旨】本節介紹官場的習見用語及代稱。

【注釋】❶金花誥　據《唐明皇退朝錄》載：朝廷在誥封命婦時，使用金花羅紙，七張錦彩，賜給湯沐邑。❷紫泥

封　唐代進士及第，以泥金帖報喜信。見《開元天寶遺事・喜信》。❸唐玄宗以金甌覆宰相之名　《新唐書・崔琳傳》載：唐玄宗將任命宰相，在紙上寫好名字後用金甌蓋住，讓太子猜，以考驗太子識人的本領。結果，太子所說與玄宗所寫的相同。金甌，盛酒器。唐玄宗，參見卷一〈歲時〉有關注釋。❹宋真宗以美珠箝諫臣之口　《宋史・王旦傳》載：宋真宗要封禪泰山，有人說大臣王旦可能會反對這種勞民傷財之舉，宋真宗將王旦找去，賜以美珠，此後王旦不敢異議。宋真宗（西元九六八～一〇二二年），即趙恒。太宗子，西元九九七～一〇二二年在位。即位初，勤於政事，後用王欽若計，偽造天書，大興祥瑞，東封泰山，西祀汾陰，以求鞏固統治。景德元年（西元一〇〇四年），與南侵的契丹訂立澶淵之盟，開創以歲幣求苟安的惡例。❺金馬玉堂　皆官署名。金馬，即金馬門，在未央宮。漢武帝得大宛馬，以銅鑄像，立於署門，因名金馬門。學士待詔於此，備顧問。見《史記・滑稽列傳》。玉堂，官署名。本侍中所居，宋太宗時賜翰林「玉堂之署」四字，自此「玉堂」為翰林的專稱。見《宋史・蘇易簡傳》。❻朱幡皂蓋二句　漢制，郡守的儀仗用朱幡（紅旗）、皂蓋（黑色車篷）。見《漢官儀》。❼台輔　舊指宰相。因其位列三台，職居宰輔而得名。語見《後漢書・張奮傳》。❽紫閣明公　指宰相。語見《琵琶記・官媒議婚》。唐開元間改中書省為紫微省，中書令為紫微令，後因稱宰相府為紫閣。明公，古代對有名位者的尊稱。此處指宰相。❾黃堂　古時太守衙中的正堂。後因稱太守為「黃堂」。見《靖康緗素雜記》卷上。❿府尹　官名。明清時首都地區的地方長官。漢代長安（首都）地區長官為京兆尹，職掌、俸祿相當於郡太守，故將府尹比作漢時京兆尹。⓫二千石　漢制郡守俸祿為二千石。見《後漢書・百官志》。故作為郡守的代稱。⓬太守之馬五花驄　古代官員車行儀仗有嚴格規定，漢制，太守可用五匹馬駕車，所以用五馬作為太守的代稱。五花驄，語見韓翃〈送王光輔歸青州兼寄儲侍御〉詩。花驄，毛色不純的馬。⓭代天巡狩二句　古代天子巡行諸侯的領土，考察他們的政績，後來以巡按代替，故美稱為「代天巡狩」。⓮指日　不日；為期不遠。⓯下車　《禮記・樂記》載：「武王克殷，反商，未及下車，而封黃帝之後於薊。」後稱官吏初到任為下車。⓰解組　解下印綬，謂辭去官職。組，印綬。語見《唐詩紀事・賀知章》。⓱藩垣屏翰　語出《詩・大雅・板》：「介人維藩，大師維垣，大邦維屏，大宗維翰。」本用來比喻捍衛國家的重臣，後多指藩國、藩鎮。⓲墨綬銅章二句　指令尹所治即古代子爵、男爵的邦國，是用墨綬銅章的。墨綬銅章，結黑色絲帶的銅印，是古代縣令的印章。見《漢官儀》。後也稱作縣尹、縣令。綬，古代繫帷幕或印紐的絲帶。令尹，縣令的俗稱。子、男，古爵位名。為五等爵位（公、侯、伯、子、男）中的第四、五等。⓳閹　本作「奄」。指看守宮門的太監，後為太監的通稱。⓴朝臣皆搢笏於紳間二句　謂大臣見皇帝時都把笏插在紳帶上，所以稱「搢紳」。見《漢書．郊祀志上》李奇及顏師古注。搢笏，插手板。搢，插。笏，朝笏。古代臣子朝見天子時手中所執的狹長板子，用玉、象牙或竹片製成，以作指劃及記事之用，也叫手板。搢紳，即插笏於紳帶上。為舊時高級官員的裝束，常用作官宦的代稱。紳，大帶。

【語　譯】婦女受封，奉的是金花誥；狀元捷報，用的是紫泥封。唐玄宗用金甌蓋住寫好的宰相名，以試太子之才；宋真宗用美珠堵住了諫臣的口，使他不再評議朝政。金馬、玉堂，稱羨翰林的聲名和價值；朱幡、皂蓋，仰望郡守出行時的儀仗。台輔又名紫閣明公，知府也稱黃堂太守。府尹的年俸為二千石；太守的車可使用五花馬。「代天巡狩」，是稱讚巡按的話語；「指日高陞」，是預祝官員即將陞遷的賀辭。官員初到任所，叫做「下車」，辭官歸去，名為「解組」。藩垣、屏翰，稱鎮守一方的長官，如同方伯是古代諸侯國的長官一樣；墨色的綬、銅鑄的章，這是縣令所用的，縣令的轄境類似古代子爵、男爵的小邦。太監掌管內廷出入的禁令，所以叫做閹宦；朝廷的大臣，都把笏插在腰間的大帶上，因此稱作搢紳。

蕭❶、曹❷相漢高❸，曾為刀筆吏❹；汲黯❺相漢武❻，真是社稷臣。召伯布文王之政，嘗舍甘棠之下，後人思其遺愛，不忍伐其樹❼；孔明有王佐之才，嘗隱草廬之中，先主慕其芳名，乃三顧其廬❽。魚頭參政，魯宗道秉性骨鯁❾；伴食宰相，盧懷慎居位無能❿。王德用，人稱黑王相公⓫；趙清獻，世號鐵面御史⓬。漢劉寬責民，蒲鞭示辱⓭；項仲山潔己，飲馬投錢⓮。李善感直言不諱，競稱鳴鳳朝陽⓯；漢張綱彈劾無私，直斥豺狼當道⓰。民愛鄧侯之政，挽之不留；人嫌謝令之貪，推之不去⓱。廉范守蜀郡，民歌五袴⓲；張堪守漁陽，麥穗兩岐⓳。魯恭為中牟令，桑下有馴雉之異⑳；郭伋為并州守，兒童有竹馬之迎㉑。鮮于子駿，寧非一路福星㉒；司馬溫公，真是萬家生佛㉓。鸞鳳不棲枳棘，羨仇香之為主簿㉔；河陽遍種桃花，乃潘岳之為縣官㉕。劉昆宰江陵，昔日反風滅火㉖；龔遂守渤海，今民賣刀買牛㉗。此皆德政可歌，是以令名攸著㉘。

【章旨】本節介紹歷史上著名的輔佐君王安邦定國、勵精圖治的宰相、郡守，鐵面無私、秉公執法的御史，為民辦事、受人愛戴的地方官員等，以實例說明中國政治觀念中的大臣有「補天浴日」的職責和義務。

【注釋】❶蕭　蕭何（?～西元前一九三年）。西漢初年政治家。秦末曾為沛縣吏，佐劉邦起兵，劉邦軍入咸陽，他收取秦政府的律令圖書，掌握了全國的山川險要、郡縣戶口和當時的社會情況。劉邦封漢王，任他為丞相。楚漢戰爭中，薦韓信為大將，並留關中，輸送士卒糧餉，對劉邦戰勝項羽，建立漢朝起了重要作用。後封酇侯。見《漢書・蕭何曹參傳》。❷曹　曹參（?～西元前一九〇年），字敬伯。秦末曾為沛縣獄吏，從劉邦起兵，屢建戰功。漢朝建立，封平陽侯，協助劉邦消滅異姓諸侯王，對建立、鞏固漢王朝有重大幫助。曾任相多年，百姓安定，稱為賢相。見《漢書・蕭何曹參傳》。❸漢高　即漢高祖劉邦。參見本卷〈朝廷〉有關注釋。❹刀筆吏　指辦理文書的小吏。古代用筆在竹簡上寫字，有錯，則用刀刮去重寫，所以「刀筆」連稱。《漢書・蕭何曹參傳贊》：「蕭何、曹參皆起秦刀筆吏。」❺汲黯　（?～西元前一一二年）西漢濮陽人，字長孺。漢武帝時，任東海太守，繼為主爵都尉。好黃老之術，常直言切諫，漢武帝曾稱讚他是「社稷臣」，意思是指他能安邦治國，後出為淮陽太守。見《史記・汲鄭列傳》。❻漢武　漢武帝劉徹（西元前一五六～前八七年）。西元前一四〇～前八七年在位。統治期間接受董仲舒建議，「獨尊儒術」；頒行「推恩令」，削弱諸侯王割據勢力；設置十三部刺史，加強對地方的控制；採取多種發展經濟、打擊富商大賈的措施；並派張騫兩次出使西域，開通中西交通；用霍去病、衛青為大將，抗擊匈奴，解除了匈奴對漢王朝的威脅，保障了北方經濟文化的發展，是中國歷史上有雄才大略的幾個帝王之一。見《漢書・武帝紀》。相，輔佐。❼召伯布文王之政四句　召伯，即召公。一作邵公、召康公。西周初人，姬姓，名奭。采邑在召，曾助武王滅商，官為太保，協助周公、成王治國，西周開國重臣中以他最為長壽，金文中常以「若召公壽」，作為祝賀之辭。相傳他巡行南國，展布文王之政，曾在甘棠樹下休息，後人思念他的恩德，不忍伐甘棠樹。《詩・召南・甘棠》記有此事。後遂用「甘棠」作為對地方官吏的頌辭。遺愛，仁愛遺留於世。❽孔明有王佐之才四句　孔明，即諸葛亮（西元一八四～二三四年）。東漢末年，隱居鄧縣隆中，留心世事，被稱為「臥龍」，劉備曾三顧茅廬，請他出來。後輔佐劉備擴展力量，建立蜀漢，與魏、吳鼎足而立，任丞相。因有出色的智慧才能和鞠躬盡瘁、死而後已的忠誠，成為中國歷史上賢相的代表之一，並留有許許多多民間傳說。《三國志・蜀書》有傳。王佐才，輔助帝王創業治國的才能。先主，即蜀漢昭烈帝劉備（西元一六一～二二三年）。西元二二一～二二三年在位。涿郡涿縣人，東漢遠支皇族，字玄德。幼貧，東漢末年起兵，後任用諸葛亮等人，力量逐漸壯大，西元二二一年稱帝，都成都，國號漢，年號章武。與孫權、曹操鼎足而立。見《三國志・蜀書・先主傳》。❾魚頭參政二句　謂魯宗道秉性耿直，剛正嫉惡，貴戚大臣無不對他畏懼，視為「魚頭參政」。魯宗道（西元九六六～一〇二九年），北宋亳州人，字貫之。咸平進士，曾任參知政事，剛正敢言。見《宋史・魯宗道傳》。案：「魯」字上半為「魚」，故名。骨鯁，魚刺和骨頭。喻正直。❿伴食宰相二句　玄宗開元初年，盧懷慎與姚崇同為宰相，自知才不如姚崇，每事推讓，不敢自專，遂有「伴食宰相」之稱。然為人清廉，不營產業，以剛直始終，深受玄宗讚許。見《舊唐書・盧懷慎傳》。盧懷慎（？～西元七一六年），唐代滑州人。舉進士，歷官監察御史、吏部員外郎、黃門侍郎等。⓫王德用二句　王德用（西元九八〇～一〇五八年），北宋鄭州人。少以先鋒隨父從軍，累遷至同知樞密院事、知院事、樞密使，治軍有方，善撫部卒，名聞四方，人稱「黑王相公」。見《宋史・王德用傳》。⓬趙清獻二句　趙清獻，趙抃（西元一〇〇八～一〇八四年）。北宋衢州人，字閱道，號知非子。宋仁宗時官殿中侍御史，彈劾不避權貴，聲凜京師，有「鐵面御史」之稱。卒謚清獻。見《宋史・趙抃傳》。⓭漢劉寬責民二句　劉寬（西元一二〇～一八五年），東漢弘農華陰人，字文饒。少學今文經學，號稱通儒。桓帝時任南陽太守，為人寬和，吏民有過，但用蒲鞭（蒲草做的鞭子）責罰，示辱而已。見《後漢書・劉寬傳》。⓮項仲山潔己二句　《三輔決錄》載：安陵人項仲山，清廉不貪，每次在渭水飲馬，必投錢三文。⓯李善感直言不諱二句　李善感，唐初人。高宗時任監察御史，高宗欲封禪嵩山，他上疏力諫，時朝內無人敢直諫近二十年，時人稱此舉為「鳴鳳朝陽」，表示罕見。見《新唐書・韓瑗傳》。

⑯漢張綱彈劾無私二句　張綱（約西元九八～一四三年），東漢武陽人，字文紀。順帝時任御史，曾奉命分巡州郡，他表示「豺狼當道，安問狐狸」（意指地方上貪官皆不過是狐狸，朝中重臣才是禍國的豺狼），遂入朝，劾奏大將軍梁冀兄弟不法。京師為之震動。見《後漢書・張綱傳》。⑰民愛鄧侯之政四句　鄧侯，鄧攸（？～西元三二六年）。晉平陽人，字伯道。東晉時任吳郡太守，為人清廉，離郡時，郡例送錢數百萬，一文不受。百姓拉住他的船幫不讓走，最後藉著天黑才脫身，這和他的前任謝令貪得無厭，民眾苦不堪言的情形恰成對比，於是，民謠唱道：「鄧侯挽不留，謝令推不去。」見《晉書・良吏・鄧攸傳》。⑱廉范守蜀郡二句　廉范，東漢京兆杜陵人，字叔度。曾舉茂才，章帝初年任蜀郡太守。舊制禁止民眾夜作，以防火災，廉范廢此令，但嚴格要求百姓儲水防火，百姓稱便，因而歌頌他：「廉叔度，來何暮！不禁火，民安作。昔無襦（短衣），今五袴（下衣；套褲）」。見《後漢書・廉范傳》。⑲張堪守漁陽二句　張堪是東漢南陽人，字君遊。曾為漁陽太守，勸民耕種，開稻田八千餘頃，並大破匈奴，使其不敢犯塞，人民歌頌道：「桑無附枝，麥穗兩歧（桑樹無雜亂的枝枒，一顆麥苗長兩個穗）。」見《後漢書・張堪傳》。⑳魯恭為中牟令二句　漢代魯恭曾任中牟令，施仁政教化，蝗蟲不入境，童子有仁心，不捕桑樹下正在哺育幼雛的野雞。見《後漢書・魯恭傳》。㉑郭伋為并州守二句　郭伋（西元前三九～西元四七年），東漢扶風茂陵人，字細侯。多年任職地方，素有恩德，政聲頗著，他曾任并州牧，數年後再次途經并州時，數百兒童騎著竹馬在道旁迎接。見《後漢書・郭伋傳》。㉒鮮于子駿二句　鮮于侁，北宋人，字子駿。曾官京中轉運使，賢能有才。司馬光曾評論他：「以侁之賢，不宜使居外。顧齊魯之區，凋殘已甚，須侁往救之，此一路福星也。」見彭大翼《山堂肆考》。一路福星，指能造福一方之星，喻能造福於人民的好官。路，宋代大行政區域名。㉓司馬溫公二句　謂司馬光是有恩德於民的好官。司馬光（西元一〇一九～一〇八六年），北宋政治家、史學家。陝西夏縣涑水鄉人，字君實，世稱涑水先生。歷任天章閣待制兼知諫院，知永興軍等。以十數年之力，撰成《資治通鑑》。宋哲宗時任相，廢除王安石新法，復熙寧以前舊制。卒後追封溫國公。相傳他德惠及人，葬時「都中及四方皆畫像以祀」。見《宋史・司馬光傳》。後遂稱他是「萬家生佛」（活菩薩）。㉔鸞鳳不棲枳棘二句　謂有大志者不應屈其才，而仇香便是獲得機會而成才者。仇香，又名仇覽，東漢人。在他當蒲亭長時，有陳元不孝，仇香親自登門，以大義開導他，使陳元成為孝子。邑令王渙知道此事後，任命仇香為主簿，並為他的志向所感動，說：「枳棘（多刺的灌木）非鸞鳳所棲。」於是用他自己的俸祿，送仇香入太學，使仇香名聲大振。見《後漢書・循吏・仇賢傳》。㉕河陽遍種桃花二句　謂河陽縣的桃花是潘岳任縣官時種下的。潘岳（？～西元三〇〇

年），西晉滎陽中牟人，字安仁。幼稱「奇童」，舉秀才，歷河陽、懷縣令，勤於政績。後諂事賈謐，官至給事黃門侍郎。美姿儀，善詩賦，謝混讚為「無處不佳」。《晉書・潘岳傳》載，他任河陽縣令時，百姓有欠租稅的，令植桃一株，官府代交租稅。待任滿去職時，一縣皆花，人稱花縣。㉖劉昆宰江陵二句　劉昆（？～西元五七年）是漢陳留人，字恆公。東漢初年任江陵令，遷弘農太守。傳說他任江陵令時，有次火災，他向火叩頭，使風轉向而滅了火。見《後漢書・儒林・劉昆傳》。㉗龔遂守渤海二句　龔遂（？～西元前六二年），是西漢山陽南平陽人，字少卿。宣帝時任渤海太守，當時歲饑盜起，他開倉借糧，獎勵農桑，勸盜賊賣刀買牛，力務農本，改過遷善。見《漢書・循吏・龔遂傳》。

㉘令名攸著　即聲名卓著。攸，語助，無義。

【語　譯】蕭何和曹參，都是漢高祖的丞相，早先都出身於刀筆吏；汲黯輔佐漢武帝，武帝稱讚他是安定社稷之臣。召伯展布周文王的德政，曾在甘棠樹下休息，後人思念他的恩德，不忍心砍伐這棵樹；諸葛亮有輔佐帝王的才能，曾隱居於草屋之中，蜀漢先主劉備仰慕他的美名，三次登門請教。魯宗道秉性耿直，剛正不阿，任參政時人稱「魚頭參政」；盧懷慎生性謙虛，當宰相時每事推讓，人稱「伴食宰相」。王德用善於治軍而面黑，人稱「黑王相公」；趙清獻正直敢言，人稱「鐵面御史」。漢朝劉寬待人寬厚，吏民有過錯，僅用蒲鞭象徵性地責罰；項仲山十分廉潔，每次給馬飲水都要給錢。李善感力諫皇帝，直言不諱，時人競相稱道，譽為「鳴鳳朝陽」；漢代張綱公正無私，彈劾權貴，直斥豺狼當道。百姓愛戴鄧侯的清廉，苦苦挽留而留不住；民眾憎恨謝令的貪婪，不願他在位，卻推也推不去。廉范任蜀郡太守，政令便民，百姓因唱五袴之歌；張堪為漁陽太守，勸農耕稼，使麥子長了兩穗。魯恭任中牟令時行仁政，桑樹下的雉鳥見他都不躲；郭伋當并州太守時有賢德，兒童們騎著竹馬歡迎他。鮮于子駿去賑災，的確是一位造福於百姓的好官；司馬光德惠及人，真是萬家活菩薩。鸞鳳不能棲止在枳棘上，很羨慕仇香在任主簿時，有個好上司送他去深造；河陽縣遍種桃花，這是潘岳當縣令時的德政。劉昆任江陵知事時遇火災，他向風叩頭，使風轉向而滅了火；龔遂當渤海知州時，勸諭盜賊賣刀買牛，使他們改惡為善。以上這些都是值得歌頌的官員的德政，因此他們的官聲政績卓著，代代傳揚。

新增文

太守稱為紫馬[1]，邑宰地號雷封[2]。槐位、棘垣，三公及孤卿異秩[3]；棱官、緊職，拾遺與御史別稱[4]。給事謂之夕郎[5]，黃門批敕[6]；翰林名為仙掖[7]，紫禁宣麻[8]。飽卿、睡卿[9]，名號自別；銓部、祠部[10]，政事攸分。俗美化醇，尹翁歸去思蜀郡[11]；名高望重，汲長孺臥治淮陽[12]。張魏公作沖天羽翼[13]，李長吉為瑞世瓊瑤[14]。士仰直聲，漢世喜多二鮑[15]；民歌善政，江東聞有三岑[16]。棠棣理政多能，劉氏兄弟守南郡[17]；橋梓治縣有譜，傅家父子宰山陰[18]。政簡刑輕，姜謩號太平官府[19]；身修行潔，裴俠稱獨立使君[20]。袁尚書學問深宏，不愧魏朝杜預[21]；寇丞相事功彪炳，真為宋代謝安[22]。熙寧三舍人，乃一朝碩彥[23]；慶曆四諫士[24]，實千古良臣。宰相必用讀書人，捨竇可象誰當鼎軸[25]；狀元曾是渴睡漢，惟呂文穆乃占魁名[26]。誰云公種生公，或謂相門有相[27]？

【章　旨】本節補充介紹官吏的一些代稱以及著名的賢臣良相的言行政績。

【注 釋】❶紫馬　東晉人謝靈運任永嘉太守時，曾騎紫色馬出行，後世因以稱太守。杜甫〈山寺〉詩：「使君騎紫馬，捧擁從西來。」❷雷封　古時一縣的轄境約百里，古人認為雷聲所能震動的地方也在方圓百里左右，故稱縣官所轄為雷封。見《初學記》。❸槐位棘垣二句　謂大臣上朝有各自站立的位置。《周禮．秋官．朝士》：「朝士掌建邦外朝之法。面三槐，三公位焉；左九棘，孤、卿、大夫位焉，群士在其後；右九棘，公、侯、伯、子、男位焉，群吏在其後。」槐位，即「三槐」。周天子與群臣會見的地方（外朝）種植三棵槐樹，三公位在其下。後因作三公的代稱。棘垣，即「九棘」。周代外朝植棘，以分別朝臣的品位，左右各九，稱「九棘」。孤、卿，皆古代官名。❹棱官緊職二句　謂棱官和緊職是諫官與御史的別稱。棱，尖角。引申為鋒芒。御史執法如棱，故別稱棱官。見《漢官儀》。拾遺，唐代諫官名。唐武則天時置，分屬門下、中書兩省。因諫官有勸善興過、議興議革的職責，關係緊要，故別稱「緊職」。見《西京雜記》。❺給事謂之夕郎　給事，即給事中。官名。秦設，兩漢沿置。為將軍、列侯、九卿等的加官。給事殿中，備顧問應對，討論政事。其後歷代沿置（晉時始為正官），但職權不同。據《漢官儀》載：「日暮入，對青瑣門拜，謂之夕郎。」❻黃門批敕　在宮門處理皇帝詔書。黃門，宮門。敕，皇帝的詔書。❼翰林名為仙掖　《東軒事錄》謂：翰林清要，故謂之仙掖。❽紫禁宣麻　在紫禁城中繕寫任免將相的詔書。紫禁，古人以紫微星垣比喻皇帝的居處，因稱皇宮為「紫禁宮」。宣麻，唐代任命將相，用白麻紙寫詔書，宣告於朝廷，謂之「宣麻」。見《唐會要》。宋代沿用。❾飽卿睡卿　光祿寺卿、鴻臚寺卿的別稱。光祿寺掌管皇帝（宮廷）的飲食，謂之「飽卿」；鴻臚寺掌朝祭禮儀，事較少，謂之「睡卿」。見蘇軾《分類東坡詩．用舊韻送魯元翰知洛州》注。❿銓部祠部　吏部、禮部的別稱。隋朝曾改六部名稱：吏部為銓部，戶部為版部，兵部為武部，禮部為祠部，刑部為憲部，工部為起部，唐初復其舊。見《隋書．百官志》。⓫俗美化醇二句　謂尹翁歸治蜀能化民成俗，離任後百姓都思念他。尹翁歸（？～西元前六二年），西漢河東平陽人，字子況。宣帝時，歷任弘農都尉、東海太守、右扶風等職。為政任刑，用法嚴峻，敢於懲處黠吏豪民，威嚴廉潔，時稱其「清潔自守，語不及私」。案：治蜀郡使，「俗美化醇」的是「文翁」，他是西漢廬江縣人，景帝末，為蜀郡守，見《漢書．循吏傳》。而本書原作者誤作「尹翁歸」。⓬名高望重二句　謂汲長孺憑其威望，在淮陽不治而治。汲長孺，即汲黯。史載汲黯任東海太守時，多病，「臥閣內不出，歲餘，東海大治」。以後漢武帝任命他為淮陽太守，汲黯推辭不就，武帝說：「我就是想借重你的名望，『臥而治之』。」見《漢書．汲黯傳》。後因以「臥治」稱頌「政事清簡」。⓭張魏公作沖天羽翼　張魏公，即張浚，字德遠。史載張魏公任禮部侍郎，皇帝召見他時說：「朕將有為，正欲一飛沖天而無羽翼，卿為朕留意，當專任用。」見《宋史・張浚傳》。

⑭李長吉為瑞世瓊瑤　李長吉，即李賀（西元七九〇～八一六年）。唐代詩人，長吉為其字。早歲即工詩，善於熔鑄詞采，馳騁想像，韓愈曾稱讚他為「瑞世瓊瑤」。

⑮二鮑　鮑永、鮑恢。皆為漢代御史，正直敢言，時號「二鮑」。見《後漢書・鮑永傳》。

⑯三岑　唐代岑羲、岑仲翔、岑仲休弟兄三人，分別擔任金壇令、長州令、溧水令，皆有治績，世稱「三岑」。見《新唐書・岑文本傳》。江東，長江在蕪湖、南京間作西南南、東北北流向，隋唐以前，是南北往來主要渡口的所在，習慣上稱自此以下的長江南岸地區為江東。三國時江東是孫吳的根據地，故當時又稱孫吳統治下的地區為江東。「三岑」任職的三地皆在「江東」。

⑰棠棣理政多能二句　南朝劉之遴、劉之亨兄弟二人先後任南郡太守，皆仁愛及民，吏民喜愛他倆，因呼為大南郡、小南郡。見《南史・劉之遴傳》。棠棣，兄弟的代稱。參見本書卷二〈兄弟〉有關注釋。

⑱橋梓治縣有譜二句　南朝宋傅僧祐、傅琰父子二人相繼為山陰縣令，皆有政績，人稱其父子有治縣譜。見《南史・循吏・傅琰傳》。橋梓，也作「喬梓」，父子的代稱。參見本書卷二〈祖孫父子〉有關注釋。

⑲政簡刑輕二句　姜謩，唐朝人。曾官秦州刺史，因其政簡刑輕，吏民喜道：「不意今日見太平官府。」見《新唐書・姜謩傳》。

⑳身修行潔二句　裴俠，北周人。河北太守。入朝，周太祖命他獨自立一邊，說：「裴俠清慎奉公，為天下最，有如俠者，與之俱立。」眾人默然，時號為「獨立使君」。見《北史・裴俠傳》。

㉑袁尚書學問深宏二句　袁尚書即袁翻（西元四七六～五二八年），北魏陳郡人，字景翔。以才學知名，歷官中書令、都官尚書等，掌文翰，為皇帝、太后所依重，北魏肅宗曾對群臣說：「袁尚書，朕之杜預。」見《北史・袁翻傳》。杜預（西元二二二～二八四年），西晉人，字元凱。博學多謀略，時號「杜武庫」。

㉒寇丞相事功彪炳二句　寇丞相，即寇準（西元九六一～一〇二三年）。北宋華州人，字平仲。累官至相。封萊國公。後遭排擠，罷相，被貶雷州（今廣東海康），死於貶所，追謚忠愍。景德元年（西元一〇〇四年）冬，契丹南攻，寇準力排眾議，阻止南遷、西撤，敦促真宗赴澶州（今河南濮陽）督戰，取得勝利，與遼訂立澶淵之盟，時人因其功績，把他比作謝安。謝安（西元三二〇～三八五年），東晉人，字安石。少有盛名，辭官不就，隱居會稽東山（參見本書卷一〈地輿〉有關注釋）。年四十餘始復出仕，位至宰相。當時前秦強大，於太元八年（西元三八三年）揮師南下，謝安指揮晉軍，以少勝多，肥水之戰獲大捷，故以寇準相比。

㉓熙寧三舍人二句　北宋熙寧年間王安石變法，宋敏求、蘇頌、李大臨三人謝絕任命，犯顏上諫，一同丟官，世稱「熙寧三舍人」。見《宋史・李大臨傳》。熙寧，北宋神宗年號，西元一〇六八～一〇七七年。舍人，官名。始見於《周禮・地官》，歷代均有。主要掌管撰擬、起草詔書等務。職權範圍則歷代有大小

之別。碩彥，碩，大；彥，士的美稱，意思是傑出的士人。㉔慶曆四諫士　北宋仁宗朝時，余靖、歐陽修、王素、蔡襄四人皆為諫官，都善盡職守，遇事敢言，時號「慶曆四諫」。見《東都事略》。慶曆，北宋仁宗年號，西元一〇四一～一〇四八年。㉕宰相必用讀書人二句　謂宰相位高權重，職責繁多，只有像竇可象那樣的學識淵博者才能當好。竇可象，即竇儀（西元九一四～九六六年）。五代、宋初薊州漁陽人，字可象。歷仕後晉、後漢、後周。入宋，官至禮部尚書。學問淵博，宋初奉命主撰《建隆重定刑統》、《建隆編敕》，均屬一代文獻。史載宋太祖即位，下令不得用舊年號，最後定為「乾德」。一日，見宮女有鏡，為乾德四年鑄，顯然歷史上已有過一個「乾德」年號，大臣無一人知道是那個朝代，問竇儀，他說：「蜀王有乾德年號（案：係前蜀王衍年號，西元九一九～九二五年）。」宋太祖知道後感歎道：「宰相須用讀書人。」見《宋史．太祖本紀》。㉖狀元曾是渴睡漢二句　呂文穆，即呂蒙正（西元九四四或九四六～一〇〇五年）。北宋河南洛陽人，字聖功。太平興國二年（西元九七七年）進士第一。先後三度入相，頗負重望。卒謚文穆。相傳呂蒙正早年曾作詩云：「挑盡寒燈夢不成。」胡旦笑說：「一渴睡漢耳。」次年呂中狀元，寫封信給胡旦，說：「渴睡漢今中狀元。」胡旦大為慚愧。見《歸田錄》。㉗誰云公種生公二句　此處是反問句。針對人們常說的「公種生公，相門有相」（即所謂「龍生龍，鳳生鳳」）詰問，意思是從歷史上的賢臣名相看，情況並不如此。《史記．孟嘗君列傳》：「文聞將門必有將，相門必有相。」

【語　譯】太守別稱紫馬；縣邑轄境又號雷封。槐位、棘垣，三公與孤、卿的位置，官秩各有區別；棱官、緊職，分別是御史和拾遺的代稱。給事中又叫做夕郎，在皇宮裡處理皇帝的詔令文書；翰林別名仙掖，在紫禁城中繕寫皇帝任免將相的詔書。飽卿、睡卿，名號自有區別；銓部、祠部，所負責的職務政事各有不同。尹翁歸治理蜀郡，使民風純美、教化醇厚，他離任後百姓都思念他；汲黯名高望重，治理淮陽，政事清簡。張魏公是皇帝意欲振興的羽翼，李賀文采絢燦，是瑞世瓊瑤。士人景仰正直敢言的人，漢朝有不少像鮑永、鮑恢這樣的御史，受人們讚賞；百姓歌頌善政，江東一帶傳揚岑羲、岑仲翔、岑仲休三人的美名。劉之遴、劉之亨兄弟二人先後任南郡太守，理政都很有才能；傅僧祐、傅琰父子相繼當山陰縣令，治縣皆有政績。姜蓍官秦州，政簡刑輕，時號太平官府；裴俠守河北，修身行潔，人稱獨立使君。

袁尚書學問博大精深，不愧是北魏的杜預；寇準拒強敵，功垂千秋，真可謂是宋代的謝安。熙寧三舍人，犯顏直諫，稱得上是宋朝傑出的人才；慶曆四諫士，皆善盡職守，確實是千古流傳的忠良之臣。宰相必用讀書人，除了竇儀這樣學識淵博的人，誰當得起鼎軸；呂蒙早年被人譏為瞌睡漢，可是偏偏他中了狀元，榮登魁首。誰說王公府上才出公卿，或者說相門高第才出宰相？

武職

【題解】本章和上章相類。然主要介紹歷史上一些著名武將的事跡和武職的部分別稱、代稱。中國文化推崇文武全才和儒將，貶抑僅有勇力的糾糾武夫；軍事學上首重謀略（即所謂「不戰而勝」、「運籌帷幄，決勝於千里之外」），征戰次之。到了宋代，為加強中央集權，防止「陳橋兵變」重演，派文人督軍，所以文中介紹的「武職」有不少實為文人、「文臣」，如范仲淹、張良、諸葛亮等便是。

韓❶、柳❷、歐❸、蘇❹，固文人之最著；起❺、翦❻、頗❼、牧❽，乃武將之多奇。范仲淹胸中具數萬甲兵❾，楚項羽江東有八千子弟❿。孫臏⓫、吳起⓬，將略堪誇；穰苴⓭、尉繚⓮，兵機莫測。姜太公有《六韜》⓯，黃石公有《三略》⓰。韓信將兵，多多益善⓱；毛遂譏眾，碌碌無奇⓲。

【章旨】本節開篇即介紹中國歷史上一些著名軍事家的事跡和謀略。

【注釋】❶韓　韓愈（西元七六八～八二四年）。唐代文學家，河南河陽人，字退之。因郡望昌黎，世稱韓昌黎。早孤，刻苦自學。貞元進士。詩文俱著名，與柳宗元同為古文運動倡導者，後世列為「唐宋八大家」之首。卒謚文。有《昌黎先生集》。見《新唐書・韓愈傳》。❷柳　柳宗元（西元七七三～八一九年）。唐代文學家，河東解縣人，字子厚。世稱柳河東。工詩文，為「唐宋八大家」之一。詩風清峭；論說文峭拔矯健，說理透徹；山水遊記寫景狀物，多所寄託；寓言筆峰犀利，尤具特色。有《河東先生集》。見《新唐書・柳宗元傳》。❸歐　歐陽修（西元一〇〇七～一〇七二年）。北宋文學家。字永叔，號醉翁、六一居士。吉州廬陵人。天聖進士，曾官翰林學士、參知政事等。卒謚文忠。平生多獎掖後進，曾鞏、王安石、蘇洵父子等均受其提掖。散文暢達委婉，為「唐宋八大家」之一；詞風婉麗，亦長於史。有《歐陽文忠公集》等。見《宋史・歐陽修傳》。❹蘇　蘇軾（西元一〇三七～一一〇一年）。北宋文學家。眉州眉山人。字子瞻，一字和仲，號東坡居士。嘉祐進士，曾官禮部尚書兼端明殿、翰林侍讀兩學士，亦數度遭謫貶。與父洵、弟轍稱「三蘇」。為文汪洋恣肆，揮灑暢達，為「唐宋八大家」之一；詩雄放清新，與黃庭堅並稱「蘇黃」；詞開豪放一派，與辛棄疾連稱「蘇辛」。書法為「宋四家」之一，擅長行楷；善畫，工怪石枯木。著述頗多。見《宋史・蘇軾傳》。❺起　白起（?～西元前二五七年）。戰國時秦國名將，一名公孫起。善用兵。連續擊敗韓、魏、趙、楚軍；攻下楚都郢，因功封武安君。因功高為相國范雎所忌，後被罷免官爵，旋被秦昭王賜劍命自殺。見《史記・白起王翦列傳》。❻翦　王翦。戰國時秦國頻陽人。少好軍事。後被秦始皇封為上將，相繼攻破趙、燕、楚等國，佐秦平定天下。封武成侯。見《史記・白起王翦列傳》。❼頗　廉頗。戰國時人，趙王用為上將。用兵如神，因功封於尉文，號信平君，為假相國。見《史記・廉頗藺相如列傳》。❽牧　李牧（?～西元前二二八年）。戰國末人。趙將。滅襜襤，破東胡，降林胡，大敗匈奴，並打敗秦軍。因功封武安君。後被誣謀反而遭殺害。見《史記・趙世家》。❾范仲淹胸中具數萬甲兵　范仲淹（西元九八九～一〇五二年）為北宋政治家。蘇州吳縣人，字希文。大中祥符進士，歷官通判、左司諫、參知政事等。工詩、詞、散文，所作〈岳陽樓記〉中「先天下之憂而憂，後天下之樂而樂」，為千古名句。康定元年（西元一〇四〇年），西夏軍侵犯延州，宋仁宗命范仲淹任陝西經略安撫副使，兼知延州。到任後，改革軍制，閱軍蓄銳。西夏人相互告誡說：「小范老子胸中有數萬甲兵，不比大范老子（指范雍）可欺也。」見《五朝名臣言行錄》卷七。❿楚項羽江東有八千子弟　項羽（西元前二三二～前二〇二年），秦末下相人，名籍，字羽。世為楚將。秦二世元年（西元前二〇九年），從叔父項梁在吳起兵。殺會稽守殷通，奪其印綬，率江東八千子弟，渡江西行。激戰多次，摧毀秦軍主力。秦亡後，自立為西楚霸王。楚漢戰爭中，為劉邦擊敗，在烏江（今安徽和縣東北）自刎。見《史記・項羽本紀》。⓫孫臏　戰國初軍事家。齊國阿人。齊國軍師。孫武的後代。曾與龐涓同學兵法，涓忌其才能，誑他到魏，處以臏刑（去膝蓋骨），故稱孫臏，原名失傳。後經齊國使者祕密救回，協助田忌、田肦，先後兩次大敗魏軍。見《史記・孫子吳起列傳》。著有《齊孫子》八十九篇，圖四卷，久已失傳。西元一九七二年在山東臨沂漢墓出土部分竹簡殘篇，整理為《孫臏兵法》。⓬吳起　（?～西元前三八一年），戰國時軍事家。衛國左氏人。先後在魯、魏任將。後入楚，在楚變法，促使楚國富強，北卻三晉，西伐強秦，南併蠻越，其兵法與孫武、孫臏齊名。見《史記・孫子吳起列傳》。《漢書・藝文志》記有《吳起》四十八篇，已佚。今本《吳子》為後人所編。⓭穰苴　戰國時人。《史記・司馬穰苴列傳》載：齊國晏子曾向景公推薦：「穰苴文能附眾，武能威敵，願君試之。」景公召見後，大悅，因以為將，後封為大司馬。著有兵書，世稱《司馬法》。⓮尉繚　(1)戰國中期兵家。《漢書・藝文志》兵形勢家記有《尉繚》三十一篇，今存二十四篇，首篇〈天官〉為答梁惠王問而作。(2)戰國末年魏人。名繚，尉為官名，姓失傳。秦王政十年（西元前二三七年）入秦遊說，主張用金錢收買六國豪臣，打亂其部署，然後用兵統一。秦王加以採納，用為國尉。不久逸去。《漢書・藝文志》雜家有《尉繚》二十九篇。今佚。⓯姜太公有六韜　姜太公即呂尚，西周齊國國君。姜姓，名望，字尚父，一說字子牙。先祖佐禹平水有功，封呂，故又名呂尚。官為太師，輔佐武王滅商有大功，被封於齊，為齊國始祖，因有太公之稱。見《史記・齊世家》。民間有關他的傳說極多。相傳他著有《六韜》，即〈文〉、〈武〉、〈龍〉、〈虎〉、〈豹〉、〈犬〉等。見《隋書・經籍志》。⓰黃石公有三略　黃石公是秦末人，相傳為張良老師，有《三略》。《三略》即〈上略〉、〈中略〉、〈下略〉。見《隋書・經籍志》。據說又名《太公兵法》，姜太公原著，由黃石公推演闡說。⓱韓信將兵二句　韓信（?～西元前一九六年）為西漢初名將。淮陰人。初屬項羽，繼歸劉邦，被任為大將。有勇有謀，為漢朝建立有大功，善於將兵，自稱「多多益善」。意指無論多少都可帶好，是對自己才能的自信。見《漢書・韓信傳》。⓲毛遂譏眾二句　毛遂是戰國時趙國人。平原君門下食客。史載趙孝成王九年（西元前二五七年），秦圍趙都邯鄲，平原君到楚求救，選門下二十人隨從，選得十九人，他自薦同往（即成語「毛遂自薦」之出典）。平原君與楚王談論半日不決，他按劍而上，說服楚王同意合縱抗秦，當堂歃血為盟，遂用手招十九人上殿，說：「公等碌碌，所謂因人成事者也。」見《史記・平原君虞卿列傳》。

【語　譯】韓愈、柳宗元、歐陽修、蘇軾，是文人中文采最卓著的；白起、王翦、廉頗、李牧，是武將裡屢建奇功的。范仲淹整軍備戰，胸中有數萬甲兵；項羽率江東八千子弟，起兵反秦。孫臏、吳起皆有大將謀略，確可稱道；穰苴、尉繚，都有用兵計謀，高深莫測。姜太公著有《六韜》，黃石公推演《三略》。韓信將兵，多多益善；碌碌無奇，是毛遂對眾人的譏諷。

大將曰干城❶，武士曰武弁❷。都督稱為大鎮國❸，總兵稱為大總戎❹。都閫即是都司❺，參戎即是參將❻。千戶有戶侯之仰❼，百戶有百宰之稱❽。以車為戶曰轅門❾，顯揭戰功曰露布❿。下殺上謂之弒⓫，上伐下謂之征⓬。交鋒為對壘⓭，求和曰求成。戰勝而回，謂之凱旋⓮；戰敗而走，謂之奔北⓯。為君洩恨曰敵愾⓰，為國救難曰勤王⓱。膽破心寒，比敵人懾伏⓲之狀；風聲鶴唳⓳，驚士卒敗北⓴之魂。

【章　旨】本節介紹有關征戰的習見辭語以及各級武將的美譽、別稱。

【注　釋】❶大將曰干城　謂大將是國家的捍衛者。干和城都比喻捍衛者。《詩・周南・兔罝》：「糾糾武夫，公侯干城。」語即本此。干，盾牌。城，城郭。❷武弁　指武官。語見權德輿〈送韋行軍員外赴河陽〉詩。弁，本意為一種帽子，引申為頭目。舊時稱武官為弁，後專指管雜務的武職，如弁目、馬弁。❸都督稱為大鎮國　都督，官名。在魏、晉、南北朝時為全國最高軍事統帥鎮守國家，故稱為大鎮國。後來是地方軍政長官；明代置五軍都督府，為最高軍政機關。❹總兵稱為大總戎　明代總兵本為差遣的名稱，無品級、定員，遇有戰事，佩將印出兵，事畢繳還，後漸成常駐武官，因其征戰時總領軍事，故又名大總戎。戎，兵器；軍士；征戰。❺都閫即是都司　謂都閫是都司的別名。閫，門檻。常特指部門的門檻。《史記・張釋之馮唐列傳》：「臣聞上古王者之遣將也，跪而推轂，曰：『閫以內者，寡人制之；閫以外者，將軍制之。』」後因稱軍事職務為「閫外」。因都司掌一省兵權，故名都閫。都司，都指揮司使的簡稱，為一省掌兵的最高機構。❻參戎即是參將　謂參戎是參將的別名。參將，官名。明代為鎮守邊區的統兵官，無定員，地位低於總兵。見《明史・職官志五》。清代是綠營的統兵官，位次於副將，掌理本營軍務。❼千戶有戶侯之仰　指千戶又美稱為戶侯。千戶，官名。金代始設，為世襲軍職。明代衛所軍制亦設千戶所，駐重要州府，統兵一千一百二十人，分為十個百戶所，統隸於衛。千戶為一所長官。見《續文獻通考・職官考七》。❽百戶有百宰之稱　謂百戶又美稱為百宰。百戶，官名。元代軍制，設百戶為「百夫之長」，隸屬於千戶，為世襲軍制。見《元史・百官志二》。明代亦有百戶所，統兵一百十二人。百戶為一所的長官。又稱百宰、百夫長。宰，主持之意。❾轅門　古代帝王巡狩在外，休息時用車子作為屏藩，出入之處，仰起兩輛車，使兩車車轅相向交接，成一半圓形的門，叫轅門。見《周禮・天官・掌舍》。後也指領兵在外將帥的營門及督撫等官署的外門。❿露布　也稱「露板」。文書不加檢封，公開宣布之意。古代多用以稱檄文、捷報或其他緊急文書。《後漢書・李雲傳》：「露布上書。」李賢注：「露布，謂不封之也。」⓫弒　殺。古代把臣殺君、子殺父母稱為弒。《易・坤・文言》：「臣弒其君，子弒其父。」這是綱常倫理觀念在文字使用上的反映。下文「征」字同此。⓬征　上討伐下。《易・謙》：「利用行師征邑國。」古人以「征」有「正」意，討伐地位低者是為了正其罪。⓭對壘　兩軍相持。《晉書・宣帝紀》：「與之對壘百餘日。」壘，營壘。後世也用以指各種競賽。⓮凱旋　軍隊打了勝仗，奏著勝利的樂曲回來。宋之問〈軍中人日登高贈房明府〉詩：「聞道凱旋乘騎入。」凱，軍隊得勝所奏的樂曲。旋，返回。⓯奔北　軍隊打了敗仗後逃跑。語見《漢書・王尊傳》。奔，逃亡；急走。北，敗；也指敗逃者。⓰敵愾　此詞多與「同仇」合用，作「同仇敵愾」，意思是齊心合力，對付共同的敵人。見《左傳・文公四年》杜預注。敵，當；承擔。愾，恨怒。⓱勤王　盡力於王事；起兵救援王朝。見《左傳・僖公二十五年》。專制制度下君、國一體，故救國難亦即勤王。⓲懾伏　也作「懾服」。因畏懼而屈服。《史記》中多處用之。懾，恐懼；害怕。⓳風聲鶴唳　太元八年（西元三八三年），秦主苻堅率軍號稱百萬南下，列陣肥水，謝玄等率精兵八千渡水攻擊，秦軍大敗，聞風吹鳥鳴之聲，見草木搖動，皆以為晉軍。事見《晉書・謝玄傳》。後用以形容驚慌失措或自相驚擾。⓴敗北　戰敗；敗走。《史記・刺客列傳》：「曹沫為魯將，與齊戰，三敗北。」

【語　譯】大將負衛國之責，所以稱干城；武士是眾兵的頭目，故名武弁。都督又稱大鎮國，總兵也叫大總戎。都閫就是都司，參戎就是參將。十戶有戶侯之尊稱，百戶有百宰之別名。以車做門叫轅門，宣布戰功稱「露布」。臣下、兒子殺君王、父母，謂之弒；國君討伐臣下，謂之征。兩軍交鋒，又名「對壘」；請求休戰和好，叫做「求成」。打了勝仗，高唱凱歌而回，稱作「凱旋」；戰敗後逃走，叫做「奔北」。替國君洩恨報仇，名為敵愾；為國家拯救患難，稱作勤王。膽破心寒，比喻敵人恐懼屈服的狀況；風聲鶴唳，形容兵士戰敗，喪魂落魄，自相驚擾的樣子。

漢馮異當論功，獨立大樹下，不誇己績❶；漢文帝嘗勞軍，親幸細柳營，按轡徐行❷。苻堅自誇將廣，投鞭可以斷流❸；毛遂自薦才奇，處囊便當脫穎❹。羞與噲等伍，韓信降作淮陰❺；無面見江東，項羽羞歸故里❻。韓信受胯下之辱❼，張良有進履之謙❽。衛青為牧豬之奴❾，樊噲為屠狗之輩❿。求士莫求全，毋以二卵棄干城之將；用人如用木，毋以寸朽棄連抱之材⓫。總之，君子身可小可大，丈夫志能屈能伸⓬。自古英雄難以枚舉，欲詳將略須讀武經⓭。

【章　旨】本節介紹歷史上一些著名的武將。不過，其著眼點不在武功，而是品格：褒揚不居功自傲、謙虛律己的行為，貶抑狂妄自大、終至身敗名裂者。並從歷史人物的境遇中引申出一些帶有哲理性的看法：立身行事要有遠大志向，也應審時度勢，能屈能伸；用人當用他的長處，勿拘泥於小節，更不能以出身定論。

【注　釋】❶漢馮異當論功三句　謂馮異為人謙虛，從不自誇自己的功勞。馮異（?～西元三四年），東漢初潁川人，字公孫。《後漢書・馮異傳》載：馮異在新莽末年隨劉秀平定河北，任偏將軍。當其他將領坐在一起論說功勞時，他常退避樹下，軍中稱他為「大樹將軍」。劉秀繼位，封為夏陽侯。❷漢文帝嘗勞軍三句　《史記・絳侯世家》載：漢文帝有次去細柳營慰問軍士，至門口，將士守備森嚴，文帝派使者拿著詔書通報周亞夫，周才傳令打開大門放行，並說，軍中不得騎馬飛奔，於是，漢文帝拉住馬轡，緩緩進入。漢文帝，參見本卷〈朝廷〉有關注釋。細柳，古地名。在今陝西咸陽市西南渭河北岸，漢代大將周亞夫屯軍於此。因漢文帝勞軍事，後人便把紀律嚴明的軍營稱為「細柳營」。轡，駕馭牲口的韁繩。❸苻堅自誇將廣二句　《晉書・載記・苻堅傳》載：建元十九年（西元三八三年）徵調九十萬大軍攻晉，有人勸諫，苻堅傲慢地說：「吾百萬之眾，投馬鞭於長江，足可阻斷其流。」苻堅（西元三三八～三八五年），十六國時期前秦皇帝。西元三五七～三八五年在位。字永固，一字永玉。氐族。任用王猛，實行改革，先後攻滅前燕、前涼、代國等，統一北方大部分地區。結果在肥水為晉軍所敗（參見上節⑲），兩年後被殺，前秦隨之瓦解。❹毛遂自薦才奇二句　《史記・平原君虞卿列傳》載：毛遂自薦時，平原君說：「你來了三年無所作為。」遂說：「使臣得處囊中，當脫穎而出。」意思是有才能的人只要得到機會，即能表顯自己，建功立業。毛遂自薦，見前二節⑱。穎，尖端。❺羞與噲等伍二句　據《漢書・韓信傳》載：漢初，劉邦封韓信為楚王，後來，劉邦見韓信的威勢勝過朝廷，便用陳平之計，降他為淮陰侯，韓信恥於與屠狗出身的樊噲等人地位相同，稱病不上朝。後因以「噲伍」作為平庸之人的代稱。噲，樊噲（？～西元前一八九年）。西漢沛縣人。少時家貧，以屠狗為業。後來隨劉邦起兵，以功封賢成君。在項羽謀士范增所設的鴻門宴上，他直入營門，斥責項羽，劉邦才得以逃脫。漢初任左丞相，封舞陽侯。伍，同列；等輩。韓信，見本篇前注。❻無面見江東二句　楚漢戰爭中項羽失敗，從垓下（今安徽靈壁南）突圍到烏江（今安徽和縣東北），有人勸他：「江東雖小，亦足以王，請急渡。」項羽說：「昔與江東八千子弟渡江而西，今無一人還，有何顏面見江東父老乎？」於是拔劍自刎而死。見《史記・項羽本紀》。項羽，見本篇前注。❼韓信受胯下之辱　《史記・淮陰侯列傳》載：韓信年輕時喜歡佩劍。當地有個青年屠夫羞辱他，說：「信能死，刺我；不能死，出我胯下。」韓信看了他許久，忍受了屈辱，從他胯下爬出。❽張良有進履之謙　謂貴族出身的張良曾經跪下為老人穿鞋。張良（？～西元前一八六年），漢初城父人，字子房。韓國貴族出身，秦滅韓後，他圖謀恢復韓國，結交刺客，在博浪沙狙擊秦始皇而未中。傳說他逃到下邳時遇一老人（即黃石公），老人把鞋扔到橋下，命張良取來並為他穿上，張良愕然，但仍照辦。老人說：「孺子可教。」送給他《太公兵法》，並說：「讀此書可為帝王師。」劉邦起兵後，張良召集人馬歸附，是劉邦的重要謀士，對漢朝的建立和鞏固起了重要作用，劉邦讚為「運籌帷幄之中，決勝千里之外」。漢朝建立，封留侯。見《史記・留侯世家》。履，鞋。❾衛青為牧豬之奴　謂衛青少時曾為人牧豬。衛青（？～西元前一〇六年），西漢名將。河東平陽人，字仲卿。本為平陽公主家奴，少孤貧，牧豬羊。在他的姐姐成為皇后後任官職。與霍去病等人先後七次出擊匈奴，解除了匈奴對漢王朝的威脅。官至大將軍，封長平侯。見《漢書・衛青傳》。❿樊噲為屠狗之輩參見❺。⓫求士莫求全四句　史載子思薦荀變於衛侯，說他很有將才。衛侯說：「我知道他有才，但變曾為吏，吃過別人二個雞蛋，所以不能用。」子思說：「聖人用人如同木匠用木，取其所長，棄其所短。所以，若幾個人合抱的大樹上有幾尺朽木，好的工匠不會丟棄。用人也如此，不能因二個雞蛋捨棄可以衛國的干城之將。」見《孔叢子》。⓬君子身可小可大二句　邵雍〈代書寄前洛陽簿陸剛叔祕校〉詩：「知行知止唯賢者，能屈能伸是丈夫。」⓭武經　(1)兵書的總稱。如《孫子》、《吳子》、《尉繚子》、《司馬法》等等。(2)《武經總要》，兵書名。北宋官修，由曹公亮主編。凡四十卷，分前後集。前集二十卷，論述軍事組織、軍事制度、步騎兵教練、行軍、營陣、戰略、戰術、武器的製造和使用及邊防地理等。後集二十卷，輯錄歷代用兵故事，論述陰陽占候，保存許多軍事史資料。此書為宋以後兵家必讀，明代亦有多種刊本。

【語　譯】漢代馮異每當眾人論說功勞時，便獨自走到大樹下，不誇耀自己的功績；漢文帝到細柳營慰勞將士時，拉住馬韁繩慢步而行，遵守軍紀。苻堅自誇兵多將廣，馬鞭投入江中，便能阻斷江流，最後卻慘敗了。毛遂自我推薦有奇才，只要有機會就能展現，情況的確如此。韓信降為淮陰侯，恥於與原比他位低的樊噲等人同列；項羽兵敗後，無顏見故鄉父老而自刎。韓信能自屈，忍受胯下之辱；張良能謙忍，為老人拾鞋穿鞋。衛青早先當過牧豬奴，樊噲少時家貧而屠狗，他們後來都建立大功勳。求才不必求全責備，不要因二個雞蛋捨棄能衛國的大將；用人好比用木頭，切勿因寸許朽木而拋掉整根合抱的大樹。總而言之，君子的身分職位可大可小，大丈夫有志向，能受委屈也能伸展。自古以來的英雄很多，難以一個個例舉。如要詳細了解大將的謀略用兵，需平日多讀兵書。

新增文

《書》曰桓桓武士❶，《詩》云矯矯虎臣❷。黃驄少年，登先陷陣❸；白馬長史，殿後摧鋒❹。天子遣趙將軍，真得禦邊之策❺；路人問霍去病❻，速收絕漠❼之勳。北敵勢方強，婁師德八遇八克❽；南蠻心未服，諸葛亮七縱七擒❾。衛將軍一舉而朔庭空，伏劍洗劉家日月❿；薛總管三箭而天山定，彎弓造李氏乾坤⓫。韓信用木罌渡軍，機謀叵測⓬；田單以火牛出陣，勢燄莫當⓭。太史慈乃猿臂英雄⓮，班定遠實虎頭豪傑⓯。力強邁眾，敬德避矟而復奪矟⓰；膽略過人，張遼出陣而復入陣⓱。狄天使可例雲長⓲，高敖曹堪比項籍⓳。紫髯會稽，振耀吳軍武烈⓴；黃鬚驍騎，奮揚曹氏威聲㉑。鴉軍㉒、雷軍㉓、雁子軍㉔，鬼神褫魄㉕；飛將㉖、銳將㉗、熊虎將㉘，草木知名。圻父，王之爪牙，詩旨真可味也㉙；將軍，國之心膂，人言其不謬乎㉚。

【章旨】本節補充介紹歷史上一些名將的武功戰績。

【注　釋】❶桓桓武士　謂威武的勇士。桓桓，威武貌。句出《書・牧誓》：「尚桓桓，如虎如貔，如熊如羆，於商郊。」❷矯矯虎臣　謂勇猛如虎的部下。句出《詩・魯頌・泮水》：「矯矯虎臣，在泮獻馘。」矯矯，亦作「蹻蹻」。勇武貌。❸黃驄少年二句　北周裴果勇冠諸軍，常騎驄馬，衣青袍，率先衝鋒陷陣，時號「黃驄少年」。見《北史・裴果傳》。❹白馬長史二句　《後漢書・公孫瓚傳》載：漢代公孫瓚為遼東屬國長史，常與善射之士乘白馬，為左右翼。烏桓人說：「且止，避白馬長史。」長史，舊稱地位較高的官員。長，大。兩漢時與周邊少數族鄰接各郡太守的屬官，掌一郡兵馬。殿後，行軍走在最後以護衛。摧鋒，挫敗敵軍的鋒銳。❺天子遣趙將軍二句　《漢書・趙充國傳》載：漢宣帝時西羌犯境，趙充國已七十多歲，自告奮勇，宣帝問他要用多少兵，他說：「百聞不如一見，待實地考察後，再制定切實的禦邊之策。」趙將軍，即漢代將軍趙充國。❻路人問霍去病　南朝梁曹景宗破魏軍還，梁武帝於光華殿開宴聯句，曹景宗詩云：「去時兒女悲，歸來笳鼓競。借問行路人，何如霍去病。」見《南史・曹景宗傳》。霍去病（西元前一四〇～前一一七年），西漢名將。河東平陽人。善騎射。幾次與衛青共同出擊匈奴，解除匈奴對漢王朝的威脅。以功封冠軍侯，任驃騎將軍。漢武帝要為他建造府第，他拒絕道：「匈奴不滅，無以家為。」見《漢書・霍去病傳》。❼絕漠　極遠的沙漠。❽北敵勢方強二句　謂北方敵人勢力強大，婁師德奉命抵抗，八戰八勝。婁師德（西元六三〇～六九九年），唐鄭州原武人，字宗仁。貞觀進士。儀鳳三年（西元六七八年）應詔從軍，抵禦吐蕃。與敵人戰，八戰八勝。後專綜邊任達三十餘年，孜孜不倦。見《新唐書・婁師德傳》。❾南蠻心未服二句　《漢晉春秋》載：為平定南方，諸葛亮抓住了當地少數民族首領孟獲，孟不服氣，諸葛亮便放了他，如此反覆七次，終於使他心悅誠服。章孝標〈諸葛武侯廟詩〉：「七縱七擒何處在，茅花櫪葉蓋神壇。」❿衛將軍一舉而朔庭空二句　漢代北部邊境曾不斷遭到匈奴侵擾，衛青、霍去病等人多次領兵抗擊匈奴，將他們逐出，保全了漢朝疆域。見《史記・匈奴傳》等。衛將軍，衛青。見上節❾。朔庭，朔方郡，古地名。轄境在今內蒙古河套西北及後套地區。劉家日月，漢朝天下。漢朝皇帝劉姓，故云。日月，天地；天下。⓫薛總管三箭而天山定二句　謂薛仁貴以高超的箭術平定西北，保衛了唐朝。薛總管，即薛仁貴（西元六一四～六八三年）。唐代絳州龍門人，名禮。農民出身，善騎射。後從軍，以驍勇為太宗賞識。高宗時，突厥九姓為亂，薛為總管平亂，三箭殺魁首三人，使敵懾服，保全了李唐王朝。軍中歌云：「將軍三箭定天山，壯士長歌入漢關。」見《新唐書・薛仁貴傳》。李家乾坤，唐朝天下。唐朝皇帝李姓，故云。⓬韓信用木罌渡軍二句　《漢書・韓信傳》載：韓信攻打魏時，魏王在蒲坂列重兵，阻擋韓信，韓信布疑陣，表面上徵集船隻，要在臨晉渡江，暗中卻以木罌從夏陽渡江，襲擊魏軍，大獲全勝。韓信，見本篇前注。木罌，木製的盛酒器。罌，盛酒器，小口大腹。⓭田單以火牛出陣二句　田單是戰國時齊國人，即墨城的守將，燕國攻城，他讓老弱婦女登城守望，麻痺敵軍，一面準備了數千頭牛，牛角上綁刀，在牛尾上點火，使火牛衝入敵陣，大敗燕軍，並乘勝收復齊國失地七十餘城。見《史記・田單列傳》。⓮太史慈乃猿臂英雄　謂太史慈是長胳膊的英雄。太史慈，三國時吳國大將。長臂，善於射箭，人稱「猿臂英雄」。見《三國志・吳書・太史慈傳》。猿臂，謂臂長如猿，可以運轉自如。引申為攻守自如，進退無礙。⓯班定遠實虎頭豪傑　《後漢書・班超傳》載：班超長相為虎頭燕頷，故稱為「虎頭將軍」。班定遠，即班超（西元三三～一〇二年）。東漢名將，字仲升，班固弟。少年時傭書養母，後投筆從戎。奉命出使西域，前後共達三十一年，平定叛亂，擊退月氏的入侵，鞏固了漢朝在西域的統治，保護了西域各族的安全以及絲綢之路的暢通。封定遠侯。⓰力強邁眾二句　謂尉遲恭善於使用長矛，武力超群。敬德，尉遲恭（西元五八五～六五八年）。唐朔州善陽人，字敬德，善於避矟奪矟，以勇武著稱。曾參與玄武門之變，射殺齊王元吉。後封鄂國公。見《新唐書・尉遲敬德傳》。矟，長矛。即槊。⓱膽略過人二句　謂張遼膽略非同一般，數次殺出重圍。張遼（西元一六九～二二二年），三國時魏將。雁門馬邑人，字文遠。有膽略，數建戰功。建安二十年（西元二一五年），孫權攻合肥，他率敢死士八百人，在逍遙津大破權軍。《三國志・魏書・張遼傳》載：他曾被孫權軍包圍，率數十人突圍而出，部眾呼號，說：「將軍要拋棄我們嗎？」張遼返身殺入重圍，救出餘下的將士。⓲狄天使可例雲長　謂狄青之勇武，堪與關羽相比。狄天使，即狄青（西元一〇〇八～一〇五七年）。北宋大將，字漢臣。行伍出身，勇武善戰，屢著戰功。《宋史・狄青傳》載：狄節鎮涇原時，人呼狄天使。宋仁宗想召見他。時寇逼平涼，狄前往抗擊，便把自己的畫像送到朝中。仁宗觀其儀表，歎說：「朕之雲長也。」雲長，即關羽。字雲長，三國時蜀漢大將。見《三國志・蜀書・關羽傳》。⓳高敖曹堪比項籍　謂高昂之勇猛可與項羽相比。高敖曹，即高昂（約西元五〇一～五三八年）。東魏渤海人，字敖曹。少有勇力。後隨高歡，屢立戰功，官至軍司大都督，統帥七十六都督，是鮮卑權貴所憚服的唯一漢族大將。時人比作項籍。見《北史・高昂傳》。項籍，即項羽，見本篇前注。⓴紫髯會稽二句　謂長有紫色鬍子的孫權，以其才幹顯耀出吳國軍隊的勇武。《三國志・吳書・吳主傳》載：有次魏將張遼問吳軍投降的士兵：「以往曾有位紫髯將軍，善於騎馬射箭，是什麼人？」降卒回答說：「孫會稽。」張遼大為歎服。孫會稽，即孫權（西元一八二～二五二年）。三國吳國皇帝，西元二二九～二五二年在位，字仲謀，吳郡富春人。東漢末年，繼兄孫策據有江東六郡。黃龍元年（西元二二九年），稱帝於武昌，國號吳，旋即遷都建業（今江蘇南京）。㉑黃鬚驍騎二句　謂曹操的兒子以其戰功振奮、發揚了曹氏家族的聲威。東漢末年，北方的烏桓入侵，曹操命兒子曹彰為驍騎將軍，出兵反擊，大獲全勝。曹操高興地拉著曹彰的鬍鬚說：「黃鬚兒竟大奇也。」見《三國志・魏書・任城王傳》。㉒鵶軍　五代李克用號李鵶兒，他率軍赴京，賊懼憚說：「鵶兒軍至矣。」見《舊五代史・唐莊宗本紀》。鵶，「鴉」的異體字。㉓雷軍　唐代鄭畋所帶軍，號疾雷軍，所向披靡。見《新唐書・鄭畋傳》。㉔雁子軍　五代梁朱瑾募兵，刺雙雁於頰，號雁子軍。也稱雁子都。見《新五代史・雜傳七・朱漢賓》。㉕褫魄　喪魂落魄。語見張衡〈東京賦〉。㉖飛將　唐代單雄信極勇，號飛將。見《新唐書・單雄信傳》。㉗銳將　唐代馬璘武藝絕倫，平安史之亂有功，為中興銳將。見《新唐書・馬璘傳》。㉘熊虎將　指關羽、張飛。三國時，東吳周瑜〈與孫權書〉說：「劉備以梟雄之姿，又得關、張為熊虎將，有飲馬長江之志。」見《三國志・吳書・周瑜傳》。㉙圻父三句　謂《詩經》講「圻父是王的爪牙」，這話值得品味。《詩・小雅・圻父》：「祈父，予王之爪牙。」本句即出自此。圻父，亦作「祈父」。古代官名。掌王畿內兵馬。味，研究體會。㉚將軍三句　指人們說將軍是國家的心膂，這話一點兒也不錯。《書・君牙》：「今命爾予翼，作股肱心膂。」心膂，猶言股肱。心、膂（脊骨）皆人體重要部位，比喻親信得力的人。

【語　譯】《尚書》說「桓桓武士」，讚美了武士之威武；《詩經》云「矯矯虎臣」，頌揚了武士的勇猛。裴果騎黃馬，率先攻敵，人稱黃驄少年；公孫瓚任遼東長史，騎白馬，護衛殿後，摧折敵鋒，時號白馬長史。漢天子派遣趙充國守衛邊疆，他制定了切實可行之策略；梁朝曹景宗如同霍去病，能在偏遠的荒漠迅速打敗敵人，建立功勳。北方敵人勢力強盛，婁師德迎敵而八戰八勝；南方部族心有不服，諸葛亮七擒七縱，終於使他們誠服。衛青抗擊匈奴，打得他們遠遠逃散，以寶劍穩定了劉漢疆域；薛仁貴征討突厥，三箭定天山，保護了李唐王朝。韓信用木罌渡軍過河，真假虛實，機謀難測；田單以火牛衝擊敵陣，烈燄衝天，勢不可當。太史慈是猿臂英雄，班定遠為虎頭豪傑。尉遲敬德膂力強健，善於躲避長矛又能奪取敵人的長矛；張遼膽略過人，能突出重圍，又能殺入重圍。宋代狄青與蜀漢的關羽相類，東魏高昂堪與楚霸王項羽媲美。孫權是紫髯將軍，能振耀吳軍的勇武剛烈；曹彰是黃鬚驍騎，能奮揚曹氏的聲勢威名。鴞軍、雷軍、雁子軍，鬼神見了也喪魂落魄；飛將、銳將、熊虎將，連草木都知道他們的威名。「圻父，王之爪牙」，《詩經》這句話的意蘊真值得研究體會；「將軍，國之心膂」，古人所說的，恐怕一點兒也不錯。

卷二

父子俱賢，曰是父是子❻。祖稱王父❼，父曰嚴君❽。父母俱存，謂之椿萱❾并茂；子孫發達，謂之蘭桂騰芳❿。

【章旨】本節開宗明義，就人際關係中最基本而普遍的社會關係——「五倫」，以及血緣關係——「九族」，介紹有關稱謂以及社會交往中對自家或他人家庭的部分代稱與美稱。

【注釋】❶何謂五倫二句　五倫，也稱「五常」。是人與人之間的五種倫理關係及準則，即君臣、父子、夫婦、兄弟、朋友。《孟子·滕文公上》：「舜使契為司徒，教以人倫：父子有親，君臣有義，夫婦有別，長幼有序，朋友有信。」❷何謂九族二句　九族，指血緣關係中本身（己身）以上的父、祖、曾祖、高祖和以下的子、孫、曾孫、玄孫。見《書·堯典》孔安國傳。舊時立宗法、定喪服皆以此為準。此外，也有包括異姓親屬而言的，即父族四、母族三、妻族二為「九族」。見《尚書正義》引夏侯及歐陽等說。本文用前說。考，即「父」。《爾雅·釋親》：「父曰考，母曰妣。」也指已死的父親，如顯考、先考。❸鼻祖　古人認為，凡人懷胎，鼻先受形（見《方言》卷十三），故稱始祖為鼻祖。後引申為開端、開創者。❹耳孫　遠孫。以高祖甚遠，但耳聞之而名。見《漢書·惠帝紀》注。然究係哪一輩，各家解說不一。有說是曾孫，也有說玄孫之子或玄孫之曾孫。❺肯構肯堂　即「肯堂肯構」。指兒子能繼承父業。《書·大誥》：「若考作室，既厎法（設計之意），厥子乃弗肯堂，矧肯構！」意指父輩設計了，兒子連地基都不打，何談蓋房子。堂，立堂基。構，蓋屋。❻是父是子　意指有這樣的父親，才有這樣的兒子。語見《法言·孝至》。❼王父　祖父。祖父比父親尊一輩，故名。曾祖又稱曾祖王父，高祖又稱高祖王父。見《爾雅·釋親》。❽嚴君　父親。⑴嚴，敬重。《孝經·聖治》：「孝莫大於嚴父。」⑵因父親對子女管教嚴格，故稱父為「嚴父」。相對而言，母為「慈母」。《易·家人》：「家人有嚴君焉，父母之謂也。」❾椿萱　父母。古時稱父為「椿庭」。《莊子·逍遙遊》：「上古有大椿者，以八千歲為春，八千歲為秋。」大椿長壽，故稱父為椿庭。萱，萱草。植物，古人認以食之令人歡樂忘憂。婦人有孕，佩其花則生男，亦名宜男草。故稱母為「萱堂」。見《博物志》。❿蘭桂騰芳　比喻子孫享受榮華富貴，家族興旺發達。晉代謝玄以芝蘭喻子侄（見《晉書·謝安傳》）。宋代竇均五子，相繼登科（考中進士），他的朋友贈詩，有「靈椿一樹老，丹桂五枝芳」句。見《宋史・竇儀傳》。

【語 譯】什麼是「五倫」？就是君臣、父子、夫婦、兄弟、朋友。什麼是「九族」？就是高祖、曾祖、祖父、父親、自己、兒子、孫子、曾孫、玄孫。家族的始祖稱鼻祖，遠代的孫子叫耳孫。父親創業，由兒子承繼，叫做「肯構肯堂」；父子都有賢能，子肖其父，稱為「是父是子」。祖父又稱作王父，父親也可稱嚴君。父母皆在世，稱作「椿萱並茂」；子孫都發達，謂之「蘭桂騰芳」。

橋木高而仰，似父之道；梓木低而俯，如子之卑❶。不癡不聾，不作阿家阿翁❷；得親順親，方可為人為子❸。蓋父愆，名為幹蠱❹；育義子，乃曰螟蛉❺。生子當如孫仲謀，曹操羨孫權之語❻；生子須如李亞子，朱溫歎存勗之詞❼。菽水承歡，貧士養親之樂❽；義方是訓，父親教子之嚴❾。紹箕裘❿，子承父業；恢先緒⓫，子振家聲。具慶⓬下，父、母俱存；重慶⓭下，祖、父俱在。燕翼貽謀⓮，乃稱裕後之祖；克繩祖武⓯，是稱象賢⓰之孫。稱人有令子⓱，曰麟趾⓲呈祥；稱宦有賢郎，曰鳳毛⓳濟美⓴。

【章 旨】本節講述「父尊子卑」的道理，以及在此原則下，家族中父子、翁姑等關係的維繫與家庭教育；也介紹常用的代稱和讚美之辭。

【注 釋】❶橋木高而仰四句　舊時認為父權不可侵犯，似喬樹；兒子應該卑躬屈節，似梓樹。即「父尊子卑」之意。《尚書大傳・周傳・梓材》載：周初，伯禽去見其父周公，三次見面，三次被打。伯禽不知何故，問商子。商子讓他到南山去看橋樹和梓樹。伯禽去了，見到橋樹高而仰，梓樹低而俯。還告商子，商子說：「橋者，父道也；梓者，子道也。」後因以「橋梓」喻父子。橋（亦作「喬」）、梓皆樹名。喬樹果實向上，梓樹果實下俯。❷不痴不聾二句　意指當公婆（阿翁阿家）的有時要裝聾作啞。唐朝郭子儀之子郭曖娶升平公主，夫妻不和，曖說：「你倚仗父親是天子啊？我父親鄙薄天子，才不當的。」公主回宮告訴父王，代宗說：「他說的是實話。」讓公主回去。郭子儀得知此事，綁了兒子等待處置。代宗說：「不痴不聾，不作阿家（姑）阿翁，兒女的私房話不要聽。」見《資治通鑑・唐紀》。❸得親順親二句　意指一個人如果不能得到雙親的讚許，便不可以算作人；如果不能順從雙親的意願，便不可以算作兒子。句出自《孟子・離婁上》：「不得乎親，不可以為人；不順乎親，不可以為子。」❹蓋父愆二句　意思是掩飾父親的過失，稱之為「幹蠱」。句出《易・蠱》：「幹父之蠱。」意指(1)兒子能承擔父親所不能勝任的事；(2)父親有過失，為父親掩蓋斡旋。文中用後意。（案：按「三綱五常」的精神，臣下、兒子必須絕對服從皇帝、父親。有過失時，臣子只能「補天浴日」；兒子則是斡旋掩蓋，不得告發。告發反有「不孝之罪」。舊時各朝律法案例皆如此。）愆，過失。❺螟蛉　蛾的幼蟲。蜾蠃常捕螟蛉餵牠的幼蟲，古人錯認為蜾蠃養螟蛉為子。因把「螟蛉」或「螟蛉子」作養子的代稱。語出《詩・小雅・小宛》：「螟蛉有子，蜾蠃負之。」❻生子當如孫仲謀二句　《三國志・吳書・吳主傳》載：有次曹操見孫權的軍隊陣容整齊，感歎道：「生子當如孫仲謀。」孫仲謀，即孫權。見卷二〈武職〉新增文⑲。曹操（西元一五五～二二〇年），即魏武帝。三國時政治家。東漢末年官兗州牧。精兵法，在各地割據勢力紛爭中，把漢獻帝接到己處，挾天子以令諸侯，逐漸統一中國北部，與劉備、孫權三足鼎立。子曹丕稱帝，追尊他為武帝。見《三國志・魏書・武帝紀》。❼生子須如李亞子二句　《舊五代史・唐紀》載：李存勗（小名亞子）與後梁交戰時屢屢得勝，後梁太祖朱溫感歎道：「生子須如李亞子，吾兒豚犬耳。」李存勗（西元八八五～九二六年），後唐莊宗。五代唐王朝的建立者，西元九二三～九二六年在位。沙陀部人，李克用之子，善用兵，自負以「十指得天下」，但治國無方，又貪財如命，任意殺戮，終致兵變被殺。❽菽水承歡二句　謂窮人的兒子只要盡心奉養雙親，讓雙親高興，哪怕吃豆飲水，也是樂事。典出《禮記・檀弓》：有次子路感歎窮人家的老人，「生無以為養，死無以為禮（喪葬禮節）」。孔子說：「啜菽飲水盡其歡，這就叫做孝；……貧窮有什麼可悲傷的呢？」菽水，即「啜菽飲水」的省稱。菽，大豆。❾義方是訓二句　謂做父親的應該嚴格教導兒子按照應遵守的規矩法度立身行事。典出《左傳・隱公三年》：衛莊公寵子州吁，對他的不軌之行不加約束，石碏進諫，說：「我聽說愛兒子，就應該教之以義方，不能有邪惡的行為。」後因以多指家教。蔡邕〈司徒袁公夫人馬氏碑〉：「義方之訓，如川之流。」義方，指立身行事應該遵守的法則規矩。❿紹箕裘　謂兒子繼承父業。《禮記・學記》：「良治之子，必學為裘；良弓之子，必學為箕。」意指善於冶金或造弓人家的子弟必定從最基本的技能開始訓練學習，以承繼父業。後因以「箕裘」比喻祖先的事業。紹，繼承。⓫恢先緒　謂光大先人的事業。夏侯湛〈昆弟誥〉：「以熙柔我家道，丕隆我先緒。」恢，恢復；光大。先緒，先人之業。⓬具慶　指父母俱在，值得慶賀歡喜。語見《摭言・三》。⓭重慶　指父、祖俱在，值得雙重歡慶。見樓鑰〈跋金花帖子綾本小錄〉。⓮燕翼貽謀　句出《詩・大雅・文王有聲》：「詒厥孫謀，以燕翼子。」意指給後輩留下有益的計謀，如燕子羽翼雛幼一般。後用以指善為子孫計謀。⓯克繩祖武　句出《詩・大雅・下武》：「繩其祖武。」意指能夠繼承祖業。⓰象賢　句出《書・微子之命》：「殷王元子，惟稽古崇德象賢，統承先王。」意指能效法先人之賢德。⓱令子　猶言佳兒。多用於稱美他人之子。《南史・任昉傳》：「聞卿有令子。」⓲麟趾　語出《詩・周南・麟之趾》：「麟之趾，振振公子。」用以稱美周文王子孫昌盛。後因以為喻。⓳鳳毛　意指是珍貴而不可多得之人才。《南史・謝超宗傳》載：南朝宋謝鳳有才名，子超宗作〈殷淑妃誄〉，宋孝武帝歎賞說：「超宗殊有鳳毛。」⓴濟美　在前人基礎上發揚光大。《左傳・文公十八年》：「世濟其美，不隕其名。」孔穎達疏：「世濟其美，後世承前世之美。」

【語　譯】橋樹高而上仰，好似做父親的尊嚴；梓木低而下俯，如同做兒子的卑恭。不裝聾作啞，就不能當公公婆婆；順從父母的心意，得到父母的讚許，才稱得上是「人」、是兒子。掩飾斡旋父親的過失，名為「幹蠱」；養育義子，稱作「螟蛉」。「生子當如孫仲謀」，這是曹操讚羨孫權的話；「生子須如李亞子」，這是朱溫慨歎自己兒子不如李存勗的話。菽水承歡，讓老人頤養天年，貧窮人家也有天倫之樂；訓以義方，父親應當教育子女做人的法則規矩。「紹箕裘」，是說兒子繼承父業；「恢先緒」，意為後輩發揚了家族聲威。「具慶下」，是父母在堂的代稱；「重慶下」，是祖父母、父母皆在堂的意思。「燕翼貽謀」，頌美善為子孫計謀的祖先；「克繩祖武」，則是稱讚能承繼先賢的子孫。誇獎別人有佳兒，謂「麟趾呈祥」；讚揚官宦有賢郎，稱「鳳毛濟美」。

弒父自立，隋楊廣之天性何存❶；殺子媚君，齊易牙之人心奚在❷。分甘以娛目，王羲之弄孫自樂❸；問安惟點頷，郭子儀厥孫最多❹。和丸教子，仲郢母之賢❺；戲彩娛親，老萊子之孝❻。毛義捧檄，為親之存❼；伯俞泣杖，因母之老❽。慈母望子，倚門倚閭❾；遊子思親，陟岵陟屺❿。愛無差等⓫，曰兄子如鄰子；分有相同，曰吾翁即若翁⓬。長男為主器⓭，令子可克家⓮。子光前曰充閭⓯，子過父曰跨竈⓰。寧馨⓱、英物⓲，皆是羨人之兒；國器⓳、掌珠⓴，悉是稱人之子。可愛者，子孫之多，若螽斯之蟄蟄㉑；堪羨者，後人之盛，如瓜瓞之緜緜㉒。

【章　旨】本節講述歷史上一些著名的孝子、逆子，賢母、慈母與天倫之樂，以及由此而產生的美稱、成語。

【注　釋】❶弒父自立二句　指隋煬帝楊廣殺了父親，自己當皇帝，毫無人性。楊廣（西元五六九～六一八年），即隋煬帝。西元六〇四～六一八年在位。一名英，小字阿麼。隋文帝次子。仁壽四年（西元六〇四年），殺文帝，即位。此後，徵集大量民工，興修大運河，營建東都洛陽，修築長城。繁重的兵役、勞役，激起各地民變，致隋朝土崩瓦解，而隋煬帝亦在江都被禁軍將領縊殺。見《隋書・煬帝紀》。❷殺子媚君二句　謂易牙殺兒子以討好君王，哪有一點兒人心。易牙，春秋時人。一作「狄牙」。名巫，字易牙。官為雍人（主割烹的內官），為齊桓公的近臣。善調味。《史記・齊太公世家》載：有次齊桓公感歎道：「天下異味皆嘗，但未得食人肉耳。」易牙回家，砍下兒子的兩手煮給齊桓公吃，自此得寵。❸分甘以娛目二句　王羲之在寫給謝萬的信中說：他晚年家居，牽諸子，抱弱孫，有甘甜味美的食品，就分給他們吃，享盡天倫之樂。見《晉書・王羲之傳》。分甘，謂分美味與人，以示慈愛。王羲之，東晉書法家。詳見〈歲時〉新增文有關注釋。❹問安惟點頷二句　郭子儀有八子七婿，皆顯官，孫數十，每到問安時，不能全都辨認，惟有點頭而已。見《舊唐書・郭子儀傳》。郭子儀（西元六九七～七八一年），唐代大將。華州鄭縣人。以武舉累官至天德軍使兼九原太守。因平定安史之亂有功，升中書令。後又進封汾陽郡王。代宗時，回紇、吐蕃攻唐，他說服回紇貴族與唐聯兵擊吐蕃。德宗即位，尊為尚父。厥，猶「之」。❺和丸教子二句　《新唐書・柳公綽傳》載：柳仲郢少時，其母韓氏曾和熊膽為丸，讓他夜裡讀書時嚼服，使他能勤勞刻苦。仲郢，即柳仲郢，柳公綽子。唐京兆華原人，字諭蒙。元和進士，歷官劍南東川節度使、刑部尚書等。❻戲彩娛親二句　《高士傳》載：老萊子是春秋末年人，楚國隱士，相傳隱居蒙山之陽，自耕而食，有孝行，年七十三，父母尚存，不敢稱老，常穿五色斑斕衣，作嬰兒狀，以娛悅雙親。❼毛義捧檄二句　母親健在時，毛義任命為安陽尉，公文傳到，他捧著公文顯得十分歡喜；及母亡，遂不仕，因他往日做官只是為使母親高興而已。見《後漢書・劉趙淳于江劉周趙傳序》。毛義，東漢廬江人，字少節。少時母老家貧，以孝行著稱。❽伯俞泣杖二句　相傳，伯俞有過失，其母用枴杖打他，有一次他忽然哭了，母親很奇怪，說：「往日打你，你一聲不吭，今天為什麼哭？」他說：「往日打著覺得痛，知道你很健康，今母力衰，打著不痛，所以悲泣。」見《說苑・建本》。伯俞，即韓伯俞。漢代人，至孝。❾慈母望子二句　謂慈母站在門口，等候外出的兒子歸來。《戰國策・齊策六》載：戰國時，王孫賈事齊湣王，外出時母親對他說：「汝朝出而晚來，則吾倚門而望；汝暮出而不還，吾倚閭而望。」閭，里巷的大門。也作里巷的代稱。❿陟岵陟屺　意指遊子思念親人，屢屢登山瞻望家鄉。句出《詩・魏風・陟岵》：「陟彼岵兮，瞻望父兮。……陟彼屺兮，瞻望母兮。」陟，登。岵、屺，指有草木及無草木的山。⓫愛無差等　這是墨家的觀點，主張愛沒有親疏、遠近、等級、地位的區別，即「兼愛」。見《孟子・滕文公上》。而早期儒家則主張有差別的愛：先自己的家庭、家族，再外推。後來在一定程度上吸取了墨家的觀點。⓬分有相同二句　楚漢戰爭時，項羽圍劉邦於滎陽，時項羽抓住了劉邦的父親，派人告訴劉：「若再不投降，把你父親放在鍋裡煮。」劉邦答說：「我們曾相約為兄弟，吾翁即若翁，若煮了請分我一杯羹。」見《史記・項羽本紀》。案：本文已脫離此意，從「愛無差等」言，即「老吾老以及人之老」之意。分，情分；名分。⓭長男為主器　句出《易・序卦》：「主器者莫若長子。」古代國君的長子主掌宗廟祭器，平民家的長子在祭祀時也是主祭者，故稱長子為主器。⓮令子可克家　句出《易・蒙》：「子克家。」原謂子弟能擔當家事。後因稱能繼承祖先事業的好子弟為「克家子」。⓯充閭　光大門庭之意。晉代賈逵晚年生子充，說日後當有充閭之慶，便以此取名。見《晉書・賈充傳》。後世因此用為賀人生子之詞。⓰跨竈　馬前蹄上有兩空處叫竈門，良馬後蹄印地之痕反在前蹄印地之痕前，故稱跨竈。指後步躐過前步，故因以比喻兒子勝過父親。見高士奇《天祿識餘》卷上。⑰寧馨　晉、宋時俗語，「這樣」的意思。寧馨兒，猶今語「這樣的孩子」，多用於褒義。晉代王衍幼時，山濤見到他，讚為寧馨兒。見《晉書・王衍傳》。⑱英物　英俊傑出的人物。見《晉書・桓溫傳》。⑲國器　指才華出眾，可以主持國政的人才。《漢書・韓安國傳》：「惟天子以為國器。」顏師古注：「國器者，言其器用重大，可施於國政也。」⑳掌珠　也稱「掌上明珠」。指極鍾愛的人。江淹〈傷愛子賦〉：「痛掌珠之愛子。」㉑螽斯之蟄蟄　舊時用為祝頌子孫眾多之詞。句出《詩・周南・螽斯》：「螽斯羽，詵詵兮。宜爾子孫，蟄蟄兮。」螽斯，蝗蟲。古人認為牠一生九十九子。詵詵，眾多。蟄蟄，會集貌。㉒瓜瓞之緜緜　比喻子孫繁衍興旺。常用為祝頌子孫昌盛之辭。句出《詩・大雅・緜》：「緜緜瓜瓞，民之初生，自土沮、漆。」意指周的祖先像大瓜小瓜般歲歲相繼，始生於沮、漆，至太王才奠定王業的基礎。瓞，小瓜。

【語譯】隋楊廣殺了父親，自己當皇帝，他的天性何存；齊易牙砍下兒子的手諂媚君主，還有什麼人心！王羲之牽子抱孫，每有美味食品，便分給他們吃，常享天倫之樂；郭子儀孫子最多，不能盡識，每次問安，只點頭而已。為教育兒子，柳仲郢的母親和熊膽為丸，使仲郢夜嚼以佐勤苦，她的賢德於此可見。為使雙親愉悅，老萊子七十多歲了，穿著五彩衣服做嬰兒狀，他的孝心實在可感。毛義捧著任官的公文而高興，這為的是使母親快樂；韓伯俞受杖責，忽然哭泣，這是因為母親年老體衰，打著不痛。慈母盼兒歸來，有時在門口，有時在里巷口張望等候；遊子思念親人，屢屢登山，眺望故鄉。愛沒有等差，兄弟的兒子與鄰人的兒子一樣對待；結拜兄弟名分相同，我的父親就是你的父親。長男主管祭祀的禮器，佳兒能承繼祖先的事業。兒子光宗耀祖，可說「充閭」；兒子勝過父親，稱為「跨竈」。「寧馨」、「英物」，都用以稱羨別人的兒子超凡脫俗；「國器」、「掌珠」，都用以讚美別人的兒子才能卓著，極受鍾愛。稱頌子孫眾多，愛慕不已，說「螽斯蟄蟄」；讚美子孫昌盛，令人羨慕，謂「瓜瓞緜緜」。

新增文

經遺世訓，韋玄成樂有賢父兄❶；書擅時名，王羲之卻是佳子弟❷。敬則應得鳴鼓角，母覘子榮❸；宗武更勿帶羅囊，父規兒怠❹。宋之問能分父絕，作述重光❺；狄兼謨綽有祖風，後先輝映❻。樊裘、伏劍，羅母與陵母俱賢❼；躍鯉、殺雞，姜生與茅生并孝❽。靈運子孫多是鳳❾，豈是阿私❿；僧虔後嗣半為龍，原非自侈⓫。馬援得璘能耀武，畢竟孫賢⓬；祁奚舉午不避親⓭，實因子肖。觸讋猶憐少子，乞清要於君前⓮；蕭傚喜見曾孫，效傳呼於階下⓯。王霸則曾慚貴客⓰，張憑則戲說佳兒⓱。李嶠貽譏⓲，甘羅堪羨⓳。公才公望，喜說雲仍⓴；卒祖卒親㉑，寧云委蛻㉒。杜氏之寶田㉓斯在，薛家之磐石㉔猶存。詞辨既見淵源㉕，強項亦徵風烈㉖。

【章　旨】本節補充介紹歷史上著名的一些能承繼父業、光宗耀祖的孝子賢孫與名人逸事，以及教育有方的嚴父賢母。

【注　釋】❶經遺世訓二句　指韋賢以經書教育兒子，使他成為棟梁材，確實是賢父。韋玄成（？～西元前三六年），西漢魯國鄒人，字少翁。少好學。他的父親韋賢為鄒魯大儒，後任宰相。他也以明經而後為宰相，時人云：「遺子黃金滿籯，不如教子一經。」見《漢書・韋賢傳》。❷書擅時名二句　王羲之自幼能文章，且善隸書草書，著名於當時，從伯王敦十分器重，謂：「汝是吾家佳子弟。」見《世說新語・賞譽》。❸敬則應得鳴鼓角二句　敬則母為女巫，早年曾對人說：「敬則應得鳴鼓角。」人嘲笑她說：「汝子得為人吹鼓角可矣。」後果然封侯，出行有儀仗（鼓角）。見《南史・王敬則傳》。敬則，即王敬則（西元四三五～四九八年）。南朝齊晉陵人。少時以屠狗為業。初為縣吏，後官至直閤將軍、司空。宋、齊之間多次參與宮廷政變。覘，看；窺看。此處指預見。❹宗武更勿帶羅囊二句　謂杜甫規勸兒子宗武不可怠惰。宗武即杜宗武，杜甫子。杜甫有〈示子宗武〉詩，云：「覓句新知律，攤書解滿床。試吟青玉案，莫帶紫羅囊。」❺宋之問能分父絕二句　謂宋之問能繼承父親的一項特長，繼續寫作，使它更發揚光大。宋之問（？～西元七一二年），唐代汾州人，一說虢州弘農人。一名少連，字延清。歷任洛州參軍、尚方監承、左奉宸內供奉、修文館學士等。詩與沈佺期齊名，稱「沈宋」。作詩長於五言，猶長於律體，後人謂律詩之格至沈、宋始完備。他的父親宋令文富文辭，擅長書法，膂力過人，世謂之三絕。以後宋之問以文章名，弟之悌以驍勇聞，之遜精於草、隸書，世謂皆分得父之一絕。見《舊唐書・文苑・宋之問傳》。作述，創作、傳述。語本《禮記・中庸》：「父作之，子述之。」重光，再光大。❻狄兼謨綽有祖風二句　謂狄兼謨有其祖父的風格，兩人一先一後，互相輝映。狄兼謨是唐代名臣狄仁傑的孫子。狄仁傑任大理丞（司法官）時，以正直有才幹著稱。狄兼謨亦官御史中丞，有祖風。見《舊唐書・狄兼謨傳》。❼焚裘伏劍二句　謂羅母焚裘、陵母自殺，都是賢母。羅母，羅企生母。東晉時，桓玄攻破荊州，羅企生被殺。他的母親得知後，說：「我兒是忠臣，死無遺恨。」哭畢，拿出桓玄早先所送的羔裘（羔皮大衣）燒去。見《晉書・忠義・羅企生傳》。陵母，王陵母。楚漢戰爭時，項羽把王陵的母親軟禁在軍中，意圖以此使王陵帶兵馬歸項。王母暗中派人告訴陵：「漢王長者，吾兒不用因為我而生二心。」隨即以劍自殺。王陵從此歸屬漢王劉邦。見《漢書・王陵傳》。❽躍鯉殺雞二句　謂姜生使鯉魚躍出，茅生殺雞以事母，都是孝子。姜生，姜詩。漢朝人，對母親十分孝順。母親愛食魚，姜詩盡力供給。有天屋旁忽然湧出泉水，有兩條鯉魚從水中躍出。見《後漢書・列女傳》。茅生，茅容。東漢人。有次名儒郭泰到茅容家做客，茅容殺雞做菜，郭泰以為是為自己準備的。誰知雞給母親吃，茅容自己與客人吃果蔬。郭泰十分感動，勸他讀書，後來成為著名的賢德之人。見《後漢書・郭泰傳》。❾靈運子孫多是鳳　句出蘇軾〈答馬忠王〉詩：「靈運子孫多是鳳，苟明兄弟孰非龍。」靈運，謝靈運（西元三八五～四三三年）。南朝宋詩人。陳郡陽夏人，謝玄孫。幼寄養於外，因名客兒，人稱謝客。襲封康樂公，又稱謝康樂。文章與顏延之齊名，並稱「顏謝」。擅長山水詩賦，為山水詩派創始人。見《宋書・謝靈運傳》。謝氏家族在東晉、南朝時出了許多極著名且有影響的人物，如謝奕、謝安、謝尚、謝玄、謝石、謝萬等等。❿阿私　徇私；偏袒。⓫僧虔後嗣半為龍二句　謂王僧虔的後代多半是俊傑，這話並非自誇。僧虔，王僧虔（西元四二六～四八五年），南朝齊琅邪臨沂人。宋、齊時歷官吳興、會稽太守、吏部尚書、侍中等。其高祖為王導，曾叔祖為王羲之，弟為宋文帝婿。他承家學，好文史，喜音律，猶善隸書。王氏家族是東晉、南朝時的世族，父祖子孫多人任高官。王僧虔〈戒子書〉云：「于時王家門中，優者則龍鳳，劣者猶虎豹，失蔭之後，豈龍虎之議？況吾不能為汝蔭，政宜各自努力耳。」教育後輩努力奮進，不要依賴祖先的榮耀。見《南齊書・王僧虔傳》。自侈，自我誇耀。⓬馬援得璘能耀武二句　謂馬援的後裔是賢孫，能光耀他的武功。馬援（西元前一四～四九年），東漢名將。扶風茂陵人，字文淵。歷任隴西太守、伏波將軍等，為建立和鞏固東漢王朝建有戰功，封新息侯。見《後漢書・馬援傳》。馬璘（西元七二二～七七七年），馬援後裔。他早年讀〈馬援傳〉，至「大丈夫死於邊，以馬革裹尸」時，慨然說：「令吾祖勳業墜地下乎？」遂發奮。曾隨李光弼破安史叛軍，陞任太常卿；後又任四鎮、北庭行營節度及邠寧、涇州節度使，屢破吐蕃軍。封扶風郡王。時號中興猛將。見《舊唐書・馬璘傳》。⓭祁奚舉午不避親　晉悼公即位之初，命祁奚為中軍尉，在位三年，因年老請求退休，晉悼公問「誰可以替代」，祁奚推舉了他的仇人解狐，解狐剛要接替時卻病死了，祁奚又推舉了自己的兒子祁午替代，時人稱「外舉不避仇，內舉不避親」。見《國語・晉語七》。祁奚，一作「祈傒」。春秋時人，字黃羊。晉國大夫。⓮觸讋猶憐少子二句　指觸讋以替自己的小兒子求官為由，勸說太后。觸讋是戰國時人。趙國大臣，官左師。時秦國攻趙，趙求救於齊，齊必以太后所愛少子長安君為質，乃出兵。太后堅不允。他進諫，從為自己的少兒請職說起，並陳述各種利害關係，使太后同意長安君到齊為質。見《戰國策・趙策四》。清要，地位尊顯、職司重要的官吏。⓯蕭儆喜見曾孫二句　蕭儆為唐朝宰相，曾對客人說：「我不以得相為喜，所幸壽考（長壽），又見曾孫。」且曾於庭階下仿效孫輩呼喚的聲音。見《舊五代史・蕭願傳》。⓰王霸則曾慚貴客　據《逸民傳》，王霸少年時立大志，與令狐子伯為友，後子伯為楚相，其子帶著父親的信來王霸家，王霸的兒子不敢仰視，「霸目之有慚容」。⓱張憑則戲說佳兒　史載張憑的祖父張蒼梧曾對憑父說：「我不如你。」憑父不解，蒼梧說：「你有佳兒。」張憑當時僅幾歲，拱手說：「阿翁怎能以子戲父。」見《世說新語・排調》。⓲李嶠貽

譏　據《松窗雜錄》，李嶠之子與蘇瓌之子少年時俱入朝，皇帝命他倆背書。蘇子說：「木從繩則正，后從諫則聖。」嶠子說：「斮朝涉之脛，剖賢人之心。」皇帝說：「蘇瓌有子，李嶠無兒。」意指蘇子所說的是立身行事，是有志向的，而李子則說商紂王斬斷渡河老人的腳、剖賢臣比干的心，有歪門邪道之味。李嶠（約西元六四五～七一四年），唐趙州人，字巨山。官至宰相。工詩文。⑲甘羅堪羨　謂甘羅令人羨慕。甘羅，戰國時楚國下蔡人。秦相甘茂之孫。少年有才，十二歲時為秦相呂不韋少庶子（家臣），出使各國遊說。見《史記・樗里子甘茂列傳》。⑳公才公望二句　謂您的才能威望再現於孫輩。南朝齊王儉做宰相，賓客盈門，見其孫年數歲而風神聳拔，氣度不凡，說：「公才公望，復在此乎。」意指將繼承您的才能威望。見《南史・王儉傳》。雲仍，雲孫、仍孫。從本身算起的第九、第八代孫。見《爾雅・釋親》。㉑率祖率親　指遵循、服從父祖的意旨。《禮記・大傳》：「自仁率親，等而上之於祖，名曰輕。」率，遵循；服從。親，指父親。㉒委蛻　大自然所賦予的軀殼。句出《莊子・知北遊》：「孫子非汝有，是天地之委蛻也。」㉓杜氏之寶田　《宋史・杜孟傳》載：杜孟曾遊太學，因蔡京專權，憤然辭歸，說：「忠孝吾家之寶，經史吾家之田。」時人號「杜氏寶田」。杜氏，即杜孟。宋四川人。㉔薛家之磐石　唐薛道衡任侍郎時，常在中書省衙署內一磐石下草擬文稿。其孫元超後亦官中書舍人，每見石便思念祖父。見《舊唐書・薛元超傳》。㉕詞辨既見淵源　《新唐書・李泌傳》載：唐朝員俶九歲時便能在眾人前注釋論辨辭意，因他是員半千孫，有家學淵源。㉖強項亦徵風烈　漢代楊震為官時，多次上書直諫，不畏權勢，其孫奇任官後亦如此，漢靈帝謂：「卿強項，真楊震子孫，有祖風烈。」見《後漢書・楊震傳》。強項，不畏權勢；不低頭；倔強。

【語　譯】經書傳授世代訓導，韋玄成官至宰相，全靠賢父教誨；擅長書法，馳名於世，王羲之確實是王家好子弟。王敬則將來出入有鼓角奏鳴，這是他母親預見到兒子日後的榮華富貴；杜宗武的父親讓宗武「莫帶紫羅囊」，這是規勸他不可怠惰。宋之問能傳承父親善寫文章的特長，並發揚光大；狄兼謨剛正不阿，頗有祖父遺風，先祖與後輩互相輝映。羅母焚去羔皮衣服，陵母伏劍自殺，都是賢德的母親。姜詩屋旁湧出泉水，雙鯉跳躍；茅容殺雞給母親吃；這都是孝子。「靈運子孫多是鳳」，蘇軾的詩並非徇私偏祖之言；「僧虔後嗣半為龍」，王僧虔所說的確不是自我誇耀。馬璘能光耀馬援的英武，稱得上賢孫；祁奚推舉兒子祁午做官而不迴避，是因為兒子確有賢才。觸讋以替小兒請清要之職為由，勸說太后；蕭儆長壽，見到曾孫，十分高興，在庭階下仿效傳呼之聲。王霸見兒子不及貴客，面有愧色；張憑的祖父曾向其父說我不如你有佳兒，這是戲言。李嶠因兒子的事被人譏笑；甘羅年幼有為，令人羨慕。賓客們見王儉的孫子僅數歲，卻風神秀發，氣度不凡，紛紛恭維說：「您的才能威望能於此再現。」人當遵循服從祖父、父親，怎能如《莊子》所說子孫是天地遺留的軀殼。杜孟所珍重的忠孝經史仍在，薛道衡任職中書省時的磐石猶存。員俶承家學淵源，九歲便能辨詞注疏。楊奇有乃祖風烈，不畏權勢。

兄弟

【題解】在宗法制下，除父子外，兄弟是血緣紐帶最緊密的，列「五倫」之一。長幼有序、兄友弟悌是兄弟關係的準則。兄待弟要友愛，弟則無條件地順從兄長，這樣，家庭秩序才穩定，社會也得以安寧。所以，先賢們將「孝悌」並列，作為「仁」之本。《論語・學而》：「孝弟也者，其為仁之本與。」並說：「其為人也孝弟，而好犯上者鮮矣；不好犯上，而好作亂者，未之有也。」（弟，即悌。）本章就從這個角度談兄弟關係。

天下無不是底父母，世間最難得者兄弟。須貽同氣❶之光，毋傷手足之雅❷。

玉昆金友❸，羨兄弟之俱賢；伯壎仲篪❹，謂聲氣之相應❺。兄弟既翕❻，謂之花萼相輝❼；兄弟聯芳，謂之棠棣❽競秀。患難相顧，似鶺鴒之在原❾；手足分離，如雁行❿之折翼。

【章旨】本節講述兄弟間的手足之情以及讚譽兄弟齊名的常用語辭。

【注釋】❶同氣　謂同屬父母血氣所生者，一般即指兄弟。語見《後漢書・東平憲王蒼傳》。❷手足之雅　兄弟之間的情分、交往。手足，語見《易林・益之蒙》。雅，交往；情分。❸玉昆金友　亦作「金友玉昆」。指兄弟皆有才德。《南史・王佺傳》載：王佺與弟錫都有孝行，時人稱為「玉昆金友」。後因以為兄弟的美稱。昆，兄弟。❹伯壎仲篪　句出《詩・小雅・何人斯》：「伯氏吹壎，仲氏吹篪。」後世因以「壎篪」作為讚美兄弟和睦之辭。伯，長兄。仲，弟；老二。壎、篪，皆樂器名。❺聲氣之相應　句出《易・乾》：「同聲相應，同氣相求。」後因以稱意氣相合。❻兄弟既翕　謂兄弟間親密無間。句出《詩・小雅・常棣》：「兄弟既翕，和樂且湛。」翕，聚；合。❼花萼相輝　指兄弟間親密友愛。花萼，亦作「華鄂」。句本《詩・小雅・常棣》：「常棣之華，鄂不韡韡。凡今之人，莫如兄弟。」萼，花蒂。和花同生一枝，且有保護花瓣的作用。後因以花萼比喻兄弟友愛。❽棠棣　亦作「常棣」。樹名。因為《詩・小雅・常棣》寫兄弟之情，後世遂以常棣稱兄弟，或比喻兄弟之情。❾鶺鴒之在原　句出《詩・小雅・常棣》：「脊令在原，兄弟急難。」意指脊令失所，飛鳴求牠的同類。後以此比喻兄弟患難與共。脊令，即鶺鴒。鳥名。❿雁行　《禮記・王制》：「兄之齒，雁行。」意指兄長弟幼，年齒有序，如飛雁之平行而有次序。後引申指「兄弟」。

【語　譯】天下沒有不對的父母，世間最難得的是兄弟。必須保持同胞的情誼，互致榮光，切莫損傷手足的交往與情分。「玉昆金友」，比喻兄弟皆具才能賢德；伯壎仲篪，形容兄弟間意氣相合，親密無間。兄弟和睦友愛，謂之「花萼相輝」；兄弟都才華橫溢，流芳於世，稱作「棠棣競秀」。兄弟間患難與共，彼此顧恤，喻為「鶺鴒在原」；手足分離，則如飛雁被折斷了翅膀一樣。

元方、季方俱盛德，祖太丘稱為難弟難兄❶；宋郊、宋祁俱中元，當時人號為大宋小宋❷。荀氏兄弟，得八龍之佳譽❸；河東伯仲，有三鳳之美名❹。東征破斧，周公大義滅親❺；遇賊爭死，趙孝以身代弟❻。煮豆燃萁，謂其相害❼；斗粟尺布，譏其不容❽。兄弟鬩牆❾，即兄弟之鬥狠；天生羽翼❿，謂兄弟之相親。姜家大被以同眠⓫，宋君灼艾而分痛⓬。田氏分財，忽瘁庭前之荊樹⓭；夷齊讓國，共採首陽之蕨薇⓮。雖曰安寧之日，不如友生；其實凡今之人，莫如兄弟⓯。

【章　旨】本節介紹歷史上一些兄弟間相親相愛、皆有才華，或者互相反目、勾心鬥角的事例，以及由此而產生的成語典故。

【注　釋】❶元方季方俱盛德二句　《世說新語・德行》載：太邱令陳寔有子陳紀字元方、陳諶字季方，元方之子長文與季方之子孝先各論其父的功德，相爭而不能決，找祖父評判，陳寔說：「元方難為兄，季方難為弟。」意思是兩人的見識才智難分高下。舊時因以「元方季方」稱美兩兄弟才德俱優。難兄難弟，原也因此而指兄弟皆有才德，難分高下。今則多用以形容兩人同樣惡劣，或處於類似的困難，讀為「難（ㄋㄢˋ）兄難（ㄋㄢˋ）弟」。為貶義。❷宋郊宋祁俱中元二句　宋天聖二年（西元一〇二四年），宋郊與宋祁兄弟並及第，宋祁為狀元。謝恩時，章憲太后說：「做弟弟的怎能在兄之前？」於是也賜宋郊以狀元，人稱「二宋」（大宋小宋）。見《宋史・宋祁傳》。宋祁（西元九九八～一〇六一年），北宋安州安陸人，字子京。與兄郊俱以文學名於時，詩詞工麗，為翰林學士。❸荀氏兄弟二句　漢代荀淑有八子，名儉、緄、靖、燾、汪、爽、肅、敷，並有才名，時稱「荀氏八龍」。見《後漢書・荀淑傳》。❹河東伯仲二句　唐代薛收與從兄子元敬、族兄德音皆有文才，世稱「河東三鳳」。見《舊唐書・薛收傳》。❺東征破斧二句　《詩・豳風・破斧》：「既破我斧，又缺我斨，周公東征，四國是皇。」詩中說的是武王克商後，派弟管叔和蔡叔到殷監視紂王之子武庚，他倆卻與武庚一起叛亂，周公東征三年，擒住管、蔡後正法。周公，西周初人，姬姓，名旦。周文王子，武王弟。采邑在周。曾助武王滅商。武王死，成王年幼，由他攝政。擔任「三監」的管叔、蔡叔不服，聯合武庚和東夷反叛，他出師東征，三年平定亂事。繼而營建東都成周，將多數殷貴族遷於此，加強控制，並大規模分封諸侯，使周成為幅員廣大而強盛的王朝。相傳他曾制禮作樂，建立法制。見《史記・魯周公世家》。❻遇賊爭死二句　趙孝是西漢末年人，《後漢書・趙孝傳》載：他弟弟趙禮被賊抓去，要殺了吃他的肉，趙孝聽說後，到賊那兒說：「我比弟弟胖，願代弟死。」趙禮則說：「禮本遇賊，何得殺兄。」賊為他倆所感動，俱釋放。❼煮豆燃萁二句　《世說新語・文學》載：魏曹丕欲加害弟曹植，命他走七步做成一詩，做不成便殺，植即吟道：「煮豆燃豆萁（豆莖），豆在釜中泣。本是同根生，相煎何太急！」丕愧而釋植。後因以喻骨肉相殘。❽斗粟尺布二句　《史記・淮南衡山列傳》載：漢文帝之弟淮南厲王長謀反，事敗被廢黜，徙居蜀郡，途中餓死，民歌曰：「一尺布，尚可縫；一斗粟，尚可舂，兄弟二人不相容。」後因以「尺布斗粟」表示兄弟不和。❾兄弟鬩牆　句見《詩・小雅・常棣》：「兄弟鬩於牆，外禦其務（侮）。」

謂兄弟相爭於內。鬩，爭吵。❿天生羽翼 唐玄宗〈賜五王書〉說：「魏文帝希望賜給他丸藥，服後身體生羽翼，朕每言，寧如我兄弟，天生之羽翼乎？」意思是兄弟為手足，生來便互相輔佐。⓫姜家大被以同眠 《後漢書・姜肱傳》載：漢代姜肱與弟仲海、季江十分友愛，雖然已經各自娶妻，仍不忍分開睡，做一大被而共寢。後因用「姜被」比喻兄弟友愛。⓬宋君灼艾而分痛 相傳趙匡胤對弟匡義十分友愛，匡義因病灼艾，感到痛，他也灼艾，以分擔其痛。見《宋史・太祖本紀》。宋君，即宋太祖趙匡胤。參見卷三〈人事〉有關注釋。⓭田氏分財二句 隋朝田真、田廣、田慶兄弟重義，欲分家財，堂前有棵紫荊樹，也準備一分為三，第二天早上，紫荊樹突然枯萎。於是，不再提分財事，紫荊花重又繁茂。見《續齊諧記》。⓮夷齊讓國二句 商末孤竹君立次子叔齊為繼承人，孤竹君死後，叔齊讓位於伯夷，伯夷說：「父命為尊。」不願接受；叔齊說：「天倫為重。」二人互相推讓，武王滅商後，兩人躲進首陽山中，採蕨薇（野菜）度日，不食周粟。後餓死。見《史記・伯夷列傳》。夷齊，指伯夷、叔齊。皆孤竹君之子。⓯雖曰安寧之日四句 皆出自《詩・小雅・常棣》：「喪亂既平，既安且寧。雖有兄弟，不如友生。」「常棣之華，鄂不韡韡。凡今之人，莫如兄弟。」意指雖說安寧的日子，兄弟不如朋友，其實世上所有人中，都不及兄弟之情誼。

【語　譯】漢代陳元方、季方皆有美盛之德，他們的父親難於分出高下。宋代宋郊、宋祁都中狀元，時人號為大宋小宋。漢代荀淑八個兒子並有才名，得到「八龍」的佳譽；唐代薛收與兄弟、子姪齊名，有「三鳳」之美名。周公為社稷大義，東征三年，殺了叛亂的弟弟；漢代趙禮遇賊，趙孝欲代弟而死，兄弟倆為此爭執。「煮豆燃萁」，比喻骨肉兄弟自相殘害；「斗粟尺布」，譏諷兄弟之間互不相容。「兄弟鬩牆」，是說兄弟間爭鬥劇烈；「天生羽翼」，則指兄弟為手足，生來便互相扶持。姜氏兄弟十分友愛，縫一大被而共寢；宋太祖因弟弟有病灼艾覺痛，便也灼艾以分痛。隋朝田氏兄弟分家財，屋前紫荊樹忽然枯萎；商末伯夷、叔齊互相讓位，商朝亡後，共同避居首陽山，採薇而食。雖說安寧的日子兄弟不如朋友，其實世上所有人中，沒有比得上兄弟之情誼的。

指孔文仲、武仲、平仲兄弟三人。北宋人。俱以文名播天下，時稱「清江三孔」。見《宋史・孔文仲傳》。㉒五張亦號明經 五張，即唐代張知謇兄弟五人，俱通經義，皆明經高第。見《舊唐書・良吏・張知謇傳》。明經，唐代科舉考試中科目之一，與進士科並列，以考經義為主。㉓溫公 司馬光。參見〈文臣〉中有關注釋。《小學紺珠》載：他與兄伯康友愛猶篤。伯康年近八十，奉之如慈父，時常問候飲食冷暖。㉔延壽 即楊椿。北魏弘農人，字延壽。與兄播（字延慶），弟津（字羅漢）友愛和睦，恭謙義讓。見《北史・楊播傳》。

【語　譯】《詩經》說「綽綽有裕」，歌頌的是「兄弟親善，恩義綽綽」。《論語》中也有孔聖人「兄弟怡怡」的訓誡。羯末封胡，謝氏兄弟皆稱得上才德傑出；醍酥酪乳，穆家兄弟俱屬資質珍奇之人才。陸機、陸雲，文名才華共喧播於洛陽；季心、季布，勇氣信譽皆震揚於關中。劉孝標的腰帶是青色的，馬季常的眉中有白毫。文采要數眉山人蘇軾、蘇轍兄弟，才名則推秦景通、秦景暐兄弟。為了讓弟弟成名，雖然許武分家時盡挑好的，但又有什麼可責難的呢？薛包與弟弟分財，寧願選取最差的，雖吃虧，也以為安。韓子華家有大梧桐樹，兄弟二人皆為宰相，人說這是一家梧桐的榮耀；千里龍駒誰能相比，這是時人對盧氏兄弟的讚譽。〈上留田〉講不恤兄弟，怎麼比得上由於兄弟廉讓而得名的廉讓江？兄弟鬧分家，繆彤閉戶自責，這種謙忍，與婁師德教育兄弟「唾面自乾」的忍耐是一樣的。兄弟推田相讓，是韓延壽教化的結果；兄弟灑淚息爭，為蘇瓊的話語所感動。孔氏三兄弟都有才名，不相上下；張家五弟兄俱通經義，都稱明經。愛敬兄長，宜效法司馬光；恭讓兄長，當學習楊延壽。

夫婦

【題解】古代的中國人很早就朦朧地認識到宇宙間有兩種最基本的力量——「陰」與「陽」，以及由於它們之間的相互作用而化生萬物的道理。這種陰、陽對應人而言即女和男。男女結合成為夫婦，使人自身得以繁衍；家庭成為社會的細胞，生產生活的基礎，並且還是一切倫理和法律原則的出發點，即所謂有男女然後有夫婦，有夫婦然後有父子，有父子然後有君臣，有君臣然後有上下（《易・序》）。夫婦是「人倫之始，王化之原」（參見本卷〈婚姻〉），《易・家人》：「男女正，天地之大義也。……正家，而天下定矣。」故古人極重家道，家不齊，何論治國、平天下？而家則以夫婦為主體，雖然理論上承認夫婦是敵體（對等），但是，在父家長制下，女性地位極低，以夫為妻綱、男尊女卑為原則。所以，歷史上雖有相敬如賓、糟糠之妻不下堂的事例，但在整體上，夫婦關係中的貞操、忠誠等，多為單方面的對女性的要求，在理學興盛後更是如此。

孤陰則不生，獨陽則不長，故天地配以陰陽❶；男以女為室❷，女以男為家❸，故人生偶❹以夫婦。陰陽和，而後雨澤降；夫婦和，而後家道成。夫謂妻曰拙荊❺，又曰內子❻；妻稱夫曰藁砧❼，又曰良人❽。賀人娶妻，曰榮諧伉儷❾；留物與妻，曰歸遺細君❿。受室⓫即是娶妻，納寵⓬謂人娶妾。正妻謂之嫡⓭，眾妾謂之庶⓮。稱人妻曰尊夫人，稱人妾曰如夫人⓯。結髮⓰，係是初婚；續弦⓱，乃是再娶。婦人重婚，曰再醮⑱；男子無偶，曰鰥居⑲。如鼓瑟琴，夫婦好合之謂⑳；琴瑟不調，夫妻反目㉑之詞。

【章旨】本節從陰陽和合而化生萬物的原理推衍到人世間最基本、最普遍的男（陽）與女（陰）的關係，初由男女結合，組成家庭，再由此產生一系列社會關係。本節介紹了常用的有關婚姻、夫婦的稱謂和語彙，從中不難看出父家長制的烙印。

【注釋】❶陰陽　中國古代哲學的基本概念之一。參見本書〈天文〉中的有關注釋。在本節中，陰陽有男（陽）女（陰）之意。❷室　《禮記・曲禮》：「三十曰壯，有室。」有室，即有妻之意。男子娶妻後，才成為一個家庭（成家），故「室」即「妻」、「家」的代稱。❸家　古代女子出嫁到夫家後，才作為一生的歸宿而有真正意義上的家。《詩・周南・桃夭》：「之子于歸，宜其室家。」所以以丈夫、夫家為家。後世以「室家」作為夫婦的代稱。❹偶　用作動詞，匹配、結合的意思。❺拙荊　東漢隱士梁鴻之妻孟光生活儉樸，以荊枝作釵、粗布為裙。見《太平御覽》卷七一八引《列女傳》。後因以「拙荊」謙稱自己的妻子。拙，無能。荊，荊枝作釵。❻內子　古代稱卿大夫的嫡妻。《左傳・僖公二十四年》：「以叔隗為內子，而己下之。」後專以稱自己的妻子。❼藁砧　即「稿椹」。稿，稻草。椹，砧板。古時行斬刑時用具。周祈《名義考》卷五：「古有罪者，席稿伏於椹上，以鈇斬之；言稿椹則兼言鈇矣。『鈇』與『夫』同音，故隱語稿椹為夫（丈夫）也。」❽良人　古代女子稱丈夫為良人。《孟子・離婁下》：「良人者，所仰望而終身也。」❾伉儷　夫妻；配偶。語出《左傳・成公十一年》。伉，對等；匹敵。意指相對等的配偶。❿歸遺細君　《漢書・東方朔傳》載：漢武帝將以肉賜臣，東方朔先割了一塊拿回家，武帝命他自責，東方朔卻作了一番解釋，說明割肉合情合理，其中有「歸遺細君，一何仁也」句。有說細君是其妻名；有說，「細，小也。朔自比於諸侯，謂其妻曰小君」。後因以作留物於妻的代辭。歸遺，饋贈；送給。⓫受室　古時只有嫡妻才能稱為室，故娶妻為「受室」。語出《左傳・桓公六年》。⓬納寵　古時娶妻應有父母之命、媒妁之言以及一定的禮儀規範，並不取決於當事人的意願與感情，但在多妻制下，男子可將其喜歡寵愛者娶作妾，故娶妾稱「納寵」。語見《四賢記・開演》。⓭嫡　古人認為：「妻者，齊也，與夫敵體（對等）也。」見《釋名・釋親屬》。敵與嫡同音，所以正妻為嫡。⑭庶　旁支。亦有「眾多」之意。「妻」只一位，而「妾」則沒有嚴格限制。《爾雅・釋親》：「長婦為嫡婦，眾婦為庶婦。」⑮如夫人　出自《左傳・僖公十七年》：「齊侯好內，多內寵，內嬖如夫人者六人。」原意謂如同夫人，後即以稱別人之妾。⑯結髮　古禮成婚之夕，男左女右共髻束髮，因稱結婚為結髮。一般只用於指原配夫婦。⑰續弦　古時以琴瑟比喻夫婦，喪妻曰斷弦，再娶曰續弦。《通俗編・婦女・續弦》：「今俗謂喪妻曰斷弦，再娶曰續弦。」⑱婦人重婚二句　古代男女婚嫁時，父母給他們酌酒的儀式，叫做「醮」，故男子再娶或女子再嫁都可稱為「再醮」。語見《孔子家語・本命解》。後專指婦女再嫁。重婚，再一次結婚。不同於今日重婚罪之「重婚」。⑲鰥居　無妻而獨居。語見《北里志・附錄・鄭合敬先輩》。鰥，指老而無妻之人。⑳如鼓瑟琴二句　句出《詩・小雅・常棣》：「妻子好合，如鼓瑟琴。」樂器合奏，以協調為美，故用以比喻夫婦感情之和諧；反之，即不睦。瑟琴，亦作「琴瑟」。兩種弦樂器名。㉑反目　眼不順。喻不和睦。《易・小畜》：「夫妻反目。」

【語譯】僅有陰不能創造生命，獨有陽也不能養育萬物，所以天地間陰陽必須配合；男子娶女子才組成家庭，女子嫁給男子才有自己的家，所以男子和女子要結合為夫婦。陰陽調和而後才降下雨露；夫婦和睦協調才能有家道。丈夫對人稱己妻，謂拙荊，又謂內子；妻子稱丈夫，叫藁砧，又叫良人。祝賀別人娶妻，說「榮諧伉儷」；把物品留給妻子，說「歸遺細君」。「受室」就是指娶妻，「納寵」則是說別人娶妾。正妻稱作嫡，所有的妾都稱為庶。稱呼別人妻，說尊夫人；稱別人的妾為如夫人。結髮，指初次結婚；續弦，則是妻死再娶的別稱。婦人再嫁，叫做再醮；男子喪偶，稱為鰥居。如鼓瑟琴，比喻夫婦感情和諧；琴瑟不調，是說夫婦反目不和。

牝雞司晨，比婦人之主事❶；河東獅吼，譏男子之畏妻❷。殺妻求將❸，吳起何其忍心；蒸梨出妻，曾子善全孝道❹。張敞為妻畫眉❺，媚態可哂❻；董氏對夫封髮，貞節堪誇❼。冀郤缺夫妻，相敬如賓❽；陳仲子夫婦，灌園食力❾。不棄糟糠，宋弘回光武之語❿；舉案齊眉，梁鴻配孟光之賢⓫。蘇蕙織迴文⓬，樂昌分破鏡⓭，是夫婦之生離；張瞻炊臼夢⓮，莊子鼓盆歌⓯，是夫婦之死別。鮑宣之妻，提甕出汲⓰，雅得順從之道；齊御之妻，窺御激夫⓱，可稱內助之賢。可怪者買臣之妻，因貧求去，不思覆水難收⓲；可醜者相如之妻，夤夜私奔，但識絲桐有意⓳。要知身修而後家齊⓴，夫義自然婦順㉑。

【章　旨】在傳統倫理中，夫為婦綱是夫妻關係的準則，雖有相敬如賓、不棄糟糠之例，但從總體上看，女性地位很低，如男子可以多妾，婦女則必須三從四德，從一而終等等。本節即介紹歷史上一些著名的有關夫婦的事例，其中正反映了這種觀念。

【注　釋】❶牝雞司晨二句　母雞報曉，比喻婦女管事或專權。《書・牧誓》：「牝雞無晨，牝雞之晨，惟家之索（離散）。」❷河東獅吼二句　比喻妻子妒悍，以嘲笑懼內的人。《容齋隨筆》卷三載：陳慥字季常，自稱龍丘先生，好賓客，喜畜聲妓。但其妻柳氏十分凶妒，客人來時常聽見她的詬罵聲。蘇軾作詩云：「龍丘居士亦可憐，談空說有夜不眠，忽聞河東獅子吼，拄杖落手心茫然。」案：河東是柳姓的郡望，暗指陳妻柳氏；獅子吼，佛家以喻佛說法的威嚴。陳慥好談佛，故蘇軾借佛家語以戲之。❸殺妻求將　據《史記・孫子吳起列傳》載：齊國攻魯，魯國想請吳起當大將，但因為吳起妻子是齊國人而猶豫不決，吳起遂殺了妻子，以表示不與齊國共事的決心，而後當了大將。後因以「殺妻求將」比喻為追求功名而不擇手段的行為。吳起是戰國時著名軍事家。參見卷一〈武職〉有關注釋。❹蒸梨出妻二句　《孔子家語・七十二弟子解》載：有一次曾參妻子為婆母蒸梨，不熟，曾參便把妻子趕出家門，以顧全孝道。曾子是春秋末年人，孔子學生，以孝著稱，參見卷一〈地輿〉有關注釋。出妻，離棄妻子。❺張敞為妻畫眉　張敞是西漢杜陵人，字子高，曾官京兆尹。《漢書·張敞傳》載：他與妻子十分恩愛，曾為妻子畫眉毛，被劾奏。後世因以「畫眉」形容夫妻相愛。❻哂　微笑；譏笑。❼董氏對夫封髮二句　唐代賈直言因事被貶嶺南，與妻子董氏訣別時，說：「這一去生死難以預料，我走後你可改嫁。」妻子不回答，用繩、布把頭髮紮住，讓丈夫在布上寫字：「非君手不解。」二十年後賈直言才回來，書帛依然如故，拆開洗頭時，頭髮全部脫落。見《新唐書·列女·賈直言妻董傳》。❽冀郤缺夫妻二句　《左傳·僖公三十三年》載：晉國的臼季出使他國，路過冀邑，見郤缺在田間耕種，他的妻子送飯去，彼此恭敬如待賓客。臼季認為他有德，能治民，向晉文公推薦，後被任命為下軍大夫。郤缺（？～西元前五九七年），春秋時人。❾陳仲子夫婦二句　陳仲子，春秋時齊國人，楚王欲以重金聘其為相，夫妻二人卻遠走他鄉，替人灌園，終身自食其力。見《列女傳》。❿不棄糟糠二句　《後漢書·宋弘傳》載：漢光武帝的姐姐湖陽公主新寡，愛慕宋弘的儀表品德，想嫁給他，光武帝召宋弘探試，宋弘答道：「貧賤之交不可忘，糟糠之妻不下堂。」婉拒此事。糟糠，窮人用來充飢的酒渣糠皮等食物。後因用以指經歷共同患難的妻子；也作己妻的謙稱。⓫舉案齊眉二句　據《後漢書·梁鴻傳》載：孟光貌醜而黑，然德行高雅，年已三十未嫁，父問其故，說：「要嫁節操如梁鴻那樣的人。」梁鴻聽說後娶了她，梁鴻家貧，為人舂米，但每次吃飯，孟光都把托盤舉到眉毛處送上，不敢仰視。後因以形容夫妻相敬。案，有腳的托盤。⓬蘇蕙織迴文　晉代竇滔鎮守襄陽，攜寵姬去，久無音問，妻子蘇蕙善文詞，將思念丈夫所作的迴文詩織成錦以贈滔。詞甚悽婉，共八百四十字，縱橫往復都成章句，共能組成二百餘首詩，故稱「迴文」。見《晉書·列女·竇滔妻蘇氏傳》。⓭樂昌分破鏡　孟棨《本事詩·情感》載：樂昌公主嫁給徐德言，陳將亡，二人預料將分離，取一銅鏡分為二，各執一，以作他日重見時的憑證。陳亡，果離散。後經千辛萬苦，以鏡為憑而團圓。後因以「破鏡」喻夫妻別離；「破鏡重圓」喻重又團聚。樂昌，即樂昌公主。南朝陳後主妹，才色冠絕。⓮張瞻炊臼夢　《酉陽雜俎前集·夢》載：古時有名叫張瞻的人在外經商，夢見在臼中做飯，圓夢的說，臼中做飯，無釜（鍋），釜、婦同音，是喪妻的徵兆。及歸，妻果卒。⓯莊子鼓盆歌　《莊子·至樂》載：莊子妻死，惠子去弔喪，見莊子鼓盆而歌。後因以「鼓盆之戚」作喪妻的代稱。鼓，擊；敲。盆，瓦盆。⓰鮑宣之妻二句　漢代鮑宣家貧，他的老師把女兒嫁給他，嫁妝甚厚。宣說：「汝生富驕，吾貧賤，不敢當。」其妻立即換上粗布衣，共同拉車回家，拜見公婆後，提甕去打水。見《後漢書·列女傳》。甕，一種陶製的盛器。⓱齊御之妻二句　《史記·管晏列傳》載：春秋時齊國晏嬰為相，其車夫的妻子從門縫裡窺見丈夫駕車時揚揚自得，等丈夫回來後便責備道：「晏子身高不到六尺，身為齊相，名顯諸侯，態度仍非常謙虛；你身長八尺，不過為人趕車，卻如此趾高氣揚，我為你感到羞恥。應該謙卑一些才好。」其夫聽從勸告，再也不自大了。⑱可怪者買臣之妻三句　《漢書・朱買臣傳》載：漢代朱買臣家貧，其妻求離去，後買臣富貴，當會稽太守，路遇其故妻及其後夫，請他們到太守府中住，妻去後不久自縊死，後人附會其妻求復合，朱買臣取盆水潑在地上，說：「若能收回來才能合。」後因以「覆水難收」比喻事情已成定局，無法挽回。怪，責備；埋怨。⑲可醜者相如之妻三句　《史記・司馬相如列傳》載：司馬相如在臨邛時去富人卓王孫家飲酒彈琴，時卓女文君新寡在家，知琴音，相如操〈鳳求凰〉曲挑逗，文君聽出有求婚之意，夜裡私自跑到相如處，兩人同去成都。相如，即司馬相如（西元前一七九～前一一七年）。西漢辭賦家，蜀郡成都人，字長卿。夤夜，深夜。私奔，未告知父母，或未得父母允許，私自出走。舊多用指戀愛中的男女或女性。絲桐，指琴。琴多用桐木製成，練絲為弦，故稱「絲桐」。⑳身修而後家齊句本《禮記・大學》：「欲齊其家者，先修其身。」中國傳統文化認為，個人的道德完善是事業成功和社會完善的基礎，也即由修身開始，而齊家、治國、平天下。㉑夫義自然婦順　句出《禮記・禮運》。這是中國古代對夫婦關係的禮儀與倫理要求。意指丈夫待妻子（嫡妻）要有禮儀（即「相敬如賓」）與情誼；妻子對丈夫要順從、謙恭。義，禮儀；情誼。

【語　譯】「牝雞司晨」，說的是婦人掌權，干預外事；「河東獅吼」，譏諷男子懼內。殺了妻子以求將位，吳起怎麼能這樣忍心？蒸梨不熟，便離棄妻子，曾子能夠顧全孝道。張敞為妻子畫眉毛，討好的模樣真可笑；董氏當著丈夫的面，把頭髮封固住，其貞節確實值得誇獎。冀邑郤缺夫婦在田間耕作，仍相敬如賓；陳仲子夫婦替人家灌園，自食其力。不棄糟糠，這是宋弘回答漢光武帝的話；舉案齊眉，梁鴻之德堪配孟光之賢。蘇蕙織迴文，樂昌公主分破鏡，這都是說夫婦之生離；張瞻夢見在臼中做飯，莊子鼓盆而歌，說的全是夫婦的死別。鮑宣的妻子是富家女，仍提甕汲水，十分懂得順從之婦道；齊相御者的妻子，窺見丈夫駕車的樣子，而勸說激勵，可稱得上是位賢內助。朱買臣的妻子當受責備，貧窮時求去，富貴後又要回來，卻不想想潑出去的水是難以收回的；司馬相如的妻子真丟人，聽見琴聲挑逗，竟半夜裡私奔了。要知道提高自身品德修養，而後才能治理好家庭；丈夫待妻子有禮儀情誼，妻子自然會順從謙恭。

新增文

《詩》稱偕老❶，《易》著家人❷。或穿墉以窺賓❸，或斷機而勖學❹。賈大夫之射雉，未足歡娛❺；百里奚之烹雌，何嫌寂寞❻。仍求故劍，宣帝不忘許后於多年❼；忽著新衣，桓沖頓化成心於一旦❽。吳隱之得淑女，奚惜負薪❾；司馬懿有賢妻，勿辭執爨❿。募死士以拒敵，誰同楊氏之堅持⓫；提數騎以拔圍，孰比邵姬之勇往⓬。李益設防妻之計，常撒冷灰⓭；志堅摘送婦之詞，任撩新髮⓮。苟〈內則〉之無忝⓯，自中饋⓰之稱能。

【章旨】本節補充介紹歷史上的一些賢妻，兼及某些不合夫義婦道之人；並再次強調男主外、女主內的行為道德規範。

【注釋】❶偕老　共同生活到老。《詩經》中數次言及，如《詩・鄭風・女曰雞鳴》：「宜言飲酒，與子偕老。」後專指夫婦共同生活到老。❷家人　此為六十四卦之一，離下巽上。句出《易・家人》：「象曰：風自火出，家人。」孔穎達疏：「火出之初，因風方熾；火既熾盛，還復生風。內外相成，有似家人之義。」用於家庭上，即指夫婦相輔相成。❸穿墉以窺賓　《世說新語・賢媛》載：山濤與嵇康、阮籍交往密切，有次山濤留他倆在家喝酒住宿，其妻韓氏在牆上鑽個小洞，窺察他們很久，然後對丈夫說：「你才能不如他們，要有氣度胸襟去和他們交朋友。」墉，垣牆。

❹斷機而勖學　把織布機上的線剪斷，以勉勵人努力學習。《列女傳・鄒孟軻母》載：孟子幼時逃學，他的母親把布機上的線剪斷，教育孟軻要認真讀書，否則就像斷了機線一樣，布就織不成了。《後漢書・樂羊子妻傳》也記載了樂羊子妻以斷機勸夫勤讀以求取功名之事，樂羊子自此發憤，後來成為著名大將。勖，勉勵。❺賈大夫之射雉二句　《左傳・昭公二十八年》載：賈大夫面貌醜陋，所娶妻卻美貌，三年中妻子不說不笑，有天駕車出遊，賈射中雉（野雞），妻子才開始說笑。❻百里奚之烹雌二句　《風俗通》載：百里奚未顯之前外出謀生，與妻子分離，一直未通音訊，任秦相後，有次宴客，有個洗衣婦說會彈琴，便命她彈奏，那人邊彈邊唱：「百里奚，五羊皮。臨別時，烹伏雌，炊扊扅。今富貴，忘我為。」百里奚聽後很驚訝，經詢問，原是失散多年的妻子。百里奚，春秋時人。年輕時經歷坎坷，後佐秦穆公創建霸業，任秦相。❼仍求故劍二句　指漢宣帝以求故劍為名，立許氏為皇后事。《漢書・外戚傳上》載：漢宣帝在民間時，曾娶許廣漢女。及即位，公卿議立霍光女為皇后，宣帝乃下詔「求微時故劍」。大臣們領會其意，於是立許氏為后。後因稱結髮之妻為「故劍」。宣帝，漢宣帝（西元前九一～前四九年）。名劉洵，西元前七四～前四九年在位。戾太子孫。巫蠱之禍後，生長民間，昭帝死，他為霍光所立。即位後強調「霸道」、「王道」雜治，重視吏治，綜合名實，曾設置西域都護，對發展西域的生產及保障東西商路的通暢，都有作用。❽忽著新衣二句　《世說新語・賢媛》載：桓沖不喜穿新衣，有次浴後，夫人故意給他新衣服，他大怒，夫人說：「新衣不穿，怎麼會舊？」桓大笑而穿。桓沖（西元三二八～三八四年），東晉人，字幼字，小字買德郎。桓溫弟。官江、揚、豫、荊等州刺史，中軍將軍。在肥水之戰中有貢獻。成心，成見；偏見。❾吳隱之得淑女二句　《晉書・良吏・吳隱之傳》載：吳隱之任晉陵太守，其妻自己背柴。後吳任左衛將軍，妻仍自洗衣，冬天無棉衣，則披棉絮。奚，何。❿司馬懿有賢妻二句　《晉書・宣穆張皇后傳》載：司馬懿一度聲稱患風濕癱瘓，辭官在家，一天晾曬圖書時忽下暴雨，他急忙去收，被一女僕看到，其妻張氏怕女僕走漏消息，殺女僕，而由自己做飯。司馬懿（西元一七九～二五一年），三國河內人，字仲達。多謀略，善權變，為魏國重臣。曹芳繼位，他與皇族曹爽受遺詔輔政，後殺曹爽，專權。其孫炎代魏稱帝，建立晉朝，追尊為宣帝。爨，燒火做飯。⓫募死士以拒敵二句　《新唐書・列女傳》載：唐德宗時，叛將李希烈準備襲擊陳，項城令李侃認為城小擋不住，想逃跑，妻楊氏阻止他，並立即招募壯士守衛抵抗。死士，敢死的武士。⓬提數騎以拔圍二句　西晉劉遐妻是邵續的女兒，驍勇果敢，有父帥之風，有次遐被石崇所圍，邵氏率數騎，於萬人重圍中救出丈夫。見《晉書・劉遐傳》。⓭李益設防妻之計二句　《舊唐書・李益傳》載：李益有妒病，防妻過甚，經常撒灰在門口，檢測是否

有外人來。⓮志堅擿送婦之詞二句 《雲溪友議》載：唐朝楊志堅家貧，其妻索取休書，另謀出路，楊志堅寫詩送給她，其中有「金釵任意撩新髮」句。擿，傳播。⓯內則之無忝 無愧於〈內則〉的要求。〈內則〉，《禮記》中的一篇，講婦女的行為道德規範。名為「內」，乃取《易經》中「女正乎內，男正乎外」之意。忝，有愧於。常用作謙詞。⓰中饋 《易・家人》：「無攸遂，在中饋，貞吉。」原意指婦女在家主持飲食等事。引申指妻室。

【語　譯】「偕老」一詞載於《詩經》，稱頌夫婦能白頭到老；「家人」為《易經》中一卦，意思是要夫妻相輔相成。山濤之妻在牆上鑽洞以窺察賓客；樂羊子之妻剪斷布機上的線以勉勵丈夫求學。賈大夫射中野雞，妻子才一笑，這不是真快樂；百里奚與妻子分別前烹煮雌雞，為什麼要嫌惡寂寞清靜呢？漢宣帝即位後，仍要找尋舊劍，這是他不忘許后的表示；桓沖喜穿舊衣，經妻子勸說，頓時化除成見而穿上新衣。吳隱之的妻子賢淑，不辭辛苦，由自己背柴；司馬懿的妻子全力護持丈夫，親自燒火做飯。大敵當前，招募敢死之士守城，誰能像楊氏那樣堅強；率領數人，於萬人重圍中救出丈夫，何人比得上邵姬之勇武果敢。李益妒心太重，撒灰門口，以防備妻子；楊志堅同意妻子離去的詞中，有「任撩新髮」的句子。若能無愧於〈內則〉上的道德規範，自然是主婦中的佼佼者。

叔姪

【題解】在宗法制中，除父、祖外，叔伯是關係最密切者，各種禮儀、制度、律法條文都有相應的規定。在一定範圍內，叔姪類同於父子（諸父、亞父），歷史上即有不少著名的有關叔姪的事例，本章介紹其中的一部分。

曰諸父，曰亞父，皆叔伯之輩❶；曰猶子，曰比兒，俱姪兒之稱❷。阿大中郎，道韞雅稱叔父❸；吾家龍文，楊素比美姪兒❹。烏衣諸郎君，江東稱王、謝之子弟❺；吾家千里駒，苻堅羨苻朗為姪兒❻。竹林，叔姪之稱❼；蘭玉，子姪之譽❽。存姪棄兒❾，悲伯道之無後；視叔猶父❿，羨公綽之居官。盧邁無兒，以姪而主身之後⓫；張範遇賊，以子而代姪之生⓬。

【章旨】本節介紹有關叔姪的代稱、美稱以及歷史上的著名事例。

【注釋】❶曰諸父三句　謂諸父、亞父都用以稱伯叔輩的人。諸父，伯父、叔父的統稱。諸，眾；諸位。亞父謂僅次於父，表示尊敬的稱呼。可指本家叔伯，亦可用於外人，如項羽稱范增。見《史記・項羽本紀》。❷曰猶子三句　謂猶子、比兒都用以稱呼姪兒。猶子，如同兒子。《禮記・檀弓》：「兄弟之子，猶子也。」後因稱姪子為「猶子」。比兒，姪子。謂姪可比擬（類似）兒子。李漁《蜃中樓・姻阻》：「常言道：比兒猶子類椿萱。」❸阿大中郎二句　《晉書・列女傳》載：謝道韞稱呼叔父為阿大、中郎。道韞，即謝道韞。東晉陳郡人。謝奕女，王凝妻。能詩賦，亦善玄談，是我國古代著名才女。❹吾家龍文二句　北齊楊愔自幼聰慧過人，六歲讀史書，他的堂哥楊昱說：「此兒乳牙未落，已是吾家龍文，十年後，當求之千里之外。」後官至尚書令。見《北史・楊愔傳》。案：原文作「楊素比美侄兒」，誤。龍文，即龍馬（駿馬）。❺烏衣諸郎君二句　六朝時王、謝子弟多居烏衣巷，一時貴盛，人稱「烏衣諸郎」。《南史・王僧虔傳》中有此語。烏衣，烏衣巷。王、謝，指六朝時代的望族王氏、謝氏。王，即王敦、王導等，家族中多人任宰相、將軍等要職。謝，即謝安、謝玄等。參見本卷〈祖孫父子〉中有關注釋。後世以「王謝」作高門世族的代稱。❻吾家千里駒二句　苻堅是十六國時期前秦皇帝，他曾稱讚堂兄之子苻朗為「吾家千里駒」。見《晉書・苻朗傳》。苻堅，參見卷一〈武職〉中有關注釋。❼竹林二句　晉代「竹林七賢」中，阮籍、阮咸是叔侄，後因以「竹林」代稱叔侄。❽蘭玉二句　蘭玉是「芝蘭玉樹」的略語，這是謝玄回答叔父謝安時說的。見《晉書・謝安傳》。後用為對別人子弟的美稱。❾存侄棄兒　《世說新語・賞譽》載：戰亂時，鄧攸挑著子、侄逃難，因無法兩全，便捨棄兒子而帶走侄兒。後來他妻子未再生育，故而沒有後代。伯道，即鄧攸。晉朝人，字伯道。❿視叔猶父　相傳柳公綽像對待父親一樣對待叔叔。他去世後，兒子仲郢也像待父親一樣待叔父。公綽，即柳公綽（西元七六五～八三二年）。唐京兆華原人，字寬，又字起之。官吏部、兵部尚書、河東節度使等。案：新舊《唐書・柳公綽傳》均無「視叔如父」語，僅謂其「性孝友，性質嚴重，起居有禮法」。子仲郢也無類似的記載。叔，父親的弟弟；也指兄弟。在伯、仲、叔、季的兄弟排行中，叔行三。⓫盧邁無兒二句　《新唐書・盧邁傳》載：盧邁任中書侍郎時第二次結婚，仍無子，有人勸他納妾，他說：「兄弟之子猶子也，可以主後。」意指侄子如子，可以操持他死後的一切事情。⓬張範遇賊二句　《三國志・魏書・張範傳》載：魏人張範及兒、侄一起被賊抓住，範懇求放了兒子，賊同意了，範又說：「我可憐侄子年幼，還是抓兒子放侄子吧！」賊被他感動，全都放了。

【語　譯】諸父、亞父，皆指叔伯一輩；猶子、比兒，皆稱呼侄兒。「阿大中郎」，是謝道韞對叔父的雅稱；「吾家龍文」，是楊素讚美侄兒的用語。江東人稱王、謝子弟為烏衣諸郎君，苻堅誇獎侄兒苻朗，稱作吾家千里駒。竹林，是叔侄之美稱；蘭玉，則用以讚頌別人家的子侄。鄧伯道存侄棄兒，致使自己沒有後代，令人悲歎；柳公綽身居高位，待叔如父，人人說他厚道。盧邁沒有兒子，以侄為子，操持死後的一切事情；張範遇賊，以子代侄去死，最後卻都得以生還。

新增文

謝密能成佳器❶，劉孺可號明珠❷。或獻泛湖之圖❸，或稱招隱之寺❹。陸家精飯，有損素風❺；楊氏銅盤，獨逾諸子❻。謝安石東山之費❼，阮仲容北道之貧❽。可為都督，王渾預評猶子之詞❾；必破吾門，宗炳先料比兒之語❿。愚者宜歸蔥肆⓫，賢者得返金刀⓬。

【章　旨】本節補充介紹叔侄間的言談事例。

【注　釋】❶謝密能成佳器　東晉人謝密字弘微，少年老成，每每經深思熟慮後，才說出很有見地的話，他的叔父謝混說他日後能成佳器。見《南史・謝弘微傳》。❷劉孺可號明珠　南朝梁劉孺七歲便能寫文章，叔父劉瑱常帶他見客，對大家說：「這是我家的明珠。」見《南史・劉孺傳》。❸獻泛湖之圖　據《倦遊錄》載：陳恭公過生日，親戚多獻上壽星圖，惟侄子世修獻上〈范蠡遊五湖圖〉。❹稱招隱之寺　《因話錄》載：唐代李約與叔父錡閑談時，稱讚招隱寺，李錡問他招隱寺與城裡有什麼不同，他說：「好就好在山野情趣，如果以人工裝飾，那還不如叔父家的大廳。」❺陸家精飯二句　東晉宰相謝安有次去陸納家，陸納的侄子用精美的飯菜款待謝安，納十分生氣，說：「不能光大父、叔名聲，反而敗壞我家樸素的家風。」於是，杖四十。見《晉書・陸納傳》。❻楊氏銅盤二句　北齊人楊愔幼時才德異於常人，叔父楊暐十分器重他，專為他在竹林旁修建一屋，讓他單獨居住，經常以銅盤盛上美味食品送去；並以他為例，教育諸子侄努力向學。見《北史・楊愔傳》。❼謝安石東山之費　《晉書・謝安傳》載：謝安曾在會稽東山建一別墅，樓館林木十分壯觀，謝安經常與子侄在此遊玩，每頓飯要花費數百金，世人對此頗多非議，而謝安卻不在意。謝安石，即謝安。東晉宰相。參見本書卷一〈地輿〉中有關注釋。❽阮仲容北道之貧　《世說新說．任誕》載：當時阮氏家族多居道南，較富；阮咸居道北，較貧。阮仲容，即阮咸。西晉陳留尉氏人，字仲容。阮籍侄。累官至散騎侍郎，出為始平太守。精通音律，任達不拘禮法，為「竹林七賢」之一。❾可為都督二句　西晉人王渾侄王浚，字彭祖，少時平平，不為親朋鄉里所知，但王渾對弟弟說：「不要小看彭祖，將來如世道太平，可作州牧太守，亂世則能當都督三公。」後果然任幽冀都督。王渾與王浚，《晉書》都有傳。❿必破吾門二句　《宋書．宗慤傳》載：宗炳曾問侄子宗慤志向，慤答：「願乘長風，破萬里浪。」炳說：「汝不富貴，必破吾門。」意指將來一定富貴。後慤果然屢建戰功，官豫州、雍州刺史。宗炳（西元三七五～四四三年），南朝宋南陽人，字少文。善琴書，精於言理。⓫愚者宜歸蔥肆　《梁書．呂僧珍傳》載：南朝梁呂僧珍出身微賤，以販蔥為業，待他做官後，侄子來向他求官，珍說：「你們各人自有各人的福分，還是趕快回蔥肆去。」⓬賢者得返金刀　十六國時苻堅攻燕，殺慕容垂諸子，其侄慕容超時年十歲，祖母臨終前把金刀給他，讓他前去找叔父，他佯狂行乞，終於找到垂，把刀交給叔父。見《晉書．載記．慕容超傳》。

【語　譯】謝密早慧，叔父說他能成佳器；劉孺七歲能文，叔父誇他是明珠，陳世修向叔父祝壽，獻上〈范蠡遊五湖圖〉；李約與叔父交談，稱讚招隱寺的山野情趣。陸俶用精美的食品款待謝安，敗壞了叔父簡樸的家風；楊愔有才德，在眾子侄中，叔父對他另眼相看，經常用銅盤盛食品給他一人享用。謝安隱居東山，建別墅與子侄同遊，費用極大；阮咸家居道北，貧苦自安。王渾評論侄子王彭祖時，說他將來可當都督；宗炳得知侄子有大志，認為他日後必揚名天下。愚笨的侄子該回蔥肆賣蔥，賢能的侄子能在戰亂中歸還叔父的金刀。

師生

【題解】中國文明之所以能綿延五千年而不絕的主要原因之一就是重視教育，後世尊為「聖人」的孔子便是偉大的教育家。教育的主要承擔者是「師」，師除講授文字知識之外，更重要的是傳承禮儀道德、倫理規範（道），這是文化的核心與根本。師生不列「五倫」，但至少在理論上和社會觀念中，師與父地位相等，故有「一日為師，終生為父」之說。「天地君親師」是民間千百年來供奉的牌位，師（道統）與親（血統）、君（政統）及天、地並列，由此也可看出對師道之重視。本篇即介紹師、師生關係以及與此相關的事物。

馬融設絳帳，前授生徒，後列女樂①；孔子居杏壇，賢人七十，弟子三千②。稱教館曰設帳③，又曰振鐸④；謙教館曰糊口⑤，又曰舌耕⑥。師曰西賓⑦，師席曰函丈⑧；學曰家塾⑨，學俸曰束脩⑩。桃李在公門，稱人弟子之多⑪；苜蓿長闌干⑫，奉⑬師飲食之薄。冰生於水而寒於水，比學生過於先生；青出於藍而勝於藍，謂弟子優於師傅⑭。未得及門，曰宮牆⑮外望；稱得祕授，曰衣缽⑯真傳。

【章旨】孔子是我國古代最著名的教育家，而東漢馬融辦學也極有特色。因此本節首先介紹這兩人，然後介紹有關老師、師生的常用尊稱、代稱。

【注 釋】❶馬融設絳帳三句 《後漢書·馬融傳》載：馬融講學時常在堂中設絳紗帳，前面教授生徒，後列鼓琴奏樂的美貌歌伎。後因以「絳帳」作為師長或講座的代稱，有尊敬稱美之意。馬融（西元七九～一六六年），東漢右扶風茂陵人，字季長。曾任校書郎、南郡太守等職。才高學博，為當時大儒。生徒常有千餘人，鄭玄、盧植等皆出其門。絳，大紅色。❷孔子居杏壇三句 史載孔子講學時，從遊弟子有三千人，其中才通六藝者七十二人，賢人七十為其約數。見《史記·孔子世家》及《史記·仲尼弟子列傳》。相傳杏壇為孔子講學處，見《莊子·漁父》。後人附會杏壇在今山東曲阜縣孔廟大成殿前（該杏壇始建於宋乾興年間，西元一〇二二年）。❸設帳 典出於馬融設絳帳。參見❶。❹振鐸 古代宣布政教法令時，振鐸以警眾。文事用木鐸，武事用金鐸。《周禮·夏官·大司馬》：「司馬振鐸。」後引申為從事教職的代稱。鐸，有舌的大鈴。❺糊口 寄食。《左傳·隱公十一年》有此詞。古代多為私塾，教師為東家所聘，有寄食意，故謙稱「糊口」。❻舌耕 在現代教學方法興起前，教師持口說以謀生，猶耕田求得粟米，故稱「舌耕」。王嘉《拾遺記·前漢下》：「世所謂舌耕也。」❼西賓 古人以東為主位，西為客位，故稱主人為東主、東家，而尊教師為西賓，也稱西席。見《稱謂錄·師友》。❽函丈 《禮記·曲禮》：「若非飲食之客（指西賓），則布席，席間函丈。」函，猶容。古人席地而坐，地上鋪席。而老師席前約有一丈見方之空間，以便於指畫。後因以「函丈」作為對師或前輩長者的敬稱。❾家塾 《禮記·學記》：「古之教者家有塾，黨有庠，鄉有序，國有學。」後世私人教讀的地方，一般都稱家塾、私塾。塾、庠、序、學，是各級學校的名稱。❿束脩 古代諸侯大夫相饋贈的禮物，也指學生向老師致送的禮物。《論語·述而》：「自行束脩以上，吾未嘗無誨焉。」後因專指致送教師的酬金。脩，乾肉。十條乾肉為束脩。⓫桃李在公門二句 《資治通鑑·唐則天皇后久視元年》載：唐代名臣狄仁傑善於選拔人才，先後推薦數十人，後皆為名臣，人們讚狄說：「天下桃李，悉在公門矣。」桃李，比喻所選拔、薦用的人才或所教的學生。⓬苜蓿長闌干 唐薛令之為東宮侍讀時，作詩云：「盤中無所有，苜蓿長闌干。」見王定保《唐摭言》。苜蓿是一種植物，豆科，可食。舊時教官清苦，常以苜蓿為蔬，因以形容教職或學館的生活。⓭奉 給予。⓮冰生於水而寒於水四句 句本《荀子·勸學》：「青，取之於藍，而青於藍；冰，水為之，而寒於水。」意思是冰由水凝成，但比水更寒冷；青色的染料由藍草提煉，色澤卻比藍草更青。後因以此句比喻學生勝過老師或後人勝過前人。藍，藍草。可作染料。⓯宮牆 猶「門牆」、「師門」。《論語·子張》：「夫子之牆數仞，不得其門而入。」後以指師長之門。入門成為弟子，謂之「及門」。⓰衣鉢 佛家語。衣指僧衣袈裟，鉢指僧食具。中國禪宗師徒間道法的傳授，常付衣鉢為信，稱為衣鉢相傳。見《傳燈錄》。後也泛指思想、學術、技能的繼承為傳授衣鉢。

【語譯】馬融講學時，堂上設絳帳，在帳前給學生講課，在帳後則有歌伎奏樂；孔子講學於杏壇，從學弟子共三千人，其中賢人有七十二個。稱人設館教學，叫做「設帳」，又叫「振鐸」；自己執教謀生，謙稱「糊口」，也可說「舌耕」。聘請的先生敬稱西賓，師席尊之為函丈；在家設教館，叫做家塾，送給老師的學費稱作束脩。桃李盡在公門，稱道別人教授的學生或拔選的人才很多。苜蓿長闌干，這用以形容奉送教師薪俸之菲薄。冰生於水而寒於水，比喻學生超越老師；青出於藍而勝於藍，形容弟子勝過師傅。未能進入先生之門正式拜師，稱作「宮牆外望」；得到先生學問之真諦祕訣，謂之「衣鉢真傳」。

人稱楊震為關西夫子❶，世稱賀循為當世儒宗❷。負笈千里，蘇章從師之殷❸；立雪程門，游、楊敬師之至❹。弟子稱師之善教，曰如坐春風之中❺；學業感師之造成，曰仰沾時雨之化❻。

【章旨】本節介紹歷史上著名的夫子大儒及求學、尊師的部分事例。

【注釋】❶楊震為關西夫子 《後漢書・楊震傳》載：楊震少好學，博覽群經，從遊者千人，時稱「關西夫子」（也作「關西孔子」）。楊震（?～西元一二四年），東漢弘農華陰人，字伯起。❷賀循為當世儒宗 賀循（西元二六〇～三一九年）是晉會稽山陰人，字彥先，世仕吳，與顧榮同為支持晉元帝（司馬睿）的江南士族領袖，精通禮學，朝廷有疑難都去問他，制定宗廟禮儀都遵照他的意見辦，晉元帝即位後，以循為當世儒宗。見《晉書・賀循傳》。❸負笈千里二句 漢代蘇章不遠千里，負笈求師。見《文苑》。負笈，背著書箱，指外出求學。笈，書箱。❹立雪程門二句 《宋史・楊時傳》載：游酢、楊時師事程頤，一日去見程，程正在打瞌睡，二人不敢驚動，侍立不去，待程醒，門外雪深一尺，後世因此作尊師重教的典故。程頤（西元一〇三三～一一〇七年）是北宋洛陽人。為一著名理學家。字正叔，世稱伊川先生。他先後講學三十餘年。游，游酢（西元一〇五三～一一二三年）。北宋建州人，字定夫，一字子通。世稱廌山先生，亦稱廣平先生。師事二程，與謝良佐、呂大臨、楊時並稱「程門四先生」。楊，楊時（西元一〇五四～一一三五年）。北宋南劍州人，字中立。世稱龜山先生，是「程門四先生」之一。晚年專事講學，被東南學者奉為「程氏正宗」。朱熹之學得程氏之正，淵源即出於此。❺如坐春風之中　據《二程全書・外書十二》：朱光庭向程顥求學，歸來後對人說：「光庭在春風中坐了一月。」後以「如坐春風中」比喻受到良師的教育。❻時雨之化　謂教化的作用如及時雨滋潤萬物一般。《孟子・盡心上》：「有如時雨化之者。」

【語　譯】楊震博學明經，人稱關西夫子；賀循精通禮儀，世謂當世儒宗。負笈千里，可見蘇章求師之殷切；立雪程門，可知游酢、楊時敬重師長之程度。弟子稱頌師長教導有方，說「如坐春風之中」；感謝老師栽培成就學業，說「仰沾時雨之化」。

新增文

民生在三❶，師術有四❷。執經問義，事若嚴君❸；鼓篋擔囊❹，不辭曲士❺。史居左，經居右❻，士得真修；道已南❼，《易》已東❽，人沾教澤。賜宴月池之上，翼贊堪誇❾；誦書帷帳之中，烽煙奚避❿。忠臣錄、孝子錄，綱常互振⓫；經義齋、治事齋，體用兼全⓬。東家之外更無丘，道德由文章炫出⓭；北斗以南應有傑，事功從學術做來⓮。邊孝先便便大腹，曾見嘲於弟子⓯；韓退之表表高標，宜共仰於吾儒⑯。應生獨舉官銜⑰，豈事先生之禮；李固不矜父爵⑱，乃稱弟子之良。

【章旨】本節補充介紹師生之道以及歷史上有關教、學的一些事例。

【注釋】❶民生在三　《國語・晉語一》云：「欒子曰：『民生於三，事之如一：父生之，師教之，君食之。』」意指人生在世，父母生養、師長教導、國君給祿食，三方面雖有不同，但遵奉父、師、君的道理是一樣的。後世言「在三之義」，即指此。❷師術有四　語出《荀子・致士》：「師術有四：尊嚴而憚，耆艾而信，誦說而不陵犯，知微而論。」指當好教師的方法有四：態度威嚴使人敬畏，年高老成使人信服，朗讀講解口齒清楚，學識淵博闡發精微。❸事若嚴君　謂事師如事父。《呂氏春秋・勸學》：「事師之猶事父也。」《魏書・常爽傳》載：常爽有門徒七百餘人，而「弟子事之若嚴君焉」。嚴君，即嚴父。事，伺奉；服伺。❹鼓篋擔囊　開書箱，挑行囊。指學生遠道而來求學。《禮記・學記》：「入學鼓篋，孫其業也。」鼓，開。篋，小箱子。囊，袋子。泛指行李。❺不辭曲士　指老師對前來求學者，一概不拒。柳宗元〈與太學諸生書〉：「師儒之席，不拒曲士。」曲士，囿於一隅，見識不廣的人，在此泛指平民、牧童。❻史居左二句　北宋張載教授門徒，左史右經，朝弦暮誦。❼道已南　《宋史・道學・楊時傳》載：楊時從學於程頤，學成回去時，程目送他出門對朋友說：「吾道南矣。」意指我的學問已傳到南方了。❽易已東　漢代丁寬向田何學《易經》，學成回歸，何對其他弟子說：「《易》已東矣。」見《漢書・儒林傳》。案：當時田何居杜陵（今陝西），丁寬是梁（今河南商邱南）人，所以說「東」。❾賜宴月池之上二句　《譚賓錄》載：隋朝末年李淵鎮守太原時，曾聘請張後胤為師，教授李世民，李世民當皇帝後，曾在月池設宴，席間他問張：「今日弟子（李世民自稱）怎麼樣？」張說：「孔子三千弟子，沒有當大官的，我只翼贊一人，他就當了皇帝，所以我的功勞超過孔子。」翼贊，輔佐。案：此處「翼贊」有「教導」之意，但因為對皇帝說話，不敢直言，故自謙為「翼贊」。❿誦書帷帳之中二句　據《東觀漢記》：漢代張奐出使外國，當地少數民族叛亂，烽煙四起，兵將們大驚失色，都想逃跑，但張奐卻安然自若，坐於帷帳中，和弟子們一起讀書，軍士稍賴以安。奚，何曾。⓫忠臣錄孝子錄二句　宋朝曾鞏曾匯集古代忠臣為一錄、孝子為一錄，教授弟子，說：「忠孝，綱常最大者，汝曹其知之。」見《曾南豐集》。綱常，三綱五常的合稱。「三綱」即君為臣綱、父為子綱、夫為妻綱；五常即「仁、義、禮、智、信」。⓬經義齋治事齋二句　北宋學者胡瑗設立經義齋、治事齋，教授學生，使從學者既知義理文學，又能政事。見《名臣言行錄・胡瑗》。體用，本體和作用。我國古代哲人認為「體」是根本的、內在的，「用」是「體」的外現和產物。綱常名教是體，治國平天下等事功皆為用。⑬東家之外更無丘二句　《孔子家語》載：孔子的西鄰有個愚人，不知孔子是聖人，說：「彼東家丘。」有輕蔑意。本句反用其意，意指除了你的東鄰外，再也沒有聖人了（即聖人就在眼前），在日常生活中，孔子是普通人，而他的道德則由文章顯露出來。丘，孔子名丘。東家，東鄰。⑭北斗以南應有傑二句　謂狄仁傑是天下第一宰相，而且他以明經舉官，通經義，所以他的事業、功績全來自於學術。傑，狄仁傑（西元六三〇～七〇〇年）。唐代并州人，字懷英。以明經舉，任并州都督府法曹，轉大理丞（司法官），裁決積壓的案件一萬七千件，無一人訴冤。累官至宰相，對朝廷大政多有所建議，知人善用，為一代名臣。卒後封梁國公。時人謂：「狄公之賢，北斗以南，一人而已。」見《新唐書・狄仁傑傳》。北斗以南，北斗星之南。古人認為相星在北斗星（帝星）之南，故以「斗南」指代宰相的職位。事功，事業和功績。⑮邊孝先便便大腹二句　邊韶因胖而大腹便便，又常在白天打瞌睡，弟子們便笑他：「邊孝先，腹便便，五經笥，但好眠。」見《後漢書・邊韶傳》。邊孝先，即邊韶。東漢陳留人，字孝先。熟讀儒經，才思敏捷，以文章知名。官太中大夫、尚書令等。曾先後教授生徒數百人，名重一時。⑯韓退之表表高標二句　謂韓愈以其高尚卓異，受到大家的敬仰。韓退之，即韓愈。字退之。唐代著名文學家。參見卷一〈武職〉有關注釋。佛教傳入中國，南北朝時盛行一時，隋唐承其風，士人也多談佛。而韓愈則尊儒排佛，以堯、舜、孔、孟的道統繼承人自居，不讀非聖賢之書。學者仰之如泰山北斗，皆稱韓夫子。見《新唐書・韓愈傳贊》。表表，卓異；不同尋常。高標，高尚出色。⑰應生獨舉官銜　應劭曾任泰山太守，後向鄭玄問學，自報官銜，鄭笑說：「仲尼之門，不稱官銜。」劭有慚色。見《後漢書・鄭玄傳》。應生，指漢代的應劭。⑱李固不矜父爵　《後漢書・李固傳》注載：李固出身官宦（父李郃任司徒），嘗改姓名，策杖騎驢，負笈從師。每到太學，總是祕密回家探望父母，不讓同學知道父親為官。李固（西元九四～一四七年），東漢漢中南鄭人，字子堅。少好學，有名當時，官刺史、太守、太尉等。

【語　譯】人生在世有三件事：父母的養育、老師的教誨、君王的恩澤，事雖不同，但使人遵奉父、師、君的道理是相同的，這便是「民生在三」；做人老師的方法有四：態度尊嚴使人敬畏，年高老成使人信服，朗讀講解口齒清楚，學識淵博闡發精微，這便是「師術有四」。弟子手執經籍，口問義理，侍奉先生如同侍奉父親；老師對於負笈擔囊前來求學者，即使是村童愚夫，也同樣施教。北宋張載授徒，學史的居左，學經的居右，士子們都能習得實學；「道已南」、「《易》已東」，都是說學生能將老師的學問傳向四方，使他人也能分沾潤澤。唐太宗賜宴月池，請老師飲酒，老師自幼教導輔佐之功的確可誇；張奐出使外國，遇叛軍進攻，他卻安然自若地在帷帳中讀書，絲毫不避烽煙。曾鞏以忠臣錄、孝子錄教授生徒，目的是振飭綱常；胡瑗立經義齋、治事齋，期望學生既通經義，又注重政事，以使體用兼備。東鄰之外，更無孔子，他的道德由文章輝耀、顯現出來；「北斗以南應有傑」，是時人讚譽一代名臣狄仁傑的話，他以學術為根底來成就事功。邊孝先大腹便便，曾受到弟子們的善意嘲諷；韓愈尊儒排佛，卓異高潔，當為吾輩儒者所共仰。應劭向師求學，卻自報官銜，這難道是遵奉老師的禮節嗎？李固讀書時，不誇耀父親的權勢，稱得上是知書懂禮的學生。

朋友賓主

【題 解】人一生即具有社會性，無法離開社會獨存。在各種人際交往中，除家族和姻親外，朋友無疑是最廣泛而重要的。從廣義上說，幾乎所有的人都可以成為朋友。「四海之內皆兄弟」，既是博愛的精神，也說明朋友範圍之廣，先賢們列朋友為「五倫」之一，可知對它重視的程度。友朋間相互交際往來，便形成了賓主關係。朋友之間沒有天然的血緣紐帶，主要靠友情和道義維繫其關係。重信義、重然諾，生死不渝，歷史上記載了許多至今仍十分感人的友情。由於人會受周圍環境的影響，所以先哲們早已告誡，要與賢德之人交往，學習濡染他們的優點，與此同時要避開惡人，以免受到不良的影響。此外，因中西文化特點不同，社交方式、禮儀規範也有極大的區別，女性自來都被排斥在社會活動之外，所以本篇的「朋友賓主」主要指男性而言。

取善輔仁，皆資朋友[1]；往來交際，迭為主賓[2]。爾我同心，曰金蘭[3]，朋友相資，曰麗澤[4]。東家曰東主，師傅曰西賓[5]。父所交遊，尊為父執[6]；己所共事，謂之同袍[7]。心志相孚為莫逆[8]，老幼相交曰忘年[9]。刎頸交，相如與廉頗[10]；總角好，孫策與周瑜[11]。膠漆相投，陳重之與雷義[12]；雞黍之約，元伯之與巨卿[13]。與善人交，如入芝蘭之室，久而不聞其香；與惡人交，如入鮑魚之肆，久而不聞其臭[14]。肝膽相照[15]，斯為腹心之友；意氣不孚，謂之口頭之交[16]。彼此不合，謂之參商⑰；爾我相仇，如同冰炭⑱。民之失德，乾餱以愆⑲；他山之石，可以攻玉⑳。

【章　旨】本節介紹友朋、賓主的常用稱謂以及有關交情深淺的各種代稱、比喻、典故，並強調要與賢德之人交往，善於向別人學習等交友之道。

【注　釋】❶取善輔仁二句　孔子說：「三人行，必有我師焉，擇其善而從之，其不善者而改之。」見《論語・述而》，曾子說：「君子以文會友，以友輔仁。」見《論語・顏淵》。後世以此作為交友的準則之一，即吸取他人的善德來輔成自己的仁德。資，憑藉；依賴。❷迭為主賓　輪流做主人和客人。語見《孟子・萬章下》。迭，更替；輪流。❸爾我同心二句　句出《易・繫辭上》：「二人同心，其利斷金；同心之言，其臭（氣味）如蘭。」意思是友情契合，交誼深厚。金蘭，金，比喻堅；蘭，形容香。❹朋友相資二句　句出《易・兌》：「麗澤，兌，君子以朋友講習。」麗，連。兌，喜悅。意指兩個湖泊相連，滋潤萬物，所以萬物皆悅。後用來比喻朋友之間互相切磋的情誼。資，供給；資助。引申為互相切磋、輔助。❺東家曰東主二句　古時主位在東，賓位在西，所以主人稱東、東家，客人或師傅稱西、西賓。此稱出《文選・班固・西都賦》：「有西都賓問於東都主人」句。❻父執　父親的朋友。語出《禮記・曲禮上》：「見父之執，不謂之進不敢進……，此孝子之行也。」執，志同道合的人。❼同袍　用以指極有交情的友人。語出《詩・秦風・無衣》：「豈曰無衣，與子同袍。」❽心志相孚為莫逆　指情感、志趣相契、相通的朋友，稱「莫逆」。語出《莊子・大宗師》：「三人相似而笑，莫逆於心，遂相與為友。」莫逆，彼此心意相通，無所違逆。❾忘年　忘年交。年輩不同而結為朋友。如南朝范雲與何遜為「忘年交」，見《南史・何遜傳》。❿刎頸交二句　指藺相如和廉頗是生死之交。刎頸交，謂同生死共患難的朋友。刎，割頸；割斷。相如，即藺相如。戰國時趙國人，官上大夫、上卿。秦強索和氏璧，他帶璧入秦，當廷力爭，使完璧歸趙，後又隨趙王使秦，秦王使趙王鼓瑟，他也強請秦王擊缶，不使趙王受辱。因功陞為上卿，位在廉頗之上。廉頗不樂，聲言欲侮辱他，他謙虛退避，認為應先國家之急，使廉頗愧悟，負荊請罪，於是，兩人成為刎頸交。見《史記・廉頗藺相如列傳》。廉頗，戰國時趙國大將。參見卷一〈武職〉有關注釋。⓫總角好二句　指孫策和周瑜從童年時代起，就是好朋友。見《三國志・吳書・周瑜傳》。總角好，童年的友誼。總角，《詩・齊風・甫田》：「總角丱兮。」角，小髻。丱，兒童的髮髻向上分開的樣子。因稱童年時代為「總角」。孫策（西元一七五～二〇〇年），三國吳郡富春人，字伯符。少時與江淮間士族交往。堅死，收領其部下。率軍渡江，依靠南北士族，在江東地區建立孫氏政權。後遇刺死。其弟孫權稱帝，追謚為長沙恆王。周瑜（西元一七五～二一〇年），三國廬江人，字公瑾。出身士族，少與孫策為友，後助策在江東創建政權，時年僅二十四歲，吳地稱為「周郎」。策死，輔孫權。有將才，又風流儒雅，歷史上留有許多傳說。⓬膠漆相投二句　《後漢書・雷義傳》載：東漢雷義被推舉為茂才，他想讓給好友陳重，刺史不允，雷義裝瘋逃走，以後二人同舉孝廉，同拜尚書郎，時人說：「膠漆自謂堅，不如雷與陳。」膠漆，膠和漆。比喻情意相投，親密無間。⓭雞黍之約二句　漢代張元伯與范巨卿友善，二人同在太學，學成回家時相約，兩年後范至張家拜見其父母，至期，張請母親準備雞黍，母說：「兩年前的約會，又遠隔千里，哪能如期到來。」張說：「巨卿是極守信用之人，必不違約。」是日，范果至，登堂拜母，盡歡而去。見《後漢書・獨行傳》。雞黍，語出《論語・微子》：「（丈人）止子路宿，殺雞為黍而食之。」後遂以指招待賓客的飯菜，也用以表示情意真率。⓮與善人交六句　句出《孔子家語・六本》：「孔子曰：『與善人交，如入芝蘭之室，久而不聞其香，則與之化矣。與不善人交，如入鮑魚之肆，久而不聞其臭，亦與之化矣。』」芝蘭，香草。鮑魚，鹹魚。⓯肝膽相照　比喻竭誠相待。語見《史記・老子韓非列傳》司馬貞索隱。⓰意氣不孚二句　謂志趣、性格不合，就稱為「口頭之交」。孟郊〈擇友〉詩：「面結口頭交，肚裡生荊棘。」意氣，志趣性格。⓱參商　在此比喻不和睦。語本《左傳・昭公元年》。參星、商星，參見卷一〈天文〉有關注釋。⓲冰炭　比喻二者不能相容。語見《韓非子・用人》。⓳民之失德二句　句出《詩・小雅・伐木》。意指人有時失去朋友之義，僅僅是未送乾糧，因而遭到忌恨。乾餱，乾糧。愆，過失；罪咎。⓴他山之石二句　句出《詩・小雅・鶴鳴》。意指借助別人的言行來規正己過。

【語　譯】吸取善行，輔助仁德，都有賴於好的朋友；在交際中你來我往，輪流為主、賓。你我同心，情誼深厚，謂之「金蘭」；朋友之間講習切磋，相攜共進，叫做「麗澤」。主人稱作「東主」，師傅稱為「西賓」。父親的朋友，尊稱為父執；自己的同事，叫做「同袍」。心志相契的朋友是「莫逆交」，老幼相交，忘了年齡，稱「忘年交」。廉頗與藺相如是同生死、共患難的「刎頸交」；孫策和周瑜自孩童時便為友，是「總角交」。陳重與雷義之友情如膠似漆；張元伯知范巨卿必不失約，準備雞黍以待客。與善人交往，如進入遍植芝蘭的花房，時間長了聞不出香氣，品格德行則受熏染而高尚；與惡人交往，如入賣鹹魚的鋪子，時間長了便不覺得臭，因為人也同樣變壞墮落了。肝膽相照，才稱得上心腹之友；意氣不合，只能算是口頭之交。彼此不合，謂之參商；相互仇視，不能共處，如同冰炭。朋友間失歡，有時的起因僅為乾糧這樣的小事；借助他人的言行，以規正自己的過失，這是交友的益處。

落月屋梁，相思顏色❶；暮雲春樹❷，想望丰儀。王陽在位，貢禹彈冠以待薦❸；杜伯非罪，左儒寧死不徇君❹。分首、判袂❺，敘別之辭；擁篲❻掃門，迎迓之敬。陸凱折梅逢驛使，聊寄江南一枝春❼；王維折柳贈行人，遂唱〈陽關三疊〉曲❽。頻來無忌，乃云入幕之賓❾；不請自來，謂之不速之客❿。醴酒不設，楚王戊待士之意怠⓫；投轄於井⓬，漢陳遵留客之心誠。蔡邕倒屣以迎賓⓭，周公握髮而待士⓮。陳蕃器重徐穉，下榻相延⓯；孔子道遇程生，傾蓋而語⓰。伯牙絕弦失子期，更無知音之輩⓱；管寧割席拒華歆，謂非同志之人⓲。分金多與，鮑叔獨知管仲之貧⓳；綈袍垂愛，須賈深憐范叔之窘⓴。要知賓主聯以情，須盡東南之美㉑；朋友合以義，當展切偲之誠㉒。

【章　旨】本節介紹歷史上一些極為著名而感動過無數人的友情，以及寫懷念、離別之情的千古流芳之作。最後特意標示「賓主以情、朋友以義」這個相處原則，對千百年來友朋賓主關係作一概要總結。

【注　釋】❶落月屋梁二句　句出杜甫〈夢李白〉詩：「落月滿屋梁，猶疑見顏色。」後因以作思念友人的用語。❷暮

雲春樹　語出杜甫〈春日憶李白〉詩：「渭北春天樹，江東日暮雲。何時一樽酒，重與細論文。」時杜在渭北，李在江東，借兩地景物寄託思念之情。後遂成為表示朋友間思念情深的典故。❸王陽在位二句　《漢書・王吉傳》載：王陽與貢禹友善，王陽官陞益州刺史，貢禹便彈冠相慶，等待王推薦自己去做官。彈冠，彈去帽子上的灰塵。❹杜伯非罪二句　《竹書紀年・周宣王》箋引謂：西周周宣王時，臣杜伯並沒有罪，宣王卻要殺他，杜的朋友左儒據理力爭，說：「臣寧明君之過，以正杜伯無罪。」王殺杜伯，左儒隨即也死，不願曲從君王。徇，曲從；偏私。❺分首判袂　皆指分別。分首，語見沈約〈襄陽白銅鞮〉詩。判袂，猶言分袂。語見范成大〈大熱伯樂溫有懷商卿德稱〉詩。袂，衣袖。❻擁篲　古人迎候尊貴，常擁篲以示敬意。意指掃除以待客。語見《史記・孟子荀卿列傳》。篲，即彗，掃帚。❼陸凱折梅逢驛使二句　南朝梁陸凱與范曄為友，陸在江南偶遇去長安送公文的驛使，便折一枝梅花，並賦詩一首，請驛使捎給在長安的范曄，詩云：「折梅逢驛使，寄與隴頭人。江南無所有，聊贈一枝春。」見盛弘之《荊州記》。遂成千古佳話。❽王維折柳贈行人二句　王維有〈送故友元二使安西〉詩：「渭城朝雨浥清塵，客舍青青柳色新。勸君更進一杯酒，西出陽關無故人。」後歌入樂府，遂為送別曲的代稱。王維（西元六九九～七六一年），唐代詩人、畫家，字摩詰。開元進士，官至尚書右丞，世稱王右丞。詩多以山水田園為內容，猶長五言詩。畫被後人推為南宗山水畫之祖。見《新唐書・文藝中・王維傳》。折柳，長安東有灞橋，兩邊遍植柳，漢代人送客至此橋，折柳贈別。後用「折柳」為贈別或送別的代稱。「柳」諧「留」音，有依依惜別之意。陽關三疊，曲調名。陽關，古關名。故址在今甘肅敦煌縣西南。與玉門關同為通西域各地的門戶，宋代以後日漸衰落。三疊，古時樂曲奏一遍為一疊，三疊即反覆三次。❾入幕之賓　《晉書・郗超傳》載：東晉郗超為桓溫參謀，有一天謝安等大臣去桓溫處議事，桓命郗在帳中臥聽，風吹開帳，謝安見郗，笑說：「郗生可謂入幕之賓矣！」本意說郗暗中參與機要，後因稱幕僚為「入幕賓」。❿不速之客　不請自來的客人。句出《易・需》：「有不速之客三人來，敬之終吉。」速，召。⓫醴酒不設二句　據《漢書・楚元王傳》：楚元王敬禮申公等，穆生不喝酒，但宴席上也總為他準備醴（甜酒），待王戊繼位，開始時還設酒，後來就忘了，穆生退說：「可以逝（走）矣！醴酒不設，王之意怠矣。」後因稱對人敬禮漸減為「醴酒不設」。⓬投轄於井　《漢書・陳遵傳》載：陳遵每次宴飲，賓客滿堂，把門關上，把客人車轄投井中。後因以「投轄」比喻主人留客之殷勤。轄，車軸的鍵。去之則車不能行。⓭蔡邕倒屣以迎賓　《三國志・魏書・王粲傳》載：有次蔡邕家賓客盈門，他待之平平，但聞王粲至，急忙迎客，鞋子（屣）都穿倒了。王粲年少矮小，一座皆驚，蔡說：「（王）有異才，吾不如也。」（案：

古人家居脫鞋席地而坐，出屋穿鞋。）後因以「倒屣」形容迎客之急切。蔡邕（西元一三二～一九二年），東漢陳留人，字伯喈。少博學。官左中郎將，世稱蔡中郎。通經史、音律、天文，善詞賦，又精書法，尤以隸書著稱，也能畫。⑭周公握髮而待士　《史記・魯周公世家》載：周公告誡兒子伯禽不要驕傲，「吾嘗一飯三吐哺，一沐三握髮，以延天下之賢士」，意指吃飯時三次停下，吐出嘴裡食物，沐髮時三次握住散亂的頭髮，出而待賢士。後因以「握髮吐哺」或「吐握」形容求賢之心切，為國之憂勞。周公，即周公旦。周文王子，武王弟。參見本卷〈兄弟〉有關注釋。⑮陳蕃器重徐穉二句　《後漢書・徐穉傳》載：東漢豫章太守陳蕃為人古板嚴厲，杜門謝客，惟獨器重當地隱士徐穉，專為徐設一榻以禮待他，徐去則掛在壁上。⑯孔子道遇程生二句　《孔叢子・雜訓》載：孔子去郯國的途中遇程子，傾蓋而語終日，甚相親。後用以形容朋友路遇，親切談話的情況。傾蓋，謂停車交蓋，兩蓋稍稍傾斜。蓋，車蓋。形如傘。⑰伯牙絕弦失子期二句　《列子・湯問》載：周代俞伯牙彈琴，鍾子期在一邊聽出琴聲中高山流水之意，後來鍾子期死，俞伯牙認為從此世無知音，便摔琴斷弦，不再彈琴。⑱管寧割席拒華歆二句　《世說新語・德行》載：管寧、華歆曾同坐一張席子讀書，兩人是好朋友，一天，有個大官乘車路過門口，管寧讀書如故，華歆卻扔下書本出去觀看，管寧說：「富貴應自己努力爭取而得，為什麼要去看別人呢？你不是我的朋友了。」於是，便把席子一分為二，與他絕交。舊時因稱朋友絕交為「割席」。⑲分金多與二句　《韓詩外傳》載：春秋時，齊國人管仲早年貧困，曾與鮑叔牙一起經商，每次分利潤時，管仲都拿得多，鮑叔牙並不認為管仲貪心，因為他知道管仲貧窮。鮑叔，即鮑叔牙。春秋時齊國人，是公子小白之師傅。齊襄公被殺後，幫助小白爭得王位（即齊桓公）。齊桓公任命他為宰，推辭不就，推薦管仲執政。管仲（？～西元前六四五年），即管敬仲。春秋時齊國人，名夷吾，字仲。少與鮑叔牙友善。在齊國王位之爭中，輔佐小白的對手公子糾，並曾襲擊小白。後經鮑叔牙推薦，齊桓公不計前仇，任他為卿，以谷（今山東東阿）為采邑，尊稱「仲父」。管仲在齊進行了多項改革，使齊國國力漸強，使齊桓公成為春秋第一個霸主。⑳綈袍垂愛二句　《史記・范雎蔡澤列傳》載：戰國時，范雎給魏國中大夫須賈辦事，被須賈在魏相前毀謗，遭毒打，在設法脫逃後，化名張祿到達秦國，當了秦相，須賈出使秦國，范雎化裝成窮人去見他，須賈說：「范叔怎麼如此貧窮？」拿出一件綈袍相贈。等發現他就是秦相，趕忙謝罪。范雎因須賈贈袍，尚有故人之情，便不加殺害。後因以「綈袍」或「綈袍垂愛」表示不忘故人。綈，古代絲織品名。㉑賓主聯以情二句　王勃〈滕王閣序〉：「臺隍枕夷夏之交，賓主盡東南之美。」本意為賓主皆東南名流。因「東」有「主位」之意，南更為尊位，後遂引申有盡賓主之歡、賓主之誼的意思。㉒朋友合

以義二句　謂朋友之間應推心置腹，互相切磋，共勉共進。切偲，語出《論語・子路》：「朋友切切偲偲。」切切，形容督責、勉勵，情意懇摯迫切。偲偲，相互切磋、督促。

【語　譯】落月屋梁，是杜甫〈夢李白〉詩中名句，寫對李白的思念；暮雲春樹，也是杜甫詩句，借兩地景物寄託思念之情，想像李白的丰采神儀。王陽陞官，貢禹彈冠相慶，等他推薦自己；杜伯無罪，左儒寧死也不曲從周宣王的濫殺無辜。分首、判袂，都是離別的代稱；拿掃帚把門口打掃乾淨，這是迎接客人的禮節，以示尊敬。陸凱折梅，並賦詩一首，請驛使帶給遠方的友人，詩中說：「江南無所有，聊贈一枝春」；王維折柳寫詩贈給將遠行的朋友，勸友人再飲一杯酒，因為出了陽關就見不到故鄉友人了，此詩遂成著名的送別曲〈陽關三疊〉。頻繁往來，參與機密而無所忌，這樣的幕僚稱「入幕之賓」；不請自來的客人，謂之「不速之客」。楚王戊不設醴酒，可知他禮賢下士之意懈怠了；投轄於井，得見漢代陳遵留客的心意之誠。蔡邕聽到王粲來，急忙起身相迎，以致鞋子都穿倒了；周公洗頭時，先後有數位客人來訪，每一位來到，他都挽起頭髮迎接，以示禮待賢士的真誠。陳蕃敬重徐穉，專為他設一榻以禮待；孔子路遇程生，傾蓋而談，甚為親熱。鍾子期去世後，俞伯牙痛失知音，摔琴絕弦，再不彈琴；管寧因華歆貪財羨富，非同志之人，遂割席絕交。鮑叔知道管仲貧困，分財時有意多給他；須賈憐憫范叔窘迫，送給他綈袍，不忘故人。要知道聯接主人和賓客的是感情，應盡賓主之誼、東南之美；朋友要以義相處，當推心置腹，互相切磋督促，共勉共進。

新增文

仲尼、老子，可謂通家❶；管子、叔牙，足稱知己❷。伯桃併糧於共事，甘殞流離❸；子輿裹飯於同儕，不忘貧賤❹。鈐錘道義，向、嵇偶鍛於柳中❺；遊戲文章，元、白啣杯於花下❻。程普見容於周瑜，若飲醇醪自醉❼；周舉得親於黃憲，不披綿纊猶溫❽。貴賤不忘，素犬丹雞定約❾；死生與共，烏牛白馬盟心❿。面前便失人，劉巴不與張飛語⓫；事後方思友，周顗逭廑王導悲⓬。呂安動遐思，千里命尋嵇之駕⓭；子猷懷雅興，三更泛訪戴之舟⓮。尹敏、班彪，豈曰面友⓯；山濤、阮籍，是謂神交⓰。孔融座中常滿，必然有禮招徠⓱；毛仲堂上全無，定是乏才感召⓲。式飲式食，敢曰無魚⓳；必敬必恭，何嘗叱狗⓴。韓魏公堂前有士，風流態度，得贈女奴㉑；李文定門下何人，新巧詩聯，乃逢天子㉒。熊飛清渭逢何暮㉓，無任淒愴；客有可人期不來㉔，豈勝慨歎。

【章　旨】本節補充介紹朋友、賓主交往的方式，有知交、神交、至死不渝之交，也舉出因誤解或自身才德欠缺以致難交到朋友的事例。

【注　釋】❶仲尼老子二句　《後漢書・孔融傳》載：孔融年十歲，去拜見當時名流李膺，對看門的人說：「我是李君通家子弟。」李膺並不認識孔融，很奇怪，問他為什麼這樣說？孔融回答：「先君孔子與君先人李老君同德比義，而相師友，則融與君累世通家。」案：孔融為孔子後裔，而老子是否姓李，尚有爭論。李膺並非老子後代，孔融以其姓李，故而稱「通家」。仲尼，孔子字仲尼。老子，春秋時思想家。楚國若縣厲鄉曲仁里人。相傳姓李名耳，字伯陽。曾任周朝守藏室之史（管理藏書的史官），後退隱。著《老子》（又名《道德經》），用「道」說明宇宙萬物的起源和演變，以及事物皆互相聯繫，「有無相生」等等，對中國哲學的發展有重大影響。相傳孔子曾向他問禮。通家，世交。❷管子叔牙二句　參見上節⑲。❸伯桃併糧於共事二句　相傳春秋時，羊角哀、左伯桃聽說楚王賢德，前去投奔，途中遇雨雪，缺衣少食，估計不能兩全，伯桃便把衣食都給羊角哀，自往空柳樹中死。人稱為「死友」。見《太平御覽》卷四〇九引《烈士傳》。殞，死亡。流離，轉徙漂泊。❹子輿裹飯於同儕二句　《莊子・大宗師》載：子桑和子輿是好朋友，有次陰雨一連十日，子輿知道子桑沒有吃的了，便包裹了飯食送去。同儕，同輩；同類，此處作朋友解。❺鈐錘道義二句　《晉書・嵇康傳》載：向秀與嵇康是好友，兩人都喜歡打鐵，嵇康家旁有大柳樹，每到夏天，他倆就在柳樹下打鐵或探討學問。鈐錘，推敲錘鍊，有深入探究研討之意。向，向秀（西元約二二七～二七二年）。西晉河內人，字子期，「竹林七賢」之一。喜好老、莊之學，所作《莊子注》，時人讚譽為「解義妙析奇致，大暢玄風」，是魏晉玄學的重要作品。其注早佚，郭象承其旨「述而廣之」，成郭象《莊子注》。嵇，嵇康（西元二二四～二六三年）。三國時文學家，譙郡人，字叔夜。官魏中散大夫，世稱嵇中散。崇尚老莊，且聲言「非湯武而薄周孔」，是「竹林七賢」之一。善文能詩，擅長四言，風格清峻，亦善鼓琴。因不滿司馬氏集團專權，遭誣陷，被殺。鍛，打鐵。❻遊戲文章二句　謂元稹和白居易常悠然自得地在花下賦詩飲酒。見《本事詩・徵異》。遊戲，自在無礙，悠然自得。元，元稹（西元七七九～八三一年）。唐河南人，字微之。早年家貧。舉貞元九年（西元七九三年）明經科。官至同中書門下平章事。能詩，與白居易友善，常相唱和，世稱「元白」。白，白居易（西元七七二～八四六年）。唐詩人，字樂天，晚號香山居士。曾官刺史等。在文學上積極倡導新樂府運動。其詩語言通俗，老嫗能懂。長詩〈長恨歌〉、〈琵琶行〉等十分著名。❼程普見容於周瑜二句　史載程普自恃年長，數侮周瑜，周謙虛能容，不與計較，後程終於敬服，說：「與周瑜交，如飲醇醪，不覺自醉。」見《三國志・吳書・周瑜傳》注引。程普（？～西元二一五年），三國時右北平人，字德謀。助孫堅等經營江南。與周瑜分任左右督，赤壁之戰中大破曹軍。周瑜，參見上一節⑪。醇醪，味道濃厚的美酒。❽周舉得親於黃憲二句　漢代周舉常說，若有一段時期不見黃憲，「則鄙吝之心復生」，見了，「令人不綿自暖」。見謝承《後漢書》。纊，絮衣服的新絲綿。❾貴賤不忘二句　據《侯鯖錄》：南方越人定交，築壇，殺丹雞白犬，歃血而盟，無論貴賤，永不相忘。❿死生與共二句　劉備、關羽、張飛桃園結義時，用白馬祭天、烏牛祭地，以示死生與共。見《三國演義》。⓫面前便失人二句　謂劉巴有眼無珠，不識真正的英雄。相傳劉巴自命甚高，不與張飛說話。諸葛亮問巴，巴說：「大丈夫處世，當友四海英雄，如何與兵子（當兵的）共語。」見《三國志・蜀書・劉巴傳》注引。張飛（？～

西元二二一年），三國涿郡人，字翼德。東漢末，從劉備起兵，極勇猛，與關羽同稱「萬人敵」。長坂坡劉備兵敗，他率二十騎斷後，曹軍不敢近。⑫事後方思友二句　東晉時王敦叛亂，王導（敦堂弟）受牽連，曾托周相救，周口頭不語，但上表斥敦而力稱導無罪，王敦攻入建康後周被殺，王導未加勸阻，事後，王導從中書省文檔中發現顗救己之表，後悔莫及，說：「吾雖不殺伯仁，伯仁由我而死。幽冥之下，負此良友。」見《世說新語・尤悔》。周顗（西元二六九～三二二年），晉汝南人，字伯仁。少有重名。東晉時官至尚書左僕射。廑，此處作「使」、「讓」解。王導（西元二七六～三三九年），東晉琅邪人，字茂弘。歷元、明、成三帝，皆居宰輔，是調節南遷士族與江南士族關係，穩定東晉統治的重要人物。族人多居要職，堂兄敦握重兵，鎮長江上游。⑬呂安動遐思二句　《世說新語・簡傲》載：每當呂安思念嵇康時，即使遠隔千里，也駕車去拜訪。呂安（？～西元二六二年），三國魏東平人，字仲悌。與嵇康友善，有濟世之志。後與嵇同遭誣陷，被殺。嵇，嵇康。見前注。⑭子猷懷雅興二句　據《世說新語・任誕》：晉王子猷居山陰，夜大雪，忽想念戴安道，時戴在剡，便夜乘小船去拜訪，但到他門口又返回了。人問其故，說：「吾本乘興而來，盡興而返，何必見安道也！」後因稱訪友為「訪戴」。⑮尹敏班彪二句　謂尹敏與班彪不是貌合神離的朋友。尹敏，東漢南陽堵陽人，字幼季。曾官長陵令、郎中、諫議大夫。習《古文尚書》，兼及《毛詩》、《左傳》等。班彪（西元三～五四年），東漢扶風安陵人，字叔皮。曾任徐令，以病免官。專心史籍，以司馬遷《史記》止於漢武帝時期，他續作《後傳》六十五篇。子班固續其業，修成《漢書》。《後漢書・儒林傳》載：他與尹敏友善，每次見面，都通宵達旦地長談。面友，貌合神離的朋友。⑯山濤阮籍二句　指山濤與阮籍是心意相投的朋友。見《晉書・嵇康傳》。山濤（西元二〇五～二八三年），西晉河內人，字巨源。好老莊之學，為「竹林七賢」之一，晉初任吏部尚書等職。阮籍（西元二一〇～二六三年），三國陳留人，字嗣宗。官至步兵校尉，世稱阮步兵。性崇老莊，曠達不羈，蔑視禮教。嘗以「白眼」看禮俗之士，後期則「口不臧否人物」，縱酒昏酣，以此保全自己。能詩善文，與嵇康齊名，為「竹林七賢」之一。神交，心意投合、相知有素的朋友。⑰孔融座中常滿二句　謂孔融愛才樂士，家中經常高朋滿座。見《後漢書・孔融傳》。孔融（西元一五三～二〇八年），東漢末魯國人，字文舉。孔子後裔，少有才名。曾官北海相，世稱孔北海。後拜太中大夫。能文善詩，為「建安七子」之一。為人恃才負氣，終以觸怒曹操被殺。⑱毛仲堂上全無二句　謂王毛仲雖得皇帝寵信而居高位，但缺乏感召他人的品德才華，因而官員士大夫多不與他交往。見《語林・方正》。毛仲，王毛仲（？～西元七三一年）。唐玄宗時奴官。本高麗人，父親因故被罰作官奴，他生即為奴，隸李隆基（玄宗），常侍左右。玄宗即位後，官至大將軍，封霍國公，宦官高力士等對他都畏懼三分。⑲式飲式食二句　《戰國策・齊策四》載：戰國時孟嘗君有食客三千，其中上客食肉，中客食魚，下客食菜，馮驩家貧，為其下客，他彈劍而歌：「長鋏歸來乎，食無魚。」孟嘗君知道後讓他食有魚，以後又為馮置車養母。馮遂為孟嘗君鑿「三窟」（安排三條退路），使他免災避禍。式飲式食，意思是什麼樣的等級吃什麼樣的飲食。語本《詩・小雅・車舝》：「雖無旨酒，式飲庶幾；雖無佳肴，式食庶幾。」式，制度；格式。⑳必敬必恭二句　古禮有「尊客之前不叱狗」的規定，以示對客人的尊敬。《禮記・曲禮》：「尊客之前不叱狗。」叱，大聲呵斥。㉑韓魏公堂前有士三句　北宋韓琦家有個門客半夜踰牆宿娼家，韓知道後作〈種竹〉詩：「殷勤洗濯加培植，莫遣狂枝亂出墻。」加以規勸，門客見了也作一詩：「主人若也憐高節，莫為狂枝贈一柯。」於是，韓贈一女奴。見《青瑣高議・名公詩話》。韓魏公，即韓琦（西元一〇〇八～一〇七五年）。北宋相州安陽人，字稚圭。天聖進士。宋夏戰爭起，與范仲淹共同經略西事，並稱韓范。歷官知州、樞密使、宰相，執政三朝，封魏國公。㉒李文定門下何人三句　《贛州府志》載：宋代王奇為李文靖門客，李死時，皇帝來弔唁，見屏風上有詩：「雁聲不到歌臺上，秋色偏欺客路中。」十分喜歡，立即召見王，允許他參加殿試，王奇寫詩答謝，云：「不拜春官為座主，親逢天子做門生。」見厲鶚《宋詩紀事》。案：李文定應為李文靖，即李沆，宋初大臣，參見卷三〈宮室〉有關注釋。㉓熊飛清渭逢何暮　宋代趙平叔早年在漣水守館，郡守召至門下，數年後，趙以學士任漣水郡守，石曼卿寫詩感歎：「熊飛清渭逢何暮，龍臥南陽去不還，年少客遊今郡守，蔚然疑在立談間。」見劉攽《中山詩話》。熊飛，即「飛熊」。指周文王得姜太公事。《史記・齊太公世家》載：周文王去打獵前，占卜的人說：「這次所獲非龍非螭，非虎非羆，而是能輔佐王業的人。」周文王果然在渭水邊遇見姜太公（時年八十）。案：《史記》原為「非虎」，《宋書・符瑞志》作「非熊」，後由「非熊」訛為「飛熊」，因有周文王夢飛熊而遇太公望的傳說。舊時因用「飛熊入夢」比喻帝王得賢臣的徵兆。㉔客有可人期不來　宋代詩人陳師道有詩云：「書當快意讀易盡，客有可人期不來。世事相逢但如此，好懷百歲幾時開。」可人，有長處可取的人；稱人心意的人。

【語　譯】孔子和老子，可稱通家；管仲與鮑叔牙，可謂知己。左伯桃把衣服糧食都留給朋友，自己甘願死於途中；子輿送飯食給子桑，不忘貧困中的友人。向秀和嵇康既共同探究推敲義理道德，也曾於柳樹下一起打鐵；元稹與白居易常在花間飲酒賦詩。程普敬服周瑜才德肚量，說與周瑜交往，如飲美酒，不知不覺而沉醉；周舉欽佩黃憲，和黃憲在一起，冬天不穿棉衣也感到溫暖。貴賤不忘，這是越人定交時殺丹雞白犬立下的誓言；死生與共，這是劉、關、張桃園結義以白馬祭天、烏牛祭地時所發誓言。劉巴不與張飛說話，自視甚高，卻不識面前的英雄；王導事後才知周顗為救自己而被殺，悲悔不已。呂安每當思念嵇康時，即使關山阻隔，也駕車千里去拜訪；王子猷雪夜忽起雅興，三更時泛舟去訪戴安道。尹敏與班彪互相契合，怎能說是「面友」？山濤和嵇康情趣相同，心投志合，是謂神交。孔融家經常高朋滿座，必然有能吸引客人的禮儀才華；王毛仲家門可羅雀，無人來訪，一定是他缺少感召他人的才德。飲食分等級，有人敢說沒有魚吃；主客之間必恭必敬，絕不會當面呵斥狗。韓魏公有個門客，風流倜儻，為使他走正道，韓贈他一婢女；李文定門客王奇，詩聯新巧，得到皇帝的賞識。石曼卿詩句「熊飛清渭逢何暮」，有著無限淒愴；陳師道詩句「客有可人期不來」，豈止是不勝慨歎！

婚姻

【題 解】社會構成的基本單位是家族，而家族的構成、發展與延續，莫不源於婚姻。

遠古時期，人類的祖先在群居生活中實行雜亂的兩性配偶關係——「群婚」，這種關係沒有固定的配偶形式，也不可能構成任何家族。當人類從原始狀態進入文明社會後，兩性關係也逐漸由群婚、血緣婚、對偶婚進入比較穩定的一夫一妻制。但在中國古代以男性為中心的父家長制下，婚姻的突出特點是男子有絕對的權威，可以廣置姬妾，實行事實上的多妻制（理論上嫡妻只有一個），妻子處於從屬地位，從一而終。婚姻的主要功能是延續家族和後嗣，同時也是聯結兩個家族的紐帶。《禮記・婚義》關於婚姻的意義有明確的表述：「婚姻者，合二姓之好，上以事宗廟，下以續後世。」人們是為家族、祖宗而結婚，為生兒子而結婚，至於男女雙方當事人的感情和意願則不在考慮之列。正因為婚姻的外在意義是建立和加強兩個家族之間的聯繫，所以，古往今來，以婚姻為政治手段者比比皆是（如諸侯集團間的結盟——結「秦晉之好」，國家與外族的聯姻——「和親」，以及各大家族間一榮俱榮、一損俱損的裙帶關係等等）；也正因為婚姻的內在意義是祭祀祖先、傳宗接代，所以「父母之命」是子女婚姻是否合法成立的基本條件之一；新婦進門後，要得到祖宗承認，行「廟見之禮」；沒有生兒子，可以作為「休妻」（離棄）的理由之一。

由於夫婦是人倫之始、王化之原（至少在理論上是如此。參見本卷〈夫婦〉的題解及有關注釋），所以，先人對男女正式結合為夫婦的婚姻儀式十分重視，規定了一整套繁瑣嚴密的議婚成婚的禮儀（「六禮」），通過這些程序，既得到神明和祖先的認可（問名、納吉），實現家族之間的交換（納采、納徵，即財產與女性的交換），也是向族人和社會宣布婚姻的成立（親迎），以便得到社會的承認，使子孫繼承合法化。當然，婚禮本身也有祝賀之意。周代以前，結婚儀式並不熱鬧，而前幾項則頗為慎重，其後，六禮逐漸簡化，而婚禮漸趨奢靡，祝福喜慶意義增大，逐漸演化為近代民俗。本篇主要介紹婚姻中的禮儀。

良緣由夙❶締，佳偶自天成。蹇修與柯人，皆是媒妁之號；冰人與掌判，悉是傳言之人❷。禮須六禮❸之周，好合二姓之好❹。女嫁曰于歸❺，男婚曰完娶❻。婚姻論財，夷虜之道❼；同姓不婚，《周禮》則然❽。女家受聘禮，謂之許纓❾；新婦謁祖先，謂之廟見❿。文定、納采，皆為行聘之名⓫；女嫁男婚，謂了子平之願⓬。聘儀曰雁幣⓭，卜妻曰鳳占⓮。成婚之日曰星期⓯，傳命之人曰月老⓰。下采即是納幣⓱，合巹係是交杯⓲。執巾櫛、奉箕箒，皆女家自謙之詞⓳；嫻姆訓、習〈內則〉，皆男家稱女之說⓴。綠窗是貧女之室，紅樓是富女之居㉑。桃夭㉒，謂婚姻之及時，摽梅㉓，謂婚期之已過。

【章　旨】本節介紹古時婚姻的基本禮儀，常用的代稱、別稱、美稱，以及一些婚姻觀念，如重德輕財、同姓不婚等。

【注　釋】❶夙　早先；以前。❷蹇修與柯人四句　謂蹇修、柯人、冰人、掌判都是媒人的代稱。蹇修，傳說中的伏羲氏之臣。語出〈離騷〉：「解佩纕以結言兮，吾令蹇修以為理。」意思是讓蹇修為媒，以通辭理。柯人，語出《詩・豳風・伐柯》：「伐柯如何，匪斧不克。娶妻如何，匪媒不得。」（匪，通「非」。）冰人，《晉書・索紞傳》載：孝廉令狐策夢見自己站立於冰上，與冰下人語。索紞說：「冰上為陽，冰下為陰。《詩》云『士如歸妻，迨冰為泮』，君當為人作媒，冰泮而婚成。」掌判，古代禮儀認為：「媒氏掌萬民之判，令男子三十而娶，女二十而嫁也。」見《周禮・

地官・媒氏》。媒妁，婚姻介紹人的舊稱，俗稱媒人。媒，即謀。謀合二姓以使成婚。妁，即酌。斟酌雙方可否成婚。傳言之人，即媒妁。古時視男女自由戀愛為「淫」、非禮。成婚必須奉父母之命、媒妁之言。雙方家長亦不直接見面，由媒妁傳言。❸六禮　中國古代婚姻成立的手續。即納采、問名、納吉、納徵、請期、親迎。見《儀禮・士昏禮》。納采，男家請媒人向女家提親，女家答應議婚後，男家備禮前去求婚。問名，男家請媒人請問女方名字和生年月日（歸以卜吉凶）。納吉，男家卜得吉兆後，備禮通知女家，決定締結婚姻。納徵，納吉後，男家以聘禮送給女家。請期，納徵後，男家擇定婚期，備禮告女家，求其同意。親迎，新婿親至女家迎娶。後來逐漸簡化，納采、問名合一；納吉、納徵、請期也合一；親迎，仍舊。❹好合二姓之好　使兩家結合成美好的婚姻。語見《禮記・哀公問》。❺于歸　語出《詩・周南・桃夭》：「之子于歸，宜其室家。」後因以出嫁為「于歸」。❻完娶　因行婚禮時已完成「六禮」的所有程序，所以男子結婚又稱完娶。語見《水滸傳》三十二回。❼婚姻論財二句　《文中子・事君》：「婚姻論財，夷虜之道也，君子不入其鄉。古者男女之族各擇德焉，不以財為禮。」❽同姓不婚二句　謂《周禮》上有同姓不婚的規定。姓，原是同一血統的標誌，禁止同一血統的人通婚，既有倫理的原因，也有遺傳的理由，所謂「男女同姓，其生不繁」，表明了古人已有朦朧的優生意識。《周禮》，又稱《周官》，儒家典籍之一。分天官、地官、春官、夏官、秋官、冬官六部分。古時認為是周公所作，定立周代各項制度，今人考證成書於戰國時期。❾許纓　《禮記・曲禮上》：「女子許嫁，則繫以纓，示有所繫屬也。」纓，一種彩色的帶子。案：一般而言，在此之前，雖已有納采、問名、納吉、納徵，但若女家不同意，可不接受聘禮，婚姻無效，但許纓之後，除極特殊的原因外，不能悔婚。❿廟見　娶婦三月，新媳婦去祖廟（或祠堂），拜男家的祖宗，表示得到祖宗的承認，正式成為該家族中的一員。《禮記・曾子問》：「三月而廟見，稱來婦也。」故「廟見」又稱之為「成婦之禮」。案：古代「成婦之禮」重於「成婚之禮」，婦女未經廟見，即使成婚，也算不得男方家族成員。⓫文定納采二句　謂文定與納采都是下聘禮、訂婚的代稱。文定，語出《詩・大雅・大明》：「文定厥祥，親迎於渭。」朱熹注：「文，禮；祥，吉也。言卜得吉而以納幣（即「納徵」）之禮定其祥也。」後因稱訂婚為「文定」。納采，此處已不完全是上古「六禮」第一程序，而是逐漸簡化後包含納徵、訂婚之意。參見❸。⓬了子平之願　據《後漢書・逸民傳》：漢代向長字子平，讀《易》至〈損〉、〈益〉卦，歎道：「吾已知富不如貧，貴不如賤，但未知死何如生耳。」乃為家中男、女嫁娶畢，處理完家事說：「吾願畢矣。」遂遊五嶽名山，不知所終。後因以「了子平之願」表示已為兒女婚嫁完畢，身無掛礙之意。⓭雁幣　古人認為大雁終身只有一個配偶，而且飛行時成「人」字形或「一」字形，長幼有序，合於禮儀，故而稱聘禮為雁幣，寓祝福意。楊衡〈夷陵郡內敘別〉詩：「雁幣任野薄，恩愛緣義深。」幣，玉帛等禮物的總稱。⑭鳳占　據《左傳・莊公二十二年》：陳大夫懿氏想給陳敬仲說親，其妻占卜後，說：「吉，是謂鳳凰于飛，和鳴鏘鏘。」後世因以作為占卜問妻的代稱。⑮星期　取《詩・唐風・綢繆》「綢繆束薪，三星在天。今夕何夕，見此良人」之意，用以指男女結婚日。⑯月老　指媒人。詳見下節❹。⑰納幣　即納徵。見❸。⑱合巹係是交杯　《儀禮・士昏禮》載：行過親迎禮後，新郎與新娘須「合巹而酳」，即以一瓠（葫蘆）分為二瓢（謂之巹），新郎與新娘各執一瓢而酳（以酒漱口），兩瓢用線相連，象徵由婚禮將兩人連成一體，後代合巹演變成交杯，新郎和新娘互換酒杯飲酒，酒杯間用彩線連結。⑲執巾櫛奉箕箒二句　謂拿著手巾、梳子；捧著簸箕、掃帚，打掃整理，這是女家的自謙之詞。《左傳・僖公二十二年》：「寡君之使婢子侍執巾櫛，以固子也。」又《史記・高祖本紀》：「臣有息女，願為季箕帚妾。」巾，古代用於擦手的布。櫛，梳篦。箕，揚去米糠的器具；簸箕。箒，也作「帚」。⑳嫻姆訓習內則二句　都是男方稱讚對方女兒有教養、懂婦道的話。嫻，熟悉。姆，古代教育未出嫁女子的婦人。〈內則〉，《禮記》中的一篇，其中多講為婦之道。㉑綠窗是貧女之室二句　語出唐代詩人白居易《長慶集・秦中吟・議婚》詩：「綠窗貧家女，寂寞二十餘」、「紅樓富家女，金縷繡羅襦」。㉒桃夭　語出《詩・周南・桃夭》：「桃之夭夭，灼灼其華。之子于歸，宜其室家。」意思是桃花茂盛艷麗時，女子出嫁。後以此比喻婚姻及時。㉓摽梅　謂梅子成熟後落下來。語出《詩・召南・摽有梅》：「摽有梅，其實七兮；求我庶士，迨其吉兮。」舊因用「摽梅」比喻女子到了婚齡未能及時出嫁。摽，落。

【語　譯】美滿的姻緣，是由前世締結的；佳妙的配偶，是由上天撮合的。蹇修與柯人，都是媒妁的別號；冰人和掌判，皆指傳遞言語的媒人。婚姻成立要有周備的「六禮」，這樣才能使兩姓結合成美滿的婚姻。女子出嫁叫「于歸」，男子結婚稱「完娶」。婚姻重財，這是夷虜的惡習；同姓不結婚，《周禮》已經作了規定。女家接受聘禮，叫做「許纓」；新媳婦拜謁祖先，謂之「廟見」。文定、納采，都是下聘禮的代稱；女嫁男婚，可說「了子平之願」。下聘的禮物，叫做「雁幣」；為娶妻之事占卜，稱為「鳳占」。結婚的那一日名為「星期」，媒妁之人別稱「月老」。下采就是納幣，合巹等同於交杯。執巾櫛、奉箕箒，都是女家自謙之詞；嫻姆訓、習〈內則〉，則是男家稱讚對方女兒之語。綠窗是貧家女的屋子，紅樓是富家女的居所。「桃夭」，指婚姻及時；「摽梅」，則說已及婚齡而未能出嫁。

御溝題葉，于祐始得宮娥❶；繡幕牽絲，元振幸獲美女❷。漢武對景帝論婦，欲將金屋貯嬌❸；韋固與月老論婚，始知赤繩繫足❹。朱、陳一村而結好❺，秦、晉兩國以成婚❻。藍田種玉，雍伯之緣❼；寶窗選婿，林甫之女❽。駕鵲橋以渡河，牛、女相會❾；射雀屏而中目，唐高得妻❿。至若禮重親迎，所以正人倫之始⓫；《詩》首好逑，所以崇王化之原⓬。

【章　旨】本節介紹歷史上有關姻緣、婚姻的典故、傳說，並強調夫婦是人倫之始、王化之原。

【注　釋】❶御溝題葉二句　相傳唐僖宗時，宮女韓氏題詩紅葉，自御溝流出，被士人于祐拾到；祐亦題一葉，投放御溝上游，韓氏亦拾得而收藏，後得宰相韓泳為媒，二人成親。案：此類傳說唐代甚多，情況大同小異，僅人名不同而已。歷代亦稱「紅葉題詩」、「御溝流葉」等。類似的說法頗多。見《雲溪友議》、《北夢瑣言》等書。❷繡幕牽絲二句　《開元天寶遺事》載：唐代宰相張嘉貞欲納京州都督郭元振為婿，說：「吾有五女，各執一絲於幕後，子牽之，得者為婦。」元振牽一紅絲，得第三女，有姿色。❸漢武對景帝論婦二句　《漢武故事》載：漢武帝年幼時，姑母長公主問他：「兒欲得婦否？」回答：「願意。」長公主指其女說：「阿嬌好嗎？」答：「若得阿嬌，當以金屋貯之。」漢武，漢武帝劉徹。景帝子。參見本書卷一〈文臣〉有關注釋。案：此事是漢武帝的姑母，即景帝姐問此事，而非景帝。貯，積蓄；儲藏。❹韋固與月老論婚二句　《續幽怪錄》載：唐代韋固在旅途中遇一老人，倚布袋而坐，向月翻看書籍。固問何書，答：「天下之婚牘耳。」又問袋中何物，答：「赤繩子，以繫夫婦之足，雖仇敵之家，貧賤懸隔，天涯從宦，吳楚異鄉，此繩一繫，終不可逭（避、逃）。」後因稱主管婚姻之神為「月下老人」，簡稱「月老」。亦為媒人的代稱。❺朱陳一村而結好　據《事文類聚》：「朱陳兩姓，世為婚姻。」❻秦晉兩國以成婚　春秋時，秦國與晉國世為婚姻。後因稱兩姓聯姻為「秦晉之好」、「秦晉之匹」。《世說新語・言語》注引《別傳》：「妻父有冰清之姿，婿有璧潤之望，所謂秦晉之匹也。」❼藍田種玉二句　《搜神記》載：楊雍伯送飲食給行路人，其中一人取出菜子一包給楊，說：「種此生好玉，並得好婦。」楊依言種下，後楊求北平徐氏女，徐說：「若得白璧一雙，當為婚。」雍至種玉處，得白璧五雙，以聘徐氏女。天子聽說此事後感到奇異，便將其地命名為玉田。❽寶窗選婿二句　唐代李林甫有六個女兒，他在廳堂牆壁上開一橫窗，用絳紗蒙上，凡弟子們來進謁者，命女兒在窗下自選。見《開元天寶遺事》。林甫，李林甫（?～西元七五二年）。唐宗室，小字哥奴。得唐玄宗信任，任宰相十九年，操縱國政，以爭寵固權，吏治敗壞，屢興大獄。為阻塞出將入相之路，主張重用番人為將，使安祿山等得以久掌重兵，形成外重內輕局面，對後來安史之亂產生了直接的影響。❾駕鵲橋以渡河二句　相傳牛郎和織女被王母娘娘以天河分隔，後來幸得天帝允許，於每年七夕夜相見，屆時，有無數喜鵲飛來搭成橋，讓他們渡河會面。事見《風俗通》。牛、女，即牛郎、織女。參見卷一〈天文〉有關注釋。❿射雀屏而中目二句　《新唐書・太穆竇皇后傳》載：隋代竇毅有一女，相貌奇特，不妄許人，竇在屏風上畫一孔雀，令求婚者射屏，有射中眼睛的，就將女兒嫁給他，李淵射中二目，因而得妻。唐高，唐高祖李淵（西元五六六～六三五年）。唐朝建立者，西元六一八～六二六年在位。隋末為太原留守。義軍起，他亦起兵反隋，攻入長安。後建立唐朝，改元武德。九年（西元六二六年），傳位次子李世民，自稱太上皇。⓫禮重親迎二句　謂禮儀中之所以重視親迎禮，是因為它是人倫的開端。親迎，「六禮」中的親迎禮，為新婿親往女家迎娶新娘的儀式，其禮繁縟瑣細。上古時期既有祝吉驅邪意，更有夫婦自此合體同尊卑，以示重視之意。隨著女性地位的下降，後一重意義在實際上衰落，出現了新婿不去婦家，只在家等候花轎的「等親」。正人倫之始，古人認為孤陰不生、孤陽不長（參見〈夫婦〉有關內容），男女結合成夫婦，而後才有父子、君臣等一系列關係；國是家的放大，忠臣與孝子為一事（參見〈師生〉中「新增文」⓫），所以「夫婦」為人倫之始。《禮記・中庸》：「君子之道，造端乎夫婦。」正，端正。案：此處的禮，既是古代婚姻中各項禮儀制度的通稱，即「婚禮」，也泛指整個社會的倫理道德規範，即廣義的「禮」。⓬詩首好逑二句　謂《詩經》之所以將〈關雎〉列為首篇，正是為了崇尚王道教化的根本。《詩》，《詩經》的省稱。我國最早的詩歌總集，共三百零五篇，編成於春秋中葉，相傳係孔子刪定。分「風」、「雅」、「頌」三大類。「風」分十五國風，大部分是各地民歌，質樸自然；「雅」、「頌」歌頌讚美王者的盛德，也有部分是祀神祭祖的樂歌和舞曲。總體形式以四言為主，普遍運用賦、比、興的手法，語言樸素，音節和美。它對中國二千多年來的文學發展有深廣的影響，全書也是珍貴的上古史料。好逑，好配偶。語出《詩經》的第一篇〈關雎〉：「關關雎鳩，在河之洲。窈窕淑女，君子好逑。」逑，配偶。王化，王道教化。《詩．大序》：「〈周南〉、〈召南〉，正始之道，王化之基。」

【語　譯】御溝中彼此傳遞紅葉上題寫的詩，于祐和宮女終成眷屬；在繡幕外牽紅絲，郭元振有幸得到美女。漢武帝兒時曾對景帝說：「若得阿嬌，當以金屋貯之。」韋固與月老說起婚姻事，才知道紅線繫足以成姻緣。朱、陳兩姓居一村，代代結姻；秦、晉兩國交好，世世通婚。藍田種玉，楊雍伯締結美妙姻緣；寶窗選婿，李林甫的女兒自擇佳偶。牛郎織女每年七夕渡鵲橋而相會，李淵射中屏風上孔雀之目，得竇毅女為妻。至於說古禮重視親迎，這是因為婚姻是人倫之始，必須端正；《詩經》將「君子好逑」列為首篇，正為了崇尚王道教化的本原。

新增文

魚水合歡，情何款密❶；絲蘿有托，意甚綢繆❷。牽烏羊以為禮，自是古風❸；選碧鸛以成婚❹，正為佳匹。因親作配，溫嶠曾下鏡臺❺；從簡去華，仲淹欲焚羅帳❻。劉景擇婿杜廣，廐卒何慚❼；摯恂定配馬融，門徒有幸❽。義重恩深，楚女因婚報德❾；情孚意契，漢君指腹連姻❿。貧乏奩儀，吳隱之婢賣犬⓫；婿皆賢士，叔元之女乘龍⓬。俊逸裴航，藍橋搗殘玉杵⓭；風流蕭史，秦樓吹徹瓊簫⓮。

【章　旨】本節補充介紹歷史上有關婚姻、姻緣的事例和傳說。

【注　釋】❶魚水合歡二句　比喻夫婦相得，親密無間。《管子・小問》中有此喻。款密，親切。❷絲蘿有托二句　〈古詩十九首〉：「與君為新婚，兔絲和女蘿。」兔絲和女蘿都是蔓生植物，糾結一起，不易分開，因以「絲蘿」比喻婚姻纏綿美滿。綢繆，猶纏綿。謂情意深厚。❸牽烏羊以為禮二句　南朝宋孔淳之性高尚，聘好友王敬弘之女為媳，以一頭烏羊、一壺酒為禮。有人說這禮太薄，他說古來的風尚便是重德輕財。見《南史・孔淳之傳》。❹選碧鸛以成婚　唐代韋詵選裴寬為婿。裴寬瘦長，成婚之日穿碧衣，族人呼為「碧鸛雀」。見《新唐書・裴寬傳》。❺因親作配二句　《世說新語・假譎》載：東晉溫嶠的姑母託嶠為女兒覓婿，嶠有意於表妹，假託已覓得佳婿，以玉鏡臺作為聘禮，後與表妹成婚。溫嶠（西元二八八～三二九年），東晉名士。太原祁縣人，字太真，曾任中書令，受朝士推重。❻從簡去華二句　《事文類聚》載：宋代范仲淹子將娶親，有人傳說未來的媳婦將以絲羅為帳幔，范仲淹得知後十分生氣，說：「吾家向來清儉，怎能亂我家法，如敢拿來，吾將在院中用火燒了。」仲淹，范仲淹。北宋大臣，參見卷一〈武職〉有關注釋。羅，絲織物類名。質地較薄，手感滑爽，兼透氣。❼劉景擇婿杜廣二句　劉景是唐末人，官刺史，有一次他與自己的馬夫杜廣閑談，深感杜的才德，回家後對妻子說：「吾為女求夫三年，不意廄中有騏驥（駿馬）。」便把女兒嫁給杜廣。見《三十國春秋》。廄卒，馬夫。❽摯恂定配馬融二句　《後漢書・馬融傳》載：馬融的老師摯恂不願做官，在南山教書，見馬融有才華，便將女兒嫁給他。馬融為東漢人，博學。參見本卷〈師生〉有關注釋。❾義重恩深二句　《左傳・定公五年》載：吳國軍隊攻入楚都，楚昭王逃難，大夫鍾建背著季芈跟隨，事後，昭王將嫁季芈，她為報恩，自願嫁鍾建為妻。❿情孚意契二句　《後漢書・賈復傳》載：賈復是漢光武帝手下大將，在一次戰爭中，受重傷，漢光武帝大驚，說：「我聽說他的妻子已懷孕，如果生女孩，我兒子娶她；如果生男孩，我女兒嫁給他，不使賈復擔心妻子兒女。」漢君，指漢光武帝劉秀（西元前六～五七年）。東漢王朝的建立者，西元二五～五七年在位。字文叔，南陽蔡陽人，西漢皇族。王莽末年加入綠林軍，昆陽大戰中殲滅王莽主力，旋以恢復漢家制度為號召，力量逐漸壯大。稱帝後削平各地割據勢力，統一全國。⓫貧乏奩儀二句　《晉書・吳隱之傳》：晉謝石請吳隱之為衛將軍主簿，吳將嫁女，謝知其家貧，派人前去幫忙，使者至，見吳家一婢正牽狗去賣，此外一無所有。奩儀，嫁妝。⓬婿皆賢士二句　張方《楚國先賢傳》載：桓焉的兩個女婿均官司徒，人稱「叔元兩女俱乘龍」，意指得婿如龍。後因稱佳婿為「乘龍」。叔元，即桓焉（？～西元一四三年）。東漢沛郡人，字叔元。明經篤行，曾為太子太傅、太尉等職。有弟子數百人。⓭後逸裴航二句　《太平廣記》卷五十載：唐代裴航遇見雲翹夫人，她給他一首詩，上面寫著：「一飲瓊漿百感生，玄霜搗盡見雲英。藍橋便是神仙路，何必崎嶇上玉京。」後來裴過藍橋，見一老婦，便向她找水喝，老婦命雲英拿來，而後娶雲英為妻，並成仙。杵，搗物的棒槌。⓮風流蕭史二句　《列仙傳》載：蕭史善於吹簫，秦穆公把女兒弄玉嫁給他，後來，夫婦倆吹簫引來鳳凰，雙雙乘鳳飛去，成為仙人。秦穆公為此築一「鳳臺」。

【語　譯】魚水相得，歡娛愜意，情感是何等親密；兔絲女蘿，纏綿依託，心意是何等深厚。牽烏羊為聘禮，有古人重德輕財之風；選裴寬為婿，確為佳妙之匹配。溫嶠以玉鏡臺為聘禮，娶表妹為妻，親上加親；范仲淹崇尚儉樸，鄙棄奢華，要焚去絲羅帳。劉景選杜廣為女婿，並不以杜為馬夫而羞慚；摯恂器重門生馬融，把女兒嫁給他。季芈報答鍾建的恩義，以身相許；漢光武帝與大將賈復情意相契，便指腹連姻。吳隱之家貧，遣婢女賣犬以充作女兒嫁資；桓焉的女婿皆名流賢士，人說「叔元之女乘龍」。裴航英俊瀟灑，在藍橋見一老嫗用玉杵搗瓊漿，因求漿而與仙女雲英成婚；蕭史風流倜儻，與弄玉在秦樓上吹簫，一起乘鳳仙去。

女子

【題解】古人認為男子為陽、為乾，陽、乾的特點之一是剛烈主動；女子為陰、為坤，所以生而具有陰、坤的性質——柔順被動。以此為依據，形成夫為妻綱以及男主外、女主內的基本格局，並進一步推行出女性必須遵從的婦道，其核心便是三從四德；宋明理學興起後，更產生了節、烈的觀念和行為要求。本章所列舉歷史上的女性事例以及褒貶，都貫穿了這些觀念和準則。以今日人道主義、男女平等之觀念來衡量，其中有一些顯然是荒謬殘忍、不合人性的，而且把國家的衰亡歸咎於幾個女性，也屬偏見。讀這些部分，當注意歷史發展中古今觀念的變化。

男子稟乾之剛，女子配坤之順❶。賢后❷稱女中堯舜❸，烈女稱女中丈夫❹。曰閨秀❺，曰淑媛❻，皆稱賢女；曰閫範❼，曰懿德❽，並美佳人。婦主中饋❾，烹治飲食之名；女子歸寧❿，回家省親之謂。何謂三從⓫？從父、從夫、從子；何謂四德⓬？婦德、婦言、婦工、婦容。

【章旨】本節指明女子為陰為坤，故而應當柔順，而三從四德便是最基本的言行準則。

【注釋】❶男子稟乾之剛二句　古人認為乾性剛、坤性柔，男子為乾、為陽，具有陽剛之稟性；女子為陰、為坤，具有柔順之品質。《易・說卦》：「乾，健也。」「坤，順也。」《易・繫辭下》：「乾道成男，坤道成女。」❷賢后　賢德的皇后。❸女中堯舜　指賢明而有治國才能的婦女。本用以稱宋英宗高皇后，見《宋史・后妃傳》。堯、舜，皆傳說中我國上古時期有才德的君主。參見卷一〈朝廷〉「五帝」等注釋。❹烈女稱女中丈夫　稱讚有男子氣概的女子。烈女，古稱重義輕生的女子。後來也用以稱為保全貞節而死的女子。女中丈夫，即丈夫女。見《吳越春秋・王僚使公子光傳》。❺閨秀　有才德的女子。語見《世說新語・賢媛》。❻淑媛　善良的美女。語見《文選・曹植・與楊祖德書》。❼閫範　有教養的女子。閫，內室。範，規範。語見《天雨花》十九回。❽懿德　美德。語出《詩・大雅・烝民》：「好是懿德。」❾中饋　指在家主持飲食等事。參見本卷〈夫婦〉中有關注釋。❿歸寧　指已嫁女子回娘家省視父母。語出《詩・周南・葛覃》：「歸寧父母。」⓫三從　未嫁從父、既嫁從夫、夫死從子。見《儀禮・喪服》。⓬四德　婦德、婦言、婦容、婦功。見《周禮・天官・九嬪》。班昭《女誡・事夫》云：婦德：不必才能絕異。幽嫻貞靜，守節整齊，行己有恥，動靜有法。婦言：不必辨口利辭。擇詞而說，不道惡語，時然後言，不厭於人。婦容：不必顏色美麗。盥洗塵穢，服飾鮮潔，沐浴以時，身不垢辱。婦功：不必功巧過人。專心紡績，不好嬉笑，潔齊酒食，以奉賓客。

【語譯】男子為乾，稟承陽剛之氣；女子屬坤，具備柔順之質。賢德的皇后輔佐治國，稱女中堯舜；重義輕生的女子有鬚眉氣概，謂女中丈夫。閨秀、淑媛，都是稱呼賢女之詞；閫範、懿德，皆為讚美佳人之語。婦主中饋，是說女子主持家中烹飪飲食之事；女子歸寧，是指出嫁女兒回娘家省視父母。什麼叫三從？就是未嫁從父、既嫁從夫、夫死從子；什麼叫四德？就是婦德、婦言、婦功、婦容。

周家母儀，太王有周姜，王季有太妊，文王有太姒❶；三代亡國，夏桀以妹喜，商紂以妲己，周幽以褒姒❷。蘭蕙質❸，柳絮才❹，皆女人之美譽；冰雪心❺，柏舟操❻，悉孀婦❼之清聲。女貌嬌嬈，謂之尤物❽；婦容嫵媚，實可傾城❾。潘妃步，朵朵蓮花❿；小蠻腰，纖纖楊柳⓫。張麗華髮光可鑑⓬，吳絳仙秀色可餐⓭。麗娟氣馥如蘭⓮，呵處結成香霧；太真淚紅於血，滴時更結紅冰⓯。孟光力大，石臼可擎⑯；飛燕身輕，掌上可舞⑰。至若緹縈上書而救父⑱，盧氏冒刃而衛姑⑲，此女之孝者。侃母截髮以延賓⑳，村媼殺雞而謝客㉑，此女之賢者。韓玖英恐賊穢而自投於穢㉒，陳仲妻恐隕德而寧隕於崖㉓，此女之烈者。王凝妻被牽，斷臂投地㉔；曹令女誓志，引刀割鼻㉕，此女之節者。曹大家續完《漢》帙㉖，徐惠妃援筆成文㉗，此女之才者。戴女之練裳竹笥㉘，孟光之荊釵裙布㉙，此女之貧者。柳氏禿妃之髮㉚，郭氏絕夫之嗣㉛，此女之妒者。賈女偷韓壽之香㉜，齊女致祆廟之燬㉝，此女之淫者。東施效顰而可厭㉞，無鹽刻畫以難堪㉟，此女之醜者。自古貞淫各異，人生妍㊱醜不同。是故生菩薩，九子母，鳩盤荼，謂婦態之變更可畏㊲；錢樹子㊳，一點紅㊴，無廉恥㊵，謂青樓㊶之妓女殊名。此固不列於人群，亦可附之以博笑。

【章旨】本節介紹歷史上一些著名的女性，她們或是母儀天下，或成亡國禍水，或是才女、孝女、賢女、烈女、節女，或是貧女、醜女、妒女、淫女。其中除才女外，總體上不脫三從四德的範圍。

【注釋】❶周家母儀四句　這四句介紹周朝三個母儀天下的后妃。事見《列女傳》。周家母儀，周朝的后妃。母儀，指為母者的典範。多用於對皇后或貴婦人的頌辭。太王，即古公亶父。古代周族領袖，周文王的祖父。因戎族狄族威逼，他率周族由豳遷到岐山下，建築城郭家室，設立官吏，開墾荒地，發展農業，奠定了周族強盛的基礎。周姜是其妻。周姜率導諸子，靡有過失。太王謀事必與她商量。王季，即季歷。周文王之父。太妊為其妻。太妊懷孕時，目不視惡色，耳不聞惡聲，口不出惡言，能以胎教，而生文王。文王，商末周族領袖。姬姓，名昌，商紂時為西伯。統治期間國勢強盛。其子武王繼其遺志，滅商建周。參見卷一〈朝廷〉有關注釋。太姒為文王妻，極有賢德。❷三代亡國四句　這四句介紹使夏、商、周亡國的后妃。三代，指夏、商、周三個朝代。夏桀，夏朝最後的王。商紂，商朝最後的王。周幽，周幽王；西周最後的王。《國語・晉語一》載：夏桀、商紂和周幽三人皆荒淫無度，對其寵妃言聽計從，以致國政混亂，終至亡國。其中桀寵幸妺喜（又作「妹喜」），建造酒池肉林；紂寵幸妲己，設殘酷的炮烙之刑，殘害忠良；幽王因寵妃褒姒不愛笑，百計無成，後來在烽火臺上點火，各地諸侯以為國家有大難，從全國各地慌忙趕來，褒姒看著大家忙亂緊張之狀，大笑。後犬戎族伐周，幽王再舉烽火，兵不來，遂亡國。後世因而將她們附會為狐狸精、神龍涎水所化等，實為無稽。❸蘭蕙質　比喻婦女純美的品質。南朝宋鮑照〈蕪城賦〉形容美女說：「東都妙姬，南國麗人。蘭心蕙質，玉貌絳脣。」❹柳絮才　《晉書・王凝之妻謝氏傳》載：晉代謝安與姪女謝道韞家宴，大雪紛飛，她以「柳絮因風起」詠雪，後因稱女子有詩才者為「柳絮才」或「詠絮才」。❺冰雪心　史載晉代蔣順怡妻周氏，夫死後，公婆讓她改嫁，周氏作詩云：「瑤池古冰雪，為妾作心肝。」不願改嫁。❻柏舟操　古代衛國的共姜，丈夫早死，不願改嫁，以詩明志：「泛彼柏舟，在彼中河。髧彼兩髦，實維我儀。」見《詩・鄘風・柏舟序》。❼孀婦　寡婦。鮑照〈和王義興七夕〉詩：「寒機思孀婦，秋堂泣征客。」❽尤物　特出的人物。多指美貌的女子。《左傳・昭公二十八年》：「夫有尤物，足以移人。」❾傾城　傾國傾城的省稱。據《漢書・孝武李夫人傳》：李延年妹極美。有次喝酒時，李對漢武帝說：「北方有佳人，絕世而獨立。一顧傾人城，再顧傾人國。」帝乃召入宮。後因以形容極美麗的女子。❿潘妃步朵朵蓮花　南朝齊廢帝昏淫，以金子打成蓮花貼地，命潘妃在上面行走，說：「此步步生蓮花也。」見《南史・齊東昏侯紀》。⓫小蠻腰纖纖楊柳　唐代白居易有二妾，樊素善歌，小蠻善舞，故詩云：「櫻桃樊素口，楊柳小蠻腰。」見《本事詩・事感》。⓬張麗華髮光可鑑　張麗華為南朝陳後主寵妃，髮長七尺，十分光亮。見《南史・陳・張貴妃傳》。⓭吳絳仙秀色可餐　吳絳仙為隋煬帝寵妃，煬帝說她的姿色「可以療飢」。見《山堂肆考・美色》。秀色可餐，極讚女子容顏之美。借味覺的滿足，形容見到美女之後身心之愜意。《文選・陸機・日出東南隅行》：「鮮膚一何潤，秀色若可餐。」⓮麗娟氣馥如蘭　麗娟是漢光武帝宮人，天然有香氣，吹氣若蘭。見《洞冥記》。馥，香氣。⓯太真淚紅於血二句　案：楊貴妃淚紅於血，未知出處。據《拾遺記》載：魏文帝妃薛靈芸初進宮時告別家人，泣淚下，皆成紅冰。太真，即楊貴妃。唐玄宗寵妃。⓰孟光力大二句　皇甫謐《列女傳》載：孟光貌醜而黑，力能舉石臼，但德行高雅。孟光是漢代人，梁鴻妻。參見本卷〈夫婦〉有關注釋。⑰飛燕身輕二句　飛燕即趙飛燕，漢武帝妃，相傳身輕如燕，能於掌上起舞。見《飛燕外傳》。⑱緹縈上書而救父　漢代太倉令淳于意無子，只有五女，獲罪將受刑，感歎地說：「只有女兒沒有兒子，遇事一點用也沒有。」緹縈是淳于意的小女兒。為救父親，到長安上書漢文帝，願入宮為婢，以贖父罪，文帝憐而赦其父。見《漢書・刑法志》。⑲盧氏冒刃而衛姑　盧氏為唐朝鄭義宗妻，一日強盜搶劫其家，家人都躲藏逃匿，惟婆母年老不能行，盧氏伺立婆母身邊，被賊鞭笞，幾死不避。見《新唐書・列女傳》。⑳侃母截髮以延賓　侃母即晉代陶侃的母親，家貧，有客人來時，把自己頭髮剪了換酒食，誠意款待。見《晉書・列女傳》。㉑村嫗殺雞而謝客　《漢武故事》載：漢武帝微服私訪，夜至柏谷村，村人疑是盜，要抓他，唯有一老婦人說：「這個客人不是平常人。」於是殺雞謝冒犯之過。嫗，老婦人。㉒韓玖英恐賊穢而自投於穢　韓玖英是唐朝人，遇賊，擔心被賊汙辱，遂自投於糞坑，以口飲穢，賊因而放過她。㉓陳仲妻恐隕德而寧隕於崖　陳仲妻是唐朝人，張姓，相傳遇賊，恐遭辱，跳崖而死。隕德，有損於德行。隕於崖，墜崖。㉔王凝妻被牽二句　王凝妻為五代人，李姓，王凝卒，李氏攜子扶柩歸葬，途中投宿，店主人不讓住，拉著她的手臂往外去，李氏大為悲傷，當即拿斧砍下被店主人拉過的手臂。見《五代史・雜傳序》。㉕曹令女誓志二句　曹令女為夏侯文寧之女，名令女，嫁曹文叔，早寡無子，恐家人嫁己，斷髮截耳割鼻，誓不改嫁。見《列女傳》。㉖曹大家續完漢帙　曹大家名班昭（約西元四九～一二〇年），班固之妹，嫁曹壽，早寡，班固死時，所著《漢書》未完稿，她奉命續成。和帝時，經常出入宮廷，皇后嬪妃事以師禮，尊稱為曹大家。見《後漢書・列女傳》。帙，包書的套子，用布帛製成。因即稱書一套為一帙。㉗徐惠妃援筆成文　徐惠妃為唐徐孝德之女，名惠，四歲通《論語》、《詩》，八歲援筆成文。唐太宗得知後十分器重，召為才人。見《唐書・后妃列傳》。㉘戴女之練裳竹笥　戴女即漢代戴良的五個女兒，皆賢，擇婿不問貴賤，惟重才德，都是練裳竹笥木履作嫁妝。見《後漢書・逸民傳》。練，潔白的熟絹。笥，盛飯食或衣物的竹器。㉙孟光之荊釵裙布　指孟光裝束儉樸。見《太平御覽・服用》引《列女傳》。孟光，見本節⑯。荊釵裙布，也作「荊釵布裙」，以荊樹枝為釵，以粗布為裙。形容女子裝束儉樸。李商隱〈重祭外舅司徒公文〉：「荊釵布裙，高義每符於梁孟。」㉚柳氏禿妃之髮　柳氏為唐初尚書任瓌妻，唐太宗賜任瓌兩個美女，柳氏便弄壞其頭髮使其禿。見《太平廣記・任瓌妻》。㉛郭氏絕夫之嗣　郭氏為晉代賈充妻，郭氏生子，由乳母撫養，賈逗兒子玩耍，郭氏以為他與乳母私通，便鞭打乳母至死，兒子思乳母也死，賈充因而絕了後代。見《世說新語・惑溺》。㉜賈女偷韓壽之香　韓壽為晉代賈充的下屬，相貌俊美，賈充的女兒喜歡他，與他私通，並把晉武帝賜給賈充的外國異香偷送給韓，被賈充發覺，為遮家醜，便把女兒嫁給韓壽。見《世說新語・惑溺》。㉝齊女致祆廟之燬　齊女即北齊公主，《異苑》載：她自幼與乳母陳氏之子一起玩耍，待長大，陳氏子不准入宮，公主約他元旦那天在祆廟相會，這天，陳子先到，熟睡；公主後到，見此情便把兒時所同玩的玉環投入陳懷而去，陳醒，心火忽熾，遂焚祆廟。祆廟，祆，波斯拜火教神名。其教亦名祆教，廟稱祆廟。祆教於南北朝時期一度傳入我國北方地區。㉞東施效顰而可厭　據《莊子・天運》：美女西施因心痛而捧心皺眉（顰），鄉人都同情她，她的鄰居醜女誤以為這便是西施美之所在，便加以仿效，結果更醜。後因以把不知人家美在何處，拙劣地摹仿的行為，稱「東施效顰」。㉟無鹽刻畫以難堪　《晉書・周顗傳》載：庾亮嘗對周顗說：「人們都把你比作樂廣。」顗說：「何乃刻畫無鹽，唐突西施也。」意思是將醜比美，喻所比不當。無鹽，相傳為戰國時齊國無鹽人。貌極醜，四十歲不得嫁，自請見齊宣王，陳述齊國危難有四點，為宣王所採納，立為王后。見《列女傳》。刻畫，深入細緻地描寫。㊱妍　美。㊲生菩薩四句　《朝野僉載》載：唐代裴炎曾說：「人妻有三可畏：少年時如生菩薩，中年兒女滿前，如九子母，及老脂粉淍謝，或青或黑，如鳩盤茶。」生菩薩，活菩薩。比喻年輕貌美的女子。九子母，鬼女。極會生子，也指能保祐人生子的女神。鳩盤茶，相貌奇醜的魔女。㊳錢樹子　舊時妓院中的鴇母把妓女當作搖錢樹，故而稱妓女為「錢樹子」。段安節《樂府雜錄》有此記載。㊴一點紅　本妓女名。後泛指妓女。見《書言故事・二》引《王齋詩話》。㊵無廉恥　指妓女。見《書言故事・二》引《教坊記》。㊶青樓　妓院的代稱。《玉臺新詠・劉邈・雜詩》有「倡妾不勝愁，結束下青樓」之句。

【語　譯】周朝有幾個國母可作為婦女的典範：太王之妻周姜、王季之妻太妊、文王之妻太姒；使三代亡國的寵姬也有幾個：夏桀的妹喜、商紂的妲己、周幽王的褒姒。「蘭蕙質」、「柳絮才」，都是對女性的美稱；冰雪心、柏舟操，皆用以指寡婦堅貞清白的名聲。女人美貌嬌嬈，稱作「尤物」；婦人容顏嫵媚，可比為「傾城」。潘妃走在金蓮上，步步生蓮花；小蠻細腰，纖纖如楊柳。張麗華的頭髮，光亮可以照人；吳絳仙的秀美，可以療飢。麗娟氣息芬芳，如同蘭花，呵氣能凝成香霧；楊太真的眼淚比血紅，滴下時竟結成紅冰。孟光力大，能舉起石臼；趙飛燕身輕，能在手掌上起舞。至於緹縈上書以救父親，盧氏面對刀刃保護婆母，這都是女中之孝者。陶侃的母親剪髮換酒款待賓客，村嫗殺雞謝冒犯之過，這都是女中之賢者。韓玖英怕遭賊汙辱而自投於糞坑，陳仲的妻子惟恐敗壞德行而墜崖自殺，這都是女中之烈者。王凝的妻子被人拉了手臂，便取斧斷臂；曹令女拿刀割鼻截耳，誓不他嫁，這都是女中有節操者。曹大家續完《漢書》，徐惠妃援筆成文，這都是女中有才能者。戴良的女兒出嫁，嫁妝只有薄絹的衣服、竹做的箱子；孟光戴荊釵，穿布裙，這都是女中儉樸清貧者。柳氏弄禿夫妾的頭髮，郭氏絕了丈夫的後嗣，這都是妒婦。賈女偷偷送給韓壽異香，齊女導致祆廟被焚燬，這都是淫女。東施效顰，令人厭惡；無鹽貌醜，一經描畫，更覺得難以入目，這些是醜女。自古以來的女子，貞、淫不同，美、醜各異。所以，「生菩薩」、「九子母」、「鳩盤荼」，是說女人一生姿色變化之大且可畏；「錢樹子」、「一點紅」、「無廉恥」，則是對青樓妓女不同的稱呼。這等人當然不配列入人群，只附在篇末，以供讀者一笑而已。

新增文

蔡女詠吟，曾傳笳譜❶；薛姬裁製，雅號鍼神❷。蛾眉隊裡狀元，崇嘏文章灑灑；紅粉班中博士，蘭英才思翩翩❸。城號夫人，牢不可破❹；軍稱娘子，銳而莫摧❺。是誰佳冶唾如花，趙家飛燕❻；孰個娉婷顏似玉，秦氏文鸞❼。徐賢妃卻天子召，露沁新詩❽；謝道韞解小郎圍，風生雄辯❾。人說驪姬專國色❿，我云薛女是香珠⓫。慧姬振鐸為嚴傅⓬，頗稱巾幗⓭先生；老婦吹篪當健兒⓮，須調裙釵將士。看舞劍而工書字⓯，必是心靈；聽彈琴而辨絕弦⓰，無非性敏。愛欲海⓱，未可沉埋男子軀；溫柔鄉，豈應老葬君王骨⑱。還訝桃葉女，橫波眼最好⑲；更思孫壽娥，墮馬髻偏妍⑳。李子豪雄，紅拂頓生敲戶念㉑；寇公費用，蒨桃應有惜縑心㉒。詩人老去鶯鶯在，情意綢繆；公子歸來燕燕忙，私悰款洽㉓。端端㉔體態果然端，皎皎㉕姿容何等皎。語言偷鸚鵡之舌，聲律動人；文章炫鳳凰之毛，英華絕俗㉖。可謂笑時花近眼，每看舞罷錦纏頭㉗。

【章　旨】本節補充介紹一些著名的才女、美女及其事跡。

【注　釋】❶蔡女詠吟二句　蔡女即蔡琰，東漢末陳留人，字文姬，蔡邕女，博學通音律，戰亂中歸匈奴左賢王，生二子，居匈奴十二年，曹操以金璧贖歸，琴曲歌辭〈胡笳十八拍〉相傳為她所作。見《後漢書・列女傳》。笳，古管樂器。漢時流行於塞北和西域一帶，漢魏鼓吹樂中常使用。❷薛姬裁製二句　薛姬即薛靈芸，魏文帝妃，妙於鍼工，裁製立成，人稱「鍼神」。見《拾遺記》。❸蛾眉隊裡狀元四句　謂黃崇嘏文章自然脫俗，是女子中的狀元；韓蘭英才思飛揚，是女子中的博士。崇嘏，黃崇嘏，事見楊慎《升庵詩話》。蘭英，韓蘭英。南朝宋、齊時人。事見《江寧府志》。蛾眉，女子長而美的眉毛；常作美人的代稱。紅粉，胭脂和鉛粉，女子化妝品，引申以指女子。❹城號夫人二句　《晉書・朱序傳》載：東晉朱序鎮守襄陽，苻堅軍隊圍城，朱母韓氏登城觀察，認為西北角將先受敵，遂率城中婦女，築城二十餘丈，賊攻西北角，果潰，遂守新城，時號「夫人城」。❺軍稱娘子二句　《新唐書・諸公主列傳》載：李淵的女兒（後封平陽公主）嫁柴紹，隨李淵起兵反隋，後鎮兵七萬，威震關中，號「娘子軍」。❻佳治唾如花二句　漢武帝妃趙飛燕與妹合德共坐，誤唾其袖，合德說：「姐唾染衣紺碧，正似石上生花。」見《飛燕外傳》。佳治，美貌艷麗。❼娉婷顏似玉二句　劉長卿〈贈文鸞妓〉詩：「文鸞瀟灑美如玉，眉畫春山螺黛綠。」娉婷，美好貌；也指美女。❽徐賢妃卻天子召二句　相傳有次唐太宗召徐惠妃不至，太宗發怒，她寫詩進呈，說：「朝來臨鏡臺，妝罷獨徘徊。千金買一笑，一召豈能來。」太宗釋怒。徐賢妃，即徐惠妃。見上節㉗。她入宮後號徐賢妃。沁，滲入。一般指香氣或涼爽之氣，在此意指新詩消了太宗之怒。❾謝道韞解小郎圍二句　《晉書・王凝之妻謝氏傳》載：王獻之有次與賓客談論，即將理屈辭窮，嫂嫂謝道韞自告奮勇替他解圍，接著王獻之的話題繼續發揮，一席話說得客人無法辯駁。謝道韞是東晉人，著名才女。參見本卷〈叔侄〉有關注釋及上節❹。小郎，舊時婦女稱丈夫的兄弟。謝道韞丈夫王凝之是王獻之兄。❿驪姬專國色　謂驪姬是全國最美的。驪姬（?～西元前六五一年），春秋時驪戎之女。《公羊傳・僖公十年》載：晉獻公攻克驪戎，被奪歸，以美色得到專寵，立為夫人。國色，美冠一國的絕色女子。⓫薛女是香珠　薛女即薛瑤英，唐代元載妾，相傳幼時其母給她服香丸，至長笑語生香，元載稱她為香珠。見蘇鶚《杜陽雜編》。⓬慧姬振鐸為嚴傳　《拾遺記》載：前秦韋逞的母親宋氏，傳父業，在宋家立講堂，學生百餘，隔絳紗幔以授業。振鐸，教師的代稱。參見本卷〈師生〉有關注釋。嚴傳，嚴師。⓭巾幗　婦女的頭巾和髮飾。語見《晉書・宣帝紀》。用作婦女的代稱。⓮老婦吹篪當健兒　《洛陽伽藍記》載：後魏河間王婢朝雲會吹篪，諸羌叛亂，王命朝雲假扮成老嫗吹篪，敵涕泣降服。人說：「快馬健兒，不如老嫗吹篪。」篪，古管樂器。用竹製成，單管橫吹。⓯看舞劍而工書字　據《法書苑》：晉代衛夫人看舞劍，悟出書法訣竅，遂工於書。⓰聽彈琴而辨絕弦　《世說新語補》載：蔡文姬六歲時，其父邕彈琴，弦斷一根，文姬即刻聽出斷的是第二弦。⓱愛欲海　佛家有「愛欲海」之說，謂貪戀美色。語見《唐譯華嚴經》。參見卷四〈釋道鬼神〉「新增文」有關注釋。⓲溫柔鄉二句　《飛燕外傳》載：漢成帝寵愛趙合德，視合德為溫柔鄉，謂：「吾當老死溫柔鄉中。」⓳桃葉女二句　桃葉為晉王獻之妾，《古今樂府》載：獻之有詩云：「桃葉復桃葉，渡江不用楫。」意指桃葉眼送秋波。橫波，形容眼神流轉靈活如水。⓴孫壽娥二句　孫壽娥是東漢人梁冀妻，經常作新奇妖冶的裝束，墮馬髻為其一。見《後漢書・梁冀傳》。墮馬髻，一種偏垂於一邊的髮髻。㉑李子豪雄二句　相傳李靖未揚名前，去見楊素，有一妓執紅拂在一旁侍候，目視李許久，慧眼識英雄，李回旅舍後，半夜有人敲門，即紅拂。兩人遂一同去太原。見《豪異祕纂》。李子，即李靖（西元五七一～六四九年）。唐初軍事家，字藥師。京兆三原人。精熟兵法。入唐，任兵部尚書等職，封衛國公。歷史上有許多關於他的傳說。本文所說他與妓紅拂事即其一。㉒寇公費用二句　《侍兒小名錄拾遺》載：有次寇準設宴，請歌妓唱歌，贈一束綾，歌妓嫌少，寇妾蒨桃作詩云：「一曲清歌一束綾，美人猶自意嫌輕。不知織女螢窗下，幾度拋梭織得成。」寇公，即寇準。北宋政治家，封萊國公。參見卷一〈文臣〉有關注釋。縑，雙絲的細絹。㉓詩人老去鶯鶯在四句　北宋時，張子野年老，欲納妾，蘇軾作詩，有「詩人老去鶯鶯在，公子歸來燕燕忙」句。見《石林詩話・下》。詩人，指元稹。唐代詩人。參見本卷〈朋友賓主〉有關注釋。元稹曾為崔鶯鶯與張生事寫傳奇《鶯鶯傳》，後來《西廂記》即本於此。公子，指漢成帝。漢成帝化名張公子微服私行，常與趙飛燕相會。見《後漢書・外戚傳》。燕燕，即趙飛燕。悰，心情。款洽，親密；親切。㉔端端　唐代妓女李端端。事見《雲溪友議》。㉕皎皎　唐代妓女阿軟之女。阿軟求白居易為其女取名。白說：「此女甚白皙，可呼曰皎皎。」實際上白居易是以其生父不明，取古詩「皎皎河漢女」之句以譏誚。㉖語言偷鸚鵡之舌四句　唐元稹贈薛濤詩，中有「言語巧偷鸚鵡舌，文章分得鳳凰毛」句。見《全唐詩話》卷二，意指能說會道。案：薛濤為唐代名妓。能詩。㉗笑時花近眼二句　唐代詩人杜牧贈妓詩：「百寶妝腰帶，真珠絡臂韝。笑時花近眼，舞罷錦纏頭。」纏頭，古時歌舞者把錦帛纏在頭上作妝飾，叫「纏頭」。也指贈給歌舞者（或妓女）的財物。

【語譯】蔡邕的女兒蔡文姬精通詩文音樂，曾寫下〈胡笳十八拍〉的曲子；魏文帝的美姬薛靈芸，擅長女紅，有「鍼神」的雅號。蛾眉隊裡的狀元是黃崇嘏，她的文章洋洋灑灑；紅粉班中的博士是韓蘭英，才思敏捷。朱序母親所守的新城，牢不可破，人稱「夫人城」；柴紹妻子所率軍隊，銳不可當，時號「娘子軍」。哪位佳人唾沫如花，是趙家飛燕；哪位美女姿容如玉，是秦氏文鸞。徐賢妃拒絕召見，卻用新詩消解天子之怒；謝道韞替小叔解圍，果然能言善辯。人都稱驪妃專寵有國色，我則說薛女生香是香珠。韋母慧穎，設壇講學，儼然是嚴師，堪稱「巾幗先生」；朝雲仿老嫗吹篪，使敵降服，功比健兒，可謂「裙釵將士」。衛夫人看舞劍而悟出書法之道，必定心思靈巧；蔡文姬聽彈琴而辨別出所斷琴弦，的確稟性敏慧。男兒當有大志，不可沉醉愛欲海；君王當理國事，豈能老死溫柔鄉。桃葉善用眼波傳情，令人驚奇；又想起孫壽娥，偏愛新奇妝束，梳墜馬髻顯出妍媚。李靖豪雄，紅拂一見傾心，夜半敲門；寇準贈綾給歌妓，蒨桃寫詩表示珍惜絹綢之意。詩人逝去，可是他筆下的鶯鶯永存，讀來情意綢繆；漢成帝若能歸來必定忙壞了趙飛燕，重溫親密之情。端端的體態果然端正，皎皎的姿容何等皎潔。薛濤語言伶俐，聲音動人，好似偷得鸚鵡之舌；文章粲然，英華絕俗，如鳳凰羽毛一樣絢麗。唐朝杜牧贈妓女詩，寫她們笑時如鮮花開在眼前，歌舞之後每每得到錦帛財物。

外戚

【題解】按照中國古代的法律和習俗，女子出嫁後稱娘家為外家，而外戚，即指外家的親戚（也特指帝王的母、妻族）。它與父系親屬包括高祖至玄孫九代不同，範圍較窄，母親的親屬僅推及上下兩世（她的父母、兄弟姐妹及其子），妻親，僅指父母（習俗上包括兄弟姐妹）。婚姻關係一旦成立，便會對夫婦雙方的社會地位及經濟利益產生一定的影響，尤其是所謂「攀龍附鳳」的婚姻，更是如此；而在法律上也有一定的權利義務，休戚相關，榮辱與共。以致歷史上外戚干政，爭權奪利，致使朝綱混亂，民不聊生，甚而導致王朝覆滅者，也代不絕書。本篇即介紹與外戚有關的各種稱謂以及一些著名的史事。

帝女乃公侯主婚，故有公主之稱❶；帝婿非正駕之車，乃是駙馬之職❷。郡主、縣君，皆宗女之謂❸；儀賓、國賓，皆宗婿之稱❹。舊好曰通家❺；好親曰懿戚❻。冰清玉潤，丈人女婿同榮❼；泰水泰山，岳母岳父兩號❽。新婿曰嬌客❾，貴婿曰乘龍❿。贅婿曰館甥⓫，賢婿曰快婿⓬。凡屬東牀⓭，俱稱半子⓮。

【章旨】本節介紹有關姻親的一些稱謂及尊稱。

【注釋】❶帝女乃公侯主婚二句　此說明公主之稱的由來。公主，帝王之女的稱號。《公羊傳・莊公元年》載：天子嫁女時，因天子至尊，不自主婚，由公侯同姓者主持，故稱公主。案：此稱號實際始於戰國。《史記・孫子吳起列傳》有「公叔為相，尚魏公主」等記載。❷帝婿非正駕之車二句　此說明駙馬之職的由來。駙馬，漢武帝時置駙（副）馬都尉，意指掌副車之馬。為近侍官的一種。魏晉以後，皇帝的女婿照例加此稱號。見《晉書・職官志》。後因稱帝婿為駙馬。❸郡主縣君二句　謂宗女稱郡主、縣君。宗女，與皇帝同姓的諸侯（即皇族）之女。因由郡縣主婚，故名郡主、縣君。❹儀賓國賓二句　謂儀賓、國賓是對宗婿的稱呼。宗婿，皇族的女婿（即宗女之婿）。因是王府的賓客，故名儀賓、國賓。❺通家　世交。參見本卷〈朋友賓主〉有關注釋。❻懿戚　至親。古時特指皇室的外戚。見《左傳・僖公二十四年》。❼冰清玉潤二句　《晉書・衛玠傳》：晉代衛玠與妻父樂廣皆有重名，人以翁為「冰清」、婿為「玉潤」。後因稱翁婿為「冰玉」。❽泰水泰山二句　泰山有丈人峰，有人因此而稱岳父為泰山，又由此推稱岳母為泰水。見《晁氏客語》。❾嬌客　因新婿在岳家為嬌貴之客，故名。見《老學庵筆記・三》。❿乘龍　佳婿。參見本卷〈婚姻〉有關注釋。⓫贅婿曰館甥　謂贅婿又稱館甥。贅婿，舊時男子就婚於女家，稱贅婿。見《史記・秦始皇本紀》集解。所生子從母姓，作為母方後嗣。案：秦、漢時贅婿社會地位很低，列為七科謫之一，為人輕視。後世則純為延續後嗣、繼承私產起見，招婿入門，性質與秦、漢不同。館甥，語出《孟子・萬章》：「舜尚見帝，帝館甥於貳室。」館，留宿之意。甥，指女婿。後因稱女婿為館甥。⓬快婿　乘心如意的女婿。語見《北史・劉延明傳》。⓭東牀　語出《晉書・王羲之傳》：晉代郗鑒派人向王導家求女婿，王導讓使者遍觀諸子弟，使者歸，對郗說：「王氏諸少並佳，眾人皆矜持，惟一人東牀坦腹，若不聞。」郗說：「此佳婿也。」往訪，即羲之，便將女兒嫁給他。後因稱女婿為「東牀」。⓮半子　女婿猶半個兒子，故名。語見《新唐書・回鶻傳上》。

【語譯】皇帝的女兒由公侯主婚，所以稱公主；帝婿隨天子出行時，只能掌副車之馬，這便是駙馬之職。郡主、縣君，都是皇族女兒的別稱；儀賓、國賓，皆為皇族女婿的稱謂。世代交好的叫通家，至親稱作懿戚。冰清玉潤，是說丈人和女婿同享殊榮；泰水泰山，是對岳父與岳母的尊稱。新婿呼作嬌客，貴婿讚稱乘龍。贅婿也可以叫館甥，賢婿使岳丈快慰，故又名快婿。東牀、半子皆是女婿的別名，所以凡是東牀，都可稱半子。

女子號門楣，唐貴妃有光於父母❶；外甥稱宅相❷，晉魏舒期報於母家。共敘舊姻，曰原有瓜葛❸之親；自謙劣戚，曰忝在葭莩❹之末。大喬小喬❺，皆姨夫之號；連襟連袂❻，亦姨夫之稱。蒹葭倚玉樹❼，自謙借戚屬之光；蔦蘿施喬松❽，自幸得依附之所。

【章　旨】本節介紹歷史上為門第增光的幾個外戚以及姻親間的部分稱謂或謙稱。

【注　釋】❶女子號門楣二句　意指楊家因楊貴妃而光耀門第。門楣，門戶上的橫木。舊時貴顯之家門楣高大，因以「門楣」喻門第。楊貴妃（西元七一九～七五六年），即楊太真。小字玉環，蜀州司戶楊玄琰女。善歌舞，曉音律。初為玄宗子壽王瑁妃，後入宮得玄宗寵愛，封為貴妃，漸干預政事。三個姐姐被分封國夫人，堂兄楊國忠任宰相，操縱國事。故而當時民謠「生女勿悲酸，生男勿喜歡。男不封侯女作妃，君看女卻為門楣」。安史之亂，隨玄宗西逃，路經馬嵬驛，六軍不發，迫玄宗將她縊死。見《資治通鑑．唐玄宗》。後世關於她與玄宗有許多傳說。❷外甥稱宅相　據《晉書．魏舒傳》：晉代魏舒少孤，為外公家撫養，外家蓋房子，看風水的說當出貴甥，舒說：「當為外氏成此宅相。」意指自己要努力，以證實外家當出貴甥的相語，後舒果為司徒。後因用「宅相」為外甥的代稱。❸瓜葛　瓜和葛。兩種蔓生植物，比喻輾轉牽連的親戚關係或社會關係。亦泛指牽連。蔡邕《獨斷》曾語及此。❹葭莩　蘆葦裡的薄膜。比喻疏遠的親戚，也用為親戚的代稱。《漢書．中山靖王傳》：「非有葭莩之親。」❺大喬小喬　三國時人。姐妹倆，一嫁孫策，一嫁周瑜。見《三國志．吳書．周瑜傳》。後因以作連襟的別稱。❻連襟連袂　姐妹的丈夫之互稱或合稱。見《嬾真子．亞婿》。本文謂「姨父之稱」，或許是依孩子之稱呼。❼蒹葭倚玉樹　語出《世說新語．容止》：「毛曾與夏侯玄共坐，時人謂『蒹葭倚玉樹』。」意指兩人品貌極不相稱。後人也常以此自謙借人之光。蒹葭，蘆葦。指毛曾。❽蔦蘿施喬松　語出《詩．小雅．頍弁》：「蔦與女蘿，施於松柏。」比喻同別人的親戚關係，有依附和自謙之意。蔦、女蘿，皆攀援草本植物，纏繞於他物生長。施，蔓延；延續。

【語　譯】女子號門楣，楊貴妃的確使父母榮耀；外甥稱「宅相」，晉代魏舒期望以顯貴報答母家。瓜葛蔓延，互相牽連，所以共敘舊時姻親，便說「有瓜葛之親」；葭莩是蘆葦中的薄膜，附著於莖幹，故而自謙低親，說「忝在葭莩之末」。大喬、小喬，是姨父的別號；連襟、連袂，也是姨父的代稱。自謙借親戚之光，言「蒹葭倚玉樹」；自幸得著依靠，則說「蔦蘿施喬松」。

新增文

盧李之親❶，蘇程之戚❷。王茂弘呼何充以麈尾❸，楊沙哥引崔嫂以油幢❹。林宗貸錢，寧以貧窮為病❺；彥達分秩❻，不將富貴自私。直卿果重親情，相邀會食❼；潘岳能敦戚誼，每令彈琴❽。中子執內弟之喪❾，行沖稱外家之寶❿。騎驢以追胡婢，仲容不顧居喪⓫；披扇而笑老奴，溫嶠自為媒妁⓬。介婦、冢婦，不敢并行⓭；先生、後生，原為同出⓮。智能散寶，為侄棄軍⓯；兆卜張弧，因姬遺嫁⓰。聶政非無賢姐⓱，屈平亦有女嬃⓲。莫嫌蕭氏之姻⓳，宜學郝家之法⓴。

【章　旨】本節補充介紹史書所載有關姻親的戚誼親情，部分內容不限於此，如介婦、冢婦等。

【注　釋】❶盧李之親　指內兄弟（妻的兄弟）。盧，盧綸（約西元七三七～七九九年）。字允言，唐代「大歷十才子」之一。李，李益（約西元七四八～八二七年）。字君虞，「大歷十才子」之一。官至禮部尚書。長於七絕，以寫邊塞詩知名。《容齋隨筆》載：盧與李為內兄弟。❷蘇程之戚　指表兄弟。蘇，蘇軾。參見卷一〈武職〉有關注釋。程，程德孺，蘇軾表弟。蘇曾寫〈上表弟程德孺生日詩〉：「仗下千官散紫庭，微聞偶語說蘇程。長身自昔傳甥舅，壽骨遙知是弟兄。」❸王茂弘呼何充以麈尾　《世說新語・賞譽》載：何充有次去王茂弘家，王以麈尾指床，招呼何充共坐。王茂弘，即王導。東晉宰相、士族領袖，字茂弘。參見卷二〈朋友賓主〉有關注釋。何充（西元二九二～三四六年），東晉人，字次道。王導妻弟之子，後亦為顯宦。麈尾，即拂塵，以麈（野獸名）的尾毛製成。魏晉人清談時常拿在手中。❹楊沙哥引崔嫂以油幢　語出白居易代妻子所寫的〈賀兄嫂〉詩：「劉綱與婦共升仙，弄玉隨夫亦上天。何似沙哥領崔嫂，碧油幢引向東川。」見《白樂天集》。楊沙哥，白居易妻兄楊汝士，時鎮守東川。沙哥為楊小字。油幢，有油布車帘之車。幢，車帘。❺林宗貸錢二句　謂郭林宗家貧，向姐夫借錢求學，並不以貧窮為恥。見《郭林宗別傳》。林宗，即郭泰（西元一二八～一六九年）。東漢太原介休人，字林宗。東漢末為太學生首領，不就官府徵召，後歸鄉里。黨錮之禍起，閉門教授，生徒數千人。卒後四方人士前來會葬的達千餘人。❻彥達分秩　彥達即庾彥達，南朝宋人。《宋書・朱脩之傳》載：庾任益州刺史時，帶姐姐同住，分一半俸祿給她使用。秩，官員的俸祿。❼直卿果重親情二句　謂黃直卿重視親情，曾邀外祖家諸兄弟及妻弟等宴飲。直卿，即黃榦（西元一一五二～一二二一年）。南宋福州閩縣人，字直卿，號勉齋。少受業於朱熹，後為其婿。曾官知新淦縣、知漢陽軍等。後講《易經》於白鹿洞書院。復被召入宮，任大理丞。當時邊備廢弛，他直言邊事，受排擠致歸故里，遂授徒著書以終。極為朱熹賞識，熹臨終前親以手稿託付給他。見《宋史・黃榦傳》。❽潘岳能敦戚誼二句　史載潘岳的內弟阮瞻讀書不行，但善於彈琴，潘岳常請他彈琴，以敦厚親戚之誼。見《晉書・阮瞻傳》。潘岳，西晉滎陽人。官至給事黃門侍郎。參見本書卷一〈文臣〉有關注釋。❾中子執內弟之喪　《事文合璧》載：王通（文中子）內弟死，他為此不食酒肉，受郡人非議。案：古代喪禮中，沒有為內弟執喪之禮，郡人認為王通太過刻板。中子，即王通（西元五八四～六一七年）。隋絳州龍門人，字仲淹，門人私謚「文中子」。曾任隋蜀郡司戶書佐，後棄官講學於河汾之間，弟子頗多，時稱「河汾門下」。❿行沖稱外家之寶　《舊唐書・韋述傳》載：元行沖表弟的兒子韋述讀書刻苦，到他家看書忘了寢食，元十分驚訝，考他歷代史事，韋述瞭如指掌；命他寫文章，一揮而就，元行沖稱讚韋述是「外家之寶」。行沖，即元行沖（西元六五三～七二九年）。唐河南人，名澹，以字行。北魏皇族後裔。博學多通，猶善音律及訓詁。舉進士，歷官通事舍人、散騎常侍、大理卿、太子賓客、弘文館學士，時人目為儒宗。⓫騎驢以追胡婢二句　《世說新語・任誕》載：阮咸與姑母身邊一位鮮卑族婢女有私情，姑母攜該婢遠行，阮不顧身居母喪，穿著孝服，騎驢去追。仲容，即阮咸。參見本卷〈叔侄〉有關注釋。

⑫披扇而笑老奴二句　溫嶠曾為自己做媒，娶姑母女，行婚禮後，表妹以紗扇遮面，笑說：「我固疑是老奴。」見《世說新語・假譎》。溫嶠，晉朝人。參見本卷〈婚姻〉有關注釋。⑬介婦冢婦二句　《禮記・內則》規定：「介婦請於冢婦。……介婦毋敢敵耦於冢婦，不敢并行，不敢并命，不敢并坐。」古代稱嫡長子之妻為冢婦，諸子之妻為介婦。介婦與冢婦有地位高下之別。⑭先生後生二句　同嫁一夫的妾之間相互稱呼，年長者（先生）為姒，年幼者（後生）為娣。見《爾雅・釋親》。同出，即同嫁一夫。⑮智能散寶二句　漢代呂祿的姑母（樊噲妻）因祿戰敗而逃，大怒，取出所有珠寶玉器扔在堂上，說：「毋為他人守也。」見《漢書・高后紀》。⑯兆卜張弧二句　《左傳・僖公十五年》載：晉獻公將嫁女伯姬於秦，占卜者說卦象不吉：「歸妹睽孤，寇張之弧。姪其從姑。」意思是占卜得到了不吉的卦，卦象由歸妹卦變成睽卦，寓意為孤立在上而無助，並將遇寇難而有弓矢之警，侄子將要跟著姑母，後果應驗。秦晉之間交戰，晉戰敗，惠公子圉（晉獻公孫）作為人質，被送往其姑母（伯姬）所在的秦國。⑰聶政非無賢姐　聶政（？～西元前三九七年）是戰國時韓國人，為替大臣嚴遂報仇，刺殺相國俠累後，毀容切腹自殺，韓國將其屍暴於市，懸賞千金求能認出刺客者，聶政姐聶嫈伏屍痛哭，說：「我怎能怕殺身之禍而埋沒弟弟的英名。」見《史記・刺客列傳》。⑱屈平亦有女嬃　屈原在〈離騷〉中寫道：「女嬃之嬋媛兮，申申其詈予。」意指姐姐美而賢，諄諄教導他。屈平，即屈原。楚國人，我國古代著名文學家。參見卷一〈歲時〉有關注釋。女嬃，屈原姐姐之名；一說古代楚人謂姐為嬃。⑲莫嫌蕭氏之姻　《資治通鑑・唐紀・高宗》載：唐高宗太后嫁女薛家，以薛顗妻蕭氏及薛緒妻成氏非貴族，欲休妻，說：「我的女兒怎能與田舍女為妯娌？」有人勸解說：「蕭氏是蕭瑀的侄孫女，也算皇室姻親。」這才罷了。⑳郝家之法　《世說新語・賢媛》載：晉代王渾妻鍾氏，弟湛妻郝氏，皆有德行，鍾琰門第雖高，與郝氏相友愛，琰不以貴欺郝，郝不以賤屈己從琰，時人稱鍾夫人之禮、郝夫人之法。

【語　譯】盧綸和李益有內兄弟之親，蘇軾與程德孺是表兄弟的關係。何充去探望姑父王導，王以麈尾指床，招呼共坐；楊汝士去東川任職，帶著妻子坐車同往。郭林宗家貧，向姐夫借錢求學，豈以貧窮為恥；庾彥達把俸祿的一半分給姐姐用，並不獨占富貴。黃直卿重視親情，邀請親戚共同宴飲；潘岳能增進戚誼，經常聽內弟彈琴。王通為內弟執喪，元行沖稱表侄為外家之寶。阮咸不顧身居母喪，騎驢追趕姑母的婢女；溫嶠為自己做媒，娶姑母之女，成婚日，表妹以扇遮面，笑說：「我早就猜疑新郎是你這個老奴。」介婦、冢婦有地位之別，所以不能並行；同嫁一夫之妾，以先生、後生分姒娣。樊噲之妻，因侄子戰敗，而散財寶於地，是有智慧之人；晉獻公嫁女，卜得張弧，是不吉祥之兆。聶政有賢姐為他揚名，屈原也有賢而美的姐姐女嬃。不要因蕭氏是田舍女而嫌棄，應當學習郝家的禮法。

老壽幼誕

【題　解】人生的全程以生始，以死終，這是自然法則。但人與動物的最大不同在於有社會屬性，其表現形式之一就是通過一定的儀式來表示一個人得到社會承認，取得社會成員的資格，這些儀式一般稱為人生禮儀。人生禮儀的全過程按人的年齡增長過程而逐步顯示，其中幾個重大階段的禮儀，為誕生禮、成年禮、婚禮、葬禮。在我國傳統習俗中，壽禮也有重要位置，但它主要是誕生禮的重複和紀念。人生禮儀的有關儀式與信仰（即吉凶禍福觀念）有直接的聯繫，其最基本的意義是祈福消災。冠禮是我國古代的成年禮，以加冠表示社會承認和接納他進入成人行列；婚禮是人生禮儀中劃時期的儀禮，標誌著人從此要承擔家庭（家族）和社會的責任；喪禮是人生的最後一項儀禮（分別參見本卷〈衣服〉、〈夫婦〉、〈婚姻〉及卷三〈疾病死喪〉有關題解和注釋）。本篇主要介紹誕生禮。

誕生禮是人生的開端禮，在以血緣為紐帶的宗法制下，嬰兒（主要指男孩）的降生預示著家族的繼承和興旺，所以十分重視，求子孕育時就已有許多習俗（包括胎教）和禁忌，嬰兒墜地，誕生儀禮正式開始，三朝、滿月、百日、周歲等，既為新生兒祝吉（健康成長，日後事業有成，光宗耀祖），也有為產婦驅邪的表示。

壽禮是對老年人高壽的紀念和慶祝，農耕文化注重經驗的特點使我國很早就形成尊老敬老的習俗；同時，由於人與萬物一樣，有生有死，年老後體能下降，死的因素增大，對死亡的恐懼使先人們用各種方式抵抗死亡，做壽也兼有消災祈壽的含義。中國的做壽習俗大致萌芽於春秋時期，《詩經》中已有比較詳盡的壽誕禮儀，並為後世留下「萬壽無疆」、「壽比南山」等祝頌之辭。早期主要實行於君主貴族之中，而後逐漸推衍至民間，形成各具地方特色的民俗。不過，除六十、七十、八十歲以上各壽誕為「大壽」外，其他多半屬於一般性過渡期禮儀。

姓。見《史記・老莊申韓列傳》正義。道君，道家尊老子為始祖。⑳老蚌生珠　比喻老年得賢子。後多指老年得子。蘇軾〈虎兒〉詩：「舊聞老蚌生明珠，未省老兔生於菟。」㉑龍頭屬老　宋代梁灝八十二歲中狀元，謝恩詩云：「也知年少登科好，怎奈龍頭屬老成。」見陳正敏《遯齋閑覽》。

【語譯】不同凡響之人，其出生必有特異之處；有大德行的人，必定能享高壽。稱頌別人的生日，說「初度之辰」；賀人年齡逢十，謂「生申令旦」。嬰兒出生三日，替他沐浴，請親友宴慶，名為「湯餅」之會；孩子周歲試周，稱作「晬盤」之期。男子生日稱「懸弧令旦」，女子生日稱「設帨佳辰」。祝賀他人生子，說「嵩嶽降神」；自謙生了女孩，說「緩急非益」。「弄璋」是生男孩的美稱，「弄瓦」是生女孩的別名。夢中見到熊和羆，是生男孩的吉兆，夢中見到虺與蛇，是生女孩的祥徵。夢蘭預示吉祥，鄭文公之妾曾有因夢蘭而生穆公之奇事；英傑人物都奇特，溫嶠聽見幼年桓溫的哭聲，便知他必定異於常人。姜嫄踩著巨人的足跡而受孕，生商族始祖稷；簡狄吞食了玄鳥蛋而懷孕，生下周族始祖契。孔子誕生前，有麒麟吐出玉書，這是上天降下的祥瑞。張說之母夢玉燕飛入懷中，由此受孕而生張說。漢武帝妃懷胎十四個月生下弗陵太子；老子道君，在母腹中孕育八十一年，才誕生人世。晚年得子，稱為「老蚌生珠」；暮年考中進士，叫做「龍頭屬老」。

賀老壽，曰南極星輝❶；賀女壽，曰中天婺煥❷。松柏節操❸，美其壽元之耐久；桑榆暮景❹，自謙老景之無多。矍鑠❺，稱人康健；聵眊❻，自謙衰頹。黃髮兒齒，有壽之徵❼；龍鍾潦倒❽，年高之狀。日月逾邁❾，徒自傷悲；春秋❿幾何，問人壽算⓫。稱少年，曰春秋鼎盛⓬；羨高年，曰齒德俱尊⓭。行年五十，當知四十九年之非⑭；在世百年，那有三萬六千日之樂⑮。百歲曰上壽，八十曰中壽，六十曰下壽⑯。八十曰耋⑰，九十曰耄⑱，百歲曰期頤⑲。童子十歲就外傅，十三舞勺，成童舞象⑳；老者六十杖於鄉，七十杖於國，八十杖於朝㉑。後生固為可畏㉒，而高年㉓猶是當尊。

【章　旨】本節主要介紹賀長壽或祝健康的頌詞、敬語，以及對六十歲以上老人的不同尊稱、代稱，並從年歲引發一些帶哲理性的論述。

【注　釋】❶南極星輝　古人認為老人星在南極（見《晉書・天文志》。一說弧南），它明亮輝耀，象徵健康，故賀老人壽謂「南極星輝」。❷中天婺煥　意指天上的女星明亮。用作對婦女的頌詞，或賀女子壽。婺，古星名。即「女宿」。見《漢書・天文志》。❸松柏節操　松柏冬夏常青，歲寒不凋，比喻品格、操守之堅貞。也喻長壽。事見《世說新語・言語》顧悅與簡文帝對話。❹桑榆暮景　太陽落在西邊的桑樹、榆樹間，形容日暮，常比喻人的晚年。《文選・曹植・贈白馬王彪詩》：「年在桑榆間。」景，「影」的本字。❺矍鑠　形容老人精神健旺。《後漢書・馬援傳》有此語。❻瞶眊　耳聾眼花。《四朝見聞錄・慶元黨》：「而臣瞶眊，初罔聞知。」❼黃髮兒齒二句　《詩・魯頌・閟宮》：「黃髮兒齒。」古人認為，老人髮白復黃，齒落復生，眉間有長毫者，都是長壽的象徵。兒，通「齯」。指老人牙齒落盡後更生的細齒。❽龍鍾潦倒　形容老邁的樣子。李華〈臥疾舟中相里范二侍御先行贈別序〉：「潦倒龍鍾，百疾叢體。」龍鍾，行動不靈便。潦倒，衰病；失意。❾日月逾邁　歲月流逝之意。語出《書・秦誓》：「我心之憂，日月逾邁。」❿春秋　春去秋來，周而復始。所以常用作歲月、年齡的代稱。《戰國策・秦策五》：「王之春秋高。」⓫壽算　歲數的代稱。《易林・泰之大有》：「壽算無極。」⓬春秋鼎盛　指年富力強。《漢書・賈誼傳》：「天子春秋鼎盛。」春秋，見前注。⓭齒德俱尊　謂年齡與德行都受人尊敬。《孟子・公孫丑下》有此說。齒，指年齡。⓮行年五十二句　指年齡到了五十，應當知道前四十九年的不足之處。寓隨著年齡的增長，閱歷豐富，不斷反省之意。《淮南子・原道》：

封地，請張唐人燕為相，張唐不肯去，甘羅自請出使趙國，說：「項橐七歲為孔子師，我已十三歲（虛歲）了，請讓我去。」他到趙國後，說服趙王割五城給秦以擴大河間封地，並攻取燕地，分一部分給秦，因功封為上卿。甘羅，戰國時楚人。參見本卷〈祖孫父子〉有關注釋。孱，小兒之意。❸列俎豆而習禮儀二句　《列女傳》載：孟子幼年時，其家曾先後住在墳地、市場旁，孟子便學著喪葬、買賣之事，孟母再次搬家，住學舍旁，孟子受環境影響，遊戲時列俎豆，習禮儀，孟母大喜。俎豆，俎和豆都是古代祭祀用的器具，引申為祭祀、崇奉之意。沖年，幼小。❹執干戈以衛社稷二句　據《禮記・檀弓下》載：齊國伐魯，魯國少年汪踦戰死疆場，魯人想以成人之喪禮埋葬，問孔子是否可行，孔子說：「能執干戈以衛社稷，雖欲勿殤也，不亦可乎？」意指汪能拿武器保衛國家，怎麼不能行喪禮呢？❺寇公七歲詠山二句　據載寇準七歲時有詠華山之詩云：「只有天在上，更無山與齊。舉頭紅日近，回首白雲低。」其師看後對他父親說：「賢郎怎不作宰相。」後果為相。寇公，即寇準。北宋宰相。參見卷一〈文臣〉有關注釋。具瞻，眾人瞻仰。指任宰相。語本《詩・小雅・節南山》：「赫赫師尹，民具爾瞻。」❻司馬五齡擊甕二句　司馬光五歲時與孩童一起玩耍，其中有個小孩掉入水缸，其餘孩子都嚇跑了，惟光拿大石砸破缸，救了溺水的孩子。見《冷齋夜話》。司馬，即司馬光。北宋名臣，編撰《資治通鑑》。參見卷一〈文臣〉有關注釋。甕，一種陶製盛器。此處指水缸。才猷，才能。❼公權　即柳公權（西元七七八～八六五年）。唐代書法家，京兆人，字誠懸。博貫經術。官至太子太保。書法與顏真卿並稱為「顏柳」，猶以正楷知名。《舊唐書・柳公權傳》載：有次唐文宗讓柳公權作詩，語音剛落，柳公權詩已成，文宗大加歎賞。❽子建　曹植（西元一九二～二三二年）。三國魏詩人，字子建。曹操子。封陳王，諡思，世稱陳思王。因富於才學，早年曾為曹操寵愛，一度欲立為太子。及曹丕、曹叡相繼為帝，抑鬱而死。善詩，作品多為五言。善用比興手法，詞采華茂，對五言詩發展頗有影響。也善詞賦、散文。曹植七步成詩事見本卷〈兄弟〉有關注釋。❾坐間言自別二句　《世說新語・言語》載：謝尚八歲時，與客人一起宴飲，有客說：「此兒一座之顏回也。」尚答：「座無尼父（孔子），焉別顏回。」謝尚（西元三〇八～三五七年），東晉陳郡人，字仁祖。謝安從兄。曾任尚書僕射、豫州刺史等職。顏回（西元前五二一～前四九〇年），春秋末魯國人，字子淵。孔子高徒。早卒，孔子極悲慟。後被尊為「復聖」。❿勿謂盧家兒二句　唐代詩人盧仝〈示子〉詩云：「忽來案上翻墨汁，涂抹新詩如老鴉。」⓫尚嘉羊氏子二句　《晉書・羊祜傳》載：西晉人羊祜五歲時到園中玩，問乳母要所玩金環，乳母說：「無此物。」祜便去鄰居李氏園中，在桑樹下找到。李氏大驚，說：「這是我已死去的兒子所丟失之物。」乳母把情況說明。人都說李氏子是羊祜的前身。⓬畝丘人二句　《韓詩外傳》卷十載：春秋時，齊桓公見畝丘人年老，問他多大年紀，回答：「臣年八十三矣。」⓭絳縣老二句　據《左傳・襄公三十年》：絳縣老人說：「臣生之歲，正月甲子朔，至今已過四百四十五甲子了。」案：據推算，為七十三歲。甲，甲子。中國古時記年、日的方法。甲居天干之首，子居地支之首。干支依次相配，如甲子、乙丑、丙寅至癸亥，其數凡六十，六十次輪一遍，統稱甲子。古時主要用以記日，後人主要用以記年。⓮函谷跨牛二句　相傳周朝末年，老子騎青牛出函谷關，關令尹喜看見紫氣自東而來，知道將有聖人經過，恭候，果然見老子，老子傳授他《道德經》。見《史記・老莊申韓列傳》索隱。李耳，即老子。參見本卷〈朋友賓主〉有關注釋。《道德經》，又名《老子》。相傳為老子所著。現一般認為編定於戰國中期，共八十一章。前三十七章為〈道經〉，後四十四章為〈德經〉，共五千餘字。該書對中國古代哲學發展有重大影響。後世道教奉為主要經典。⓯渭川躍鯉二句　相傳姜太公八十歲時在渭水垂釣，用直鈎，人見了都覺得奇怪，他說：「願者上鈎。」初得鮒，次得鯉，後被周文王訪得，拜為尚父，興周滅商中立有大功，奠定周朝統治達八百年的基礎。子牙，即姜太公。參見卷一〈武職〉有關注釋。⓰是誰運動老陽二句　據《韻府群玉》：西漢陳留有富翁，年九十，娶女生一子，長子認為這不是父親親生，有財產之爭，訴訟到官，州郡難以判決，宰相丙吉說：「聽說真人無影，老陽子（老年男人所生之子）亦無影，又不耐寒。」時八月，喚來同齡小兒都裸體，只有這個小孩哭著說冷，又讓他們在太陽下走，該兒無影，因確定為富翁之子。⓱若個學成玄法二句　此說漢代淮南王劉安成仙事。據《神仙傳・劉安》：劉安喜道術，有八位老人授他丹經。劉安煉成丹後，服下成仙。他的煉丹鼎放在庭中，雞犬吃了剩下的丹，俱升天。後世成語「雞犬升天」即本此。案：劉安係謀反自殺，成仙說為方術之士所偽造。賸，剩。⓲榮啟期能擴襟懷二句　《列子・天瑞》載：榮啟期穿著鹿皮衣，鼓琴而歌云：「天生萬物，吾得為人，一樂也；得為男，二樂也；吾年九十五矣，三樂也。貧者士之常，死者人之終，吾何憂哉？」樂土，安樂的地方。《詩・魏風・碩鼠》：「逝將去女，適彼樂土。」⓳疏太傅乞歸骸骨二句　宣帝時疏廣任太子太傅，其侄疏受任少傅，在任五年，皆稱病乞歸骸骨，臨行時，同僚在城郊為他們餞行。見《漢書・疏廣傳》。疏太傅，即疏廣。西漢東海蘭陵人，字仲翁。少好學，善《春秋》。徵為博士。乞歸骸骨，舊時官員因年老或生病自請退職，稱為「乞骸骨」，或「乞身」。⓴玁狁侵周二句　《詩・小雅・采芑》載其事。相傳方叔征玁狁時，一月內三次告捷。玁狁，我國古代民族名。方叔，西周人。宣王時大臣。曾征伐玁狁，並攻楚，使楚人畏服。邁年，老年。㉑先零叛漢二句　《漢書・趙充國傳》載：漢宣帝時，西羌族先零部反叛，宣帝問宰相丙吉誰可任將軍平叛，趙時年七十餘，主動請戰。便派他領軍作戰，並在西北屯田。充國，趙充國（西元前一三七～前五二年）。西漢名將。㉒李百藥才新而齒則宿　史載李百藥七十歲時作〈帝京賦〉，唐高祖見了十分喜歡，說：「齒則宿而才甚新也。」意指年齡雖大，才思仍新。見《舊唐書・李百藥傳》。李百藥（西元五四五～六四八年），唐代史學家。字重規。幼能為文，善詩，有奇童之譽。隋文帝時，任太子舍人；入唐，任中書舍人、禮部侍郎。以父稿為基礎，歷十年修成《齊書》（即《北齊史》）。㉓盧浦嫳髮短而心甚長　意思是盧浦嫳年齡雖大卻仍工於心計。盧浦嫳是春秋時齊國人，因叛亂被流放到莒。齊侯去莒打獵時，他哭著說：「我年紀大了，頭髮掉了，沒什麼用了，放我回去吧。」齊侯對兒子說此事，兒子說：「彼其髮短而心甚長。」見《左傳・昭公三年》。

【語　譯】別看豫章樹小，已經具備棟梁之材的氣象。項橐七歲做孔子的老師，可知他的才學豐富；甘羅十二歲當秦國宰相，可別說他年齡太小。孟子幼年玩耍時，已經擺列俎豆，學習禮儀；少年汪踦能夠手執干戈，保衛社稷。寇準七歲所作詠華山詩，已顯示出將來會任宰相、受萬民瞻仰的氣度；司馬光五歲砸破水缸，救出小孩，已展現將來拯救人民於水火的才幹。柳公權三步成詩，我說他才思之敏捷，超過七步成詩的曹子建；人們把謝尚比作顏回，而他能立即說出這裡面的區別。盧仝之子，案上打翻了墨汁；羊氏之子，在桑樹下找到金環。畝丘人所回答的年齡的確不小，絳縣老人經歷的甲子何其多。老子騎牛過函谷關，向關尹傳授計有五千言的《道德經》；姜子牙在渭水釣鯉，遇見周文王，幫助文王奠定周代八百年大業的基礎。是誰鼓動了老陽，生下的孩子卻沒有影子；哪個學會了成仙之法，煉丹剩有霞光。榮啟期胸襟開闊，到處是唱歌行樂之所；疏廣叔侄辭官回家，同僚在城郊餞行送別。玁狁侵犯周朝，方叔年邁出征，一月內連奏三捷；先零背叛漢朝，趙充國七十歲主動請戰。李百藥年齡雖老，才思仍新；盧浦嫳頭髮雖短，用心卻深長。

身體

【題解】在近代科學技術產生運用之前，人類對外界的感知，與自然、社會的接觸、生產生活，都是通過人體各個器官，通過視、聽、嗅、味、觸覺以及整體綜合能力進行的，這是每個正常人都具備的能力，且各種感知結果，基本上是一致的。人類在認識自己身體各部位及功能的同時，很自然地以自己最熟悉的東西作比喻，擴大認知面和語彙，中國古代也不例外，因而逐漸產生並傳承了許許多多與身體及其功能有關的辭彙、成語、典故、傳說。在強調倫理、孝道的中國傳統文化背景下，人體也被賦予某種倫理意義，如身體髮膚受之父母，所以不可傷害（因為若有傷害，便是傷害父母）。此外，在科學尚未發達的古代，人們對身體及其功能還有許多不解之謎，導致某些臆測、附會，尤其是對古聖先賢的體態相貌，認為他們具有上天賦予的特殊之處，是他們所以為聖為賢的徵兆，甚而把某些生理畸型也視為貴品異相，對這些應有歷史的與科學的認識。

百體❶皆血肉之軀，五官❷有貴賤之別。堯眉分八彩❸，舜目有重瞳❹。耳有三漏，大禹之奇形❺；臂有四肘，成湯之異體❻。文王龍顏而虎眉❼，漢高斗胸而龍準❽。孔子之頂若圩❾，文王之胸四乳❿。周公反握，作興周之相⓫；重耳駢脅，為霸晉之君⓬。此皆古聖之英姿，不凡之貴品。

【章旨】本節介紹古聖先賢生而具有不同於常人的身體特徵，以致他們能顯貴並擔當大任。

【注　釋】❶百體　指人身體的各個組成部分。百為約數。《禮記・樂記》有此詞。❷五官　耳、目、鼻、口、形（形體）。《荀子・天論》：「耳、目、鼻、口、形，能（職能）各有接而不相能（不能相互替代），夫是之謂天官。心居中虛，以治五官，夫是之謂天君。」古人認為心管轄五官，所以人體器官有貴賤之別。❸堯眉分八彩　據《春秋元命苞》：堯的眉毛有八種色彩。❹舜目有重瞳　據《史記・項羽本紀贊》：舜的眼珠有兩個瞳仁。瞳，眼珠的中心；瞳仁。一般人每隻眼睛只有一個瞳仁。❺耳有三漏二句　據《論衡・骨相》：大禹的耳朵有三個穴。三漏，指耳有三穴。❻臂有四肘二句　據《論衡・骨相》：成湯之臂再肘，即兩胳膊共有四肘。成湯，又稱商湯、武王，商朝的建立者。原為商族領袖，與有莘氏通婚，任用伊尹執政，積聚力量，後一舉滅夏，建立商朝。❼文王龍顏而虎眉　據《帝王世紀》，周文王有龍一樣的額和虎一般的肩。案：原作者誤作「虎眉」。文王，周文王。參見卷一〈地輿〉有關注釋。顏，額頭。❽漢高斗胸而龍準　《河圖》載：漢高祖胸寬而鼻高。漢高，漢高祖劉邦。參見卷一〈朝廷〉有關注釋。斗胸，形容胸膛廣闊。龍準，鼻梁高。❾孔子之頂若圩　據《史記・孔子世家》，孔子生下來便頭頂凹陷（圩頂）。圩，凹；中間低而四邊高。❿文王之胸四乳　據《淮南子・脩務》：周文王胸部生有四乳。⓫周公反握二句　《相法》謂周公手極軟，可以反轉捏物，這是使周興旺之相。周公，西周初人。姬姓，名旦，周文王子，武王弟，對周朝的建立和鞏固作出很大貢獻。⓬重耳駢脅二句　謂晉文公脅骨相連，是使晉國稱霸的君主。重耳，晉文公（西元前六九七～前六二八年）。春秋時晉國國君，獻公子，名重耳。因獻公寵幸驪妃，立驪妃子為太子，他被驅逐，在外流亡十九年。後借重秦國的力量回國，得即君位。重用隨從流亡的狐偃、趙衰等人為卿，整頓內政，增強國力，圖謀稱霸。後憑其實力強大，被周天子策命為侯伯（諸侯之長）。《左傳・僖公二十三年》載：重耳駢脅。駢脅，一種生理畸型，脅骨緊密相聯。霸晉，使晉國稱霸。

【語　譯】人的身體都是由骨骼、血肉所組成，五官各有貴賤的區別。堯的眉毛有八種色彩，舜的眼睛有兩個瞳仁。大禹的耳朵有三個穴，形狀奇特；成湯的胳膊共有四肘，異於常人。周文王有龍一樣的額頭、虎一般的眉毛；漢高祖胸部寬廣，鼻梁高聳。孔子的頭頂凹陷，周文王的胸前有四乳。周公是使周朝興盛的宰相，他的手能反握；重耳是使晉國稱霸的君主，他的脅骨連成一塊。這些都是古代聖賢的奇特形象，不凡之人的貴重品貌。

至若髮膚不可毀傷，曾子常以守身為大❶；待人須當量大，師德貴於唾面自乾❷。讒口中傷，金可鑠而骨可銷❸；虐政誅求，敲其膚而吸其髓❹。受人牽制，曰掣肘❺，不知羞愧，曰厚顏❻。好生議論，曰搖唇鼓舌❼；共話衷腸❽，曰促膝❾談心。怒髮衝冠，藺相如之英氣勃勃❿；炙手可熱，唐崔鉉之貴勢炎炎⓫。貌雖瘦而天下肥，唐玄宗之自謂⓬；口有蜜而腹有劍，李林甫之為人⓭。趙子龍一身都是膽⓮，周靈王初生便有鬚⓯。來俊臣注醋於囚鼻⓰，法外行凶；嚴子陵加足於帝腹⓱，忘其尊貴。久不屈茲膝，郭子儀尊居宰相⓲；不為米折腰，陶淵明不拜吏胥⓳。斷送老頭皮，楊璞得妻送之詩⓴；新剝雞頭肉，明皇愛貴妃之乳㉑。

【章　旨】本節介紹以身體各部分作比喻的常用詞彙、成語，以及與身體活動有關的史事。

【注　釋】❶髮膚不可毀傷二句　《孝經》云：「身體髮膚，受之父母，不敢毀傷。」曾子以孝著稱，所以說他十分重視守身。曾子，孔子學生。參見卷一〈地輿〉有關注釋。❷待人須當量大二句　史載婁師德弟守代州，向他辭行，他告訴弟弟要學會忍耐，即使別人唾沫吐在臉上也不擦，任其自乾。見《新唐書・婁師德傳》。後因以「唾面自乾」比喻逆來順受，忍辱無爭。師德，即婁師德（西元六三〇～六九九年）。唐鄭州人，字宗仁。鎮守邊疆前後達三十餘年。武則天時一度入朝為相。參見卷一〈武職〉有關注釋。❸讒口中傷二句　指造謠誹謗形成的輿論力量，足以混淆是非，傷害好人。《史記・張儀列傳》有此語。讒，說別人的壞話。中傷，攻擊和陷害別人。鑠，銷，皆「熔化」之意。❹虐政誅求二句　謂暴虐之政害民，如同敲剝百姓肌膚，吮吸萬民骨髓。馮桂芬〈請減蘇松太浮糧疏〉：「向來暴斂橫征之吏，所謂敲骨吸髓者，至此而亦無骨可敲，無髓可吸矣。」誅求，勒索；徵取。❺掣肘　別人做事時，從旁牽掣。

始見於《呂氏春秋・具備》。掣，牽引；拽。❻厚顏　臉皮厚。比喻不知羞恥。《荀子・解蔽》：「厚顏而忍詬。」❼搖唇鼓舌　謂逞口才從事遊說和煽動。《莊子・盜跖》：「搖唇鼓舌，擅生事非。」❽衷腸　猶言衷情。內心的情意。韓偓〈天鑒〉詩：「天鑒衷腸競不違。」❾促膝　膝和膝相接，坐得很近。促，迫近；距離短。《抱朴子・疾謬》：「促膝之狹坐。」❿怒髮衝冠二句　《史記・廉頗藺相如列傳》載：戰國時，趙王有美玉和氏璧，秦昭王願用十五座城換玉，藺相如捧璧入秦，昭王拿了玉卻無意給城，相如看出此意說：「此璧有瑕。」要指給昭王看。等到拿回璧後，立於柱旁，怒髮衝冠，說：「如想不給城而白拿璧，我的頭與璧俱碎。」最後完璧歸趙。怒髮衝冠，因發怒，以致頭髮直豎，頂起帽子。形容激怒之盛。藺相如，趙國丞相。參見本卷〈朋友賓主〉有關注釋。⓫炙手可熱二句　唐代崔鉉與楊紹復、鄭魯、段瓌、薛蒙等人常議論國政，時人說：「楊鄭段薛，炙手可熱。」見《新唐書・崔鉉傳》。崔鉉，唐博陵人，字臺碩。官翰林學士、尚書左僕射等。封魏國公。炙手可熱，熱得燙手。比喻權貴氣焰之盛。⓬貌雖瘦而天下肥二句　《新唐書・韓休傳》載：唐玄宗有次攬鏡自照，左右說他比往日瘦，他說：「吾貌雖瘦，天下必肥。」意思是我雖然累瘦了，但能把國家治理好，百姓們就富裕太平了。唐玄宗，參見卷一〈歲時〉有關注釋。⓭口有蜜而腹有劍二句　據《資治通鑑・唐玄宗天寶元年》，唐李林甫為人陰險，表面上稱道別人，暗地裡卻陷害他們，時人說他「口有蜜，腹有劍」。李林甫，唐朝宰相。參見本卷〈婚姻〉有關注釋。口蜜腹劍，指言語甜蜜，心地狠毒。⓮趙子龍一身都是膽　趙子龍即趙雲（?～西元二二九年），三國時蜀漢大將，字子龍，他曾以數十騎拒曹操大軍，劉備譽為「一身都是膽」。見《三國志・蜀書・趙雲傳》注。⓯周靈王初生便有鬚　周靈王為周朝國王，《左傳・昭公二十六年》載：他生而有鬚。甚神聖，諸侯服享，一世休和。⓰來俊臣注醋於囚鼻　《新唐書・來俊臣傳》載：為逼供，來俊臣經常以醋灌入囚犯鼻中。來俊臣（西元六五一～六九七年），唐雍州人。以「酷吏」著稱，專用嚴刑逼供，前後坐族千餘家。⓱嚴子陵加足於帝腹　《後漢書・逸民傳》載：嚴光睡著後，曾把腳伸到劉秀的肚子上。嚴子陵，即嚴光。東漢初會稽人，字子陵。曾與劉秀同學。劉秀即帝位（漢光武帝），隱居。經多次聘請，才至洛陽，與劉秀累日交談，夜與共臥。嚴光事，參見卷一〈地輿〉有關注釋。⓲久不屈茲膝二句　《新唐書・郭子儀傳》載：田承嗣擁兵自重，割據河北，郭子儀派使者去，田西望跪拜說：「此膝不屈於人十年了，今乃為郭公而拜。」茲膝，此膝。郭子儀，唐代大將。後官至太尉、中書令（即宰相）。參見本卷〈祖孫父子〉有關注釋。⓳不為米折腰二句　陶淵明（西元三六五～四二七年）是東晉詩人，名潛，一名淵明，字元亮，私謚靖節，曾任彭澤令，一日上官至，當官服跪拜迎，陶說：「我豈為五斗米折腰向鄉里小兒！」即日辭官隱居，賦〈歸去來兮〉以明志。嗜酒好文，以田園詩著稱。見《晉書・陶潛傳》。五斗米，比喻微薄的官俸。吏胥，地方上掌管文書的小吏。⑳斷送老頭皮二句　《東坡志林》載：楊璞為宋代隱士，曾被宋真宗召去，真宗問他臨行前是否有人作詩，楊說：臣妻送一首云：「更無落魄耽杯酒，切莫猖狂愛作詩。今日捉將官裡去，這回斷送老頭皮。」真宗笑而放歸。㉑新剝雞頭肉二句　《楊貴妃外傳》載：貴妃出浴後，對鏡梳妝，腰裙褪，露一乳，唐明皇捫弄說：「軟溫新剝雞頭肉。」雞頭肉，指芡實的肉。芡又名雞頭蓮，生水中，其肉如乳。貴妃，楊貴妃。唐玄宗寵妃。參見本卷〈外戚〉有關注釋。

【語　譯】至於身體髮膚，受之父母，不可毀傷，所以曾子以守身為大事；待人接物，氣量要大，婁師德提倡忍辱，唾面自乾。造謠中傷，鑠金銷骨，足以致人於死地；暴虐之政殘害百姓，如同敲剝人的肌膚、吮吸人的骨髓。辦事受人牽制，稱為「掣肘」；不知羞恥，謂之「厚顏」。好發議論，煽動遊說，叫做「搖唇鼓舌」；彼此共敘衷腸，可說「促膝談心」。藺相如痛恨秦王背信棄義，怒髮衝冠，英氣勃勃；崔鉉的權勢盛極一時，咄咄逼人，炙手可熱。形貌雖瘦而天下肥，這是唐玄宗勵精圖治時所說的話；口有蜜而腹有劍，形容李林甫為人之奸詐。趙雲一身都是膽，周靈王生下來便有鬚。來俊臣把醋灌入囚犯鼻中，這是違法行凶；嚴光曾將腳擱在漢光武帝肚子上，忘了皇帝的尊貴。田承嗣十年不曾屈膝跪拜，卻為了尊重郭子儀而下拜；陶淵明不願為五斗米折腰，辭官而去，不拜胥吏。楊璞得到妻子所贈詩，其中有「斷送老頭皮」之句，使他被放歸；唐明皇喜愛貴妃之乳，稱之為「軟溫新剝雞頭肉」。

纖指如春筍❶，媚眼若秋波❷。肩曰玉樓，眼名銀海❸。淚曰玉筯❹，頂曰珠庭❺。歇擔曰息肩❻，不服曰強項❼。丁謂為人拂鬚，何其諂也❽；彭樂截腸決戰❾，不亦勇乎。剜肉醫瘡，權濟目前之急❿；傷胸捫足，計安眾士之心⓫。漢張良躡足附耳⑫，東方朔洗髓伐毛⑬。尹繼倫，契丹稱為黑面大王⑭；傅堯俞，宋后稱為金玉君子⑮。

【章旨】本節介紹身體各部位的一些美稱、代稱，以及有關身體的史事、傳說。

【注釋】❶纖指如春筍　形容女子手指細柔小巧如春天初生的竹筍。《剪燈新話・連理樹記》：「春筍纖纖玉鏡前。」❷媚眼若秋波　謂目光流盼如秋波。媚眼，眉目傳情。盧思道〈後園宴〉詩：「媚眼臨歌扇。」秋波，比喻美女的眼睛，言其如秋水般清澈明亮。蘇軾〈百步洪〉詩：「佳人未肯回秋波。」❸肩曰玉樓二句　道家稱肩為玉樓、眼睛為銀海。蘇軾〈雪後書北臺壁〉詩：「凍合玉樓寒起粟，光搖銀海眩生花。」❹玉筯　美女的眼淚。李白〈閨情〉詩：「玉筯日夜流。」❺珠庭　頭頂端正圓潤之貌。《陳書・高祖紀》：「珠庭日角，龍行虎步。」❻息肩　放下擔子，使肩頭得到休息。比喻卸除責任。《左傳・襄公二年》有此語。❼強項　不肯低頭；倔強。語見《後漢書・楊震傳》。項，頸的後部。❽丁謂為人拂鬚二句　謂丁謂為宰相拂鬚，諂媚討好。丁謂（西元九六六～一〇三七年），北宋蘇州人，字謂之，一字公言。逢迎真宗，希求寵信。後排擠寇準，為相，封晉國公。專擅朝政，後遭貶。《宋史・寇準傳》載：他任參知政事，是由宰相寇準推薦。二人已是同事，但丁對寇恭敬逢迎。有次在衙門會餐，菜湯弄髒了寇準的鬍子，丁起身為寇去擦。寇準笑說：「參政，國之大臣，乃為人拂鬚耶？」丁大慚，遂有隔閡。❾彭樂截腸決戰　彭樂是北齊大將，他有次與周文戰，被刺中腹部，腸子流出來，他用刀割去流出來的腸子，繼續作戰。見《北史・彭樂傳》。❿剜肉醫瘡二句　聶夷中〈詠田家〉詩：「二月賣新絲，五月糶新穀；醫得眼前瘡，剜卻心頭肉。」後因以「剜肉醫瘡」或「剜肉補瘡」比喻只救眼前之急而不顧日後的困境。權，姑且；暫且。⓫傷胸捫足二句　據《史記・高祖本紀》：楚漢戰爭時，劉邦軍與項羽對陣，項羽射中劉邦胸部，為穩定軍心，劉邦彎腰摸足，說是射中腳指了（意傷不重）。捫，撫摸。⓬漢張良躡足附耳　《史記・淮陰侯列傳》載：楚漢戰爭時，劉邦被楚軍包圍，情況緊急，此時，韓信卻派人送信來，要求封他做假齊王，劉邦見信大怒，張良暗中踩了劉邦一腳，在劉耳邊說：「封韓為王，安其心，以免叛變。」劉邦立即醒悟，封韓為齊王。張良，西漢初人。劉邦的主要謀士，幫助劉邦戰勝項羽，建立漢朝。參見卷一〈武職〉

有關注釋。躡，踩；踏。⓭東方朔洗髓伐毛　相傳東方朔曾在海邊遇見一老婦採桑，有黃眉翁說：「此昔為吾妻，吾不吃飯吞氣已九千年，每三千年一次返骨洗髓，二千年一次剝皮伐毛，吾已三洗髓五伐毛矣。」意指年齡極大。見《洞冥記》。案：此句實際是說黃眉翁洗髓伐毛，而非東方朔，故而有些版本作「黃眉翁洗髓伐毛」。東方朔（西元前一五四～前九三年），西漢平原人，字曼倩。武帝時為太中大夫。性詼諧滑稽，善辭賦。後世關於他的傳說很多。⓮尹繼倫二句　《宋史・尹繼倫傳》載：尹繼倫曾於徐河大敗契丹軍隊，契丹兵以其臉黑，呼為「黑面大王」。尹繼倫（西元九四七～九九六年），北宋大將。太祖時，參與擊平南漢、南唐之役。後多年駐守西北邊防。⓯傅堯俞二句　傅堯俞（西元一〇二四～一〇九一年）是北宋鄆州人，字欽之，歷官監察御史、中書侍郎等，上朝奏事直言敢諫，不溢美隱惡，太皇太后（仁宗曹皇后）曾誇他說：「傅侍郎金玉君子也。」見《宋史・傅堯俞傳》。

【語譯】手指纖細如春筍，目光流盼似秋波。肩稱玉樓，眼稱銀海。淚名玉箸，頭頂叫珠庭。放下擔子，讓肩休息，所以叫「息肩」；倔強，不肯低頭服從，故名「強項」。丁謂替人拂鬚，何等諂媚；彭樂打仗受傷，割去流出的腸子繼續作戰，多麼英勇。剜肉醫瘡，權且救濟眼前之急；胸口受傷卻撫摸腳趾，這是為了安定軍心所出的計策。漢代張良曾踩劉邦的腳，附耳低語，出謀策劃；東方朔聽見黃眉翁說，他三千年返骨洗髓一次，二千年剝皮伐毛一次。契丹軍懼怕尹繼倫，稱他為「黑面大王」；傅堯俞正直敢言，宋太后稱他為「金玉君子」。

土木形骸，不自妝飾❶；鐵石心腸❷，秉性堅剛。敘會晤，曰得挹芝眉❸；敘契闊❹，曰久違顏範❺。請女客，曰奉迓金蓮❻；邀親友，曰敢攀玉趾❼。侏儒❽謂人身矮，魁梧❾稱人貌奇。龍章鳳姿❿，廟廊之彥⓫；獐頭鼠目⓬，草野之夫。恐怯過甚，曰畏首畏尾⓭；感佩不忘，曰刻骨銘心⓮。貌醜曰不颺⓯，貌美曰冠玉⓰。

足跛曰蹣跚[17]，耳聾曰重聽[18]。期期艾艾[19]，口訥[20]之稱；喋喋便便[21]，言多之狀。可嘉者小心翼翼[22]，可鄙者大言不慚[23]。腰細曰柳腰[24]，身小曰雞肋[25]。笑人齒缺，曰狗竇[26]大開；譏人不決，曰首鼠[27]僨事[28]。口中雌黃[29]，言事而多改移；皮裡春秋，心中自有褒貶[30]。脣亡齒寒，謂彼此之失依[31]；足上首下[32]，謂尊卑之顛倒。所為得意，曰吐氣揚眉[33]；待人誠心，曰推心置腹[34]。心慌曰靈臺[35]亂，醉倒曰玉山頹[36]。睡曰黑甜[37]，臥曰息偃[38]。口尚乳臭[39]，謂世人年少無知；三折其肱，謂醫士老成諳練[40]。西子捧心，愈見增妍；醜婦效顰，弄巧反拙[41]。慧眼[42]始知道骨[43]，肉眼[44]不識賢人。婢膝奴顏[45]，諂容可厭；脅肩諂笑[46]，媚態難堪。忠臣披肝，為君之藥[47]；婦人長舌，為厲之階[48]。事遂心，曰如願[49]；事可愧，曰汗顏[50]。人多言，曰饒舌[51]；物堪食，曰可口[52]。澤及枯骨，西伯之深仁[53]；灼艾分痛，宋祖之友愛[54]。唐太宗為臣療病，親翦其鬚[55]；顏杲卿罵賊不輟，賊斷其舌[56]。不較橫逆[57]，曰置之度外[58]；洞悉虜情，曰已入掌中[59]。馬良有白眉，獨出乎眾[60]；阮籍作青眼，厚待乎人[61]。咬牙封雍齒，計安眾將之心[62]；含淚斬丁公，法正叛臣之罪[63]。擲果盈車，潘安仁美姿可愛[64]；投石滿載，張孟陽醜態堪憎[65]。事之可怪，婦人生鬚[66]；人所駭聞，男人誕子[67]。求物濟用，曰燃眉之急[68]；悔事無成，曰噬臍何及[69]。情不相關，如秦越人之視肥瘠⑳；事當探本，如善醫者只論精神㉑。無功食祿，謂之尸位素餐㉒；譾劣㉓無能，謂之行尸走肉㉔。老當益壯，寧知白首之心？窮且益堅，不墜青雲之志㉕。一息尚存，此志不容少懈㉖；十手所指，此心安可自欺㉗。

【章　旨】本節主要介紹與身體各部位及其功能有關的辭彙、成語，其間穿插一些史事、典故、傳說。在這些語彙中，有不少包含了人生理想、情趣及價值觀念，體現出中國文化的內在精神，如老當益壯、窮且益堅、一息尚存、此志不懈等。

【注　釋】❶土木形骸二句　據《晉書・嵇康傳》：「（嵇康）身長七尺八寸，美詞氣，有風儀，而土木形骸，不自藻飾。」意指嵇康雖不刻意修飾打扮，卻有天生的氣質風度。土木形骸，視身體為土木，任其自然。❷鐵石心腸　心腸堅如鐵石。形容性格剛強或者不動感情。皮日休〈桃花賦序〉讚宋璟為「鐵腸石心」。❸得挹芝眉　《新唐書・卓行・元德秀傳》載：唐代元德秀字紫芝，退隱山中，不願當官，荒年時常吃不上飯，仍彈琴自娛，房琯每次見到他都會感歎地說：「見紫芝眉宇，令人名利之心都盡。」後因此作「會晤」的代稱，含有頌人自謙之意。挹，通「揖」。作揖。芝眉，又作「芝宇」。眉宇的美稱，多用以指對方的神采，表示敬愛。芝，靈芝。古人以為端草。本文亦指元德秀。❹契闊　久別之情。《後漢書・獨行・范冉傳》：「行路倉卒，非陳契闊之所。」❺久違顏範　謂很久沒有見到道德學問堪為榜樣的您了。有自謙之意。楊珽《龍膏記・羅織》：「久違顏範，殊切欽馳。」顏範，可作榜樣的容顏，指對方。範，模子，引申為榜樣。❻奉迓金蓮　迎接女客。奉，敬辭。迓，迎接。金蓮，稱女子行止的敬辭，語本南朝齊潘妃「步步生蓮花」。參見本卷〈女子〉有關注釋。❼玉趾　猶言玉步。稱人行止的敬辭。《左傳・僖公二十六年》：「聞君親舉玉趾。」❽侏儒　身材矮小的人。語見《荀子・王霸》。❾魁梧　形容身材壯大。語見《史記・留侯世家贊》。❿龍章鳳姿　謂人有龍鳳的相貌、神采、氣質。舊時多用以指帝王或貴人。如《新唐書・太宗紀》：「龍鳳之姿，天日之表。」⓫廟廊之彥　指優秀的大臣。也稱廊廟之才。見《宋書・裴松之傳》。廟廊，猶「廊廟」、「廟堂」，指朝廷。

彥，士的美稱。⑫獐頭鼠目　舊時相術家稱頭削骨露的為獐頭，眼凹睛圓的叫鼠目。原意指人的寒賤相，後常用以形容面目猥瑣、心術不正的人。《新唐書·李揆傳》載：侍中苗晉卿推薦元載為重官，李揆自恃門第高，看不起元載，說：「龍章鳳姿之士不見用，獐頭鼠目之子乃求官。」獐，同「麞」。野獸名。⑬畏首畏尾　形容瞻前顧後、疑慮重重的卑怯態度。《左傳·文公十七年》：「畏首畏尾，身其餘幾？」⑭刻骨銘心　形容感受深刻，永遠不忘。李白〈上李長史書〉：「刻銘心骨。」也作「銘心鏤骨」或「銘肌鏤骨」。⑮不颺　容貌醜陋。也作「不揚」。《左傳·昭公二十八年》：「夫今少子不揚。」杜預注：「顏貌不揚顯。」⑯冠玉　裝飾在帽子上的美玉。《史記·陳丞相世家》載：漢代陳平貌美，時人謂「美如冠玉」，後因以冠玉形容男子的美貌。⑰蹣跚　腿腳不靈便，走路一瘸一拐的樣子。皮日休〈上真觀〉詩：「天祿行蹣跚。」⑱重聽　聽覺失靈。語見《漢書·循吏·黃霸傳》。⑲期期艾艾　形容口吃。說話蹇澀，吐字多重複。期期，本漢大臣周昌之事。據《史記·周昌列傳》：漢高祖欲換太子，周昌廷諍。昌口吃，又盛怒，說：「臣口不能言，然臣期期知其不可。陛下欲廢太子，臣期期不奉詔。」艾艾，本魏晉時鄧艾事。據《世說新語·言語》：鄧艾口吃，每自稱必重複「艾艾」，晉文帝和他開玩笑：「卿云艾艾，定是幾艾？」⑳訥　言語遲鈍。㉑喋喋便便　形容說話多。喋喋，語見《史記·匈奴列傳》。便便，同「辯辯」。善於言論。《論語·鄉黨》：「便便言。」㉒小心翼翼　謹慎、恭敬貌。《詩經》中多處使用。㉓大言不慚　說大話而不知慚愧。慚，通「慙」。朱注《論語·憲問》：「大言不慙則無必為之志。」㉔柳腰　形容女子腰細柔軟，如同柳條。參見本卷〈女子〉「楊柳小蠻腰」句。㉕雞肋　比喻瘦弱的身體。《晉書·劉伶傳》：「雞肋不足以安尊拳。」㉖狗竇　狗洞。《世說新語·排調》張吳興說此語。㉗首鼠　「首鼠兩端」之意。謂瞻前顧後、遲疑不決的意思。首鼠，也作「首施」。朱謀瑋《駢雅·釋訓》：「首施、首鼠，遲疑也。」㉘僨事　猶言敗事。《禮記·大學》：「一言僨事。」㉙口中雌黃　語本《晉書·王衍傳》：晉王衍善談老莊義理，有所不妥，隨即更改，人稱「口中雌黃」。後用指對言論不妥處隨口加以更改，有說話不負責之意。雌黃，礦物名。黃色，可作顏料，古時寫字用黃紙，寫錯處用雌黃塗抹後重寫。㉚皮裡春秋二句　謂表面上不作任何評論而心裡卻有所褒貶。《晉書·褚裒傳》載：裒少有簡貴之風，桓彝見了說：「季野（褚裒字）有皮裡春秋。」也作「皮裡陽秋」。因簡文帝母名春，晉人避諱，以「陽」代「春」。春秋，古人認為孔子作《春秋》以一字為褒貶，含有微言大義，因稱文筆曲折而意含褒貶的文字為「春秋筆法」。此為簡稱。㉛唇亡齒寒二句　比喻利害關係密切，一禍俱禍。《左傳·僖公五年》載：晉侯向虞國借路去攻打虢國，宮之奇諫曰：「虢，虞之表也；虢亡，虞必從之。諺所謂『輔車相依，脣亡齒寒』者，其虞、虢之謂也。」㉜足上首下　比喻上下尊卑顛倒。反用《儀禮・喪服》「父子，首足也」之意。㉝吐氣揚眉　也作「揚眉吐氣」。形容久困後一旦快意舒暢的樣子。李白〈與韓荊州書〉：「何惜階前盈尺之地，不使白揚眉吐氣，激昂青雲耶？」㉞推心置腹　謂以真心待人。《後漢書・光武本紀》有此語。㉟靈臺　同「靈府」。指心。靈府者，精神之宅，故謂。《莊子・庚桑楚》：「不可內於靈臺。」㊱玉山頹　《世說新語・容止》載：晉代山濤評嵇康，嵇之為人，「岩岩若孤松之獨立。其醉也，如玉山之將頹。」後因以形容喝醉了酒。㊲黑甜　酣睡。蘇軾〈發廣州〉詩：「三杯軟飽後，一枕黑甜餘。」自注：「俗謂睡為黑甜。」㊳息偃　休息。《詩・小雅・北山》：「或息偃在牀。」㊴乳臭　奶腥氣。謂年幼無知。《漢書・高帝紀》：「是口尚乳臭，不能當韓信。」㊵三折其肱二句　語出《左傳・定公十三年》：「三折肱，知為良醫。」指三次折斷手臂，醫治的病症多，方成良醫。後也用以比喻有豐富的閱歷。肱，手臂從肘到腕的部分。㊶西子捧心四句　參見本卷〈女子〉有關注釋。西子，西施。越國美女。醜婦效顰，即「東施效顰」。㊷慧眼　佛語，指能洞見一切。《無量壽經》：「慧眼見真，能度彼岸。」㊸道骨　清高超逸的氣質。此處亦指人的本質。王昌齡〈就道士問周易參同契〉詩：「嗟余無道骨。」㊹肉眼　佛經所說的五眼之一。其特點見近不見遠，見前不見後，見明不見暗。見《涅槃經・純陀品》。後因以指俗眼，引申為俗人。㊺婢膝奴顏　也作「奴顏婢膝」。形容卑躬屈節、諂媚討好的樣子。陸龜蒙〈江湖散人歌〉：「奴顏婢膝真乞丐。」㊻脅肩諂笑　聳起肩膀，裝出笑臉。形容逢迎的醜態。語出《孟子・滕文公下》。㊼忠臣披肝二句　謂忠臣直言陳事的話語，是輔佐、規勸君王的藥石。披肝，即「披肝瀝膽」。比喻以赤心待人。藥，比喻規勸改過的話語。司馬光〈體要疏〉有此語。㊽婦人長舌二句　語出《詩・大雅・瞻卬》：「婦有長舌，維厲之階。」意思是好說閑話是召禍患的緣由。長舌，多言；好說閑話。也指撥弄是非。厲階，禍端；禍患的來由。厲，惡鬼；禍患。㊾如願　合乎心願；滿意。揭傒斯〈小孤山〉詩：「但當作詩乞如願。」㊿汗顏　臉上出汗。韓愈〈祭柳子厚文〉：「不善為斫，血指汗顏。」後常用來表示羞愧的意思。(51)饒舌　多嘴；嘮叨。語見《北齊書・斛律金傳》。(52)可口　味道很合口味。《莊子・天運》：「其味相反，而皆可於口。」(53)澤及枯骨二句　《新序》載：在開挖池塘時發現有枯骨，周文王命令下屬將骨頭安葬，人們知道後都說：「西伯澤及枯骨，況於人乎？」澤，恩惠；恩德。西伯，周文王。殷朝末年封為西伯。參見本書卷一〈地輿〉有關注釋。(54)灼艾分痛二句　事見本卷〈兄弟〉有關注釋。(55)唐太宗為臣療病二句　《新唐書・李勣傳》載：大臣李勣生病，醫生說：「龍鬚灰可治。」唐太宗自剪鬚為他和藥治病。唐太宗，參見卷一〈朝廷〉有關注釋。(56)顏杲卿罵賊不輟二句　顏杲卿（西元六九二～七五六年）是唐琅邪人，字昕，任常山太守時，安祿山叛亂，他應從弟顏真卿之約，聯合起兵，斷叛軍後路，次年，史思明陷常山，他被抓，瞋目罵賊不住口，被安祿山割斷其舌，噴血而死。見《新唐書・忠義・顏杲卿傳》。(57)橫逆　橫行；強暴無理。《孟子・離婁下》：「其待我以橫逆。」(58)置之度外　不作考慮；不放在心上。《後漢書・隗囂傳》有此語。(59)洞悉虜情二句　透徹、深入地了解知道敵情，叫做「已入掌中」。《資治通鑑・晉安帝義熙五年》：「虜已入我掌中矣。」虜情，敵情。(60)馬良有白眉二句　事見本卷〈兄弟〉有關注釋。(61)阮籍作青眼二句　《晉書・阮籍傳》載：阮籍能作青白眼，對俗客以白眼，對意氣相投者用青眼。阮籍，晉代人。參見本卷〈朋友賓主〉有關注釋。青即黑，以黑眼珠對人是正視的狀態。後遂以「青眼」表示對人的尊重或喜愛。(62)咬牙封雍齒二句　漢高祖得天下後，大封同姓諸侯，激起眾將不滿，劉邦按張良之計，封與他夙有積怨的雍齒為什方侯，眾將說：「雍齒都能封侯，吾輩無憂了。」見《漢書・高帝紀》。(63)含淚斬丁公二句　丁公為項羽大將，楚漢戰爭時，曾於彭城放走戰敗的劉邦，項羽死後，丁公去見劉邦，劉說：「丁公為項王臣，不忠。」遂斬之。見《史記・季布欒布列傳》。(64)擲果盈車二句　《晉書・潘岳傳》載：潘岳姿容甚美，年輕時，每次乘車外出，都會有許多女子向他投擲佳果，常常瓜果堆滿一車而回。潘安仁，即潘岳。西晉人。參見本卷〈外戚〉有關注釋。(65)投石滿載二句　《語林》載：張孟陽相貌甚醜，每到街市，許多小孩向他扔石塊，使他狼狽不堪。(66)婦人生鬚　《舊唐書・李光弼傳》載：「光弼母李氏有鬚數十莖，長五六寸。」(67)男人誕子　《晉書・五行志下》：「光熙元年，會稽謝真生子。」(68)燃眉之急　火燒眉毛。比喻事情之緊急。《五燈會元・法泉禪師》：「問如何是急切一句？慧曰：『火燒眉毛。』」(69)噬臍何及　比喻不可及，後悔已晚。《左傳・莊公六年》：「若不早圖，後君噬齊。」噬，咬。齊，通「臍」。(70)秦越人之視肥瘠　春秋時，秦國在西北，越國在東南，相距甚遠，中間還有其他國家，因而藉以比喻關係疏遠，互不關心。韓愈〈諍臣論〉有此語。(71)善醫者只論精神　意指良醫治病，並不光看體表的症狀，更注重病人的精神等內在的全身情況。(72)尸位素餐　謂據位食祿而不盡職。《漢書・朱云傳》：「今朝廷大臣，上不能匡主，下亡以益民，皆尸位素餐。」尸，古代祭祀，以一人端坐代表死者受祭，稱尸。尸位，謂居任無功，如祭祀之尸，居位無事。素餐，不勞而坐食。素，空。(73)譾劣　淺薄卑劣。(74)行尸走肉　比喻庸碌無能，活在世上徒具形骸之人。《拾遺記・後漢》：「不學者，雖存，謂之行尸走肉耳。」(75)老當益壯四句　句出駱賓王〈滕王閣序〉：「嗚呼！時運不濟，命途多舛。所賴君子安貧，達人知命。老當益壯，寧知白首之心？窮且益堅，不墜青雲之志。」老當益壯，年老而志氣更加壯盛。寧，豈。窮且益堅，處境越艱難困窮，意志越堅定。[76]一息尚存二句　謂只要還有一絲氣息，所立之志便不容鬆懈。見《論語・泰伯》朱注。息，一呼一吸為一息。懈，懈怠；鬆弛。[77]十手所指二句　語出《禮記・大學》：「十目所視，十手所指，其嚴乎？」意指一個人的言行，總有許多人在觀察監視，不可不謹慎。安，如何；何。

【語　譯】土木形骸，是說視身體如土木，不刻意妝扮修飾；鐵石心腸，則形容人秉性堅強剛毅，不動感情。與人會晤，可說「得挹芝眉」；久別重逢，則言「久違顏範」。邀請女客，稱「奉迓金蓮」；邀請親友（男性），說「敢攀玉趾」。侏儒，指人的身材矮小；魁梧，說人的身材高大奇偉。龍章鳳姿，指國家的棟梁之才；獐頭鼠目，是草野猥瑣無用之夫。畏首畏尾，形容人恐懼過分；刻骨銘心，比喻感恩或情意永世不忘。相貌醜陋，叫做「其貌不颺」；容貌姣美，謂之「面如冠玉」。足跛可說蹣跚，耳聾則說重聽。「期期艾艾」，是說言語不流暢而口吃；「喋喋便便」，則指說話多而嘮叨的樣子。小心翼翼，謹慎恭敬，應當讚揚；大言自誇，不知慚愧，令人鄙惡。腰細謂之柳腰，身材瘦小叫做雞肋。嘲笑他人牙落缺齒，說「狗竇大開」；譏諷他人猶豫不決，言「首鼠僨事」。「口中雌黃」，是說言而無信，朝令夕改；「皮裡春秋」，則謂口中不作評論，心裡卻自有褒貶。「唇亡齒寒」，形容彼此利害相關，一損俱損；「足上首下」，比喻上下尊卑之序顛倒。久困後一旦舒暢得意，可說「揚眉吐氣」；待人真心誠意，謂之「推心置腹」。「靈臺」是心的別名，心中恐慌，六神無主，叫做「靈臺亂」；「玉山」是身體的美稱，醉倒便說「玉山頹」。「黑甜」是酣睡的代稱，「息偃」是睡臥的別名。口中還留乳臭，是說人年少無知；三折肱方為良醫，是講醫生老成練達，精通醫術。西施捧心，更增添柔弱之美；醜婦效顰，愈顯得醜不堪言。智者慧眼，能夠看透他人超逸不凡的本質；俗人肉眼，不能識別賢德之人。婢膝奴顏，屈節討好的模樣令人生厭；脅肩諂笑，逢迎諂媚之狀實屬難堪。忠臣議政，披肝瀝膽，是國君之藥石；婦人長舌多言，是招致禍患的緣由。事遂心意，謂之「如願」；事有可愧，稱作「汗顏」。多嘴嘮叨，叫「饒舌」；食物味美，合乎口味，說「可口」。周文王仁慈愛民，連枯骨也沾恩惠；宋太祖兄弟友愛，連治病也要分擔痛苦。唐太宗剪下鬍鬚，為臣僚配藥治病；顏杲卿痛罵叛亂賊子，被割去舌頭。氣量大，不計較強暴無理之事，稱為「置之度外」；洞察敵情，胸有成竹，便說「已入掌中」。馬良有白眉毛，兄弟之中最為出色；阮籍能作青白眼，對俗客以白眼，對他所尊重與喜愛的人則作青眼。為了安撫眾將，避免叛亂，漢高祖咬牙先封夙有積怨的雍齒為侯；為了整肅軍紀，嚴懲叛臣，漢高祖含淚殺了曾在危急關頭放他逃生的丁公。潘岳姿容甚美，每次外出，婦女們爭投佳果，滿載而歸；張孟陽面貌醜陋，小孩子見了他就扔石塊，狼狽不堪。婦女生鬍鬚，真是件怪事；男人生孩子，實在駭人聽聞。事情緊迫，求物急用，可說「燃眉之急」；做事無成，後悔莫及，稱作「噬臍不及」。秦國、越國相隔很遠，彼此無關，所以，二者關係疏遠，互不關心，可說「如同秦越人之視肥瘠」。良醫不僅看表面症狀，更注重探求病根，所以，追根尋源，探求根本，可以說如同良醫只論精神。沒有功勞而白食俸祿，稱作「尸位素餐」；淺陋卑劣，庸碌無能之人，稱為「行尸走肉」。年老而豪氣愈壯，豈知白頭人的心思志向？窮困而更堅強，不墜高人青雲之志。只要還有一絲氣息，所立之志不容半點鬆懈；十目所視，十手所指，立身行事，怎麼敢自欺欺人。

新增文

高臺曰頭，廣宅云面❶。頓殊於眾，鬚號于思❷；迥異乎人，指生駢拇❸。何平叔面猶傅粉❹，秦莊公顏若渥丹❺。古尚書頭尖似筆❻，偏擅英稱；張太僕腹大如瓠❼，更垂好譽。可作生民主，劉曜垂五尺之髯❽；能為帝者師，張良掉三寸之舌❾。維翰一尺面，宰相奇形❿；比干七竅心，忠臣異蘊⓫。英雄當自別，僉⓬云寇萊公鼻息如雷⑬；俊傑卻非凡，始信王濬沖目光若電⑭。垂肩耳大，劉先主畢竟興王⑮；蓋膽毛深，德謙師自當成佛⑯。岳公刺背間之字⑰，愈見心忠；英布黥面上之痕⑱，何嫌貌醜。蘇生正直，膝豈容佞士作枕頭⑲；林蘊精忠，項不使頑奴為砥石⑳。彥回之髯似戟，豈為亂階㉑；李瞻之膽如升，不虧大節㉒。張睢陽鼓烈氣，握拳透爪；魯仲連噴義聲，嚼齒穿齦㉓。党進雖然大腹，非多算之人也㉔；李緯徒有好鬚，不足齒之傖歟㉕。

【章　旨】本節補充介紹與身體、行為有關的歷史事例。

【注　釋】❶高臺曰頭二句　佛經上有時稱頭為「高臺」、面為「雲宅」。見《事物異名錄・形貌》引《黃庭經》。此以面為廣宅，不知所據。❷于思　語出《左傳・宣公二年》：「華元多鬚，伐鄭，為鄭敗。宋人歌曰：『于思于思，棄甲復來。』」思，通「鬛」。多鬚貌。❸駢拇　謂足大拇指與第二指相連合為一指。《莊子・駢拇》：「駢拇枝指，豈性也哉？」駢，合。❹何平叔面猶傅粉　何晏貌美面白，人稱「傅粉何郎」。見《世說新語・容止》。何平叔，即何晏（？～西元二四九年）。三國魏南陽人，字平叔。少以才秀知名，好老莊言。娶魏公主，累官尚書。傅粉，搽粉；抹粉。傅，通「敷」。❺秦莊公顏若渥丹　謂秦莊公臉色紅而有光澤。秦莊公（？～西元前七七八年），西周時秦國國君。其父秦仲為西戎所殺，周宣王予兵七千人，他大破西戎，被封為西陲大夫。一說「莊公」為追謚之稱。渥丹，謂紅而有光澤。語出《詩・秦風・終南》：「顏如渥丹，其君也哉。」《詩・序》以為此詩乃為襄公作而非莊公。❻古尚書頭尖似筆　古弼頭尖似筆，時稱「筆頭」、「筆公」。見《北史・後魏・古弼傳》。古尚書，即古弼（？～西元四五二年）。北魏代人。歷事明元帝、太武帝，安邦輔國，太武帝稱他為「社稷之臣」。❼張太僕腹大如瓠　《漢書・張蒼傳》載：張蒼人胖，大腹便便。張太僕，即張蒼（？～西元前一五二年）。西漢初陽武人。漢初任丞相多年，主持郡國大計，文帝時改定音律曆法。年百餘歲乃卒。案：張蒼沒有做太僕，此云太僕，誤。瓠，瓠瓜。也叫葫蘆。❽可作生民主二句　指劉曜相貌奇特，鬚長五尺，可以當君主。生民主，即「君主」。生民，黎民百姓。參見卷四〈花木〉「鉏麑觸槐」句有關注釋。劉曜（?～西元三二九年），十六國時前趙國君，字永明。匈奴族。戰功顯赫，曾任相國。靳準殺劉粲奪帝位，他率兵盡滅靳氏，即帝位，遷都長安，改漢為趙，史稱前趙。《晉書・載記・劉曜傳》載：他身長九尺三寸，垂手過膝，目有赤光，髯鬚百餘莖而長五尺餘。❾能為帝者師二句　謂張良能言善道，足以當帝王的老師。見《史記・留侯世家》。張良，秦末漢初人，劉邦的重要謀士。參見卷一〈武職〉有關注釋。掉三寸之舌，猶言「鼓舌」、「掉舌」。指遊說、談論。❿維翰一尺面二句　指桑維翰臉長一尺，相貌奇特，當了宰相。維翰，桑維翰（西元八九八～九四七年）。五代時洛陽人，字國僑。善詞賦。初為石敬塘掌書記，謀劃甚多。官至弘文館大學士，權勢極盛，聚斂納賄歲至巨萬。《新五代史・桑維翰傳》載：他身短面長，曾攬鏡自語：「七尺之身，不如一尺之面。」⓫比干七竅心二句　謂比干的心有七孔，異於常人，是忠臣之相。比干，商代貴族。紂王叔父。因紂無道，多次勸諫。紂怒，說：「吾聞聖人心有七竅。」命剖而視之，果然。見《史記・殷本紀》。七竅，七孔。異蘊，異於常人的內臟。⓬僉　眾人；大眾。⓭寇萊公鼻息如雷　《夢溪筆談》載：契丹攻宋，寇準出征。真宗派人觀其動靜。見寇準熟睡，鼻息（鼾聲）如雷。真宗說：「渠安枕如此，必有勝算也，朕何憂！」寇萊公，寇準。北宋宰相，封萊國公。參見卷一〈文臣〉有關注釋。⓮王濬沖目光若電　《晉書・王戎傳》載：王戎生而穎異，神采秀髮，目甚清照，視日不眩，裴楷見而異之，曰：「戎眼爛爛如岩下電。」王戎（西元二三四～三〇五年），西晉琅邪人，字濬沖。好清談，為「竹林七賢」之一。累官尚書、司徒。貪吝好貨，尚媚取容，時人鄙之。⓯垂肩耳大二句　《三國志・蜀書・先主傳》載：劉備有奇相，耳大垂肩，人稱大耳兒。劉先主，劉備。參見卷一〈文臣〉有關注釋。興王，創立王業，指建立漢朝。⓰蓋膽毛深二句　事見《德謙大師語錄》：一僧拜師說：「三日不相見，莫作舊時看。」師撥開胸說：「你道我這裡有幾莖蓋膽毛？」僧無語。蓋膽毛，胸毛。⓱岳公刺背間之字　指岳飛母親曾在他背上刺「精忠報國」四字。見《宋史・岳飛傳》。岳公，岳飛（西元一一〇三～一一四二年）。南宋名將，字鵬舉。二十歲從軍，多次立戰功。高宗獎以「精忠岳飛」錦旗。力主抗金，收復失地。後被秦檜以「莫須有」罪名陷害。⓲英布黥面上之痕　英布（?～西元前一九五年）是西漢初人，曾犯法黥面，故又稱黥布。秦末率驪山刑徒起兵，屬項羽，英勇善戰，封九江王。楚漢戰爭中歸漢，封淮南王。見《漢書・黥布傳》。黥，古代的一種肉刑，墨刑的異稱。用刀刻刺額頰等處，再塗上墨，終生留有印記。⓳蘇生正直二句　蘇則為人正直，董昭嘗枕其膝，則推下去，說：「蘇則膝非佞人枕。」見《三國志・魏書・蘇則傳》。佞士，善以巧言諂媚之人。⑳林蘊精忠二句　唐代劉闢反叛，林蘊以大義責備他，劉怒，想殺林，又憐惜其忠直，暗地裡命掌刑者拿刀在他頸上磨，嚇唬他，使他服從，林叱責道：「死便死，我頸豈頑奴砥石耶？」見《新唐書・儒學・林蘊傳》。頑奴，指劉闢等人。砥石，磨刀石。㉑彥回之髯似戟二句　謂褚彥回的鬍子又長又硬，豈能成為致禍的根由？《南史・褚淵傳》載：有次他夜宿官署，有公主來找他，他安坐不動。公主說：「公髯如戟（鬚髯又長又硬），何得無丈夫氣？」曰：「回雖不敏，不敢首為亂階。」意不敢淫亂。彥回，褚淵（西元四三五～四八二年）。南朝宋、齊時河南人，字彥回。宋文帝婿。特受宋明帝寵任。後附蕭道成，合謀代宋。南齊建立，封南康郡公，任尚書令等職。戟，古代兵器。亂階，致禍亂的根由。㉒李瞻之膽如升二句　南朝梁時侯景叛亂，李瞻起兵，為賊所執，正氣凜然，神色自若，叛軍將他剖腹，只見其膽大如升。見《南宋・侯景傳》。升，古代的容量單位。㉓張睢陽鼓烈氣四句　唐代張睢陽痛斥叛軍，握拳透爪；戰國時魯仲連罵亂臣賊子，嚼齒穿齦。握拳透爪，緊握拳頭，爪甲穿透手掌。《晉書・卞壼傳》有此詞，後因以形容剛烈之氣。嚼齒穿齦，氣得咬破牙齦。《舊唐書・張巡傳》有此語。案：張巡，即張睢陽。而該傳無「握拳透爪」之記載；《史記・魯仲連鄒陽列傳》也無魯氏「嚼齒穿齦」之描述。蘇軾《東坡志林・偶書》謂：「張睢陽生猶罵賊，嚼齒穿齦；顏平原死不忘君，握拳透掌。」故疑此處兩聯均誤。應如蘇說。顏平原即顏真卿。㉔党進雖然大腹二句　李燾《長編》載：党進大腹，勇而少謀。党進（西元約九二九～約九七九年），北宋朔州人。以膂力隸軍。官都指揮使、節度使等。㉕李緯徒有好鬚二句　《舊唐書・房玄齡傳》載：唐太宗想任命李緯為尚書，房玄齡說：「此人好髭鬚（拍馬奉承）。」太宗聽了，知其無能，改派為洛州刺史。李緯，唐初人。不足齒，不值得一提。含有輕蔑之意。傖，粗野；鄙陋。晉南北朝時的文人士大夫常以「傖」、「傖夫」譏罵人。歟，表感歎語氣。

【語　譯】「高臺」是頭的代稱，「廣宅」是面的別名。鬍鬚濃密，與眾不同，稱作「于思」；腳趾相連，謂之「駢拇」，迥異於人。何晏膚色很白，猶如傅粉；秦莊公的臉很紅，好似渥丹。古弼頭尖似筆，便有了「筆公」之稱；張蒼腹大如瓠，更傳有好的官聲。劉曜鬚長五尺，做了皇帝；張良掉三寸之舌，成為帝王師。桑維翰臉長一尺，有當宰相的奇特形貌；比干的心有七個孔竅，這是忠臣奇特的臟腑。英雄自然有別於常人，臨戰前寇準鼾聲如雷；王戎目光似電，始相信俊傑的確非同一般。劉備耳大垂肩，有貴人相，終於興起王業；德謙師胸毛長而濃密，自然應當成佛。岳飛背上刺有「精忠報國」之字，愈能見出他的忠心；英布臉上有黥刑之痕，怎能嫌他相貌醜陋。蘇則為人正直，豈容佞士以他的膝蓋作枕頭；林蘊剛毅忠貞，他的頸項不給頑奴當磨刀石。褚淵鬚髯又長又硬，豈能以此作淫亂之由；李瞻被叛軍剖腹，見膽大如升，不失忠義大節。張睢陽鼓忠烈之氣，緊握拳頭，指甲都嵌進了肉裡；魯仲連咬牙切齒，怒斥亂臣賊子，以致牙齦都咬穿了。党進雖然大腹，但腹中空空，沒有心計智謀；李緯白長了好鬍鬚，卻是不足掛齒的傖夫而已。

衣服

【題解】在人類的進化過程中，隨著生產、生活範圍及內容的擴大和文明的發展，逐漸有了禦寒、遮羞和裝飾的需要，因而出現以樹葉草莖編綴而成的、或獸皮製的原始「衣服」。此後，在漫長的歷史歲月中，衣服的基本功能：禦寒、遮羞、裝飾都沒有變，不過衣服的用料、樣式、製作則日漸精細。

自社會分化，產生貧富貴賤的差別後，衣冠服飾便被賦予新的功能：作為區別貴賤等級的標誌，並有一定的道德、價值意義，這在中國傳統文化中表現得尤為鮮明，且由此反推，解釋古代的歷史和服飾，便有了「黃帝垂衣裳而天下治」的傳說與記載。漢代著作《白虎通》解釋衣服的功用：「聖人所以製衣服何？以為絺綌蔽形，表德勸善，別尊卑也。」典型地反映了這種觀念。在現實生活中，則對衣冠服飾的用料、式樣和色彩有明文規定，甚且載入律法，成為制度。如西漢中葉後重土德，尚黃，黃色為天子專用，任何人不得染指，這一觀念和規定延續了二千年，直至二十世紀滿清王朝被推翻、中華民國建立才得以改變。隋唐時，紫朱青綠只有官員才能服用（而且還有等級限定），庶人商賈只能穿皂袍和白衣。冠履佩飾，等第分明，著色必須是正色，雜色和中間色都歸入下品。金、繡、錦、綺、紵、絲、羅等，庶民男女一概不得僭用，違者不僅罰及自身，還要禍延家族和工匠。款式花紋都有濃厚的道德禮儀的寓意，如天子冕服的垂旒用以蔽明，冕旁的充耳用以塞明，表示目不視非，耳不聞邪；動貴禮服上的九章花紋：龍、山、華蟲、火、宗彝、藻、粉米、黼、黻等，都昭示慈善、仁義、玉潔、濟養、勇智等美意。連庶民儒生束髮的網巾、戴的帽子，也雅譽為「一統山河」、「四方平定巾」、「六合一統帽」等。除頌功德外，衣服還用以懲刑徒，賤視某些卑微的職業或人，如古時刑徒服赭衣、雜履、墨幪；漢代奴隸戴青幘，稱為蒼頭，魏晉命商人「一足著黑履，一足著白履」，以及本文中命晉懷帝青衣行酒等，皆此意。

冠稱元服❶，衣曰身章❷。曰弁❸、曰冔❹、曰冕❺，皆冠之號；曰履、曰舄、曰屣，悉鞋之名❻。上公命服有九錫❼，士人初冠有三加❽。簪纓、縉紳，仕宦之稱❾；章甫❿、縫掖⓫，儒者之服。布衣⓬即白丁⓭之謂，青衿⓮乃生員⓯之稱。葛屨履霜⓰，誚儉嗇之過甚；綠衣黃裡⓱，譏貴賤之失倫。上服⓲曰衣，下服⓳曰裳；衣前曰襟⓴，衣後曰裾㉑。敝衣曰襤褸㉒，美服曰華裾㉓。襁褓㉔乃小兒之衣，弁髦㉕亦小兒之飾。左衽是夷狄之服㉖，短後㉗是武夫之衣。尊卑失序，如冠履倒置㉘；富貴不歸，如衣錦夜行㉙。

【章　旨】本節介紹有關服飾的一些等級規定及各類服飾的代稱、別名等。

【注　釋】❶冠稱元服　謂帽子稱作「元服」。元，人頭。冠（帽子），是戴在頭上的，所以名為「元服」。見《儀禮·士冠禮》。❷身章　《身章撮要》載：「衣服，身之章也。」衣服的基本功能之一是蔽體遮身，故而為身之障（章）；在等級制度形成後，衣服質料及裝飾則成為身分、等級的標誌。故而又為身之章（標誌）。章，標記。❸弁　古代貴族的一種帽子。有皮弁、爵弁。皮弁，武冠；爵弁，文冠。《書·金縢》：「王與大夫盡弁。」❹冔　殷代冠名。《儀禮·士冠禮》載：「周弁、殷冔、夏收。」❺冕　古代帝王、諸侯及卿大夫所戴的禮帽。後來專指皇冠。《淮南子·主術》載：「古之王者冕而前旒。」❻曰履曰舄曰屣二句　謂履、舄、屣，都是鞋的別名。古人在不同的場合穿不同的鞋。據《身章撮要》：「朝服曰履，祭服曰舄，燕（宴）服曰屣。」❼上公命服有九錫　指古代官員按其等級穿不同的禮服，君王所賜便有不同的禮物。上公，諸侯、宰相的尊稱。命服，古代官員按其等級所穿著的禮服。案：周代官員的品秩有一命至九命之別，官員的衣服因命數不同而各有一定之制，故名。九錫，古代帝王賜給有大功或有權勢的諸侯大臣的九種物品。據《禮緯》：「禮有九錫：一輿馬，二衣服，三樂則，四朱戶，五納陛，六虎賁，七弓矢，八鈇鉞，九秬鬯。」❽士人初冠有三加　指古代貴族男子舉行成年禮（冠禮）時要戴三次帽子。初冠，開始舉行冠禮。案：古代貴族男子成年（二十歲）加冠的禮節，稱冠禮。三加，三次戴上帽子。第一次加緇布冠（黑布帽），再加皮弁，三加爵弁（古代禮冠的一種）。見《儀禮・士冠禮》。加，戴上。❾簪纓縉紳二句　謂簪纓、縉紳都是官宦的代稱。簪纓，簪和纓。古時達官貴人的冠飾，用以把冠固定在頭上。簪，髮鍼（後世專指婦女插髻的首飾）。纓，冠帶。舊時以「簪纓」作為仕宦的代稱。蕭統〈十二月啟〉：「想簪纓於幾載。」縉紳，古時高級官員的裝束，亦用為官宦的代稱。《後漢書・趙壹傳》：「縉紳歸慕。」縉，通「搢」。插。紳，大帶。插笏於大帶與革帶之間。❿章甫　古代的一種帽子。《禮記・儒行》載：「（孔子）長居宋，冠章甫之冠。」⓫縫掖　又名「逢衣」。古代一種袖子寬大的衣服。讀書人所穿。《禮記・儒行》：「（孔子）少居魯，衣縫掖之衣。」⓬布衣　平民。古時平民不准穿絲綢，只能穿麻布衣服，故以之作平民的代稱。也指沒有做官的讀書人。《史記・孔子世家贊》：「孔子布衣，傳十餘世，學者宗之。」⓭白丁　平民；沒有功名的人。古時平民穿白色（即本色）衣服，因由此名。《北史・李賢傳》：「（敏）一白丁耳。」⓮青衿　亦作「青襟」。語出《詩・鄭風・子衿》：「青青子衿。」本意是青色衣領。因其古時為學子所穿，故以「青衿」作讀書人之別名。⓯生員　唐代官學皆規定學生員額，入學者稱生員。見《新唐書・選舉志上》。明清科舉考試中，考取本省府、州、縣學者的統稱，俗稱秀才，又稱諸生。⓰葛屨履霜　比喻過分節儉。語本《詩・魏風・葛屨》：「糾糾葛屨，可以履霜。」葛屨，用葛、麻等製的單底鞋。單薄，價賤，本夏天穿用，葛屨履霜為不合時宜。⓱綠衣黃裡　喻貴賤顛倒。舊時認為綠是雜色，賤；黃為正色，貴。賤者為面料，而貴者為襯裡，是為顛倒。語出《詩・邶風・綠衣》：「綠兮衣兮，綠衣黃裡。心之憂矣，曷維其已。」舊時多以喻妾僭妻位。⓲上服　上衣。《古文苑・司馬相如・美人賦》：「乃弛其上服。」⓳下服　下身的衣服；裙。案：古時衣、裳分稱，上為衣，下為裳。見《釋名・釋衣服》。⓴襟　古代指衣的交領。後世指衣的前幅。見《爾雅・釋器》。㉑裾　衣的後幅。也稱袿，見《方言・四》。㉒襤褸　形容衣服破爛。《方言・四》：「以布而無緣，敝而紩（縫）之，謂之襤褸。」襤，無緣飾的破舊短衣。褸，衣襟。㉓華裾　美麗華貴的衣服。李賀〈高軒過〉詩：「華裾織翠青如蔥。」㉔襁褓　泛稱背負小兒所用的東西。見《玉篇》。襁，布幅，用以絡負；褓，小兒的被，用以裹覆。㉕弁髦　《左傳・昭公九年》：「豈如弁髦，而因以敝之。」用作蔑棄之意。弁，指緇布冠。一種用黑布做的帽子。髦，童子的垂髮。古代貴族子弟行加冠之禮，先用緇布冠把垂髮束好，三次加冠後，就去掉緇布冠，不再用（參見❽「三加」）。因以比喻無用的東西。㉖左衽是夷狄之服　謂衣服前襟左掩，這是外族人穿的衣服。左衽，我國古代部分少數民族的服裝，上衣前襟向左掩，異於中原地區人民的右衽。《論語・憲問》：「微管仲，吾其被髮左衽矣。」衽，也作「袵」。衣襟。㉗短後　後幅短的衣服。古代貴族士人皆穿長衣。武士為騎馬征戰之便，穿「短後」。語見《莊子・說劍》。㉘冠履倒置　比喻貴賤尊卑秩序顛倒。古人認為冠在頭上，喻貴；履在腳下，喻賤。《史記・儒林列傳》：「冠雖敝，必加於首；履雖新，必關於足。何者？上下之分也。」㉙衣錦夜行　穿著錦繡衣裳在夜間走路。比喻榮顯而不為眾人所知。語出《漢書・項籍傳》，項羽進咸陽，燒阿房宮後，思東歸，曰：「富貴不歸故鄉，如衣錦夜行。」衣，動詞。即「穿」。

【語　譯】冠戴在頭上，稱「元服」；衣穿在身上，叫「身章」。弁、冔、冕，都是冠的別號；履、舄、屣，皆為鞋的名稱。上公的命服有九等，皆君主所賜，叫做「九錫」；士人成年行冠禮，要換三次帽子，稱為「三加」。簪纓、縉紳，都是仕宦的代稱；章甫、縫掖，皆為儒者所穿的衣服。布衣，是白丁（平民）的稱呼；青衿，乃是生員（秀才）的名稱。「葛屨」是夏天穿的單鞋，如果冬天穿著踩霜踏雪，那便是儉樸吝嗇得太過分了，所以被人嘲諷；綠是雜色，為賤；黃是正色，為貴，如果拿綠色衣料作面，黃色衣料做裡，是貴賤倫常的顛倒，故而受到譏笑。上身的服裝叫衣，下身的服裝叫裳。衣的前幅稱襟，後幅稱裾。衣服破舊，可說「襤褸」；衣服華美，則稱「華裾」。襁褓是嬰兒的服裝，弁髦是孩童的帽子。左衽是夷狄的服裝，短後是武夫的衣服。尊卑失了秩序，好比冠履倒置；富貴了不歸故鄉，如同穿著華麗的服裝走夜路一般。

狐裘三十年，儉稱晏子❶；錦幛五十里，富羨石崇❷。孟嘗君珠履三千客❸，牛僧孺金釵十二行❹。千金之裘，非一狐之腋❺；綺羅之輩，非養蠶之人❻。貴者重裀疊褥❼，貧者裋褐不完❽。卜子夏甚貧，鶉衣百結❾；公孫弘甚儉，布被十年❿。

南州冠冕，德操稱龐統之邁眾⑪；三河領袖，崔浩羨裴駿之超群⑫。虞舜製衣裳，所以命有德⑬；昭侯藏敝袴，所以待有功⑭。唐文宗袖經三浣⑮，晉文公衣不重裘⑯。衣履不敝，不肯更為，世稱堯帝⑰；衣不經新，何由得故，婦勸桓沖⑱。王氏之眉貼花鈿，被韋固之劍所刺⑲；貴妃之乳服訶子，為祿山之爪所傷⑳。姜氏翕和，兄弟每宵同大被㉑；王章未遇，夫妻寒夜臥牛衣㉒。緩帶輕裘，羊叔子乃斯文主將㉓；葛巾野服，陶淵明真陸地神仙㉔。服之不衷，身之災也㉕；縕袍不恥，志獨超歟㉖。

【章旨】本節介紹歷史上有關服飾的一些事例，強調既要遵循等級制度，又要有窮困不失其志的精神（縕袍不恥）；也感歎「遍身綺羅者，不是養蠶人」的社會現象。

【注釋】❶狐裘三十年二句　《孔子家語》謂：晏嬰一件狐裘穿了三十年，孔子讚其為「賢大夫」。晏子，晏嬰（？～西元前五〇〇年）。春秋時維夷人，字平仲。齊國大夫，後任齊卿（宰相）。為政多有建樹，名重於時。為人謙虛儉樸。給他富裕的封地不接受，換貧瘠之地。❷錦幛五十里二句　石崇（西元二四九～三〇〇年）是西晉渤海人，字季倫，官至侍中，歷年聚斂財產無數，曾與貴戚王愷、羊琇等爭為侈靡，王愷等人得武帝支持，搬出宮中寶藏，仍不敵，比富的內容之一是王愷曾列紫紗步幛四十里，石則列錦幛五十里。見《世說新語・汰侈》。❸孟嘗君珠履三千客　未詳出處。孟嘗君，名田文。戰國時齊國人。襲其父封邑薛，號孟嘗君，又稱薛公。齊湣王繼位，被任命為相。門下有食客三千人。他「上得專主，下得專國」，一度還入秦、魏為相，名噪一時。案：「孟嘗君珠履三千客」疑為「春申君」之誤。春申君，戰國時楚國人。《史記・春申君列傳》載：他的食客皆以珠飾履，故稱珠履客。❹牛僧孺金釵十二行　《山堂肆考・角集》卷二三載：白居易因牛僧孺自誇曾經服用鐘乳三千兩（意思是所服用的藥極貴重），而歌舞之妓甚多，便於答牛僧孺詩中寫道：「鐘乳三千兩，金釵十二行。」後因以「金釵十二」稱人姬妾眾多。牛僧孺（西元七七九～

八四七年），唐代安定鶉觚人，字思黯。貞元進士，歷官戶部侍郎、同平章事、節度使、兵部尚書等。封奇章郡公。與宰相李德裕等因政見、利益衝突，形成派系，明爭暗鬥近四十年，史稱「牛李黨爭」，是唐中期政壇一大事件。❺千金之裘二句　句出《史記·劉敬叔孫通列傳》：「千金之裘，非一狐之腋也。」意思是價值千金的皮大衣，不是一隻狐狸腋下皮毛所能製成的，比喻積少成多。腋，胳肢窩。特指獸類腋下的皮毛。❻綺羅之輩二句　句本宋代張俞〈蠶婦〉詩：「昨日到城廓，歸來淚滿襟。遍身羅綺者，不是養蠶人。」綺羅，有花紋的絲織品。❼重裀疊褥　謂富貴之家衣被鋪墊甚多。裀，通「茵」。兩層床墊。褥，坐臥墊身使溫軟之具。如被褥、墊褥。也作「累裀重褥」，見《孔子家語·致思》。❽貧者裋褐不完　意思是貧窮之人粗陋之衣都不齊備。裋褐，也作「短褐」。粗陋之衣，為貧苦者所穿。《漢書·貢禹傳》：「妻子糠豆不贍，裋褐不完。」❾卜子夏甚貧二句　謂卜子夏十分貧窮，他的衣服上打了許多補丁。語出《荀子·大略》：「卜子夏家貧，徒有四壁，衣若縣（懸）鶉。」卜子夏，即子夏（西元前五〇七年～？）。春秋末晉國人。卜氏，名商。孔子學生，以文學見稱。曾仕於魯。孔子死後，居於西河，李悝、吳起等人皆曾受業。魏文侯尊以為師，受經藝。鶉衣百結，鵪鶉尾禿，像補綻百結，故用以形容破舊的衣服。趙蕃〈大雪〉詩：「鶉衣百結不蔽膝。」鶉，鳥名。即鵪鶉。❿公孫弘甚儉二句　《史記·平準書》載：公孫弘以節儉聞名，蓋布被，食不重肉。公孫弘（西元前二〇〇～前一二一年），西漢菑川人，字季，一字次卿。少為獄吏。年四十餘始治《春秋公羊傳》。以熟習文法吏治，被武帝任為宰相，封平津侯。⓫南州冠冕二句　謂司馬徽曾經稱讚龐統是南方士人中最出類拔萃者。德操，即司馬徽（？～西元二〇八年）。東漢潁川人，字德操，善於知人，有「水鏡」之稱。曾推薦諸葛亮、龐統於劉備。龐統（西元一七九～二一四年），三國襄陽人，字士元。初與諸葛亮齊名，號「鳳雛」。劉備得荊州，以為謀士，與諸葛亮同任軍師中郎將。後中流矢死。《三國志·蜀書·龐統傳》載：龐統少年時去見司馬徽，司馬徽與他交談後，認為龐統「生當為南州士之冠冕」。後因用「南州冠冕」稱譽才識優異的人。⓬三河領袖二句　謂崔浩羨慕裴駿才華出眾，視之為「三河領袖」。崔浩（西元三八一～四五〇年），北魏清河東武城人，字伯淵。累官至司徒，參與軍國重事。長書法及天文曆學，是北方士族之首，對北方士族人物多所薦拔。後因與北魏鮮卑貴族發生矛盾，被殺，其宗族與親戚均遭滅門之禍。裴駿，北魏人。魏太祖時任中書博士。陳述事宜合皇帝心意，太祖曾對崔浩誇裴，崔浩也視裴駿為三河之領袖。見《北史·裴駿傳》。三河，漢代人稱河東、河內、河南三郡為三河，與三輔弘農同視為畿輔之地。文中泛指北方，即北魏所轄之地。⓭虞舜製衣裳二句　謂舜制定了以衣飾區別等級的制度，賜命各級官員按此穿著。虞舜，即舜。傳說中的五帝之一。姚姓，號有虞氏，名重華。相傳他繼堯攝政，曾巡狩四方，統一度量衡，整頓禮制，減輕刑罰，平治洪水等。傳說以衣服顏色、樣式、花紋等作為等級標誌，始於舜。《書．益稷》載：帝曰：「予欲觀古人之象，日、月、星辰、山、龍、華、蟲，作會（繪）；宗彝、藻、火、粉米、黼、黻、絺繡，以五彩彰施於五色，作服。」（案：「日月」及「宗彝」等皆圖案名稱。）命有德，賜命於有德者。⑭昭侯藏敝袴二句　《韓非子．內儲說上》載：昭侯有敝袴，命侍者收藏，以待有功者。昭侯，韓昭侯（？～西元前三三三年）。戰國時韓國國君，在位時，任用申不害為相，國內大治，諸侯不敢犯。敝袴，破褲。袴，本作「絝」。古時指套褲，以別於有褲襠的「褌」。⑮唐文宗袖經三浣　《新唐書．柳公權傳》載：文宗很節儉，曾舉衣袖示群臣，曰：「此衣已三浣矣。」唐文宗，西元八二七～八四〇年在位。依靠李訓等人，陸續排斥牛（僧孺）、李（德裕）兩派官僚；又利用宦官間的派別之爭，發動「甘露之變」，事敗，被軟禁至死。浣，洗濯。⑯晉文公衣不重裘　《尹文子．大道》載：晉國風俗奢侈，文公即位後提倡節儉，衣不重帛，食無兼味。不多久，奢靡之風大改。晉文公，春秋時晉國國君。獻公子，名重耳。參見本卷〈身體〉有關注釋。⑰衣履不敝三句　《堯帝本紀》載：堯帝「布衣掩形，鹿裘禦寒。衣履不敝，不更為也（衣服鞋子不破不換）」。⑱衣不經新三句　事詳見本卷〈夫婦〉有關注釋。桓沖，東晉人。長期任州刺史。⑲王氏之眉貼花鈿二句　《續幽怪錄》載：他與月老交談時問及自己的婚姻，月老說：「君婦三歲，城北賣菜陳嫗女也。」韋去看，見女孩甚醜陋，便命僕人用劍刺她，中眉，十四年後，韋娶相州刺史王泰女，眉間常貼花鈿，韋問她為什麼，妻子說：她父親在當宋城宰時去世，乳母賣菜養活她，三歲時曾被人用劍刺中眉毛，至今留有痕跡。花鈿，用金翠珠寶等製成的花朵形首飾。韋固，傳說中他曾與月老論婚姻。參見本卷〈婚姻〉有關注釋。⑳貴妃之乳服訶子二句　謂楊貴妃經常穿著抹胸一類的小衣，是因為她在與安祿山私通時，乳房曾被安祿山抓傷。見《事物記原．衣裘帶服》。貴妃，楊貴妃。唐玄宗寵妃。參見本卷〈外戚〉有關注釋。服，穿。訶子，抹胸（一種繫在胸前的小衣）之類。祿山，安祿山（？～西元七五七年）。唐時胡人，本康姓，隨母嫁突厥人安延偃，改姓安，名祿山。懂六蕃語言，驍勇善戰，入朝奏事，深得玄宗信任，又請為楊貴妃養子，得兼河東等三節度使。西元七五五年起兵叛亂，史稱安史之亂。稱帝，攻下洛陽、長安，大肆殺掠。兩年後被其子所殺。相傳他與楊貴妃私通。㉑姜氏翕和二句　事見本卷〈兄弟〉有關注釋。翕和，和睦；和諧。㉒王章未遇二句　事見《漢書．王章傳》。王章（？～西元前二四年），西漢泰山人，字仲卿。少時就學長安，曾因貧病臥牛衣中，哭著與妻子訣別，妻子說：「京城中還有誰能像你那樣受到尊重，為什麼不發憤激昂，何必哭呢？」後官京兆尹。

牛衣，也稱「牛被」。以草編成，冬天蓋在牛身上以禦寒。㉓緩帶輕裘二句　《晉書・羊祜傳》載：羊祜鎮守襄陽時，以恩德結交吳人，身不披甲，輕裘緩帶，優遊山水，侍御不過十數人，人稱斯文將軍。緩帶輕裘，穿著寬鬆舒適的衣服，放寬衣帶。形容態度閑適從容。羊叔子（西元二二一～二七八年），即羊祜。西晉泰山人，字叔子。魏末任相國從事中郎，參與機密。晉武帝代魏後與定滅吳大計。羊以尚書左僕射都督荊州，出鎮襄陽，在鎮十年，屯糧練軍。在官清儉，為人稱道。㉔葛巾野服二句　《宋書・陶潛傳》載：陶淵明家貧，卻不向別人借一分錢，常葛巾野服，對菊飲酒，忘懷得失，人稱陸地神仙。葛巾，麻布頭巾。野服，古代稱居住山野的人的服裝。陶淵明，東晉人，辭官退隱。參見本卷〈身體〉有關注釋。㉕服之不衷二句　句出《左傳・僖公二十四年》：鄭子臧喜歡以羽毛做帽子，鄭伯得知後很厭惡，派人殺了他。人們說：「服之不衷，身之災也。」意思是服裝穿得不合適（指不合等級規範），便會招來殺身之禍。衷，通「中」。適合；恰當。㉖縕袍不恥二句　《論語・子罕》載：孔子誇獎子路：「衣敝縕袍，與衣狐貉者立，而不恥者，其由也歟！」意思是身著破袍，與穿皮袍者站在一起，卻並不感到羞恥的，只有子路（由）啊！縕袍，以亂麻為絮的袍子。歟，表感歎。

【語譯】一件狐皮袍穿了三十年，晏子的儉樸為人稱道；石崇與王愷比富，列錦幛五十里，其豪富讓王愷羨慕。孟嘗君門下有三千珠履客，牛僧孺家中姬妾成行。價值千金的皮袍，不是一隻狐的腋下之毛所能縫製；身著綺羅綢緞者，卻不是養蠶人。富貴者的衣被鋪蓋重重疊疊；貧窮者卻連粗陋之衣都不完整。子夏家貧，衣服破爛，打著補釘；公孫弘非常節儉，一床布被蓋了十年。司馬徽稱讚龐統才華出眾，為南州士人冠冕；裴駿智能超群，魏太祖曾向崔浩誇裴為三河領袖。虞舜制定衣裳的圖案顏色等級，賜命於有德之人；魏昭侯收藏破褲，等待賞給有功之人。唐文宗的衣服洗了三次仍在穿，晉文公倡節儉，不同時穿兩件皮衣。衣服鞋子不穿到破爛，不肯換新的，所以世人稱頌堯帝儉樸；衣服不從新的穿起，怎麼會舊呢，這是桓沖妻子勸桓沖的話。王氏幼時被韋固用劍刺傷眉毛，留了疤痕，所以她總在眉上貼花鈿；楊貴妃胸前總戴著訶子，因為她曾被安祿山抓傷了乳房。姜家兄弟和睦，每晚睡在一起，同蓋一條大被；王章未得君王賞識前十分貧困，寒冷冬夜睡在草編的牛衣上。羊祜鎮守襄陽，不著戎服，緩帶輕裘，人稱斯文主將；陶淵明棄官隱居，葛巾野服，對菊飲酒，真是陸地神仙。衣服如果穿得不合適，會招來殺身之禍；身著破袍而不以為恥，其志向的確超越眾人呀！

新增文

製豸作法冠❶，裁荷為隱服❷。王喬屬仙令，舄飛天外之鳧❸；李后是嬌姝，釵化宮中之燕❹。肌生銀粟，是誰寒贈紫駝尼❺；肩聳玉樓，有客暖捐紅衲襖❻。精忠膺主眷，狄仁傑披金字之袍❼；陰德有天知，裴晉公還紋犀之帶❽。軍中狐帽，沈慶之鎮壓貔貅❾；灘上羊裘，嚴子陵傲睨軒冕❿。通天帶，頓輸嚴續之姬⓫；鷫鷞裘，為貰相如之酒⓬。高人能潔己，飄飄掛神武之冠⓭；樂士共摩肩，濟濟看馬嵬之襪⓮。晉懷以青衣行酒⓯，事醜萬年；光武以赤幘起兵⓰，名芳千古。有女遺王濛之新帽⓱，誰人換季子之敝裘⓲。韋綬寢覆纈袍，榮施若此⓳；祭遵貧衣布袴，廉潔何如⓴。晉君不忍浣征袍，留彼嵇侍中之血㉑；唐士未須裁道服，重他張孝子之縑㉒。漢王製竹籜之冠，威儀自別㉓；閔子衣蘆花之絮，孝行純全㉔。

【章　旨】本節補充介紹有關服飾的歷史記載和傳說。

【注　釋】❶製豸作法冠　古代法官的帽子以獬豸製成。豸，獬豸。傳說中的異獸。能辨曲直，見人爭鬥，以角觸不直者。古代法官戴獬豸冠。見《後漢書・輿服志》。❷裁荷為隱服　取〈離騷〉「製芰荷以為衣兮，集芙蓉以為裳」之意。屈原說他退而隱居，以菱花、荷花做衣裳，寓高潔之意。後人因以「裁荷」作隱士之服。❸王喬屬仙令二句　相傳東漢顯宗時，王喬為縣令，有神術，每次朝見皇上，便把鞋變作鳧，從天上飛來。見《後漢書・方術傳》。舄，鞋。鳧，野鴨。❹李后是嬌姝二句　李后是漢武帝寵妃，相傳漢武帝曾賜以白玉釵，藏在匣中，一日開匣，釵化為玉燕飛去。見《洞冥記》。案：《洞冥記》謂贈趙婕妤。姝，美女。❺肌生銀粟二句　謂當冷得起雞皮疙瘩時，是誰贈給紫駝尼？語本黃庭堅〈次陳榮緒惠示之字韻〉詩：「飢餐青粳飯，寒贈紫駝尼。」肌生銀粟，因冷而皮膚上起雞皮疙瘩。紫駝尼，少數民族地區的一種毛布。❻肩聳玉樓二句　相傳張平子春天與友人出遊，張把外衣全脫了，友人說：「小心感冒。」張說：「春人玉樓，不脫此，恐流鼻紅（血）。」玉樓，肩。參見本卷〈身體〉有關注釋。❼精忠膺主眷二句　謂因狄仁傑精忠，武則天曾特製有十二金字的袍子賜給他。見《新唐書・狄仁傑傳》。狄仁傑，唐代名臣。參見本卷〈師生〉有關注釋。膺主眷，得到皇帝的關心。❽陰德有天知二句　唐代裴度早年遊香山寺時，見一女子把玉帶掛在門楣上祈禱，事畢，忘了拿玉帶而去，裴度追上去把玉帶還給她，得知玉帶是該女子借來以救無辜下獄的父親的，後來裴度封晉國公，人們都說這是陰德所致。見《唐摭言》。裴晉公，裴度（西元七六五～八三九年）。唐代河東人，字中之。官至宰相，堅持討伐地方割據勢力，使唐代藩鎮跋扈局面暫時得到控制。陰德，暗中有德於人的行為。舊時認為積陰德者必有善報。紋犀，花紋的名稱。❾軍中狐帽二句　《宋書・沈慶之傳》載：沈患頭風，常戴狐皮帽，群蠻怕他，稱「蒼頭公」。沈慶之（西元三八六～四六五年），南朝宋吳興人，字弘先。不識字，有謀略，善用兵。屢次征討漢、沔群蠻，削平朝中內亂。官至司空，封始興郡公。貔貅，古籍中的猛獸名。比喻勇猛的戰士。❿灘上羊裘二句　謂嚴子陵身披羊裘，垂釣於富春江畔，但傲視達官貴人。見《後漢書・逸民傳》。嚴子陵，即嚴光。東漢初人。漢光武帝少時同學，辭官不做，隱居富春江畔。參見卷一〈地輿〉、卷二〈身體〉有關注釋。傲睨，傲視。睨，斜視。軒冕，古時卿大夫的車服；也指官位爵祿或顯貴的人。本文用後一意。⓫通天帶二句　據《南唐遺事》：嚴續有美姬，裴皞有通天犀帶，都是當時極為著名的，嚴、裴賭博，各以姬、帶為賭注，結果嚴續輸了，不得不把美姬讓給裴。⓬鷫鸘裘二句　據《西京雜記・二》：司馬相如與卓文君去成都後，生活貧困，就把所穿的鷫鸘裘拿到酒店換酒喝。鷫鸘，鳥名。雁的一種。以其羽毛編織為裘。貰，租借；賒欠。相如，即司馬相如。漢代人。有文才。曾以琴音打動富豪之女卓文君，隨他私奔。事見本卷〈夫婦〉有關注釋。⑬高人能潔己二句　南朝梁陶弘景讀書萬餘卷，博通天文曆法、符圖醫藥，南齊時為諸王侍讀，永明十年（西元四九二年）掛冠神武門上，退隱句曲山。梁武帝時屢召不應，然朝廷大事每以諮詢，時稱「山中宰相」。見《南史・陶弘景傳》。⑭樂士共摩肩二句　唐代楊貴妃死於馬嵬驛（參見本卷〈女子〉有關注釋），屍體不知所終，當地一老婦人拾得一隻錦襪，好事者爭以錢求看，看一次給錢百文。老婦因此而得錢無數。見《楊太真外傳》。樂士，好事者。摩肩，肩與肩相接觸。形容人極多、極擁擠。⑮晉懷以青衣行酒　永嘉五年（西元三一一年），劉曜破洛陽，晉懷帝被俘送平陽，劉聰在宴會上命他青衣行酒（巡行人斟酒），旋被弒。見《晉書・懷帝紀》。晉懷，晉懷帝（西元二八四～三一三年）。字豐度，西元三〇六～三一一年在位。即位後東海王越專權。青衣，古時地位低下者，如僕人、婢女穿青衣，故後因用青衣作婢女的代稱。劉聰命晉懷帝穿青衣，是蔑視、侮辱他。⑯光武以赤幘起兵　《東觀漢記》載：王莽末年劉秀起兵時，軍士皆穿絳衣戴赤幘。光武，即漢光武帝劉秀。參見本卷〈夫婦〉有關注釋。幘，包頭髮的巾。⑰有女遺王濛之新帽　晉代王濛姿容甚美，年輕時上街，群姬愛之，見其帽破，爭遺以新帽。見《晉書・王濛傳》。王濛（西元約三〇九～約三四七年），東晉太原人，字仲祖。哀帝王皇后父。精曆書，通禮制。善玄談。遺，贈予。⑱誰人換季子之敝裘　謂蘇季子的貂皮裘破了，有誰替他換呢？季子，即蘇秦。戰國時東周洛陽人，字季子。自稱是「進取之臣」。幫助燕昭王謀劃，得親信，奔走於齊、趙、魏等國之間，進行遊說或上書，並發動五國合縱攻秦。是當時著名的遊說家。《戰國策・秦策一》載：趙相李兌曾送蘇秦一件黑貂裘，蘇穿著去秦國遊說，沒有結果而返，黑貂裘破爛了，淒然如喪家犬。⑲韋綬寢覆纈袍二句　唐代韋綬是翰林學士，有次唐德宗與韋妃到翰林院，韋睡得正熟，當時天寒，唐德宗便把韋妃的蜀纈袍蓋在韋身上。事見《新唐書・韋綬傳》。纈，經過扎染的絲。榮施，稱美他人施惠之辭。⑳祭遵貧衣布袴二句　漢代祭遵憂國奉公，家無私財，穿布衣袴，誰能比得上他的廉潔。見《後漢書・祭遵傳》。祭遵（？～西元三三年），東漢初潁川潁陽人，字弟孫。從劉秀起兵，轉戰河北，官至征虜將軍，執法嚴明，封潁陽侯。㉑晉君不忍浣征袍二句　此指嵇侍中為衛晉惠帝而被殺事。永安元年（西元三〇四年），東海王越挾惠帝與成都王穎交戰，在蕩陰大敗，眾人皆逃，嵇紹以身衛帝，被殺，血濺帝衣，事後，侍者請惠帝洗其衣，帝流涕曰：「此嵇中侍血，勿浣也。」見《晉書・忠義傳》。嵇紹因此事而被後世奉為忠君的典範。晉君，指晉惠帝（西元二五九～三〇七年）。字正度。痴呆不任事，賈后專權，促成八王之亂。他相繼被數王劫持，相傳被毒死。浣，洗。嵇中侍，嵇紹（西元二五三～三〇四年）。西晉譙郡人，字延祖。嵇康子。官至侍中。㉒唐士未須裁道服

二句 謂唐代韓思彥為孝子張僧徹寫墓誌，張送他二百匹縑，韓思彥只接受一匹，並告誡家人：「這是孝子縑，不要輕易使用。」見《新唐書・韓思彥傳》。㉓漢王製竹簹之冠二句 謂漢高祖在未得志時，曾經戴竹簹製作的帽子，但自有不同於他人的威儀。見《史記・高祖本紀》。漢王，漢高祖劉邦。參見卷一〈朝廷〉有關注釋。簹，俗稱「筍殼」。竹類主杆所生的葉，竹筍時期包於筍外。㉔閔子衣蘆花之絮二句 《孝子傳》載：閔少時，後母待他刻薄，冬天給自己的兒子穿綿衣，給他的衣服裡是蘆花絮，凍得發抖，父親知道後，要把後母趕出家門，騫跪泣說：「母在一子寒，母去三子單。」閔子，閔子騫（西元前五三六～前四八七年）。春秋時魯國人，名損。孔子學生，在孔門中以德行和顏淵並稱。

【語譯】獬豸專觸邪惡，故而法官的帽子用獬豸製成，以示公正；荷花出淤泥而不染，故而隱士之服以荷葉裁製，以示高潔。王喬通仙術，能把鞋變成野鴨，穿上它從天外飛來；李夫人是美女，她的玉釵化為燕子從匣中飛去。天寒地凍，肌膚起雞皮疙瘩，是誰贈送了紫駝尼？大家都冷得兩肩高聳，卻有客嫌熱脫下了紅衲襖。狄仁傑以其精忠得到武后的眷顧，賜給他金字袍；裴度拾到紋犀玉帶還給失主，他的陰德自有天知。沈慶之頭戴狐皮帽，征討群蠻；嚴子陵傲視權貴，身披羊裘垂釣江畔。裴皞以通天帶為注與嚴續賭博，結果贏了嚴的美姬；司馬相如拿出鸘鷞裘，到酒店賒酒，與卓文君對飲。陶弘景品格高尚，潔身自好，把官帽掛在神武門上，飄然而去；楊貴妃死於馬嵬驛，好事者摩肩接踵，爭相觀看她遺下的錦襪。晉懷帝被俘後，身著青衣，替人斟酒，是遺臭萬年之事；漢光武帝起兵討賊，他的士卒皆絳衣赤幘，英名流芳千古。王濛姿容甚美，有婦女贈他新帽；蘇秦遊說不成，貂裘破了，有誰給他換新的？韋綬睡著了，唐德宗替他蓋上絲袍，這是何等的殊榮；祭遵憂國奉公，穿貧衣布袴，這是何等的廉潔。晉惠帝不忍心洗去袍子上的血跡，以紀念為護衛他而死的嵇紹；韓思彥不願裁縑製道服，因為這是張孝子所贈送的。漢高祖曾經戴著竹筍殼製成的帽子，自有獨特的威儀；閔子騫穿著蘆花絮的衣服，孝行純全，感人肺腑。

卷　二

人榮歸，謂之錦旋[21]；作商得財，謂之稛載[22]。謙送禮，曰獻芹[23]；不受饋，曰反璧[24]。謝人厚禮，曰厚貺[25]；自謙禮薄，曰菲儀[26]。送行之禮，謂之贐儀[27]；拜見之贄，名曰贄敬[28]。賀壽儀，曰祝敬[29]；弔死禮，曰奠儀[30]。請人遠歸，曰洗塵[31]；攜酒送行，曰祖餞[32]。犒[33]僕夫，謂之旌使[34]；演戲文，謂之俳優[35]。謝人寄書，曰辱承華翰[36]；謝人致問[37]，曰多蒙寄聲[38]。望人寄信，曰早賜玉音[39]；謝人許物，曰已蒙金諾[40]。具名帖曰投刺[41]，發書函[42]曰開緘[43]。思慕久，曰極切瞻韓[44]；想望殷，曰久懷慕藺[45]。相識未真，曰有半面之識[46]；不期而會，曰邂逅[47]之緣。登龍門[48]，得參名士；瞻山斗，仰望高賢[49]。一日三秋[50]，言思慕之甚切；渴塵萬斛[51]，言想望之久殷。暌違教命[52]，乃云鄙吝復萌[53]；來往無憑，則曰萍蹤靡定[54]。虞舜慕唐堯，見堯於羹，見堯於墻[55]；門人學孔聖，孔步亦步，孔趨亦趨[56]。曾經會晤，曰向獲承顏接辭[57]；謝人指教，曰深蒙耳提面命[58]。求人涵容，曰望包荒[59]；求人吹噓，曰望汲引[60]。求人薦引，曰幸為先容[61]；求人改文，曰望賜郢斲[62]。借重鼎言[63]，是託人言事；望移玉趾[64]，是浼[65]人親行。多蒙推轂[66]，謝人引薦之辭；望作領袖，託人倡首[67]之說。

【章　旨】本節介紹人際交往中常用的各種稱謂、敬語、頌辭、謙稱；各種不同場合下請客送禮的不同賀辭、代稱；以及信函往來、向別人求教、求助，或表示感謝時的辭語。

【注　釋】❶大學首重夫明新　謂《大學》一書首先推重的便是人應當發揚美德，天天更新，自強不息。《大學》，書名。儒家典籍之一。原為《禮記》中的一篇，約成於秦漢之際，一說為曾子作。宋儒將其抽出，與《論語》等合併稱「四書」，是當時士人的必讀書之一。是書提出從個人修養開始，踐仁成聖的道德事功準則：格物、致知、誠意、正心、修身、齊家、治國、平天下，以及明明德、親民、止於至善等。明新，《大學》首句云：「大學之道，在明明德，在親民。」明明德，發揚光明的德性。首字「明」作動詞，彰明；顯揚。《大學》又云：「苟日新，日日新，又日新。」日新，天天更新；自強不息。❷小子莫先於應對　謂小孩首先要學習各種應酬的語言和禮節。見《論語・子張》。應對，用言語酬答；對答。❸其容固宜有度二句　謂人的儀容舉止應當適宜合度，說話言語尤應有條理。《詩・小雅・都人士》：「其容不改，出言有章。」容，儀容舉止。貴，重視；崇尚。章，條理；文理。❹智欲圓而行欲方二句　《淮南子・主術》載：「心欲小而志欲大，智欲圓而行欲方。」謂智慧要圓通，行為要方正，膽子要大，心要細。❺閣下　對人的尊稱。謂不敢直指其人，故呼在其閣下的侍從者而告之。與呼皇帝為「陛下」同類。見《漢書・高帝紀下》顏師古注。❻足下　敬辭，稱對方。始於春秋時晉文公稱介子推。晉文公流亡時介子推大力襄助。即位後介隱居於綿山，文公求之不出，放火燒山，子推抱樹死，晉文公以其所抱之樹的木頭製成履，穿在腳上，時常顧履痛曰：「悲乎足下！」見《異苑》卷十。❼不佞　猶不才、沒有才能。《左傳・成公十三年》：「寡人不佞，其不能以諸侯退矣。」也用作自稱的謙詞：《戰國策・趙策二》：「不佞寢疾，不能趨走。」佞，才；有才能。❽鯫生　(1)卑小愚陋的人。古代用作罵人之詞。《史記・留侯世家》：「沛公曰：『鯫生教我距關中。』」(2)猶小生，是自稱的謙詞。《西廂記・酬簡》：「歎鯫生不才。」❾寬宥　寬恕；赦罪。《後漢書・王梁傳》：「雖蒙寬宥，猶執謙退。」❿主臣　表示惶恐敬謝之辭；也直接用於惶恐之意。《史記・陳丞相世家》載：漢孝文帝以國家的收入、案件審理諸事問陳平，陳平皆說：「要問具體管其事的。」孝文帝說：「如果各有管事的，你幹什麼呢？」陳平回答：「主臣！宰相上佐天子理陰陽、順四時；下遂萬物之宜，外鎮撫四夷，內親附百姓，使卿大夫各得任其職也。」孝文帝表示贊同。⓫春元　稱舉人為「春元」，有預祝之意。唐、宋禮部試士，明、清會試都在春季舉行，稱「春闈」或「春試」。參見《宋史・選舉志二》。元，第一名。⑫殿選　皇帝於殿廷親自對會試錄取之貢士的考試。也稱廷試、殿試。參見《陔餘叢考・殿試》。⑬會狀　兼會試、殿試第一名。參見《履園叢話・科第・鼎甲》。用為稱呼，都有預祝或恭維之意。⑭秋元　明清鄉試在秋季舉行，秋試第一名為秋元，也稱解元。參見《明史・選舉志二》。⑮經元　也稱「經魁」。明、清科舉有以五經取士，每經各取一名為首，名為經魁。參見《稱謂錄・經魁》。⑯三元　科舉考試中鄉試、會試、殿試皆為第一名。見《朝野類要・舉業》。⑰掾史　是種美稱。掾，古代屬官的通稱。見《後漢書・百官志》。⑱柱石　支梁的柱子和承柱子的基石。比喻擔負國家重任的人。《漢書・辛慶忌傳》：「任國柱石。」⑲雲程發軔　謂青雲之路（仕途）的開始。雲程，仕途。也稱雲路。軔，阻礙車輪轉動的木頭，車發動時抽去。⑳元服加榮　古時各級官員著不同的服飾，陞官了要更換，故稱頌為「元服加榮」。元服，帽子。參見卷二〈衣服〉有關注釋。㉑錦旋　穿著錦繡之衣回來。也即「衣錦還鄉」。案：古時只有達官貴人才能穿綢緞繡衣，故而當了官，榮歸故里稱之為錦旋。《荊釵記・獲報》：「他既登金榜，怎不錦旋。」㉒稛載　猶言滿載、重載。《國語・齊語》：「諸侯之使，垂櫜（空袋子）而入，稛載而歸。」稛，用繩子捆束。㉓獻芹　也作「芹獻」。語本《列子・楊朱》。古時有山野之人對富豪說「芹菜非常好吃」，富豪取而嘗之，蜇於口，慘於腹。後因以「芹獻」為自謙所獻菲薄，不足當意之辭。㉔反璧　語出《左傳・僖公二十三年》：晉國重耳過曹國，僖負羈之妻給他送酒食與玉璧，重耳吃了酒食，退回玉璧（反璧）。後謂不受人饋贈為「反璧」。㉕厚貺　厚贈。白居易〈代王佖答吐蕃北道節度論贊勃藏書〉：「遠辱來書，兼蒙厚貺。」貺，賜予。㉖菲儀　微薄的禮物。語見《輟耕錄・醋鉢兒》。菲，微；薄。儀，禮物。㉗贐儀　贈送給人的路費或禮物。《孟子・公孫丑下》：「行者必以贐。」㉘贄敬　初次求見人時所送的禮物。見《左傳・莊公二十四年》。亦專指致送給老師的禮物、學費等。㉙祝敬　壽禮。祝，取華封三祝之意。事見卷一〈朝廷〉有關注釋。㉚奠儀　送給喪家的禮品。奠，祭；向鬼神獻上禮品。孔平仲《孔氏談苑・丁諷久居》：「京師諸公競致奠儀。」㉛洗塵　設宴歡迎遠來的人。謂洗去其一路風塵之意。《通俗編・儀節》載：凡公私值遠人初至，或設飲，或饋物，謂之洗塵，也稱「接風」。㉜祖餞　即餞行。《四民月令》載：古代黃帝的兒子叫纍祖，好遠遊，死於途中。後人尊為路神，遠行時必祭，祭畢，行者與送者飲於其側。故後因稱設宴餞行為「祖餞」。㉝犒　本謂以牛酒宴餉軍士，引申為酬賞勞績的通稱。《左傳・僖公三十三年》：鄭商人弦高，「以乘韋先，牛十二犒師。」㉞旌使　嘉獎所使用的人。旌，表彰。㉟俳優　古代以樂舞諧戲為業的藝人。《韓非子・難三》：「俳優侏儒，固人主之所與燕也。」俳，雜戲；滑稽戲。㊱辱承華翰　承蒙您寄來語辭優美的信。辱，謙詞，猶言承蒙。華翰，對他人來信的美稱，譽其語詞華美。劉禹錫〈謝竇相公啟〉：「每奉華翰，賜之衷言。」㊲致問　向人傳達問候、思念等話語。致，表達；傳送。㊳寄聲　也作「寄語」。傳話。《漢書・趙廣漢傳》：「寄聲謝我。」㊴玉音　對別人言辭的敬稱。《文選・曹植・七啟》：「將敬滌耳，以聽玉音。」㊵已蒙金諾　謂已獲得信守不渝的諾言。金諾，信用極高的諾言。本季布一諾千金事。參見卷二〈朋友賓主〉有關注釋。金，比喻貴重。㊶投刺　投名片請謁。《陔餘叢考》卷三十：「古昔削木以書姓名，故謂之刺；後世以紙書，謂之名帖。」㊷發書函　打開書信。發，展開；打開。㊸開緘拆封。李白〈久別離〉詩：「況有錦字書，開緘使人嗟。」㊹瞻韓　唐代韓朝宗為荊州刺史，好士薦賢，李白給他的信中說：「白聞天下談士相聚而言曰：『生不願封萬戶侯，但願一識韓荊州。』何令人景慕一至於此。」「瞻韓」即本此。㊺慕藺　《史記・司馬相如列傳》載：漢代司馬相如少時不好讀書，學擊劍，所以他的父母稱他為犬子，待到他學業有成，因傾慕戰國時藺相如的為人，便把自己的名字改為相如。「慕藺」即本此。㊻半面之識　東漢應奉記憶力很強，有一車匠曾於門中露半面看他，後數十年，應奉在路上見車匠，識而呼之。見《後漢書・應奉傳》。後因用為見過面，但未曾細看（比「一面之交」還要淺）的意思。㊼邂逅　未曾相約而碰面。《詩・鄭風・野有蔓草》：「有美一人，清揚婉兮。邂逅相遇，適我願兮。」也指不期而會的人。《詩・唐風・綢繆》：「今夕何夕，見此邂逅。」㊽登龍門　《後漢書・李膺傳》載：李膺是當時名士，士人有被他接納者，稱為「登龍門」。相傳在龍門之下，每年暮春，有大批鯉魚聚集於此。但一年中只有七十二條鯉魚能跳過龍門。一旦登上龍門，即有雲雨隨之，天火燒其尾，就變成了龍。後以「登龍門」比喻得到有力者的援引而增長聲譽。㊾瞻山斗二句　謂欽佩、仰慕高人賢士，如瞻仰泰山北斗。《新唐書・韓愈傳贊》即以此稱頌韓愈。㊿一日三秋　語出《詩・王風・采葛》：「一日不見，如三秋兮。」意思是一日沒見，如同隔了三年。形容思念的殷切。(51)渴塵萬斛　唐盧仝訪含曦上人不遇，題〈訪含曦上人〉詩：「三入寺，曦未來。轆轤無人井百尺，渴心歸去生塵埃。」後因以形容想望之亟。斛，量器名，亦容量單位。古代以十斗為一斛，南宋末年改為五斗。(52)睽違教命　違背了（您的）教誨訓導。睽違，即「睽違」。違背；不合。(53)鄙吝復萌　漢代黃憲為人寬宏大量（參見卷二〈朋友賓主〉有關注釋），陳蕃常說：「數月不見黃生，鄙吝之氣復萌於心矣。」見《後漢書・黃憲傳》。(54)萍蹤靡定　飄泊無定。萍，草名。生水上，不紮根。因稱無定的行蹤為「萍蹤」。何景明〈除夕劉戶部宅〉詩：「漂轉歎萍蹤。」靡定，不定；難定。(55)虞舜慕唐堯三句　《後漢書・李固傳》載：「古時堯死了以後，舜仰慕三年，坐則見堯於墻，食則睹堯於羹。」意思是飲食起居都想到堯。後以「羹墻」表示對已死的前輩的追念。虞舜，即舜。傳說中的五帝之一。原始時代部落聯盟領袖。姚姓，一作媯姓，號有虞氏，名重華，史稱虞舜。相傳他由四岳推薦，繼堯攝政，曾巡守四方，統一度量衡，整頓禮制，減輕刑罰，堯去世後繼位，命禹治平洪水，並命棄、契、皋陶、益、伯夷等人治理各種民事。在位三十九年。唐堯，即堯。參見卷一〈地輿〉有關注釋。(56)門人學孔聖三句　語本《莊子・田子方》：顏淵問於仲尼（孔子），說：「夫子步亦步，夫子趨亦趨，夫子馳亦馳；夫子奔逸絕塵，而回瞠乎夫後矣。」本指學生隨時向老師學習，後常用以形容事事仿效或追隨別人，即「亦步亦趨」。(57)承顏接辭　謂有幸見面交談。《漢書・雋不疑傳》載：暴勝之任直指使，威鎮州郡。雋不疑去拜訪他時說：「竊伏海瀕，聞暴公子威名舊（久）矣，今乃承顏接辭。」(58)耳提面命　不僅當面訓導，而且還附耳以教。形容教誨十分殷勤懇切。語本《詩・大雅・抑》：「匪面命之，言提其耳。」(59)包荒　《易・泰》：「包荒，用馮河，不遐遺。」本謂度量寬宏，對於荒穢遐遠的，都能容受。後引申作寬容、原諒或掩飾解。(60)汲引　開導；引薦。《漢書・劉向傳》：「禹、稷與皋陶傳相汲引，不為比周（結黨營私）。」(61)先容　語本《文選・鄒陽・於獄中上書自明》：「蟠木根柢，輪囷離奇，而為萬乘器者，何則？以左右先為之容也。」引申為事先為人介紹、關說。容，雕飾。(62)郢斲　語本《莊子・徐无鬼》：講古代楚國郢都有個巧匠，楚人把白粉塗在鼻端，如蠅翅，巧匠揮斧如風，把白粉全部砍去而不傷鼻。後用「郢斲」、「郢政」等作請人改文章的客氣話。謂對方動筆刪改，如巧匠運斧，能使原稿生色。斲，本意為大鋤，引申為砍、斬。(63)鼎言　比喻人所言之重要，能起極大作用。參見本篇其後「片言九鼎」注釋。鼎，古代以為立國的重器。(64)玉趾　稱人行止的敬辭。參見卷二〈身體〉有關注釋。(65)浼　請托；央求。(66)推轂　本意是推車前進，比喻為推薦人才。《史記・魏其武安侯列傳》：「推轂趙綰為御史大夫。」轂，車輪的代稱。(67)倡首　帶頭；倡導。《廣川書跋・摩厓碑》：「以古學為天下倡首。」

【語譯】《大學》之道，最重要的是明明德、日日新；小孩子學禮儀，首先要學應接對答的話語和禮節。人的儀容舉止固然要適宜合度，說話言語尤應有條理，合文法。智慧要圓通而品行要方正，膽量要大而心卻要細。閣下、足下，都是對人的尊稱；不佞、鯫生，皆為稱自己的謙詞。請求別人恕罪說「寬宥」，自己惶悚恐懼謂「主臣」。大春元、大殿選、大會狀，都是對舉人的不同美稱；大秋元、大經元、大三元，都是對士人的各種讚譽。大掾史，是對屬官吏員的美稱；大柱石，是對重臣鄉宦的尊稱。祝賀別人入學讀書，說「雲程發軔」；祝賀別人陞官，言「元服加榮」。祝賀別人榮耀歸來，謂之「錦旋」；祝賀別人經商發財，稱之「稛載」。「獻芹」是送禮給人的謙詞，「反璧」則是不接受禮物的婉辭。感謝別人贈予厚禮，說「厚貺」；自謙所送之禮微薄，言「菲儀」。贈送給人的路費，叫「贐儀」；初次求見人時的禮物，名「贄敬」。壽禮稱「祝敬」，「奠儀」是弔喪的禮物。設宴歡迎遠道而來者，稱作「洗塵」；擺酒宴為人送行，名為「祖餞」。犒賞僕役、隨從，叫做「旌使」；說書演戲的藝人，名叫「俳優」。感謝別人寄來書信，說「辱承華翰」；對別人轉致的問候表示謝意，說「多蒙寄聲」。盼望對方寄信來，言「早賜玉音」；感謝人家許諾的事或物，說「已蒙金諾」。投送名片叫做「投刺」，拆開信函稱為「開緘」。「極切瞻韓」是說自己對人思慕已久；「久懷慕藺」是指對對方的想望殷切。相識不深，沒有看得真切，謂之「半面之識」；不期然而相會，稱作「邂逅之緣」。拜謁名人，得其援引以增聲譽，謂之「登龍門」；傾慕仰望高士賢人，說瞻仰泰山北斗。「一日三秋」，形容思念之殷切；「渴塵萬斛」，比喻想望之久而深。「暌違教命」、「鄙吝復萌」，都是離別數日的自謙而尊人之語；在外奔波，沒有固定地方，則說「萍蹤靡定」。虞舜仰慕唐堯，堯去世後三年，飲食起居仍處處想到他；孔門弟子學孔聖，亦步亦趨，事事仿效。曾經與人會面，可說「向獲承顏接辭」；感謝他人指教，則謂「深蒙耳提面命」。請求原諒，說「望包荒」；求人為己吹噓，言「望汲引」。請人引薦，謂之「幸為先容」；請人刪改文章，則說「望賜郢斲」。「借重鼎言」，是託有聲望者為自己說句話，使事情容易辦成；「望移玉趾」，是請求別人親自前來。感謝別人引薦，說「多蒙推轂」；請別人倡首領銜，謂「望作領袖」。

言辭不爽，謂之金石語❶；鄉黨公論，謂之月旦評❷。逢人說項斯，表揚善行❸；名下無虛士，果是賢人❹。黨惡為非，曰朋奸❺；盡財賭博，曰孤注❻。徒了事[7]，曰但求塞責[8]；戒明察，曰不必苛求[9]。方命[10]是逆人之言，執拗[11]是執己之性。曰覬覦[12]，曰睥睨[13]，總是私心之窺望；曰倥傯[14]，曰旁午[15]，皆言人事之紛紜。小過必察，謂之吹毛求疵[16]；乘患相攻，謂之落井下石[17]。欲心難厭如溪壑[18]，財物易盡若漏卮[19]。望開茅塞[20]，是求人之教導；多蒙藥石[21]，是謝人之箴規[22]。芳規[23]、芳躅[24]，皆善行之可摹；格言[25]、至言[26]，悉嘉言[27]之可聽。無言曰緘默[28]，息怒曰霽威[29]。包拯寡色笑，人比其笑為黃河清[30]；商鞅最兇殘，常見論囚而渭水赤[31]。仇深曰切齒[32]，人笑曰解頤[33]。人微笑曰莞爾[34]，掩口笑曰胡盧[35]。大笑曰絕倒[36]，眾笑曰哄堂[37]。留位待賢，謂之虛左[38]；官僚共署，謂之同寅[39]。人失信，曰爽約[40]，又曰食言[41]；人忘誓，曰寒盟[42]，又曰反汗[43]。銘心鏤骨[44]，感德難忘；結草啣環[45]，知恩必報。自惹其災，謂之解衣抱火[46]；幸離其害，真如脫網就淵[47]。兩不相入，謂之枘鑿[48]；兩不相投，謂之冰炭[49]。彼此不合，曰齟齬[50]；欲前不進，曰趑趄[51]。落落[52]，不合之詞；區區[53]，自謙之語。竣[54]者，作事已畢之謂；醵[55]者，斂財飲酒之名。贊襄其事，謂之玉成[56]；分裂難完，謂之瓦解[57]。事有低昂[58]，曰軒輊[59]；力相上下，曰頡頏[60]。平空起事，曰作俑[61]；仍踵前弊，曰效尤[62]。手口共作，曰拮据[63]；不暇修容，曰鞅掌[64]。手足并行，曰匍匐[65]；俯首而思，曰低徊[66]。

明珠投暗[67]，大屈才能；入室操戈[68]，自相魚肉[69]。求教於愚人，是問道於盲[70]；枉道以干主[71]，是衒玉求售[72]。智謀之士，所見略同[73]；仁人之言，其利甚溥[74]。班門弄斧[75]，不知分量；岑樓齊末[76]，不識高卑。勢延莫遏，謂之滋蔓難圖[77]；包藏禍心[78]，謂之人心叵測[79]。作舍道旁，議論多而難成[80]；一國三公，權柄分而不一[81]。事有奇緣，曰三生有幸[82]；事皆拂意，曰一事無成[83]。酒色是耽，如以雙斧伐孤樹[84]；力量不勝，如以寸膠澄黃河[85]。兼聽則明，偏信則暗，此魏徵之對太宗[86]；眾怒難犯，專欲難成，此子產之諷子孔[87]。欲逞所長[88]，謂之心煩技癢[89]；絕無情欲，謂之槁木死灰[90]。座上有江南，語言須謹[91]；往來無白丁，交接皆賢[92]。將近好處，曰漸入佳境[93]；無端倨傲[94]，曰旁若無人[95]。借事寬役[96]，曰告假[97]；將錢囑托，曰夤緣[98]。事有大利，曰奇貨可居[99]；事宜鑒前[100]，曰覆車當戒[101]。外彼為此，曰左袒[102]；處事兩可，曰模稜[103]。敵甚易摧，曰發蒙振落[104]；志在必勝，曰破釜沉舟[105]。曲突徙薪無恩澤，不念豫防之力大；焦頭爛額為上客，徒知救急之功宏[106]。賊人曰梁上君子[107]，強梗[108]曰化外[109]頑民。木屑竹頭，皆為有用之物[110]；牛溲馬勃，可備藥石之資[111]。

【章　旨】本節主要介紹在社會交往中各種言行舉止、行為活動，以及評判這些言行活動是非優劣的常用語辭、代稱、格言、成語，其中有相當部分體現了人類共同的價值觀念、行為準則，也有部分是中國文化所特有的，它們歷經數千年風雨，至今有不少仍是至理名言。

【注　釋】❶言辭不爽二句　謂說話準確無誤，言而有信，稱作「金石語」。爽，失；差。金石語，謂話如金石般堅固，確切不移。也作「金石言」。梅堯臣〈寄送謝師厚餘姚宰〉詩：「但誦金石言，於時儻無忤。」❷鄉黨公論二句　謂鄉里公眾的評論，稱作「月旦評」。鄉黨，相傳周制以五百家為黨，一萬二千伍佰家為鄉，後因以「鄉黨」泛指鄉里。月旦評，語本《後漢書・許劭傳》：漢代許劭、許靖俱有高名，每月朔共同品評鄉黨人物，故汝南俗有月旦評。後因稱品評人物為「月旦」。案：「月旦」本意為月朔，每月初一。❸逢人說項斯二句　楊敬之十分敬重項斯，贈詩云：「平生不解藏人善，到處逢人說項斯。」由是詩名益著。見《全唐詩話・項斯》。後世稱為人揚譽或說情為「說項」。項斯，唐江東人，字子遷。為人清奇雅正，猶工於詩。❹名下無虛士二句　北朝薛道衡有詩名，聘齊，作〈人日〉詩云：「立春才七日，離家已二年。」詩句很平，見者大不以為然，及見「人歸落雁後，思發在花前」，乃大為歎服，說：「名下固無虛士。」意思是名實相符，的確有才。見《隋唐嘉話・上》。❺黨惡為非二句　謂與惡人結成同黨幹壞事，稱為「朋奸」。案：中國傳統文化主張君子不黨，結成黨派便有依附、勾結、傾軋，以致釀成政治禍患，故而「黨徒」、「黨羽」、「朋黨」、「黨禍」、「黨同伐異」等皆為貶義，「黨惡為非」、「朋比為奸」也即此意。朋奸，即朋比為奸。依附，互相勾結幹違法之事。奸，也作「姦」。《清波別志・上》：「朋姦誤國。」❻孤注　謂把所有的錢併作一注，由一擲來決勝負。《宋史・寇準傳》有此語。後常以「孤注一擲」比喻絕望中最後一搏的冒險行動。注，賭注。❼了事　結束；完成。❽塞責　做事不負責任；也指假借某事抵塞罪責。《史記・項羽本紀》：「故欲以法誅將軍以塞責。」❾苛求　細求；追究。《福惠全書・錢穀部・催徵》：「斷不可別有苛求。」❿方命　亦作「放命」。違命。語出《書・堯典》：「方命圮族。」後常用作謙詞，表示對對方的囑託不能照辦。⓫執拗　固執倔強。《續資治通鑑・宋紀・神宗熙寧二年》：「但不曉事，又執拗耳。」⓬覬覦　非分的冀望或企圖。《後漢書・楊秉傳》：「宜絕横拜，以塞覬覦之心。」覬，冀望；希圖。⓭睥睨　側目窺察。《魏書・爾朱榮傳論》：「而始則希覬非望，睥睨宸極（皇位）。」⓮悾憁　也作「倥傯」。多事；不暇。孔稚珪〈北山移文〉：「牒訴倥傯裝其懷。」⓯旁午　交錯；紛繁。柳宗元〈寄京兆許孟容書〉：

「詆訶萬端，旁午搆扇。」⑯吹毛求疵　吹開皮毛找疵點。比喻對人或事刻意挑剔。見《韓非子・大體》。⑰落井下石　別人掉落井裡，不但不救，反而向他投石頭。比喻乘人之危，加以陷害。語本韓愈〈柳子厚墓誌〉：「一旦臨小利害，僅如毛髮比，反眼若不相識；落陷阱（井），不一引手救，反擠之，又下石焉者，皆是也。」⑱欲心難厭如溪壑　謂欲望難以滿足如同河流深谷難以填平。語本《國語・晉語八》：「谿壑可盈，是不可饜也，必以賄死。」厭，通「饜」。飽；滿足。壑，深谷；深溝。⑲漏卮　指酒器漏。酒器漏了，比喻財物耗費易盡。《淮南子・氾論》有此語。卮，古代的一種盛酒器。⑳茅塞　語出《孟子・盡心下》：「山徑之蹊間，介然用之而成路，為間不用，則茅塞之矣；今茅塞子之心矣。」後以「茅塞」比喻人的思路閉塞或愚不懂事。㉑藥石　治病的藥物和砭石。常泛指藥物；也藉以比喻規勸改過的話。《左傳・襄公二十三年》：「臧孫曰：『季孫之愛我，疾疢也；孟孫之惡我，藥石也。美疢不如惡石。』」㉒箴規　規諫勸戒。語見《潛夫論・明闇》。箴，規戒；勸告。㉓芳規　好的規則、法度。《史記・樂毅列傳》司馬貞〈述贊〉：「芳規不渝。」㉔芳躅　舊指前人的遺跡。後亦用以稱人的步履、行蹤或行為。《史記・萬石張叔列傳》司馬貞〈述贊〉：「敏行納言，俱嗣芳躅。」躅，足跡。㉕格言　可成為法式的言語。常指具有教育意義的成語。《宋史・吳玠傳》：「玠善讀史，凡往事可師者，錄置座右，積久，墻牖皆格言也。」㉖至言　深切中肯的言論。《說苑・君道》：「聞天下之至言，而恐不能行。」㉗嘉言　善言；美言。語見《書・大禹謨》。㉘緘默　閉口不言。《宋書・范泰傳》：「是用猖狂妄作而不能緘默者也。」緘，封閉。㉙霽威　怒氣消釋，臉色轉和。霽，本意為雨止，引申為天色放晴、臉色轉和。語見《新唐書・魏徵傳》。㉚包拯寡色笑二句　《宋史・包拯傳》載：包拯性格端嚴，不苟言笑，偶有笑時，人比之黃河清。包拯（西元九九一～一〇六二年），北宋廬州人。字希仁，累官至龍圖閣直學士、三司使、樞密副使。卒謚孝肅。為官清廉，執法嚴正，不避權貴，有「包青天」之稱。是我國舊時「清官」的典範。黃河清，參見卷一〈地輿〉有關注釋。㉛商鞅最兇殘二句　《東周列國志》八十七回載：商鞅曾經在渭水河畔一次論囚（處決囚犯）七百餘人，渭水盡赤，號哭聲動天地。商鞅，戰國時人。曾為秦相，實行改革，為秦國富強、統一天下奠定了基礎。參見卷一〈天文〉有關注釋。商鞅變法雖有強秦之功，但因其用法嚴酷，在當時和後世也引起許多非議。㉜切齒　齒相磨切，表示憤恨到極點。《後漢書・馬援傳》：「常懼海內切齒，思相屠裂。」㉝解頤　《漢書・匡衡傳》：「匡說詩，解人頤。」顏師古注引如淳說：「使人笑不能止也。」後以此稱大笑、歡笑。頤，面頰。㉞莞爾　微笑貌。《楚辭・漁父》：「漁父莞爾而笑，鼓枻而去。」㉟胡盧　亦作「盧胡」。喉間的笑聲。《後漢書・應劭傳》載：宋國有個愚人把石頭當寶石，「夫睹之者掩口盧胡而笑」。㊱絕倒　大笑不能自持。《新五代史・晉家人傳・出帝皇后馮氏》：「左右皆失笑，帝亦自絕倒。」㊲哄堂　本作「烘堂」。唐代御史有臺院、殿院、察院，以一御史知雜事，謂之雜端，公堂會食，皆絕言笑，惟雜端笑而三院皆笑，謂之「烘堂」。見《御史臺記》。後用以形容滿屋子的人同時發笑。㊳虛左　古時以左為尊，空著左邊的位置以待賓客叫「虛左」。《史記・魏公子列傳》：「公子從車騎，虛左。」㊴同寅　同在一處做官者為「同寅」。語出《書・皋陶謨》：「同寅協恭，和衷哉。」㊵爽約　失約。李商隱〈為張周封上楊相公啟〉：「寧爽約於虞人。」爽，失；違。㊶食言　謂言而無信，不履行諾言。《書・湯誓》：「爾無不信，朕不食言。」食，吞沒。㊷寒盟　謂忘卻（背棄）盟約。《左傳・哀公十二年》載：魯哀公與吳君會面，吳君命太宰去找以往的盟約，魯使子貢說：「立盟就是為了守信，不可更改，現在要尋盟約，如可尋也，亦可寒也。」寒，冷卻；背棄。㊸反汗　猶反悔。形容收回成命。《易・渙・象》：「渙汗其大號。」意思是號令如汗，汗出而不反。出令而反，即「反汗」。㊹銘心鏤骨　形容感受深刻，永遠不忘。《顏氏家訓・序致》：「追思平昔之指，銘肌鏤骨。」銘，記載；鏤，刻。㊺結草啣環　比喻感恩報德，至死不忘。結草，語出《左傳・宣公十五年》：魏武子有寵妾，武子病重，先命兒子顆將此妾嫁出，後又命將她殉葬。武子死後，顆遵前命將妾嫁出。後來魏顆與杜回作戰，見一老人用亂草絆倒杜回，因此活捉了杜。夜晚顆夢見老人說：「我是所嫁之妾的父親，感謝你未殺女兒而報答。」啣環，相傳東漢楊寶兒時曾救了一隻黃雀，某夜有一黃衣童子以白環四枚相報，謂當使其子孫潔白，位登三事，有如此環。後楊寶子、孫、曾孫果皆顯貴。見《後漢書・楊震傳》李賢注。㊻解衣抱火　解開衣裳抱住火。喻自己惹禍。《魏書・崔浩傳》有此語。㊼脫網就淵　魚從網中逃脫回到水裡。喻人逃脫災難。脫網，語見《晉書・慕容載記》。㊽枘鑿　同「鑿枘」。「方枘圜鑿」的簡語。比喻兩不相合或兩不相容。《楚辭・九辯》：「圜鑿而方枘兮，吾固知其鉏鋙（不相配合）而難入。」枘，榫頭。鑿，榫眼。㊾冰炭　比喻二者不能相容。《韓非子・顯學》：「夫冰炭不能同器而久，寒暑不兼時而治，雜反之學不兩立而治。」㊿齟齬　上下齒不相配合。比喻意見不合、不融洽。《太玄經・親》：「其志齟齬。」(51)趑趄　亦作「次且」。且進且退，猶豫不前。《易・夬》：「臀無膚，其行次且。」(52)落落　形容孤獨、不遇合。也指見解孤立，無可與謀。《後漢書・耿弇傳》：「將軍前在南陽，建此大策，常以為落落難合，有志者事竟成也。」(53)區區　小；少。自謙之詞。《文選・答蘇武書》：「區區之心，竊慕此耳。」(54)竣　退立。《國語・齊語》：「有司已於事而竣。」引申為完畢。(55)醵　湊錢飲酒。《禮記・禮器》：「《周禮》其猶醵與？」鄭玄注：「合錢飲酒為醵。」(56)玉成　原為貴之如玉，助之使成之意。張載〈西銘〉：「貧賤憂戚，庸玉女（汝）於成也。」後用作成全之意。(57)瓦解　比喻事物的分裂、分解。製造瓦時，先把陶土製成圓筒形，分解為四，即成瓦。《漢書・徐樂傳》：「天下之患在於土崩，不在瓦解。」(58)低昂　高低。《楚辭・遠遊》：「服偃蹇以低昂兮。」(59)軒輊　車子前高後低叫軒，前低後高叫輊。《詩・小雅・六月》：「戎車既安，如軒如輊。」意指高低調試適宜，車才安穩。後引申為高低、輕重。(60)頡頏　語本《詩・邶風・燕燕》：「燕燕于飛，頡之頏之。」本意為鳥飛上下貌，引申為不相上下或相抗衡之意。(61)作俑　製造殉葬用的偶人。俑，古時陪葬用的偶人，多為木製或陶製。因太像人，故孔子惡其不仁，說：「始作俑者，其無後乎？」見《孟子・梁惠王上》。後用以比喻首開惡例。(62)仍踵前弊二句　謂依然因襲前人的錯誤，稱為「效尤」。踵，追逐；追隨。引申為繼承、因襲。效尤，學壞樣子。《左傳・莊公二十一年》：「鄭伯效尤，其亦將有咎。」尤，錯誤；壞樣子。(63)拮据　語出《詩・豳風・鴟鴞》：「予手拮据。」本謂操作勞苦。引申為經濟窘迫。(64)鞅掌　語出《詩・小雅・北山》：「或棲遲偃仰，或王事鞅掌。」謂事多早起晚睡，不暇整理儀容。引申指公事忙碌。(65)匍匐　伏地而行。《漢書・敘傳》載：有人去邯鄲學步，結果新的未學會，原來的已忘了，於是「匍匐而歸耳」。也作「竭力」解。《詩・邶風・谷風》：「凡民有喪，匍匐救之。」(66)低徊　也作「低回」、「低佪」等。流連；盤桓。含有依依不捨之意。《楚辭・九章・抽思》：「低佪夷猶，宿北姑兮。」(67)明珠投暗　語本《史記・魯仲連鄒陽列傳》：以為明月之珠、夜光之璧，在黑夜中扔向路上的行人，別人不知何物，不僅不拾，反而拔劍很警惕地看著，驚詫為什麼會扔在自己面前。後因以比喻有才能的人所事非主或珍貴的東西落入不善鑒別的人之手。暗，黑夜裡。(68)入室操戈　語出《後漢書・鄭玄傳》：何休喜好公羊學，寫了《公羊墨守》、《左氏膏肓》、《穀梁廢疾》，鄭玄著書逐一反駁，何休見了感歎道：「康成（鄭玄字）入吾室，操吾矛，以伐我乎？」見《後漢書・鄭玄傳》。後因以「入室操戈」比喻就對方的論點反駁對方；亦引申為自相殘殺。(69)魚肉　宰割殘殺。語見《史記・項羽本紀》。(70)問道於盲　向盲人問路。比喻向一無所知的人求教。韓愈〈答陳生書〉有此語。(71)枉道以干主　歪曲、違背道義而求得君主重用。見《論語・子罕》朱注。枉，彎曲；違背。干主，求為主用。干，求取。(72)衒玉求售　古人認為是真玉不必炫耀，當賣弄誇耀而求售時，不是假貨便是淺薄。比喻人賣弄才能而求用。《法言・問道》：「衒玉而賈石者，其狙詐乎？」衒，誇耀；賣弄。(73)所見略同　見解大致相同。語見《三國志・蜀書・龐統傳》裴注引《江表傳》。所見，見解。(74)仁人之言二句　語本《左傳・昭公三年》：齊景公對晏子說：「你家離街市近，太吵鬧，請搬到高爽安靜處。」晏子辭謝，說近街市能知道市情，並說：「現在街上受過刖刑者所穿的踊比常人所穿的履還要貴。」景公大為震動，馬上廢除酷刑，人們說：「仁人之言，其利溥哉。」後用「仁言利溥」謂有仁德者說的話可使百姓普遍獲益。溥，廣大；普遍。75班門弄斧　在魯班面前舞弄斧頭。比喻在行家面前賣弄本領。語見歐陽修〈與梅聖俞書〉。班，指魯班。古代著名的巧匠。76岑樓齊末　語本《孟子・告子下》：「不揣其本，而齊其末，方寸之木可使高於岑樓。」意思是如果不看底部的情況，而只比較其頂端，那麼，一寸厚的木塊（若放在高處），可使它比高樓還要高。比喻不識其本，但看假象。岑樓，像山一樣高而尖的樓。77滋蔓難圖　語本《左傳・隱公元年》：「無使滋蔓，蔓，難圖也。」意思是一旦禍患蔓延，便難以遏止。滋蔓，滋生蔓延。常指禍患的滋長擴大。78包藏禍心　外表善良，內懷害人之心。《左傳・昭公元年》：「小國無罪，恃實其罪。將恃大國之安靖己，而無乃包藏禍心以圖之。」79人心叵測　人的欲望、思想難以測量。《史記・淮陰侯列傳》有此語。叵測，不可測量，多用作貶義詞。叵，不可。80作舍道旁二句　在路邊蓋屋，行人對房屋樣式等議論紛紛而難成。比喻眾說紛紜，莫衷一是，做事難成。《後漢書・曹褒傳》載：漢章帝要定禮樂，有人建議廣招賢士，章帝說：「諺言：作舍道旁，三年不成。」81一國三公二句　一國中有三位重臣，權柄分執不統一。《左傳・僖公五年》：「一國三公，吾誰適從。」後因以比喻事權不統一，令人無所適從。82三生有幸　謂有命定的緣分、際遇。語見王實甫《西廂記》一本二則。三生，即「三世」。佛教語，指前生（前世）、今生（現世）、來生（來世）。83一事無成　一件事也沒做成；毫無成就。語見白居易〈除夜寄微之〉詩。84酒色是耽二句　謂如果沉溺於酒色，就好比用兩把斧頭砍一棵樹，沒有不倒下的。見《元史・阿沙不花傳》。酒色，酒和女色。耽，酷嗜；沉溺。85寸膠澄黃河　語本《抱朴子》：「寸膠不能理黃河之濁，尺水不能卻蕭丘之火。」比喻力量太小，難以勝任。86兼聽則明三句　《資治通鑑・唐太宗貞觀二年》：「上（唐太宗）問魏徵曰：『人主何為而明，何為而暗？』對曰：『兼聽則明，偏信則暗。』」意思是聽取多方面的意見，才能明辨是非，判斷公正；僅聽一方面的話則昏暗不公，判斷錯誤。魏徵（西元五八〇～六四三年），唐代政治家。魏郡內黃人。字玄成。少孤貧，曾出家為道士。隋末參加瓦崗軍，後降唐。太宗即位後，用為諫議大夫。官至左光祿大夫，封鄭國公。為人正直，常犯顏直諫；並就君主制下的政治格局提出許多極為精闢的見解，如「兼聽則明，偏信則暗」、「居安思危，戒貪以儉」等。太宗，唐太宗李世民。參見卷一〈朝廷〉有關注釋。87眾怒難犯三句　《左傳・襄公十年》載：子孔當國，不聽眾人意見，認為那樣是眾人為政，自己就沒權了，子產說：「眾怒難犯，專欲難成。」意思是眾人的憤怒難以抵擋，一人獨斷是很難成功的。子產（？～西元前五二二年），春秋時政治家。鄭國執政。公孫氏，名僑，字子產，一字子美。執政時，使「田有封洫」（整頓井田的疆域和灌溉系統）、「廬井有伍」（把田地及居民按「伍」編製），擇能而使用，倡忠儉，保存百姓議論政治的鄉校，改革賦稅徵收法，「鑄刑書」（把刑法鑄在鼎上公布）等等，頗多建樹。子孔，鄭國當國（主持國政），鄭簡公十二年（西元前五五四年）被殺。88欲逞所長　想炫耀自己的長處。逞，施展；炫耀。89心煩技癢　謂人擅長或愛好某種技藝，一遇機會，心中躁急，極欲有所表現，好像身體發癢不能自忍。技，也作「伎」。潘岳〈射雉賦〉：「徒心煩而伎癢。」90槁木死灰　語本《莊子・齊物論》：「形固可使如槁木，而心固可使如死灰乎？」後因以比喻毫無生氣、無絲毫欲望或心情極端消沉。槁木，枯乾的樹。死灰，沒有一點火星的灰燼。91座上有江南二句　語本鄭谷〈席上貽歌者〉詩：「座上若有江南客，莫向春風唱〈鷓鴣〉。」（案：古樂府有〈鷓鴣曲〉，南方人聽見這首曲子便會思鄉南歸。）意思是在座的人中如有南方人，說話要謹慎。座，座位。引申為在座的人。江南，南方人。92往來無白丁二句　謂互相往來的朋友都是賢士鴻儒，沒有無功名的人。語出劉禹錫〈陋室銘〉：「談笑有鴻儒，往來無白丁。」白丁，平民；沒有功名的人。交接，交際往來。93漸入佳境　語出《晉書・顧愷之傳》：顧愷之吃甘蔗總是從梢吃起直至根，人問其緣由，顧說：「漸入佳境。」意思是甘蔗下端比上端甜，從梢吃起，越吃越甜。後用來比喻境況逐漸好轉或興味逐漸濃厚。94無端倨傲　謂沒有緣由地傲慢不恭。倨傲，語見《荀子・不苟》。95旁若無人　不把在旁的人放在眼裡。形容態度從容或高傲。《史記・刺客列傳》載：荊軻與高漸離在一起飲酒，既而「擊筑歌唱，相樂也」；「已而相泣，旁若無人者」。96寬役　鬆懈職責。即請假。寬，鬆緩；放寬。97告假　休假。告，古代官吏休假之稱。語見王禹偁〈求致仕第一表〉。98夤緣　攀附以上升。《舊唐書・令狐楚牛僧孺傳贊》：「喬松孤立，蘿蔦夤緣。」比喻攀附權要，以求仕進。夤，攀附。99奇貨可居　謂把稀有的東西囤積起來，等待高價出售。常用以比喻挾持某種事物或技藝作為資本以博取功名財利。語出《史記・呂不韋列傳》：秦太子妃華陽夫人無子，夏妃生子異人，在趙國做人質。呂不韋見此，說：「奇貨可居。」遂說動華陽夫人立異人為嗣，回國繼位，為莊襄。相傳呂不韋又把自己已懷孕的美姬送給異人，生子嬴政，後為秦始皇，封呂為相。100鑒前　引往事為教訓。101覆車當戒　謂應當記取以往失敗的教訓。《韓詩外傳》卷五：「前車覆，而後車不誡，是以後車覆也。」後以「覆車」比喻失敗的教訓。覆，翻；傾倒。102左袒　《史記・呂太后本紀》載：漢朝大將周勃請除呂氏，維護劉氏，在軍中對眾人說，擁呂的右袒（露出右臂），擁劉的左袒，軍中都左袒。後稱偏護一方為「左袒」。袒，裸露。左袒，露出左臂。103模稜　亦作「摸稜」。唐代蘇味道為相數年，依阿取容，曾對人說：「處事不欲決斷明白，若有錯誤，必貽咎譴，但摸稜以持兩端可矣。」

時人號為「蘇摸稜」。見《舊唐書・蘇味道傳》。後因以喻對問題的正反兩面含糊其辭，不表示明確態度。104 發蒙振落　比喻輕而易舉。發蒙，拂去物上所蒙之灰塵。振落，搖落樹上的枯葉。《漢書・淮南王安傳》有此語。105 破釜沉舟　語本《史記・項羽本紀》：項羽引兵渡河，每人帶三日糧，把船沉了，釜（鍋）砸破，房子燒了，以示後退無路，必勝才能活的決心。後因以「破釜沉舟」比喻下定決心，拼死求勝。106 曲突徙薪無恩澤四句　謂事先提出防火的人未得到報答，沒有想到預防的作用更大；救火時燒傷的人卻被奉為上客，僅僅知道救急的功勞大。事見《漢書・霍光傳》：某家的灶直突（煙囪是直的），旁邊還有積薪（許多柴草）。有人告誡主人，要改為曲突，遠徙（移）其柴，否則將有火災。主人不答。不久，家中果失火，鄰居們共救而熄。主人殺牛置酒，酬謝鄰人，請燒傷者（焦頭爛額）坐上座，餘各以功次坐，但未請提議改煙囪的人。有人對主人說：如果當時聽了那人的話，不費牛酒，也無火災，「今論功而請賓，曲突徙薪亡（無）恩澤，焦頭爛額為上客耶？」主人醒悟而請提議改煙囪、移柴草的人。後用「曲突徙薪」比喻防患於未然。107 梁上君子　語出《後漢書・陳寔傳》：有盜夜入陳寔家，躲在房梁上，陳見了不聲張，而叫子侄來訓導，說：「人應自我激勵，壞人未必本性即惡，而是習慣使然，以致變壞，『梁上君子』者即如此。」盜大驚，自投於地，叩頭請罪。後因用為竊賊的代稱。108 強梗　強硬；頑固不化。語見韓愈〈原道〉。109 化外　政令教化達不到的地方。語見《唐律疏義・名例六》。110 木屑竹頭二句　謂通常視為無用的木屑竹頭都有可用之處。《晉書・陶侃傳》載：陶侃任荊州刺史時，曾命工匠造船，所剩的木屑竹頭都命人收藏起來，大家都笑他迂腐。到了冬天，積雪初晴，大廳前又濕又滑，便以木屑鋪地；到桓溫伐蜀時，又以陶侃所藏的竹頭做釘裝船。後因以「竹頭木屑」比喻可以利用的廢物。111 牛溲馬勃二句　謂牛溲、馬勃之類的東西，都可留藏用作治病的藥材。語本韓愈〈進學解〉：「牛溲馬勃，敗鼓之皮，俱收并蓄，待用無遺者，醫師之良也。」牛溲，牛尿。一說車前草。馬勃，馬屁勃。屬擔子菌類。兩者都用以比喻無用的東西。

【語譯】言而有信，精確得當，謂之「金石語」；鄉黨的公論，叫做「月旦評」。「逢人說項斯」，是表揚善行之語；「名下無虛士」，則感歎欽佩對方果然有才能。與惡人結成黨派，做非法之事，稱作「朋比為奸」；盡所有錢財去賭博，名為「孤注一擲」。只想馬馬虎虎結束一事，叫做「但求塞責」；勸阻別人細究深察事情的根底，謂之「不可苛求」。「方命」是婉言對方囑託不能照辦；執拗是執己之性，固執倔強。覬覦、睥睨，都是說非分的冀圖或窺視；倥傯、旁午，皆言事多不暇，交錯紛繁。不肯諒解細小的過失，甚且刻意挑剔，謂之「吹毛求疵」；別人有難，不僅不救，反乘機陷害，叫做「落井下石」。欲望難以滿足，如同河流深谷難以填平；財物容易耗盡，好比漏巵盛酒。請求別人教導，說「望開茅塞」；感謝別人規勸，言「多蒙藥石」。「芳規」、「芳躅」，皆指可以仿效、仰慕的善行；格言、至言，皆為值得聽取牢記的嘉言。不說話，謂之緘默；息怒也可說「霽威」。包拯難得一笑，人們把他的笑比作「黃河清」；商鞅執法嚴酷，處決囚犯時，血染紅了渭水。「切齒」表示仇恨到了極點，「解頤」則是歡笑的意思。微笑可說「莞爾」，掩口笑叫做「胡盧」。放聲大笑以致不能自持，謂之「絕倒」；眾人都笑，稱作「哄堂」。留個位置，等待賢者，名為「虛左」；同在一處做官，叫做「同寅」。「爽約」、「食言」都是失信的意思；「寒盟」、「反汗」皆指忘記誓言。感恩戴德，永世不忘，謂之「銘心鏤骨」；牢記恩德，必要報答，稱為「結草啣環」。自己招惹災禍，好比「解衣抱火」；有幸逃離災害，如同「脫網就淵」。二者不相配合，稱為「枘鑿」；雙方互不相容，謂之「冰炭」。彼此不合叫「齟齬」，欲進而不前謂「趑趄」。落落，是孤獨、不相合之意；區區，意思是小、微賤，乃自謙之辭。做事完畢，謂之「事竣」；聚錢飲酒，叫做「醵飲」。贊襄其事，成全他人，叫做「玉成」；四分五裂，難以完整，稱為「瓦解」。事有高低，謂之「軒輊」；力量不相上下，叫做「頡頏」。首開惡例，名為「作俑」；沿襲弊端，稱作「效尤」。手口共作，操勞辛苦，謂之「拮据」；勞碌繁忙，無暇修飾儀容，稱為「鞅掌」。手腳著地、向前移行是「匍匐」；低頭沉思、盤桓流連是「低徊」。明珠投暗，是說大大委屈了一個人的才能；入室操戈，則指自相魚肉殘殺。向愚人求教，如同問道於盲人，勢必一無所獲；背棄道義而求用，好比衒玉求售，既虛假又淺薄。有智慧的人，見解大略相同；仁德之人，一句話能使百姓普遍獲利。「班門弄斧」，是說人無自知之明，在行家面前賣弄；「岑樓齊末」，則謂人識見淺薄，不識根柢本質。禍患一旦蔓延，難以遏止，謂之「滋蔓難圖」；外表善良、心懷惡意，稱為「包藏禍心」、「人心叵測」。「作舍道旁」，是說議論太多，事情難以成功；「一國三公」，則謂事權不統一，讓人難以適從。某事有奇特的緣分，叫做「三生有幸」；辦事皆與本意相違，毫無成就，謂之「一事無成」。貪戀酒色，好比拿兩把利斧砍一棵樹（身體），沒有不毀壞的。想用寸膠來澄清黃河，力量必定不能勝任。「兼聽則明，偏信則暗」，這是魏徵對唐太宗所說的話；「眾怒難犯，專欲難成」，這是子產諷勸子孔之語。「心煩技癢」，是說人擅長或愛好某種技藝，一有機會，急欲有所表現，如同身癢心煩，不能自忍；「槁木死灰」，則指沒有絲毫欲望，毫無生氣。江南人聽了〈鷓鴣曲〉，會思鄉欲歸，所以席間如有江南客，說話唱曲要謹慎；「往來無白丁」，即言所交的朋友皆為有名望的賢人。境況逐步好轉，興味漸漸濃厚，可說「漸入佳境」；言行舉止傲慢不恭，謂之「旁若無人」。因事請免工作，叫做「告假」；送錢給權貴，求他引薦，稱為「夤緣」。挾持某物作為資本，以博取功名利祿，名為「奇貨可居」；以往事為教訓，叫做「覆車當戒」。偏袒一方，謂之「左袒」；處理問題含糊其辭，不置可否，叫做「模稜」。輕而易舉地摧毀敵人，可說「發蒙振落」；下定決心，志在必勝，稱為「破釜沉舟」。「曲突徙薪無恩澤」，是說沒有想到防患於未然的重要性；「焦頭爛額為上客」，則謂禍患已起，只知救急才算功大。「梁上君子」是盜賊的別名；強硬頑固，不從教化，可謂「化外頑民」。木屑竹頭都是有用之物；牛溲馬勃，也可備作治病的藥物。

五經掃地，祝欽明自褻斯文❶；一木撐天，晉王敦未可擅動❷。題鳳❸、題午❹，譏友譏親之隱詞；破麥❺、破梨❻，見夫見子之奇夢。毛遂片言九鼎，人重其言❼；季布一諾千金，人服其信❽。岳飛背涅盡忠報國❾，楊震惟以清白傳家❿。下強上弱，曰尾大不掉⓫；上權下奪，曰太阿倒持⓬。當今之世，不但君擇臣，臣亦擇君⓭；受命之主，不獨創業難，守成亦不易⓮。生平所為皆可對人言，司馬光之自信⓯；

運用之妙惟存乎一心，岳武穆之論兵[16]。不修邊幅[17]，謂人不飾儀容；不立崖岸[18]，謂人天性和樂。蕞爾[19]、幺麼[20]，言其甚小；鹵莽滅裂[21]，言其不精。誤處皆緣不學[22]，強作乃成自然[23]。求事速成，曰躐等[24]；過於禮貌，曰足恭[25]。假忠厚者，謂之鄉愿[26]；出人群者，謂之巨擘[27]。孟浪[28]由於輕浮，精詳出於暇豫[29]。為善則流芳百世，為惡則遺臭萬年[30]。過[31]多曰稔惡[32]，罪滿曰貫盈[33]。嘗見冶容誨淫，須知慢藏誨盜[34]。管中窺豹[35]，所見不多；坐井觀天[36]，知識不廣。無勢可乘，英雄無用武之地[37]；有道則見，君子有展采之思[38]。求名利達，曰捷足先得[39]；慰士遲滯，曰大器晚成[40]。不知通變，曰徒讀父書[41]；自作聰明，曰徒執己見[42]。淺見曰膚見[43]，俗言曰俚言[44]。識時務者為俊傑[45]，昧先幾者非明哲[46]。村夫不識一丁[47]，愚者豈無一得[48]？拔去一丁[49]，謂除一害；又生一秦[50]，是增一仇。戒輕言，曰恐屬垣有耳[51]；戒輕敵，曰無謂秦無人[52]。同惡相幫，謂之助桀為虐[53]；貪心無厭，謂之得隴望蜀[54]。當知器滿則傾[55]，須知物極必反[56]。喜嬉戲，名為好弄[57]；好笑謔[58]，謂之詼諧[59]。讒口交加，市中可信有虎[60]；眾奸鼓釁[61]，聚蚊可以成雷[62]。萋斐成錦，謂譖人之釀禍[63]；含沙射影[64]，言鬼蜮[65]之害人。鍼砭[66]所以治病，鴆毒[67]必至殺人。李義府陰柔害物，人謂之笑裡藏刀[68]；李林甫奸詭陷人，世謂之口蜜腹劍[69]。代人作事，曰代庖[70]；與人設謀，曰借箸[71]。見事極真，曰明若觀火[72]；對敵易勝，曰勢若摧枯[73]。漢武內多欲而外施仁義[74]，廉頗先國難而後私仇[75]。臥榻之側，豈容他人鼾睡，宋太祖之語[76]；一統之世，真是胡越一家，唐高祖之時[77]。至若暴秦以呂易嬴，是嬴亡於莊襄之手[78]；弱晉以牛易馬，是馬滅於懷愍之時[79]。中宗親為點籌於韋后[80]，穢播千秋；明皇賜洗兒錢於貴妃[81]，醜遺萬代。非類相從，不如鶉鵲[82]；父子同牝，謂之聚麀[83]。以下淫上，謂之烝[84]；野合[85]、奸倫[86]，謂之亂。從來淑慝殊途，惟在後人法戒[87]；斯世清濁異品，全賴吾輩激揚[88]。

【章　旨】本節介紹歷史上一些名人的言行舉止、立身處世，並繼續簡述社會交往中對各種人、事、社會現象的品評、成語、格言，且寓褒貶於其中。

【注　釋】❶五經掃地二句　謂祝欽明的醜態，褻瀆經書，喪盡文人體面。五經，《詩》、《書》、《禮》、《易》、《春秋》五部儒家典籍的簡稱；也泛指整個儒學典籍或道德禮儀。本文主要用後一義。祝欽明，唐雍州人。字文思。少通五經，兼涉諸史百家之說。舉明經。歷官國子祭酒、禮部尚書。中宗時，迎合韋后意，歪曲經義，建議皇后配祭天地。又於禁中宴會，自稱能〈八鳳舞〉，備諸醜態。旁人譏笑道：「祝公五經掃地盡矣。」見《新唐書，祝欽明傳》。後人便用「五經掃地」或「斯文掃地」比喻喪盡文人體面。褻，輕慢；褻瀆。斯文，禮儀制度。斯，此。本文也有祝欽明自侮其儒者身分之意。❷一木撐天二句　《太平廣記》卷十四載：晉代王敦欲起兵前，曾夢一木撐天，求解於許真君，真君說：「此未字也。只宜守舊，未可擅動。」王敦（西元二六六～三二四年），東晉琅邪人，字處仲。晉武帝婿。西晉末年，任鎮東大將軍，手握重兵。西晉亡，與堂弟王導等擁司馬睿建東晉政權。後以司馬睿抑制王氏勢力，起兵攻入建康，自為丞相。兩年後病死而軍敗。❸題鳳　這是呂安對嵇喜的諷刺。據《世說新語・簡傲》載：晉代呂安與嵇康友善，常千里尋訪（參見卷二〈朋友賓主〉有關注釋）。有一次呂安至嵇康家，嵇康不在，他的哥哥嵇喜出迎，呂不入，在門上題「鳳」字而去。喜不懂，還非常高興。實際「鳳」字從鳥，凡聲，拆開就是「凡鳥」，比喻庸才。❹題午　《談林》載：有人訪友，友人因故未見，該人題「午」於門上而去，識者說：「午字，牛不出頭，譏之也。」❺破麥　相傳寧波有一婦，因戰亂與丈夫失散，某夜夢見磨麥，圓夢者說：「磨麥，麥粒破開見麩（夫）面。」果然與丈夫團聚。❻破梨　相傳有人乘船遇風浪，失落了兒子，某夜夢見與兒子一起剖梨，自認為「剖梨，分離也」，但次日告訴友人，友人說：「剖梨則子見。」果如此。❼毛遂片言九鼎二句　謂毛遂寥寥數語，勝過千軍萬馬，人們極為重視他的話。毛遂，戰國人。曾薦隨平原君出使。參見卷一〈武職〉有關注釋。片言九鼎，《史記・平原君列傳》載：毛遂說服楚王與趙國合縱，平原君說：「毛先生至楚，以三寸之舌，強百萬之兵，使趙重於九鼎矣。」亦作「一言九鼎」。後用以比喻話語分量之重。❽季布一諾千金二句　《史記・季布欒布列傳》載：季布原是楚著名遊俠，時人說：「得黃金百斤，不如得季布一諾。」指他言而有信，說話信譽很高。季布，西漢初楚人。楚漢戰爭中為項羽部將。漢朝建立，經大臣說合，得劉邦赦免，拜為郎中。❾岳飛背涅盡忠報國　謂岳飛背上染有「盡（精）忠報國」黑字。岳飛，宋代抗金名將。其母曾在其背上刺「精忠報國」四字。參見卷二〈身體〉有關注釋。涅，礦物名。古代用作黑色染料。此處用作動詞，染黑。❿楊震惟以清白傳家　《後漢書・楊震傳》載：楊震為官清廉正直，不受私謁，有人勸他買房置地留給子孫，他說：「使後世稱為清白吏子孫，所遺（留給他們的）不已多乎？」楊震，東漢人。博覽群書。官司徒、太尉等。參見卷二〈師生〉有關注釋。⓫尾大不掉　尾巴太大，不易擺動。比喻部屬勢力強大，難以駕馭。語出《左傳・昭公十一年》：「末大必折，尾大不掉，君所知也。」⓬太阿倒持　謂以寶劍（權）柄授人，自己反受其害。《漢書・梅福傳》：「倒持泰（太）阿，授楚其柄。」太阿，古寶劍名。比喻權力。⓭當今之世三句　此語為東漢馬援對漢光武帝所說。意思是在新莽末年天下大亂時，不僅君王選擇臣子，臣子也在眾多兵馬將帥中挑選自認為可以投奔的真命天子（君）。見《後漢書・馬援傳》。案：在中國這種情況只能出現於戰國、秦末、新莽末年等戰亂時期。隨著統一政權的建立，以及專制制度的不斷加強，「臣擇君」是很難存在的，只有「君為臣綱」、「君要臣死不得不死」的政治格局。⓮受命之主三句　這是唐太宗即位之初與群臣探討治國之道時所說的。《貞觀政要・論君要》載：唐太宗問群臣：「創業、守成哪一個難？」房玄齡說創業難，魏徵說守成難。唐太宗總結他們的觀點說：「房玄齡跟我打天下，萬死一生，見創業之難；魏徵和我一起治理國家，惟恐富貴安逸導致驕奢怠惰，以致如隋朝二世而亡，故守成為不易。不過創業的艱難已成往事，守成之難，還要和大家一起努力。」受命之主，得天命的君主。⑮生平所為皆可對人言二句　《宋史・司馬光傳》載：司馬光曾對人說：「我沒有超過別人的地方，但平生所做之事，沒有不可告人的。」意思是襟懷坦白，從未做壞事。司馬光，北宋宰相。參見卷一〈文臣〉有關注釋。⑯運用之妙惟存乎一心二句　有人問岳飛兵法，岳飛說：「兵法有常理，但運用之妙，存乎一心。」見《宋史・岳飛傳》。意思是要根據實際情況，靈活運用，這全靠智慧與經驗。岳武穆，即岳飛。參見卷二〈身體〉有關注釋。⑰不修邊幅　對自己的衣著儀容不事修飾。引申為不拘細節。《顏氏家訓・序致》有此語。邊幅，本指布帛的邊緣，藉以比喻人的儀表、衣著。⑱不立崖岸　即為人隨和，不倨傲。崖岸，高峻的山崖、堤岸。常用來比喻人性情高傲，不隨和。語見《北史・崔逞傳》。⑲蕞爾　小貌。《三國志・魏書・陳留王奐傳》：「蜀蕞爾小國，土狹民寡。」⑳幺麼　微小。《史通・外篇・雜說下》：「雖其間伸以狀迹，粗陳一二，幺麼恆事，曾何足觀？」也指微不足道的人。㉑鹵莽滅裂　語本《莊子・則陽》：「長梧封人問子牢曰：『君為政焉勿鹵莽，治民焉勿滅裂。』」後以「鹵莽滅裂」形容做事草率苟且，粗魯莽撞。鹵莽，冒失；粗率。滅裂，輕薄。㉒誤處皆緣不學　這是宋代唐仲友評論漢高祖（劉邦）的話。漢高祖平生誤處（錯誤）甚多，唐仲友說：「誤處皆緣不學，改處皆由敏悟。」意思是錯誤之因在於沒好好學習，改正之處則由其機敏穎悟。㉓強作乃成自然　戰國末年魏安釐王問孔斌誰是高士，孔答：「魯仲連。」王說：「強作之者，非體自然也。」（是強作而不是自然的）孔說：「人皆作之，作之不止，乃成君子；作之不變，習與性成，則自然也。」見《孔叢子》。意思是凡事堅持去做，持之以恆，日久習慣成自然。㉔躐等　不按次序；逾越等級。《禮記・學記》：「幼者聽而弗問，學不躐等也。」㉕足恭　過分的恭順以取媚於人。《論語・公冶長》：「巧言、令色、足恭，左丘明恥之，丘亦恥之。」足，過分。㉖鄉愿　指言行不符、偽善欺世的人。舊時也用指膽小怕事、不分是非的人。語出《論語・陽貨》：「鄉原，德之賊也。」原，通「愿」。㉗巨擘　大拇指。比喻特出的人或物。《孟子・滕文公下》：「於齊國之士，吾必以仲子（陳仲子）為巨擘焉。」㉘孟浪　鹵莽；輕率。《莊子・齊物論》：「夫子以為孟浪之言，而我以為妙道之行也。」㉙精詳出於暇豫　謂精密周詳出於從容悠閑、深思熟慮。暇豫，悠閑逸樂，也用為閑暇之意。文中引申為從容為計，即深思熟慮。語見《國語・晉語二》。㉚流芳百世二句　語本《晉書・桓溫傳》。桓溫頗有野心，曾對親信說：「既不能流芳百世，不足復遺臭萬年耶！」意思是如不能流芳百世，那也要遺臭萬年。㉛過　過失；過錯。㉜稔惡　積惡。語見《舊唐書・憲宗紀上》。稔，莊稼成熟。引申為事物醞釀成熟。有積累之意。㉝罪滿曰貫盈　語本《書・泰誓》：「商罪貫盈，天命誅之。」謂罪惡穿滿了繩索，表示累積到極點。後世遂有「惡貫滿盈」之語。貫，穿。盈，滿。㉞嘗見冶容誨淫二句　語出《易・繫辭上》：「慢藏誨盜，冶容誨淫。」意思是妖艷的容飾，是教人為淫；藏物不慎，是教人為盜。㉟管中窺豹　用竹管看豹，只能見豹身上的部分斑紋，卻看不到全豹。比喻所見有限，不是整體。《晉書・王獻之傳》：「王獻之年數歲，嘗去觀看門生樗蒲，說：『南風不競。』門生說：『此郎亦管中窺豹，時見一斑。』王獻之拂衣而去。」㊱坐井觀天　坐在井底看天。比喻眼界狹小，識見有限。韓愈〈原道〉：「坐井而觀天，曰天小者，非天小也。」㊲無勢可乘二句　沒有適當的地位、權力可以憑藉，英雄再有本領也無處施展。勢，地位、權力；情勢、環境。乘，憑藉。英雄無用武之地，語本《三國志・蜀書・諸葛亮傳》：「英雄無所用武。」㊳有道則見二句　謂國家政治合於道德禮儀，有興旺升平之象，君子就有出來幹事業、一展鴻圖的心志。案：這是中國古代士大夫們崇尚的處世之道：有道則見，無道則隱（歸隱山林，不當官，不同流合汙）。有道，指國家政治升平興旺，合於「道」。見，顯現。通「現」。展采之思，伸展、實施其事業的心志。展，伸張；施行。采，指事業。《史記・司馬相如列傳》：「展采錯事。」㊴捷足先得　亦作「疾足先得」。比喻行動敏捷而首先達到目的。語本《史記・淮陰侯列傳》：「秦失其鹿（帝位），天下共逐之，於是高材疾足者先得焉。」㊵大器晚成　語出《老子》第四十一章：「大方无隅，大器晚成。」常用以指有大才者往往成就較晚。㊶徒讀父書　《史記・廉頗藺相如列傳》載：戰國時趙國趙奢是很有才能的大將，他的兒子趙括自幼耳濡目染，也能侃侃談兵法，但他「徒（只）能讀父書，不知合變」，結果在戰場上一敗塗地。因以喻墨守成規，不知變通。㊷徒執己見　也作「固執己見」。自以為是，頑固堅持自己的意見。見《宋史・陳宓傳》。㊸膚見　識見淺薄不深。膚，皮膚。引申比喻淺薄。語見《南齊書・陳澄傳》。㊹俚言　即俚語。民間俗語，常帶有方言性，舊時士大夫謂其鄙俗、不雅。《新五代史・王彥章傳》：「彥章武人，不知書，常為俚語。」㊺識時務者為俊傑　能認清當前形勢的人，才是傑出的人物。《三國志・蜀書・諸葛亮傳》有此語。㊻昧先幾者非明哲　語本《易・繫辭下》：「幾者，動之微，吉凶之先見者也，惟明哲者知之，昧之者則非明哲矣。」意思是不會觀察事物變化之細微徵兆者，不是有識之士。昧，愚昧；無知。先幾，顯露的些微跡象。明哲，明智；洞察事理。也指有識之士。㊼不識一丁　語本《舊唐書・張弘靖傳》：張弘靖對軍士說：「今天下無事，汝輩挽得兩石力弓，不如識一丁字。」案：「丁」與「个」字形相近，「丁」即「个」之誤；後世因稱不識字為「目不識丁」或「不識一丁」。㊽一得　據《晏子・雜下》：「嬰（晏子名嬰）聞之，聖人千慮，必有一失；愚人千慮，必有一得。」意思是聖人偶也有錯失；愚人偶也有見地，後以「一得」謙稱自己所見甚小。

書・高祖紀》載：唐太宗置酒未央宮，高祖命突厥頡利可汗起舞，南蠻馮智戴詠詩，並笑著說：「胡（突厥）越（南方人）一家，自古未有也。」唐高祖，李淵。唐朝的建立者，後讓位於子李世民（唐太宗），做太上皇。參見卷二〈婚姻〉有關注釋。78暴秦以呂易嬴二句　謂呂氏的兒子取代嬴姓之子登上帝位，殘暴的秦朝已實際在秦莊襄公時滅亡。事指呂不韋把已懷孕的姬給異人（後為秦莊襄王），生子嬴政，後為秦始皇。見《史記・呂不韋列傳》。參見上節「奇貨可居」之注。案：如傳說屬實，從血緣看，嬴政實是呂不韋之子，按照古代宗法制及嫡長子繼承制，呂氏之子登帝位，嬴氏的秦朝已亡。呂，指呂不韋（？～西元前二三五年）。戰國末年衛國濮陽人，家累千金。在趙結識人質於趙的秦公子異人（後改名子楚），認為「奇貨可居」，設法使異人被立為安國君的嫡嗣。後子楚即位，即秦莊襄王，他被任為相，封文信侯。莊襄王卒，嬴政年幼繼位，由其母與呂不韋當權，呂繼任相國，尊為「仲父」，權勢極大，門下有食客三千，家僮萬人。嬴政親政後，他被免職，出居河南，不久，被遷往蜀郡，憂懼自殺。嬴，秦國國君嬴姓。79弱晉以牛易馬二句　謂牛姓之子取代司馬氏之子當了皇帝，衰弱的西晉在懷帝、愍帝時已經滅亡。《晉書・元帝紀》載：晉元帝名睿，是琅邪王覲之子。早先，琅邪王妃與小吏牛金私通而生睿，故而他雖姓司馬，實應姓牛。弱晉，西晉王朝外有強敵，內爭不已，十分衰弱，故稱弱晉。以牛易馬，以牛姓之子取代司馬氏之子。案：晉國國君複姓司馬，此處省稱為「馬」。懷愍，晉懷帝、晉愍帝。西晉王朝最後兩帝。懷帝參見卷二〈衣服〉有關注釋。愍帝為懷帝侄，懷帝死後即位。西元三一六年，劉曜攻占長安，俘送平陽，後被殺，西晉亡。晉元帝建都建康，是為東晉。80中宗親為點籌於韋后　《舊唐書・中宗韋庶人傳》載：韋后與武三思私通，一日二人玩雙陸（古代的一種棋），中宗乃親為點數籌碼。中宗，唐中宗李顯（西元六五六～七一〇年）。高宗子，武則天所生。高宗死後即帝位，旋被武則天廢為廬陵王，西元七〇五年為張柬之等迎立復位。常遊宴戲樂，皇后韋氏勾結武三思等專擅朝政。後被韋后毒死。81明皇賜洗兒錢於貴妃　《資治通鑑・唐紀》載：安祿山入朝覲見，明皇待之甚厚，楊貴妃收為養子（實際上安祿山年齡大楊貴妃二十餘歲），越三日，召入禁中，貴妃以錦繡為大襁褓裹祿山，命宮人用彩車抬著，明皇聽見後宮喧鬧，問其原因，左右曰：「貴妃三日洗祿山兒。」明皇很高興，賜給洗兒錢。明皇，即唐玄宗。參見卷一〈朝廷〉有關注釋。洗兒錢，民俗，嬰兒出生後三日或滿月時會集親友，替嬰兒洗身，叫做「洗兒」，長輩們送些錢物禮品，即「洗兒錢」。貴妃，楊貴妃。

82非類相從二句　謂與不是同一類的人在一起，那還不如鵪鶉、喜鵲這些鳥。案：古人認為鵪鶉、喜鵲這類的鳥，居則雌雄相伴，飛則牝牡相隨，合於倫常。《詩・鄘風・鶉之奔奔》：「鶉之奔奔，鵲之彊彊。」即描寫牠們相伴相隨的狀態。非類，不是同類。鶉鵲，鵪鶉、喜鵲。83父子同牝二句　謂父子倆與同一婦人有性關係，稱作「聚麀」。牝，鳥獸的雌性，此處指婦人。聚麀，《禮記・曲禮上》：「夫唯禽獸無禮，故父子聚麀。」古人認為鹿性淫，一牡常與數牝交配，而且禽獸無「輩分倫理」，不同輩的也亂交。麀，鹿。84烝　與母輩通奸。《左傳・桓公十六年》：「衛宣公烝於夷姜，生急子。」85野合　舊指男女未經父母之命、媒妁之言的結合或苟合。語見《史記・孔子世家》。86奸倫　即亂倫。違背倫理的性行為。87從來淑慝殊途二句　謂美善與邪惡從來都是完全不同的兩條路，後人應當效法美善，懲戒邪惡。《書・畢命》：「旌別淑慝，表其宅里。」淑，美好；善良。慝，邪惡。法戒，效法善良、懲戒邪惡。88斯世清濁異品二句　謂這個世界上的事物、人品有好有壞，全靠我們自己發揚一切美好的，清除一切邪惡的。斯世，這個世界。斯，這。清濁，比喻事物、人品的好惡。激揚，「激濁揚清」的省稱。《尸子・君治》：「水有四德……揚清激濁，蕩去滓穢，義也。」後因用為除惡揚善之義。

【語　譯】祝欽明熟讀經書，卻在宴會上出盡洋相，自侮斯文，人譏為「五經掃地」；晉朝王敦謀反前曾夢見一木撐天，圓夢者告誡他未可擅動。題鳳、題午，都是譏諷親友的隱詞；破麥、破梨，皆為預兆要與丈夫、兒子相見的奇夢。毛遂的幾句話，強於百萬之兵，人們看重他所說的話，比作片言九鼎；季布的諾言必然兌現，人們佩服他的信用，稱為一諾千金。岳飛背上刺有「精忠報國」之字，楊震把清白廉潔傳給子孫。首領懦弱，控制不了強大的下屬，稱「尾大不掉」；下屬奪了上司的權柄，或以權柄授人，謂「太阿倒持」。當今世界，不僅君主選擇臣子，臣子也選擇君主，這是後漢馬援對光武帝所說的話；得到天命的君主，不僅創業艱難，保持已有的業績、治理國家也不容易，這是唐太宗對臣子們所說的。司馬光自信光明正大，生平所作的事都可以對人說；岳飛論兵法，認為運用兵法的奧妙訣竅，全在於憑智慧隨機應變。不修邊幅，是說人不修飾儀表容顏；不立崖岸，是說人性格隨和。蕞爾、幺麼，都是小、少之意；鹵莽滅裂，則是指輕率莽撞、做事不精細。人會有錯處，都是因為沒好好地學習；勉強自己努力去做，久而久之，習慣便成自然。辦事求速成，不循次序，叫做「躐等」；待人過分的謙恭禮貌，稱為「足恭」。貌似忠厚、偽善欺世者，謂之「鄉愿」；才華事功超出常人者，稱作「巨擘」。孟浪是粗疏盡屬帲幪㉑。撾三折，編三絕，書三滅，好學十分㉒；眼中淚，心中事，意中人，相思一樣㉓。

【章　旨】本節補充介紹有關人際關係、待人處事的一些史事、格言。

【注　釋】❶休休莫莫　都有停止、罷了、不要之意。周煇《清波雜志・九》：「金尊玉酒，勸我花前千萬壽，莫莫休休，白髮簪花我自羞。」❷袞袞　連綿不絕貌。形容說話或水流。《晉書・王戎傳》：「論前言往行，袞袞可聽。」案：文中作匆忙倉皇解，有悖詞義。❸倉皇　匆促；慌張。《新五代史・伶官傳序》：「一夫夜呼，亂者四應，倉皇東出。」❹蹔為寄足二句　謂暫時寄居，所需有限，就像小鳥在樹林中築巢，只需一根樹枝一樣。蹔，「暫」的異體字。寄足，立足、落腳之意。韓愈〈送諸葛覺往隨州讀書〉詩：「無地寄一足。」鷦鷯一枝，語本《莊子・逍遙遊》：「鷦鷯巢於深林，不過一枝。」意思是森林中樹木無數，鷦鷯築巢，只不過在其中的一根樹枝上。比喻所需有限或欲望很小。鷦鷯，小鳥名。❺營身　為自己的利益前途謀劃經營。❻狡兔三窟　狡猾的兔子有三個窩，藏身之處多，便於逃避災禍。語出《戰國策・齊策四》，是馮驩對孟嘗君所說的話，意思是他幫孟嘗君作了各種安排（鑿三窟）。今多用作貶義，指人狡詐奸滑，工於心計，善為己謀。❼放梟囚鳳二句　謂放走惡鳥，囚禁鳳凰，欺侮仁德，縱容殘暴，為什麼要這樣做呢？《後漢書・劉陶傳》：「今公卿所舉，所謂放鴟梟而囚鸞鳳。」梟，相傳為食母的惡鳥。奚為，為什麼要這樣做呢？❽用蚓投魚二句　以蚯蚓作魚餌釣魚，應當做捨棄輕賤之物得到貴重物品的事情。用蚓投魚，以蚯蚓作魚餌釣魚，比喻以微不足道之物換得貴重物品。《隋書・薛道衡傳》有此語。❾爝火雖無大明之耀二句　謂小火把雖然沒有太陽那麼明亮，鉛刀雖然不鋒利，仍都有各自的用處。爝火，小火把。《莊子・逍遙遊》：「日月出矣，而爝火不息。」大明，太陽。鉛刀竟有一割之能，《後漢書・班超傳》載：班超上書請求允許他出師，說：「昔魏絳列國大夫，尚能和輯諸戎，況臣奉大漢之威，而無鉛刀一割之用乎？」意思是我雖不才，但至少能一用。後以「鉛刀一割」比喻才力微弱，有自謙或鄙視之意（視具體場合而定）。鉛刀，鉛質的刀。言其不鋒利。比喻才力微弱。❿淮南一老不就聘　淮南一老，指應曜。西漢初年，他隱居淮陽山，與商山四皓同時受到朝廷的聘請，四皓應召而去，曜獨不出。時人稱：

「商山四皓，不如淮陽一老。」⓫魯國兩生不肯行二句　西漢初年，叔孫通為劉邦制定朝儀，徵召魯地的儒生，獨有兩個儒生不肯去，他們的高尚品德足以讓人仿效。見《漢書・叔孫通傳》。清操，高尚的節操。清、尊貴、高尚之意。操，品德。式，樣式；引申為榜樣、模範。⓬一株竹二句　相傳宋代王炳有二子去考舉人，夜裡他夢見有人拿一枝竹子給他種，解夢者說：「竹，兩個个字，預示二子皆考中。」後如其說。應舉，參加科舉考試的省試。⓭兩尾牛二句　唐朝末年，黃巢準備出師，夢見兩條尾巴的牛，解夢者說：「牛兩尾，是失字，恐行軍不利。」果然。⓮樂羊子功績未成二句　相傳樂羊攻中山時，其子在中山，中山君烹其子而贈以羹，他飲一杯，魏文侯雖賞其功卻疑其心。又傳他攻取中山歸來，自恃功高，文侯給他一只箱子，裡面全是群臣彈劾之文，才使他認識攻取中山實非個人之力。見《戰國策・秦策三》。樂羊子，即樂羊（「子」為古代對男子的美稱或尊稱，如孔子）。戰國時人，魏將。封於靈壽。子孫世代為將。謗書，攻擊別人或揭發別人隱私的文書。篋，小箱子。⓯郭林宗聲名最重二句　謂郭泰的名聲非常大，前來拜謁者的名刺堆滿了車子。郭林宗，郭泰（西元一二八～一六九年）。東漢太原人，字林宗。東漢末年為太學生首領，不就官府徵召，後歸鄉里。黨錮之禍起，閉門教授，生徒數千人。卒後四方人士前來會葬的達千餘人。見《後漢書・郭泰傳》。謁刺，即投刺、名片。參見本篇前注。⓰黠狗行兇二句　安史之亂時，顏杲卿任常山太守，被安祿山抓住，他罵安：「黠狗，朝廷何負於汝，而汝反耶？」安祿山怒，截斷其舌，含刃而死。見《新唐書・顏杲卿傳》。參見卷二〈身體〉有關注釋。黠狗，狡猾的狗。罵人語。杲卿，顏杲卿。唐朝人。⓱鴆媒肆毒二句　見屈原〈離騷〉：「吾令鴆為媒兮，鴆告予以不好。」意思是請鴆（毒鳥）做媒，鴆說謊話，告訴我這個女子（有娀氏之女）不好。肆毒，說謊；誹謗。屈子，屈原。楚國人，文學家。參見卷一〈歲時〉有關注釋。⓲人有一天六句　語本《翰苑新書》：「大德帡幪，人有一天，我有二天；厚恩滂沛，河潤百里，海潤千里。」謂別人有一重天，我有兩重天，便知道所受的恩德與愛護是多麼大；河流浸潤百里，大海滋潤千里，這是說恩澤普遍沾濡。二天，二重天。比喻所受恩德之深厚。參見卷一〈天文〉有關注釋。潤，滋潤。渥澤，本意為雨露滋潤，引申為恩澤、恩德。沾濡，濡染浸潤。⓳退我一步行四句　語本蘇軾詩：「退一步行安樂法，說三個好喜歡緣。」前一句說凡事忍讓些，後退一步便安穩快樂；後一句謂稱道人家三個好的方面，更能見出喜歡的緣分。⓴藉一葉之濃陰二句　唐朝鄭太穆為刺史時，致書司空頔說：「分千樹一葉之影，即是濃陰。」意思是得到他人一丁點幫助，都給自己帶來莫大的好處。資，供給；憑藉。覆蔭，比喻庇護、遮蓋。㉑擴萬間之巨庇二句　用杜甫〈茅屋為秋風所破歌〉「安得廣廈千萬間，大庇天下寒士俱歡顏」之意。帡幪，帳幕。在旁的稱「帡」，在上的稱「幪」。引申為覆蓋，常用為托庇蔭護的意思。㉒撾三折四句　《論語考比讖》載：孔子晚年喜讀《周易》，「鐵撾三折，韋編三絕，漆書三滅」。謂孔子喜讀《周易》，讀了許多遍，以至於繫竹簡的鐵條折斷三次，編聯竹簡的熟牛皮條（韋編）斷了三次，竹簡上的字（漆書）磨掉了三次。形容其十分刻苦認真。案：古代無紙，字刻或寫在竹簡上，把竹簡穿綴成書。㉓眼中淚四句　宋代詞人張先擅寫男女之情，其詞中曾有「眼中淚」、「心中事」、「意中人」之語，皆為表達相思之情的妙語，人因謂之張三中。見《樂府紀聞》。

【語譯】休休、莫莫，是表示禁止之詞；袞袞、匆匆，有匆促、慌張之意。大千世界中暫得立腳之地，如同鷦鷯在森林中築巢，只不過需要一根樹枝而已；善於為自己謀劃經營，就好似狡兔三窟。「放梟囚鳳」，為什麼要做這種虐待仁慈而放縱強暴的行為呢？投蚯蚓於水中而釣魚，應當做放棄細微之物以換取貴重之物的事情。小火炬雖然沒有太陽耀眼的光芒，不鋒利的鉛刀畢竟能用一次。隱居淮陽山的一位老人不應朝廷之聘，那不事權貴的高尚品格令人欽佩；魯國兩位儒生不隨他人前去制定朝儀，那不摧眉折腰的清白節操足以效法。夢中見一竿竹子，是兩個兒子皆能中舉的先兆；夢中見到兩尾牛，是行軍不利的預示。樂羊攻中山三年，功績未成時，彈劾謗毀的奏章積滿了一箱；郭泰為漢末太學生首領，名重一時，拜謁他的名刺堆滿了車子。安祿山反叛，顏杲卿罵他是「黠狗行兇」；請鴆為媒，而鴆說謊誹謗，屈原好不悲傷。他人只有一重天，而我有兩重天的庇護，可見所受恩德與愛護是多麼廣大；河水滋潤百里，海洋潤澤千里，其恩澤濡染浸潤遍及一切。凡事退一步而行，固然是安穩快樂之法；稱道別人的三個好處，尤能顯出喜歡之緣。「借一葉之濃陰，可資覆蔭」，比喻得到他人一點幫助，可使自己獲得莫大的好處；如能像杜甫詩那樣，擴建廣廈千萬間，便能大庇天下寒士俱歡顏了。孔子讀《周易》，鐵撾三折，韋編三絕，漆書三滅，可見他十分刻苦好學；張先詞中句：眼中淚、心中事、意中人，都是抒發同樣的相思之情。

飲食

【題解】「民以食為天」，「食色，性也」，古聖先賢們很早就認識到作為人類本性和維持生存之必須的飲食在日常生活與社會穩定中的重要性，並探討、總結、闡述了一系列由此引發或引申的經濟、政治、思想文化觀念。

中國地大物博，豐盛的物產資源，為飲食的多樣化提供了得天獨厚的物質條件，在千百年的歷史進程中形成頗具特色的南北各幫美味佳肴以及獨特而豐富多彩的各地風味食品，中國飲食以其精美可口、品種多樣聞名於世界，並形成具有民族特色的飲食文化。直至今日，「吃飯了嗎？」仍是最常用的招呼用語，可見「飲食」對人烙印之深。

本章著重敘述與飲食有關的一些文化觀念以及所引申出的成語格言，也約略介紹部分當時的著名食品（其中有些至今仍享譽國內外）和它們的歷史淵源。

甘脆肥膿，命曰腐腸之藥❶；羹藜含糗，難語太牢之滋❷。御食❸曰珍饈❹，白米曰玉粒❺。好酒曰青州從事，次酒曰平原督郵❻。魯酒❼、茅柴❽，皆為薄酒；龍團❾、雀舌❿，盡是香茗⓫。待人禮衰，曰醴酒不設⓬；款客甚薄，曰脫粟相留⓭。竹葉青、狀元紅⓮，俱為美酒；葡萄綠⓯、珍珠紅⓰，悉是香醪⓱。五斗解酲，劉伶獨溺於酒⓲；兩腋生風，盧仝偏嗜乎茶⓳。茶曰酪奴⓴，又曰瑞草㉑；米曰白粲㉒，又曰長腰㉓。太羹、玄酒，亦可薦馨㉔；塵飯、塗羹，焉能充餓㉕。酒係杜康所造㉖，腐乃淮南所為㉗。僧謂魚曰水梭花，僧謂雞曰穿籬菜㉘。

【章旨】在肯定飲食基本功用的基礎上，本節首先指出貪嗜美味佳肴必然傷身，這是中國人對「飲食」的辨證認識。其次介紹一些著名的酒、茶名稱、某些食品的別稱以及傳說中的首創者。

【注釋】❶甘脆肥膿二句　枚乘〈七發〉說：「皓齒娥眉，命曰伐性之斧；甘脆肥膿，命曰腐腸之藥。」意思是過分迷戀食色，將敗壞一個人的意志身體。甘脆肥膿，甘甜酥脆、濃淳肥美的食品。❷羹藜含糗二句　語本王褒〈聖主得賢臣頌〉：「夫荷旃被毳者，難與道純錦之麗密；羹藜含糗者，不足與論太牢之滋味。」意思是對穿粗布衣服的，很難向他們描述錦緞之舒適；對吃野菜粗糧的，無法和他們討論佳肴的滋味。羹藜，以藜為羹，泛指粗劣的飯菜。藜，野菜名。糗，炒熟的米麥等穀物，泛指普通的飯食、粗糧。太牢之滋，美味佳肴的滋味。太牢，古代帝王、諸侯祭祀社稷時，牛、羊、豕三牲全備為「太牢」，亦作「大牢」。此泛指美味佳肴。❸御食　皇帝吃的食品。《後漢書・靈帝紀》：「御食一肉。」❹珍饈　貴重珍奇的食品。饈，也作「羞」。《周禮・天官・膳夫》：「凡王之饋食，……羞用百二十品，珍用八物。」❺玉粒　形容非常好的白米。見《博物志》。❻好酒曰青州從事二句　據《世說新語・術解》：晉朝桓溫有個屬官善於辨別酒，好酒稱為「青州從事」，劣質酒為「平原督郵」。案：青州有齊郡，「齊」與「臍」同音，意思是好酒喝下去後直至臍下；平原有「鬲」縣，「鬲」與「膈」同音，意思是劣質酒喝了之後只能到膈膜。從事、督郵都是官名。後因以「青州從事」、「平原督郵」作為美酒、劣酒的隱語。❼魯酒　《莊子・胠篋》：「魯酒薄而邯鄲圍。」後人注釋此句，引許慎注《淮南》，說：春秋時，楚宣王會諸侯，魯國、趙國都獻酒，魯酒薄而趙酒厚。楚國的酒吏向趙索酒而未得，「吏怒，乃以趙厚酒易魯薄酒奏之，楚王以趙酒薄，故圍邯鄲。」後因以「魯酒」稱味薄之酒。❽茅柴　馮時化《酒史・酒品》：「惡酒曰茅柴。」謂其苦硬。茅，亦作「茆」。一種劣質的酒。❾龍團　茶名。宋時製茶為圓餅形，上印龍鳳形圖紋（龍團、鳳團），歲貢皇帝飲用。見《石林燕語・八》。❿雀舌　茶名。《夢溪筆談》卷二十四謂：「茶芽，古人謂之雀舌、麥顆，言其至嫩也。」⓫香茗　香茶。白居易〈晚起〉詩：「融雪煎香茗。」茗，茶芽；茶的通稱。⓬醴酒不設　待人禮儀簡陋不周。事見卷二〈朋友賓主〉有關注釋。⓭款客甚薄二句　謂給客人吃糙米，款待簡陋菲薄，稱作「脫粟相留」。《晏子春秋・雜下》載：晏子相齊，「衣十升之布，食脫粟之食」。脫粟，糙米。只去皮殼，不加精製的米。⓮竹葉青狀元紅　皆酒名。竹葉青至今仍是中國名酒之一。張華〈輕薄篇〉：「蒼梧竹葉青。」狀元紅也是頗著名的黃酒。湯顯祖《牡丹亭・如杭》：「這酒便是狀元紅了。」⓯葡萄綠　又作「蒲桃綠」。葡萄酒之一種；亦泛指葡萄酒。見《南部新書・丙》。⓰珍珠紅　一種汁滓混合的酒；亦泛指酒。唐代李賀〈將進酒〉詩云：「琉璃鐘，琥珀濃，小槽酒滴珍珠紅。」⓱醪　汁滓混合的酒。⓲五斗解酲二句　《世說新語・任誕》載：劉伶嗜酒，一日向妻子要酒，妻子勸他：「你酒喝得太多，這不是養身之道。」伶說：「善，當祝天誓斷矣。」祝說：「天生劉伶，以酒為名，一飲一斛，五斗解酲。」意思是要飲五斗酒才能解酒。酲，酒醒後所感覺困倦如病的狀態。劉伶，西晉沛國人，字伯倫。縱酒放誕，蔑視禮法，常乘鹿車，使人荷鍤相隨，說：「死便埋我。」為「竹林七賢」之一。⓳兩腋生風二句　唐盧仝性嗜茶，有〈走筆謝孟諫議寄新茶〉詩說：「惟覺兩腋習習清風生。」盧仝（西元約七九六～八三五年），唐范陽人。自號玉川子。家境貧困，刻苦讀書，不願仕進。後居洛陽。韓愈為河南尹時，頗加禮待。有詩名。⓴酪奴　茶。《洛陽伽藍記》云：「茶與酪漿為奴。」故名。酪，乳製品。㉑瑞草　指茶。杜牧〈題茶山〉詩：「山實東吳秀，茶稱瑞草魁。」㉒白粲　上等白米。語見《宋書・孝義・何子平傳》。㉓長腰　米。《韻語陽秋・十六》：「長腰粳米，縮項鯿魚。」㉔太羹玄酒二句　謂太羹與玄酒都是古代祭祀時所用。太羹，亦作「大羹」。不和五味的肉汁，古代祭祀時用。《禮記・樂記》載：「大羹不和。」鄭玄注：「大羹，肉湆（羹汁），不凋（調）以鹽菜。」玄酒，古代稱行祭禮時當酒用水。《禮記・禮運》：「故玄酒在室。」案：太古無酒，以此水當酒用，因其色黑（玄），故謂之玄酒。薦馨，敬奉神祇；祭祀。㉕塵飯塗羹二句　謂以塵為飯，以泥為羹，怎麼能充飢？塵飯塗羹，以灰塵為飯，以泥土作羹，是兒童遊戲時所為。見《韓非子・外儲說左上》。塗，泥土。㉖酒係杜康所造　相傳杜康為黃帝時宰人（古代官名），是酒的發明者。見《世本》。㉗腐乃淮南所為　謂豆腐是淮南王劉安發明的。見《本草綱目・豆腐》。淮南，漢代淮南王劉安（西元前一七九～前一二二年）。漢高祖之孫，襲父封為淮南王。好讀書鼓琴，善為文辭，才思敏捷，曾招賓客方士數千人，集體編成《鴻烈》（後稱《淮南子》）。後以謀反事發自殺，民間傳說他是煉成丹藥，服後成仙升天，雞犬也一起飛升。參見卷二〈老幼壽誕〉有關注釋。㉘僧謂魚曰水梭花二句　《東坡志林・道釋文・葷食名》載：「僧謂酒為般若（智慧）湯，謂魚為水梭花，雞為鑽籬菜。」案：酒肉皆為佛家所戒。有些僧人諱言此物，起別名稱呼；更有酒肉和尚藉此名而吃肉喝酒。

【語譯】 甘甜脆酥、濃淳肥美的食品，吃多了便是腐爛腸胃的毒藥；對那些終日以粗糧野菜充飢的人，很難描述牛、羊、豬這些佳肴的滋味。皇帝吃的食品叫「珍饈」，白米又稱「玉粒」。「青州從事」是好酒的別名，「平原督郵」是劣酒的代稱。魯酒、茅柴，都是味道淡薄的酒；龍團、雀舌，皆為上等的香茗。待人禮儀漸衰，稱為「醴酒不設」；款待客人十分菲薄，叫做「脫粟相留」。竹葉青、狀元紅，都是美酒；葡萄綠、珍珠紅，悉為香醪。劉伶沉溺於酒，要飲五斗酒才能解酒；盧仝特別嗜好喝茶，說喝茶後覺兩腋習習清風生。茶又名「酪奴」、「瑞草」；米也稱「白粲」、「長腰」。太羹、玄酒，都是用來祭祀的；兒童遊戲的塵飯、泥羹，怎麼能夠充飢？酒是杜康首先釀造的；豆腐則係淮南王劉安所發明。僧人給魚起個別名叫「水梭花」，給雞起的別名是「穿籬菜」。

臨淵羨魚，不如退而結網❶；揚湯止沸，不如去火抽薪❷。羔酒自勞❸，田家之樂；含哺鼓腹，盛世之風❹。人貪食，曰徒餔啜❺；食不敬，曰嗟來食❻。多食不厭，謂之饕餮❼之徒；見食垂涎，謂有欲炙之色❽。未獲同食曰向隅❾，謝人賜食曰飽德❿。安步可以當車，晚食可以當肉⓫。飲食貧難，曰半菽不飽⓬；厚恩圖報，曰每飯不忘⓭。謝擾人，曰兵廚之擾⓮；謙待薄，曰草具⓯之陳。白飯青芻，待僕馬之厚⓰；炊金爨玉⓱，謝款客之隆。家貧待客，但知抹月批風⓲；冬月邀賓，乃曰敲冰煮茗⓳。君側元臣，若作酒醴之麴蘖；朝中冢宰，若作和羹之鹽梅⓴。宰肉甚均，陳平見重於父老㉑；戛羹示盡，丘嫂心厭乎漢高㉒。畢卓為吏部而盜酒㉓，逸興太豪；越王愛士卒而投醪，戰氣百倍㉔。懲羹吹齏㉕，謂人懲前警後；酒囊飯袋㉖，謂人少學多餐。隱逸之士，漱石枕流㉗；沉湎之夫，藉糟枕麴㉘。昏庸桀、紂，胡為酒池肉林㉙；苦學仲淹，惟有斷齏畫粥㉚。

【章旨】本節介紹與飲食有關的一些史事、成語、代稱、謙稱等。

【注釋】❶臨淵羨魚二句　謂與其站在河邊上盼望有魚，不如回家織了網來捕捉。比喻有願望，應當想辦法使它實現，否則於事無補。《漢書・董仲舒傳》：「古人有言曰：臨淵羨魚，不如退而結網。」❷揚湯止沸二句　漢代董卓〈上何進書〉謂：「聞之揚湯止沸，不如去薪。」意思是與其拿瓢舀鍋中沸水簸揚，使它降溫，不如抽去鍋底柴薪，從根本上解決問題。後遂多用「揚湯止沸」比喻暫時解救急難，辦法不徹底。❸羔酒自勞　楊惲〈報孫會宗書〉：「臣之得罪已三年矣。田家作苦，歲時伏臘，烹羊炰（煮）羔，斗酒自勞。」意思是田間勞作辛苦。逢年過節，煮羊打酒，慰勞自己。勞，慰問。❹含哺鼓腹二句　謂口裡含著食物，肚子吃得飽飽的，形容太平盛世人民飽食自得，無憂無慮。參見卷一〈地輿〉有關注釋。❺徒餔啜　只求吃喝而已。語見《孟子・離婁上》。餔啜，吃喝。❻嗟來食　語本《禮記・檀弓下》：齊國大災荒，黔敖準備了食物讓飢民吃，有餓者來，敖拿著食物和水說：「嗟！來食！」那人直瞪著黔敖說：「我就是因不吃嗟來之食，所以才會餓成這樣。」黔敖趕忙道歉，但那人終因不食而死。後因以「嗟來之食」表示帶有侮辱性的施捨。❼饕餮　傳說中的一種貪食的惡獸。後以之比喻貪婪兇惡的人，見《左傳・文公十八年》；也專指貪於飲食者，見《書言故事・餔啜類》。❽欲炙之色　想吃的樣子。《晉書・顧榮傳》載：顧榮與同僚宴飲，看見行炙者（烤肉的人）有欲炙之色（露出想吃烤肉的表情），便割下自己的一塊烤肉給他吃。後因以比喻看見食物而垂涎。❾向隅　面朝著屋子的一個角落。《說苑・貴德》：「今有滿堂飲酒者，有一人獨索然向隅而泣，則一堂之人皆不樂矣。」後來用為得不到機會而失望之意。❿飽德　語出《詩・大雅・既醉》：「既醉於酒，既飽以德。」謂享其飲食、恩德之厚。後因以「飽德」、「醉酒飽德」作為賓客酬謝主人款待優厚之辭。⓫安步可以當車二句　謂緩緩步行可以當作乘車，晚一點等餓時再吃飯，那麼，吃飯也就像吃肉一般。語本《戰國策・齊策四》：齊宣王對顏斶說：「你和我在一起，食必太牢，出必乘車。」顏說：「我願回去，晚食以當肉，安步以當車。」安步，緩緩步行。後因稱不乘車而從容步行為「安步當車」。晚食，即晏食。平靜安逸地進食；晚一點（等餓了時）吃飯。⓬半菽不飽　形容飢寒貧窮。豆與米參半做飯叫「半菽」，連這樣的飯都吃不飽，可知其貧困。《漢書・項籍傳》：「今歲饑民貧，卒食半菽，軍無見糧。」菽，豆類。⓭每飯不忘　每次吃飯都會想起。形容報恩心意之誠。語本《史記・張釋之馮唐列傳》：「今吾每飯，意未嘗不在鉅鹿也。」⓮兵廚之擾　《晉書・阮籍傳》載：阮籍嗜酒，他聽說步兵廚貯酒三百斛，便求為步兵校尉。後世作為賓客感謝主人酒食款待之辭。⓯草具　指粗劣的食物。《史記・陳丞相世家》有此語，亦用作待客菲薄的謙詞。⓰白飯青芻二句　給客人的僕人吃白米飯，以青草餵客人的馬，這是感謝款待僕人和馬匹的豐厚。杜甫〈入奏行贈西山檢察使竇侍御〉詩：「與奴白飯馬青芻。」⓱炊金爨玉　也作「炊金饌玉」。賓客感謝主人隆重款待之辭。見駱賓王〈帝京篇〉。金玉，調飲食之珍美豪奢。炊、爨，皆燒火做飯之意。⓲家貧待客二句　蘇軾〈和何長官六言次韻〉詩：「貧家何以娛客，但知抹月披風。」意思是以風、月作菜肴，這是文人表示家貧無可招待客人的戲言。抹、披，都是指切菜。抹，細切；披，薄切。⓳敲冰煮茗　敲開冰塊，取水煮茶。形容待客之誠。見《開元天寶遺事》。⓴君側元臣四句　語本《書・說命》：「若作酒醴，爾惟麴糵；若作和羹，爾惟鹽梅。」意思是大臣在朝中的作用，就像釀酒的酒母、做菜的鹽和醋一樣不可缺少。麴糵，酒母。鹽梅，調味品。鹽味鹹，梅味酸（古時無醋，以梅調酸味），都是調味所必須。因《尚書》中此語是殷高宗命傳說為相時所說，故舊時用做對宰相的讚辭。元臣、冢宰，皆指宰相。㉑宰肉甚均二句　語本《史記・陳丞相世家》：鄉里祭祀，陳平為宰（殺牲割肉），分肉甚均，父老說：「善，陳孺子之為宰。」平說：「嗟乎！使平得宰（主持）天下，亦如是肉矣。」意思是陳平分肉十分公平，得到家鄉父老的敬重。陳平（?～西元前一三七年），西漢初陽武人。少家貧，好黃老之術。秦末歸劉邦，為其主要謀士。漢初封曲逆侯。惠帝、呂后時為相。呂后死，迎立文帝，任左丞相。㉒戛羹示盡二句　《史記・楚元王世家》載：漢高祖劉邦微賤時，常帶著客人去丘嫂家，有次嫂正食羹，見他們來，故意戛釜（敲鍋子），假作羹盡而不給他們吃，由是劉邦抱怨。他當皇帝後，封其侄為頡羹侯，借名報復。漢高，漢高祖劉邦。參見卷一〈朝廷〉有關注釋。丘嫂，即大嫂。丘，長。㉓畢卓為吏部而盜酒　晉代畢卓是吏部郎，他的鄰居釀酒熟了，畢卓夜裡去偷酒喝，醉倒在酒甕邊。見《晉書・畢卓傳》。

㉔越王愛士卒而投醪二句　據《黃石公記》：越王句踐去伐吳時，有人送他一壜醪（美酒），他命令將醪倒入河水上游，令軍士迎流飲水，軍士們為他恩惠均霑所感動，無不奮力作戰。越王，指句踐（？～西元前四六五年）。春秋末年越國國君，西元前四九七～前四六五年在位。即位之初，大敗於吳軍，被迫入臣於吳。回國後，臥薪嘗膽，刻苦自強，終於轉弱為強，乘吳王夫差北上與晉爭霸之機，滅吳。繼而北上會諸侯於徐州，成為霸主。㉕懲羹吹齏　《楚辭・九章・惜誦》：「懲於羹者而吹韲兮，何不變此志也。」謂人被熱羹燙過，心懷戒懼，吃韲時也要吹一下。比喻遇事小心過甚。韲，通「齏」。細切的冷食肉菜。㉖酒囊飯袋　比喻只會吃喝，不會辦事的無用之人。曾慥《類說》卷二十二引陶岳《荊湖近事》：「馬氏（馬殷，五代時楚國主）奢僭，諸院王子僕從烜赫，文武之道，未嘗留意，時謂之酒囊飯袋。」㉗漱石枕流　語本《世說新語・排調》：晉代孫楚年輕時想隱居，對王武子說：「當枕石漱流。」但口誤為「漱石枕流」，王說：「流可枕，石可漱乎？」孫說：「所以枕流，欲洗其耳；所以漱石，欲礪其齒。」後因以「漱石枕流」或「枕流漱石」指士大夫的隱居生活。㉘沉湎之夫二句　謂嗜酒的人睡在酒糟上，頭枕著酒麴。沉湎，亦作「湛沔」。猶沉溺。多指嗜酒無度。《書・泰誓上》：「沉湎冒色。」孔穎達疏：「人被酒困，若沉於水，酒變其色，湎然齊同，故沉湎為嗜酒之狀。」藉糟枕麴，劉伶〈酒德頌〉：「奮髯箕踞，枕麴藉糟。無思無慮，其樂陶陶。」意思是說他睡在酒糟上，頭枕著酒麴。謂嗜酒無度。㉙昏庸桀紂二句　謂昏庸的桀與紂，為什麼要建造酒池肉林呢？桀紂，夏桀、商紂。分別是夏朝、商朝的最後一位君主，皆昏庸殘暴，是歷史上荒淫無道之君的典型。酒池肉林，古代傳說，殷紂王以酒為池，以肉為林，為長夜之飲。事見《史記・殷本紀》。夏桀也有酒池之說。參見卷二〈女子〉有關注釋。胡，何。㉚苦學仲淹二句　據《湘山野錄》載：范仲淹少時家貧，在長白山僧舍讀書時，每天煮二升米，作粥，待冷凝後，以刀割為四塊，早晚各取兩塊，與母親一起，就著斷齏而食用，就這樣過了三年。仲淹，指范仲淹。宋代大臣。參見卷一〈武職〉有關注釋。斷齏，切斷的醬菜或醃菜。

【語　譯】「臨淵羨魚，不如退而結網」，比喻有願望，就要想辦法去實現它；「揚湯止沸，不如去火抽薪」，是說僅僅救急是無用的，要從根本上解決問題。煮隻羊，打點酒，慰勞自己，這是表達農家的歡樂；口含食物，肚子吃得飽飽的，這是形容太平盛世人民飽食自得、無憂無慮的狀況。貪食、只求吃喝，叫做「徒餔啜」；帶有侮辱性的施捨，謂之「嗟來食」。貪於飲食，不知厭足，稱為「饕餮之徒」；看見食物垂涎三尺，說「有欲炙之色」。未能和大家同桌宴飲，叫做「向隅」；感謝主人款待優厚，謂之「飽德」。緩行散步，悠然自得，可如同坐車一樣舒適；晚一點吃飯，雖沒有肉，但餓了便覺得很香，就像吃肉一樣。家境窮困，常吃不飽，謂之「半菽不飽」；受人厚恩，常思報答，稱「每飯不忘」。「兵廚之擾」，是表示叨擾酒食的謝意；「草具之陳」，是主人自謙待客菲薄的話語。給客人的僕人吃白米飯，用青草餵他的馬，由此可知主人待客之厚；「炊金爨玉」，比喻飲食之精美豪奢，是賓客感謝主人款待隆重之語。「抹月披風」，是文人表示家貧，無可招待客人的戲言；「敲冰煮茗」，是冬天邀請客人的雅稱。皇帝身邊的宰相、朝廷中的大臣，就像釀酒的麴母、做羹湯的鹽梅一樣，不可缺少。陳平分肉十分均平，鄉里父老都誇獎他；大嫂厭惡劉邦，在他來時故意敲鍋子，表示羹已吃完。畢卓在吏部做官，夜裡卻到鄰家偷酒喝，這種逸興未免太過分；越王把酒倒在河水上游，讓軍士們都能喝到，軍士們感激他的恩惠，勇氣百倍。「懲羹吹齏」，是懲前戒後、小心過分的意思；「酒囊飯袋」，形容人不學無術，只會吃喝。隱逸山林之士，漱石枕流；沉湎於酒的人，藉糟枕麴。昏庸無道的桀、紂，為什麼要以酒為池、以肉為林，作長夜之飲呢？范仲淹刻苦求學，每天僅靠鹹菜與粥度日。

新增文

鍾阜山莊赤米，隱士加餐❶；邯鄲旅邸黃粱，仙人入夢❷。小兒盜禾畝，孔琇之按罪何妨❸；逸馬犯麥田，曹孟德自刑猶爾❹。易秕以粟，鄒侯為民庶之意拳拳❺；煮豆燃萁，子建悟兄弟之情切切❻。逖山之肉，旋割旋生❼；青田之壺，愈傾愈溢❽。我愛鵝兒黃似酒❾，雅可怡情；人言雀子軟如綿❿，最堪適口。多才之士，謝茶而贈我好歌⓫；好事之徒，載酒而問人奇字⓬。挹東海以為醴，庶暢高懷⓭；折瓊枝以為饈⓮，可含雅志。雲子飯可入杜句⓯，月兒羹見重柳文⓰。燒鵝而恣朵頤，且願鵝生四掌；炮鱉而充嗜欲，還思鱉著兩裙⓱。種秫不種粳，陶公若以酒為命⓲；窖粟不窖寶，任氏則以食為天⓳。紅莧紫茄，種滿吳興之圃⓴；綠葵翠薤，殖盈鍾阜之區㉑。

【章　旨】本節補充介紹有關飲食的一些趣聞軼事。

【注　釋】❶鍾阜山莊赤米二句　南齊周顒隱居鍾山，有人問他吃些什麼食物，他說：「赤米白鹽，綠葵紫蓼。」見《南史・周顒傳》。❷邯鄲旅邸黃粱二句　據沈既濟《枕中記》：少年盧生，家貧，在邯鄲的旅店遇見道士呂翁，呂給他一青瓷枕說：「枕此當富貴。」時店主人正蒸黃粱，盧枕著它，夢見出將入相五十餘年，子孫滿堂，及醒，主人稱黃粱未熟。後因以「黃粱夢」比喻虛幻的事和欲望的破滅。黃粱，黃小米。❸小兒盜禾畝二句　《南齊書・孔琇之傳》載：孔琇之為令，有小孩偷稻，他說：「十歲便能為盜，長大何所不為？」即按律治罪。❹逸馬犯麥田二句　《三國志・魏書・武帝紀》載：曹操軍紀甚嚴，下令行軍不准踩壞麥田，違者斬首，有次他自己所乘之馬受驚跑入麥田，左右說這不是故意的，曹操說：「如果不引咎自責，如何管束軍士。」便割髮代首，全軍震動。逸馬，奔馬；馬受驚而跑。曹孟德，曹操（西元一五五～二二〇年）。三國時政治家。字孟德，小名阿瞞。東漢末年戰亂中，勢力逐步擴大。迎漢獻帝至許，用其名義發號令。網羅人才，加強集權，先後削平北方割據勢力，統一中國北部，並對恢復發展北方農業生產有一定作用。精兵法，善詩歌散文。子曹丕稱帝，建魏，追尊他為武帝。❺易秕以粟二句　指鄒穆公下令用二石粟向老百姓換一石秕，表示他為民眾的心意是多麼懇切。事見《新序》。拳拳，亦作「惓惓」。牢握不捨之意，引申為懇切。秕，中空或不飽滿的穀粒。❻煮豆燃萁二句　謂曹子建在詩中以「煮豆燃萁」作比喻，要使兄長感悟兄弟間情意的真摯懇切。煮豆燃萁，語出曹植所作詩句，比喻兄弟相殘。事見《世說新語・文學》及本書卷二〈兄弟〉有關注釋。萁，豆稈。子建，即曹植。字子建，曹操子，曹丕弟。參見卷二〈老壽幼誕〉有關注釋。❼逖山之肉二句　《山海經・海外南經》載：逖山有視肉，形如牛肝，兩目能視，割而食之，肉盡復生如故。逖山之肉，即視肉。為一怪獸。❽青田之壺二句　相傳烏孫國有青田核，不知其樹形，果核很大，能裝入一斗米，注水其中，不一會便成為美酒，可供二十人飲，飲盡隨即加水，隨盡隨盛，不可久存，久存則苦不可飲，名為青田酒。見《古今注・草木》。❾我愛鵝兒黃似酒　杜甫〈舟前小鵝兒〉詩有「鵝兒黃似酒，對酒愛新鵝」句。❿人言雀子軟如綿　指蘇軾〈送牛尾狸與徐使君〉詩中有「通印子魚猶帶骨，披綿黃雀漫多脂」句。⓫多才之士二句　指盧仝感謝友人送茶葉，作〈謝孟諫議惠茶歌〉：「日高丈五睡正濃，軍將打門驚周公。口云諫議送書信，白絹斜封三道印。開緘宛見諫議面，手閱月團三百片。」⓬好事之徒二句　漢代揚雄博學，家貧，但嗜酒，人們很少去他家，有好事者，則帶著酒去拜訪，向他請教罕見的字。見《漢書・揚雄傳》。好事之徒，愛多事的人。⓭挹東海以為醴二句　謂舀東海的水作為酒，可以暢述高尚的胸懷。句本漢代曹植〈致季重書〉：「舉泰山以為肉，挹東海以為酒。」挹，舀；汲取。庶，能夠；可以。⓮折瓊枝以為饈　句出屈原〈離騷〉：「折瓊枝以為羞兮，精瓊靡以為粻（糧）。」羞，同「饈」。意思是以玉樹之枝做菜肴，擣玉成細末做糧（示其高潔）。⓯雲子飯可入杜句　杜甫〈與鄠縣源大少府宴渼陂〉詩：「飯抄雲子白，瓜嚼水晶寒。」雲子，碎雲母。以喻飯之白。⓰月兒羹見重柳文　唐柳公權作〈錦樣書〉，進呈文宗，文宗正在吃剪刀麵、月兒羹，便命分賜給他吃。見《雲仙記》。⓱燒鵝而恣朵頤四句　謂有燒鵝吃時大嚼特嚼，而且祝願鵝能有四隻腳掌；有炮鱉吃才滿足了食欲，還想著鱉最好能長兩個鱉裙。案：鵝掌、鱉裙（甲魚的殼邊，為甲魚最好吃的部位）皆美食。僧人謙光是酒肉和尚，嗜食此二物，曾說：「願鵝生四掌，鱉著兩裙。」見《五代史補・後周》。此四句即脫胎於此。歷代喜食鵝掌鱉裙者也有類似說法，如宋人云：「白鵝存掌鱉留裙。」朵頤，指飲食之事。語出《易・頤》：「觀我朵頤。」朵，動。頤，下巴。下巴動，即嚼。炮，烹飪法的一種。也泛指燒、煮。恣，放縱；任憑。⓲種秫不種粳二句　《晉書・陶潛傳》載：陶淵明喜飲酒，在當彭澤令時，有公田三百畝，他命令都種秫，經妻子一再請求，才改為五十畝種粳，二百五十畝種秫。秫，黏高粱。多用以釀酒。粳，稻的一種。陶公，指陶淵明。東晉人。不為五斗米折腰，為歷代士大夫所推崇。參見卷二〈身體〉有關注釋。⓳窖粟不窖寶二句　《史記・貨殖列傳》載：秦朝末年，天下大亂，豪富之家全都窖藏金銀財寶，獨有任氏藏粟。楚漢相爭時，滎陽為戰場，百姓無法耕種，米價騰貴，富豪家以金玉向任氏買粟，任氏大富。以食為天，即「民以食為天」。民眾以糧食為自己生命、生活所繫，極言民食的重要。《漢書・酈食其傳》：「王者以民為天，而民以食為天。」窖，收藏物品的地室，引申為窖藏。⑳紅莧紫茄二句　《南史・蔡撙傳》載：梁朝蔡撙為吳興太守時，在官邸前自種白莧菜、紫茄子等菜蔬，皇帝下詔表彰他的清廉。㉑綠葵翠薤二句　謂周顒在鍾阜山莊種滿了各種蔬菜。事見❶。葵，冬葵。我國古代重要蔬菜之一。《詩經》中已言及。《齊民要術》以〈種葵〉列為蔬類第一篇，較詳細地談論了其栽培方法。薤，又名「藠頭」、「莜子」。多年生宿根草木，鱗莖圓錐形。新鮮鱗莖可作蔬菜，一般加工製成醬菜。也可入藥。

【語　譯】周顒隱居鍾山，自種糧蔬，吃得很香；盧生旅寓邯鄲，夢見出將入相，醒來黃粱尚未熟。小兒偷稻麥，犯了國法，孔琇之按律治罪有什麼不應該？逸馬踩壞麥田，違背軍令，曹操尚能自我懲罰。以粟換秕，鄒穆公為百姓考慮的心意懇切；煮豆燃箕，曹植以詩使兄長省悟兄弟之情深切。遯山有視肉，邊割邊生；青田壺中的酒，越倒越多。我喜愛鵝兒黃似酒，其雅致可以怡情；人們說雀子軟如綿，最是可口適意。盧仝有詩才，以詩答謝別人所贈的茶葉；揚雄博學嗜酒，好事者便攜酒去他家請教奇異古怪之字。舀東海之水作為酒，能夠暢述高尚情懷；折瓊枝來做菜肴，可以舒發雅志。杜甫以「雲子飯」入詩句，柳公權因〈錦樣書〉得賜月兒羹。燒鵝掌是美味，大快朵頤，但願鵝兒生四掌；炮鱉裙是佳肴，滿足食欲，還想著鱉能長兩裙。陶淵明以酒為命，下令種可釀酒之秫而不種可充飢之粳；任氏懂得民以食為天之理，戰亂時藏粟而不藏財寶。蔡撙在吳興官邸前，種滿了紅莧紫茄；周顒在鍾阜山莊中，遍植綠葵翠薤。

宮室

【題解】人類的居住形式是物質文化的反映。原始時代野處穴居，人工搭建棚舍的出現，是文明時代開始的標誌之一。經過千萬年的發展，中國建築不僅有了南北各具特色的房、舍、廬、茅等民居，更建成許多富麗堂皇、美輪美奐的宮殿齋室、樓軒館廈、亭閣榭廊等等。在以民族創造為主體的基礎上，融匯吸取外來文化因素，形成獨特的建築體系，無論是工藝技術、整體布局，還是造型藝術等方面，都有很高的成就。其中最具代表性的，如保存迄今的北京故宮、長城、帝王陵墓；各種宗教建築（寺、塔、石窟）、園林等等，在世界建築史上占有一定的地位。

建築作為文化的形態之一，它同樣直接或間接地反映一個民族的精神風貌、價值觀念、審美情趣、民風民俗。在專制時代，還打上了深刻的等級烙印，歷代都有有關舍宅車服器物等等的法律條文或懲罰條例，對建築的規模、層高、用料、花紋裝飾，乃至廳堂的結構和大小，梁棟斗拱的多少和色彩，大門的面積和門環等等，都按照主人的身分、品級、地位有極為嚴格的規定，連「宮殿」、「府邸」、「宅第」的稱謂也不得混淆，違式僭用，處以從杖笞、罷官、流放到處死的各種刑罰，工匠也一併罪及。舊時律法對犯法官員有優容的慣例，唯獨這項例外，由此也可知宮室舟車等被賦予了實用及美學以外的倫理、制度的意義。本章所述即可見其一斑。

洪荒之世，野處穴居；有巢以後，上棟下宇❶。竹苞松茂❷，謂制度之得宜；鳥革翬飛❸，謂創造之盡善。朝廷曰紫宸❹，禁門曰青瑣❺。宰相職掌絲綸，內居黃閣❻；百官具陳章疏，敷奏丹墀❼。木天署，學士所居❽；紫微省，中書所莅❾。金馬、玉堂❿，翰林院宇；柏臺、烏府⓫，御史衙門。布政司，稱為藩府⓬；按察司，係是臬司⓭。潘岳種桃於滿縣，故稱花縣⓮；子賤鳴琴以治邑，故曰琴堂⓯。潭府⓰是仕宦之家，衡門⓱乃隱逸之宅。

【章　旨】本節先說房屋創始於有巢氏，再介紹在等級制度下，宮廷、衙署的各種美稱，以及仕宦、隱士等不同身分者居所的名稱。

【注　釋】❶洪荒之世四句　謂遠古時期，人們生活在野外，居住在洞穴裡；有巢氏發明房屋後，人們才住在有棟梁、有屋檐的房子裡。《易・繫辭下》：「上古穴居而野處，後世聖人易之以宮室，上棟下宇，以待風雨。」此四句即源於此。洪荒之世，遠古時代。有巢，即有巢氏。一作「大巢氏」。傳說中房屋的發明者。見《韓非子・五蠹》。棟，房屋的正梁。宇，屋檐。❷竹苞松茂　語本《詩・小雅・斯干》：「如竹苞矣，如松茂矣。」〈斯干〉相傳是周宣王製造宮室時所唱的詩。竹苞松茂是說松竹茂盛，用以比喻家族興盛。常用作新屋落成時的頌辭。本處則指宮室建築合於規範制度。❸鳥革翬飛　語本《詩・小雅・斯干》：「如鳥斯革，如翬斯飛。」形容宮室華麗。革，鳥張翼。翬，野雞。羽毛很美。❹紫宸　殿名。借指朝廷。見《唐會要》。案：古人以紫微星為帝星，故而許多與皇帝有關的事物都有「紫」字，如「紫禁城」（皇宮）、「紫誥」（詔書）、「紫陌」（帝都的道路）。宸，北宸所居。以此指帝王的宮殿，又引申作王位、帝王的代稱。故而有宸極（帝位）、宸居（皇宮）、宸扆（君位）等詞。又，漢代宮殿的前殿為紫宸殿。❺青瑣　古代宮門上的一種裝飾，塗以青色。《漢書・元后傳》：「赤墀青瑣。」後亦借指宮門。❻宰相職掌絲綸二句　謂宰相的職責是為皇帝起草詔書，協助處理政務，他的官署稱為「黃閣」。絲綸，皇帝的詔書。參見卷一〈朝廷〉有關注釋。黃閣，漢代的丞相、太尉和漢以後的三公官署避用朱門，廳門塗黃色，以區別於天子，稱為黃閣。見《漢舊儀》卷上。後以「黃閣」指宰相官署。❼百官具陳章疏二句　謂百官站在丹墀下，陳述奏疏。見《漢書・百官志》。具陳，陳述；

開列。章疏，臣下的奏本、奏章。敷奏，奏陳；詳加論列。丹墀，古時宮殿前的石階以紅色塗飾，故稱「丹墀」。墀，臺階；也指階面。❽木天署二句　謂木天署是翰林學士聚集的場所。木天，唐代宮中庋藏圖書的祕書閣，十分高敞，因稱「木天」。見《唐六典》。也指翰林院。學士，翰林學士。❾紫微省二句　謂紫微省是內閣中書蒞臨辦公的地方。紫微省，即中書省。唐代開元初年，改中書省為紫微省，不多久又改回原名。見《新唐書・百官志》。蒞，到；臨。❿金馬玉堂　皆翰林院的別稱。參見卷一〈文臣〉有關注釋。⓫柏臺烏府　皆御史臺的別稱。漢代御史府中列柏樹，常有野烏（烏鴉）數千棲宿其上。見《漢書・朱博傳》。後因稱御史臺為柏臺（或柏府、柏署）、烏府。⓬布政司二句　因布政使有藩侯的美稱（參見卷一〈文臣〉有關注釋），故其衙署亦美稱為藩府。⓭按察司二句　元代、明代稱掌管一省司法的廉訪使、按察使為臬司。臬，刑法；法度。參見卷一〈文臣〉有關注釋。⓮潘岳種桃於滿縣二句　晉代潘岳在河南任官期間，使該縣種滿桃花，以致有「花縣」之稱。參見卷一〈文臣〉有關注釋。⓯子賤鳴琴以治邑二句　《呂氏春秋・察賢》載：「宓子賤治單父，彈鳴琴，身不下堂而單父治（意採用德治）。」謂宓子賤任單父宰時，常彈琴，用德治的方法將單父治理得非常好。後因稱縣官的衙門為「琴堂」。子賤，即宓子賤（西元前五二一年～？）。春秋末期魯國人，名不齊。孔子學生，曾為單父宰。⓰潭府　語本韓愈〈符讀書城南〉詩：「一為公與相，潭潭府中居。」後因尊稱他人的居宅為「潭府」、「潭第」。潭潭，深邃貌。⓱衡門　《詩・陳風・衡門》：「衡門之下，可以棲遲。」橫木為門，指簡陋的房屋。文中指隱者所居十分簡樸。

【語譯】遠古時代的人們，夏居荒野，冬居山洞；自從有巢氏發明房屋並教會大家後，才建成有梁有檐，可遮風避雨的屋子。「竹苞松茂」，是說宮室建築合於體制，預示會興旺發達；「鳥革翬飛」，以鳥高飛、翬羽美比喻宮室高大華麗、製作完善。「紫宸」是朝廷的代稱，「青瑣」是宮門的別名。宰相掌管帝王詔書，其官署又名「黃閣」；百官上朝，則在丹墀下奏陳章疏。木天署，是翰林學士所在之處；紫微省，是內閣中書辦公場所。金馬、玉堂，皆翰林院的美稱；柏臺、烏府，皆御史臺的別名。布政司又稱「藩府」，按察司也叫「臬司」。潘岳任河陽尹時，鼓勵百姓種桃樹，春日一縣皆花，有「花縣」之稱；宓子賤以德治單父，終日鳴琴，身不下堂而單父大治，故而有「琴堂」之名。「潭府」是仕宦人家的尊稱，而「衡門」為隱者居所的通名。

賀人有喜，曰門闌藹瑞❶；謝人過訪，曰蓬蓽生輝❷。美奐美輪，《禮》稱屋宇之高華❸；肯構肯堂，《書》言父子之同志❹。土木方興曰經始❺，創造已畢曰落成❻。樓高可以摘星❼，屋小僅堪容膝❽。寇萊公庭除之外，只可栽花❾；李文靖廳事之前，僅容旋馬❿。恭賀屋成曰燕賀⓫，自謙屋小曰蝸廬⓬。民家名曰閭閻⓭，貴族稱為閥閱⓮。朱門⓯乃富豪之第，白屋⓰是布衣之家。客舍曰逆旅⓱，館驛曰郵亭⓲。書室曰芸窗⓳，朝廷曰魏闕⓴。成均㉑、辟雍㉒，皆國學㉓之號；黌宮㉔、膠序㉕，乃鄉學㉖之稱。笑人善忘，曰徙宅忘妻㉗；譏人不謹，曰開門揖盜㉘。何樓所市，皆濫惡之物㉙；壟斷獨登㉚，譏專利之人。蓽門圭竇㉛，係貧士之居；甕牖繩樞，皆窶人之室㉜。宋寇準，真是北門鎖鑰㉝；檀道濟，不愧萬里長城㉞。

【章　旨】本節介紹有關建築的一些美稱、讚語、謙詞，民用建築（如學校、旅舍、民居等）的稱謂，以及史事傳聞等。

【注　釋】❶門闌藹瑞　謂家門口有祥雲瑞氣繚繞。這是祝賀別人家中喜慶吉祥的頌語。杜甫〈李監宅〉詩：「門闌多喜色。」闌，門口的橫格柵門。藹瑞，祥雲瑞氣。喜慶吉祥的徵兆。藹，通「靄」。雲氣。❷蓬蓽生輝　這是感謝他人來訪，致使草屋生輝的謝語、謙詞。也作「蓬蓽增輝」，見王之道〈和富公權宗丞〉詩。蓬蓽，草屋竹門。比喻窮人住的房子。此處為謙詞。❸美奐美輪二句　謂《禮記》中以「美奐美輪」稱讚房屋高大華麗。美奐美輪，即「美輪美奐」。語本《禮記・檀弓下》：晉獻文子蓋成了屋子，張老說：「美哉輪焉，美哉奐焉。」輪，盤旋屈曲而上，引申為高大貌。奐，光輝煥發貌；眾多。後因以「美輪美奐」、「輪奐」形容房屋高大華麗，多不勝數。《禮》，《禮記》的省稱，儒家經典之一。戰國至西漢初各種禮儀著作選集。西漢初，劉向編定《禮記》一百三十篇，戴德刪選出八十五篇，稱《大戴禮記》；戴聖從中再選出四十六篇（後儒又加三篇）而成，稱《小戴禮記》，即通行本。有〈曲禮〉、〈檀弓〉、〈王制〉、〈禮運〉、〈中庸〉、〈大學〉等篇，大率為孔子弟子及其再傳、三傳弟子所記，是研究我國古代禮制、社會情況、儒家學說的重要資料。後人有多種注疏。❹肯構肯堂二句　指《尚書》以「肯構肯堂」形容兒子能繼承父業。肯構肯堂，語本《書・大誥》：「若作考室，既底法，厥子乃弗肯堂，矧肯構。」意思是子能繼承父業。參見卷二〈祖孫父子〉有關注釋。《書》，《尚書》。也稱《書經》。儒家典籍之一。尚，通「上」。上代以來之書，故名。是中國上古歷史文獻和一部分追述歷史事跡著作的匯編，保存有商周時期的重要史料。相傳為孔子編定。據考訂，其中〈皋陶謨〉、〈禹貢〉、〈堯典〉等篇為後人所補。有《今文尚書》、《古文尚書》之別。《古文尚書》早佚，後世流傳者為東晉人偽作。同志，志趣相同。❺經始　開始測量營造。語出《詩・大雅・靈臺》：「經始靈臺，經之營之。」後引申為開創事業。❻落成　《詩・小雅・斯干序》鄭玄箋：「宣王於是築宮廟群寢，既成而釁之，歌〈斯干〉之詩以落之。」後因稱建築工程告竣為「落成」。落，古代宮室築成時舉行的祭禮。❼樓高可以摘星　相傳宋代楊憶生下後數年，仍然不會說話，一日，家人抱他登樓時碰了頭，他突然開口吟詩一首：「危樓高百尺，手可摘星辰。不敢高聲語，恐驚天上人。」見周紫芝《竹坡詩話》。❽容膝　室小僅能容雙膝。極言其狹小。《韓詩外傳》：「所安不過容膝。」❾寇萊公庭除之外二句　《宋史・寇準傳》載：寇雖貴為丞相，但他家的院子極小，僅可栽花而已。寇萊公，寇準。北宋丞相。參見卷一〈文臣〉有關注釋。❿李文靖廳事之前二句　謂李沆的宅院很小，廳前僅能調轉馬頭。見《宋史・李沆傳》。李文靖，李沆（西元九四七～一〇〇四年）。北宋洛州人，字太初。官至丞相。為相多年，遵守條制，不以密啟奏事，常以民生艱難戒帝王，時稱「聖相」。謚文靖。⓫燕賀　語本《淮南子・說林》：「大廈成而燕雀相賀。」後用指祝賀新居落成。⓬蝸廬　猶「蝸舍」。狹小如蝸牛殼的屋子。三國時焦先和楊沛作圓舍，形如蝸牛殼，稱為蝸牛廬。見《三國志・魏書・管寧傳》。後因自稱簡陋的居處為「蝸廬」。⓭閭閻　閭、閻都是指里巷的門。《公羊傳・成公二年》：「相與踦閭而語。」後因以作為里巷的代稱。「閭閻」常合用，作為「里巷」的代稱，也借指平民。《漢書・異姓諸侯王表》：「適（謫）戍強於五伯，閭閻逼於戎狄。」顏師古注：「陳勝、吳廣，本起閭左之戍，故總言閭閻。」⓮閥閱　古代仕宦人家大門外的左右柱。在左曰閥，在右曰閱，常用來榜貼功狀。唐宋以後遂於門外作二柱，謂之烏頭閥閱。因稱仕宦人家為閥閱。見《玉篇・門部》及《說文解字箋注》。⑮朱門　古代王侯貴族的住宅大門漆成紅色以示尊異，故以「朱門」為貴族邸第的代稱。《晉書・麴允傳》：「東開朱門，北望青樓。」⑯白屋　用白茅草覆蓋的屋，平民所居。《漢書・吾丘壽王傳》載：「三公有司，或由窮巷，起白屋，裂地而封。」顏師古注：「白屋，以白茅覆屋也。」舊也指沒有做官的讀書人的住屋。⑰逆旅　客舍。逆，迎；迎止賓客之處，猶後來的旅館。《商君書・墾令》：「廢逆旅，則奸偽、躁心、私交、疑農之民不行。」⑱郵亭　古時設在沿途，供遞送文書者和旅客歇宿的館舍。《後漢書・趙孝傳》有此語。⑲芸窗　書齋。古人藏書多用芸香驅蠹蟲，所以稱書籍為「芸編」、書房為「芸窗」。馮延登〈洮石硯〉詩：「芸窗盡日無人到。」⑳魏闕　古代宮門上有巍然高出的樓觀稱魏闕。其下兩旁為懸布法令的地方，因作為朝廷的代稱。《莊子・讓王》：「身在江海之上，心居乎魏闕之下。」魏，宮門的臺觀。㉑成均　一說為西周的大學。《周禮・春官》：「大司樂掌成均之法，以治建國之學政。」唐代貞觀中，改國子學為國子監，後又改為司成，再改為成均，即本此。後人也有稱國子監為「成均」的。另一說為五帝時的大學。《禮記・文王世子》鄭玄注引董仲舒語，謂：「五帝名大學曰成均。」㉒辟雍　也作「辟廱」、「璧雍」等。原為西周天子設立的大學。《禮記・王制》：「大學在郊，天子曰辟雍，諸侯曰頖宮。」辟雍形圓，四面環水，天子在此舉行鄉射、獻俘、慶功等。東漢之後，歷代均設辟雍，除北宋崇寧元年（西元一一〇二年）所設辟雍為太學的預備學校外，其餘都是祭祀之所。㉓國學　西周設在王城及諸侯國都的學校。分小學與大學兩級，教育對象為王子、公卿大夫元士之嫡子，以及挑選出來的「國之俊秀」。教育內容為六藝：禮、樂、射、御、書、數。後世稱京師所設官學為國學，猶指太學和國子學。㉔黌宮　古時鄉村中的學校。也稱黌學。《後漢書・仇覽傳》：「還就黌學。」㉕膠序　據《禮記・王制》：「周人養國老於東膠，養庶老於虞庠。」鄭玄注：東膠（亦稱東序、東學）是西周的大學；虞庠為小學（毛奇齡則說是大學）。序，古代學校名。《漢書・儒林傳序》：「鄉里有教，夏曰校，殷曰庠，周曰序。」㉖鄉學　相傳周制以一萬二千五百家為鄉，鄉學即鄉所設立的學校。有序、庠、塾等名稱，教育庶人子弟，鄉學中的優秀者可升入國學。後世稱地方設立的學校為鄉學。㉗徙宅忘妻　語本《孔子家語・賢君》：「魯哀公對孔子說：『我聽說有善忘者，徙宅（搬家）而忘其妻。』」後因以「徙宅忘妻」比喻粗心荒唐。㉘開門揖盜　比喻引進壞人，自己招來禍患。《三國志・吳書・吳主傳》：「是猶開門而揖盜。」㉙何樓所市二句　宋京城有何氏，其樓下所賣多為偽劣之物，因名何樓。見《中山詩話》。市，交易。動詞。㉚壟斷獨登　語本《孟子・公孫丑下》：「有賤丈夫焉，必求龍（通「壟」）斷而登之，以左右望而罔市利。」意思是商人登高探望，看看什麼貨物可獲高利，而後交易。壟斷，高而不相連的土墩子。後因以引申為把持和獨占。㉛華門圭竇　指窮苦人家的住處。《左傳・襄公十年》：「篳門閨（圭）竇之人。」杜預注：「篳門，柴門（以荊竹樹枝編成的門）。閨竇，小戶（小窗戶）。穿壁為戶，上銳下方，狀如圭（古玉器，長條形，上尖下方）也。」案：華門，通常作「篳門」。㉜甕牖繩樞二句　謂「甕牖繩樞」是窮人住的房屋。甕牖繩樞，指貧窮人家。甕牖，以破甕遮蔽牖，指簡陋的窗戶（牖，窗）。繩樞，以繩繫戶樞。賈誼〈過秦論上〉：「然而陳涉甕牖繩樞之子，氓隸之人，而遷徙之徒也。」窶人，窮人；貧家子。語見《說苑・正諫》。㉝宋寇準二句　謂北宋的寇準，確實是鎮守北方邊境的關鍵人物。寇準，北宋丞相。參見卷一〈文臣〉有關注釋。據《宋史・寇準傳》載：寇準遭讒言，被罷相，命他出鎮天雄軍。契丹使者說：「你德高望重，為何不在中書省了？」寇準回答：「皇上以朝廷無事，北門鎖鑰，非準不可耳。」鎖鑰，比喻重臣、關鍵人物。㉞檀道濟二句　道濟自負文武全才，國家重臣，被抓時目光如炬，脫幘投地，說：「乃壞汝萬里長城耶！」以長城比自己，謂對國家作用之大。見《南史・檀道濟傳》。檀道濟（？～西元四三六年），南朝宋高平人。世居京口。官至司空。善戰，並參預朝政。後宋文帝等人以其諸子及心腹皆為將才，忌而殺之。

【語譯】祝賀別人有喜事，說「門闌藹瑞」；感謝別人來訪，說「蓬蓽生輝」。「美奐美輪」，這是《禮記》中稱頌房屋高大華麗之語；「肯構肯堂」，這是《尚書》中說父子志趣相同、子承父業之辭。開始測量建造房屋，叫做「經始」；建築工程完畢，謂之「落成」。樓高千丈，彷彿伸手可以摘星；屋子狹小，僅能容下雙膝。寇準家的庭院小，只能栽花；李沆的廳前窄，僅能調轉馬頭。恭賀別人蓋成新屋，說「燕賀」；自謙屋子簡陋狹小，言「蝸廬」。庶民居住的地方，叫做「閭閻」，故而「閭閻」是平民的別名；貴族的府第外有閥閱，因此「閥閱」是貴族的代稱。朱門是富豪之宅，白屋是平民之家。「逆旅」是客棧的代稱，「郵亭」是來往傳遞文書者所住的館舍。書房叫做「芸窗」，朝廷又名「魏闕」。成均、辟雍，都是西周國學的名號；黌宮、膠序，皆為西周鄉學的稱謂。嘲笑別人健忘，說「徙宅忘妻」；譏諷他人不謹慎，謂「開門揖盜」。何樓所賣的東西，皆偽劣之物；「壟斷獨登」，譏誚那些蠅營狗苟、專門求利的小人。華門圭竇，是貧寒之士居住的地方；甕牖繩樞，是窮困潦倒之人的房屋。宋代寇準抗擊契丹進犯，真是北門鎖鑰；南朝檀道濟文武全才，不愧是萬里長城。

新增文

榱題一建，風雨攸除❶。百堵皆興，周邦鞏固❷；重門洞闢，宋殿玲瓏❸。晉公堂下植三槐，相臣地位❹；靖節門前栽五柳，隱士家風❺。退思巖，是魚頭參政退思時❻；知安室，乃半山居士知安處❼。蓂生神堯階下❽，竹秀唐帝宮前❾。夾馬營中，異香遍達❿；盤龍齋⓫內，瑞氣常臻。月榭已成，賸有十分佳景⓬；雪巢既構，應無半點塵埃⓭。避風臺妃子揚歌⓮，凌煙閣功臣列像⓯。碧雞坊裡神仙至⓰，朱雀橋⓱邊士子遊。浣花溪上草堂，最是杜公樂地⓲；至道坊間土窟，更為司馬勝居⓳。

【章旨】本節補充介紹有關宮室的史事、傳說。

【注釋】❶榱題一建二句　謂房屋蓋好了，就可抵擋風雨。榱題，也叫「出檐」。屋椽的前端。《孟子・盡心下》有此詞。風雨攸除，語出《詩・小雅・斯干》：「約之閣閣，椓之橐橐。風雨攸除，鳥鼠攸去，君子攸芋。」攸，語助詞。無義。❷百堵皆興二句　謂蓋起了許許多多的房子，這是周朝興旺的象徵。百堵，指蓋起許許多多房子。《詩・小雅・鴻雁》：「百堵皆作。」百，約數。堵，牆壁；牆一重稱一堵。❸重門洞闢二句　《三朝聖政錄》載：皇宮修成後，宋太祖曾說：「洞闢諸門，此如我心，少有邪曲，人皆見之。」表示自己胸懷坦蕩。重門洞闢，一重重門大開。

❹晉公堂下植三槐二句　《宋史・王旦傳》載：宋代王祐有大功於朝，卻不得為相，便在庭院裡種了三棵槐樹，說：「吾子孫必有為三公者。」後次子王旦果為相。蘇軾為此作〈三槐堂記〉。案：晉公是唐代裴度的封號，裴度沒有植三槐。王祐沒有封公，子王旦相宋真宗，封魏公，故此處「晉公」為誤。三槐，周制：外朝植三槐，是三公的位置（參見卷一〈文臣〉有關注釋），後為三公的代稱。❺靖節門前栽五柳二句　謂陶淵明的家門口栽有五棵柳樹，這是隱士的家風。《晉書・陶潛傳》載：陶淵明辭去彭澤令後，居柴桑，門前種五柳，人稱五柳先生。靖節，即陶淵明。他辭官歸隱，躬耕自食，深受後人推崇。去世後，後世私謚靖節。參見卷二〈身體〉有關注釋。❻退思巖二句　宋代魯宗道建一室名「退思巖」，每次退朝後，獨居其中，雖妻子不許入。見葉廷珪《海錄碎事・臣職上・宰相》。退思，事後省察自己的言行。《左傳・宣公十二年》：「林父之事君也，進思盡忠，退思補過。」魯宗道築「退思巖」即用此意。魚頭參政，即魯宗道。宋代大臣。參見卷一〈文臣〉有關注釋。❼知妄室二句　宋代王安石曾經建造一室名「知妄」，自為語錄說：「知妄為妄，即妄是真；認妄為真，雖真亦妄。」半山居士，即王安石（西元一〇二一～一〇八六年）。北宋撫州人，字介甫，號半山。官至參知政事（丞相），在神宗支持下實行變法。罷相後出判江寧府，退居半山園。封荊國公，世稱荊公。卒謚文。擅詩文，為唐宋八大家之一。❽蓂生神堯階下　相傳在堯帝屋前的土階下長有蓂莢。蓂，蓂莢。古代傳說中的一種瑞草，亦名曆莢。從初一至十五，每天生一莢；十六日以後，每天落一莢，所以看莢數的多少，就可知道是何日。見《竹書紀年・陶唐氏》。❾竹秀唐帝宮前　唐玄宗幼時兄弟友愛，御花園中竹叢幽密，唐睿宗對大家說：「兄弟相親，當如此竹。」因稱為義竹。見《開元天寶遺事》。❿夾馬營中二句　宋太祖生於夾馬營中，出生時紅光滿室，異香一月，號為香孩兒。見《宋史・太祖紀》。⓫盤龍齋　相傳南朝宋劉裕幼有大志，曾建一小齋，書「盤龍」匾，意取能變化。案：《南史・宋武帝紀》謂劉裕臥竹林寺講堂前，上有五色龍章，而非「盤龍齋」。⓬月榭已成二句　唐代裴度曾建「綠野堂」，內有涼臺燠館、風臺月榭之景。見《舊唐書・裴度傳》。榭，建在高臺上的屋子。賸，「剩」的異體字。⓭雪巢既構二句　宋林景思作廬舍，以雪景成，名之為「雪巢」，楊廷秀為賦：「式瑤我室，式瓊我廨，絕無一埃，點我勝概。」⓮避風臺妃子揚歌　據《飛燕外傳》：漢成帝后趙飛燕，體輕不勝風，成帝為她造七寶避風臺，飛燕在臺上唱〈歸風送遠〉之曲。酒酣風起，她揚袖說：「仙乎，仙乎！」⓯淩煙閣功臣列像　唐太宗即位後，將輔佐安邦立國的二十四位功臣的圖像懸掛於淩煙閣中。見《大唐新語・褒賜》。⓰碧雞坊裡神仙至　據《漢書・郊祀志下》：有方士說：「益州有金馬碧雞之神，舉行祭祀，神就會降臨。」漢宣帝使諫大夫王褒持節而求之。今雲

南昆明市東有金馬山，西有碧雞山，兩山相對，山上都有神祠，相傳即當時祭金馬、碧雞神處。⑰朱雀橋　在金陵（今南京），橫跨秦淮河上，其周圍一度是南京最繁華的區域。東晉時過朱雀橋至河南岸的烏衣巷，便是當時高門士族王（王導等）、謝（謝安）的居住區。至唐時已衰敗，故劉禹錫〈烏衣巷〉詩有「昔日王謝堂前燕，飛入尋常百姓家」的感慨。宋明後漸成為商業區，明末時秦淮河、秦淮歌妓極為著名，再度成為文人士子遊玩聚會之地。⑱浣花溪上草堂二句　唐代詩人杜甫居成都時，曾在浣花溪築草堂。見《老學庵筆記》卷一。至今該地有杜甫草堂遺址。杜公，杜甫（西元七一二～七七〇年）。唐代詩人，字子美，詩中嘗自稱少陵野老。一度在劍南節度使嚴武幕中任參謀，武表為檢校工部員外郎，世稱杜工部。其作品反映了唐代由開元盛世轉向分裂衰微的過程，因被稱為「詩史」；而他本人也有「詩聖」之稱。⑲至道坊間土窟二句　宋代司馬光曾在至道坊掘地窟做屋，居住其中。見《塵史》。司馬，司馬光。北宋大臣，《資治通鑑》的編纂者，參見卷一〈文臣〉有關注釋。

【語　譯】屋檐蓋好，便擋住了風雨。周朝建立後，蓋起許許多多房子，象徵著它的鞏固強大；大門一重重打開，見到裡面（宋朝）宮殿玲瓏秀麗。王祐在庭院中種下三棵槐樹，預祝子孫位列三公；陶淵明門前栽五株柳樹，是隱士的風範。魯宗道，人稱魚頭參政，他有一間屋子名退思巖，是退朝後思過的地方；王安石自號半山居士，他的一間屋子叫知妄室，時刻提醒自己知妄求真。堯帝居室的土階下生有蓂莢，唐朝皇宮的御花園內長著幽密的竹叢。宋太祖生於夾馬營中，異香遍於全營；劉裕所建盤龍齋內，經常瑞氣繚繞。裴度的綠野堂中，有涼臺燠館、風臺月榭之佳景；林景思以雪景築成雪巢，自應無半點塵埃。避風臺上趙飛燕揚聲歌唱，凌煙閣中陳列著二十四位功臣的圖像。碧雞坊裡有神仙降臨，朱雀橋邊供士子們娛樂遊覽。浣花溪上的草堂，是杜甫最喜愛的住所；至道坊的土窟，則為司馬光的居處。

器用

【題解】中國古代文化偏重實用性。在數千年的歷史中，心靈手巧的工匠們發明製造了各種獨具特色的生產、生活用具和精美絕倫的工藝品。

紙是中國最著名的古代發明之一，對世界文化的傳播與發展作出了貢獻。筆墨紙硯是中國獨有的書寫工具，是古代文人最熟悉、最常用的物品，被稱為「文房四寶」，並賦予各種美稱、代稱。除日常書寫記載外，它們相輔相成，成為書法藝術和繪畫藝術的物質基礎，能夠充分展示中國書法和繪畫龍飛鳳舞、氣韻生動、大塊淋漓的獨特魅力。

中國的工藝品享有很高的世界聲譽，令人讚歎不已。中國古代的工藝技術曾達到相當高的水準，歷史上流傳著許多有關這方面的佳話，近年來，考古發掘的實物（如越王劍）證實了其中一些傳說的真實性。

中國的士大夫們還從這些日常生產、生活用器中思考並體現其中的天、地、人之間的關係，悟出許多帶有哲理性的認識，如以銅為鑑、刻舟求劍等等，至今仍有啟迪意義。

一人之所需，百工斯為備❶。但用則各適其用，而名則每異其名❷。管城子、中書君❸，悉為筆號；石虛中、即墨侯❹，皆為硯稱。墨為松使者❺，紙號楮先生❻。紙曰剡藤，又曰玉版❼；墨曰陳玄❽，又曰龍劑❾。共筆硯，同窗❿之謂；付衣鉢⓫，傳道之稱。篤志業儒，曰磨穿鐵硯⓬；棄文就武，曰安用毛錐⓭。劍有干將、鏌鋣⓮

之名，扇有仁風[15]、便面[16]之號。何謂箑[17]？亦扇之名；何謂籟[18]？有聲之謂。小舟名蚱蜢[19]，巨艦曰艨艟[20]。金根[21]是皇后之車，菱花[22]是婦人之鏡。銀鑿落[23]原是酒器，玉參差[24]乃是簫名。刻舟求劍，固而不通[25]；膠柱鼓瑟，拘而不化[26]。斗筲[27]，言其器小；梁棟[28]，謂是大材。鉛刀[29]無一割之利，強弓[30]有百石[31]之名。杖以鳩名，因鳩喉之不噎[32]；鑰同魚樣，取魚目之常醒[33]。兜鍪[34]係是頭盔，叵羅[35]乃為酒器。短劍名匕首[36]，毡毯曰氍毹[37]。琴名綠綺、焦桐[38]，弓號烏號[39]、繁弱[40]。香爐曰寶鴨[41]，燭臺曰燭奴[42]。龍涎[43]、雞舌[44]，悉是香名；鷁首[45]、鴨頭[46]，別為船號。壽光客[47]，是妝臺無塵之鏡；長明公[48]，是梵堂[49]不滅之燈。桔槔[50]是田家之水車，襏襫[51]是農夫之雨具。烏金[52]，炭之美譽；忘歸[53]，矢之別名。夜可擊，朝可炊，軍中刁斗[54]；〈雲漢〉熱，〈北風〉寒，劉褒畫圖[55]。

【章旨】本節介紹常用習見的日常生活用品（文具、扇、鏡、樂器、酒器、鎖鑰、妝具、農具）及兵器的名稱、代稱，以及以器物為比喻的成語。

【注釋】❶一人之所需二句　語本《孟子・滕文公上》：「且一人之身，而百工之所為備，如必自為而後用之，是率天下而路也。」意思是一個人生活中所用的物品，需千百種工匠的勞作才能齊備。百工，西周時工奴的總稱。春秋時沿用，並成為各種手工業者的總稱。百，言其多。❷用則各適其用二句　謂每種物品各有其用，它們的名稱則各不相同。見《論語・為政》朱注。❸管城子中書君　皆毛筆的別稱。韓愈〈毛穎傳〉說：秦始皇時大將蒙恬伐中山，圍毛氏族（兔子），拔其豪，載穎而歸。始皇封諸管城，號曰「管城子」。累拜中書令，上呼為「中書君」。毛穎，毛筆。案：〈毛穎傳〉是以擬人手法所寫「毛筆」的「傳記」。後因以「管城子」、「中書君」作毛筆的別稱。❹石虛中即墨侯皆為硯的別稱。宋人仿韓愈〈毛穎傳〉，寫〈石虛中傳〉，謂：「石虛中字居默，南越高要人，器度方圓，封即墨侯。與宣城毛元銳（筆）字文鋒、燕人易玄光（墨）字處晦、華陰楮知白（紙）字守玄，皆同出處。」案：所言地名皆當時筆墨紙硯的著名產地。❺松使者　相傳唐玄宗一日見御案上的墨上有一小道士如蒼蠅般大小在行走，自稱：「臣，墨之精，墨松使者也。」見《雲仙雜記・一》。❻楮先生　韓愈〈毛穎傳〉曰：「毛穎（筆）與絳人陳玄（墨）、弘農陶泓（硯）、會稽楮先生（紙）友善，出入必偕。」意思是使用時筆墨紙硯必齊備。楮，楮樹。其樹皮可製桑皮紙，故作為紙的代稱。❼紙曰剡藤二句　指剡藤、玉版都是紙的代稱。蘇軾〈六觀堂老人草書〉詩：「剡藤玉版開雪膚。」剡藤，浙江剡溪之藤做紙極美，因以為紙的別名。玉版，即「玉版箋」。一種光滑勻厚的白棉紙，供書畫用。版，又作「板」。❽陳玄　墨的別名。語出〈毛穎傳〉。見❻。❾龍劑　唐玄宗用的御墨名龍香劑。見《雲仙雜記・一》。後因以稱墨。❿同窗　也稱「同硯」。即同學。語見呂祖謙〈與朱侍講書〉。⓫衣鉢　謂法衣和鉢。佛教用語。佛教僧尼受大戒和遊方僧到寺院暫住，必以衣鉢齊備為條件。中國禪宗師徒間道法的授受，常以付衣鉢為信。見《傳燈錄》。參見卷二〈師生〉有關注釋。⓬篤志業儒二句　謂立志鑽研學問，稱之為「磨穿鐵硯」。篤志，志向專一不變。磨穿鐵硯，史載五代時桑維翰屢次參加科舉考試，主考官嫌惡他的姓與喪同音，總不錄取。桑便著〈日出扶桑賦〉以見志，又鑄鐵硯，發誓：「鐵硯磨穿了才改業。」後中進士，官至樞密使。見《新五代史・晉書・桑維翰傳》。後以「磨穿鐵硯」表示矢志不渝。⓭棄文就武二句　謂放棄學問，從事武藝，可說「安用毛錐」。安用毛錐，五代史弘肇說：「安朝廷、定禍亂，直須長槍大劍，若毛錐子安足用哉？」見《新五代史・史弘肇傳》。意思是安邦定國用槍劍，筆有何用。安，何；如何。毛錐，即毛筆。⓮干將鏌鋣　寶劍的代稱。《搜神記》載：干將、鏌鋣夫婦為楚王鑄雌雄二劍，三年而成。干將留雄劍而獻雌劍，對妻子說：「楚王若覺察此事必殺我。你如生下男孩，告訴他雄劍所放的地方。」楚王果殺干將。其子長成後，持雄劍而報父仇。鏌鋣，一作「莫邪」。⓯仁風　《續晉陽秋》載：晉代袁宏任東陽太守，謝安贈扇送行，宏說：「輒當奉揚仁風，慰彼黎庶。」意思是如扇子搧風一樣，在地方上遍施仁德教化，撫慰黎民百姓。後因以「仁風」喻扇子。⓰便面　《漢書・張敞傳》載：張敞去章臺街（妓院所在地），「自以便面拊馬」，以扇遮面，不欲見人。後因以稱扇子為「便面」。⓱箑　箑脯。又作「萐莆」。古代傳說中的瑞草。堯時生於庖廚，其葉自扇，以涼飲膳。後因以稱扇子為「箑」。揚雄《方言》說：「扇，自關而東謂之箑。」⑱籟　古時的一種管樂器。三孔，或指從孔穴中發出的聲音；也泛指一般的聲響。《莊子・齊物論》：「汝聞人籟而未聞地籟，汝聞地籟而未聞天籟夫！」天籟，風聲。地籟，水聲。人籟，笙竽等樂器聲。又，自然界的各種聲響泛稱萬籟。⑲舴艋　昆蟲名。以之喻船，言其小。也作「舴艋」，李賀〈南園〉詩：「曲岸迴篙舴艋遲。」⑳艨艟　亦作「蒙衝」。古代戰船名。狹而長，以衝擊敵船。語見《舊五代史・賀瓌傳》。案：句中所謂「巨艦」，是當時工藝條件下人們的眼光，與今日的「巨艦」完全不可同日而語。㉑金根　金根車。以黃金為飾，是皇后所乘之車。見《後漢書・輿服志》。㉒菱花　古時以銅為鏡，映日則發光影如菱花，因名「菱花鏡」。見《埤雅・釋草》。㉓銀鑿落　銀杯。見《海錄碎事》。鑿落，杯。㉔玉參差　玉簫。參差，亦作「篸箑」。古樂器名。相傳舜所造，象鳳翼參差不齊的形狀，故名。見《風俗通》。一說為笙；一說為洞簫。㉕刻舟求劍二句　《呂氏春秋・察今》載：楚國有個人渡江，他的劍從舟中掉進水裡，於是在舟上刻一記號，說：「我的劍從這裡掉下水。」船到對岸後，便從刻記號處下水找劍，卻沒想到舟已行而劍不行，怎能找到呢？後因以刻舟求劍比喻拘泥固執，不知變通。㉖膠柱鼓瑟二句　瑟上有柱張弦，用以調節聲音高低，柱被黏住，音調就不能變換，比喻拘泥不知變通。《史記・廉頗藺相如列傳》：「藺相如曰：『王以名使括（趙括），若膠柱而鼓瑟耳。括徒能讀其父書傳，不知合變也。』」瑟，撥弦樂器。形似古琴，通常有二十五弦，每弦有一柱。㉗斗筲　比喻人的才短識淺，氣量狹小。《論語・子路》：「子曰：『噫！斗筲之人，何足算也？』」斗、筲都是較小的容器。筲，以竹編成，僅容一斗二升。㉘梁棟　即棟梁。房屋的大梁，比喻擔負國家重任的人。《晉書・和嶠傳》有此詞。㉙鉛刀　鉛做的刀。不鋒利。參見卷三〈人事〉有關注釋。㉚強弓　質地精良、需用大力才能拉開的弓。㉛百石　謂有百石之力。因以為強弓之別名。參見《精註雅俗故事讀本・下》。石，古代重量單位。三十斤為鈞，四鈞為石。㉜杖以鳩名二句　杖頭刻有鳩形的拐杖，稱鳩杖，漢代以之賜七十歲以上的老人，以鳩為不噎之鳥，取老人飲食不噎之義。一說楚漢戰爭時，劉邦被項羽打敗，躲在草叢中，追兵見草叢上有鳩鳴，遂不疑，劉邦得以逃脫。劉邦即帝位後，認為這是神鳥，故作鳩杖，賜給老人。見《後漢書・禮儀志》。㉝鑰同魚樣二句　把鎖鑰做成魚的形狀，古人認為魚不閉眼睛，取其守夜之義。見《芝田錄》。㉞兜鍪　頭盔。語見《後漢書・袁紹傳》。古稱「冑」，秦漢以後稱「兜鍪」，亦作「兜牟」。㉟叵羅　酒巵；敞口的淺杯。語見《北齊書・祖珽傳》。㊱匕首　短劍。以其頭類似匕（勺、匙之類的食具），故名匕首。見《通俗文》。㊲氍毹　毛織的地毯。語見《南史・西域傳・高昌》。㊳綠綺焦桐　皆古琴名。傅玄〈琴賦序〉：「齊桓公有鳴琴曰號鍾，楚莊有鳴琴曰繞梁，中世司馬相如有綠綺，蔡邕有焦尾，皆名器也。」綠綺，司馬相如的琴，後作為琴的代稱。焦桐，也作「焦尾」。東漢蔡邕用一端有焦痕的桐木所製的琴。《後漢書・蔡邕傳》載：有人燒桐木做飯，蔡邕聽見火烈之聲，知是良木，便向那人請求此木，做成琴後，果然聲音極美，因其尾已燒焦，時人名曰焦尾琴。後因稱琴為焦桐。㊴烏號　據《古史考》：柘樹枝長，聚滿烏鴉，以飛枝彈烏，烏號呼。以柘枝做弓，因名之曰「烏號」。㊵繁弱　古地名。該地所產之弓為良弓，故作為良弓的代稱。《荀子・性惡》：「繁弱鉅黍，古之良弓也。」㊶寶鴨　做成鴨形的香爐。孫魴〈夜坐〉詩：「坐久煙消寶鴨香。」㊷燭奴　燭臺。《開元天寶遺事・燭奴》載：申王以龍檀木雕成燭跋童子，衣綠衣袍，使執畫燭，列於宴席之側，目為燭奴。㊸龍涎　龍涎香。一種很貴重的香料，係抹香鯨腸道內的蠟塊狀排洩物。古人誤認為是龍涎。見《稗史匯編》。㊹雞舌　香名。即丁香。見《本草綱目》。㊺鷁首　亦作「艗艏」。古代船頭上畫著鷁鳥的像，以驚水怪，故稱船首為「鷁首」，亦即指船。《淮南子・本經》：「龍舟鷁首。」㊻鴨頭　船名。三國吳諸葛恪曾製鴨頭船。見《太平御覽・風土記》。㊼壽光客　鏡名。隋代御史王度有寶鏡，時蒲陝一帶有瘟疫，王度令人持鏡照之，病者皆愈。王度因此而作〈古鏡記〉，稱為壽光先生。見《太平御覽・古鏡記》。㊽長明公　即「長明燈」。亦稱「無盡燈」，佛教供品名，在佛像前置放，晝夜長明不熄，故名。相傳後魏楊穆曾見一紅裳女子，自謂：遠祖宋無忌，因顯揚釋教，封長明公；而自己則被封為長明夫人。楊穆察驗結果，原是經幢中之燈。見《異聞錄》。㊾梵堂　佛堂。梵，梵文 Brahman 或 Brahmā（梵摩）的省稱。譯為清靜；寂靜。與佛教有關的事物常以此字與其他字組合，如梵鐘、梵宇（佛寺）、梵夾（佛經）等。㊿桔槔　亦稱「吊桿」。一種原始的提水工具，春秋時代已經應用。用一橫木支著在木柱上，一端用繩掛一水桶，另一端繫重物，使兩端上下運動以汲取井水。《莊子・天運》：「且子獨不見夫桔槔者乎？引之則俯，舍之則仰。」(51)襏襫　蓑衣一類的防雨服。《國語・齊語》：「首戴茅蒲，身衣襏襫。」一說為粗糙結實的衣服。(52)烏金　煤炭的美稱。于謙〈詠煤炭〉詩：「鑿開混沌得烏金。」(53)忘歸　箭的別名。取其一去不返之意。嵇康〈贈秀才入軍〉詩：「左攬繁弱，右接忘歸。」(54)夜可擊三句　刁斗是古代軍中用具，銅質，有柄，能容一斗。軍中白天用來燒飯，夜則擊以巡更。《史記・李將軍列傳》：「不擊刁斗以自衛。」(55)雲漢熱三句　相傳東漢劉褒畫〈雲漢圖〉，觀者皆熱；畫〈北風圖〉，觀者皆涼。見《博物志・逸文》。

【語　譯】一個人生活中所用物品，需要千百種工匠的勞作才能完備。每種物品皆有其適用之處，名稱則各不相同。「管城子」、「中書君」，是毛筆的別號；「石虛中」、「即墨侯」，皆為硯的代稱。墨又名「松使者」，紙又叫「楮先生」。「剡藤」、「玉版」，都是紙的名稱；「陳玄」、「龍劑」，皆為墨的別名。「共筆硯」，是同窗的意思；「付衣鉢」，是傳道的代稱。矢志不渝地鑽研儒學，稱「磨穿鐵硯」；棄文習武，叫「安用毛錐」。干將、鏌鎁都是寶劍的名稱；仁風、便面，皆為扇子的別號。什麼是箑？也是扇子之名；什麼叫籟？有聲音的意思。小船別名蚱蜢，戰艦叫做艨艟。皇后乘坐的是金根車，女子梳妝用菱花鏡。銀鑿落即為銀酒杯，玉參差乃是玉簫。「刻舟求劍」，比喻執拗愚笨，不知變通；「膠柱鼓瑟」，形容人固執，拘泥不化。「斗筲」，是說人才識短淺、氣量狹小；「梁棟」則比喻能擔當重任之人。鉛做的刀，連割一次都不鋒利；強弓有「百石」的名稱。拐杖取名為「鳩杖」，是因為鳩鳥吃食不噎，用以祝福老人飲食不噎；鎖鑰做成魚的形狀，是因為魚晝夜都不閉眼，讓牠守護之意。兜鍪是頭盔，叵羅是酒杯。短劍叫做匕首，毛織的地毯稱為氍毹。「綠綺」、「焦桐」，都是琴的別名；「烏號」、「繁弱」，皆為弓的代稱。鴨形的香爐叫寶鴨，人形的燭臺稱燭奴。龍涎、雞舌，悉為香的名稱；鷁首、鴨頭，皆是船的別號。壽光客，是梳妝臺上不染塵埃的寶鏡；長明公，是佛堂裡永不熄滅的油燈。桔槔，是種田人提水用的工具；襏襫，是農夫擋雨的雨具。烏金，是煤炭的美稱；忘歸，是箭的別名。軍隊中用的刁斗，夜裡擊以巡更，白天用來做飯；東漢劉褒畫圖真神妙，畫〈雲漢圖〉，觀者皆熱；畫〈北風圖〉，觀者皆涼。

勉人發憤，曰猛著祖鞭❶；求人宥罪❷，曰幸開湯網❸。拔幟立幟，韓信之計甚奇❹；楚弓楚得，楚王所見未大❺。董安于性緩，常佩弦以自急；西門豹性急，常佩韋以自寬❻。漢孟敏嘗墮甑不顧，知其無益❼；宋太祖謂犯法有劍❽，正欲立威。王衍清談，常持麈尾❾；橫渠講《易》，每擁皋比❿。尾生抱橋而死⓫，固執不通；楚妃守符而亡⑫，貞信可錄。溫嶠昔燃犀，照見水族之鬼怪⑬；秦政有方鏡，照見世人之邪心⑭。車載斗量之人，不可勝數⑮；南金東箭之品，實是堪奇⑯。傳檄可定，極言敵之易破⑰；迎刃而解，甚言事之易為⑱。以銅為鑑，可正衣冠；以古為鑑，可知興替⑲。

【章　旨】本節主要介紹與器物有關的史事、成語、典故，並強調要善於總結經驗教訓，鑑往知非。

【注　釋】❶祖鞭　也作「先鞭」。語本《晉書・劉琨傳》，晉代劉琨與祖逖一起起兵救晉，祖逖十分勤奮，聞雞起舞，立誓清復中原。劉琨給親友信中說：「吾枕戈待旦，志梟逆虜，常恐祖生（逖）先吾著鞭（先成功）。」後因以「祖鞭」或「先鞭」表示「先一著」或「占先」。❷宥罪　寬恕；赦罪。❸幸開湯網　《史記・殷本紀》載：成湯有次外出，見打獵者四面張網，並祈禱說：「自天下四方，皆入吾網。」湯說：「這樣便全抓完了。」讓獵者解開三面網，諸侯聽說後說：「湯德至宏，澤及禽獸，況于人乎！」後因以「幸開湯網」或「網開三面」比喻從寬處理。湯，又稱武湯、武王、成湯等，商朝的建立者。參見卷一〈地輿〉有關注釋。❹拔幟立幟二句　《史記・淮陰侯列傳》載：韓信攻趙國，選兩千精兵，各持一赤幟（旗）埋伏，他本人佯攻後敗退，趙軍追趕，埋伏的兵士乘機衝進城，拔去趙國白幟，換上漢的赤幟。趙軍以為大本營已失，頓時大亂，韓信又回馬夾擊，遂攻破趙軍。後因以「拔幟立幟」或「拔幟易幟」比喻取而代之。韓信，漢初大將，佐劉邦建立漢朝。參見卷一〈武職〉有關注釋。❺楚弓楚得二句　據《說苑・至公》：楚共王打獵時遺失了烏號之弓，手下人請求找尋，共王說：「不用！楚人遺弓，楚人得之，何必找呢？」孔子聽說後說：「可惜共王的氣量還是不大，不曰人遺弓，人得之，何必非是楚人呢？」後因此而將自己的東西雖然失去，但取得者並不是外人稱為「楚弓楚得」。❻董安于性緩四句　謂董安于性子慢，所以經常佩帶弓弦以督促自己加快；西門豹性子急，所以經常佩帶熟牛皮以提醒自己放鬆。語本《韓非子・觀行》：「西門豹之性急，故佩韋以自緩；董安于之性緩，故佩弦以自急。」董安于，春秋晉國人。晉大夫趙武家臣，因遭誣陷而自縊。弦，弓弦。弓弦常緊張，性緩者佩之以自警。西門豹，戰國初人。魏國官吏。西門氏，名豹。被魏文侯任為鄴令。興建引漳水灌鄴工程，發展農業生產，還曾廢除河伯娶婦的迷信。韋，熟牛皮。性柔韌，性急者佩之於身，用以自戒。❼漢孟敏嘗墮甑不顧二句　東漢孟敏有次失手把甑掉在地上，頭也不回就走了，郭泰問他為什麼，敏說：「甑已破矣，視之何益（看有何用）？」見《後漢書・郭泰傳》。孟敏，東漢巨鹿揚氏人，字叔達。高士。甑，古代蒸食炊器，類同現代的蒸籠。❽宋太祖謂犯法有劍　史載宋太祖問曾在後唐任職的李承進，說：「莊宗以英武治天下，為什麼後唐卻國運不長？」李說：「莊宗威令不行，賞賜無度。」宋太祖感歎道：「我今日撫養士卒，並不吝惜爵位賞賜，然而一旦有違法者，只能以劍對他。」宋太祖，即趙匡胤。宋朝的建立者。參見本卷〈人事〉有關注釋。❾王衍清談二句　謂王衍談論玄理時，手中常拿著麈尾。見《世說新語・容止》。王衍（西元二五六～三一一年），西晉琅邪人，字夷甫。喜談老莊，所論義理，隨時更改，時人稱為「口中雌黃」（參見卷二〈身體〉有關注釋）。官至司空、太尉。不顧中土已亂，專謀自保。清談，亦稱「清言」、「玄言」、「玄談」、「談玄」。指魏晉時期崇尚老莊，談論玄理，躲避亂世紛爭的一種風氣。始於魏何晏、王弼等，以老莊思想解釋儒家經義，擯棄世務，士人爭相慕效。到晉王衍輩，清談之風大盛，延至齊梁不衰。後泛指不接觸實際問題的談論。麈尾，拂塵。魏晉人清談時常執，用麈的尾毛製成。❿橫渠講易二句　北宋張載常在京師坐皋比，說《周易》，聽者甚眾。見《宋代名臣言行錄》。後因稱任教為「坐擁皋比」。橫渠，張載（西元一〇二〇～一〇七八年）。北宋哲學家，鳳翔郿縣橫渠鎮人，字子厚，世稱橫渠先生。講學關中，其學派被稱為「關學」。以為「民胞物與」，當繼往聖絕學，開萬世太平。以易為宗，以中庸為的，以禮為體，以孔孟為極。《易》，《周易》的簡稱。儒家重要經典之一。「易」有變易（究事物變化）、簡易（執簡馭繁）、不易（永恆不變）三義。相傳為周人所作（一說「周」有周密、周遍、周流等義），故名。內容包括〈經〉、〈傳〉兩部分。〈經〉主要是六十四卦和三百八十四爻，各有說明（卦辭、爻辭），古代作占卜之用；〈傳〉是對〈經〉的解說，共十篇，統稱〈十翼〉。《周易》以八卦的不同排列組合，推測自然和社會的變化，認為陰陽的相互作用是產生萬物、引起變化的根源（參見卷一〈天文〉有關注釋），對中國哲學影響極大。因其年代久遠，語言晦澀，歷代注者千餘家，是我國古代典籍中注解最多的書。皋比，虎皮。⓫尾生抱橋而死　據《莊子・盜跖》：尾生與一女子約定在橋下相見，屆時女子不來，水漲了，尾生為守信，抱橋柱不走，被淹死。尾生，古代傳說中堅守信約的人。案：「犀生」通常作為守信用者的代稱，為褒義，本文說其「固執不通」，為一家之言。⓬楚妃守符而亡　《列女傳・貞順》載：楚昭王出遊，留夫人於漸臺，對夫人說：「接你時必定帶著符。」當派使者

於九節蒼藤；用仁義作劍鋒，絕勝於七星白刃⑱。上公膺寵命，已知高坐肩輿⑲；末士少豪雄，可惜倒持手版⑳。

【章　旨】本節補充介紹有關器物的名稱、史事、典故和傳說。

【注　釋】❶側理　紙名。即苔紙。《拾遺記》卷九載：南越人以海苔造紙，其紋理縱橫斜側，因以為名。傳入漢族地區後，訛為「陟厘」，故又名「陟厘紙」。❷玄香　墨的美稱。玄，黑色。見《本草綱目・土・墨》。❸公權曾評鴝眼　唐代柳公權曾經品評硯，說：「貯水處有赤白黃色點者，號鴝鴿眼，最佳。」公權，柳公權。唐代書法家。參見卷二〈老壽幼誕〉有關注釋。鴝眼，即鴝鴿眼。一種上等硯臺。見《文房四譜》。眼，指硯石上的斑。鴝鴿，亦作「鸜鴿」。鳥名。俗稱八哥。❹筆鋒勁健二句　謂鍾繇習慣於使用鼠鬚筆，寫的字剛健有力。鍾繇（西元一五一～二三〇年），三國時潁川人，字元常。東漢末為侍中尚書僕射。魏明帝時遷太傅，人稱鍾太傅。工書，博取眾長，形成由隸入楷的新貌。與晉王羲之並稱「鍾王」。鼠鬚，以鼠鬚做的毛筆。因鼠鬚質地較通常製筆的兔豪、羊豪硬，故寫字筆鋒勁健。王羲之《筆經》載：鍾繇、張芝等皆用鼠鬚筆。❺匕首一見驚秦王　據《戰國策・燕策三》載：戰國時，燕國太子丹，命荊軻以獻地輿圖為名，入秦刺殺秦王，地圖中捲著用毒藥浸過的匕首，荊軻在秦宮殿中打開地圖，現出匕首，秦王大驚，趕快逃走，才未被刺中。荊軻被執處死。秦王，即秦始皇。參見卷一〈地輿〉有關注釋。❻蝥弧先登降敵國　春秋時，鄭國伐許國，潁考叔舉著鄭伯之旗蝥弧，率先登城，使敵國投降。見《左傳・隱公十一年》。蝥弧，旗。❼蛇矛龍盾二句　謂蛇矛、龍盾等武器，陳列於太乙壇上，軍威何等雄壯。蛇矛，古兵器名。矛之長者。蛇，喻其長。龍盾，古兵器名。繪有龍紋的盾。太乙，亦作「泰一」。傳說中的天神。古代出師前，把兵器陳列於太乙的神壇前祭祀，求其保祐。見《兵法》。❽紫電青霜二句　謂紫電、青霜這樣的寶劍，其銳利比得上昆吾之劍。紫電、青霜，皆寶劍名。見《中華古今注》及《西京雜記》。昆吾，也作「琨珸」。山名。《山海經・中山經》載：「昆吾之山，其上多赤銅。」郭璞傳：「此山出名銅，色如火，以之作刃，切玉如割泥也。」另一說山石名。《河圖》云：「流州多積石，名琨珸石，煉之成鐵，以作劍，光明如水精。」❾土銼　瓦鍋。杜甫〈聞斛斯六官未歸〉詩：「土銼冷疏煙。」銼，小鍋。❿汲

井應藉轆轤　謂從井中提水應當憑藉轆轤。汲井，從井裡提水。轆轤，汲取井水的起重裝置。井上樹立支架，上裝可用手柄搖轉的軸，軸上繞繩索，繫上水桶，搖轉手柄，使水桶一起一落，汲取井水。張籍〈楚妃怨〉詩：「梧桐葉下黃金井，橫架轆轤牽素綆。」⓫睡愛珊瑚枕上凹四句　謂睡覺時，喜歡把頭擱在珊瑚枕的凹處，這是人之常情；飲酒時，愛看美酒在琥珀杯中滑動，我的意願也是如此。語本唐詩：「飲憐琥珀杯中滑，睡愛珊瑚枕上凹。」⓬石季龍坐五香席上　據《鄴中記》：石崇家的坐席，以五彩錦緞裹著各種香料而製成。石季龍，石崇。字季龍，晉代豪富。參見卷二〈衣服〉有關注釋。⓭李太白臥七寶床中　李陽冰《李白集序》載：唐代詩人李白被召時，唐玄宗命人將七寶床放在金鑾殿中，讓他坐臥。李太白，即李白（西元七〇一～七六二年）。唐代詩人。出生於中亞碎葉，屬安西都護府（今吉爾吉斯北部），幼時隨父遷於綿州隆昌青蓮鄉。字太白，號青蓮居士。他少年時即顯露才華，博學廣覽，曾長期在各地漫遊。天寶初年供奉翰林，僅一年餘便離開長安。晚年漂泊困苦。其詩風格雄奇豪放，語言流轉自然，音律和諧多變，是繼屈原而後我國最偉大的浪漫主義詩人。有「詩仙」之稱。⓮雲繞匡廬二句　《神仙傳》載：葛玄隱居廬山時，刻桐木几案，一天忽然化成白麂，乘風而去。案：《神仙傳》謂「女几山」，該山在今河南宜陽縣。匡廬，廬山。相傳殷、周間有匡姓兄弟結廬隱此得名。在今江西省。葛仙，葛玄。東漢三國時人。好神仙導養之法。參見卷一〈歲時〉有關注釋。麂，鹿的一種。⓯浪翻雷澤二句　相傳晉代陶侃的母親把織布的梭子扔進雷澤時，梭子忽然化為龍而去。案：《晉書・陶侃傳》記此事是陶侃，非侃母。謂陶侃少時在雷澤打漁，網得一織梭，回家掛在壁上，不一會兒雷雨交加，梭化龍飛去。⓰庾老據胡床談咏二句　《世說新語・容止》載：庾亮鎮守武昌時，中秋夜，屬官們登樓吟咏，亮至，眾人欲散，亮說：「老子興亦不淺。」讓大家留下，據胡床談咏至旦。庾老，指庾亮（西元二八九～三四〇年）。東晉潁川人，字元規。妹為明帝皇后。歷仕元帝、明帝、成帝三朝。成帝時任中書令，執朝政。削弱宗室，並激成蘇峻、祖約之亂，出奔潯陽，與溫嶠推荊州刺史陶侃為盟主，擊滅峻、約。陶侃死，他以征西將軍移鎮武昌，握重兵。胡床，亦稱「交床」、「交椅」。一種可以折疊的輕便坐具。⓱孔明執羽扇指揮二句　謂諸葛亮在指揮作戰時，葛巾羽扇，儒雅清逸，三軍隨其進止。見《語林》。孔明，諸葛亮。字孔明。三國時蜀漢丞相。參見卷一〈文臣〉有關注釋。⓲以聖賢為拄杖四句　謂以聖賢為拄杖，是以德服人，比九節藤杖優越得多；以仁義為劍鋒，感化敵人，絕對勝過七星寶劍的征伐。《新語・輔政》有「以聖賢為杖」語。案：中國古代推崇以仁義道德治理天下，在戰爭中推崇兵不血刃、不戰而勝（即以德、義感化敵人，使其自動投降），認為刑法、武器等是輔助手段，不得已而為之，成效再大，亦非上乘。本句即此意。九節蒼藤，藤杖。泛指兵器或刑法。七星白刃，七星寶劍。指鑲嵌寶石的劍。⓳上公膺寵命二句　《三國志・魏書・鍾繇傳》載：鍾繇任太傅時，皇帝特加寵遇，准許他坐肩輿入朝廷。上公，指鍾繇。參見❹。肩輿，轎子。⓴末士少豪雄二句　《晉書・謝安傳》載：晉代桓溫想謀反，召謝安、王坦之，準備在席間殺他們，在見到埋伏的軍士後，坦之流汗沾衣，倒持手版；謝安則從容而言。末士，輕微不足道之人，為貶義。指王坦之。王坦之（西元三三〇～三七五年），東晉太原人，字文度。少與郗超齊名，時稱「江東獨步」。官左衛將軍、中書令、徐兗二州刺史等。信佛，尚刑名之學。手版，亦作「手板」。與「笏」同類，用玉、象牙或竹木等製成，古時臣子上朝時所執，有事則記其上，以免遺忘。

【語　譯】「側理」是紙的別號，「玄香」為墨的美稱。柳公權品評硯臺，認為鴝鵒眼色彩鮮明、晶瑩可愛，為最佳；鍾繇喜歡使用鼠鬚筆，因其毫硬，寫字筆鋒勁健。荊軻獻圖，圖窮而匕首見，使秦王大驚；潁叔考舉鄭伯之蝥弧旗，率先登上敵城。蛇矛、龍盾等兵器，陳列於太乙神壇之前，軍威何等雄壯；紫電、青霜等寶劍，其鋒利比得上昆吾之劍。做飯必定要用鍋灶，汲井水應當使用轆轤。睡覺時，喜歡將頭擱在珊瑚枕的凹處，以求舒服愜意，這是人之常情；飲酒時用琥珀杯，愛看美酒在杯中滑動，交相輝映，我的心意也是如此。晉代石崇坐在五香席上，唐代李白臥於七寶床中。廬山雲霧繚繞，葛玄所製的几案忽然化為白麂，乘風而去；雷澤波浪翻滾，陶侃母親的織布梭落入水中，變成了龍。庾亮坐在胡床上，與幕僚吟咏談論，相聚甚歡；諸葛亮羽扇儒服，指揮三軍，無不聽命。以聖賢為拄杖，以德服人，比九節藤杖優越得多；以仁義為劍鋒，感化敵人，絕對勝過七星寶劍的征伐。鍾繇受到皇帝寵遇，讓他坐轎子入朝；王坦之缺少豪雄氣概，危難之時嚇得連手版都拿顛倒了。

珍寶

【題解】金銀珠寶，以其價值和無可比擬的裝飾作用，歷來倍受寵愛，並且發展成高度發達、久盛不衰的工藝品製造行業，表現了人類對美的追求，以及審美能力和工藝製作水準的不斷進步。然而，金銀珠寶也正因其珍貴與稀有罕見，會激起人性中惡欲的膨脹，為了爭奪和占有它們，往往不擇手段，引發一系列罪惡，甚且引起戰爭。這兩種相互矛盾的現象從人類文明的萌芽起，即已存在，相伴始終，古今中外代不絕書。因此，如何正確對待財寶，揚善抑惡，也就成為人類有史以來所共同關心的問題之一，世界各民族（無論以宗教形式還是世俗語言）都有有關財寶的訓誡、格言，且其基本精神大體一致，皆體現了人類共同的真善美理想和情懷。中國也不例外，而且因其倫理型文化的特點，對財寶更有一重道德上的貶抑。本篇名為「珍寶」，但對歷代記載、流傳的難以記數、美不勝收的珍寶言之甚少，而是落墨於與珍寶有關的歷史教訓和人生格言，正反映出中國人、中國文化對珍寶的基本評估和態度。

山川之精英，每洩為至寶；乾坤之瑞氣，恆結為奇珍❶。故玉足以庇嘉穀，珠可以禦火災❷。魚目豈可混珠❸，碔砆焉能亂玉❹。黃金生於麗水❺，白銀出自朱提❻。曰孔方❼，曰家兄❽，俱為錢號；曰青蚨❾，曰鵝眼❿，亦是錢名。可貴者，明月夜光之珠⓫；可珍者，璠璵⓬琬琰⓭之玉。

【章旨】本節指出珍寶成自山川乾坤之精英瑞氣，故有避邪防災之功用，魚目不可混珠；並介紹歷代一些錢幣的名稱和代稱。

【注　釋】❶山川之精英四句　謂名山大川的精華，每每洩露而變為最珍貴的寶物；天地乾坤的祥瑞靈氣，總是凝聚為奇特的珍品。案：古人不懂得珍寶的物質結構和形成原理，以其稀有珍貴而認為是山川乾坤的精英瑞氣凝聚而成，顯現給人類，並由此附會以珍寶有避邪防災的功能（見下句）。洩，洩漏；散發。至寶，最珍貴、最美麗的寶物。❷玉足以庇嘉穀二句　謂美玉可以庇護穀物生長，使其無水旱災害，珍珠可以防禦火災。見《國語・楚語下》。❸魚目豈可混珠　魚的眼睛怎麼可以混同於珍珠。《參同契》卷上：「魚目豈為珠，蓬蒿不成檟。」古書中類似的說法很多，後因以「魚目混珠」比喻以假亂真。❹碔砆焉能亂玉　謂美石怎麼能假冒成玉。碔砆，亦作「武夫」。似玉的美石。《山海經・南山經》載：「(會稽之山)其下多砆石。」郭璞注：「砆，武夫，石似玉。赤地白文，色蘢蔥不分明。」亂，混同；混淆。❺黃金生於麗水　《韓非子・內儲說・七術》謂：「麗水之中生黃金。」麗水，也作「麗江」。古水名。即今雲南金沙江。❻白銀出自朱提　朱提即朱提山（位於今雲南昭通一帶），此山產銀多而美。見《漢書・地理志》。後世因以「朱提」作為高質銀的代稱。❼孔方　即「孔方兄」。錢的別稱。銅錢中有方孔，故稱。含有取笑和鄙視的意思。魯褒〈錢神論〉：「親愛如兄，字曰孔方。」見《晉書・魯褒傳》。❽家兄　錢的戲稱。魯褒〈錢神論〉：「洛中朱衣，當途學士，見我家兄，不敢仰視。」❾青蚨　古時傳說中的蟲名。也叫「魚伯」。《搜神記》卷十三載：「(青蚨)其形如蟬。取其子，母即飛來，不以遠近。雖潛取其子，母必知處。以母血塗錢八十一文，以子血塗錢八十一文，每市(買)物，或先用母錢，或先用子錢，皆復飛歸，輪轉無已。」《太平御覽》中也有「青蚨還錢」之說。後人因稱錢為「青蚨」。❿鵝眼　一種劣質錢。鑄錢歷來為國家專權，當王朝末世，中央集權衰落時，有些豪門權貴便乘機私鑄，這種錢摻有雜質，小而薄，藉以牟取暴利。南朝宋沈慶之私鑄，每千錢高不滿三寸，人稱「鵝眼錢」（案：譏其小而薄）。見《南史・顏竣傳》。⓫明月夜光之珠　即夜明珠。也稱明月珠。傳說中夜間能放光的寶珠。《拾遺記・夏禹》：「有獸狀如豕，銜夜明之珠，其光如燭。」⓬璠璵　亦作「璵璠」。兩種美玉。《左傳・定公五年》：「季平子行東野，還，未至，丙申，卒於房。陽虎將以璵璠斂。」杜預注：「璵璠，美玉，君所佩。」⓭琬琰　琬圭和琰圭（兩種不同形狀的圭）。泛指美玉或玉色。《書・顧命》：「弘璧琬琰在西序。」

【語　譯】名山大川的精華，每每洩露而變成至寶；天地乾坤的祥瑞靈氣，總是凝聚成為奇珍。所以玉足以庇護五穀，使無水旱之災；珠可以防禦火災，都是珍寶。魚目怎能混同於明珠，碔砆豈能淆亂寶玉。黃金產於麗水，白銀出自朱提。「孔方兄」、「家兄」，都是錢的諱稱；青蚨、鵝眼，也是錢的別名。明月夜光之珠的確可貴，璠璵、琬琰之玉值得珍視。

宋人以燕石為玉，什襲緹巾之中❶；楚王以璞玉為石，兩刖卞和之足❷。惠王之珠，光能照乘❸；和氏之璧，價重連城❹。鮫人泣淚成珠❺，宋人削玉為楮❻。賢乃國家之寶❼，儒為席上之珍❽。王者聘賢，束帛加璧❾；真儒抱道，懷瑾握瑜❿。雍伯多緣，種玉於藍田而得美婦⓫；太公奇遇，釣璜於渭水而遇文王⓬。剖腹藏珠，愛財而不愛命⓭；纏頭⓮作錦，助舞而更助嬌。孟嘗廉潔，克俾合浦還珠⓯；相如勇忠，能使秦廷歸璧⓰。玉釵作燕飛⓱，漢宮之異事；金錢成蝶舞⓲，唐庫之奇傳。廣錢固可以通神⓳，營利乃為鬼所笑⓴。以小致大，謂之拋磚引玉㉑；貪賤失貴，謂之買櫝還珠㉒。賢否罹害，如玉石俱焚㉓；貪吝無厭，雖錙銖必算㉔。崔烈以錢買官，人皆惡其銅臭㉕；秦嫂不敢視叔，自言畏其多金㉖。熊袞父亡，天乃雨錢助葬㉗；仲儒家窘，天乃雨金濟貧㉘。漢楊震畏四知而辭金㉙，唐太宗因懲貪而賜絹㉚。晉魯褒作〈錢神論〉，嘗以錢為孔方兄㉛；王夷甫口不言錢，乃謂錢為阿堵物㉜。然而床頭金盡，壯士無顏㉝；囊內錢空，阮郎羞澀㉞。但匹夫不可懷璧㉟，人生孰㊱

不愛財。

【章旨】本節介紹與錢財珍寶有關的史事、傳聞、成語、格言，既推崇重道輕財、貴義賤利的行為，又有人生孰不愛財的感歎，顯示了作者也存有社會普遍的矛盾心態。

【注釋】❶宋人以燕石為玉二句　《太平御覽》卷五一引《闞子》：古代宋國有個愚人，得到一塊燕石，以為是至寶，以十重華匱、十襲緹巾藏好。有人想看，主人齋戒七日，端冕玄服以發寶，客人笑說：「此燕石也，與瓦甕不異。」宋人大怒，藏之愈固。燕石，《山海經・北山經》載：「北百二十里曰燕山，多嬰石。」郭璞注：「言石似玉，有符彩嬰帶（彩色條紋）者，所謂燕石者。」後因以比喻不足珍貴的假古董，也用作對自己的作品或收藏的謙稱。什襲，也作「十襲」。把物品一重重地包裹起來。什，言其多；襲，重疊。後因宋愚人事而稱珍藏某物為「什襲而藏」。緹巾，淺絳色的織物。❷楚王以璞玉為石二句　《韓非子・和氏》載：春秋時，楚人卞和在山中得一璞玉，獻給厲王，王使玉工辨識，說是石頭，因以欺君之罪斷和左足；後武王即位，卞和又獻玉，仍以欺君之罪再斷其右足。及文王即位，卞和抱玉哭於荊山下。文王派人問他，他說：「吾非悲刖也，悲夫寶玉而題之以石，貞士而名之以誑。」文王使人剖璞，果得寶玉，因稱「和氏璧」。璞玉，蘊藏有玉的石頭；也指未雕琢的玉。刖，斷足。古代的一種酷刑。❸惠王之珠二句　史載魏惠王對齊威王說：「我國有直徑一寸的珍珠十顆，每顆發出的光能照至車前後各十二乘。」見《史記・田敬仲完世家》。惠王，魏惠王。戰國初期魏國國君。乘，古時一車四馬為一乘。❹和氏之璧二句　《史記・廉頗藺相如列傳》載：趙惠文王得到楚和氏璧，秦昭王願以十五座城換它。藺相如捧璧入秦，見秦王無給城之意，怒髮衝冠，欲以璧擊柱。秦王恐璧碎，不敢逼，因完璧歸趙。參見卷二〈身體〉有關注釋。後以「價值連城」、「價重連城」，形容極貴重的物品。和氏之璧，即「和氏璧」。參見❷。❺鮫人泣淚成珠　謂鮫人的眼淚變成了珍珠。事見《太平御覽・珍寶部二・珠下》引張華《博物志》：鮫人從水出，借寓人家數日，臨行前，向主人要一器皿，泣而成珠滿盤，送給主人。鮫人，也作「蛟人」。傳說中的人魚。❻宋人削玉為楮　《列子・說符》載：古代宋國有人以三年時間用玉為國君雕成楮樹葉子，把它放置楮樹上，與真葉一樣，難辨真假。❼賢乃國家之寶　據《漢詰纂疏》：秦欲伐楚，派人觀看楚之寶器，楚大臣奚恤對秦使說：「客欲觀楚之寶器乎？楚國最寶貴的就是賢臣，任憑你們觀看。」❽儒為席上之珍謂儒者認為自己具有本領，如席上之有珍，以待被王者聘用。語出《禮記・儒行》：魯哀公問儒行，孔子說：「儒有席上之珍，以待聘。」後因以「席珍待聘」比喻懷才待用。❾王者聘賢二句　古禮，王者聘用有才能的人，用束帛加璧。見《漢書・武帝紀》。束帛，帛五匹為一束，每匹從兩端捲起，共為十端。璧，古玉器名。平圓形，正中有孔。古代貴族朝聘、祭祀、喪葬時的禮器，也用作裝飾品；又常作為美玉的通稱。❿真儒抱道二句　謂真正的儒者堅守道義，品德高尚。抱道，堅守道義（真理）。《三國志・魏書・管寧傳》：「抱道懷真。」懷瑾握瑜，語出《楚辭・九章・懷沙》：「懷瑾握瑜兮，窮不知所示。」比喻人有純潔優美的品德。瑜、瑾，皆美玉。懷，懷藏。⓫雍伯多緣二句　相傳楊雍伯曾經種玉，並以所收之玉為聘，娶美貌之妻。參見卷二〈婚姻〉有關注釋。⓬太公奇遇二句　《書・中侯》載：姜子牙年八十，垂釣於渭水，從所釣鯉魚腹中得璜玉，上刻文：「姬受命，昌佐之。」後果然遇見周文王，輔佐文王建立周朝。太公，姜子牙。商末周初人，輔佐周文王，為建立周朝有很大貢獻。參見卷二〈老壽幼誕〉有關注釋。璜，古玉器名。形狀像璧的一半。⓭剖腹藏珠二句　據《資治通鑑・唐太宗貞觀元年》：唐太宗對侍臣說：「吾聞西域賈胡（胡商）得美珠，剖腹而藏之（割開肚子藏珠）。人皆笑彼之愛珠，而不知愛其身也。」後因以諷刺為物傷身、顛倒輕重的行為。⓮纏頭　古時歌舞的人把錦帛纏在頭上作妝飾，叫「纏頭」。也指贈送給歌舞者（或妓女）的錦帛、財物。參見卷二〈女子〉有關注釋。⓯孟嘗廉潔二句　漢代合浦縣不產米而出珍珠，百姓採珠以換米，由於合浦太守貪汙，珍珠便逐漸遷往南方交趾，待孟嘗為合浦太守，革除前任弊端，不到一年，遷去的珍珠又重回合浦。見《後漢書・循吏・孟嘗傳》。克，能夠。俾，使。⓰相如勇忠二句　指藺相如既勇且忠，能迫使秦國完璧歸趙。相如，藺相如。戰國時趙國大臣。事見本節❹及卷二〈身體〉有關注釋。⓱玉釵作燕飛　漢武帝賜趙飛燕的玉釵化為白燕飛去。見《太平御覽》卷七一八引《洞冥記》。與本書卷二〈衣服〉中所說贈李夫人之釵化燕而去的傳聞相似。⓲金錢成蝶舞　相傳唐穆宗時，御花園內千葉牡丹盛開，有黃白蝴蝶數萬隻飛集花間，穆宗命人張網捕捉，抓了數百隻，一看，都是國庫中的金錢。見《杜陽雜編》。⓳廣錢固可以通神　相傳唐代張延賞將要判決一案，一日忽見案上有一紙條，說：「錢三萬貫，乞不問此獄。」張怒擲地；次日又見一條：「十萬貫。」張說：「錢十萬，可通神矣，無不可回之事。」遂不問此案。見《幽閑鼓吹》卷五十二。後因以「錢可通神」形容金錢魔力之大。⓴營利乃為鬼所笑　相傳宋劉伯龍為官多年，依然貧困，於是做生意以營利，卻見一鬼在旁撫掌大笑，伯龍歎道：「貧窮固有命，今日乃為鬼所笑。」見《南史・劉伯龍傳》。㉑拋磚引玉　比喻以差的引出好的。常用為以自己的意見或文字引出別人的高見佳作的謙詞。《五燈

「孔方兄」；王夷甫雅尚玄談，口不言錢，呼錢為「阿堵物」。然而，一旦床頭的黃金用完了，即使是大丈夫，也覺得顏面無光；囊中無錢時，阮郎亦感到羞澀。雖然平民百姓不可懷藏寶玉，可是世人哪個不愛財？

新增文

斑斑美玉，瑟瑟靈珠❶。琉璃瓶最宜卜相❷，琥珀盞尤可酌賓❸。嗣續將盛，鳴鳩化金帶之鉤❹；爵祿彌高，飛鵲幻玉紋之印❺。魏博鐵鑄錯，猶惜不成❻；張說記事珠，忽然頓悟❼。夏桀乃昏庸主，國有瑤臺❽；郭況是貴戚卿，家多金穴❾。韓嫣一出，兒童覓綠野之金丸❿；漢祖既還，亞父撞鴻門之玉斗⓫。刻岷姬之形以玉，好色惟然⓬；鑄范蠡之像以金，尊賢乃爾⓭。珊瑚樹，塞滿齊奴之室⓮；瑪瑙盤，捧來行儉之家⓯。燕昭王之涼珠，炎蒸無暑⓰；扶餘國之火玉，冽冱無寒⓱。錦帆⓲錦帳⓳，炫人耳目；金埒⓴、金塢㉑，駭我見聞。從吾所好，豈曰富而可求㉒；有命存焉，當以不貪為寶㉓。

【章旨】本節補充介紹有關珍寶的史事傳聞，以孔子及門徒之語為結束，表明對財寶應持的態度。

【注 釋】❶斑斑美玉二句　《事文類聚》：「斑斑，玉名。瑟瑟，珠名。」❷琉璃瓶最宜卜相　據《新五代史・周書・盧文紀傳》載：唐廢帝想挑選宰相，左右說盧文紀和姚顗有聲望，廢帝便把他倆的姓名寫在紙條上，投入琉璃瓶，焚香祝天，用筷子挾出其一，是盧文紀，遂以為相。琉璃，亦作「流離」、「瑠璃」。一種礦石質的有色半透明體材料。古書載出產於大秦（古羅馬）、高麗（朝鮮）等國。❸琥珀盞尤可酌賓　謂琥珀酒杯尤可用於宴請賓客。琥珀盞，以琥珀雕成的酒杯；也指色澤、質地近似琥珀的酒杯。琥珀，地質時代中植物樹脂的化石。色蠟黃至紅褐，條痕色白，一般透明。《博物志》卷四引《神仙傳》：「松柏脂入地千年化為茯苓，茯苓化琥珀。」酌賓，宴請賓客。酌，斟酒；飲酒。引申為酒的代稱，也指簡單的酒席。❹嗣續將盛二句　相傳山西張氏，世代有陰德，某日忽有一隻鳩飛入室內，張氏祈禱：「此鳥如是禍，就飛出去；如是福，則飛入懷中。」鳩飛入懷，張氏用手一摸，鳩變成金帶鉤，於是珍藏起來，自此子孫富盛。見《韻府群玉》。嗣續，子孫。❺爵祿彌高二句　相傳唐代張璟見一隻飛鵲墮落於地，變成石塊，剖開石塊得一玉印，其文為「忠孝侯之印」。見《太平廣記・禽鳥二》。彌，更加。幻，變化。❻魏博鐵鑄錯二句　《資治通鑑・唐哀帝天佑三年》載：唐末羅紹威以魏、博地方的兵士驕甚，把他們悉數殺光，於是軍力大弱，為朱溫所制，羅極後悔，對人說：「聚六州（指魏、博、貝、相、澶、衛）四十三縣鐵，不能為此錯也。」鑄錯，造成重大錯誤。錯，即「銼刀」。與「銼」同音；也指錯誤，這裡作雙關語用。❼張說記事珠二句　謂唐代張說有記事珠，有事忘記時，撫弄其珠，則恍然而悟。見《開元天寶遺事》。張說（西元六六七～七三一年），唐代河南洛陽人，字道濟，一字說之。累官至宰相，封燕國公。為政多有建樹，善文辭，朝廷文件多出其手，與許國公蘇頲並稱「燕許大手筆」。❽夏桀乃昏庸主二句　《史記・夏本紀》載：夏桀曾建肉山酒池，瓊宮瑤臺。《淮南子・本經》：「帝有桀、紂，為（建造）琁室、瑤臺。」夏桀，夏代最後一個君主，昏庸無道。瑤臺，雕飾華麗、結構精巧的樓臺。❾郭況是貴戚卿二句　郭況是東漢光武帝的內弟，很得寵幸，漢光武帝賞賜給他許多黃金，時人稱之為「金穴」。事見《後漢書・郭皇后紀》。舊時常以「金穴」比喻豪富之家。❿韓嫣一出二句　《西京雜記》載：韓嫣性奢侈，打鳥時以金為彈丸，每次他外出打獵，當地兒童便隨往，看彈丸所落之地而拾取。⓫漢祖既還二句　《史記・項羽本紀》載：楚漢戰爭時，范增設計安排了鴻門宴，想在席間殺劉邦，項羽不忍，劉邦得以逃脫，留下張良以白玉璧贈送項羽，以玉斗贈范增，范將玉斗摔在地上，拔劍擊碎，曰：「唉！豎子（鄙賤的稱謂，猶言「小子」）不足與謀！奪項王天下者，必沛公也。」漢祖，指漢高祖劉邦。西漢王朝的建立者，沛縣人，時人稱「沛公」。參見卷一〈朝廷〉有關注釋。亞父，指范增（西元前二七七～

前二〇四年）。秦末居鄛人，秦末項梁、項羽的主要謀士，封歷陽侯，尊為亞父。他屢勸項羽殺劉邦，項不聽。後項羽中劉邦反間計，削其權力，他忿而離去，途中病死。⑫刻岷姬之形以玉二句　謂把岷山美女的名字刻在玉上，這是因為好色才這樣做的。《敦煌記年》載：夏桀伐岷山，岷山之君以兩個美女獻給桀，一名琬，一名琰。桀接受了美女，並將她們的名字刻在苕華之玉上。⑬鑄范蠡之像以金二句　《吳越春秋》載：范蠡泛遊五湖後，不知其下落，句踐想念他，命人以黃金鑄范蠡像而加以朝禮，以示尊敬。范蠡，春秋末年政治家。楚國宛人，字少伯。越國大夫。越敗於吳，他隨越王句踐入吳為臣僕三年。後與文種幫助句踐勵精圖治、刻苦自強，終於滅吳。滅吳後他泛遊五湖。至宋國陶邑，改名陶朱公，以經商而成為巨富。⑭珊瑚樹二句　《世說新語・汰侈》載：王愷與石崇鬥富，不勝，晉武帝搬出宮中的珊瑚樹，高三尺，幫助王愷，石崇不屑一顧地打碎了它，武帝令石崇賠償，石崇拿出高六、七尺的作為賠償，他家中高四、五尺的珊瑚樹多得難以記數。齊奴，晉代巨富石崇的小名。參見卷二〈衣服〉有關注釋。⑮瑪瑙盤二句　唐代裴行儉有直徑二尺的瑪瑙盤，色彩紋理極漂亮。有個軍士不小心摔跤，碰碎了瑪瑙盤，又懼又愧，叩頭不已。行儉說：「這不是你的過錯。」神色無任何變化。眾人皆佩服他的氣量。見《舊唐書・裴行儉傳》。行儉，裴行儉（西元六一九～六八二年）。唐絳州聞喜人，字守約。歷官長安令、安西都護、吏部侍郎，典選有能名，對安定西部邊疆有相當貢獻。封聞喜縣公。生平於武略之外，又工草隸。⑯燕昭王之涼珠二句　燕昭王時，外國進獻黑蚌珠，夏天戴在身上極清涼，稱為「招涼珠」。見《拾遺記》。⑰扶餘國之火玉二句　唐武宗時，扶餘國進貢火玉，放置室內，寒冬時節不必穿厚衣。見《宣室志》。扶餘國，扶餘。府名。唐代時我國東北靺鞨等族所建渤海國以扶餘故地置，故址在今吉林、遼寧一帶。洌，寒冷。沍，凍結。⑱錦帆　隋煬帝遊湖時，以錦作船帆及纜繩。參見下篇〈貧富〉有關注釋。⑲錦帳　晉代石崇與王愷鬥富，列錦帳數十里。參見卷二〈衣服〉有關注釋。錦帳，又作「錦幛」。⑳金埒　晉代王濟養馬，把錢編串起來，鋪在地上，人稱「金埒」。見《世說新語・汰侈》。埒，矮牆。特指馬射場四周的圍牆。㉑金塢　東漢末，權臣董卓築郿塢，其高與長安城相等，積黃金數十萬於其中，人稱「金塢」。見《後漢書・董卓傳》。塢，構築在村落外圍作為屏障的土堡，也叫庫城。㉒從吾所好二句　語本《論語・述而》：「子曰：富而可求，雖執鞭之士，吾亦為之。如不可求，從吾所好。」意思是如果財富可求，就是做市場的守門卒我也幹。如果財富是不可求的，那還是按我的心願做自己的事吧。案：孔子此語表明他對財富的態度，其「不可求」之語，含有如果求財富要捨棄自己的信仰和節操，那財富不過是浮雲（「不義而富且貴，於我如浮雲」）。本文作者藉此表明對財富的應有態度。㉓有命存焉二句古代宋國有人獻玉給子罕，子罕說：「我以不貪為寶（以不貪財為最珍貴），爾以玉為寶，若以與我，皆喪寶焉，不若人有其寶。」沒有接受玉。意思是：若收下，你失去你心愛的玉，我失去我珍視的不貪，不如每個人保留自己的寶貝。見《左傳・襄公十五年》。

【語　譯】斑斑，是美玉之名；瑟瑟，是靈珠之稱。琉璃瓶最適宜用以占卜宰相，琥珀盞尤宜用於宴請賓客。鳴鳩化為金帶鉤，預示著子孫將興盛發達；飛燕變作玉紋印，是即將加官進爵的徵兆。盡魏博之鐵所鑄成的錯，也不會這樣大，是後悔莫及之意；唐朝宰相張說有記事珠，若遺忘某事，撫弄記事珠，便會想起來。夏桀是昏庸無道的君主，建有酒池肉山、瓊宮瑤臺；郭況是漢光武帝的內弟，常得賞賜，人稱他家是金穴。韓嫣以金作彈丸打鳥，每次外出打獵，兒童便跟隨著拾金丸；漢高祖逃離鴻門宴，范增怒而擊碎劉邦所贈的玉斗。夏桀好色，以玉刻岷姬之名；句踐尊重范蠡，以黃金鑄其像。石崇家的珊瑚樹塞滿了屋子，裴行儉家有一隻瑪瑙盤。燕昭王有招涼珠，佩戴在身，盛暑也不覺得熱；扶餘國有火玉，放在屋內，滴水成冰的嚴冬也不感到冷。錦帆、錦帳，華麗奢侈，光彩炫人耳目；金埒、金塢，奢華豪富，聽了讓我吃驚。按我的心願做自己的事，何必去追求富貴呢；人生有命，應當以不貪財為最可貴的珍寶。

貧富

【題解】 貧富是社會不平等、財富分配與佔有不均的情況下必然出現的社會現象，在浩如煙海的中國典籍中，「貧者無立錐之地，富者田連阡陌」、「朱門酒肉臭，路有凍死骨」的記載描述，比比皆是。歷代史家、文人不斷指斥鍼砭貧富不均的現象，盼望天下為公、人人均平、處處飽暖的大同世界；政治家和開明賢德君主也不斷提出或實施各種措施，抑制延緩貧富的兩極分化，協調社會關係；而農民戰爭更是以暴力方式「均貧富」，然而這一切都不能從根本上解決貧富差異及其所引發的社會問題。面對貧富懸殊，紛紛攘攘爭權奪利的世事，古聖先賢們除了作政治的、經濟的、社會的探究外，更從人生理想上提出貴義賤利、安貧樂道的主張。義以養心，利以養身，心貴於身，所以義大於利。捨利取義，雖貧而能樂；忘義殉利，雖富必罹於患。這些學說和精神雖然始終未能完全實現，但至今仍有其合理性與積極意義。當然，在理想人生難以實現時，先人們又有「死生有命，富貴在天」的無奈。

本篇與上篇〈珍寶〉有內在的直接聯繫，可參見其章旨與有關注釋。

命之修短有數，人之富貴在天❶。惟君子安貧，達人知命❷。貫朽、粟陳❸，稱羨財多之謂；紫標、黃榜❹，封記錢庫之名。貪愛錢物，謂之錢愚❺；好置田宅，謂之地癖❻。守錢虜❼，譏蓄財而不散；落魄夫❽，謂失業之無依。貧者地無立錐，富者田連阡陌❾。室如懸磬❿，言其甚窘；家無儋石⓫，謂其極貧。無米曰在陳⓬，守死曰待斃⑬。富足曰殷實⑭，命蹇曰數奇⑮。甦涸鮒，乃濟人之急⑯；呼庚癸，是乞人之糧⑰。

【章旨】本節首言雖生死有命、富貴在天，但君子應安貧知命，這是貫穿全篇的基本思想；其次介紹有關貧、富的常用語彙、代稱。

【注釋】❶命之修短有數二句　謂人的壽命長短自有定數，富貴與否取決於天。語本《論語・顏淵》：「生死有命，富貴在天。」修，長。❷惟君子安貧二句　謂惟有君子才能身處貧困，仍以守道為樂；通達事理的人才懂得命運，從而順其自然。王勃〈滕王閣序〉：「所賴君子見機，達人知命。」安貧，安貧樂道。雖處於貧困境地，仍以守道為樂。由「未若貧而樂（道），富而好禮者也」（《論語・學而》）化出。達人，通達事理的人；達觀的人。知命，了解、懂得命運規律，順其自然。❸貫朽粟陳　《史記・平準書》載：漢初經數十年休養生息，社會生產生活有很大的發展，國庫的錢幣多得難以計數，穿錢的繩索（貫）都朽爛了；庫中糧食吃不完，一年年積壓，陳陳相因（陳糧加陳糧），以致腐爛而不可食。❹紫標黃榜　南朝梁武帝性愛錢，聚到百萬時，掛以黃榜；千萬則為一庫，掛以紫標。見《南史・梁宗室・臨川靖惠王宏傳》。❺錢愚　對貪財吝嗇者的譏詞。杜預稱晉代和嶠為錢愚（錢癖）。見《晉書・和嶠傳》。❻地癖　對置地產成癮者的譏稱。如唐代李憕善於置產業，他的田地看不到邊，人稱他為「地癖」。見《新唐書・李憕傳》。❼守錢虜　又作「守財奴」。財多而吝嗇的人。《後漢書・馬援傳》：「凡貨殖財產，貴其能施賑也，否則守錢虜耳。」❽落魄夫　窮困失意的人。《史記・酈生陸賈列傳》載：「（酈食其）家貧落魄，無以為衣食業。」❾貧者地無立錐二句　《漢書・食貨志》：「富者田連仟伯（阡陌），貧者亡（無）立錐之地。」謂窮人連錐尖大的土地也沒有，而富人田地一望無際。阡陌，田間道路。南北稱為阡，東西謂之陌。立錐，形容地方極小。❿室如懸罄　猶言「家徒四壁」。謂家中貧乏，一無所有。《左傳・僖公二十六年》有此語。罄，器內空無一物。《詩・小雅・蓼莪》：「瓶之罄矣。」引申為盡、完。⓫家無儋石　家中沒有一石米。形容極貧。《隋書・盧思道傳》：「不營勢利，家無儋石。」儋石，也作「擔石」。《通雅・算數》：「《漢書》一石為石，再石為儋。」即二石。常用以形容米粟為數不多。⓬在陳　用孔子在陳絕糧之典。《史記・孔子世家》載：楚國派人聘孔子，孔子去楚途中，經陳、蔡兩國，被兵所阻，斷糧七日。後人因稱斷糧為「在陳」。⓭待斃　正要、將要死亡。《新五代史・任圜傳》：「然坐而待斃，曷若伏而俟命。」斃，倒下；死；滅亡。⓮殷實　眾多；充滿。《後漢書・寇恂傳》：「今河內帶河為固，戶口殷實。」後多用作富裕、厚實的意思。⓯命蹇曰數奇　謂命運不佳，遇事多不利，可以說「數奇」。《史記・李將軍列傳》：「李廣老，數奇。」蹇，六十四卦之一。艮下坎上。《易・蹇》：「象曰：山上有水，蹇。」數奇，命運不佳，遇事多不利。數，氣數；命運。奇，奇數。只奇不偶，指不遇合。⓰甦涸鮒二句　謂「甦涸鮒」是救人之急的意思。語本《莊子・外物》：莊子家貧，向監河侯借粟。監河侯說：「等我得了封邑之後，再借錢給你。」莊子說：「我昨天看見車轍中有條鮒魚，請求我給它斗升之水以活命。我說：『待我到南方找吳、越之王，引西江之水來迎接你。』鮒魚怒說：『我只要斗升之水便可活，等你引來西江之水，我早就成為市場上的魚乾了。』」後因以「涸轍之鮒」、「涸鮒」、「轍鮒」比喻處於困境、急待援助的人。甦，復蘇；死而復活。涸，水乾；枯竭。鮒，小魚。⓱呼庚癸二句　謂說「庚癸」是向人借糧之意。語出《左傳・哀公十三年》：吳國申叔儀向公孫有山借糧，公孫說：「粱則無矣，粗則有之，若登首山以呼曰『庚癸乎』，則諾。」庚，西方、主穀。癸，北方、主水。後因稱向人告貸為「庚癸之呼」或「呼庚呼癸」。庚癸，軍糧的隱語。

【語譯】人的壽命長短自有定數，富貴與否取決於天意。惟有君子能安貧樂道，達觀的人能了解命運，順其自然。「貫朽」、「粟陳」，是稱道別人財多的說法；「紫標」、「黃榜」，是梁武帝封閉錢庫、標明錢數的標記。貪愛錢財，謂之「錢愚」；置買田宅成癖，叫做「地癖」。「守錢虜」，譏諷財富多而又吝嗇的人；「落魄夫」，是指貧困失業無所依靠的人。貧窮的人連錐尖大的土地都沒有，富人則田地廣袤，縱橫相連。「室如懸罄」，是說生活極為窘迫，一無所有；「家無儋石」，指人貧困到了極點。「在陳」是無米斷炊的代稱，「待斃」是將要死亡的意思。家境富裕，錢糧充足，謂之「殷實」；命運不佳，遇事不順，叫做「數奇」。援助危難中的人，稱為「甦涸鮒」；向人借貸錢糧，可說「呼庚癸」。

家徒壁立，司馬相如之貧❶；扊扅為炊，秦百里奚之苦❷。鵠形、菜色，皆窮民飢餓之形❸；炊骨爨骸，謂軍中乏糧之慘❹。餓死留君臣之義，伯夷、叔齊❺；資財敵王公之富，陶朱、猗頓❻。石崇殺妓以侑酒❼，恃富行兇；何曾一食費萬錢❽，奢侈過甚。二月賣新絲，五月糶新穀，真是剜肉醫瘡❾；三年耕而有一年之食，九年耕而有三年之食，庶幾遇荒有備❿。貧士之腸習藜莧⓫，富人之口饜膏粱⓬。石崇以蠟代薪，王愷以飴沃釜⓭。范冉釜中生魚⓮，元淑廐有齋馬⓯。曾子捉襟見肘，納履決踵，貧不勝言⓰；韋莊數米而炊，稱薪而爨，儉有可鄙⓱。總之，飽德之士，不願膏粱；聞譽之施，奚圖文繡⓲。

【章旨】本節講述有關貧富的史事、詩文、格言，以有仁義之君子不貪圖享樂收結，前後呼應。

【注釋】❶家徒壁立二句　《漢書・司馬相如傳》載：「相如家徒四壁立。」司馬相如，漢代人。善辭賦。參見卷二〈夫婦〉有關注釋。家徒壁立，亦作「家徒四壁」。家中僅有牆壁，無其他資產，謂家中貧乏，空無所有。徒，空；只。❷扊扅為炊二句　謂百里奚早年離家時，家貧無柴，妻子以扊扅為柴煮雞為他送行。百里奚為秦相後，失散多年的妻子在歌中提及此事，而後二人相認。見《能改齋漫錄・吹扊扅》。扊扅，門閂。百里奚，春秋時人。少時十分貧窮，歷經坎坷，後任秦相。參見卷二〈夫婦〉有關注釋。❸鵠形菜色二句　謂鵠形、菜色，都用以形容窮人飢餓乏食的樣子。盧象昇〈經理崇禎十一年屯政疏〉：「塞上孑遺，鵠形菜色。」鵠形，又作「鳩形鵠面」。形容身體消瘦、面容憔悴。鵠，即天鵝。菜色，指飢民的臉色。《荀子・富國》：「故禹十年水，湯七年旱，而天下無菜色者。」楊倞注：「無食菜之色也。」❹炊骨爨骸二句　以骨頭為柴，以屍骸為糧食，這是饑荒、戰亂日久，缺糧至極度時的慘狀。《左傳・宣公十五年》有此語。❺餓死留君臣之義二句　伯夷、叔齊，商末孤竹君之二子，兄弟倆以互讓君位、不食周粟以示忠於故主而著稱。參見卷二〈兄弟〉有關注釋。《博物志》載：周朝建立後，伯夷、叔齊隱居首陽山，恥食周粟，採薇

（野菜）而食。有婦人說：「你們為什麼吃周的草木？」兄弟倆於是絕食而餓死。❻資財敵王公之富二句　謂陶朱、倚頓的資財極多，其富裕比得上王公貴族。陶朱，即春秋時越國大夫范蠡。他在協助越王滅吳後隱居，後經商成為巨富，自號陶朱公。見《史記・貨殖列傳》。參見本卷〈珍寶〉有關注釋。倚頓，又作「猗頓」。魯國窮人。他聽說陶朱公富，便去向他請教致富的方法，並按陶朱所說去做，很快也成為巨富。見《孔叢子》。敵，同等；相當。❼石崇殺妓以侑酒　《世說新語・汰侈》載：石崇每次宴客，都令美女陪酒，客人不飲，便說她不會勸酒而殺害。有次宴請王導、王敦，王導不善飲酒，勉強飲下；王敦則堅決不飲，結果石崇一連殺了兩個美女。石崇，晉代巨富。參見卷二〈衣服〉、本卷〈珍寶〉等篇有關注釋。侑，勸；陪侍。特指飲食。❽何曾一食費萬錢　西晉何曾生活極奢靡，每日飲食費萬錢，還說「無可下筯處」（沒有可吃的）。見《晉書・何曾傳》。何曾（西元一九九～二七九年），西晉陳國陽夏人，字穎考。曹魏時，官至司徒，黨附司馬氏。晉武帝受禪，以勸進之功，任宰相、太傅等職。諂附賈氏，時人譏之。子劭，與武帝為同年交，更受寵幸。❾二月賣新絲三句　語本聶夷中〈咏田家〉詩：「二月賣新絲，五月糶新穀。醫得眼前瘡，剜卻心頭肉。」參見卷二〈身體〉「剜肉醫瘡」注釋。❿三年耕而有一年之食三句　語本《禮記・王制》：「三年耕必有一年之食，九年耕必有三年之食。以三十年之通，雖有凶旱水溢，民無菜色。」意思是種三年田，留有一年的儲備，九年留三年儲備。積累三十年後，即使遇有水旱災荒，也有備無患。庶幾，也許可以。表示希望。⓫貧士之腸習藜莧　謂貧窮的人長年吃野菜，腸胃已經習慣於粗劣的食物。韓愈曾在〈酬崔少府〉詩中寫道：「二年國子師，腸肚習藜莧。」習，習慣。藜莧，泛指粗劣的食物。藜，野菜，嫩葉可食。莧，莧菜。⓬富人之口饜膏粱　謂富人吃膩了精美的食品。饜，飽；滿足。膏粱，語見《孟子・告子上》。泛指精美的食品。膏，肥肉。粱，好米。⓭石崇以蠟代薪二句　《世說新語・汰侈》載：石、王鬥富時，石崇以蜂蠟（凝固的蜂蜜）當柴燒，王愷以飴糖洗鍋。石崇，參見本節❼。王愷，西晉東海人，字君夫。司馬昭妻弟。性豪侈，不拘細行。曾與石崇鬥富。惠帝時，除楊駿有功，位至後軍將軍。飴，用麥芽製成的糖漿。沃，洗。⓮范冉釜中生魚　桓帝時，范冉舉孝廉，任命為萊蕪長，不就，窮居自得，有時絕糧，時人稱：「甑中生塵范史雲，釜中生魚范萊蕪。」見《後漢書・范冉傳》。意思是蒸籠上落滿塵埃，鍋子裡有魚在游，指他斷炊已久。後人因以「甑塵釜魚」或「釜中生魚」形容貧苦人家斷炊已久。范冉（西元一一二～一八五年），一作「范丹」。東漢陳留人，字史雲。馬融弟子。通五經，尤深於《易》和《尚書》。釜，炊器。斂口，圜底，或有二耳。其用如鬲，置於灶口，上置甑以蒸煮。盛行於漢代，有鐵製的，也有銅和陶製的。⓯元淑廐有齋馬　《舊唐書・馮元淑傳》載：馮元淑所乘之馬過午不餵草料，稱之為齋馬。元淑，馮元淑。唐代浚儀令。⑯曾子捉襟見肘三句　語本《莊子・讓王》：「曾子居衛……三日不舉火，十年不製衣，正冠而纓絕，捉襟而肘見，納履而踵決。曳縱而歌〈商頌〉，聲滿天地，若出金石。」謂曾子住在衛國時……三天不升火煮飯，十年未添製新衣，戴帽子帽帶斷了，拉著衣襟手臂露了出來，穿鞋露著腳後跟。拖著破鞋口吟〈商頌〉，聲音充滿天地，如同金石樂器之聲（即安貧樂道之意）。曾子，孔子學生。以孝著稱。參見卷一〈地輿〉有關注釋。貧不勝言，謂他的貧窮難以用語言表述。勝，盡。⑰韋莊數米而炊三句　唐代韋莊性吝嗇，數米而炊，稱薪而爨（數著米粒下鍋，稱分量燒柴）。見《朝野僉載》。韋莊（西元八三六～九一〇年），唐末五代杜陵人，字端己。唐末時任安撫副使。朱溫篡唐建後梁，他與諸將擁王建稱帝，建前蜀，開國制度皆他手定。累官至宰相。有詞名，其詞清麗，多白描，寫閨情離愁和遊樂生活。爨，燒火煮飯。⑱飽德之士四句　語本《孟子・告子》：「《詩》云：『既醉以酒，既飽以德。』言飽乎仁義也，所以不願人之膏粱之味也；令聞廣譽施於身，所以不願人之文繡也。」意思是富於仁義德行的人，不羨慕別人的美食佳肴；大名美譽滿身的人，不羨慕別人的繡花衣裳。願，羨慕。文繡，繡畫的錦帛，用作衣服。奚圖，怎麼會去謀取。

【語　譯】家中只有四壁，別無他物，司馬相如貧窮如此；做飯沒有柴草，拆門閂當柴，百里奚曾極為困苦。「鵠形」、「菜色」，都是形容窮人飢餓的模樣；「炊骨爨骸」，這是軍中缺糧時的慘狀。伯夷、叔齊，餓死也不食周粟，以留君臣大義；陶朱、倚頓善於經營，資產比得上王公貴族之富有。石崇以美女陪酒，客人不飲便被處死，這是恃富行兇；何曾過分奢侈，一頓飯花費萬金，還說沒有可吃的。二月蠶未吐絲就已預售，五月稻穀未熟便已出賣，真是剜心頭肉，醫眼前瘡；三年耕種，儲備一年的糧食，九年耕種，儲備三年的糧食，即使遇到災荒，也可以有備無患。貧寒之士的腸胃習慣於野菜粗食，富貴人家吃膩了肥肉精米。石崇以蜂蠟當柴燒，王愷用飴糖洗鍋子。范冉窮困斷炊，鍋子裡可以養魚；馮元淑餵養的馬不給草料，稱之為「齋馬」。曾子安貧樂道，雖衣破見手肘，鞋破露腳後跟，仍歌〈商頌〉；韋莊生性吝嗇，做飯要數米下鍋，稱分量燒柴，過分儉吝則屬可鄙。總而言之，富於仁義德行的人，不羨慕美味佳肴；名望聲譽卓著的人，怎麼會去謀求繡花衣服？

新增文

公孫牧豕營身，寧思相位❶；灌嬰販繒為業，豈意封侯❷。郭泰欲為斗筲役，無可奈何❸；班超更作書寫傭，不得已爾❹。朱桃椎擲還鹿幘，自知本命合窮❺；蘇季子破損貂裘，誰意道之難泰❻。苦矣衛青作牧，牛背後受主鞭笞❼；惜哉欒布為奴❽，馬頭前代人奔走。揚雄〈逐貧賦〉，人謂其逐之何遲❾；韓愈〈送窮文〉❿，我怪其送之不早。異寶充盈，王氏都云富窟⓫；佳肴錯雜，郇公嘗列珍廚⓬。董卓積寶郿中，壓殘金塢⓭；鄧通布錢天下，鑄盡銅山⓮。象牙床，魚生太侈⓯；火浣衣，石氏何多⓰。婦乳飲豘，畜類翻成人類⓱；兒口承唾，家僮充作用壺⓲。牙檣錦纜，隋煬增遠渚之奇⓳；玉鳳金龍，元寶侈華堂之勝⓴。

【章　旨】本節補充介紹歷史上一些豪富奢侈浪費，窮人貧困潦倒的史事。不過，增補者所舉之人多為先窮困而後拜相封侯，與原作者立意於安貧樂道的有所區別。

【注　釋】❶公孫牧豕營身二句　謂漢代公孫弘年輕時曾為人牧豬，難道曾經想過日後位居丞相？見《漢書・公孫弘傳》。公孫，公孫弘（西元前二〇〇～前一二一年）。西漢菑川人，字季，一字次卿。少貧，牧豕海上。年四十餘始治

《春秋公羊傳》。以熟悉文法吏治，被漢武帝任為丞相，封平津侯。牧豕，放飼餵養豬。豕，豬。營身，即營生、謀生。寧，豈；難道。❷灌嬰販繒為業二句　謂灌嬰年輕時曾以販賣絲織品為生，何曾想到日後能封侯。見《漢書．灌嬰傳》。灌嬰（?～西元前一七六年），西漢初人。初以販繒帛為業。秦末投靠劉邦，率軍轉戰各地。劉邦稱帝，任車騎將軍，封潁陰侯。後與陳平、周勃共同平定呂氏的叛亂，迎立文帝，任太尉，後任丞相。繒，古代絲織品的總稱。❸郭泰欲為斗筲役二句　謂郭泰想當斗筲吏，這是出於無可奈何而已。《後漢書．郭泰傳》載：郭泰家貧，父親很早去世，母親想讓他去做縣吏，郭泰說：「大丈夫寧（難道）處此斗筲役乎？」案：郭泰的意思是說他不願當斗筲吏，本文則指他「欲為」斗筲役，說法不正確。故而後世有些版本改為「郭泰對於斗筲吏，雅不願為」，較合於史實。斗筲役，比喻小吏。斗、筲皆容量很小的容器。比喻些微、小。郭泰，東漢末年人，曾為太學生領袖。參見卷三〈人事〉有關注釋。❹班超更作書寫傭二句　謂班超年輕時曾受人雇傭，抄寫屯田冊籍，這是不得已而為之的。見《後漢書．班超傳》。班超，東漢人。少時家貧，為人寫屯田冊籍，後投筆從戎，出使西域多年，封定遠侯。參見卷一〈武職〉有關注釋。書寫傭，受人雇用，抄寫文書。❺朱桃椎擲還鹿幘二句　《新唐書．朱桃椎傳》載：唐代隱士朱桃椎衣著破舊，有人送他一頂鹿幘，朱擲地不要，說：「命合窮耳（命中注定應貧窮）。」鹿幘，也稱「鹿巾」、「鹿皮冠」。古代隱士戴的一種頭巾。幘，包頭髮的巾。❻蘇季子破損貂裘二句　謂蘇秦的貂裘穿破了，無法更換，誰曾料想學說是如此難以被人接受。事見卷二〈衣服〉有關注釋。蘇季子，蘇秦。戰國時東周洛陽人，字季子。著名遊說家，奔走於齊、趙、魏、燕等國之間，進行遊說或上書，組織發動五國合縱攻秦，得各國君主信任，有配六國相印之說。後因反間罪被車裂而死。道，學說；主張。泰，通暢；平安。文中作（學說）被採納解。❼苦矣衛青作牧二句　謂衛青少時曾為人放牧，經常受到主人的鞭打，實在是苦。見《漢書．衛青傳》。衛青，西漢大將。與霍去病等一同抗擊匈奴，解除對邊境的威脅。參見卷一〈武職〉有關注釋。❽欒布為奴　漢代欒布少時窮困，傭於齊，後被人賣到燕為奴。見《漢書．欒布傳》。欒布（?～西元前一四五年），西漢梁人。與彭越友善。高祖時任都尉，文帝時任燕相。吳楚七國之亂，以擊齊封鄃侯。❾揚雄逐貧賦二句　謂揚雄寫了〈逐貧賦〉，人們說他逐貧為什麼這麼遲。揚雄（西元前五三～一八年），一作「楊雄」。西漢文學家、語言學家，蜀郡成都人，字子雲。少好學，長於辭賦，多摹擬司馬相如。成帝時任為郎；王莽時任大夫。博通群書，多識古文奇字。仿《論語》作《法言》，仿《易經》作《太玄》，又採集各地方言為《方言》，續《蒼頡篇》為《訓纂篇》。〈逐貧賦〉：「揚子……終貧且窶……舍爾遠竄，崑崙之巔；爾復我隨，翰飛戾天。舍爾登山，巖穴隱藏；爾復我隨，陟彼高岡。舍爾入海，泛彼柏舟；爾復我隨，載沉載浮。我行爾動，我靜爾休。豈無他人，從我何求。今汝去矣，勿復再留。」⑩韓愈送窮文　韓愈有〈送窮文〉，文中將智窮、學窮、文窮、命窮、交窮列為「五窮鬼」，並云：「聞子（指五窮鬼）行有日矣，躬具船車，備載糗糧，日吉時良，利行四方。」韓愈，唐代文學家。參見卷二〈師生〉有關注釋。⑪異寶充盈二句　唐代王元寶金玉滿室，時號「富窟」。見《開元天寶遺事》。⑫佳肴錯雜二句　韋陟性好奢靡，廚房內滿是山珍海味，時稱「郇公廚」。人入其內，多飽飫而歸。見《世說新語補》。後世謝人筵宴說「飽飫郇廚」，本此。郇公，唐代韋陟封郇國公。⑬董卓積寶郿中二句　謂董卓曾築郿塢，積黃金數十萬，人稱「金塢」。參見〈珍寶〉有關注釋。董卓（？～西元一九二年），東漢隴西人，字仲穎。本為涼州豪強。靈帝時任并州牧。昭寧元年（西元一八九年），率兵入洛陽，廢少帝，立獻帝，專斷朝政，殘暴專橫。後被殺。⑭鄧通布錢天下二句　鄧通為西漢蜀郡人，文帝時為黃頭郎，得帝寵幸，官至上大夫，前後賞錢無數，並賜蜀郡嚴道銅山，許其鑄錢，鄧氏錢遍於天下。見《漢書・鄧通傳》。後人常以其名字比喻富有。景帝即位後，免官。不久，為人告發，家財盡被沒收，寄食人家，窮困而死。⑮象牙床二句　梁朝魚弘性侈靡，以象牙造床，周圍鏤金蓮花，以琥珀龜貝飾床腳。見《南史・魚弘傳》。⑯火浣衣二句　晉惠帝時，外國進貢火浣布，惠帝以為天下稀有，做成衣服穿著，前往石崇家，不料石崇家的家奴都穿火浣衣，惠帝大為慚愧。火浣衣，古代傳說中以火鼠之毛織成的神布，燒不著，穿不壞。火鼠生崑崙山四周的火山中，毛有二尺多長，細軟如絲。居火中時毛色紅赤，出火則毛色潔白，以水澆之即死，取其毛織布縫衣。如有汙垢，只要放在火中一燒，潔白如新。見《神異經・南荒經》。⑰婦乳飲豘二句　晉代王武子家以人乳餵豬，使其肉味鮮美，這是把畜類當作了人類來養。見《世說新語・汰侈》。豘，通「豚」。小豬。也泛指豬。⑱兒口承唾二句　前秦苻堅的堂兄苻朗常與人宴飲，當時別人都用唾壺，苻朗卻讓小兒跪著張開嘴，讓客人吐在口中。見《晉書・苻堅傳》附〈苻朗傳〉。⑲牙檣錦纜二句　謂隋煬帝下江南時造龍舟，以象牙為桅杆，以錦帛為帆和船纜，華美的船隊增添了湖泊山川的景色。檣，桅杆。引申為帆船或帆。隋煬，隋煬帝（西元五六九～六一八年）。名楊廣，西元六〇四～六一八年在位。一名英，小字阿麼。隋文帝次子。用計謀讒廢太子勇，得立為太子。仁壽四年（西元六〇四年）殺文帝，即位。營建宮殿、開運河、修馳道，多次南北巡遊，民力為之枯竭。三次遠征高麗，徵斂和兵役苛重，民不聊生，激起全國民變。後被部將宇文化及等縊殺。見《隋書・煬帝紀》。遠渚，遠方水中的小洲。此處可理解為遠方的湖泊山川。渚，水中的小洲。⑳玉鳳金龍二句　史載王元琛性奢侈，他家的窗子，雕飾有玉鳳銜鈴，金龍吐旆。見《洛陽伽藍記・城西》。案：

「元寶」應為「元琛」之誤。見《洛陽伽藍記》、《北史》。

【語譯】公孫弘少時以牧豬謀生，何曾想到會登相位；灌嬰年輕時以販絲帛為業，哪裡料到日後封侯。郭泰做斗筲吏，實因生計所迫，無可奈何；班超為人寫屯田冊籍，換錢養母，也是不得已的。朱桃椎擲還鹿皮巾，自知命運注定貧窮；蘇秦遊說秦國不成，貂裘破損，無力更換，這是因為學說尚未被採納。衛青替人放牧，被主人鞭打，真是苦啊；欒布被賣為奴隸，鞍前馬後，代人奔波，實在可惜。揚雄寫〈逐貧賦〉，人說他逐貧太遲；韓愈作〈送窮文〉，我怪他送得還不夠早。王元寶家中塞滿了奇珍異寶，時人稱為「富窟」；韋陟封郇公，他家的廚房盡是山珍海味美味佳肴，人謂「郇公廚」。董卓的財寶堆積在郿塢中，幾乎壓塌金塢；鄧通得到漢文帝賞賜的銅山，所鑄之錢遍布天下。魚弘生性奢侈，造象牙床，刻金蓮花；火浣衣為當時罕見，石崇家的奴僕皆穿火浣衣，可知他的富有。王武子以人乳餵豬，是把畜類當作了人類；苻朗以小兒之口接唾液，是把家童作為唾壺。隋煬帝遊玩的龍船，以象牙作桅，以錦帛做船帆和船纜，增添了湖光山色之奇麗；王元寶家的窗戶雕有玉鳳銜鈴，金龍吐旆，顯示了府第的氣派豪華。

疾病死喪

【題 解】福壽康寧是每個人的基本願望，疾病死亡則是無可逃脫的必然。人類發明了醫學，治療疾病，但終究有死亡，於是產生了各種形式的喪葬禮儀。

喪禮是人生禮儀的最後一項，標誌著人生的終結（故而民間又稱「送終」），其形式各民族各地區有很大差異，其精神則基本相同，即：(1)表現生者對死者的哀悼；(2)懷念死者生前的功德；(3)超度亡靈，使死者的靈魂得以安息；(4)通過信仰和禁忌儀式，免除生者對死者的懼怕心理，並寄託對死者的祝願。中國傳統文化的倫理型特點在喪禮上表現得極為鮮明。儒家認為喪禮源於人子的愛親、思親、孝親，從人情開始，歸結到倫理道德上，以孝為核心，形成中國文化的喪禮精神——慎終追遠，並希望借助這種理性的喪禮精神，達到教化民眾的目的（「慎終追遠，民德歸厚」《論語・學而》）。而「五服」等各種瑣細的規定和眾多的祭祀，則又反映出宗法制下對血緣親疏關係的重視和敬天法祖、崇奉祖先神的特點。由於中國人用生生不息、順應自然的觀念理解生死，所以既強調嚴守孝道，按「禮」辦喪，也主張達觀認命，節哀順變。民間常將婚禮與喪禮並稱為「紅白喜事」，即為其表現。

此外，由於疾病死亡皆為人所不願，諱言此事，所以涉及這方面時，多半採用隱諱或委婉的語彙及表達方式。

福壽康寧，固人之所同欲；死亡疾病，亦人所不能無❶。惟智者能調，達人自玉❷。問人病，曰貴體違和❸；自謂疾，曰偶沾微恙❹。罹病者，甚為造化小兒所苦❺；患疾者，豈是實沉、臺駘為災❻？疾不可療，曰膏肓❼；平安無事，曰無恙❽。采薪之憂❾，謙言抱病；河魚之患❿，係是腹疾。可以勿藥⓫，喜其病安；厥疾勿瘳，言其病篤⓬。瘧不病君子，病君子，正為瘧耳⓭；卜所以決疑，既不疑，復何卜哉⓮？謝安夢雞而疾不起，因太歲之在酉⓯；楚王吞蛭而疾乃痊，因厚德之及人⓰。

【章　旨】本節介紹有關生病和探望病人時的常用詞語。因疾病為人之所不願，因而這類詞語多半採用隱諱或委婉的表達方法。

【注　釋】❶福壽康寧四句　謂福、壽、康寧固然是每個人都想望的，但死亡、疾病也是人所不能避免的。《書・洪範》載：「五福：一曰壽，二曰富，三曰康寧，四曰攸好德（所好者德），五曰考終命（善終不橫夭）。」前兩句即本此。「五福」是中國古人心目中的完美人生。康寧，平安；沒有疾患。❷惟智者能調二句　謂惟有聰明的人能夠調節，使各方面和諧平衡；達觀的人能自珍重。達人，通達事理的人；達觀的人。自玉，把自己看作玉。即自珍重之意。❸問人病二句　謂問候別人的疾病說「貴體違和」。貴體，稱別人身體的敬辭。違和，身體失於調和而不舒適，常用作稱他人患病的婉辭。《南史・孝義・劉渢傳》：「公去歲違和。」❹微恙　小病。恙，疾病；傷害。《神異經・中荒經》載：古代北方有獸名㺊㺊，黃帝殺了牠，自此人無憂患疾病，稱「無恙」。❺罹病者二句　謂生病的人，深受造化小兒折磨之苦。罹病，生病。罹，遭遇不幸的事。造化小兒，舊時謂主宰命運的鬼神。《新唐書・杜審言傳》載：杜審言病重，宋之問等人去探望，杜說：「甚為造化小兒相苦。」造化，天地；自然。言其「小兒」，是藐視、風趣的說法。❻患疾者二句　春秋時，晉侯生病，鄭伯派人前去問候。晉侯說：「寡君之疾病，據占卜的人說，是實沉、臺駘作怪引起的。史官不知道是什麼，請問他們是什麼神？」子產說：「實沉，參神；臺駘，汾神，他們與您的病沒有任何關係。」見《左傳・昭公元年》。實沉，帝嚳子。也即參星。相傳高辛氏有二子，長曰閼伯，次為實沉，兄弟不睦，日尋干戈。後帝遷閼伯於商邱，主辰；遷實沉於大夏，主參。即後來的參、商二星（參見卷一〈天文〉有關注釋）。臺駘，汾（水）神。相傳人如果遇上了實沉、臺駘，便會生病。❼膏肓　謂病重無法救治為「病入膏肓」。事見《左傳・成公十年》。古代醫學稱心下面的部分為膏。肓，心臟和隔膜之間。如果病在膏與肓之間，藥力攻之不可，達之不及，無法醫治。❽無恙　見本節❹。❾采薪之憂　《孟子・公孫丑下》：「有采薪之憂，不能造朝。」意思是生病（不能砍柴），不能到朝廷來。後用為自稱有病的婉辭。❿河魚之患　亦作「河魚腹疾」。指腹瀉；拉肚子。語出《左傳・宣公十二年》：「河魚腹疾，奈何？」以河魚腐爛，總是先從肚子開始為喻。⓫勿藥　語出《易・無妄》：「無妄之疾，勿藥有喜。」謂可不用藥自癒。後因用為病癒的代稱。⓬厥疾勿瘳二句　謂「厥疾勿瘳」是說病重不會痊癒的意思。厥疾勿瘳，語本《書・說命上》：「若藥勿瞑眩，厥疾勿瘳。」厥，其；也指中醫病症名，指昏厥或手足逆冷。瘳，病癒；引申為恢復之意。篤，病重。⓭病君子二句　謂正因為瘧疾使君子生病，所以它才是瘧。語本《世說新語・言語》：中朝有個小兒，因父親生病，去取藥。店主人問生什麼病，答：「患瘧也。」主人說：「尊翁明德君子，何以病瘧（怎麼會生瘧疾）？」答：「來病君子，所以為瘧耳。」案：「瘧」與「虐」（殘暴；侵害）音相近，用雙關語意。病，使人生病。⓮卜所以決疑三句　唐初，長孫無忌與尉遲敬德等人勸李世民殺其兄弟建成和元吉，李世民命人占卜，他的幕僚張公瑾見了，把占卜的龜甲扔在地上，說：「占卜以決疑。事在不疑，尚何卜哉。」後果有玄武門之變。意思是占卜是決斷有疑問的事的，如果事情不存在疑問（即「必須如此」），又何必去占卜。《左傳・桓公十一年》也有「卜以決疑，不疑，何卜」句。卜，占卜。古人迷信，用火灼龜甲，根據灼開的裂紋推測行事的吉凶，也指用其他方法預測吉凶。復，又；再。⓯謝安夢雞而疾不起二句　《晉書・謝安傳》載：謝安曾做一夢，夢見自己乘桓溫的車子，走了十六里，見白雞而停，此夢無人能解，後來桓溫死，謝安取代桓溫，居相位十六年而生病，謝方才明白，「十六里，十六年也。見雞止者，今年太歲在酉，吾病殆將不起矣（病不會好了）。」果卒。謝安，東晉宰相。參見卷一〈地輿〉有關注釋。太歲在酉，即歲逢酉（雞）年。太歲，舊曆紀年所用值歲干支的別名，因習慣上只重視「歲陰」（十二地支），故「太歲」每十二年一循環；也指值歲的神名（有十二個太歲神，即與地支一致）。酉，地支的第十位。在「十二生肖」中，酉為雞。⓰楚王吞蛭而疾乃痊二句　謂楚惠王吞下了蛭，但因為他待人有厚德，雖然生病也很快就康復了。楚王，楚惠王（？～西元前四三二年）。春秋戰國之際楚國國君，名章，西元前四八八～前四三二年在位。曾為白公勝劫持，賴葉公子高救，始得復位，後滅陳、蔡等國。史載他有次吃菹（肉醬），裡面有蛭，他想揀出來，又怕廚師因此獲罪，勉強吃下去就生病了，令尹知其原因，對他說：「王有仁德，疾必無傷。」後果癒。見賈誼《新書・春秋》。蛭，環節動物門的一綱，如水蛭（螞蝗）、魚蛭等。

【語譯】福壽康寧，固然是人人所期望的；死亡疾病，也是人們所不可避免的。惟有聰明智慧的人能自調養，達觀灑脫的人能自珍重。問候他人疾病，說「貴體違和」；稱自己有病，言「偶沾微恙」。生病的人，深受造化小兒的折磨；患了疾病，難道是實沉、臺駘作怪？病不可治，叫作「病入膏肓」；平安無事，謂之「無恙」。「采薪之憂」，是生病的婉辭；「河魚之患」，是腹瀉的代稱。「可以勿藥」，是慶幸病已痊癒；「厥疾勿瘳」，意思是病重。君子不患瘧疾，正因為瘧侵害了君子，所以才叫做瘧疾。占卜是為了決斷有疑惑的事情，既然沒有疑問，又何必占卜呢？謝安夢見雞，到了酉（雞）年，果然病重不起；楚惠王待人有厚德，雖然吞吃了蛭而生病，但不久便痊癒。

將屬纊❶，將易簀❷，皆言人之將死；作古人❸，登鬼籙❹，皆言人之已亡。親死則丁憂❺，居喪則讀《禮》❻。在床謂之屍❼，在棺謂之柩❽。報孝書曰訃❾，慰孝子曰唁❿。往弔曰匍匐⓫，廬墓⓬曰倚廬⓭。寢苫枕塊，哀父母之在土⓮；節哀順變，勸孝子之惜身⓯。男子死，曰壽終正寢⓰；女人死，曰壽終內寢⓱。天子死曰崩，諸侯死曰薨，大夫死曰卒，士人死曰不祿⓲，庶人死曰死，童子死曰殤⓳。自謙父死曰孤子⓴，母死曰哀子㉑，父母俱死曰孤哀子；自言父死曰失怙，母死曰失恃，父母俱死曰失怙恃㉒。父死何謂考，考者，成也，已成事業也；母死何謂妣，妣者，媲也，克媲父美也㉓。百日內曰泣血，百日外曰稽顙㉔。朞年曰小祥，兩朞曰大祥㉕。不緝曰斬衰，緝之曰齊衰，論喪之有輕重㉖；九月為大功，五月為小功，言服之有等倫㉗。三月之服曰緦麻㉘，三年將滿曰禫禮㉙。孫承祖服，嫡孫杖朞；長子已死，嫡孫承重㉚。死者之器曰明器，待以神明之道㉛；孝子之杖曰哀杖，為扶哀痛之軀㉜。父之節在外，故杖取乎竹；母之節在內，故杖取乎桐㉝。以財物助喪家，謂之賻㉞；以車馬助喪家，謂之賵㉟；以衣斂死者之身，謂之襚；以玉實死者之口，謂之琀㊱。送喪曰執紼㊲，出柩曰駕輀㊳。吉地曰牛眠地㊴，築墳曰馬鬣封㊵。墓前石人，原名翁仲㊶；柩前功布，今曰銘旌㊷。輓歌始於田橫㊸，墓誌創於傅奕㊹。生墳為壽藏㊺，死墓曰佳城㊻。墳曰夜臺㊼，壙㊽曰窀穸㊾。已葬曰瘞玉㊿，致祭曰束芻(51)。春祭曰禴，夏祭曰禘，秋祭曰嘗，冬祭曰烝(52)。

【章 旨】本節介紹各等級的人死亡的代稱，喪禮的主要內容、名稱，以及有關喪葬、祭祀、弔唁等的常用語彙，從中可以看出十分鮮明的等級制和宗法制下血緣親疏的特點。

【注 釋】❶屬纊 用新綿置臨死的人鼻前，驗明他是否斷氣。《禮記・喪大記》：「疾病，男女改服，屬纊以俟絕氣。」鄭玄注：「纊，今之新綿，易動搖，置鼻之上以為候（即看其是否還有氣息吹動綿）。」後因以作為病重臨危的代稱。❷易簀 本意是更換竹席。語本《禮記・檀弓上》：曾子病重，家人、學生守在身旁。童子說：「華而睆（華麗而有光澤），大夫之簀與？」……曾子說：「是的。這是季孫所贈送的，我未能易也。」命曾元：「起易簀！」

換席之後，未睡安穩便去世了。後世因稱人病重將死為「易簀」。易，更換。簀，竹席。案：按照當時的制度，大夫才能用華美的竹席，曾子未當大夫，所以臨死時要人更換。❸作古人　成了古人。即「死」。也簡稱「作古」。見平步青《霞外攟屑・董文友》。❹登鬼籙　古人認為人死後要去閻王爺那兒報到，閻王爺將其姓名登記在（鬼）名冊上，故而「登鬼籙」即人已死的代稱。《三國志・吳書・孫策傳》裴松之注引《江表傳》：「今此子已在鬼籙。」籙，簿籍。❺丁憂　遭父母之喪。語本《書・說命上》：「王宅憂。」丁，當；遭逢。意思是遭遇憂傷父母之時。❻居喪則讀禮　《禮記・曲禮下》：「居喪，未葬，讀〈喪禮〉；既葬，讀〈祭禮〉。」居喪，舊時父母死後，在家守喪，不治外事。《禮》，《儀禮》。儒家經典之一，又稱《禮經》或《士禮》，簡稱《禮》。春秋戰國時代部分禮制的匯編，十七篇。一說是周公製作，一說是孔子訂定。現在的通行本是劉向所定的《別錄本》。近人根據書中的喪葬制度，結合出土文物加以研究，認為此書成於戰國時代。❼在床謂之屍　謂人死後尚未入棺，停放在靈床上，稱為屍。《禮記・曲禮下》：「在床曰屍。」❽在棺謂之柩　《釋名・釋喪制》：「屍已在棺曰柩。」柩，已盛屍體的棺材。❾報孝書曰訃　報喪的文書稱為訃。報孝書，即報喪書。訃，報喪。《禮記・雜記上》：「凡訃於其君，曰：『君之臣某死。』」文中也指「訃告」，即報喪的文書。一般包含敘述死者生卒、行狀和祭葬時日等內容。❿慰孝子曰唁　慰問遭喪的人稱為「唁」。唁，慰問喪家；古時也指慰問失國者。《詩・鄘風・載馳》：「歸唁衛侯。」孔穎達疏：「此據失國言之，若對弔死曰弔，則弔生曰唁。」⓫往弔曰匍匐　去喪家弔喪稱匍匐。往弔，去喪家弔喪。匍匐，竭力。語本《詩・邶風・谷風》：「凡民有喪，匍匐救之。」⓬廬墓　舊時禮制規定，在父母或老師死後，服喪時期在墓旁搭蓋小屋居住，守護墳墓，叫「廬墓」。語見《水經注・泗水》。⓭倚廬　古人守喪時住的房子。倚木為廬，門向北開，用草木等物蓋成，不塗泥。在中門外東牆下。《禮記・喪服》：「父母之喪，居倚廬。」⓮寢苫枕塊二句　謂睡在草席上，頭枕土塊，以哀悼父母已經入土。也作「寢苫枕草」。這是古代宗法制所規定的居父母喪的禮節。《儀禮・既夕禮》：「居倚廬，寢苫枕塊。」賈公彥疏：「孝子寢臥之時，寢於苫，以塊枕頭。必寢苫者，哀親之在草；枕塊者，哀親之在土云。」苫，草席。⓯節哀順變二句　謂「節哀順變」，是勸喪家愛惜身體之語。《禮記・檀弓下》：「喪禮，哀戚之至也，節哀，順變也。君子念始之者也。」鄭玄注：「始，猶生也；念父母生己，不欲傷其性。」意思是父母之死是極大的悲哀，但又不要哀傷過度，要順應其變。節哀順變，節抑悲哀，順應變故。⓰壽終正寢　古禮。男子將死，臥於正廳東首，以俟氣絕。有安然去世之意。語見《封神演義・十一》。凡橫死、客死或夭亡則不能用此語。正寢，住宅的正室。⓱壽終內寢　女子將死，仍居內寢，不必遷，故言此。內寢，指婦女之居室。語見《禮記・內則》。⑱天子死曰崩四句　語本《禮記・曲禮下》：「天子死曰崩，諸侯死曰薨，大夫死曰卒，士人死曰不祿。」崩，倒塌。稱皇帝死，因是重大變故如山崩地裂，故言。此外，皇帝死還有登遐、晏駕等代稱、婉稱。薨，周代諸侯死之稱。唐代稱二品以上官員之死。卒，古指大夫死亡及年老壽終。後作為死亡的通稱。不祿，古時指士人死。因士生有祿，死則無祿，故稱。後用作死的諱稱。⑲殤　未成年而死。《儀禮・喪服傳》：「年十九至十六為長殤，十五至十二為中殤，十一至八歲為下殤，不滿八歲以下，皆為無服之殤。」⑳孤子　居父喪者自稱孤子。後也泛指年少喪父者。語見《禮記・曲禮上》。㉑哀子　父在而居母喪者的自稱。《禮記・雜記》：「祭稱孝子孝孫，喪稱哀子哀孫。」㉒自言父死曰失怙三句　喪父謂「失怙」，喪母謂「失恃」，父母俱喪謂「失怙恃」。《詩・小雅・蓼莪》：「無父何怙，無母何恃。」怙、恃，皆依靠、憑恃之意。後因用「怙恃」作父母的代稱。㉓父死何謂考八句　謂父親死了為什麼稱「考」，考有成就、成功的意思，指父親已成就事業；母親死了為什麼稱「妣」，妣即媲，指母親能媲美父親的德業。考、妣，父母死後的稱謂。《禮記・曲禮下》：「生曰父，曰母，曰妻；死曰考，曰妣，曰嬪。」古時也用以稱在世的父母。《爾雅・釋親》：「父曰考，母曰妣。」郭璞注引《蒼頡篇》：「考妣延年。」媲，匹敵；比得上。㉔百日內曰泣血二句　謂父母去世百日之內稱「泣血」，百日以外稱「稽顙」。泣血，謂因親喪而哀傷之極。語本《禮記・檀弓上》：「高子皋執親之喪也，泣血三年。」鄭玄注：「言泣無聲如血出。」後因用為居父母喪之辭。百日，自去世之日至第一百天。稽顙，古時的一種跪拜禮。屈膝下拜，以額觸地，居喪答拜賓客時行之，表示極度的悲痛和感謝。《儀禮・士喪禮》：「弔者致命，主人哭拜，稽顙成踊。」古代請罪、投降時往往也行此禮，表示極度的惶恐。稽，叩頭至地。顙，額。㉕朞年曰小祥二句　謂父母喪後一週年之祭稱小祥，二週年之祭稱大祥。朞年，一週年。《書・堯典》：「朞，三百有六旬有六日。」兩朞，兩週年。小祥、大祥，皆祭名。取去凶從吉之義。《儀禮・士虞禮》：「朞而小祥，又朞而大祥。」自居喪時起，不計閏月，凡十三個月為小祥，二十五個月為大祥。㉖不緝曰斬衰三句　指孝服不縫邊的叫「斬衰」，縫邊的叫「齊衰」，這是表示喪禮有輕重之別。不緝，不縫。緝，本作「緶」。縫衣邊。斬衰，宗法制度下的喪服名稱。「五服」中最重的一種。其上衣下裳均用最粗的麻布做成，縫製側邊不交裹，使斷處外露，以示無飾，謂之斬。用長六寸、廣四寸的麻布連綴外衿當心之處，以示哀戚，謂之衰。服期三年。凡子及未嫁女為父，承重孫為祖父，妻為夫，皆服之。見《儀禮・喪服》及《通典・禮・凶》。衰，通「縗」。齊衰，喪服名。為「五服」之一，次於斬衰。用粗麻布做成，以其緝邊，故稱「齊衰」。服期有一年的，為

「齊衰朞」，如孫為祖父母，夫為妻；有五月的，如為曾祖父母；有三月的，如為高祖父母。見《儀禮・喪服》及《清會典・禮部》。齊，下衣的邊。《禮記・曲禮上》：「兩手摳衣去齊尺。」鄭玄注：「齊謂裳下緝也。」㉗九月為大功三句　謂穿九個月的喪服稱作「大功」，穿五個月的喪服稱「小功」，這表明服喪依血緣關係的親疏而有等差。大功，喪服名。為「五服」之一。其服用熟麻布做成，較齊衰為細，較小功為粗。服期九個月。凡堂兄弟，已嫁的姑、姐妹，已嫁女為伯叔父、兄弟等，皆服之。見《儀禮・喪服》及《清會典・禮部》。小功，喪服名。為「五服」之一。用較細的熟麻布做成，服期五個月。凡本宗為曾祖父母、叔伯祖父母、堂伯叔父母，未嫁祖姑、堂姑，從堂兄弟，以及外親為外祖父母、舅、姨等，皆服之。見《儀禮・喪服》及《清會典・禮部》。㉘三月之服曰緦麻　謂穿三個月的喪服稱為緦麻。緦麻，喪服名。「五服」中最輕的一種。用細麻布製成，服期三個月。凡本宗為高祖父母、曾伯叔祖父母、族伯叔父母，族兄弟及未嫁族姐妹，外姓中為中表兄弟、岳父母等，皆服之。見《儀禮・喪服》及《清會典・禮部》。案：「五服」，舊時的喪服制度，以親疏為差等，有斬衰、齊衰、大功、小功、緦麻五種名稱，統稱為「五服」。㉙三年將滿曰禫禮　謂三年服喪期將滿，除喪服的祭禮稱為「禫禮」。禫禮，除喪服之祭。《儀禮・士虞禮》：「朞而小祥，又朞而大祥，中月而禫。」鄭玄注：「中，猶間也。禫，祭名也，與大祥間一月。自喪至此，凡（共）二十七月。」㉚孫承祖服四句　謂孫輩為祖父母服喪，嫡孫杖朞，其餘諸孫皆服不杖朞；如果長子已死，嫡長孫服三年喪，其餘諸孫即便年長，仍服不杖朞。孫承祖服，孫子為祖父母服喪。嫡孫，宗法制下嫡子（正妻之子）的正妻所生之子；也特指嫡長孫。杖朞，舊時服喪禮制。杖，指居喪時拿的棒。朞，一年之喪。朞服用杖的叫「杖朞」；不用杖的叫「不杖朞」。如嫡子眾子為庶母喪，服杖朞。見《儀禮・喪服傳》、《禮記・喪大記》。承重，承受喪祭和宗廟重任的意思。按宗法制，本身及父都是嫡長子而父先死，在祖父母死亡時即作喪主，稱承重孫。如父、祖都已死，在曾祖父母死亡時，就稱為承重曾孫，都要服三年之喪。《儀禮・喪服・適孫・疏》：「適子死，其適孫承重者，祖為之朞。」㉛死者之器曰明器二句　謂死者用的器物稱為「明器」，要以此明鬼神之幽道。明器，即「冥器」。古代隨葬的器物，一般用陶或木、石製成。稱作「明器」，含有明（明瞭、顯明）鬼神之幽的意思。神明，指神祇；也指人或物的精靈怪異。《儀禮・既夕禮》：「陳明器于乘車之西。」㉜孝子之杖曰哀杖二句　謂孝子所用的杖稱哀杖，用來撐扶悲哀虛弱的身體。哀杖，古時居喪必持杖。以孝子哀痛，哭泣不食，身體虛弱，故而拄杖扶身，表明不以死傷生（生者）之意。見《白虎通・喪服》。㉝父之節在外四句　謂父親的氣節操守在外（古時男主外，女主內），所以哀杖用竹；母親的德行貞節在內，

本意是火氣上行。冬至後陽氣上升。取興盛、上升意。

【語　譯】將屬纊、將易簀，都是人將死亡之意；作古人、登鬼籙，則是說人已經死了。父母親死，可說「丁憂」；居喪時候應當讀《禮》。人死後停於靈床稱為「屍」，已盛入棺材叫做「柩」。報喪的文書稱為訃，安慰孝子叫做唁。去喪家弔喪，可說「匍匐」，孝子住的墳旁小屋，名為「倚廬」。「寢苫枕塊」，是孝子睡草席、枕土塊，以哀悼父母去世之意；「節哀順變」，是弔唁者勸慰喪家節制哀思、順應變故、愛惜身體的話語。男子安然死亡，稱為「壽終正寢」；女子死時躺在內室，故謂「壽終內寢」。各色人等死亡有不同代稱，皇帝死叫做崩，諸侯死名為薨，大夫死謂之卒，士人死稱不祿，老百姓死就直言死，小孩死則叫殤。父親死了，自己謙稱「孤子」，母親死了，自謙為「哀子」，父母俱亡，自稱「孤哀子」；自言父親去世，說「失怙」，母親去世，說「失恃」，父母皆不在，則說「失怙恃」。稱呼已去世的父親為「考」，因為「考」有成就的意思，取父親創業有成之義；稱呼已去世的母親為妣，因為妣通媲，是說母親能媲美父親的德行事業。父母去世後百日之內自言「泣血」，百日之外稱「稽顙」。父母去世的週年祭禮叫做小祥，兩週年的祭禮稱為大祥。孝服不縫邊的謂之斬衰，縫邊的叫齊衰，這是表示喪禮有輕重的等差。大功穿九個月的喪服，小功穿五個月的喪服，這同樣說明與服喪對象有血緣親疏的倫理之別。「五服」中最輕是穿三個月的緦麻，自父母去世後滿二十七個月要舉行除喪服的禫禮，整個喪禮自此完成。孫子為祖父母服喪，嫡孫執杖，服一年期；如果長子已死，嫡長孫要承受喪祭和宗廟的重任，服斬衰三年。死者隨葬的器物，叫做「明器」，含有明鬼神之幽的意思；孝子所執之杖，稱為哀杖，為的是扶持因喪親而哀痛衰弱的身體。父親的德行節操弘揚在外，故哀杖用竹；母親的懿德貞節在內，故哀杖用桐木。送財物給喪家，叫做賻，贈喪家以車馬等送葬之物，稱為賵。給屍體穿衣下棺，謂之襚；放在死者口中的玉，名叫琀。將死者送去安葬，稱為執紼；輀是喪車，所以出柩（送葬）也叫做駕輀。吉祥的葬地，名為「牛眠地」；築成的墳墓，又叫「馬鬣封」。墳前所立的銅像、石像，原名翁仲；喪葬時引柩的功布，今日叫做銘旌。輓歌是對死人的哀悼，始於漢初田橫之去世；墓誌記載死者的生平事略，由唐代傅奕始創。生前預建的墳墓叫做「壽藏」；死後才挖的墳墓名為「佳城」。墳墓又稱「夜臺」，取冥間長夜黑暗之意，壙也是墳墓，又名窀穸，是長眠於昏暗中的意思。死者已葬，叫做「瘞玉」，含有稱死者為玉的意思；往喪家弔唁謂之「束芻」，含有譽孝子為玉的意思。天子諸侯宗廟之祭，四時名稱不同：春祭名禴，夏祭稱禘，秋祭叫嘗，冬祭謂烝。

飲桮棬而抱痛，母之口澤如存；讀父書以增傷，父之手澤未泯❶。子皋悲親而泣血❷，子夏哭子而喪明❸。王裒哀父之死，門人因廢〈蓼莪〉詩❹；王修哭母之亡，鄰里遂停桑柘社❺。樹欲靜而風不息，子欲養而親不在，皋魚增感❻；與其椎牛而祭墓，不如雞豚之逮存，曾子興思❼。故為人子者，當思木本水源，須重慎終追遠❽。

【章　旨】本節介紹歷史上有關喪葬的著名事例，特別強調與其父母死後鋪張，不如在他們健在時盡心奉養。

【注　釋】❶飲桮棬而抱痛四句　謂拿起杯子喝水，不禁悲從中來，因為母親的氣息還留在上面；讀父親遺存的書，倍增傷悲，因為書上留有父親的手跡。句本《禮記・玉藻》：「父歿（死）而不能讀父之書，手澤存焉耳；母歿而桮棬不能飲焉，口澤之氣存焉耳。」桮棬，杯盤盆盞的通稱，桮是總名，今作「杯」；未經雕飾時通稱為棬。桮棬為婦女所用，因稱思念亡母為「桮棬之思」。手澤，原意為書上留有父親手汗的痕跡（或墨跡）；引申為先人的遺物。口澤，口中的氣息。❷子皋悲親而泣血　語本《禮記・檀弓上》：「高子皋之執親之喪也，泣血三年。」謂泣無聲如血出，意思是因喪親而悲傷之極。❸子夏哭子而喪明　《禮記・檀弓上》載：「子夏喪子，哭而喪明。」子夏，孔子學生。參見卷二〈衣服〉有關注釋。喪明，即失明。❹王裒哀父之死二句　晉代王裒事父母十分孝順，父親死後，他每次讀《詩經》至〈蓼莪〉「哀哀父母，生我劬勞」之句，都要痛哭流涕，他的學生不忍心，便抽去了這首詩。見《晉書・王裒傳》。王裒，王修的孫子。西晉營陵人，字偉元。父親被司馬昭殺死，終身不仕，隱居教書。〈蓼莪〉，《詩・小雅》篇名。詩中反覆強調「哀哀父母，生我劬勞（勞苦、勞累）」、「欲報之德，昊天罔極」，宣揚孝道，舊時也用作「為子必須盡孝」的典故。❺王修哭母之亡二句　《三國志・魏書・王修傳》載：王修七歲時，母親於社日（春秋兩次祭祀土地神的日子）去世；次年社日，王修思母大哭，鄰里都為之哀歎，便停止祭祀。王修，三國時北海人，字叔治。初在孔融處任主簿、膠東令等，後歸曹操，歷官魏郡太守、大司農、奉常等職。桑柘，猶言「桑梓」。桑、梓、柘，都是古代家宅旁常見之樹木。見桑梓，容易引起對父母的懷念。後亦用作故鄉的代稱。❻樹欲靜而風不息三句　謂樹想安靜，風卻不停地吹；兒子希望贍養孝敬父母，父母卻都已去世，皋魚為此倍感傷心。事見《韓詩外傳》卷九：孔子有次去齊國，途中見皋魚捶胸頓足地號哭，孔子問他哭什麼，皋魚說：「樹欲靜而風不止，子欲養（奉養）而親（父母）不待。往而不可返者，年也；逝而不可追者，親也。」哭泣氣絕而死。❼與其椎牛而祭墓三句　《韓詩外傳》卷七載：曾子讀〈喪禮〉，眼淚哭濕了衣襟，說：「往而不可還者，親也；至而不可加者，年也。是故孝子欲養而親不待也，木欲直而時不待也。是故椎牛而祭墓，不如雞豚逮親存也。」椎，擊殺。逮，及；到。此處即奉養之義。指與其父母死後殺牛而祭，不如當他們健在時以雞肉、豬肉奉養他們。曾子，孔子學生。以孝著稱。參見卷一〈地輿〉有關注釋。思，思緒；感想。❽為人子者三句　謂做兒子的應想到樹有根、水有源，父母對自己有養育之恩，所以，必須慎重地按禮節辦理父母的喪事，虔誠恭敬地祭祀祖先。木本水源，樹的根、水流的源頭，語本《左傳・昭公九年》：「木水之有本原，民人之有謀主也。」此指父母對子女的養育之恩。本，草木的根或莖幹，引申為事物的根源或根基。慎終追遠，語出《論語・學而》：「慎終追遠，民德歸厚矣。」慎終，慎重地按照禮儀辦理父母的喪事。追遠，虔誠恭敬地祭祀祖先，表示追念。遠，指祖先。

【語　譯】拿著杯子喝水不禁悲從中來，因為母親的氣息還留在杯上；讀父親遺下的書籍更增添憂傷，因為書中滿是父親的墨跡手印。子皋悲悼逝去的雙親而泣血，子夏痛失愛子而哭瞎了眼睛。王裒父親死後，每當他讀到〈蓼莪〉詩「哀哀父母，生我劬勞」時，都要痛哭流涕，學生不忍，便抽去了這首詩；王修母親死於社日，次年社日，王修思母極為悲哀，鄰里為之淒然，便停止了這個祭祀。樹想靜止而風並不停息，兒子想奉養父母，雙親則已謝世，皋魚為此悲傷不已；與其父母死後殺牛到墓前祭奠，不如當他們健在時以雞、豬之肉盡心奉養，這是曾子讀〈喪禮〉時油然而生的感想。所以，做兒子的，應當想到木有本、水有源，父母對自己有養育之恩，因而必須慎重地按照禮儀辦父母的喪事，虔誠恭敬地祭祀自己的祖先。

新增文

歲在龍蛇，鄭玄算促❶；舍來鵬鳥，賈誼命傾❷。王令出塵寰，天上俄垂玉棺❸；沈君開窀穸，地中曾現漆燈❹。篋中存稿，相如上封禪之書❺；牖下停棺，史魚表陳屍之諫❻。梁鴻葬要離冢側，死後芳鄰❼；鄭泉殯陶宅舍傍，生前宿願❽。數皆前定，少游之詩讖何靈❾；事可先知，袁淑之卦占偏驗❿。顧雍失愛子，掐掌而流血堪矜⓫；奉倩殞佳人，擱淚而傷神可惜⓬。仲尼殞而泰山頹⓭，韓相亡而樹木稼⓮。酹之絮酒，實為佳士高風⓯；殉以芻靈，乃是先人樸典⓰。陳寔之徽猷足錄，行弔禮者三萬人⓱；郗超之素行可嘉，作誄文者四十輩⓲。牲牢酒醴，用昭報本之虔⑲；藁秸鸞刀，還備寧親之具⑳。值既降既濡之候，禮毋缺於春秋㉑；呈則存則著之形，情必由乎愛慤㉒。室事交乎堂事㉓，致齋繼以散齋㉔。

【章　旨】本節補充介紹有關疾病喪葬的史事、傳說，以及有關的禮儀。

【注　釋】❶歲在龍蛇二句　謂鄭玄夢見孔子對他說：「起，起！今年歲在辰，明年歲在巳。」醒後以讖推算，讖云：「歲在龍蛇賢人嗟。」自知壽命已終。見《後漢書・鄭玄傳》。鄭玄（西元一二七～二〇〇年），東漢北海人，字康成。曾系統學習儒家典籍。遊學歸故鄉後，聚徒講學，弟子多達數百千人。因黨錮事被禁，潛心著述，以古文經說為主，兼採今文經說，融匯貫通，遍注群經，成為漢代經學的集大成者，稱鄭學。在整理古代文獻上貢獻頗大。歲在龍蛇，謂在龍年、蛇年時。案：古時的術數家以十二種動物來配十二地支，子為鼠，丑為牛，寅為虎，卯為兔，辰為龍，巳為蛇……，也因而以該動物作為地支相應年分的代稱。算促，壽命短暫。算，壽命。促，短暫；迫近。❷舍來鵩鳥二句　《漢書・賈誼傳》載：賈誼在長沙時，有鴞飛入屋子，停在座位旁，因作〈鵩鳥賦〉（楚人呼鴞為「鵩」），謂：「四月孟夏，日維庚子。鵩集予舍，止於座隅。」遂去世。舍，房屋。鵩鳥，《文選・賈誼・鵩鳥賦序》：「鵩似鴞，不祥鳥也。」李善注引《巴蜀異物誌》：「有鳥小如雞，體有文色，土俗因形名之鵩，不能遠飛，行不出域。」當時長沙有俗語：「鵩鳥至，主人死。」賈誼（西元前二〇〇～前一六八年），西漢文學家。洛陽人，時稱賈生。少有才華，為郡人稱譽，被推薦於文帝，任為博士，遷太中大夫。因遭大臣非毀，貶為長沙王太傅。曾多次上疏，批評時政，提出加強中央集權、重農抑商等建議。命傾，死。傾，倒塌；崩潰。❸王令出塵寰二句　《後漢書・王喬傳》載：某一天，王喬看見有一玉棺自天而降，說：「上帝召我矣。」遂沐浴更衣，入玉棺而卒。王令，指漢代王喬。時任葉縣令。相傳他通仙術。參見本書卷二〈衣服〉有關注釋。出塵寰，成仙；也作「去世」解。塵寰，俗世。俄垂，隨即降下。俄，不久；旋即。櫬，棺材。櫬為梧桐的別名，古人以桐木為棺，故稱之為櫬。❹沈君開窀穸二句　《江南野史・沈彬傳》載：沈彬家附近有棵大樹，沈死後家人在此掘墓穴，發現有一古墓，其中有漆燈銅牌，上有字：「佳城今已開，雖開不葬埋。漆燈猶未滅，留待沈彬來。」窀穸，墓穴。參見本篇上節㊾。❺篋中存稿二句　司馬相如病重時，皇帝派人去他家，使者到時相如已死，妻子將他留下的文書交給使者，文中言封禪事。見《漢書．司馬相如傳》。相如，司馬相如。漢代辭賦家。參見卷二〈夫婦〉有關注釋。封禪，戰國時齊、魯有些儒生認為五岳中泰山最高，帝王應到泰山祭祀。登泰山築壇祭天稱「封」，在山南梁父山上闢基祭地稱「禪」。後世帝王時有此舉，尤以漢代為多。❻牖下停棺二句　《韓詩外傳》卷七載：春秋時衛國國君衛靈公親小人遠賢臣，衛大夫史魚以此為恥，屢屢勸諫，衛靈公不聽，史魚病重，臨死前對兒子說：「我數言蘧伯玉之賢而不能進，彌子瑕不肖而不能退。為人臣生不能進賢而退不肖，死不當治喪正堂，殯我於室足矣。」衛靈公看見這種不合喪禮的狀況很奇怪，詢問原因，其子以父親的話說明，衛靈公大為感動，遂重用蘧伯玉，遠離彌子瑕。於是將史魚的靈柩移至正堂，按喪禮辦喪事。牖下停棺，把棺材放在窗下，而不是正廳，這與喪禮不符（參見上節「壽終正寢」注）。陳屍之諫，即「屍諫」。事本史魚之典，《韓詩外傳》卷七謂：「（史魚）生以身諫，死以屍諫，可謂直（正直）矣。」後因以稱臣下以死諫君。❼梁鴻葬要離冢側二句　謂梁鴻葬在要離的墳旁，世人說：「要離是烈士，梁鴻德行高尚，確實是死後的好鄰居。」《後漢書．梁鴻傳》載：梁鴻去世後，皋伯通將他葬在要離的墳旁。梁鴻，東漢初扶風人，字伯鸞。家貧博學，隱居霸陵山中。曾出關，過洛陽，見宮室侈麗，作〈五噫之歌〉諷刺，為朝廷所忌。遂改變姓名東逃齊魯。後至吳，依皋伯通居廡下，為人傭工舂米。每歸，妻孟光為具食，舉案齊眉（參見卷二〈夫婦〉有關注釋）。要離，春秋末年吳國人。相傳他由伍子胥推薦給吳王闔閭，謀刺在衛的王子慶忌。他請吳王殺其妻，斷其右手，偽裝得罪逃亡。到衛後，又謀求親近慶忌。當同舟渡江時，慶忌被他刺死，他也自殺。芳鄰，好鄰居。❽鄭泉殯陶宅舍傍二句　三國時吳國鄭泉性嗜酒，臨死時對同輩說：「必葬我陶家之側，待百歲之後，化而為土，被製陶器者拿來製成酒壺，滿足我的願望。」見《三國志．吳書．吳主傳》引。殯，殮而未葬。《北史．高麗傳》：「死者殯在屋內，經三年，擇吉日而葬。」後也指出葬，如出殯。陶宅，指製陶器的陶窯。❾數皆前定二句　謂命運在生前便已確定，秦觀的詩讖多麼靈驗。秦觀曾作〈好事近〉一詞，內云：「醉臥古藤樹下，杳不知南北。」後來他死於藤州，有人認為詞中之語是讖語。見《冷齋夜話》。數，氣數。即命運。少游，秦觀（西元一〇四九～一一〇〇年）。北宋詞人，字少游，一字太虛。號淮海居士。以詩賦見賞於蘇軾。歷官太學博士、祕書省正字等。因列元祐黨籍，遭謫貶。工詩詞，是北宋婉約派的代表作家之一。詩讖，讖語的一種。舊時迷信者認為會在將來應驗的一些詩句、詞句。讖，一種預言，即用隱語來預測吉凶。其形式有圖讖、符讖、詩讖等多種。❿事可先知二句　相傳唐代袁淑遇一異人，給他一疊文書，說：「每受一命，開一幅。」屢次皆應驗。有一天他照鏡子，看

後來他果然死在藤州，他的詩讖何等靈驗；事情可以預先知道，異人給袁淑的占卦書，的確句句應驗。顧雍痛失愛子，指掐手掌，血沾衣襟，真讓人同情；荀粲妻子去世，忍淚不哭，而已傷精神，不久也亡故，實在可惜。孔子謝世，如同泰山崩塌；宰相韓琦去世，有樹木生稼的徵兆。以絮酒祭奠，是名士的高潔風尚；用芻靈送葬，是先人儉樸的典範。陳寔的美德足以記載於史書，去世時，前來弔喪者達三萬餘人；郗超的言行值得稱許，他死後有四十餘人寫了哀祭文。用牲牢酒醴祭祀父母，這是表明報答父母養育之恩的虔敬；藁秸鸞刀，這是喪禮祭祀必備的禮器。在降霜的秋天、下雨的春季，務必要舉行祭祀先人的祭禮；有發自心中的愛、敬之情，父母雖亡，亦如同健在，就像在眼前。祭祀有一定的程序和地點，先在室內祭奠，而後在堂上供奉；祭祀前要齋戒，清心潔身，致齋為三日，散齋是七天。

卷四

文事

【題解】文事，範圍很廣，包括今日所稱的文史哲等多方面，這是中國文化的核心所在。有史以來，一代又一代的文人學者，盡其智慧才華，記下了自己和自己的時代對宇宙人生的觀察與思考、對社會歷史的認識與評判，抒發其喜怒哀樂的情感、志向和抱負，留下了浩如煙海的著作典籍。它們是中華民族發展前進的腳印，是數千年文明史的見證，是民族文化的結晶與濃縮，體現了中華民族在那個時代的價值觀念、道德準則、思維方式、審美情趣、精神風貌等等，其中有相當部分至今仍然在影響著、塑造著今日的中國人。與此同時，中國的哲學、文學、史學等也以其豐富多彩和獨特的民族性，成為世界文化園林中的奇葩。

中國文化重「文」的特點，使文苑成為人才薈萃之地。他們為中國文化寶庫奉獻出畢生的心血，歷史上留下許多有關於此的佳話，其中的佼佼者，更以其深邃精闢的識見、優美奇特的文采、出口成章的才華，為世人所傳頌。

多才之士，才儲八斗❶；博學之儒，學富五車❷。《三墳》、《五典》，乃三皇五帝之書❸；《八索》、《九丘》，是八澤九州之志❹。《書經》載上古唐虞三代之事，故曰《尚書》❺；《易經》乃姬周文王、周公所繫，故曰《周易》❻。二戴曾刪《禮記》，故曰《戴禮》❼；二毛曾注《詩經》，故曰《毛詩》❽。孔子作《春秋》，因獲麟而絕筆，故曰《麟經》❾。榮於華袞，乃《春秋》一字之褒；嚴於斧鉞，乃《春秋》一字之貶❿。縑緗⓫、黃卷⓬，總謂經書；雁帛⓭、鸞箋⓮，通稱簡札⓯。

【章　旨】本節介紹中國文化中最主要的幾部典籍之名稱以及代稱。

【注　釋】❶才儲八斗　猶「才高八斗」。南朝謝靈運稱讚曹植：「天下才共有一石，曹子建獨得八斗，我得一斗，自古及今同用一斗。奇才敏捷，安有繼之。」見《南史・謝靈運傳》。後因以「才高八斗」作為對有才學之人的美稱。曹植，字子建。參見卷二〈老壽幼誕〉有關注釋。八斗，古代量制。一石等於十斗。❷學富五車　形容讀書或著述之多。《莊子・天下》：「惠施多方，其書五車。」後因稱博學、讀書多為「學富五車」。五車，五車書。❸三墳五典二句　謂《三墳》、《五典》是三皇五帝之書。《三墳》、《五典》，傳說中我國最古的書籍。《左傳・昭公十二年》：「是能讀《三墳》、《五典》、《八索》、《九丘》。」杜預注：「皆古書名。」孔穎達疏：「孔安國〈尚書序〉云：『伏犧、神農、黃帝之書謂之《三墳》，言大道也；少昊、顓頊、高辛、唐、虞之書謂之《五典》，言常道也。』」《三墳》，一說是三皇（伏羲、神農、黃帝）之書，也有認為係指天、地、人三禮，或天、地、人三氣的。今存《三墳書》，分〈山墳〉、〈氣墳〉、〈形墳〉。相傳伏羲氏本〈山墳〉而作《連山易》，神農氏本〈氣墳〉而作《歸藏易》，黃帝本〈形墳〉而作《乾坤易》，各衍為六十四卦，繫之以傳。案：此三者實係宋人偽造。五典，少昊、顓頊、高辛、帝堯、帝舜之書為《五典》。三皇五帝，中國遠古時期部落聯盟的領袖。參見卷一〈朝廷〉有關注釋。❹八索九丘二句　謂《八索》、《九丘》是記載八澤九州之事的書籍。《八索》、《九丘》，相傳皆古書名。《淮南子》載：「八澤之志為《八索》，九州之志為《九丘》。」孔穎達引孔安國〈尚書序〉則認為：「八卦之說，謂之《八索》。索，求其義也。九州之志，謂之《九丘》。丘，聚也。」澤，湖泊。志，亦作「誌」。指記事的書或文章；也指記述地方情況的史誌，即今所謂「地方誌」。❺書經載上古唐虞三代之事二句　謂《書經》記載了古代堯舜至夏商周時期的史事，所以又稱《尚書》。案：漢代學者把《詩》、《書》、《禮》、《易》、《春秋》稱為「五經」，這是儒家典籍被稱作「經」的開始。「五經」加上《樂》（已亡佚）為「六經」。後代再陸續添加典籍，故有「七經」、「九經」、「十三經」等名稱。《書經》，即《尚書》。上古，即遠古。上，時間、次第在前。唐虞，即堯、舜。傳說中五帝的兩位。堯在歷史上又稱唐堯，舜又稱虞舜。參見卷一〈地輿〉、卷三〈人事〉有關注釋。三代，指夏、商、周三個朝代。《漢書・成帝紀》：「昔成湯受命，列為三代。」顏師古注：「夏、殷（商）、周是為三代。」《尚書》，中國上古歷史文獻和一部分追述古代事跡著作的匯編。尚，通「上」。故名。參見卷三〈宮室〉有關注釋。

❻易經乃姬周文王周公所繫二句　謂《易經》是周朝周文王、周公所著，所以又稱《周易》。《易經》，我國古代主要典籍之一，包括〈經〉、〈傳〉兩個部分。參見卷三〈器用〉有關注釋。案：《周易》中的〈經〉包括以陰（--）、陽（—）兩種符號的不同排列組合而形成的六十四卦、三百八十四爻；〈傳〉是對「經」的注解、說明和發揮，包括〈彖〉上下、〈象〉上下、〈繫辭〉上下、〈文言〉、〈序卦〉、〈說卦〉、〈雜卦〉十篇，又稱〈十翼〉。舊時認為其中的六十四卦是伏羲所畫，〈彖〉為周文王所繫，〈象〉、〈爻〉（即三百八十四爻）是周公所繫，〈繫辭〉、〈文言〉、〈序卦〉、〈雜卦〉是孔子釋經之辭。近代研究認為，《易經》萌芽於殷、周之際，係長期積累而成，後人附會為周文王、周公、孔子等人所著。姬周，周天子姬姓，故稱姬周。文王，商朝末年周族領袖，為滅商作了充分準備，其子武王完成滅商大業。參見卷一〈地輿〉有關注釋。周公，周文王之子，周武王之弟。武王死後，輔佐年幼的成王執政，為周代的鞏固作出重大貢獻。參見卷二〈兄弟〉有關注釋。繫，聯綴；聯屬。引申為推衍。《周易》，即《易經》。因古人認為係周文王、周公所著，所以又稱《周易》。

❼二戴曾刪禮記二句　謂戴德、戴聖二人曾刪節《禮記》，所以《禮記》又稱《戴禮》。二戴，即戴德（字延君）、戴聖（戴德侄，字次君），西漢梁人。二人同學《禮》於后蒼，宣帝時均立為博士，時稱大、小戴。分別為當時今文禮學「大戴學」和「小戴學」的開創者。《禮記》，中國古代主要典籍之一。西漢初，劉向匯集戰國至漢初各種禮儀著作，編定《禮記》一百三十篇。戴德刪選出八十五篇，編成《大戴禮記》，又稱《禮古經》（今殘）；戴聖再從中選出四十六篇，成《小戴禮記》，後儒又加三篇，即今本《禮記》。參見卷三〈宮室〉有關注釋。

❽二毛曾注詩經二句　謂毛亨、毛萇曾經注釋《詩經》，所以《詩經》又稱《毛詩》。二毛，即毛亨、毛萇。毛亨，戰國末秦初魯國人，一說西漢初人。治《詩》，自謂其學傳自子夏，一說直接受自荀卿，西漢古文「毛詩學」開創者。著有《毛詩故訓傳》，以授趙人毛萇，世稱「大毛公」。毛萇，一作「毛長」。西漢趙人。據稱其詩學傳自毛亨，是當時古文「毛詩學」的傳授者。曾任河間獻王博士，世稱「小毛公」。《詩經》，我國最古老的詩歌總集，編成於春秋中葉。相傳原有三千餘篇，經孔子刪定為三百十一篇，秦末焚書坑儒亡六篇，故今存三百零五篇。分「風」、「雅」、「頌」三大類。參見卷二〈婚姻〉有關注釋。

❾孔子作春秋三句　謂孔子寫《春秋》，至魯哀公十四年獵獲麒麟而擱筆，所以《春秋》又

稱為《麟經》。案：《春秋》一書的最後一句為：「(哀公十四年)春，西狩獲麟。」《春秋》，中國古代主要典籍之一，為現存最早的編年體史書。相傳孔子據魯國史官所編《春秋》加以整理修訂而成。記述自魯隱公元年（西元前七二二年）至魯哀公十四年（西元前四八一年）共二百四十二年史事。內容包括周王室及各諸侯國的朝聘、會盟、戰爭等政治、軍事活動及日食、地震、水旱災害等自然現象。記事極簡短，每條最多四十餘字，最少僅一字。後世認為在遣詞造句中寓有褒貶之意，稱為「春秋筆法」。西漢武帝時被奉為經典，列「五經」之一。獲麟，魯哀公十四年，叔孫氏車子鉏商打獵時捕獲一隻麒麟，孔子知道後十分悲哀，說：「予之為人，猶麟之於獸也。麟出而死，吾道窮矣。」遂擱筆。案：麒麟是傳說中的吉祥獸。孔子比自己為麒麟，麒麟出現卻死了，故悲歎自己的主張（道）終究難以實行。絕筆，擱筆；不再寫下去。范寧〈穀梁傳序〉：「因事備而終篇，故絕筆於斯年。」指孔子修《春秋》，擱筆於魯哀公十四年。後稱臨死前寫的文字為「絕筆」。❿榮於華袞四句　謂《春秋》一字之褒，比受華袞還要榮耀；《春秋》一字之貶，比受刑戮還要嚴厲。語本范寧《穀梁傳集解・序》：「一字之褒，寵踰華袞之贈；片言之貶，辱過市朝之撻。」華袞，古代王公貴族的禮服。斧鉞，古代軍法用以殺人的斧子；也泛指刑戮。⓫縑緗　淺黃色的細絹。古時用之以護書，因稱書卷為縑緗。駱賓王〈上兗州刺史啟〉：「頗遊簡素，少閱縑緗。」⓬黃卷　書籍。古人用辛味、苦味之物染紙以防蠹，紙色黃，故稱「黃卷」。寫錯可用雌黃塗改。《新唐書・狄仁傑傳》：「黃卷中方與聖賢對，何暇偶俗吏語耶？」⓭雁帛　即書信。語本《漢書・蘇武傳》：漢代蘇武出使匈奴，被扣十九年。昭帝即位後，與匈奴和親，希望匈奴放回蘇武等人，匈奴詭稱他們已死。後來漢使再次出使匈奴，蘇武設法與漢使聯繫，並且教漢使對匈奴單于（首領）說：「天子在御花園射得雁，雁足上繫有蘇武寫的帛書。」漢使如此一說，單于只能釋放蘇武。後因以「雁帛」作書信的代稱。⓮鸞箋　書信的美稱。鸞，傳說中鳳凰一類的鳥。《長生殿・製譜》：「鸞箋慢伸，犀管輕拏。」⓯簡札　書信。見下節注。

【語譯】才華橫溢的士人，才儲八斗；學識廣博的儒者，學富五車。《三墳》、《五典》，是三皇五帝的書；《八索》、《九丘》，是八澤九州之誌。《書經》記載上古時期堯、舜和夏、商、周三代的事，所以稱之為《尚書》；《易經》由周文王、周公編纂，所以又名《周易》。戴德、戴聖曾經刪定《禮記》，故而《禮記》也稱《戴禮》；毛亨、毛萇曾經注解《詩經》，故而《詩經》又名《毛詩》。孔子修《春秋》，至魯哀公十四年捕獲麒麟而擱筆，由此《春秋》別名《麟經》。《春秋》一字之褒，比受華袞還要榮耀；《春秋》一字之貶，比遭刑戮更加恥辱。縑緗、黃卷，都是書籍的總稱；雁帛、鸞箋，皆為書信的別名。

錦心繡口，李太白之文章❶；鐵畫銀鉤，王羲之之字法❷。雕蟲小技，自謙文學之卑❸；倚馬可待，羨人作文之速❹。稱人近來進德，曰士別三日，當刮目相看❺；羨人學業精通，曰面壁九年，始有此神悟❻。五鳳樓手，稱文字之精奇❼；七步奇才，羨天才之敏捷❽。譽才高，曰今之班馬❾；羨詩工，曰壓倒元白❿。漢晁錯多智，景帝號為智囊⓫；王仁裕多詩，人號為詩窖⓬。騷客⓭即是詩人，譽髦乃稱美士⓮。自古詩稱李杜⓯，至今字仰鍾王⓰。〈白雪〉、〈陽春〉，是難和難賡之韻⓱；青錢萬選，乃屢試屢中之文⓲。驚神泣鬼，皆言詞賦之雄豪⓳；遏雲、繞梁，原是歌音之嘹亮⓴。涉獵不精，是多學之弊㉑；咿唔、佔畢，皆讀書之聲㉒。連篇累牘㉓，總說多文；寸楮、尺素，通稱簡札㉔。以物求文，謂之潤筆之資㉕；因文得錢，乃曰稽古之力㉖。文章全美，曰文不加點㉗；文章奇異，曰機杼一家㉘。應試無文，謂之曳白㉙；書成繡梓，謂之殺青㉚。襪線之才，自謙才短㉛；記問之學，自愧學膚㉜。裁詩曰推敲㉝，曠學曰作輟㉞。文章浮薄，何殊月露風雲㉟；典籍儲藏，皆在蘭臺石室㊱。秦始皇無道，焚書坑儒㊲；唐太宗好文，開科取士㊳。花樣不同，乃謂文章之異㊴；潦草、塞責，不求辭語之精㊵。邪說曰異端㊶，又曰左道㊷；讀書曰肄業㊸，又曰藏修㊹。作文曰染翰㊺、操觚㊻，從師曰執經問難㊼。求作文，曰乞揮如椽筆㊽；羨高文，曰才是大方家㊾。競尚佳章，曰洛陽紙貴㊿；不嫌問難，曰明鏡不疲(51)。稱人書架曰鄴架(52)，稱人嗜學曰書淫(53)。

【章旨】讀書為文是中國古代士人極重視之事和畢生為之之業，千百年來留下無數與此有關的語彙、代稱、成語典故，以及稱道才思文采的讚語頌辭。本節介紹其中常用的一部分。

【注釋】❶錦心繡口二句　謂李白的文章文思優美，詞藻華麗。錦心繡口，語本李白〈冬日於龍門送從弟令問之淮南序〉：「兄心肝五藏（臟）皆錦繡耶？不然，何開口成文，揮翰散霧？」後因以「錦心繡口」形容文思優美、詞藻華麗。李太白，李白。唐代詩人。參見卷三〈器用〉有關注釋。❷鐵畫銀鉤二句　謂王羲之的字筆力剛健有力，而又生動圓潤。鐵畫銀鉤，形容筆力剛健有力而又生動圓潤。案：中國書法理論認為畫（筆劃）要堅重如鐵，鉤要活而有力，稱鐵畫銀鉤。貢師泰〈送國字張教授〉詩：「鐵畫銀鉤謾摹錄。」王羲之，東晉書法家。有「書聖」之稱。參見卷二〈祖孫父子〉有關注釋。❸雕蟲小技二句　謂「雕蟲小技」是自謙自己文筆拙劣、不足道之詞。雕蟲小技，比喻小技、小道。語本揚雄《法言・吾子》：「有人問：『吾子少而好（喜歡）賦？』曰：『然。童子雕蟲小技。』俄而（過一會）曰：『壯夫不為也。』」案：西漢學童必須學習秦書八體，蟲書、刻符是其中的兩種，纖巧難工。以此比喻作賦寫景狀物，與雕琢蟲書、篆寫刻符相似，都是童子所習的小技。❹倚馬可待二句　謂「倚馬可待」是稱頌羨慕別人寫作神速之語。倚馬可待，語本《世說新語・文學》：晉桓溫北征，令袁虎寫文告，袁倚著馬，手不停筆，不一會寫了七張紙。後因以「倚馬」、「倚馬可待」比喻文思敏捷。❺稱人近來進德三句　謂稱道別人學問德行進步很快，可說「士別三日，當刮目相看」。語本《三國志・吳書・呂蒙傳》：吳國呂蒙起初不知學，後來魯肅遇見呂蒙，與他交談，認為他學業大有長進，「非復吳下阿蒙」。呂蒙說：「士別三日，即當刮目相待。」後因以「士別三日，當刮目相看」比喻進步之速。刮目相看，也作「刮目相待」。謂用新的眼光看人，猶言另眼相看。❻羨人學業精通三句　謂稱讚羨慕別人學業精通，可說面壁九年，才有這樣的神悟。面壁九年，語本《五燈會元・東土祖師》：南北朝時，南天竺（印度）高僧菩提達摩來中國，住嵩山少林寺，面壁而坐，終日默然，人們都猜不透他，稱為壁觀婆羅門。過九年，以法傳惠可。後因以比喻潛心鑽研。面壁，佛教用語。面對牆壁默坐靜修。❼五鳳樓手二句　《事文類聚》卷十四載：宋韓溥、韓洎都會作古文，洎瞧不起溥，說溥的文章如破草房，「予（我）之為文，如造五鳳樓手」。後因以「五鳳樓手」比喻文章高手。五鳳樓，高大華美的房屋。❽七步奇才二句　指曹植七步成詩事。參見卷二〈兄弟〉有關注釋。❾譽才高二句　謂讚譽別人才華出眾，可說「今之班馬」。班馬，也叫「馬班」。漢代史學家司馬遷和班固的並稱。《晉書・陳壽傳論》：「丘明既沒，班馬迭興，奮鴻筆於西京，騁直詞於東觀。」馬，司馬遷（西元前一四五年或前一三五年～？），西漢史學家、文學家。夏陽人，字子長。早年遊蹤遍及南北，後繼其父司馬談任太史令，博覽皇室藏書，並隨漢武帝到過許多名山大川。著《史記》，記載了自黃帝至漢武帝初年的史事，是我國第一部紀傳體通史，對後世史學、文學都有深遠影響。班，班固（西元三二～九二年），東漢史學家。扶風安陵人，字孟堅。少博學，善詞賦，有〈兩都賦〉、〈幽通賦〉等。歷任蘭臺令史、典校祕書等。歷時二十餘年，完成其父班彪未竟之業，撰成《漢書》，文辭彌雅，敘事詳贍，是我國第一部紀傳體斷代史。❿羨詩工二句　謂稱羨別人善於寫詩，說「壓倒元白」。壓倒元白，據王定保《唐摭言・慈恩寺題名遊賞賦詠雜記》載：唐代寶曆年間，宰相楊嗣復在家中大宴賓客，元稹、白居易、楊汝士等人即席賦詩，楊汝士的詩最佳，元白歎服。楊回去後對子弟說：「我今日壓倒元白。」後因此而以「壓倒元白」指作品勝過同時代有名的作者。元白，唐代著名詩人元稹、白居易的並稱。參見卷二〈朋友賓主〉有關注釋。⓫漢晁錯多智二句　謂漢代晁錯足智多謀，漢景帝稱他為「智囊」。見《漢書・晁錯傳》。晁錯（西元前二〇〇～前一五四年），西漢政論家。潁川人。曾從張恢學申不害、商鞅的法家學說。後為太子家令，得太子（即景帝）信任，號「智囊」。景帝即位，任為御史大夫。堅持重本抑末政策，主張加強中央集權，逐步削弱諸藩，得景帝採納。不久，吳楚等七國以誅晁錯為名，發動叛亂，錯被殺。景帝，漢景帝劉啟（西元前一八八～前一四一年）。文帝子，西元前一五七～前一四一年在位。繼續實行與民休息的政策。平定吳楚七國之亂後，繼續實行「削藩」政策。史家把他和文帝時期並舉，稱「文景之治」，是古代少有的政治清明、百姓安居樂業的時期之一。⓬王仁裕多詩二句　《五代史補》載：王仁裕著詩萬篇，時號「詩窖子」。⑬騷客　也作「騷人」。屈原作〈離騷〉，因稱屈原或《楚辭》作者為騷人，也泛指詩人、憂愁失志的文人。范仲淹〈岳陽樓記〉：「遷客騷人，多會於此。」「騷客」即「騷人」與「遷客」（被謫貶到外地的官）的合稱。騷，憂愁。案：中國古人認為「詩言志」。此「志」除「志向」外，也包括情感，如感慨、悲傷、憤怒等等。與西方人所謂「憤怒出詩人」有某種相似之處，「騷客」即含有此意。⑭譽髦乃稱美士　謂「譽髦」用以稱呼俊傑之士。譽髦，語出《詩·大雅·思齊》：「譽髦之士。」王引之、馬端辰據《爾雅·釋言》「髦，選也（選擇；選拔）」釋此詩，意思是讚美選拔俊傑之士。另一解認為「髦」，毛中的長豪，比喻英俊傑出之士（見《爾雅·釋名》邢昺疏），故而「譽髦」指有聲譽的俊傑之士。⑮自古詩稱李杜　謂自古以來詩歌創作中最值得稱道的是李白和杜甫。李杜，唐代詩人李白、杜甫的並稱。在我國詩史上，李白有「詩仙」之稱，杜甫有「詩聖」之名，成就皆極高。韓愈〈調張籍〉詩：「李杜文章在，光焰萬丈長。」參見卷三〈器用〉、〈宮室〉有關注釋。⑯至今字仰鍾王　謂至今書法界景仰鍾繇、王羲之。鍾王，三國時書法家鍾繇、晉代書法家王羲之的並稱。《晉書·王羲之傳論》：「逮乎鍾王以降，略可言焉。」參見卷三〈器用〉、卷二〈祖孫父子〉有關注釋。⑰白雪陽春二句　謂〈白雪〉、〈陽春〉是難以唱和、難以接續的高深作品。〈白雪〉、〈陽春〉，也作〈陽春〉、〈白雪〉。古代楚國的歌曲名，屬於較高級的音樂。語本宋玉〈對楚王問〉：有人在郢唱歌，唱〈下里〉、〈巴人〉時，國中和者數千人；唱〈陽春〉、〈白雪〉時，國中和者不過數十人。後用以比喻高深的文學藝術作品。和，唱和；和答。賡，繼續；連續。《書·益稷》：「乃賡載歌。」⑱青錢萬選二句　謂文辭出眾、每試必中的文章稱「青錢萬選」。青錢萬選，語出《新唐書·張薦傳》：唐代張鷟每次參加考試，文章皆列前茅，員外郎員半千稱其文辭如青銅錢，萬選萬中，時號張鷟「青錢學士」。後因以「青錢萬選」比喻文辭出眾。⑲驚神泣鬼二句　謂文辭雄健豪邁，連鬼神也都為之震驚。杜甫〈贈李白〉詩：「昔年有狂客，號爾謫仙人，筆落驚風雨，詩成泣鬼神。」⑳遏雲繞梁二句　謂遏雲、繞梁，原本都用以形容歌聲之嘹亮。遏雲，即「響遏行雲」。形容歌聲嘹亮，高入雲霄，把流雲也阻住了。《列子·湯問》：「撫節悲歌，聲振林木，響遏行雲。」遏，阻止。繞梁，即「餘音繞梁」。《列子·湯問》載：古時有個叫韓娥的去齊國，途中缺糧，在雍門賣唱，待去後，餘音仍繞梁欐，三日不絕。後因以「餘音繞梁」形容歌聲優美動人，使人長久不忘。㉑涉獵不精二句　謂泛覽群書，但沒有一樣精通，這是學習貪多的弊病。涉獵，泛覽群書，不一定作深入的鑽研。《漢書·賈山傳》：「所言涉獵書記，不能為醇儒。」㉒咿唔佔畢二句　謂咿唔、佔畢都是指讀書聲。咿唔，讀書聲。佔畢，猶言看書。《禮記·學記》：「今之教者，呻其佔畢。」鄭玄注：「呻，吟也。佔，視也。

簡（簡冊）謂之畢。」另一說，占，通「笘」。畢，通「筆」。佔畢，即簡冊、書冊。見王引之《經義述聞》卷十五。㉓連篇累牘　形容文辭冗長。語見《隋書・李諤傳》。累牘，猶言數紙、累紙。累，重疊。牘，書版。㉔寸楮尺素二句　謂寸楮、尺素都是書信的代稱。寸楮，簡短的書信。《蒿庵閑話・一》：「寸楮往來，始於崇禎年。」楮，紙的代稱（參見卷三〈器用〉有關注釋）。尺素，古代無紙，用絹帛書寫，通常長一尺，故稱寫文章用的短箋為「尺素」；亦用以指書信。古樂府〈飲馬長城窟行〉：「客從遠方來，遺我雙鯉魚。呼童剖鯉魚，中有尺素書。」簡札，戰國至魏、晉時代以削製成狹長的竹片或木片作書寫材料，竹片稱簡，木片稱札或牘。後亦稱書信為「簡札」或「簡牘」。㉕以物求文二句　謂以物品（或錢財）求人寫文繪畫，稱「潤筆之資」。潤筆，《隋書・鄭譯傳》載：隋文帝命內史令李德林作詔書，復鄭譯之爵。高熲對鄭開玩笑說：「筆乾。」鄭說：「出為方岳，杖策言歸，不得一錢，何以潤筆。」文帝大笑。後以「潤筆」稱請人作詩文書畫的酬勞。㉖因文得錢二句　東漢初年漢光武帝召集博士們論辯經義，太子少傅桓榮最佳，光武帝賜以車馬，榮說：「今日蒙上所賜，稽古之力也。」見《後漢書・桓榮傳》。後因將靠文章、學問而得到錢、物，稱作「稽古之力」。稽古，猶言考古。《書・堯典》：「曰若稽古帝堯。」㉗文不加點　謂文章一氣寫成，無須修飾。形容文思敏捷，技巧純熟。據《文選・禰衡・鸚鵡賦序》：漢代黃祖大宴賓客，有人獻上鸚鵡，黃祖舉杯到禰衡前說：「願先生賦之。」禰因寫此賦，筆不停綴，文不加點。點，塗改。㉘機杼一家　語出《魏書・祖瑩傳》：祖瑩常對人說：「文章須自出機杼，成一家之風骨，何能共人同生活也。」意思是作文的命意構思要有自己的特點，不能人云亦云。機，織布機。杼，梭子。㉙應試無文二句　謂考試交白卷，稱作「曳白」。語本《新唐書・苗晉卿傳》：唐代張倚得寵於玄宗。考試時主考官將他兒子張奭取中首選，群議沸騰。玄宗召奭面試，奭持紙終日，未寫一字，人謂之「曳白」。意思是白紙上隻字未寫。後因稱考試交白卷為「曳白」。㉚書成繡梓二句　謂書稿寫成後刊刻出版，稱作「殺青」。繡梓，刻書的美稱。案：古代雕版印刷，先用木版雕成底版，再印刷，後因稱刊印書籍為「付梓」或「繡梓」。殺青，《後漢書・吳祐傳》：「恢（祐父）欲殺青簡以寫經書。」李賢注：「（古代無紙），以火烤竹簡去其青，使易於寫字，並且不蠹，謂之『殺青』；也稱『汗簡』。」一說，古人著書，初稿寫在青竹皮上，取其易於改抹，改定後再削去青皮，書於竹白，謂之「殺青」。後泛指書籍寫定。㉛襪線之才二句　謂自謙才華不足，可說「襪線之才」。襪線，語本孫光憲《北夢瑣言》卷五：五代時，韓昭為蜀禮部尚書、文思殿大學士，寫過幾篇文章，至於琴、棋、書、算、射、法，悉皆涉獵而不精，李臺嘏曰：「韓八座事藝，如拆襪線，無一條長。」後因以「襪線」比喻才短。㉜記問之

學二句　謂自謙或自愧學問膚淺，可說「記問之學」。記問之學，語出《禮記・學記》：「記問之學，不足以為人師，必也其聽語乎？」鄭玄注：「記問，謂預誦（預先背誦）雜難雜說，至講時為學者論之。」後稱僅記誦書本語句以資談助或應答問難，沒有自己的見解。學膚，形容學識淺薄。膚，皮膚。㉝裁詩曰推敲　謂斟酌修改詩句稱作推敲。裁詩，仔細斟酌、反覆修改詩句。裁，剪裁。本指剪裁衣料，引申為對事物的取捨安排。推敲，語本胡仔《苕溪漁隱叢話前集》卷十九引《劉公嘉話》：唐代賈島首次去京師參加考試，有一天，他騎驢外出，途中做詩云：「鳥宿池邊樹，僧敲月下門。」而後又認為「推」字比「敲」字好，於是在驢背上用手比劃，反覆琢磨，忘了迴避京兆尹韓愈的車騎，被韓的手下抓到韓愈前，賈島說明情況，韓愈停住馬與賈一起探討許久，說：「敲字佳。」後世因稱斟酌字句，反覆考慮為「推敲」。㉞曠學曰作輟　謂荒廢學業、逃課，稱「作輟」。曠學，荒廢學業；逃課。曠，荒廢；空缺。作輟，中止。輟，中止；停止。語見《法言・孝至》。㉟文章浮薄二句　謂文章浮淺，空洞無物，與月露風雲沒什麼差別。語本《隋書・李諤傳》：「連篇累牘，不出月露之形；積案盈箱，唯是風雲之狀。」月露風雲，月下的露水、被風吹動的浮雲。形容文章浮淺，言之無物。㊱典籍儲藏二句　謂國家的檔案、圖書、典籍都儲藏在蘭臺、石室。蘭臺，古代藏圖書檔案的處所。《後漢書・班彪傳》：「召詣校書部，除蘭臺令史。」蘭，美好之意。石室，古代藏圖書檔案的處所；古代宗廟中藏神主的處所。《漢書・高帝紀下》：「丹書鐵契，金匱石室。」顏師古注：「以石為室，重緘封之，保慎之義。」㊲焚書坑儒　《史記・秦始皇本紀》載：秦始皇三十六年，丞相李斯因民眾學古而不師今，非議朝政，建議秦始皇下令焚燒除秦史和醫藥、農業等書籍外的所有書籍，秦始皇同意，此令一下，一些儒生議論紛紛，秦始皇大怒，一共抓住並活埋了四百六十餘個有非議或受牽連的儒生。坑，活埋。㊳唐太宗好文二句　《唐摭言・述進士》載：唐朝初年，為了網羅人才，安撫士人，唐太宗下令開科取士（恢復始於隋朝的科舉制）。看到新進士魚貫而出，唐太宗喜說：「天下英雄盡入吾彀中矣。」唐太宗，唐朝的第二個皇帝，雄才大略。參見卷一〈歲時〉有關注釋。㊴花樣不同二句　謂「花樣不同」，這是說文章的樣式、風格、種類各有差異。盧言《盧氏雜說》記盧仝考試未取，曾說：「如今花樣不同，且東歸也。」花樣，繡花的樣稿；花紋的式樣，也泛指事物的種類或樣式、手法。㊵潦草塞責二句　謂潦草、塞責，這都是寫作馬虎，不求辭語精煉、準確的做法。潦草，草率；不精密；不認真。《朱子語類・訓門人四》：「今人事無大小，皆潦草過了。」塞責，本意為抵塞罪責；今多指做事不認真負責。《明史・張逵傳》：「毛舉纖微以塞責。」㊶異端　非正統的學說、學派；也指異己的思想和理論。《論語・為政》：「攻乎異端，斯害也已。」端，正；

頭緒。指學派、學說。㊷左道　邪道。古人認為左右手中，用右手順，用左手彆扭，故稱不正之術為左道。《禮記・王制》：「執左道以亂政，殺。」㊸肄業　謂修習學業。《左傳・文公四年》：「臣以為肄業及之也。」杜預注：「肄，習也。」後稱在學校學習而未畢業為肄業。㊹藏修　謂入學修業。《禮記・學記》：「故君子之於學也，藏焉，修焉，息焉，游焉。」孫希旦集解：「藏，謂入學就業也；修，修正業也。」㊺染翰　筆上染墨。即寫作。《文選・潘岳・秋興賦》：「染翰操紙，慨然而賦。」翰，毛筆。㊻操觚　即寫作、作文。陸機〈文賦〉：「或操觚以率爾。」操，持。觚，木簡。㊼執經問難　拿著書本向人請教討論。是求教學問之意。問難，對疑義反覆討論、分析或辯論。《東觀漢記・賈宗傳》：「每宴會，令與當世大儒司徒丁鴻問難經傳。」㊽求作文二句　謂請人寫文章，說「請揮動如椽筆」。語本《晉書・王珣傳》：王珣夢見有人給他一支筆，大如椽。解者說：「當任大手筆事。」不久皇帝死，哀冊、謚議，皆由珣起草。後用「如椽筆」、「椽筆」稱頌他人的文字。如椽筆，猶言「大手筆」，指重要的文字；也比喻筆力雄健。椽，安在梁上支架屋面和瓦片的木條。㊾羨高文二句　謂稱道別人的文章高妙，說「這才是大方家」。大方家，語本《莊子・秋水》：河伯以為自己很了不起，當他見到大海時，望洋向海神而歎道：「吾非至於子之門則殆矣，吾長見笑於大方之家。」原指深於道術的人。後亦指精通某種學問或藝術的專家。方，猶道。㊿競尚佳章二句　謂人們競相推崇、傳揚好文章，稱「洛陽紙貴」。洛陽紙貴，語本《晉書・文苑傳》：晉代左思構思十年，寫成〈三都賦〉，送給當時有盛名的皇甫謐看，皇甫謐閱後大加讚賞，並為之作序。於是，洛陽豪貴之家爭相傳寫，紙價因而昂貴。後人因用以稱譽別人著作流傳之廣。(51)不嫌問難二句　謂不嫌麻煩，與人反覆討論、辯難，稱「明鏡不疲」。問難，見㊼。明鏡不疲，明鏡屢照，不感覺疲勞。比喻人的智慧多用無傷。語出《世說新語・言語》：晉代車胤學問有不懂處，想向謝安、謝石請教，又怕過多煩勞他們。袁羊說：「必無此嫌。何嘗見明鏡疲於屢照，清流憚於惠風？」(52)稱人書架曰鄴架　謂稱讚別人藏書豐富說「鄴架」。鄴架，唐代李泌封鄴侯，他家藏書數萬卷，時稱「鄴架」。見《鄴侯家傳》。後因以比喻藏書之多。(53)稱人嗜學曰書淫　謂稱讚別人嗜好讀書說「書淫」。《晉書・皇甫謐傳》：「耽玩典籍，忘寢與食，時人謂之書淫。」書淫，也作「書痴」。指嗜書成癖、好學不倦的人。

【語　譯】錦心繡口，用以形容李白的詩文詞藻華麗、文思優美；鐵畫銀鉤，用以比喻王羲之的書法筆力剛健、生動圓潤。自謙文學是小事，謂「雕蟲小技」；稱羨別人寫作神速，言「倚馬可待」。讚揚別人進步迅速，說「士別三日，當刮目相看」；稱讚別人學業精通，謂「面壁九年，才有這樣的神悟」。「五鳳樓手」，是文章高手之意；「七步奇才」，頌揚人才思敏捷、七步成詩。譽美別人才高，謂「今之班馬」；稱羨別人善於寫詩，說「壓倒元白」。漢代晁錯很有智慧，漢景帝稱他為「智囊」；王仁裕著詩萬篇，時人謂之「詩窖」。騷客就是詩人，譽髦是俊傑之士。自古以來，論詩者推崇李白、杜甫；迄今為止，書法界敬仰鍾繇、王羲之。〈白雪〉、〈陽春〉，都是難以唱和、難以接續的高雅之曲；「青錢萬選」，則形容屢試屢中的好文章。「驚神泣鬼」，比喻詩文詞賦雄健豪放，鬼神也為之震驚；「遏雲」、「繞梁」，比喻歌聲優美嘹亮，使人難忘，連天上的雲都停住了。涉獵廣泛，不求精深，是學習貪多的弊病；咿唔、佔畢，皆為讀書之意。「連篇累牘」，是說文辭冗長；寸楮、尺素，都是書信的別名。潤筆之資，指請人作詩文書畫的酬勞；考證古事、做學問得到的好處，叫做「稽古之力」。文思敏捷，一氣呵成，無須修改，謂「文不加點」；文章新奇，有自己的特色風格，稱為「機杼一家」。考試交白卷，叫做「曳白」；書籍定稿後刊刻印刷，叫做「殺青」。自謙才華不足，說「襪線之才」；自慚學淺，只有書本知識而無見解，言「記問之學」。斟酌字句，反覆考慮，叫做「推敲」；荒廢學業，謂之「作輟」。文章浮淺，言之無物，如同月露風雲；蘭臺、石室，都是儲藏圖書檔案的處所。秦始皇暴虐無道，焚書坑儒；唐太宗網羅人才，開科取士。「花樣不同」，形容文章有新意；潦草、塞責，都是說草率、馬虎，語辭不求精工。邪說叫「異端」，又叫「左道」；讀書名「肄業」，又名「藏修」。「染翰」、「操觚」，是提筆寫作的意思；拜師學習，謂「執經問難」。請人寫文章，言「乞揮如椽筆」；稱道別人文章高妙，說這「才是大方家」。文章得到大家推崇，廣泛流傳，稱為「洛陽紙貴」；有學問者不嫌別人請教多，謂之「明鏡不疲」。唐代李泌封鄴侯，藏書豐富，後來稱讚他人書多，便說「鄴架」；「書淫」，則指嗜書成癖、好學不倦的人。

白居易生七月，便識之、無二字[1]；唐李賀才七歲，作〈高軒過〉一篇[2]。開卷有益，宋太宗之要語❸；不學無術，漢霍光之為人❹。漢劉向校書於天祿，太乙燃藜❺；趙匡胤代位於後周，陶穀出詔❻。江淹夢筆生花，文思大進❼；揚雄夢吐白鳳，詞賦愈奇❽。李守素通姓氏之學，敬宗名為人物誌❾；虞世南晰古今之理，太宗號為行祕書❿。茹古涵今⓫，皆言學博；咀英嚼華⓬，總曰文新。文望尊隆，韓退之若泰山北斗⓭；涵養純粹，程明道如良玉精金⓮。李白才高，咳唾隨風生珠玉⓯；孫綽詞麗，詩賦擲地作金聲⓰。

【章　旨】本節介紹一些神童、才士在文學方面的奇聞逸事。

【注　釋】❶白居易生七月二句　相傳白居易出生七個月，便認識之、無二字，百試不差。見《舊唐書．白居易傳》。白居易，唐代詩人。參見卷二〈朋友賓主〉有關注釋。❷唐李賀才七歲二句　《舊唐書．李賀傳》載：李賀七歲便能寫詩文，名動京師，皇甫湜、韓愈登門求見，令他面試一篇，李賀欣然承命，提筆寫〈高軒過〉，片刻而成。李賀，唐代詩人。參見卷一〈文臣〉有關注釋。❸開卷有益二句　相傳宋太宗每日讀書幾個小時，大臣勸他節勞，他說：「開卷有益，不為勞也。」見《澠水燕談錄．文儒》。開卷有益，謂讀書有好處。開卷，打開書本。宋太宗（西元九三九～九九七年），宋太祖弟。西元九七六～九九七年在位，原名匡義，又名光義，後名炅。承太祖「一天下」之志，繼續進行統一戰爭。對內加強中央集權，大量增加進士科中式名額，多用文人執政，纂修《太平御覽》等書，形成「重文」風氣。❹不學無術二句　班固曾在《漢書》中評論霍光，謂其擁立昭帝、宣帝有功勞，「然光不學亡（無）術，闇於大理。」見《漢書．霍光傳》。不學無術，不讀書因而沒有本領。霍光（？～西元前六八年），西漢河東人，字子孟。霍去病異母弟。漢武帝時，為奉車都尉。昭帝年幼繼位，他受遺詔輔政，任大司馬大將軍，封博陸侯。昭帝死，又迎立宣帝。前後執政二十餘年。❺漢劉向校書於天祿二句　漢代劉向奉成帝命在天祿閣校正五經同異，時值元宵節，別人都出去玩了，獨他仍在讀書，有黃衣老人執青藜杖，敲門進來，見劉向讀書，便吹燃杖端火焰照明，問其姓名，老人說：「是太乙之精。」見《劉向別傳》。劉向（約西元前七七～前六年），西漢經學家、目錄學家、文學家。沛縣人，原名更生，字子政。官諫大夫、宗正，因反對宦官下獄，免為庶人。成帝即位後，得進用，任光祿大夫，改名「向」。曾奉命領校祕書，所撰《別錄》，為我國最早的分類目錄。又治《春秋穀梁傳》等。太乙，一作「泰一」。傳說中的天神。❻趙匡胤代位於後周二句　謂趙匡胤取代後周，自己稱帝，建立宋朝，陶穀為此寫詔書。見《宋史・陶穀傳》。趙匡胤，即宋太祖。後周時任殿前都指揮使，掌軍權，發動陳橋兵變，建立宋朝。參見卷一〈朝廷〉、卷三〈人事〉有關注釋。陶穀（西元九〇三～九七〇年），五代末邠州人，字秀實。歷仕後晉、後漢、後周。陳橋兵變，趙匡胤禪代，未備禪文，他取出懷中預擬禪文呈上，為時論所譏。宋初，為翰林學士承旨。博學多識，宋初禮制，多參預制定。❼江淹夢筆生花二句　相傳南朝江淹夢見有人給他一支五色筆，自此文思大進。到晚年夢見一男子，說：「吾有筆在卿處多年，可以見還。」江淹把五色筆還給他，此後作詩遂無佳句。見《南史・江淹傳》。江淹（西元四四四～五〇五年），南朝梁濟陽人，字文通。少有才思，歷仕宋、齊、梁。蕭道成禪代章表皆出其手。梁時，官至金紫光祿大夫。晚年詩文不進，時謂「江郎才盡」。案：「夢筆生花」指李白事。據王仁裕《開元天寶遺事・夢筆頭生花》載：「李太白少時，夢所用之筆頭上生花，後天才贍逸，名聞天下。」❽揚雄夢吐白鳳二句　相傳揚雄著成〈甘泉賦〉後，夢吐白鳳，此後的才思、詞賦愈見新奇。見《西京雜記》。揚雄，西漢文學家、語言學家。參見卷三〈貧富〉有關注釋。❾李守素通姓氏之學二句　唐初李守素通曉姓氏之學，許敬宗戲稱他為「人物誌」。見《舊唐書・李守素傳》。案：從該傳看，戲稱李守素為「人物誌」的是虞世南，而不是許敬宗。姓氏之學，魏晉南北朝時，門閥制度盛行，門第高下與其社會地位密切聯繫。為確保血統、門第的「純潔」，產生了十分發達的宗族（姓氏）譜系之學，即「譜學」。記述氏族世系的書籍統稱「譜牒」。有晉賈弼《姓氏簿狀》、梁王僧孺《十八州譜》等。五代後譜學漸衰，一些大家族仍有族譜、家譜等類似的「譜牒」。❿虞世南晰古今之理二句　唐太宗某次外出，有官員請帶上書籍，以備隨時查閱，太宗說：「不用，虞世南通古今之理，是行祕書也。」見劉肅《大唐新語・聰敏》。虞世南（西元五五八～六三八年），唐越州人，字伯施。與兄世基同為顧野王弟子，皆富才華，時人擬為晉之二陸（陸機、陸雲）。隋時為祕書郎，入唐官至祕書監，封永興縣子。人稱虞永興。議論持正，貞觀時頗多諫諍。能文辭，工書法，是唐初四大書家之一。晰，清楚；明白。行祕書，會走路的祕書閣（圖書館）。祕書，宮廷內的藏書。⓫茹古涵今　把古今（歷史）放在嘴裡咀嚼。即探究學問，博通古今。皇甫湜〈韓愈墓誌〉：「茹古涵今，無有端涯。」茹、含，都有「吃」的意思。⓬咀英嚼華　指經過精心琢磨的華美之文。韓愈〈進學解〉：「沉浸醲郁，含英咀華。」咀、嚼都有將食物細細咬碎之意，引申為品味、玩味。⓭文望尊隆二句　韓愈之文聲望顯赫，學者景仰，比之泰山北斗。參見卷三〈人事〉有關注釋。韓退之，韓愈。唐代文學家。參見卷二〈師生〉有關注釋。北斗，北斗星。⓮涵養純粹二句　謂程顥因修養十分完善，所以如同美玉純金。程明道，程顥（西元一〇三二～一〇八五年）。北宋哲學家。洛陽人，字伯淳，世稱明道先生。少與弟頤受學於周敦頤，後均以學著名，合稱「二程」，世稱其學為「洛學」。以「理」（天理）為本，「萬物皆是一理」，理「在天為命，在人為性」，強調內心修養，盡心知性、知天，不必外求等。程顥去世後，程頤撰〈明道行狀〉，謂其「純粹如精金，溫潤如良玉」。精金，純金。⓯李白才高二句　謂李白才華橫溢，咳出的唾沫隨風變成佳句。李白，唐代詩人。參見卷三〈器用〉有關注釋。咳唾成珠，句本李白詩〈妾薄命〉：「咳唾落九天，隨風生珠玉。」比喻言談名貴；也比喻文字優美，出口便成佳句。咳唾，吐出的唾沫。比喻談吐、議論。咳，通「欬」。⓰孫綽詞麗二句　《世說新語・文學》載：孫綽作〈天台山賦〉成，甚佳，對范榮期說：「卿試擲地，當作金石聲也。」孫綽（西元三一四～三七一年），東晉太原人，字興公。博學善文，為當時文人之冠。名公之碑，必請他為文，然後刊石。官至廷尉卿。金聲，即「金石聲」。聲調鏗鏘。後因孫綽事以「金石聲」稱譽文辭優美、聲調鏗鏘。

【語　譯】白居易出生僅七個月，便認識了之、無兩個字；李賀七歲就有文名，寫〈高軒過〉一篇，片刻而成。「開卷有益」，是宋太宗身體力行的話；「不學無術」，是班固對霍光的評語。漢代劉向在天祿閣校書時，太乙點燃藜杖為他照明；趙匡胤代後周做皇帝，陶穀擬寫了禪位詔。江淹夢人送他五色筆，文思由此大進；揚雄夢中口吐白鳳，詞賦愈見奇麗。李守素精通姓氏之學，許敬宗戲稱之為「人物誌」；虞世南明悉古今之理，唐太宗稱其為「行祕書」。學識淵博，謂之「茹古涵今」；文采華美，稱作「咀英嚼華」。韓愈文章聲望尊隆，世人景仰如泰山北斗；程顥涵養純粹，人比之為良玉精金。李白詩才極高，隨口而出，便是珠玉之句；孫綽博學善文，詞賦華麗，擲地有金石之聲。

代圖書分類法將書籍分成經、史、子、集四大類，分庫貯藏，稱為「四庫」或「四部」。後世編有《四庫全書》（清代）、《四部叢刊》（民初）等，即本此名。⑪豪吟如鄭綮二句　謂即使像鄭綮那樣善於寫詩的人，還是勤奮刻苦，就是騎驢外出，仍在作詩。《全唐詩話・鄭綮》載：有人問鄭綮詩思，他說：「在灞橋風雪中、驢子背上。」鄭綮（？～西元八九九年），唐朝人，字蘊武。官廬州刺史，給事中。善為詩，語詼諧，多諷刺時政，時號「鄭五歇後體」。唐昭宗聞其詩，認為識見過人，任為禮部侍郎、同平章事，固辭不准，勉強就職，不久自請致仕。⑫富學如薛收二句　謂薛收博學，經常於戰事進行時站在馬前起草各種文件。薛收（西元五九二～六二四年），唐蒲州人，字伯褒。薛道衡子。以父為隋煬帝所殺，不肯仕隋。因房玄齡推薦，見秦王李世民，授主簿，起草書檄露布，均一揮而就。所提建議多被採納。見《舊唐書・薛收傳》。草檄，起草檄文。⑬八行書言言委曲　謂書信中句句講事情原委和情感。八行書，信札的代稱。舊時信箋每頁八行，故稱。《後漢書・竇章傳》李賢注引馬融〈與竇章書〉：「孟陵奴來，賜書，見手跡，歡喜何量，見於面也。書雖兩紙，紙八行，行七字。」委曲，事情的底細和原委；也指書信中所表達的情意。⑭三尺法字字威嚴　謂法律字字威嚴。三尺法，法律。古代把法律條文寫在三尺長的竹簡上，故稱「三尺法」。《史記・酷吏列傳》：「客有讓周（杜周）曰：『君為天子決平，不循三尺法。』」也簡稱「三尺」。⑮咳唾成篇二句　謂「咳唾成篇」、「陣馬風檣」都是形容寫作敏捷快速。咳唾成篇，即出口成章。參見上節⑮。陣馬風檣，也作「風檣陣馬」。形容詩文的氣勢及寫作速度之快。杜牧〈李長吉歌詩序〉：「風檣陣馬，不足為其勇也。」風檣，乘風揚帆的船。陣馬，上陣的戰馬。⑯精神滿腹二句　謂劉叉有精神、才華，所以他的〈雪車〉、〈冰柱〉二詩清高不俗。案：唐代劉叉曾寫〈雪車〉、〈冰柱〉二詩，送給韓愈看，韓愈評價甚高，認為比孟郊、盧仝還要寫得好。見《全唐詩話・劉叉》。⑰擅美譽於詞場三句　謂劉禹錫是詩人中的英豪，而黃庭堅有詩伯之稱，二人皆在詩壇上享有盛譽。擅，享有；據有。詞場，猶言詩壇、詞壇。禹錫，劉禹錫（西元七七二～八四二年）。唐文學家。洛陽人，字夢得。曾因反對宦官專權和藩鎮割據被貶官多年。後遷太子賓客，加檢校禮部尚書，世稱劉賓客。與柳宗元交誼很深，人稱「劉柳」；與白居易唱和甚多，並稱「劉白」。其詩中很多具有民歌特色，是唐詩中別開生面之作。詩豪，詩人中的英豪。《新唐書・劉禹錫傳》：「（劉禹錫）素善詩，晚節尤精，與白居易酬復頗多。居易以詩自名者，嘗推為詩豪。」也有說因劉禹錫為人放誕不羈，所以時人稱其為詩豪。山谷，黃庭堅（西元一〇四五～一一〇五年）。北宋詩人。字魯直，號山谷道人，晚號涪翁。出蘇軾之門，為「蘇門四學士」之一。詩文與軾齊名，世稱「蘇黃」。創立江西詩派，在宋代影響頗大。亦能詞。書擅行、草，為「宋四家」之一。詩伯，大詩人。黃庭堅為江西詩派創始者，呂居仁作《江西詩社宗派圖》，推其為宗派之祖，故稱江西詩伯，亦云詩祖。伯，長。⑱稱耆英於藝圃三句　謂張芝是草聖，崔瑗是草賢，二人都是書法藝術領域的俊傑之士。耆英，年高而有才華者；也泛指俊傑之士。藝圃，猶言藝苑。伯英，張芝（?～約西元一九二年）。東漢敦煌人，字伯英。善章草，後省減章草點劃波磔，創為「今草」。三國韋誕稱他為「草聖」。見《三國志・魏書・劉邵傳》注。晉王獻之、羲之父子的草書即受其影響。子玉，崔瑗（西元七八～一四三年）。東漢琢郡人，字子玉。少銳志好學，精通天文、曆數及《京師易傳》。善於文辭，工章草，時稱「草賢」。見《太平廣記・書・崔瑗》。⑲謝安石之碎金二句　謂謝安的文章皆是不同尋常之作。謝安石，謝安。東晉重臣。參見卷一〈地輿〉有關注釋。碎金，比喻珍貴的簡短雜著。《晉書・謝安傳》：「溫（桓溫）嘗以安所作〈簡文帝謚議〉以示坐賓，曰：『此謝安石碎金也。』」異物，不同尋常之物。⑳陸士衡之積玉二句　謂陸機的文章都可歸入珍貴奇特之列。《晉書・陸機傳》說：「（陸）機文猶玄圃（仙境）之積玉，無非夜光。」陸士衡，晉人陸機。參見卷二〈兄弟〉有關注釋。積玉，指善於寫文章。㉑少室山集句最佳二句　唐代李嶠善文，做〈少室山記〉，富瞻華美，人謂片箋片玉（一頁書札如同一片白玉）。見《唐詩紀事》。㉒福先寺碑文可誦二句　唐代宰相裴度修福先寺，想請白居易作碑文，皇甫湜在一邊自告奮勇，揮筆而成，對裴說：「碑三千字，一字一縑（一匹細絹），更少不得。」見《新唐書・皇甫湜傳》。㉓陳琳作檄愈頭風二句　謂陳琳寫的檄文治癒了曹操的頭風，抵得上神鍼法灸。陳琳（?～西元二一七年），東漢末廣陵人，字孔璋。「建安七子」之一。初為何進主簿，繼從袁紹，曾為紹寫文斥責曹操父祖。後歸曹操，為司空軍謀祭酒，管記室。善文，以表章書記見稱。亦能詩。有次，曹操命陳琳起草檄文，琳呈上，曹操正患頭風（一種腦疾），睡著讀陳琳寫的檄文，讀完坐起說：「琳之檄癒我病也。」見《三國志・魏書・王粲傳》。㉔子美吟詩除瘧鬼二句　謂杜甫吟詩驅除了瘧疾，不須用藥。相傳有人生瘧疾，杜甫說：「吾詩可以療之。」病人問：「什麼詩?」杜說：「子璋髑髏血模糊，手持擲還崔大夫。」又說：「更有『昔日太宗卷毛騧，近日郭家獅子花』。」病人吟誦，果然痊癒。子美，即杜甫。唐代詩人。參見卷三〈宮室〉有關注釋。㉕真老藝林英二句　謂真德秀是藝壇英傑，連朱熹也要謙讓。《名賢集》載：真德秀建越山新居成，名其齋為「學易」，對聯是：「坐看吳越兩山秀，默契義文千古心。」朱熹見了說：「吾且當避此老三舍。」真老，真德秀（西元一一七八～一二三五年）。南宋建州人，字景元，後改希元。學者稱西山先生，官翰林學士、參知政事兼侍讀。尊崇理學，然多空論而少建樹。朱夫子，朱熹（西元一一三〇～一二〇〇年）。南宋哲學家。徽州人，字元晦，一字仲晦，號晦庵，晚號晦翁。任知州、祕閣修撰等。卒後追謚「文」。他集北宋以來理學之大成，主持白鹿洞書院、岳麓書院，教授五十餘年，弟子眾多，畢生著述講學，對經學、史學、文學、樂律等都有貢獻，影響極大。其學派被稱為「程朱學派」，或「閩學」（以其居閩僑陽而名）。南宋末年從祀孔廟。退還三舍，三十里為一舍，意交戰時退兵九十里。語出《左傳・僖公二十三年》：晉公子重耳流亡時，楚成王款待了他，並問重耳，若能返國，如何報答楚國，重耳說：「若晉楚交戰，其避君三舍。」後來晉、楚戰於城濮時，晉「退三舍避之」。後因以「退避三舍」比喻對人讓步，不敢與爭。㉖蘇仙文苑雋二句　謂蘇軾是文苑雋秀，連歐陽修也讓他高出一頭。《宋史・蘇軾傳》載：嘉祐二年（西元一〇五七年），歐陽修主持科舉考試，試官梅聖俞送來蘇軾的〈刑賞忠厚之至論〉，歐陽修閱後十分驚喜，因疑乃門人曾鞏所作，便抑為第二；後以春秋對策，列為第一，後來歐陽修對梅聖俞說：「吾當避此人出一頭地。」意思是讓此人高出一頭。後因以比喻高人一等。蘇仙，指宋代文學家蘇軾。其詩文雄奇豪放，灑脫不羈，有仙風道骨。參見卷一〈武職〉有關注釋。雋，通「俊」。英俊；俊秀。歐陽公，歐陽修（西元一〇〇七～一〇七二年）。北宋文學家。吉州人，字永叔，號醉翁、六一居士。歷官知諫院、翰林學士、參知政事等。卒謚文忠。平生多獎掖後進，曾鞏、王安石、蘇洵父子均受其稱譽。散文暢達委婉，為「唐宋八大家」之一。詞風婉麗，亦長於史。放出一頭，即「出一頭地」、「出人頭地」。

【語譯】貧寒之士苦讀，以螢火蟲照亮書本；書籍中夾上芸香，就能驅走蠹蟲。東觀、蓬萊，都是東漢藏書修史的處所；石渠閣、天祿閣，都是未央宮中貯存史籍的地方。「魯」字誤寫「魚」字，應檢驗明確，使之不謬；「帝」字書作「虎」字，當考核訂正，使之無訛。長蛇生馬之文，氣勢生動，不落窠臼，最難寫作；硬弩枯藤之字，筆力不凡，風格獨特，不易揮毫。古人借書還書皆贈一瓻為酬，故稱「雙瓻」；圖書按經、史、子、集四部分，分庫貯藏，故名「四庫」。鄭綮善為詩，豪吟詼諧，仍勤奮不止，在灞橋風雪裡、驢子背上構思；薛收博學多才，常於戰事進行時，倚立馬前起草文書。每頁八行的書信，字字句句委婉道出巨細諸事、心中情愫；三尺長的竹簡上所寫的法律條文，一言一字威嚴凜厲。咳唾成篇、陣馬風檣，都形容著述敏捷雄健；精神滿腹，發而為詩，故〈雪車〉、〈冰柱〉二詩，清高不凡。劉禹錫有「詩豪」之名，黃庭堅有「詩伯」之稱，在文壇上都享美譽；張芝是「草聖」，崔瑗是「草賢」，書法界中皆稱英傑。謝安的短簡小札如同碎金，不同尋常；陸機的文章好似積玉，奇異珍貴。李嶠的〈少室山記〉語句甚佳，片箋如同片玉；皇浦湜的福先寺碑文，字字珠璣，三千字值三千縑。陳琳寫的檄文，可醫曹操的頭風，抵得上神鍼靈灸；杜甫的詩可以驅趕瘧疾病魔，何須用金丹妙藥。真德秀是藝林中的英傑，連朱熹也要退避三舍；蘇軾是文壇上的俊秀，歐陽修也讓他露一頭角。

科第

【題解】科舉制始於隋唐（隋煬帝大業二年，西元六〇六年正式設置進士科），終於清末（光緒三十一年，西元一九〇五年），前後長達一千三百年，它在中國社會中的地位和影響絕不可忽視。以科舉代替選舉（實行於西漢至南北朝時期），這是人才選拔制度的重大變革。相對於魏晉以降徒尚門第、由貴族壟斷、百弊叢生的九品中正制，科舉制是一大進步，在一定程度上給了庶族寒門乃至山野草民中的人才脫穎而出的機會（據統計，明清兩代的進士中約二分之一祖先沒有任何功名），而人才的流動在一定意義上也增加了統治集團和社會的活力，起了溝通上下的作用。當然，這是以歷史的眼光來評估的。如就每代王朝和皇帝而言，開科取士是為了網羅（甚而牢籠）人才，即所謂「天下英雄盡入吾彀中」；對絕大多數學子來說，書中自有黃金屋，書中自有顏如玉，是登龍門、求仕途之術，這就不免生出弊端。明清以降，更以八股取士，格式極嚴，又只能代聖賢立言，闡說經義，絕不准有絲毫個人見解與發揮，於是，科舉遂成為束縛思想、扼殺人才的牢獄。但它又以利祿誘使士人自願墜入其中，耗盡青春才華，終老於科場者比比皆是，故而明末以來批評者無時或息。鴉片戰爭後西潮東漸，中國處於亘古未有之大變革中，對人才的需求更使科舉之弊暴露無遺，終於在西元一九〇五年九月壽終正寢。

士人入學曰遊泮，又曰采芹❶；士人登科曰釋褐，又曰得雋❷。賓興即大比之年❸，賢書乃試錄之號❹。鹿鳴宴，款文榜之賢❺；鷹揚宴，待武科之士❻。文章入式，有朱衣以點頭❼；經術既明，取青紫如拾芥❽。其家初中，謂之破天荒❾；

士人超拔，謂之出頭地❿。中狀元曰獨占鰲頭⓫，中解元曰名魁虎榜⓬。瓊林賜宴，宋太宗之伊始⓭；臨軒問策，宋神宗之開端⓮。同榜之人，皆是同年⓯；取中之官，謂之座主⓰。

【章　旨】本節主要介紹有關科舉制的一些語詞，著重於士子們入學、應試及考中後的宴飲等榮譽的名稱、美稱及其來歷。

【注　釋】❶士人入學曰遊泮二句　謂讀書人入學做生員稱「遊泮」，又稱「采芹」。遊泮、采芹，科舉時代考中秀才入學做生員之稱。語本《詩・魯頌・泮水》：「思樂泮水，薄采其芹。」案：西周時諸侯所設大學為「泮宮」，學宮前的水池為「泮水」。後世沿用其稱。❷士人登科曰釋褐二句　謂士人考中進士做官稱作「釋褐」，又稱「得雋」。登科，也稱「登第」。科舉時代稱考中進士為登科。釋褐，謂脫去布衣（平民衣服）而換上官服，即做官之意。褐，粗麻布衣服，平民、窮苦人所穿（案：古時衣著有嚴格的等級規定，不得僭越，參見卷二〈衣服〉題解及有關注釋）。科舉時代稱新進士及第授官為釋褐。宋太平興國二年（西元九七七年），始賜呂蒙正等釋褐，後遂以為定例。見《事物紀原・學校貢舉部・釋褐》。得雋，成為雋秀。得，得到；獲得；完成。雋，通「俊」。即「俊秀」。也作「儁」。歐陽修〈送徐生之澠池〉詩：「名高場屋已得儁。」❸賓興即大比之年　謂賓興就是（鄉試）大考的年分。賓興，《周禮・地官・大司徒》載：大比後推舉的賢者能者，鄉老以飲酒之禮禮待之。後代地方官設宴招待應舉之士，謂之「賓興」，即沿古制。興，猶「舉」。大比之年，舉行鄉試的那一年。大比，周代每三年一次考核官吏，選取賢能。見《周禮・地官・鄉大夫》。隋唐後泛指科舉考試；明清兩代特稱鄉試為「大比」。每隔三年舉行一次，各州、縣、府的應試者齊集省城，由朝廷派官員主考，錄取的稱為舉人。❹賢書乃試錄之號　謂「賢書」是錄取者名單之稱。賢書，原指西周時被薦舉的賢能之士的名籍。見《周禮・地官・鄉大夫》。科舉時代稱鄉試取中者的名單，又稱「登賢書」或「舉賢書」，以示向朝廷薦賢之意。試錄，科舉時代鄉試、會試後，主考官挑選中式試卷之佳作刊刻而成用於進呈的文集，稱「試錄」。始於明初，謂之「程文」，見《通俗編・仕進》。清因襲，坊間刊刻的則稱「闈墨」。見《清會典事例・禮部・貢舉》。案：「賢書」

與「試錄」實際不是一回事，前者指錄取名單，後者是文章匯編，原作者視之為一，有誤。❺鹿鳴宴二句　謂鹿鳴宴用以款待文科考試的考中者及考官。鹿鳴宴，唐代鄉舉考試後，州、縣長官宴請得中舉子的宴會，因在宴會上歌《詩・小雅・鹿鳴》（述天子宴請賓客之詩），故名。見《新唐書・選舉志上》。明清沿此，於鄉試放榜次日，宴請考中的舉人和各考官等，歌〈鹿鳴〉，作魁星舞，稱「鹿鳴宴」。❻鷹揚宴二句　謂鷹揚宴用以款待武科鄉試的考官和考中者。鷹揚宴，為武科鄉試新舉人舉行的宴會，於放榜翌日舉行，始於清。見《清會典事例・禮部・賜燕》。鷹揚，威武勇猛貌。語出《詩・大雅・大明》：「維師尚父，時維鷹揚。」武科，科舉考試中專為選拔武官而設的科目，始於唐代，稱武舉，以後歷朝皆因之，但不定期舉行。考試科目為馬箭、步射、槍法、負重等，為外場，又以默寫《武經》為內場。明中期始定武鄉試、會試之制，一如文科。科名與文科同，唯皆冠以武字，如武舉人、武狀元等。至清末（西元一九〇一年）廢止。❼文章入式二句　謂歐陽修主持鄉試時，每閱卷，便覺得座後有一朱衣人，朱衣人點頭的，文章就入格，回頭看，卻又不見人，因有「唯願朱衣一點頭」之詩句。見《天中記》卷三十八引《侯靖錄》。後因稱科舉考試官為「朱衣使者」。入式，合式；合乎標準。❽經術既明二句　謂士人只要通曉經學，得高官厚祿極其容易。漢代夏侯勝曾說：「士病經術不明，苟（如果）明之，取青紫如俯拾地芥耳。」見《漢書・夏侯勝傳》。經術，猶經學、儒術。《後漢書・儒林傳序》：「及光武中興，愛好經術，未及下車，而先訪儒雅，采求闕文，補綴漏逸。」青紫，本為古時公卿服飾，因借指高官顯爵。介，小草。引申以指輕微纖細的事物。❾其家初中二句　謂這戶人家第一次有人考中進士，稱作「破天荒」。中，科舉時代稱考試及格為中，如中舉、中狀元。破天荒，孫光憲《北夢瑣言》卷四載：唐代荊州每次解送舉人赴考，都考不取，號曰「天荒解」，劉蛻以荊解及第，號為「破天荒」。後用指前所未有或第一次出現。❿士人超拔二句　謂士人考取第一，稱出頭地。超拔，文中指名列第一。出頭地，即「出一頭地」。原為歐陽修讚揚蘇軾文章的話。參見本卷〈文事〉有關注釋。⓫中狀元曰獨占鰲頭　科舉時代對中狀元者稱「獨占鰲頭」。起源於皇帝召見時的禮儀，當皇帝召見新進士時，贊禮官引狀元和榜眼（第二名）至殿前陛下，狀元再獨自前行立於正中鰲頭上，因而稱狀元及第為「獨占鰲頭」。見《北江詩話・三》。鰲頭，皇帝殿前陛階上鐫有升龍及巨鰲，故名。狀元，科舉考試殿試一甲第一名，其名始於唐。唐制，舉人應禮部試皆投狀，故稱考試取中第一名為狀頭，亦稱狀元，後世因之，且因其為科名中榮譽之極，又有「大魁天下」、「獨占鰲頭」、「鼎元」等別稱。⓬中解元曰名魁虎榜　謂鄉試第一名稱「名魁虎榜」。解元，科舉鄉試第一名。唐制，應進士考者由地方選送赴朝廷，稱為解、解送。後世因稱鄉試為解試，鄉試第一名為解元。見《明史・選舉志二》。虎榜，即「龍虎榜」。唐代歐陽詹、韓愈、李觀等名士同年考中進士，時稱龍虎榜。見《新唐書・歐陽詹傳》。後世以「龍虎榜」稱一時知名之士同登一榜，亦泛指錄取者名單。⑬瓊林賜宴二句　謂自宋太宗開始，設瓊林宴款待新科進士。瓊林賜宴，瓊林是宋名苑名，在汴京（今開封）城西，宋太宗太平興國八年（西元九八三年）起，在此宴請新科進士，宋徽宗時改在辟廱設聞喜宴，罷瓊林苑宴。見《澠水燕談錄》。因有宋太宗設宴於此之事，後世也常將為新科進士舉行的宴會稱「瓊林宴」。宋太宗，北宋皇帝趙匡義。參見卷四〈文事〉有關注釋。⑭臨軒問策二句　謂皇帝在殿前平臺上以策論考試士子，始於宋神宗。《名臣言行錄・呂公著》載：宋初，皇帝臨軒策士用詩賦，神宗時，有大臣建議，考試用詩賦「非舉賢士求治之意」，應問治理國家之策。神宗同意，改考詩賦為考策論。臨軒，古時皇帝不坐正殿而在殿前平臺上接見臣屬，叫「臨軒」。策，古代考試以問題書之於策，令應試者作答，稱為「策問」，也簡稱「策」，後來就成為一種文體；又作「策論」的簡稱，策是策問，論是議論文。宋、金科舉制度，曾用以取士，清代康熙及光緒年間也一度實行，不久即廢。宋神宗（西元一〇四八～一〇八五年），趙頊。英宗子，西元一〇六七～一〇八五年在位。任用王安石進行變法，謀富國強兵，改變積貧積弱局面，並加強對西夏的防禦。死後新法被廢棄。⑮同榜之人二句　謂同一年考中的士人都稱「同年」。同榜，同次發布的錄取名單。同年，科舉制度中稱同科考中的人。其名源於漢代，漢時同歲被舉孝廉，相稱曰同年，或同歲。唐代以同舉進士為同年。見《唐國史補・下》。明清鄉試、會試同科登第者，及優貢、拔貢等同榜者，皆為同年。⑯取中之官二句　本科主考官或主試官有錄取之權，稱之為「座主」。座主，亦稱「座師」。唐代進士稱主考官為「座主」，自認為門生。見《唐國史補・下》。明清舉人、進士，亦稱其本科主考官或總裁官為「座主」或「座師」。見顧炎武《日知錄》卷十九及〈生員論中〉。

【語譯】考中秀才，入學讀書叫做「遊泮」，又叫做「采芹」，這是用《詩經》「思樂泮水，薄采其芹」之意；士人登進士科，可以脫去布衣，換上官服，故名「釋褐」，又稱「得雋」。大比之年，地方官設宴款待考生，稱「賓興」；「賢書」是鄉試取中者的名單，「試錄」是考卷中的佳作彙編，二者都要呈給朝廷。鹿鳴宴，款待的是文科鄉試考中的舉子；鷹揚宴，宴請的是武科鄉試的新舉人。文章合格，可以入選，便有朱衣人暗中點頭；通曉經術後，得高官厚祿易如拾芥。寒賤人家初次有人中了科名，叫做「破天荒」；考試名列第一，稱為「出人頭地」。中狀元，名為「獨占鰲頭」；中解元，叫做「名魁虎榜」。

在瓊林苑中宴請新進士，從宋太宗開始；考試時出策問題，詢問治理國家之策，由宋神宗開端。同榜取中之人，互稱「同年」；進士、舉人稱自己的主考官為「座主」。

應試見遺，謂之龍門點額❶；進士及第，謂之雁塔題名❷。賀登科，曰榮膺鶚薦❸；入貢院，曰鏖戰棘闈❹。金殿唱名曰傳臚❺，鄉、會放榜曰撤棘❻。攀仙桂，步青雲，皆言榮發❼；孫山外，紅勒帛，總是無名❽。英雄入吾彀，唐太宗喜得佳士❾；桃李屬春官，劉禹錫賀得門生❿。薪，採也，槱，積也，美文王作人之詩，故考士謂之薪槱之典⓫；彙，類也，征，進也，是連類同進之象，故進賢謂之彙征之途⓬。賺了英雄，慰人下第⓭；傍人門戶，憐士無依⓮。雖然，有志者事竟成，佇看榮華之日⓯；成丹者火候到，何惜烹煉之功⓰。

【章旨】本節介紹有關登科或落第的常用代稱、賀辭及安慰語等。作者既感歎科舉制「賺得英雄盡白頭」，又為「榮華之日」所惑，自願墜入彀中，反映了當時士子們普遍的矛盾心態。

【注釋】❶應試見遺二句　謂沒考取稱龍門點額。應試見遺，沒考取。見遺，榜上無名（被遺棄）的委婉說法。龍門點額，龍門，地名。黃河流經此，兩岸峭壁對峙，水流甚急。相傳鯉魚若能躍過龍門則化為龍，否則頭額觸破，敗退而回。見《水經注・河水》。舊時喻士子應科舉考試為跳龍門，應試落第為「龍門點額」。語見梁元帝〈東宮薦石門侯啟〉。❷進士及第二句　謂考中進士稱作「雁塔題名」。及第，指科舉考試取中。漢代設科射策，有科第、高第之名，以表示考試等第。隋唐科舉考試諸科，列榜也有甲乙次第，故以考中為及第，反之則言不第、落第等。雁塔題名，唐代韋肇及第，在慈恩寺雁塔題名。唐中宗後遂成慣例，新進士在朝廷賜宴後，前往慈恩寺，推舉書法佳者在雁塔上題名。見王定保《唐摭言・慈恩寺題名遊賞賦詠雜記》。後因此用為考中進士的代稱。元代起，雁塔題名演變為立進士題名碑。❸賀登科二句　謂祝賀別人考中進士說「榮膺鶚薦」。登科，科舉時代稱考中進士為「登科」，也稱「登第」。膺，受。鶚薦，漢代禰衡始弱冠（二十歲），孔融愛其才，上〈薦禰衡表〉推薦，謂：「鷙鳥累百，不如一鶚。使衡立朝，必有可觀。」見《後漢書・文苑傳》。後因稱推薦有才能的人為「鶚薦」。鶚，亦稱「魚鷹」。趾具銳爪，善於捕魚。❹人貢院二句　謂去參加科舉考試，稱為「鏖戰棘闈」。貢院，科舉考試舉行鄉試、會試的場所。取向朝廷貢獻人才之意。鏖戰棘闈，考場如戰場，形容考試之緊張激烈。鏖戰，激戰；苦戰。棘闈，貢院四周築有內外兩道高大圍牆，上面遍置荊棘，以防爬越、傳遞作弊。因稱貢院為棘闈，也稱棘圍。見《通典・選舉三》。❺金殿唱名曰傳臚　謂皇帝親自參加的宣布進士及第名次的典禮，稱傳臚。金殿，宮殿的代稱。唱名，按名冊點名。傳臚，又叫「臚傳」、「臚唱」。科舉考試殿試後皇帝親臨宣布進士及第名次的典禮。其制始於宋。屆時，進士集於殿前，宰相或傳臚官依甲次唱名，閣門則應承再傳於階下，衛士齊聲傳其名而呼之，進士依次出列，謂之傳臚。見趙升《朝野類要・唱名》。臚，從上傳語告下曰臚。❻鄉會放榜曰撤棘　謂鄉試、會試結束後公布考試的錄取名次，稱為撤棘。鄉、會，指鄉試、會試。鄉試，明清兩代每三年一次在各省省城（包括京城）舉行的考試，凡本省生員與監生、蔭生、官生、貢生，經科考、錄科、錄遺考試合格者，均可應考。逢子、午、卯、酉年為正科，遇慶典加科為恩科。考期在八月，分三場，考中的稱舉人。會試，明清兩代每三年一次在京城舉行的考試，各省舉人皆可應考，逢辰、戌、丑、未年為正科，若鄉試有恩科，則次年也舉行會試，稱會試恩科，考期初在二月，也分三場，考中者稱貢士。放榜，發榜。科舉時公布考試錄取者的名單。撤棘，科舉時代，考試時，為示關防嚴密起見，於試院圍牆上遍插棘枝，至放榜後始撤去，因稱考試結束為撤棘。語見《新五代史・雜傳・和凝》。參見❹。❼攀仙桂三句　謂「攀仙桂」、「步青雲」，都是進士及第、榮耀發達的代稱。攀仙桂，即「折桂」。語本《晉書・郤詵傳》：晉武帝問郤詵如何評價自己，詵說：「臣舉賢良對策，為天下第一，猶桂林之一枝、昆山之片玉。」後因以「折桂」、「攀仙桂」比喻科舉及第。步青雲，踏上青雲之路。青雲，比喻高官顯爵。《史記・范睢蔡澤列傳》：「賈不意君能自致於青雲之上。」❽孫山外三句　謂「孫山外」、「紅勒帛」都是沒考取、榜上無名的婉辭。孫山外，即「名落孫山」。范公偁《過庭錄》載：唐代吳人孫山與鄉人周生同去應舉，發榜後，孫山名列最末。周生父親問考試結果，孫說：「解名盡處是孫山，賢郎更在孫山外。」後因稱考試落第為「名落孫山」。紅勒帛，《夢溪筆談．人事》載：宋代劉幾作文，喜歡用險怪之語，歐陽修十分厭惡。後來劉幾應考，適逢歐陽修做考官，便用紅筆在試卷上打一個大橫槓，全部抹掉，謂之「紅勒帛」。後因以比喻考試不佳。❾英雄入吾彀二句　謂天下英雄都在我的掌握中，這是唐太宗因得到賢士而高興之語。事見本卷〈文事〉有關注釋。入彀，進入弓箭射程以內，比喻就範。彀，張滿弓弩。❿桃李屬春官二句　唐代劉禹錫有〈答王侍郎放榜〉詩：「禮闈新榜動長安，九陌人人走馬看。一日聲名遍天下，滿城桃李屬春官。」祝賀他有了新門生。桃李屬春官，科舉考試歸春官（禮部）管轄，錄取者自然是禮部的門生。桃李，比喻所栽培的後輩或所教的門生。語本《韓詩外傳》卷七：「夫春樹（種）桃李者，夏得蔭其下，秋得其實；春樹蒺藜者，夏不可採其葉，秋得其刺焉。」春官，周代官名。掌天下禮制。後世因以作為禮部的通稱。參見卷一〈文臣〉有關注釋。門生，學生。漢代稱再傳弟子為「門生」；後世也稱親授業者為「門生」；科舉時代及第者對主考官自稱「門生」。⓫薪採也六句　謂採薪、積槱都是《詩經》中讚美周文王培育人才之語，所以科舉考試選拔人才便稱「薪槱之典」。薪、槱，語本《詩．大雅．棫樸》：「芃芃棫樸，薪之槱之。」薪，採薪。槱，積木柴以備燃燒。比喻儲備人才。文王，周文王。參見卷一〈朝廷〉有關注釋。作人，培育人才。語本《詩．大雅．棫樸》：「遐不作人。」孔穎達疏：「作人者，變舊造新之辭。」考士，考選士子。指科舉考試選拔人才。⓬彙類也六句　謂彙是類聚之意，征是遠行之意。《易經》中以拔茅草互相牽引，綿延不絕，象徵科舉之吸引人才，愈益增多，所以進賢又稱作「彙征之途」。彙，類聚。征，遠行；長行。《易．泰卦》：「拔茅茹（拔茅草根繫相連），以其彙，征（同質彙聚並出，往前進發）吉。」後因以拔茅茹或拔茅連茹比喻志同道合的人互相引進。象，象徵。《易經》用卦爻等符號象徵自然變化和人事休咎。進賢，推薦、引進賢德之人。《國語．晉語九》：「獻能而進賢。」⓭賺了英雄二句　謂「賺了英雄」是安慰別人沒考中之語。賺了英雄，騙了英雄。賺，誑騙。案：科舉制興起後，在一般情況下，朝廷的主要官員，如宰相、各部尚書、侍郎、地方大員等多半是科舉正途出身，非進士出身者，即便位極人臣，也不為美。故而世人極重視進士科，但因僧多粥少，老死文場而無所獲者也無數。時人說：「太宗皇帝（指唐太宗）真長策（妙計），賺得英雄盡白頭。」見《唐摭言．述進士》。下第，又稱「落第」。指科舉時代進士考試未考中。⓮傍人門戶二句　謂「傍人門戶」是憐憫士人未考中致無依靠之語。傍人門戶，蘇軾《東坡志林》卷十二載：貼在門上的桃符和艾人為爭高下而互罵不已，門神勸解說：「吾輩不肖，方（才）傍人門戶，何暇爭閑氣耶？」後用為依賴別人，不能自立的意思。傍，依傍。⓯有志者事竟成二句　謂有志氣的人一定會成功，可以等著看他榮華富貴之日。《後漢書．耿弇傳》載：

漢光武帝曾對耿弇說此語。竟，終於；竟然。佇，久立而等待。⑯成丹者火候到二句　謂煉丹必須火候到了才能煉成，何必吝惜烹煉的功夫（比喻學問須慢慢積累，一旦成熟，自然會考取）。案：古代科學水準低下，人們相信，把一些礦石、藥物等放在鼎中，以水火焙煉，便能煉出仙丹或金子。每一爐的煉製時間往往長達數十日乃至上百日。成丹，煉成丹藥。文中以成丹比喻進士及第。火候，古代道家煉丹時火力文武、大小、久暫的節制。比喻道德、學問、技藝等等的修養程度。黃宗羲〈錢退山詩文序〉：「以才識涵濡蘊蓄，更當俟之以火候。」

【語　譯】應試沒有取中，如同鯉魚沒跳過龍門，觸額而返，故謂之「龍門點額」；唐代人進士及第後，把姓名寫在慈恩寺雁塔上，後人便稱登科為「雁塔題名」。「鶚薦」意思是推薦人才，祝賀別人登科，可說「榮膺鶚薦」；「棘闈」是貢院，考場如戰場，所以進貢院（考場），謂之「鏖戰棘闈」。殿試後，金鑾殿上傳唱新科進士名次的典禮，叫做「傳臚」。「攀仙桂」、「步青雲」，都是進士及第、榮耀發達的代稱；「孫山外」、「紅勒帛」，皆為榜上無名、沒有考取的婉辭。唐太宗看到新進士魚貫而出，高興地說：「天下英雄盡入吾彀中。」春官是禮部的代稱，掌管會試，會試放榜，劉禹錫寫了「桃李屬春官」的詩句，祝賀禮部得新門生。《詩・大雅・棫樸》說：「芃芃棫樸，薪之槱之。」薪指採薪樵，槱是積聚，《詩經》以採伐、積聚木柴以備燃燒來比喻、讚美周文王培育人才，故而後世稱以考試選拔人才叫做「薪槱之典」。《易經・泰卦》說：「拔茅茹，以其彙，征吉。」彙指類聚，征指遠行。拔起茅草，根繫相連，這是同質彙聚並出、往前進發的象徵，因此後世將進賢稱為「彙征之途」。無數士子在科舉考試中白白耗費了一生與才華，唐朝有人說：「太宗皇帝真長策，賺（騙）得英雄盡白頭。」後世安慰他人落第，便說「賺了英雄」；士子未曾及第做官，還得依賴別人，叫做「傍人門戶」。雖然無數士子老死文場，賺了英雄，不過有志者事竟成，可以等著看他榮華富貴之日；火候到了，仙丹自然就能煉成，何必吝惜烹煉的時日與功夫呢？

之求二句　謂想求忠孝兩全的狀元，真是很難完全符合皇帝的心意。《塵史》載：宋仁宗選士十分慎重，皇祐五年（西元一〇五三年）廷試進士，在確定名次的前一天，取已選出的一些卷子焚香祝願說：「願得忠孝狀元。」待唱名，狀元為鄭獬，所以鄭獬〈謝及第啟〉說：「何以副上心，忠孝之求是也。」副上，合於皇帝的心意。副，符合；相符。⓫孫宋則弟兄俱貴　孫指孫何、孫僅兄弟。宋代咸平元年、二年（西元九九八、九九九年），皆舉行會試，孫何、孫僅相繼大魁天下，時人號為大狀元、小狀元。見《澠水燕談錄》。宋指宋郊、宋祁兄弟。宋郊與弟祁並有才華，二人同年進士及第，祁中狀元。謝恩時，章憲太后說：「弟可先兄乎？」亦賜狀元。時人稱為大宋、小宋。參見卷二〈兄弟〉有關注釋。⓬梁張則喬梓皆榮　謂宋代梁灝與子梁固、張去華與子張思德皆先後中狀元。見《夢溪筆談》。喬梓，指父子。參見卷二〈祖孫父子〉有關注釋。⓭得雲雨而揚鬐二句　謂得到雲雨便揚鬐騰躍者，怎能是池中之物。《三國志・吳書・周瑜傳》載：周瑜對孫權說：劉備以梟雄之姿，又得關羽、張飛熊虎之將，「恐蛟龍得雲雨，終非池中物」。比喻有才華的人只要得到機會，必能脫穎而出。鬐，魚脊。池中之物，魚蝦之類。比喻蟄處一隅，無遠大抱負的人。⓮挾風雷而燒尾二句　謂鯉魚躍過龍門，必有風雷燒其尾，終究不是海底的普通魚。比喻有才學者最終會出人頭地。挾風雷而燒尾，相傳鯉魚躍過龍門時，必有雷電燒其尾，才變成龍。見孔平仲《孔氏談苑》。比喻考中進士後即改變了平民身分，平步青雲，可得高官厚祿。燒尾，唐時士子登第或陞遷的慶賀宴席。封演《封氏聞見記》卷五：「士子初登榮進及遷除，朋僚慰賀，必盛置酒饌音樂，以展歡宴，謂之燒尾。」即取鯉魚躍過龍門，燒尾成龍之意。⓯遍歷名園二句　謂遊遍名園，誰是探花使？《秦中歲時記》載：唐代進士取中後即會宴於杏園，名為探花宴，選最年少者二人為探花使，遍遊名園，必須於他人之先折得名花，否則受罰，探花之名源於此；南宋起乃專稱一甲第三名為探花。歷，經過；經歷。⓰同觀競渡二句　《古今詩話》載：盧肇、黃頗皆宜春人，頗富肇貧，赴試前，郡守僅為黃頗餞行；次年盧肇狀元及第歸，郡守與他一起觀看賽龍舟，盧肇即席賦詩：「報道是龍君不信，果然奪得錦標歸。」太守大慚。競渡，賽船。相傳屈原於五月五日投汨羅江死，民俗在這一天以龍舟競渡，表示紀念。⓱此日羽毛二句　謂今日的幼雛（學生），可以等候觀看牠展翅高飛。此反用《戰國策・齊策一》「毛羽不豐滿者，不可以高飛」之意。羽毛，比喻幼雛、士子。振翮，展翅飛翔。翮，羽根。引申為鳥翼的代稱。⓲昔年辛苦二句　謂往年考試是非常辛苦的，今日發達了也不要違背本意。《中嵐齋記》載：唐代有一官員去主持貢舉，看到當年自己考試的地方，頗多感慨，賦詩一首：「梧桐葉落井亭蔭，鎖閉朱門試院深。曾是昔年辛苦地，不將今日負初心。」初心，本意；初衷。⓳莫存溫飽之志據《宋名臣言行錄》：北宋王曾省試、廷試皆為魁首，有個翰林學士和他開玩笑，說：「狀元試三場，一生吃穿不盡。」王曾正色答道：「曾平生之志，不在溫飽。」意思是立志於治國平天下，而不是圖吃穿。⑳還辭貴戚之婚　北宋馮京舉進士，從鄉試至殿試皆第一，張堯佐倚仗外戚的威勢，要把女兒嫁給他，派人強拉馮京至家裡，備酒菜，並給他看豐厚的嫁妝，馮竭力推辭了此事。見《宋史・馮京傳》。㉑鄒子為書二句　謂鄒陽寫〈獄中上梁王書〉，感歎夜明珠投在不識者之前，而致拔劍相待。鄒子，鄒陽。西漢齊人。善文辯。初從吳王劉濞，勸濞勿起兵叛漢，濞不聽，遂去為梁孝王客。後被讒下獄，有〈獄中上梁王書〉，申訴冤屈，得釋後，為梁王上客。所作散文，有戰國遊士縱橫善辯之風。明月，明月之珠。即夜明珠。鄒陽〈獄中上梁王書〉謂；「臣聞明月之珠、夜光之璧，以暗投人於道路，人無不按劍相眄（斜視）者，何則？無因而至前也。」見《史記・魯仲連鄒陽列傳》。參見卷三〈人事〉「明珠投暗」的注釋。後因以比喻有才能的人所事非主或珍寶落在不善鑑別者之手。空，徒然。按劍，提劍；撫劍。按，按捺；用手撫著。㉒高公未第二句　謂高蟾未考取時，曾寫詩寬慰自己時機未到。《全唐詩話・高蟾》載：高蟾未及第時，曾有詩：「天上碧桃和露種，日邊紅杏倚雲栽。芙蓉生在秋江上，莫向春風怨未開。」意思是芙蓉秋天開，不要向春風抱怨它未開，只是時機不到而已。高公，高蟾。唐末河朔人。乾符進士。乾寧間官至御史中丞。自怨，謂自己悔恨所犯的錯誤。芙蓉，也稱「芙蕖」。荷花的別稱。㉓青衫則歲歲堪憐　謂因屢試不中，不能「釋褐」，只得年年穿青衫，的確可憐。青衫，即「青衿」。也作「青襟」。《詩・鄭風・子衿》：「青青子衿。」毛傳：「青衿，青領也，學子之所服（穿）。」後因以指讀書人；明清科舉時代專指秀才。㉔金線則年年自笑　謂雖每次應試皆不中，徒然忙碌，但仍要豁達，以仰天大笑對待此事。案：秦韜玉〈貧女〉詩：「苦恨年年壓金線，為他人作嫁衣裳。」感歎徒然為別人忙碌。而石曼卿寫詩一改這種悲歎，謂：「年去年來來去忙，為他人作嫁衣裳。仰天大笑出門去，獨對東風舞一場。」本句即這兩層意思的合用。

【語　譯】錄取者皆俊秀之士，時稱「玉筍班」；皇帝賜進士吃餅，用紅綾包裹，名為紅綾餅。貢院裡士子眾多，可預測其中有未來的卿相；帝都的街市上，人人爭看今年的新進士。如羅隱這樣十試不中的退隱者，江東何其多；似溫庭筠這般終生未第、仕途不順者，淮右也不算少。狗從竇出，難道是登第的喜徵？鼠銜《孝經》，卻是考試題目的吉兆。「不欺」二字是值得記下的重要贈言；皇帝求忠孝之臣，的確很難符合他的厚望。孫何與孫僅、宋郊與宋祁，皆兄弟同中狀元；梁顥和兒子梁固、張去華和兒子張思德，皆父子同獲進士第一名。得了雲雨便揚鬐，豈是水池中的凡物？挾風雷而燒尾，化作蛟龍，終究不是海底之魚。遍遊名園，誰是探花使者；一同觀看龍舟競渡，哪一位是奪得錦標之人。今日是幼雛，但可等待看牠展翅高飛之時；昔年考試千辛萬苦，考中後不要辜負往日初衷。士子們應當立大志，不要只圖溫飽；馮京不肯高攀，力辭貴戚之婚。鄒陽上書梁王，感歎明珠投暗，不為人識；高蟾未及第時，寫詩自慰時機未到。士子屢試不中，歲歲穿青衫，實在可憐；雖然如此，灑脫者年年自嘲還自笑。

製作

【題解】房屋、衣飾、農耕、器用、文字、舟車、烹飪、醫藥、音樂、曆法、禮儀、制度等，是人類從野蠻走向文明的標誌，每個民族幾乎都有關於自身及文化誕生發展的神話傳說，中國也不例外。與許多民族把文明起源歸功於神的觀念不同的是，在中國的傳說中，帶有很深的祖先崇拜的印痕。黃帝、炎帝、伏羲、后稷、神農、大禹等等，既是民族的始祖，又是各項器物制度的發明者；既具有精通技藝、艱苦創業、勇於開拓的個體力量，又具有貫通神、人的神祕功能，且因其道德、才能而獲得天命的垂青。古代中國處於基本封閉的地理環境中：北面、西北是荒漠戈壁，東與東南是浩瀚的大洋，西面是有世界屋脊之稱的高山峻嶺，特殊的生存環境造就了有特色的文化意識。面對嚴酷的自然以及外族的競爭，以血緣為紐帶的群體是先民們抵禦猛獸求得生存發展的唯一依靠，經過多次對比，他們深深體會到群體的興衰與他們首領的能力智慧有密切關係，懷念、歌頌那些能給部族帶來繁榮的首領，並把生存鬥爭中所獲得的種種進展與成果，歸結到自己的優秀祖先和聖人賢君的頭上，且附會了種種超人的能力，使他們具有神的光輝，是社會道德的表率、群體生活的希望。族人可以得到他們的庇護，並以此鼓舞群體進一步奮鬥。對中國人來說，這樣的祖先神比純粹外在的神靈更親切，也更有用。從燧人氏、有巢氏、神農氏以及蒼頡、大撓等一系列古聖先賢「規象制器」的故事中，我們看到了先民們對整個文明進程的追溯與反思，看到了中華民族的人文精神。

上古結繩記事❶，蒼頡制字代繩❷。龍馬負圖，伏羲因畫八卦❸；洛龜呈瑞，大禹因列九疇❹。曆日是神農所為❺，甲子乃大撓所作❻。算數作於隸首❼，律呂造自伶倫❽。甲冑、舟車，係軒轅之創始❾；權量衡度，亦軒轅之立規❿。伏羲氏造網罟，教佃漁以贍民用⓫；唐太宗造冊籍，編里甲以稅田糧⓬。興貿易，制耒耜，皆由炎帝⓭；造琴瑟，教嫁娶，乃是伏羲⓮。冠冕衣裳，至黃帝而始備⓯；桑麻蠶織，自元妃而始興⓰。神農嘗百草，醫藥有方⓱；后稷播百穀，粒食有賴⓲。燧人氏鑽木取火，烹飪初興⓳；有巢氏構木為巢，宮室始創⓴。夏禹欲通神祇，因鑄鏞鐘於郊廟㉑；漢明尊崇佛教，始立寺觀於中朝㉒。周公作指南車，羅盤是其遺制㉓；錢樂作渾天儀，曆家始有所宗㉔。育王得疾，因造無量寶塔㉕；秦政防胡，特築萬里長城㉖。

【章　旨】本節介紹文字、曆法、算數、度量衡、房屋舟車、農耕漁獵、服飾、醫藥、宗教等的創制與發明者。

【注　釋】❶結繩記事　在文字發明前，人們用在繩子上打結的方式記事。大事結大繩，小事結小繩，結本身還有不同的形式，以表示不同的內容。《易・繫辭下》：「上古結繩而治。」❷蒼頡制字代繩　相傳蒼頡依據鳥迹蟲文，創造了文字，以代替結繩記事。文字造成時，天降粟，鬼夜哭。見《文心雕龍・練字》。蒼頡，一作「倉頡」。傳說中漢字的創造者。一說他是黃帝的史官；或說他是伏羲以前炎帝之世或神農、黃帝之間的人；也有人說他就是史皇。❸龍馬負圖二句　相傳龍馬曾背負河圖出於黃河中，河圖上有五十五個陰陽點（黑白點），伏羲據此畫了八卦。見《竹書紀年・太昊庖羲氏》。龍馬，神話傳說中形狀像馬的龍，高八尺五寸。伏羲，亦作「宓犧」、「庖犧」、「庖羲」、「伏戲」等。號太昊，古神話中的大神，三皇之一。蛇身人首，生而神異。於五方天帝中司掌東方。曾作八卦，人們以之記事，又學蜘蛛結網，教民捕魚打鳥；又作瑟，五十弦。並教民熟食，故稱「庖犧」。相傳他與女媧是兄妹，或說是夫妻。八卦，《周易》中的八種基本圖形，用「一」（代表「陽」）、「--」（表示陰）兩種符號的不同排列組成。名稱是乾（☰）、坤（☷）、震（☳）、巽（☴）、坎（☵）、離（☲）、艮（☶）、兌（☱）。《易傳》的作者認為八卦主要象徵天、地、雷、風、水、火、山、澤八種自然現象，其中「乾」、「坤」兩卦尤為重要，是萬事萬物的根源。它的起源有「伏羲畫八卦說」、「圖畫文字說」、「卜筮說」、「結繩記事說」、「數字說」等等。❹洛龜呈瑞二句　相傳大禹治平洪水後，有神龜從洛水出現，背負「洛書」，大禹便仿照龜文而列洪範九疇。見《竹書紀年·帝禹夏后氏》。大禹，亦作禹、夏禹、戎禹。五帝之一，亦是傳說中古代部落聯盟的領袖。相傳其父鯀竊息壤治洪水而被天帝殺死，死後三年不腐，剖以吳刀，禹即出其腹。禹承帝命，秉父志，繼續治水，採用疏導法，歷十三年而成，其間三過家門而不入。又丈量九州大地，鑄造九鼎，平水敷土，安定民生。以功繼承舜。今浙江紹興市東南有禹陵。九疇，洪範九疇；九種法則。相傳大禹治水時，天帝賜給他的九種治理天下的大法。《書·洪範》：「天乃錫（賜）禹洪範九疇，彝倫攸敘。初一曰五行，次二曰敬用五事，次三曰農用八政，次四曰協用五紀，次五曰建用皇極，次六曰乂用三德，次七曰明用稽疑，次八曰念用庶徵，次九曰嚮用五福，威用六極。」洪，大。範，模子。引申為法則。疇，種類。相傳大禹治水後劃分九州，確定了我國古代中原行政區劃。❺曆日是神農所為　指曆法是由炎帝所制定。見《晉書·曆律志》。曆日，曆法。神農，即炎帝。五帝之一。在五方天帝中司掌南方，有火德，故稱炎帝。其形狀為人首牛身。相傳他發明耕種，製造斧頭耒耜，懂得水利灌溉，於是五穀始興，生民得食；並嘗百草，確定其藥性等等，故又號神農氏。見《史記·三皇本紀》補。❻甲子乃大撓所作　指甲子是史官大撓所作。甲子，甲居天干首位，子居地支首位。十天干與十二地支依次相配，如甲子、乙丑、丙寅等，統稱甲子，其數共六十，再從甲子起往下輪。古人主要用以記日，後人主要用以紀年。迄今為止我國的多數日曆上還附置這一記年法。如西元一九九四年為甲戌年。大撓，一作「大橈」。黃帝的史官，相傳奉黃帝命作甲子。見《世本·作篇》。❼算數作於隸首　指算數是隸首所作。《後漢書·律曆志》載：「黃帝命隸首作算數，而律度量衡由是成焉。」算數，計算；數目。隸首，黃帝的屬官；亦說是奴隸首領。❽律呂造自伶倫　指律呂是伶倫所造。律呂，音律。中國古代音樂術語，「六律」、「六呂」的合稱，即十二律。伶倫，黃帝臣。奉黃帝命制定律呂，取崑崙之竹，製十二管，以聽鳳凰之鳴，其雄鳴為六律，雌鳴為六呂。見《呂氏春秋·仲夏紀·古樂》。或說伶氏世掌樂官，故後世稱樂官為伶官。❾甲冑舟車二句　指甲冑舟車都創始於黃帝。甲冑，亦作「介冑」。古代將士用的鎧甲和頭盔。軒轅，軒轅氏。即黃帝。傳說中我國中原各族的共同祖先，相傳文字、律呂、算數、醫學、甲子、衣裳、舟車、弓矢等文化制度，都創始於黃帝時。參見卷一〈地輿〉有關注釋。❿權量衡度二句　謂權量衡度也是由軒轅訂立了標準。參見❾。權，稱錘；也指稱。量，量度。古代有合、斗、斛等。衡，稱桿；也指稱。度，計量長短的標準，如丈、尺、寸等。⓫伏羲氏造網罟二句　謂伏羲製造了漁獵用器，教會人民漁獵，供百姓使用。見《易・繫辭下》。罟，網的總名。佃，通「畋」。打獵。《易・繫辭下》：「以佃以漁。」贍，供給；供養。⓬唐太宗造冊籍二句　謂唐太宗造戶籍田冊，編定里甲，作為徵收賦稅的依據。案：文中說唐太宗造冊籍、編里甲來收稅，不正確。《周禮》中已記周代戶籍、地籍及賦役冊諸制度。魯宣公十五年（西元前五九四年）「初稅畝」是有明確記載的田賦。《春秋》與《左傳》中對當時各國的田賦、賦籍編制有較多記載。此後戶籍編制日益完善，以此為依據徵收賦稅。唐中葉後隨著賦稅制度的改革，地籍逐漸取得和戶籍平行的地位，明中葉後成為徵派賦役的主要依據。里甲，舊時戶口編制單位。範圍大小各代不同。春秋時八十戶一里，隋二十五家一里，唐以百戶為一里，明代一百十戶為一里，推丁糧多者十戶為長，餘百戶為十甲，甲凡十人。稅，徵稅。⓭興貿易三句　指振興貿易、制定耒耜，都是由神農氏開始。耒耜，上古時代的翻土工具，起源於新石器時代。《易・繫辭下》：「斫木為耜，揉木為耒。」最初的是一根尖頭木棒，在近尖端處縛有一根供腳踩的短橫木。耒耜是由耒改進而來的，即在耒的尖端改裝上單齒或雙齒的平板，以提高掘土的效率。改裝上去的部分稱作耜。最初的耜是用石、骨或木製的，自冶金技術發明後，也用青銅或鐵製造。耒耜是我國最原始的翻土工具，後世也用「耒耜」作為各種耕地農具的代稱。炎帝，即「神農氏」。參見❺。⓮造琴瑟三句　謂伏羲創造了琴、瑟等樂器，確定男娶女嫁的禮儀。琴瑟，兩種樂器名；也作為各種樂器的總稱。琴，撥弦樂器。俗稱古琴，周代已有。瑟，撥弦樂器。形似古琴，但無徽位，通常有二十五弦，每弦有一柱，按五聲音階定弦，由低到高，弦的粗細不同。春秋時已流行，常與古琴或笙合奏。教嫁娶，上古時期人們知其母而不知其父，相傳伏羲制定了嫁娶的禮儀規範，以儷皮（成對的鹿皮，古代定婚的禮物之一）為禮，正人倫，通媒妁，以重人倫之本。見《竹書紀年・太昊庖羲氏》。案：近代以來的考古學和人類學研究已證明，從遠古時代的群婚進步為對偶婚乃至一夫一妻制，是一個相當漫長的過程，從「人倫」的觀點來看待婚姻並認為是伏羲所創立，是後人的附會，如同把生產、生活用具、房屋、舟車等等都歸結為某幾位祖先神一樣，表現了後世對他們的崇拜與敬仰。⓯冠冕衣裳二句　古代人以獸皮、草葉等為衣，相傳虞舜始製衣裳，至黃帝時各種服飾及穿著制度即趨完備。參見卷二〈衣服〉題解及有關注釋。冠冕衣裳，泛指各類服飾以及古代衣著的等級規定。冕，古代帝王、諸侯及卿大夫所戴的禮帽，後來專指皇冠。《淮南子・主術》：「古之王者，冕而前旒。」高誘注：「冕，王者冠也。」⑯桑麻蠶織二句　謂黃帝之妻元妃發明了養蠶治絲的方法。元妃，指黃帝正妻嫘祖。相傳她發明養蠶治絲的方法，並教給民眾，以供衣服，見《綱鑒易知錄》。北周以後被祀為「先蠶」（蠶祖）。⑰神農嘗百草二句　相傳古人有病傷不知醫治，神農遍嘗百草（各種草，「百」為約數），察其寒熱溫平之性，配伍禁忌，寫成書以治民病。據說他一日而遇七十種毒草，皆被解化，所以神農又被尊為醫家之祖。見《竹書紀年・炎帝神農氏》。⑱后稷播百穀二句　指后稷播種百穀，使民食有了保障。后稷，古代傳說中周朝的祖先，名棄。其母姜嫄，乃帝嚳正妃，踏巨人足迹而有孕，生稷，以為不祥，棄於荒野，牛馬不踩；棄於山林，飛鳥庇護，始收養，因名之棄。後堯帝命為農師，教民種五穀，故被尊為「后稷」。見《史記・周本紀》。后是「大王」之意；稷是「穀」，即「稷神」。參見卷二〈老壽幼誕〉有關注釋。⑲燧人氏鑽木取火二句　指燧人氏鑽木取火，使人民開始懂得烹飪。燧人氏，古代傳說中發明人工取火的人。相傳，古代極遠的西方有燧明國，沒有日月臨照，國中有一「燧木」，屈曲盤旋，佔地萬頃，有鳥用利嘴啄樹幹，粲然出火。有人悟出其理，便以小木枝鑽大樹幹，摩擦生熱起火（即「鑽木取火」），人們從此能吃熟食。為感謝紀念他，稱其為「燧人氏」。見《太平御覽》卷八六九引《王子年拾遺記》。燧，古代取火器。⑳有巢氏構木為巢二句　謂有巢氏發明了房屋製造方法，從此開始建造宮室。見《韓非子・五蠹》。有巢氏，傳說中房屋的發明者。參見卷三〈宮室〉有關注釋。㉑夏禹欲通神祇二句　謂夏禹想與天地神靈溝通，因而鑄造大鐘置放於郊廟中。見《左傳・宣公三年》。夏禹，即禹、大禹。參見卷一〈地輿〉有關注釋。神祇，神靈、鬼的通稱。祇，古指地神。楊泉《物理論》：「地者，卦曰坤，其德曰母，其神曰祇。」鏞鐘，大鐘。《爾雅・釋樂》：「大鐘謂之鏞。」郊廟，祭祀天地之處。郊，周代於冬至日祭天於南郊稱為「郊」；也泛指「祭天」。廟，舊時奉祀祖先、神佛等的處所。㉒漢明尊崇佛教二句　謂漢明帝尊崇佛教，開始在國內興建寺觀，佛教自此傳入中國。《後漢書・西域傳》載：明帝夢見金人長丈餘，飛空而下。問群臣這是何意，傅毅說：「西域有神，名佛。陛下夢見的也許就是佛。」於是明帝派人去天竺國（古印度）問佛法，自此佛教流行中國。案：漢明帝「夢感求法」說是佛教傳入中國的多種說法中比較著名的一種，六朝初年就有人對此表示懷疑；再者，明帝的異母弟楚王英信仰佛教是明確無誤的，明帝為太子時與英很接近，理應早已知道佛教的存在，有的史書載西漢末年（西元前二年）博士弟子景盧已從大月氏國的使者處學了浮屠（佛）經。漢明，漢明帝劉莊（西元二八～七五年）。原名陽，字子麗，光武帝子，西元五七～七五年在位。曾整頓吏治，禁止外戚干政，注意經營西域，省減租徭，修治水利等。政治比較清明，民生安定。中朝，即中國。㉓周公作指南車二句　謂周公製作了指南車，而羅盤是他遺留的規制。見《宋書・禮志五》。周公，西周初年人。周文王弟。曾助武王滅商，武王死，成王年幼，由他攝政，為周朝的強盛奠定了基礎。參見卷二〈兄弟〉有關注釋。指南車，古代採用能自動離合的齒輪差動系統，使車輛行駛保持一定方向（車上木人舉手指南）的車。它至遲出現於西漢（周公創製為附會），它結構簡單，設計靈巧，是古代機械製造的卓越成就之一。羅盤，我國南宋時代出現，在古代指南鍼的基礎上將磁鍼與方位盤結合而成，便於確定方位。十二世紀末起，經阿拉伯傳至歐洲，至今在航海、天文、軍事等方面仍起作用，製作技術日精，而原理為一。案：古代指南鍼是根據磁體指向地球磁場南北極的原理製成的，與藉機械運動原理製造的指南車不是一回事。遺制，遺留的樣式、規制。制，法式；樣式；規定。㉔錢樂作渾天儀二句　謂錢樂製造了渾天儀，從事天文曆法的人自此有了依據。錢樂，南朝劉宋時人。孔穎達《尚書正義》：「南宋元嘉中，太史丞錢樂鑄銅作渾天儀。」渾天儀，又名「渾儀」。古代測定天體球面坐標的儀器，通常由許多同心圓環組成，並附可繞中心旋轉的窺管。最早有確切記載的是東晉孔挺所造的銅渾儀，包括六合儀和四遊儀兩重。唐代李淳風設計的渾儀，增加中層三層儀，由赤道環、黃道環和白道環構成。由於環數增加，遮蔽的天區越多，北宋沈括去掉白道環，元郭守敬進一步製成簡儀，後經過改進安裝位置與校正，更為完善。明末傳人西方托勒密式黃道渾儀。本書原作者謂錢樂製渾天儀，不確。曆家，觀察天象、推算歲時節候的人。即今天文學家。㉕育王得疾二句　謂阿育王有病，因而建造了無數的寶塔，以積功德。見《水經注》。育王，阿育王（Aśōka，？～西元前二三二年）。亦譯「阿恕迦」，意譯「無憂王」、「天愛喜見王」。印度摩揭陀國孔雀王朝創始人旃陀羅笈多之孫，即位後征服羯陵迦國，除半島南端外，統一全印度。立佛教為國教，據傳在位時建八萬四千寺塔；在全國頒布敕令和教諭，刻製於摩崖和石柱，派遣傳教師去四方傳布佛教，除毗鄰國家外，使者遠及敘利亞、埃及、希臘等地。無量，無數。㉖秦政防胡二句　謂秦始皇為防「胡」，特意建造了萬里長城。《史記・蒙恬列傳》載：秦始皇問方士盧生：「朕後世興廢何如（我死了以後國家興衰成敗在哪些方面）？」生答：「亡秦者，胡也。」秦始皇沒想到「胡」是指自己的兒子胡亥，以為是北方胡人，便派蒙恬北伐匈奴，築萬里長城以防禦。秦政，即秦始皇。嬴姓，名政。參見卷一〈地輿〉有關注釋。胡，中國古代對北方、西方各民族的統稱。戰國後期稱匈奴為胡。

【語譯】上古的時候，人們在繩子上打各種結，以記載事件；到黃帝時，史官蒼頡創造出文字，才取代了結繩記事的方法。伏羲時，有龍馬背負圖從黃河中出來，伏羲依據圖上的陰陽點，畫成八卦；大禹治平洪水，洛水中出現神龜，是吉祥的徵兆，大禹按照龜背上的文字，列洪範九疇。曆法節氣是神農所創，大撓以十天干配十二地支，造為甲子。算書由隸首所作，律呂是伶倫所造。甲冑舟車，創始於黃帝；權量衡度，也是黃帝所制定。伏羲氏造了網罟，教民眾打獵捕魚，以供給日常需要；唐太宗造田冊戶籍，編定里甲，以徵收賦稅。興貿易、製耒耜，都由炎帝開始；造琴瑟、教嫁娶，皆係伏羲所為。冠冕衣裳，創自虞舜，至黃帝時才趨完備；採桑養蠶是黃帝元妃嫘祖所發明。神農嘗百草，察其藥性，辨其配伍，始有醫藥醫方；后稷教民眾種五穀，糧食才有了保障。燧人氏鑽木取火，烹飪自此開始；有巢氏構木為巢，創立了宮室建築。夏禹想與天地神靈溝通，因而鑄鏞鐘置放於郊廟中；漢明帝尊崇佛教，派人去印度求佛經，於是中國始建寺院。周公發明了指南車，後世的羅盤是其遺製；錢樂鑄銅作渾天儀，以此察看天象，曆法才有了依據。阿育王有病，建造了八萬四千寺塔，以積功德；秦始皇為了防胡，特意修築了萬里長城。

叔孫通制立朝儀❶，魏曹丕秩序官品❷。周公獨制禮樂❸，蕭何造立律條❹。堯帝作圍棋，以教丹朱❺；武王作象棋，以象戰鬭❻。文章取士，興於趙宋❼；應制以詩，起於李唐❽。梨園子弟，乃唐明皇作始❾；《資治通鑑》，乃司馬光所編❿。筆乃蒙恬所造⓫，紙乃蔡倫所為⓬。凡今人之利用，皆古聖之前民⓭。

【章旨】本節介紹朝儀、官品、禮樂、律法、史學、科舉，以及紙筆、棋類、曲藝等的起源。

【章　旨】本節介紹歷史上一些著名的醫家、方士，以及對畫家、木匠、御者等人的代稱、美稱。

【注　釋】❶醫士業岐軒之術二句　謂醫生從事於醫學工作，稱為「國手」。業，從事於。岐軒之術，相傳黃帝（軒轅氏）曾與醫士岐伯討論醫藥，討論的內容記載下來寫成《黃帝內經》（實係後人偽托）。見《稱謂錄・醫》引《帝王世紀》。後人遂以「岐黃之術」、「岐軒之術」代稱中醫學。國手，即醫生。史載晉平公有病，泰伯請醫生診治，醫生看過後說：「病已無法治，其因是近女色而遠賢士。」趙文子問：「醫及國家乎（醫士也醫國家嗎）？」答：「上醫醫國，其次救人（最好的醫生要治國家的病，其次才是救人）。」後因以稱醫生為國手。❷地師習青烏之書二句　謂看風水的人讀青烏子的相地書，號「堪輿」。地師，即今所謂「風水先生」。習，閱讀；熟悉。青烏之書，相傳青烏子有相地書，看風水者必讀。《新唐書・藝文志》有《青烏子》三卷。堪輿，即「風水」。舊時迷信術數的一種，指住宅基地或墳地的形勢，也指相宅、相墓之法。「堪」為高處，「輿」為下處。❸盧醫扁鵲二句　指盧醫、扁鵲是古代有名的良醫。盧醫，又稱盧氏。戰國時期的名醫，即扁鵲，因居於盧國，故稱。見《列子・力命》及楊玄操《難經・序》。後為良醫的代名詞（另一說盧醫也是一名醫）。扁鵲，渤海人，姓秦，名瑗，字越人。從長桑君學醫，善於醫治各科疾病，精通四診，猶擅望診和切脈，為中醫脈學的創始者。為秦太醫令李醯所妒，被刺死。見《史記・扁鵲倉公列傳》。❹鄭虔崔白二句　謂鄭虔、崔白是古代著名的畫家。鄭虔（西元七〇五～七六四年），唐鄭州人，字弱齊。曾任廣文館博士。愛彈琴，與李白、杜甫為詩酒友；擅書畫，當時有「鄭虔三絕」（詩、書、畫）之譽。見《新唐書・文藝傳》。崔白，北宋濠梁人，字子西。補圖畫院藝學，後任畫院侍詔。擅畫花竹、禽鳥，尤工秋荷鳧雁。注重寫生，精於鉤勒填彩，筆力勁利。設色較淡，一變宋初以來畫院流行的黃筌父子濃艷細密的畫風。《宣和畫譜》有記載。名畫，指著名畫家。❺晉郭璞得青囊經二句　謂晉代郭璞向郭公學習，並從郭公處得到《青囊經》九卷，遂精通天文卜筮之事。見《晉書・郭璞傳》。郭璞（西元二七六～三二四年），晉河東人，字景純。博學，訥於言詞；精天文、曆算、卜筮之術，元帝時官尚書郎，後為王敦記室參軍。敦謀反，他占卜後說：「無成。」被殺。亂平，追贈弘農太守。善，精通；擅長於。❻孫思邈得龍宮方二句　相傳孫思邈曾救了一隻青蛙，是龍王之子，龍王為報答他，請他去龍宮，給他龍宮的藥方；又傳，他在終南山隱居時，有病龍求他點鱗，又有一隻老虎被骨頭梗住，他為老虎取出。見《太平廣記・神仙・孫思邈》。孫思邈（西元五八一～六八二年），唐代醫學家。京兆人。早年體弱多病而學醫，並博涉經史百家學術，兼通佛典。學成後，屢辭朝廷徵召，專心採藥治病，對貧富貴賤，一律看待，醫德高尚，後世尊為「藥王」。他總結唐以前的臨床經驗和醫學理論，收集方藥、鍼灸等內容，著《千金藥方》、《千金翼方》各三十卷，在醫學上作出了大貢獻。❼善卜者二句　謂善於占卜者，是君平、詹尹一類的人。君平，嚴君平。漢代人，本姓莊，避明帝諱，改姓嚴，名遵。以卜筮為業，每日只給數人卜，得百錢夠維持生活，即關門閉戶，讀《道德經》。見《漢書・王吉傳序》。詹尹，鄭詹尹。楚國太僕。相傳屈原曾問疑於他。見屈原〈卜居〉。❽善相者二句　謂善於看相的人，是唐舉、子卿的後繼者。唐舉，戰國末年著名相士。見《荀子・非相》。子卿，鄭國人。《史記・孔子世家》載：孔子去鄭國，子卿迎面看著他，說：「東門有人，其顙（額）似堯，其項類似皋陶，其肩似子產，然自腰以下不及禹者三寸，累累然若喪家之狗。」❾推命之人即星士　謂推算命運的人是星士。推命，古代以星象推算吉凶、命運的方術。星士，以星象推算吉凶的人。語見沈受先《三元記・議親》。❿繪畫之士曰丹青　謂畫家稱丹青。繪畫之士，即今所謂畫家。丹青，本指丹砂和青雘兩種可作顏料的礦石，因借用以泛指繪畫藝術和畫家。曹丕〈與孟達書〉：「故丹青畫其形容，良史載其功勳。」丹，朱紅色。⓫大風鑑二句　謂相士稱大風鑑。風鑑，風度識見。本以稱人的氣質風度和高見卓識，後也用來稱譽看相的人。語見《晉書・陸機陸雲傳論》及《青霜雜記・四》。鑑，鏡子。謂其明察。⓬大工師二句　謂木匠中的傑出者稱大工師。工師，泛指各種手工工匠的傑出者。加以「大」，表示特別的尊重。語見《論衡・量知》。⓭若王良三句　謂如王良、造父，都是善於駕車的人。王良，春秋末年晉國正卿趙簡子的御者。見《孟子・滕文公下》。造父，周穆王的御者，以善御得寵。相傳周穆王曾賜以趙城，故以趙為姓，他的七世孫入晉，為晉國趙氏的始祖。見《史記・趙世家》。⓮東方朔三句　謂東方朔、淳于髡都是能言善辯，言語詼諧的人。東方朔（西元前一五四～前九三年），西漢平原人，字曼倩。武帝時，為太中大夫，性詼諧滑稽，善辭賦。參見卷二〈身體〉有關注釋。《史記・滑稽列傳》載：漢武帝說：「相書上說，鼻下人中長一寸者，年百歲。」朔說：「彭祖八百歲，如按此推算，人中長八寸，彭祖面一丈有餘了。」武帝大笑。淳于髡，戰國時齊國人，姓淳于。家奴性質的贅婿出身，受髡刑（截去頭髮），因稱淳于髡。以博學多聞著稱。齊威王在稷下築學宮，招攬學者，被任為大夫，稱稷下先生，也稱博士；對朝政亦多有所議論。見《史記・孟子荀卿列傳》。滑稽，謂能言善辯，言詞流走無滯竭。一說：滑，亂的意思。稽，同的意思。謂能言善辯者，「言非若是，說是若非，能亂異同」。見《史記・滑稽列傳》司馬貞《索隱》。現代一般用作使人發笑的意思，兼指語言、行動和事態。⓯稱善卜卦者二句　謂稱道善於卜卦的人，可說「今之鬼谷」。《太平廣記・神仙・鬼谷先生》載：鬼谷先生，（戰國）

樂二句　相傳有巴邛人，家中橘樹上有兩個大橘，剖開一看，每個橘子裡有三位老人對弈圍棋（也有說象棋），談笑自若。見《幽怪錄》。❼陳平作傀儡二句　謂陳平造了個木偶美人，解了漢高祖白登之圍。漢高祖曾被匈奴軍隊圍困於白登，據《事物紀原》卷九載：陳平知道匈奴首領冒頓妻閼氏妒心重，便造一木偶美人，讓她在城上跳舞，閼氏以為是真人，惟恐城破後冒頓會納美人為妾，遂下令軍隊退兵。案：此說不正確，見下注「白登之圍」。陳平，西漢初年人。劉邦的重要謀士。參見卷三〈飲食〉有關注釋。傀儡，木偶。漢高，漢高祖劉邦。參見卷一〈歲時〉有關注釋。白登之圍，漢初，匈奴冒頓單于不斷攻擾漢朝北方郡縣，並與漢朝的割據勢力勾結。漢高祖七年（西元前二〇〇年），匈奴大軍圍攻晉陽（今山西太原），漢高祖親自率三十萬大軍迎戰，被圍困於平城白登山達七日之久，後用陳平計，重賂冒頓的閼氏（皇后），始得突圍。❽孔明造木牛二句　謂諸葛亮定下了製作木牛流馬，以輔佐劉備運糧的計策。孔明，諸葛亮。三國時蜀漢丞相。參見卷一〈文臣〉有關注釋。木牛，即木牛流馬。三國時諸葛亮所創製的運輸工具，據說能自行走，給軍士運糧。《事物紀原》卷八載：木牛即今小車之有前轅者；流馬即獨輪車，民間稱為江州車子。❾公輸子削木鳶二句　謂魯班曾削竹木製成鳶，飛到天上三日都不落下。《墨子・魯問》：「公輸子削竹木以為鵲，成而飛之，三日不下。」公輸子，即魯班。春秋末年魯國人，公輸氏，名般，一作「班」、「盤」，後人稱魯班。是古代著名建築工匠。曾創造舟戰的工具「鈎拒」、攻城的「雲梯」；能自動行走的木車馬、木鵲，又相傳發明木作工具等，被中國古代建築工匠尊為祖師。木鳶，即木鵲。相傳古人以木頭製成的鳥，能在空中飛行。鳶，老鷹。❿張僧繇畫壁龍二句　相傳張僧繇在金陵安樂寺牆壁上畫四龍，均不點睛（不畫眼睛），說：「點即飛去。」人們不信，固請點睛，因點其中的二龍，須臾雷電破壁，已點睛的龍乘雲上升，未點者仍存。見《歷代名畫記・梁》。張僧繇，南朝梁畫家。吳人，曾官武陵王國侍郎、吳興太守等。善肖像及宗教故事畫，佛寺畫飾多出其手，十分有特點，有「張家樣」之稱，為後世雕塑者所楷模。其技法借用天竺畫技繪「凹凸花」，有立體感，開創「疏體」畫法。⓫奇技似無益於人二句　謂過於特殊奇巧的技藝似乎對人沒有益處，而日常所需的各種工藝技能則有利於民眾使用。奇技，異常、罕見而無用的技藝。如中國古代所嘲諷的「屠龍之技」，巧無所用（見《莊子・列禦寇》）。百藝，各種技藝的總稱。百，舉成數以言其多。

【語　譯】 擇取吉日的人稱為「太史」；書寫計算的人叫做「掌文」。擲骰子賭博，稱「喝雉呼盧」；善於射箭者，能百步穿楊、射中蝨心。樗蒲這種博戲，與後世的雙陸有相似處；橘中之樂，指曾有三位老人在橘中談笑，對弈圍棋。陳平曾經造了個木偶美人，利用匈奴閼氏的妒心，解了漢高祖白登之圍；諸葛亮造木牛流馬，幫助劉備運送軍糧。公輸子削竹木為鳶，飛上大空三日還沒有落下；張僧繇在安樂寺壁上畫龍，點了眼睛後，雷電交加，龍便飛騰而去。然而過於特殊奇巧的技藝似乎對人沒有好處，日常所需的各種工藝技能，則可供人利用，而有所助益。

新增文

青囊春暖❶，丹竈煙浮❷。膝裡癢生，華佗有出蛇之妙術❸；背間癰潰，伯宗具徙柳之神功❹。陸宣公既活國又活人❺，范文正等為醫於為相❻。一枝鐵筆分休咎，三個金錢定吉凶❼。折簍獲奴，應讓杜生術善❽；破牆得婦，當推管輅神通❾。新雨行來，言從季主❿；瓊茅索得，且問靈氛⓫。燕頷虎頭，識是封侯之相⓬；龍瞳鳳頸，知為王者之徵⓭。識英布之封侯，果然不謬⓮；知亞夫之當餓，真個無訛⓯。道士能知吉壤，竹策叢生⓰；閩僧善覓佳城，湖燈呵護⓱。孫鐘孝而致三仙，龍圖酷而夢二使⓲。動靜方圓⓳，還符四象⓴；縱橫闔闢，止爭一先㉑。飛雨奩之黑白，爭一紙之雌雄㉒。

他每日掃地時，連隔壁道士的門口一起掃，智興母死，道士對智興說：「吾善審墓地。」並以竹策在一地做了標記，說：「出兩世方伯。」智興葬母時，竹策有枝叢生。後來他果然當了方伯（太守）。吉壤，吉祥的墓地。竹策，竹鞭。⑰閩僧善覓佳城二句　相傳宋代尤袤父時亨與閩僧友善，僧精於風水，找了一塊吉地，對時亨說：「百歲後必葬此，將發福三百餘年。」時亨死，子袤如僧言葬父，自己在墓邊結廬而居，十天後，袤忽見湖中有萬盞紅燈，還聽見有人對話，詢問為什麼能葬在這塊吉地上，另一人說，因尤氏父子都有德孝，於是前一人便囑咐：「既如此，應善護之。」湖燈應聲而滅。見《錫山誌》。佳城，吉祥的墓地。參見卷三〈疾病死喪〉有關注釋。⑱孫鐘孝而致三仙二句　《藝文類聚》載：漢代孫鐘父親早死，種瓜為業，孝養母親，有三位仙人指示他一塊吉地，經過四世，果然當了吳國皇帝；而唐朝的李龍圖執政酷虐，有人得到一塊好墓地，可使後人數世任宰輔，想送給李，卻夢見二位使者呵斥並制止他。見《夢溪筆談》。案：中國文化並不絕對迷信命運，而是認為貴賤盛衰雖有天命，但也取決於自己的為人，否則即使有吉地也無用，即善有善報、惡有惡報。⑲動靜方圓　李泌有神童之稱，唐玄宗召見他時，正與張說觀棋，命張說試其才能，張說讓李泌說方圓動靜，並先自言：「方若棋局，圓若棋子，動若棋生，靜若棋死。」李泌時年七歲，應聲而答：「方若行義，圓若用智，動若逞才，靜若得意。」見《鄴侯外傳》。⑳還符四象　班固〈棋旨論〉謂：「局必方正，象地則也；道必正直，神明德也；棋必黑白，陰陽分也；駢羅列布，效天文也。四象既陳，行之在人，蓋王政也。」指棋盤、棋子、棋理符合宇宙陰陽、人事王政等「大道」。四象，指天、地、陰陽、神明。㉑縱橫闔闢二句　謂下棋時落子、布局千變萬化、交錯開合，最終只是爭一著之先。縱橫闔闢，李嚴〈棋賦〉謂：「妙縱橫闔闢之機，神出沒生死之變。」縱橫，交錯貌。闔闢，閉開。闔，關閉。闢，打開。案：圍棋棋盤上面橫豎各畫十九條平行線，構成三百六十一個交叉點。棋手各執黑、白子，輪流在棋盤的交叉點上下子，終局時，以占點多者為勝，勢均力敵的棋手勝負往往只在四分之一子、半子之差。㉒飛兩奩之黑白二句　謂黑色、白色的棋子飛快地落下，棋手所爭只是紙上的勝負。飛，形容下棋時落子極快。兩奩之黑白，指圍棋。圍棋子有黑、白兩色，黑子一百八十一個，白子一百八十個，分盛於小盒中。王安石〈棋〉詩：「戰罷兩奩收黑白，一枰何處有虧成。」奩，小盒。一紙，指棋盤。雌雄，勝負；高下。

【語　譯】醫生用青囊中的藥治癒病人，使人感到如春天般溫暖；煉丹爐上，有裊裊煙氣飄浮。劉勛之女，膝蓋的瘡口奇癢不止，華佗施以妙術，引出一條蛇來，瘡即痊癒；公孫泰背上長個癰，薛伯宗運用神功，把癰移到柳樹上。陸贄既能治理國家，又能醫病救人；范仲淹認為良醫如同良相，治病如同治國。一枝鐵筆算命，能夠分辨是福是禍；三個金錢占卦，可以確定是凶是吉。折樹枝而找到了逃奴，杜生的卦術的確靈驗；失妻者與人爭執，豬撞破了主人家的牆，果然見到妻子，應驗了管輅的神卜。天下雨了，宋忠與賈誼遊長安街市，拜訪司馬季主，贊同他所說的話；屈原找來瓊茅，請靈氛占卜。班超生得燕頷虎頭，相面者說這是封侯之相；武則天龍瞳鳳頸，相面者在其幼年便知是帝王的徵兆。英布少時，有人說他將「刑而後王」，果真如此；周亞夫貴為侯相，有人預測他將餓死，其後絲毫無誤。道士懂風水，插竹鞭在吉地作標記，落葬時竹鞭上已長滿枝葉；閩僧善於尋覓好墓地，他所選的墓地有神人呵護。孫鐘孝養母親，三位仙人指給他一塊吉祥葬地，四世而為吳帝；李龍圖酷虐，有了好墓地，夢中也遭兩個神人的阻止。棋藝中的動靜方圓，符合於天地、陰陽、神明、王政之象；棋局千變萬化，交錯開合，最終只在爭先一著。黑白棋子飛落，所爭的是棋盤上的勝負而已。

訟獄

【題解】根據中國古籍記載和考古發掘，在原始社會末期（堯舜禹時期）已產生了懲罰犯罪的刑罰。其後，經夏、商，至《周禮》中對立法、司法、行政諸項，已有詳盡的規定，其中不少內容已經具有「法」的性質。中國成文法的制定公布，始於春秋戰國之交鄭國的《刑書》和魯國的刑鼎；魏國的《法經》開創了把法整理成典的先河。此後，經秦、漢、隋、唐到明、清，法律體制都沒有大的變化，直至清末參照西法，制定《大清新刑律》，才有所不同。通觀中國古代法律，它與中國社會、文化的特點密切關聯，強調禮治，刑法是禮的輔助，即所謂「德刑相濟，化治天下」、「刑期於無刑」，最終造成無訟的德治社會。中國古代的法律條文明確規定，上下尊卑享有不同的權利義務，實施時亦常常受到禮俗的制約，在法與禮（倫理、人情、道德等）矛盾時，甚至棄法存理。再者，西方古代律法（如《十二銅表法》等）從萌芽時就有保護公民權益，懲罰犯罪的雙重職能，而且前者的意義更大，因而在法律中不僅有刑法，還有有關民事、財產、婚姻等專門的法律條文乃至專門的法律，並日趨細密。而中國古代有關這方面的事項，基本上由家族（或地方鄉里）依禮俗處理，故而法律僅僅是刑法，其功能是對逾越禮制、違背倫理行為的懲罰；在內容上包含了刑法、民法、財產法、婚姻家庭法、行政法，以及辦案制度和程序，即訴訟法等等，史稱「諸法合體」。中國古代法系就是以刑法為主、諸法合體的法系，是世界法律體系中獨特的一支。

世人惟不平則鳴，聖人以無訟為貴❶。上有恤刑之主，桁楊雨潤；下無冤枉之民，肺石風清❷。雖囹圄便是福堂❸，而畫地亦可為獄❹。

【章　旨】本節言古人心目中太古時代主聖民純，無爭無訟，僅有象徵性刑獄的理想國，並強調「無訟為貴」。

【注　釋】❶世人惟不平則鳴二句　謂普通人遇不平的事便會發出不滿的呼聲，而聖人則崇尚沒有訴訟刑獄的境界。不平則鳴，韓愈〈送孟東野序〉：「大凡物不得其平則鳴。……人之於言也亦然。」後用以指遇到不平的事，發出不滿的呼聲。聖人以無訟為貴，指《論語．顏淵》：「子曰：『聽訟，吾猶人也，必也使無訟乎。』」無訟，沒有訴訟刑獄。案：古人認為「無訟」是政治清明、百姓安居樂業的表現，遠勝於用刑罰壓服百姓，故而尤為推崇。貴，重視；崇尚。❷上有恤刑之主四句　謂朝廷上有用刑慎重的君主，教化民眾，使刑具如恩澤；社會中無受冤屈之民，吏治清廉，使肺石無人站立。恤刑，用刑慎重不濫。《書．舜典》：「惟刑之恤哉。」孔穎達疏：「憂念此刑，恐有濫失，欲使得中（不偏不倚）也。」桁楊，古時加在腳上或頸上以拘繫囚犯的刑具。語見《莊子．在宥》。雨潤，如雨滋潤大地萬物，比喻恩澤、恩情施於民眾。肺石，相傳古時設在朝廷門外的赤石，百姓可以站在石上控訴地方官吏，因色赤如肺而得名。《周禮．秋官．大司寇》：「以肺石達窮民。凡遠近惸獨老幼之欲有復於上而其上弗達者，立於肺石三日，士聽其辭，以告於上而罪其長。」亦誤作「胏石」。❸囹圄便是福堂　謂擔當大任者往往要經歷各種磨練與苦難，故而智者把牢獄看作福堂，鍛鍊自己。《魏書．刑罰志》：「故智者以囹圄為福堂。」一說謂君王行仁政，以教化為主，使監獄成為感化犯人的福地（意同「桁楊雨潤」）。囹圄，也作「囹圉」。牢獄。❹畫地亦可為獄　謂在地上畫一個圓圈，也可當作牢獄。司馬遷〈報任安書〉：「故有畫地為牢，勢不可入。」案：傳說上古時代民風淳樸，刑律寬緩，民眾有犯罪者，官吏在地上畫一圓圈，當作牢獄，令他站立其中，以示懲罰。監獄相傳創始於皋陶，後世因襲。

【語　譯】世人遇有不平事則發出不滿的呼聲，而聖人卻崇尚沒有爭訟刑獄的世道。在上有用刑謹慎不濫的君主，注重教化，使刑具如同恩澤；在下沒有蒙受冤屈的民眾，吏治清廉，使肺石無人站立。有智慧的人，即便身處囹圄，也看作福堂；上古之世，民風淳樸，在地上畫一圓圈，便是牢獄，起了懲戒的作用。

與人構訟，曰鼠牙雀角之爭❶；罪人訴冤，有搶地籲天之慘❷。狴犴猛大而能守，故獄門畫狴犴之形❸；棘木外刺而裡直，故聽訟在棘木之下❹。鄉亭之繫有岸，朝廷之繫有獄，誰敢作奸犯科❺；死者不可復生，刑者不可復屬，上當原情定罪❻。囹圄是周獄❼，羑里是商牢❽。桎梏之設，乃拘罪人之具❾；縲絏之中，豈無賢者之冤❿。

【章旨】本節介紹牢獄的狀況及有關語詞，並強調，由於人死不可復生，受刑後難以復原，故定罪量刑應慎重。

【注釋】❶與人構訟二句　謂與他人有法律糾紛，叫做「鼠牙雀角之爭」。構訟，產生法律糾紛；構成訴訟。鼠牙雀角，亦作「雀角鼠牙」。語本《詩・召南・行露》：「誰謂雀無角，何以穿我屋？誰謂女無家，何以速我獄？雖速我獄，室家不足。誰謂鼠無牙，何以穿我墉？誰謂女無家，何以速我訟？雖速我訟，亦不女從。」意為一女子控訴強暴的男子為了占有她而以訟獄等手段相威逼，後遂以「雀角鼠牙」比喻爭訟。雀、鼠，指強暴的男子。❷罪人訴冤二句　謂被判有罪的人陳訴冤情，會有以頭觸地、呼天訴苦的慘狀。搶地，也作「槍地」。觸地。司馬遷〈報任安書〉謂：「見獄吏則頭槍地，視徒隸則心惕息。」籲天，呼天訴苦。《書・召誥》：「以哀籲天。」孔穎達疏：「以哀號呼天，告冤枉無辜。」❸狴犴猛大而能守二句　謂狴犴兇猛壯碩，善於守衛，所以監獄的大門上畫有狴犴的形像。狴犴，傳說中的一種野獸名。相傳龍生九子，各有其形，其第四子為狴犴，形似虎，有威力，擅長守衛，所以立於獄門。見《升庵外集・動物・龍生九子》。因古時獄門上畫有狴犴的形狀，由此狴犴又作為牢獄的代稱。❹棘木外刺而裡直二句　謂荊棘外有刺而內裡直，象徵法官公正的審判，故而大司寇（司法部長）在棘木下聽取訟詞，進行審判。棘木，有刺草木的通稱；古代斷獄的處所。聽訟於棘木之下，《禮記・王制》：「成獄辭，史以獄成告於正（司法官），正以獄成告於大司寇，大司寇聽之棘木之下。」聽訟，聽取訟詞，進行審判。聽，處理；判斷。❺鄉亭之繫有岸三句　謂鄉亭拘押犯人有岸，朝廷拘押罪犯有獄，誰還敢為非作歹，干犯法紀。鄉亭，泛指地方，相對於朝廷（中央）而言。亭，秦漢時鄉以下的一種行政機構。《漢書・百官公卿表上》：「大率十里一亭，亭有長，十亭一鄉。」繫，拴縛；拘囚。《漢書・賈誼傳》：「人有告勃（周勃）謀反，逮繫長安獄治。」岸，通「犴」。監獄。《詩・小雅・小宛》：「宜岸宜獄。」陸德明釋文：「《韓詩》作犴，音同。鄉亭之繫曰犴，朝廷曰獄。」作奸犯科，為非作歹，干犯法紀。奸，也作「姦」。見諸葛亮〈出師表〉。❻死者不可復生三句　謂死去的人不可能復活，受刑後的傷殘不可能重新連接起來，所以當局應依照實際情況定罪，勿濫用刑。案：漢代路溫舒〈尚德緩刑書〉：「夫獄者，天下之大命也。死者不可復生，刑者不可復屬。」見《漢書・路溫舒傳》。刑者不可復屬，受刑（如斷肢、黥面等古代刑罰）之後，不可能再恢復原狀。屬，連接。原情定罪，也作「原心定罪」。依照實際情況定罪，勿濫用刑。見《漢書・王嘉傳》。❼囹圄是周獄　謂囹圉是周朝的監獄。案：囹圄並非僅是周代監獄名，秦也稱囹圄。周代監獄又名圜土，也有單稱圄。《說文》謂：「囹，獄也。」「圄，守之也。」段玉裁認為「囹圉」是「囹圄」的同音相假。圉，拘禁；阻擋。《說文・㚔部》：「圉，囹圉，所以拘罪人。」段玉裁注：「㚔為罪人，囗為拘之，故其字作圉。他書作『囹圄』者，同音相假也。」❽羑里是商牢　謂羑里是商代的牢獄。羑里，一作「牖里」。古地名。在今河南湯陰北，有羑水經城北東流。相傳商紂曾囚西伯（即周文王）於羑里七年，文王在此作〈彖辭〉，衍《周易》。《廣雅・釋宮》：「獄，犴也。夏曰夏臺，殷曰羑里，周曰囹圄。」案：羑里是古地名，因周文王被囚於此而著稱於世。商朝的監獄常稱圉，甲骨文中屢見此字。❾桎梏之設二句　謂設製桎梏，是作為拘繫犯人的刑具。桎梏，木製的腳鐐手銬，古代用來拘繫罪人手腳的刑具。《周禮・秋官・掌囚》：「中罪桎梏。」鄭玄注：「在手曰梏，在足曰桎。」後因以比喻一切束縛人的東西。❿縲絏之中二句　謂被拘囚的犯人中，難道沒有被冤枉的賢者？句本《論語・公冶長》：「子謂：公冶長，可妻也。雖在縲絏之中，非其罪也。」縲絏，也作「累絏」。拘繫犯人的繩索，引申為囚禁。

【語　譯】與他人有法律糾紛，叫做「鼠牙雀角之爭」；獲罪的人陳訴冤情，有搶地籲天之慘。狴犴狀如猛虎而善於守衛，所以監獄的門上畫有狴犴的形狀；棘木外面長刺，裡面很直，所以法官在棘木下聽取訴訟，進行審判。地方上拘押犯人的處所叫做岸，朝廷上囚禁犯人的處所叫做獄，誰還敢為非作歹，干犯法紀？死去的人不能復生，受刑之後難以復原，所以，官員們應依據實際情況定罪判刑，不可濫用。

囹圄是周朝的獄所，羑里是商朝的監牢。腳鐐手銬，叫做桎梏，這是拘繫犯人的刑具；縲絏是拘囚犯人的繩索，被縲絏所繫的人中，難道沒有被冤枉的賢者？

兩爭不放，謂之鷸蚌相持❶；無辜牽連，謂之池魚受害❷。請公入甕，周興自作其孽❸；下車泣罪，夏禹深痛其民❹。好訟曰健訟❺，掛告曰株連❻。為人解訟，謂之釋紛❼；被人栽冤，謂之嫁禍❽。徒配❾曰城旦❿，遣戍⓫是問軍⓬。三尺⓭乃朝廷之法，三木⓮乃罪人之刑。古之五刑，墨、劓、剕、宮、大辟；今之律例，笞、杖、死罪、徒、流⓯。上古時削木為吏，今日之淳風安在⓰；唐太宗縱囚歸獄，古人之誠信可嘉⓱。花落訟庭閑，草生囹圄靜，歌何易治民之簡⓲；吏從冰上立，人在鏡中行，頌盧奐折獄之清⓳。可見治亂之藥石，刑罰為重；興平之粱肉，德教為先⓴。

【章　旨】本節介紹上古至明代的刑律，以及有關訟獄的史事、典故、常用語詞。

【注　釋】❶鷸蚌相持　語本《戰國策・燕策》：趙國要伐燕，蘇代勸說趙王，說：「我過易水時，看見一蚌張開殼，鷸啄其肉，蚌合上箝住了鷸喙，相持不下，誰都不願先放開，有漁夫過來，一併捉住。今趙燕相對抗，秦國將為漁夫。」後以「鷸蚌相持」或「鷸蚌相爭」比喻對方相持不下，第三者因而得利。❷池魚受害　即「城門失火，殃及池魚」。比喻無端受連累。一說其本意為城門失火，以池水救之，池水汲乾而魚死；另一說有名池仲魚的，家住城門旁，城門失火，連及其家。見《太平御覽》卷九三五引《風俗通》。❸請公入甕二句　周興是唐朝初年的著名酷吏，掌管刑獄時經常以嚴刑逼供，後來，有人告他謀反，武則天命另一酷吏來俊臣審訊，來與周在一起吃飯時問周：「囚犯多半不認罪，有什麼辦法？」周說：「這非常容易。拿一大甕，讓囚犯進去，四周用火烤，任何事都會承認的。」來俊臣便命人取來大甕，對周說：「有人告你謀反，請你入此甕。」周興嚇得連連叩頭認罪。見《新唐書・周興傳》。後因以「請公（君）入甕」比喻以其人之道，還治其人之身。❹下車泣罪二句　相傳禹外出時見到罪人，下車問明情況後哭泣不已，左右問其原因，他說：「以吾德薄，不能化民，是以泣也。」見《說苑・君道》。後因以「下車泣罪」作為頌揚「仁政」之辭。❺好訟曰健訟　謂喜歡訴訟稱「健訟」。好訟，喜歡訴訟。好，喜好。健訟，《易・訟》：「險而健，訟。」意思是人心懷險惡，性又剛強，所以訴訟。後人誤把「健」、「訟」兩字連讀，因稱好打官司為「健訟」。❻掛告曰株連　謂一件案子牽連許多人稱株連。掛告，一件事牽繫出許多被告。掛，牽繫；鈎取。株連，因一人犯罪而牽連許多人；連累。《新唐書・吉溫傳》：「株連數十族。」株，露出地面的樹根，以樹根牽連多而深比喻。❼為人解訟二句　謂為人調解訴訟，稱作「釋紛」。解訟，調解、消除法律糾紛。也稱解紛。語本《老子》第四章：「挫其銳，解其紛。」解，廢止；消除；脫開。釋紛，調解、消除爭訟、糾紛。釋，消融；消除。❽被人栽冤二句　謂被人栽贓，遭受冤枉，稱作「嫁禍」。案：「嫁禍」是指把禍患轉移給他人，含有主動之意，此處用於被動之意，非所習用。語見《戰國策・魏策一》。❾徒配　古代刑罰中「徒刑」與「流配」（參見⓯）的連稱。《宋史・葉清臣傳》：「徒配無辜。」❿城旦　秦漢時的一種刑罰。《史記・秦始皇本紀》：「令下三十日不燒，黥為城旦。」裴駰集解如淳說：「《律說》：『論決為髡鉗，輸邊築長城（發配邊疆修築長城），晝日伺寇虜，夜暮築長城。』城旦，四歲（年）刑。」⓫遣戍　罪犯發配守邊疆。語見《史記・秦始皇本紀》。遣，派遣；發送。引申為放逐。戍，駐防的兵士；也指邊防地的營壘、城堡。⓬問軍　即「充軍」。舊時刑法之一，把死刑減等的犯人或其他重犯押解到邊遠地區去服刑。語見《白雪遺音・馬頭調・雷峰塔》。源於秦的謫戍和漢的罪人戍邊。分極邊、煙瘴（均四千里以外）、邊遠（三千里）、邊衛（二千五百里）、沿海附近（千里）五等（清代「附近」改為二千里）；又分終身和永遠兩類，終身是至本人身死，永遠則罰及子孫，即本人死後子孫仍充軍，直至勾補盡絕。見《明史・刑法志一》。⓭三尺　指法律。古代把法律條文寫在三尺長的竹簡上，故名。參見卷四〈文事〉有關注釋。⓮三木　古代加在罪犯頸項和手、足上的刑具，即械、桎、梏，因當時皆木製，故稱。見《後漢書・馬援傳》李賢注。⓯古之五刑四句　謂古代的五刑，分墨、劓、剕、宮、大辟五種；今日的律例，則是笞、杖、死罪、徒、流五種。五刑，我國古代五種刑罰的總稱。分早期五刑和後期五刑，前者指墨、劓、剕、宮、

譽玄宗即位⑨。赭衣滿道，何其酷烈難堪⑩；玄鉞羅門，未免摧戕太甚⑪。門有沸湯之勢，撫念不安⑫；巢無完卵之存，捫心何忍⑬。雖辟以止辟，還刑期無刑⑭。《周禮》有三宥之詞，千秋可法⑮；虞廷有肆赦之典，萬古常稱⑯。蠅集筆端，識赦書之已就⑰；烏啼宵夜，知恩詔之將頒⑱。無赦而刑必平，文中之論，夫豈全誣⑲；多赦則民不敬，管子之言，亦非盡謬⑳。孔明治蜀，所以不行㉑；吳漢臨終，於焉致囑㉒。

【章　旨】本節補充介紹古代政治家有關獄訟的言論、做法，以及世人的評說褒貶。

【注　釋】❶烏臺定律　謂御史臺掌管法律的制定與執行。烏臺，又作「烏府」。御史臺的別稱。參見卷三〈宮室〉有關注釋。定律，制定、執行法律。❷象魏懸書　謂象魏懸掛教令。象魏，古代天子、諸侯宮門外的一對高建築，亦稱為「闕」或「觀」。據《周禮・天官・大冢宰》：「正月之吉，始和，布治於邦國都鄙，乃縣（懸）治象之法於象魏。使萬民觀治象，挾日而斂之。」鄭司農謂：「象魏，闕也。」案：周制，天子諸侯宮門外都築臺，臺上造屋，稱作「臺門」。臺門兩旁特意建造高於門屋之上的屋子，稱為「雙闕」，又名「兩觀」，諸侯即在臺門上面正中最高的屋子中觀看，所以也稱「觀臺」。因其魏然而高，故稱「魏闕」；又因為這是懸示教令的處所，也稱「象魏」。❸惟忠信慈惠之師二句　謂惟有師法忠信慈惠的官員，才能根據實際情況來判刑或赦免。忠信慈惠之師，語本《漢書・刑法志》：「猶求聖哲之士、明察之官、忠信之長、慈惠之師，民於是乎可任使也，而不生禍亂。」折獄致刑，語出《易・豐》：「象曰：雷電皆至，豐，君子以折獄致刑。」意指大赦。折，毀掉；廢止。致，交還。另一說為判決訴訟案件，確定刑罰。折，判斷。致，表達。❹失入寧失出二句　謂與其輕罪重罰造成失誤，不如失誤於重罪輕罰，務必時常想到其中有無辜者。案：中國上古時即有這樣的觀念。《書・大禹謨》載：「與其殺不（無）辜，寧失不經（不遵守成規定法）。」

這樣做有好的一面，使無辜者或輕罪者不致被用重刑，甚而濫殺，但也反映了我國古代法律不嚴謹的缺陷，為貪贓枉法者留了空間。❺過義寧過仁二句　謂過於公正嚴苛，不如過於仁慈，務必存有不忍之心。過義寧過仁，句本蘇軾〈刑賞忠厚之至論〉：「過於仁，不失為君子；過於義，則流（轉變）而入於忍（殘忍）。人故仁可過也，義不可過也。」義，公正；合理。心存其不忍，即「不忍人之心」。謂憐憫、同情、仁愛之心。《孟子・公孫丑上》：「孟子曰：『人皆有不忍人之心。先王有不忍人之心，斯有不忍人之政矣。以不忍人之心，行不忍人之政，治天下可運之掌上。』」❻察五聲而審克二句　謂審理案件時應當仔細周詳地察言觀色，然後再作出判決。五聲，即「五聽」。古代審判過程中，法官察顏觀色的五種方法。《周禮・秋官・小司寇》：「以五聲聽獄訟，求民情：一曰辭聽，觀其出言，不直則煩；二曰色聽，觀其顏色，不直則赧；三曰氣聽，觀其氣息，不直則喘；四曰耳聽，觀其聽聆，不直則惑；五曰目聽，觀其眸子視，不直則眊然。」這是長期審判實踐的經驗總結，較之原始的神明裁判為進步。審克，詳細審察核實，作出判斷。《書・呂刑》中多次用此詞，如「其罪惟均，其審克之」、「惟察惟法，其審克之」等等。克，完成。一說通「覈」。仔細查核。❼訊三刺以簡孚二句　謂在宣判前還要訊問群臣、群吏和百姓，對獄訟的情況覈實無誤，以嚴謹慎重為宜。三刺，古代的審訊定罪制度。三，指三等受訊問的人。刺，指審訊及執行判決。《周禮・秋官・司刺》：「司刺掌三刺、三宥、三赦之法，以贊司寇聽獄訟。一刺曰訊群臣，再刺曰訊群吏，三刺曰訊萬民。」鄭玄注：「刺，殺也。訊而有罪則殺之。」簡孚，對獄訟的情況覈實無疑。語見《書・呂刑》。簡，指獄訟的情實。孚，通「浮」。指沒有隱瞞，為人所信服。❽蒿滿圜扉之宅二句　謂監獄內沒有犯人，長滿蒿草，這是讓人懷念的天保初年的景象。相傳北齊天保初年實行大赦，郡無一囚，監獄內長滿蒿草，每日圜門虛寂，沒有訴訟者，人稱「神門」。圜扉，獄門。圜，牢獄。《釋名・釋宮室》：「獄又謂之圜土，築其表牆，其形圜（圓）也。」扉，門扇。懷，想念。天保，北齊文宣帝年號（西元五五〇～五五九年）。❾鵲巢大理之庭二句　謂烏鵲在法院的庭院中做巢，世人都稱讚唐玄宗即位後的治平之世。《新唐書・刑法志》載：玄宗即位後，近二十年中政治清明，衣食富足，百姓極少犯法，大理卿徐嶠奏：「以往大理寺處決囚犯太多，烏雀不棲，現在監獄中有烏鵲築巢於樹上。」大理，官名。本秦漢之廷尉，北齊後改稱大理寺卿，歷代沿稱。掌刑獄。玄宗，唐玄宗。參見卷一〈歲時〉有關注釋。❿赭衣滿道二句　謂國內到處都是罪犯，這是多麼酷烈，令人難以忍受。案：這是指秦統一中國後嚴刑峻法的狀況。《漢書・刑法志》載：「秦兼并戰國，毀先王之法，滅禮誼之官，專任刑罰……而奸邪並生，赭衣塞路，囹圄成市（監獄中擠滿了人），天下愁怨，潰而叛之。」赭衣，古代囚犯所穿的赤褐色衣服；也作為罪人的代稱。赭，紅土。引申為赤褐色。難堪，難以忍受。⓫玄鉞羅門二句　謂拿武器的兵士排列在門前，刑罰未免苛刻嚴厲。《隋書・刑法志》：「秦氏僻自西戎，……玄鉞肆於市朝，赭服飄於路衢。」鉞，古代兵器。羅門，排列在門口。羅，分布；排列。摧戕，殘害。⓬門有沸湯之勢二句　謂門外眾人對法庭判決議論紛紛，捫心而思，感到不安。唐代李義府貪冒無厭，與母、妻及諸子、女婿賣官鬻爵，其門如市。後失勢，其母親、妻子和諸子都被判罪，時人議論紛紛，獄門外如沸湯。見《唐語林》。沸湯之勢，形容人聲喧鬧，議論紛紛，像沸騰的水面氣泡翻滾不息的狀況。⓭巢無完卵之存二句　謂一人犯罪，全家被害，無一倖免，捫心反省，怎能忍心。巢無完卵，即「覆巢無完卵」。鳥巢傾覆，鳥卵隨之跌破，比喻滅門之禍，無一得免；或比喻整體覆滅，個人不能倖存。《世說新語・言語》載：孔融被捕時，大兒九歲，小兒八歲，正在玩耍。融問來者說：「冀罪止於身，二兒可得全不？」他的兒子說：「大人，豈見覆巢之下，復有完卵乎？」亦一併被抓。捫心，摸摸胸口。反省自問的意思。⓮雖辟以止辟二句　謂雖然可以用刑法來制止犯罪，還是期望通過用刑達到不用刑以教化民眾的目的。辟以止辟，語本《書・君陳》：「辟以止辟，乃辟。」意思是處罰一人如果可以制止別人犯法，才處罰。第一個「辟」，刑；法。《說文・辟部》：「辟，法也。」第二個「辟」，通「僻」。不誠實；邪僻。刑期無刑，用刑的目的在於廢止刑罰。語本《書・大禹謨》：「刑期於無刑，民協於中（人民都能合於中道）。」⓯周禮有三宥之詞二句　謂《周禮》上有「三宥」一詞，說明有三種可減刑的條件，千秋萬代可以效法。《周禮》，又稱《周官》、《周官經》。儒家經典之一。戰國時人搜集周朝官制和戰國時代各國制度，添附儒家思想，增刪排比而成的匯編，共四十二卷，分天官、地官、春官、夏官、秋官、冬官六部分。冬官早佚，漢時以《考工記》補闕。古文學家認為該書為周公所作，今文學家認為成書於戰國，也有人說是西漢劉歆偽造。近人據周秦銅器銘文所載官制，參證該書中的政治經濟制度和學術思想，定為戰國時的作品。三宥，也作「三侑」。古代法律規定可以減刑的三種條件。《周禮・秋官・司刺》：「司刺掌三刺、三宥、三赦之法……壹宥曰不識（不知法而犯罪），再宥曰過失，三宥曰遺忘。」三，指三種可以減刑的條件。宥，寬恕；減刑。千秋，千年萬代。法，效法。⓰虞廷有肆赦之典二句　謂舜統治時期對因過失而犯罪的人實行赦免，這是讓萬古稱頌的典範。虞廷，指舜統治時期。虞，即舜。我國古代部落聯盟首領，姚姓，有虞氏，名重華，史稱虞舜。參見卷二〈衣服〉有關注釋。肆赦，語本《書・舜典》：「眚災肆赦（因過失而犯罪遂赦免）。」孔安國傳：「眚，過。災，害。肆，緩。過而有害當緩赦之。」肆，延緩。一說肆，遂；於是。⓱蠅集筆端二句　相傳前秦苻堅想大赦天下，與王猛、苻融等密議，並親擬赦文。有一大青蠅飛進來，停在筆端，驅趕走又復來。不一會兒，街上的人都知道了將要大赦。追問消息來源，人們異口同聲，說是一青衣童子講的。苻堅說：「就是那隻青蠅。」見《晉書・載記・苻堅傳》。⑱烏啼宵夜二句　《舊唐書・音樂志》載：南朝宋文帝時，徙彭城王義康為豫章太守，臨川王義慶為江州太守，二人相見而哭，文帝聽說後大怒，讓他倆回家（罷官），義慶非常害怕，其妾夜聞烏鴉啼，說：「明日有赦。」果如此，改任南兗州，因此創製〈烏夜啼〉曲。⑲無赦而刑必平三句　謂不實行大赦的國家，其法律及執行必定公正，這是文中子所說的，並非全無道理。無赦而刑必平，語本王通所著《中說》（又名《文中子》）：「無赦之國，其刑必平。」平，公正；公平。文中，文中子。隋代著名學者王通，門人私謚「文中子」。參見卷二〈外戚〉有關注釋。⑳多赦則民不敬三句　謂大赦令太多，民眾便不知敬重，管子的話並非都是錯誤的。多赦則民不敬，語本《管子・法法》：「赦出則民不敬，惠行則過日益。」管子，管仲。春秋時齊國政治家。參見卷二〈朋友賓主〉有關注釋。㉑孔明治蜀二句　謂諸葛亮治蜀二十餘年，不輕易下大赦令。見《三國志・蜀書・後主傳》。孔明，即諸葛亮。三國時蜀漢丞相。參見卷一〈天文〉有關注釋。不行，不實行大赦。㉒吳漢臨終二句　《後漢書・吳漢傳》載：東漢初年吳漢病重時，光武帝親自去探望，並問治國的大略，吳漢說：「臣愚鈍，沒有什麼知識，惟願陛下謹慎，不輕赦罪犯。」吳漢（？～西元四四年），東漢初南陽人，字子顏。新莽末年，販馬為業，後歸劉秀，任大將軍，幫助劉秀消滅各地割據勢力。劉秀即位（即漢光武帝），任為大司馬，封廣平侯。於焉，對這件事（指大赦）。焉，此。

【語　譯】御史臺又名烏臺，掌管的是律令刑罰；宮門外有象魏，專用以懸示法令告示。惟有忠信慈惠的官員，才能行大赦減刑的實政。與其失於量刑過嚴，不如失於量刑過寬，必須想到或許其中有無辜者；與其過於公正刻板，不如過於仁慈寬厚，務必要存有慈悲不忍之心。審理時要善於察顏觀色，做到五聽：辭聽、氣聽、耳聽、目聽、色聽，應當力求精確詳細才結審；宣判前還要有三訊：訊群臣、訊群吏、訊萬民，廣泛聽取意見，覈實各方面情況，盡量嚴謹而慎重。人們懷念北齊天保初年大赦天下，牢獄內沒有犯人，長滿蒿草的年代；世人都讚譽唐玄宗即位，國家大治，衣食富足，人民很少犯法，喜鵲在大理寺衙署庭院中做巢的時期。穿赭衣的罪犯塞滿道路，可見為政刑罰是何等酷烈暴虐；用以殺戮的斧鉞羅列門前，摧殘民眾未免太過分了。獄訟判決後，民眾議論紛紛，有沸湯之勢，撫念此事，當有所不安；

一人犯法，全家遭難，連孩子也不能倖免，捫心自問，能忍心這樣做嗎？雖然刑與法的目的是制止邪惡與犯罪，但還是期待通過刑罰達到不用刑罰的結果。《周禮》規定對因不識、過失、遺忘而犯罪的人有三種寬宥的條例，是千秋萬代值得效法的；虞舜時對於偶然過失或無心而犯罪的人，有赦免的規定，是後世萬古常為人稱頌的。青蠅停在筆端，街市上都知道即將大赦，這是前秦苻堅時的故事；夜半烏鴉啼，知道明日將有恩詔頒下，這是南朝宋文帝時的傳聞。王通說：「國家不採取大赦之法，那麼審判量刑必定公正平允。」這並不全是無稽之談；管子說：「赦令太多，民眾便不會敬重。」這句話也並非完全荒謬。正因為赦免要十分慎重，故而諸葛亮治理蜀國二十餘年，從不妄下赦令；東漢大臣吳漢臨終前特意告訴皇帝「謹無赦」，是有原因的。

釋道鬼神

【題　解】宗教是一種文化現象，其歷史幾乎和人類自身的歷史一樣古老，並且伴隨著人類社會的發展而發展，每一種社會、每一個民族的文化都可以通過他們的宗教反映出來。重現世、重人生的中國文化特點極鮮明地表現在中華民族的宗教觀和宗教形式上：即以人和人化為主題，不追求外在的終極與超越，沒有至上神的信仰（祖先崇拜是華夏民族最主要的崇拜），把議論鬼神的立足點放在現世世界而非彼岸世界，以對人和群體生存的利弊來衡量取捨鬼神。「子不語怪力亂神」、「未能事人，焉能事鬼」，是士大夫們對宗教的基本態度，而著〈無鬼論〉、〈神滅論〉駁斥迷信的，也大有人在。至於民眾中的宗教，也是功利的、入世的，人們信奉鬼神，主要在追求實際的世俗利益，期盼其福祐效應（如生子、發財、陞官、功名等等），而非精神的寄託。因此，在中國不但沒有產生那種否定現世、逃避現實的宗教觀念，而且對於外來宗教亦作了極大的改造，使之世俗化、倫理化（如佛教）。與其他宗教否定現世，以苦行修道，恪守教規，死後通過末日審判（或其他形式的裁決）到達彼岸世界者不同，中國土生土長的道教是以自我和世界的真有為信仰的前提，所追求的主要是長生，而不是死後靈魂進天堂。神仙是凡人通過各種方式，如煉丹、吐納、導引等修煉而成，保留肉身軀體，甚而連雞犬房屋等俗世的一切一起飛升；仙界也不像其他宗教中彼岸世界與此岸世界有一條不可逾越的鴻溝，而是遍布宇宙各個角落，甚至就在現世，如仙島、仙山、仙洞，乃至壺中（見本篇），凡人可以入仙界，仙人也常在凡間。它所表現的實質上不是來世觀念，而是希望現世生活的無限期延長；不是對現世的否定，而是充分肯定。正是因為有這種積極入世的人生理想和宗教觀念，中華民族在歷史上沒有產生過那種不可解脫的危機感，沒有宗教狂熱，沒有對異教的仇恨，也沒有對異端的裁判，更沒有血腥的宗教戰爭，人們接納能保祐他們在這個世界上更好地生活的任何神、任何宗教，並力圖調和它們之間、以及它們與中國文化之間的衝突，融儒、道、佛為一體的宋明理學便是典型，本篇原作者對儒、道、佛教教義的辨析也透出這種心態。

如來、釋迦，即是牟尼，原係成佛之祖❶；老聃、李耳，即是道君，乃為道教之宗❷。鷲嶺、祇園，皆屬佛國❸；交梨、火棗，盡是仙丹❹。沙門稱釋，始於晉道安❺；中國有佛，始於漢明帝❻。籛鏗即是彭祖，八百高年❼；許遜原宰旌陽，一家超舉❽。波羅猶云彼岸❾，紫府即是仙宮❿。曰上方，曰梵剎，總是佛場⓫；曰真宇，曰蕊珠，皆稱仙境⓬。伊蒲饌可以齋僧⓭，青精飯亦堪供佛⓮。香積廚⓯，僧家所備；仙麟脯⓰，仙子所餐。佛圖澄顯神通，咒蓮生鉢⓱；葛仙翁作戲術，吐飯成蜂⓲。達摩一葦渡江⓳，欒巴噀酒滅火⓴。吳猛畫江成路㉑，麻姑擲米成珠㉒。

【章　旨】本節介紹佛教、道教的始祖，以及有關仙境、神仙的各種傳說。

【注　釋】❶如來釋迦三句　謂如來、釋迦，都是指釋迦牟尼，他是佛教的創始者。如來，梵文 Tathāgata 的意譯。「佛」的十號之一。「如」，又名「如實」，即真如，指佛所說的絕對真理；循此真如達到佛的覺悟，故名。中國民間通常又作「如來佛」的簡稱，即指釋迦牟尼。本文主要用作後義。《西遊記》七回：「如來召請。」釋迦，釋迦牟尼的簡稱。沈約〈答陶華陽〉：「釋迦之現，近在莊王。」釋迦牟尼 (Sākyamuni)，佛教創始人。姓喬答摩，名悉達多。釋迦，種族名。意為「能」。牟尼，尊稱。意為「仁」、「儒」、「忍」、「寂」等。合為「能仁」、「能儒」、「能忍」等意，以尊稱釋迦族的聖人。相傳他是古印度北部迦毗羅衛國淨飯王的太子，有感於人世生、老、病、死各種苦惱，又對當時婆羅門教不滿，於是捨棄王族生活，出家修道，經修行苦思，達到覺悟，開始時在印度北部、中部傳教，弟子眾多，其中著名者十人。八十歲時在拘尸那迦城逝世，起初被看作「先覺者」，尊之為佛（即「佛陀」），後漸被神化。牟尼，即釋迦牟尼。❷老聃李耳三句　謂老聃、李耳都是指老子，他被道教奉為始主。《書言故事》卷三：「老子即是老聃、李耳，著上下五千餘言，為道家之宗。」老聃、李耳，即老子。相傳老子姓李，名耳，字伯陽，謚聃。春秋時思想家，道家創始人。參見卷二〈朋友賓主〉有關注釋。道君，此處指老子。案：道君本意是道教對高位仙官的稱謂。《太平御覽》卷六五九引《祕要經》：「太清九宮皆有僚屬，其最高者稱太皇、紫皇、玉皇，其高總稱大道君。」又卷六六二引陶弘景《登真隱訣》：「三清九宮并有僚屬，左勝於右，其高總稱曰道君，次真人、真公、真卿……官位甚多。」唐高宗乾封元年（西元六六六年），封老子為太上玄元皇帝，宋真宗大中祥符六年（西元一〇一三年）加號太上老君混元上德皇帝，所以老子常又被稱為「老君」。道教，中國的本土宗教。淵源於古代鬼神崇拜、巫術、神仙方術以及道、墨、陰陽諸子學說。東漢順帝時（西元一二五～一四四年在位），張陵倡五斗米道，奉老子為教主，以《道德經》為主要典籍，於是道教逐漸形成。經東晉葛洪、南北朝時北魏寇謙之、南朝宋陸修靜等人闡述，道教的理論和組織形式漸趨完備。信仰「道」為宇宙萬物的本源，以與「道」合一（「德」）為修行的目的，崇拜多神，最高尊神是由「道」人格化的三清，其中的道德天尊即老子。修煉的方法有導引、服餌、胎息、內丹、外丹、符籙、房中、辟穀等。宗教儀式有齋醮、祈禱、誦經、禮懺等。早期主要流行於民間，魏晉後，儒家學說滲入，在上層社會形成貴族道教，民間則繼續以通俗形式流傳。道教流派甚多，正一道和全真道是其中的兩大教派。❸鷲嶺祇園二句　謂鷲嶺、祇園都是佛長期居住的地方。鷲嶺，即耆闍崛山（Gṛdhrakūṭa）。意譯「靈鷲山」，因山形似鷲，故名。見《大明三藏法數・二四》。在古印度摩揭陀國王舍城東北部，相傳釋迦牟尼曾在此居住和說法多年，許多佛教傳說與此有關。鷲，鳥名。鷹科類部分種類的通稱，皆大型猛禽，如禿鷲。祇園（Jeavanavihāra），全稱「祇樹給孤獨園」或「勝林給孤獨園」。印度佛教勝地之一，大約在今塞特馬赫特地方。見《佛國記》、《大涅槃經・二九》。相傳釋迦牟尼成道後，憍薩羅國給孤獨長者，出巨款購買波斯匿王太子祇陀在舍衛城南的花園，建築精舍，作為釋迦在舍衛國居住說法的場所。祇陀太子僅出賣花園地面，而將園中林木奉獻給釋迦，因以兩人名字命名此園。它與王舍城的竹林精舍，並稱為佛教最早的兩大精舍，釋迦牟尼在此居住說法二十五年。唐玄奘去印度時，精舍已毀。❹交梨火棗二句　相傳晉人許穆修煉得道，有位仙女對他說：「玉醴、金漿、交梨、火棗，此飛騰之藥（吃了會飛的藥），不同於尋常的金丹。」見陶弘景《真誥》。❺沙門稱釋二句　謂佛教僧侶自稱「釋子」，始於晉代道安。沙門，佛教名詞。梵文 Śramaṇa 音譯「沙門那」的略稱，意譯「勤勞」、「靜志」、「息惡」、「修道」等。原為古印度各教派出家修道者的通稱，佛教盛行後專指佛教僧侶。釋，釋子。佛教僧徒的通稱，取釋迦牟尼弟子之意。漢、魏時出家信徒有的仍稱俗姓，或稱「竺」，或依師之姓。據《高僧傳》卷五，東晉道安主張凡出家為僧，是繼承釋迦學說，故應皆姓釋，遂漸為人接受，此後僧徒法名一般皆冠以「釋」字，「釋子」或「釋家子」遂成為出家信徒的通稱。道安（西元三一四～三八五年），東晉僧人。俗姓衛，常山扶柳人，十二歲出家，曾師事佛圖澄，後入襄陽傳法十五年。前秦王苻堅陷襄陽（西元三七九年），帶道安到長安，常以政事諮詢；住五重寺宣法，受學僧眾數千，又主持譯經，並首次編纂漢譯佛教經籍目錄，一生對般若學研究最力，是般若學各派中「本無宗」的創始者；主張沙門以「釋」為姓，為後世僧徒所遵循；制「僧尼規範」，對僧團講經說法、食住及平日宗教儀式作出規定，對佛教發展有很大影響。❻中國有佛二句　漢明帝夢金人，遂遣人入天竺求道，相傳即為佛教傳入之始。參見本卷〈製作〉有關注釋。❼籛鏗即是彭祖二句　彭祖，古代傳說中的長壽者，姓籛名鏗，顓頊後裔，陸終之子，傳說壽至八百餘歲。見《神仙傳，彭祖》。❽許遜原宰旌陽二句　許遜，晉代人，字敬之，任旌陽令，相傳他棄官東歸，遇諶毋，傳以道術，寧康三年（西元三七四年）八月十五日，全家四十二口連同房屋、雞犬一起升天。見《太平廣記・神仙・許真君》。超舉，升天成仙。❾波羅猶云彼岸　波羅，即「波羅蜜」，梵文 Pāramitā 音譯「波羅蜜多」的省稱。佛教名詞，意指「到彼岸」、「度無極」等，指從生死迷界的此岸到達涅槃解脫的彼岸（即中國民間所謂「佛國」）。見《琅邪代醉編・波羅蜜》。❿紫府即是仙宮　謂紫府是傳說中神仙所居之處。《抱朴子・祛惑》：「及到天上，先過紫府。」

⓫曰上方三句　謂上方、梵剎，都是（佛教）寺院的美稱。上方，佛教禪宗寺院住持僧的住所。據《維摩詰經》載：身為菩薩的維摩詰居士所住的臥室，一丈見方，但容量無限。禪宗寺院比附此說，以「方丈」名住持所居之室。又因寺院住持為寺院主管，尊為長老。「上方」有「上人之方丈」的意思。梵剎，佛教名詞。梵（Brahmā）意思是「清靜」，剎（Ksetra）意思是「地方」。梵剎（清靜之地）原指佛國、佛地，後轉化為伽藍（僧院）的美稱。唐彥謙〈遊南明山〉詩：「金銀供梵剎。」佛場，指佛教寺院。周亮工〈從山後倒入無想寺與僧惺悟〉詩：「倒聽鐘鳴有佛場。」⓬曰真宇三句　謂真宇、蕊珠都是（道家）的仙境。真宇，即列真之宇。指仙人所居，見《文選・左思・吳都賦》銑注。蕊珠，也作「蘂珠」。見《雲笈七籤・十一》。⓭伊蒲饌可以齋僧　謂居士以食物供養僧侶。本句原出《後漢書・楚王英傳》，文中說到漢明帝異母弟楚王英信佛，被人誣告謀反，明帝與英友善，讓他獻縑（絹）三十匹贖死罪，英獻三十匹，明帝下詔說：「王（英）好黃老之術，尚浮屠之教，還其贖，以助伊蒲塞、桑門（沙門）之盛饌。」意思是楚王英喜

好黃老之術、崇尚佛教，無須嫌疑，退還他所獻的縑，作為供養佛教徒的費用。案：伊蒲塞，在家的信徒（見下注）；桑門，出家的僧侶。原作者把「伊蒲」當作可吃之物給僧人吃，為誤。伊蒲，即「伊蒲塞」。又作「優婆塞」、「優波裟迦」。梵文 Upaguptā 的音譯，意譯為「清信士」、「近善男」等。佛教稱謂。指親近皈依三寶、接受五戒的在家男居士，也通稱一切在家的佛教男信徒。饌，食物；供給食物、飲食。齋僧，供僧人吃飯。齋，施飯於僧。⑭青精飯亦堪供佛　謂青精飯也可用以供佛。據《登真要訣》，青精飯是用南燭（草藥名）葉煎汁，以汁浸米，然後煮熟而成，使飯呈紺青色。案：佛教徒多在陰曆四月八日造此飯以供佛。⑮香積廚　僧寺的食廚。由傳說中香積如來以眾香國之鉢盛滿香飯給化菩薩而得名。見《維摩詰經．香積佛品》。⑯仙麟脯　以麒麟肉製成的肉乾。相傳為仙人麻姑餚膳之一，見《神仙傳．麻姑》。⑰佛圖澄顯神通二句　相傳石勒試佛圖澄法術，佛圖澄取鉢盛水，燒香念咒，須臾，鉢中生青蓮花。見《高僧傳》卷九。佛圖澄（西元二三二～三四八年），西晉、後趙時僧人。本姓帛，西域人。永嘉四年（西元三一〇年）到洛陽，石勒建後趙政權後，以鬼神方術深得信任，經常參議軍政大事，被尊稱為「大和上」；並大力向民間傳播佛教，從其受業的弟子前後達萬人，北方佛教因之大盛。⑱葛仙翁作戲術二句　據《神仙傳．葛玄》載：葛玄噴飯，變成數百隻蜂，張開嘴，蜂皆飛入，又變成飯。葛仙翁，葛玄。三國時方士。字孝先，道教尊為葛仙翁。參見卷一〈歲時〉有關注釋。⑲達摩一葦渡江　相傳達摩渡長江時無船，折根蘆葦，踩其上而渡。見《景德傳燈錄》。達摩，菩提達摩（？～西元五二八年）的略稱。南天竺僧人，南朝宋末航海到廣州北行，在洛陽、嵩山等地遊歷並傳禪學（一說梁武帝迎至建康），在少林寺面壁而坐，達九年，世稱「壁觀」。提出「理入」（捨偽歸真）和「行入」（去一切愛憎情欲）的修行方法，被尊為「西天」（天竺）禪宗第二十八祖和「東土」（中國）禪宗初祖。⑳欒巴噀酒滅火　《神仙傳．欒巴》載：漢桓帝元旦時宴群臣，所賜之酒，欒巴不飲，向西南方向噴去，有人彈劾欒巴大不敬，他說：「臣本縣成都有火患，故噀酒以滅之。」過幾天，成都果然奏報火災。欒巴（？～西元一六八年），東漢人，字叔元。歷官郎中、太守、議郎等。黨錮之禍起，他上書為陳蕃等辯冤，下獄自殺。噀，噴。㉑吳猛畫江成路　吳猛，晉朝人，相傳他遇見神仙，授以神方。在回家鄉途中，無舟渡江，吳猛以扇畫江水，遂成大路，過江後江水又合攏。見《太平廣記．神仙．吳真君》。㉒麻姑擲米成珠　麻姑，古代傳說中的女仙，甚有神力，能擲米成珠（撒米變成珠）。曾在絳珠河畔以靈芝釀酒，以備蟠桃會上為王母祝壽，見《列仙傳》。「麻姑獻壽」一語即由此而來。

【語譯】如來、釋迦、釋迦牟尼，都是佛教始祖的不同名號；老聃、李耳，就是道君，他是道教的創始人。鷲嶺、祇園皆屬佛國；交梨、火棗，都是仙丹。僧侶以釋為姓，始於晉代道安；中國有佛教，是從漢明帝遣使去天竺求道開始的。籛鏗是彭祖的姓名，他高壽八百歲；許遜原為旌陽令，得道之後，全家飛升。波羅蜜是梵文音譯，其意思是彼岸；紫府是仙宮的別名。上方、梵剎，都是佛教僧院的美稱；真宇、蕊珠，皆為仙宮的名號。居士以食品供養僧侶，青精飯也可供奉佛祖。香積廚是僧家寺院的廚房，仙麟脯是神仙所吃的食品。佛圖澄大顯神通，燒香念咒，空鉢中長出了青蓮花；葛仙翁有戲術，吐出的飯變成一群蜜蜂。達摩用一根蘆葦渡江，欒巴噴酒滅了千里以外的火災。吳猛以扇子畫江，江中現出大路；麻姑把米撒在地上，化作粒粒珍珠。

飛錫、掛錫，謂僧人之行止❶；導引、胎息，謂道士之修持❷。和尚拜禮曰和南❸，道士拜禮曰稽首❹。曰圓寂❺，曰荼毗❻，皆言和尚之死；曰羽化❼，曰尸解❽，悉言道士之亡。女道曰巫，男道曰覡，自古攸分❾；男僧曰僧❿，女僧曰尼⓫，從來有別。羽客⓬、黃冠⓭，皆稱道士；上人、比丘，并美僧人⓮。檀越、檀那，僧家稱施主⓯；燒丹、煉汞，道士學神仙⓰。和尚自謙，謂之空桑子⓱；道士誦經，謂之步虛聲⓲。菩者普也，薩者濟也，尊稱神祇，故有菩薩之譽⓳；水行龍力大，陸行象力大，負荷佛法，故有龍象之稱⓴。儒家謂之世，釋家謂之劫，道家謂之塵，俱謂俗緣之未脫㉑；儒家曰精一，釋家曰三昧，道家曰貞一，總言奧義之無窮㉒。

【章　旨】本節介紹佛教、道教的部分常用語彙、稱謂，並認為儒、道、佛三家用不同的語詞，表達了對某些事物的同一認識。

【注　釋】❶飛錫掛錫二句　謂飛錫、掛錫，是指僧人行走與住下的用語。飛錫、掛錫之錫，指僧人所用的錫杖。杖高與眉齊，頭有錫環，僧人行路或乞食時，振環有聲。行則持，坐則掛，故走路稱飛錫（形容走得快），住下稱掛錫。見《高僧傳》、《釋氏要覽．下》。❷導引胎息二句　謂導引、胎息，是道家修煉的兩種方法。導引，也稱「道引」。古代的醫療體育和養生保健方法，包括軀體運動、呼吸運動和按摩。早期的導引姿勢多為模仿獸形的單個動作，稱「禽戲」，東漢末年華陀的「五禽戲」是最早成套的導引姿勢。見《後漢書．方術．華陀傳》。後則有易筋經、八段錦等導引保健功。道家將導引作為修煉方法之一。《抱朴子．微旨》：「唯導引可以難老矣。」胎息，即「服氣」。道教修煉方法之一。葛洪《抱朴子．釋滯》載：「得胎息者，能不以鼻口噓吸，如人在胎胞之中。」謂練氣功之至深者，有如胎兒在母腹，鼻無出入之氣，故名。修持，即修煉。❸和尚拜禮曰和南　謂和尚致敬稱和南。拜禮，即禮拜。梵文 **Vandana**（和南）和 **Namaskāra**（那謨悉羯羅）的意譯。佛教名詞。致敬之意。在古印度，共有九種形式。據《大唐西域記》卷二：致敬之式，其儀九等：⑴發言慰問；⑵俯首示敬；⑶舉手高揖；⑷合掌平拱；⑸屈膝；⑹長跪；⑺手膝踞地；⑻五輪俱屈；⑼五體投地。和南，也譯「槃南」。敬禮、致敬之意。白居易〈讚僧偈〉：「故我稽首，和南僧寶。」❹道士拜禮曰稽首　謂道士行禮稱作稽首。稽首，古時的一種跪拜禮。叩頭到地，是九拜中最恭敬者。《書．舜典》：「禹拜稽首。」❺圓寂　梵文 **Parinirvāṇa** 的意譯。佛教名詞。⑴「圓滿寂滅」，涅槃的異名。為諸德圓滿俱足，諸惡寂滅淨盡之義。見賢首《心經略．疏》。⑵佛教對僧尼死亡的一種美稱。《水滸傳》一一九回：「佛門中圓寂便是死。」❻荼毗　「茶毗」之訛。梵文 **Jhāpita** 的音譯，意為「焚燒」、「火葬」。原為印度葬法之一，指佛教僧人死後，將屍體火葬。見慧琳《一切經音義》。❼羽化　道教名詞。古稱成仙為羽化，取其變化飛升之意。《晉書．許邁傳》：「邁自後莫測所終，好道者皆謂之羽化矣。」後世遂作道教徒去世的美稱。❽尸解　道教用語。謂遺棄肉體而仙去，即死。語見《論衡．道虛》。❾女道曰巫三句　謂女道士稱作巫，男道士名為覡，自古以來就有這樣的區分。巫、覡，古代稱能以舞蹈、咒語降神、與鬼神溝通的人，女性稱巫，男性稱覡。《國語・楚語下》：「在男曰覡，在女曰巫。」案：「巫」亦用以泛稱各種行使巫術者，原始社會各部族一般都有。在比較高級的一神教等宗教產生後，巫的地位下降，常被視為通鬼魔施妖法以害人者，如歐洲中世紀所稱的「女巫」。中國道教徒從不自稱巫、覡，這是民間因分不清其中的區別，混同於古代巫、覡所致。攸分，所分。攸，所。❿僧　佛教名詞。僧伽(Sangha)的略稱，意譯為「合」、「眾」、「和合眾」、「法眾」等，即僧團。一般需四人以上，後來也指個別的出家人。據《南山鈔》，構成僧伽有兩個條件：(1)「理和」，皆遵循佛教教義，以涅槃解脫為目的；(2)「事和」：包括戒和同修、見和同解、身和同住、利和同均、口和無諍、意和同悅等六個方面。⓫尼　梵文 Bhikṣuṇī（比丘尼）的省稱。佛教稱謂。指女子出家後受過具足戒者，民間又俗稱為尼姑。⓬羽客　即「羽人」、「羽士」。道士的別稱。羽，含有飛升之意，因道士喜言飛升成仙，故名。李白〈王右軍〉詩：「山陰過羽客，愛此好鵝賓。」⓭黃冠　道士的別稱。一說道士所戴束髮之冠，用金屬或木類製成，其色尚黃，故稱黃冠；一說起於隋代李播，棄官為道士，號黃冠子。唐求〈題青城山范賢觀〉詩：「為尋真訣問黃冠。」⓮上人比丘二句　謂上人、比丘都是對僧人的美稱。上人，佛教稱謂。一般指持戒嚴格，精於義學之僧。見《十誦律》。比丘，梵文 Bhikṣu 的音譯。佛教稱謂。指出家後受過具足戒的男僧。見《魏書・釋老志》。⓯檀越檀那二句　謂檀越、檀那是僧人稱呼向寺院施捨財物的世俗信徒。檀越，梵文 Danapati 的意譯，一譯施主，音譯「陀那鉢底」。佛教名詞。指向寺院施捨財物、飲食的世俗信徒。《南海寄歸內法傳》卷一：「梵云陀那鉢底，譯為施主。陀那是施，鉢底是主，而言檀越者，本非正譯，略去那字，取上陀音，轉名為檀。更加越字，意道由行檀捨，自可越渡貧窮。」⓰燒丹煉汞二句　謂燒丹、煉汞，是道士想修煉成仙的方法。燒丹、煉汞，即「煉丹」。道教法術之一，源於古代方術。原指在爐鼎中燒煉礦石藥物以製「長生不死」丹藥（即「金丹」），後道士將此方術擴充，除將上述金丹稱為「外丹」外，又將人體比作爐鼎，以煉體內的精、氣、神，稱作「內丹」。「煉丹」即二者的統稱。也作煉汞燒鉛，高駢〈聞河中王鐸加都統〉詩：「煉汞燒鉛四十年，至今猶在藥爐前。」⓱和尚自謙二句　謂和尚對自己的稱呼是「空桑子」。空桑子，佛教僧人自稱。僧人自謂無父母、無家鄉，故稱「空桑子」。也省作「空桑」，楊載〈次韻錢塘懷古〉詩：「空桑說法黃龍聽，貝葉繙經白馬馱。」佛教認為一切事物的現象都有它各自的因和緣，而沒有實在自體，名「空」。桑，桑榆。常用作故鄉的代稱。⓲道士誦經二句　謂道士念經，稱作步虛聲。步虛聲，道士齋壇讚頌時諷頌詞章的腔調，據稱宛如眾仙縹緲步行虛空歌誦之聲，故名。據《異苑》載：「陳思王（曹植）遊山，忽聞空中誦經聲，清遠遒亮，解音者則而寫之，為神仙聲。道士效之，作步虛聲。」⑲菩者普也四句　菩是菩提，覺悟之意；薩是薩埵，眾生之意，神祇覺悟（普渡）眾生，故而尊稱為菩薩。菩薩，梵文 Bodhisattva 的音譯「菩提薩埵」的省稱。意「覺有情」、「道眾生」。謂修持大乘六度，求無上菩提（覺悟），利益眾生（薩埵），於未來成就佛果的修行者。見《翻譯名義集・一》、《法華玄贊・二》。佛典上常提到的菩薩有彌勒、文殊、觀世音等。大乘僧侶或居士有時也被尊稱為菩薩。⑳水行龍力大四句　謂水中龍的力量最大，陸地上象的力量最大，佛法威力無邊，負荷佛法的人，便有龍象之稱。龍象，佛教用語。形容佛門威力無比；一說龍象是有大力的象，比擬具有勇力、猛於修行的人。語見《涅槃經・純陀品》。後亦用作「大德」的敬稱。見《注維摩詰經・不思議品》。㉑儒家謂之世四句　謂儒家所說的世，佛家所說的劫，道家所說的塵，都是俗世塵緣未能解脫的意思。見《楞嚴經》。《說郛・續仙傳》也有類似說法。世，古稱三十年為一世；也含有「世事」、「世俗」之意。劫，梵文 Kalpa 的音譯「劫波」之略。意為極為久遠的時節，源於印度婆羅門教，認為世界要經歷許多劫，每個劫末都有劫火出現，燒毀一切，然後重新創造世界，佛教沿用其說，但解釋不同。後世訛為「劫殺」之劫，成為厄運、天災人禍的意思。塵，道家以一世為一塵。《說郛・續仙傳》載：丁約曾對韋子威說：「郎君得道，尚隔兩塵。」兩塵，即兩世。㉒儒家曰精一四句　謂儒家所說的精一，佛家所說的三昧，道家所說的貞一，都是講義理深奧，沒有窮盡，要專心一致地探索研究的意思。精一，專心一意。語出《書・大禹謨》：「惟精惟一。」孔穎達疏：「汝當精心，惟當一意。」三昧，梵文 Samādhi 的音譯，意譯為「定」。佛教名詞。謂心專注一境而不散亂的精神狀態。佛教以此作為取得確定的認識、作出確定的判斷的心理條件。《大智度論》卷七：「何等為三昧？善心一處住不動，是名三昧。」貞一，堅定一心。《易・繫辭》：「天下之動，貞夫一者也。」

【語　譯】飛錫、掛錫，是說僧人的行與住；導引、胎息，皆為道家修煉的方法。和尚行禮叫做和南，道士行禮叫做稽首。和尚死，稱圓寂，又稱荼毗；道士死，叫做羽化，又叫做尸解。女道士稱巫，男道士名覡，自古就有區分；男僧叫僧，女僧名尼，從來就有區別。羽客、黃冠，都是道士的別名；上人、比丘，皆為僧人的美稱。僧侶稱施主，謂之檀越、檀那；道士想修煉成神仙，便燒丹、煉汞。和尚自謙，說空桑子；道士頌經，叫做步虛聲。菩是菩提，覺悟之意，薩是薩埵，眾生之意，神祇普渡眾生，故而尊稱為菩薩；龍是水中力量最大的，象是陸地力量最大的，佛家之法威力無邊，故而擔當佛法的人有龍象之稱。儒家所說的世，佛家所說的劫，道家所說的塵，都是講俗世之緣未脫；儒家講精一，佛家講三昧，道家講貞一，皆言義理深奧沒有窮盡，要專心一意地探求。

達摩死後，手攜隻履西歸❶；王喬朝君，舄化雙鳧下降❷。辟穀絕粒，神仙能服氣煉形❸；不滅不生，釋氏惟明心見性❹。梁高僧談經入妙，可使巖石點頭，天花墜地❺；張虛靖煉丹既成，能令龍虎并伏，雞犬俱升❻。藏世界於一粟，佛法何其大❼；貯乾坤於一壺，道法何其玄❽。妄誕之言，載鬼一車❾；高明之家，鬼闞其室❿。〈無鬼論〉，作於晉之阮瞻⓫；《搜神記》，撰於晉之干寶⓬。顏子淵、卜子夏，死為地下修文郎⓭；韓擒虎、寇萊公，死作陰司閻羅王⓮。至若土穀之神曰社稷⓯，乾旱之鬼曰旱魃⓰。魑魅魍魎，山川之祟⓱；神荼鬱壘，啖鬼之神⓲。仕途偃蹇，鬼神亦為之揶揄⓳；心地光明，吉神自為之呵護⓴。

【章　旨】本節介紹有關鬼神、高僧、成仙者等等的傳說。

【注　釋】❶達摩死後二句　達摩死後，葬熊耳山，相傳有人出使西域回國時，在葱嶺遇見達摩，手裡拿著一隻鞋，問他去哪裡，說：「西天去。」見《景德傳燈錄》。達摩，即「菩提達摩」。南天竺僧人，南朝宋末至中國，是中國禪宗初祖。參見上節注。❷王喬朝君二句　謂漢代王喬有神術，能把鞋子變成鳧，載著他前去朝見君主。參見卷二〈衣服〉有關注釋。❸辟穀絕粒二句　謂道家可以不食五穀，用呼吸養生的方法修煉成仙。辟穀，道教的一種修煉方法，即不食五穀。亦稱「絕粒」、「休糧」、「斷穀」等。《史記・留侯世家》：「乃學辟穀，道引輕身。」絕粒，即辟穀。服氣，道教術語。一作「食氣」。原為中國古代的一種呼吸養生方法，同吐納相似，後為道教承襲。認為通過呼吸可以服食「日精月華」，是修仙的方法之一。《晉書·隱逸·張忠傳》：「恬靜寡欲，清虛服氣，餐芝餌石，修導養之法。」煉形，指修煉形體，以求超脫成仙。煉，也作「練」。《博物志》卷四引《神農經》：「上藥養命，謂五石之練形、六芝之延年也。」❹不滅不生二句　謂不生不滅是佛教的最高境界，這只能靠自己的內在智慧去覺知佛性。不滅不生，即「無生」。佛教名詞。與「涅槃」、「實相」等含義相同，認為一切現象之生滅變化，都是世間眾生虛妄分別的產物，本質在於「無生」，無生即無滅，故寂靜如涅槃，為諸法「實相」、「真如」。語見《大般若波羅蜜多經》。明心見性，佛教禪宗基本思想之一，以自心本有的般若智慧去覺知自心真性（即佛性）的一種內省修行方法，對後世佛教及宋明理學有重大影響。語見《元史·仁宗紀》。❺梁高僧談經入妙三句　謂梁朝高僧談經說法十分神妙，可以使巖石點頭，天花墜地。高僧，對德行高的僧人的尊稱，與「名僧」相對而言。南朝梁慧皎首創《高僧傳》，其〈序錄〉謂：「（僧）若實行潛光，則高而不名；寡德適時，則名而不高。」他把僧人的「德業」分成十類，一譯經，二義解，三神導，四習禪，五明律，六遺身，七誦經，八興福，九經師，十倡導。在每一方面做出成績或突出者稱為「高僧」，此後歷代撰《高僧傳》皆大體依此體例。巖石點頭，相傳東晉高僧竺道生法師入虎丘山，聚石為徒，講《涅槃經》，群石皆為點頭。見《蓮社高僧傳·道生法師》。天花墜地，相傳梁武帝時法雲法師講經，感動上天，天上落下寶花。見《續高僧傳·法雲》。❻張虛靖煉丹既成三句　相傳張虛靖是東漢五斗米道創始者張道陵的七世孫，學長生之術，遍遊名山，煉丹成功後，能使龍降虎伏。升天時，藥罐放在庭院中，雞犬吃了，一併升天。見《列仙傳》。❼藏世界於一粟二句　謂一粒米中能容納世界，佛法何其偉大。藏世界於一粟，世界能藏在一粟之中。《五燈會元》：「一粒粟中藏世界，半升鐺內煮乾坤。」案：佛教理論強調世界一切現象皆是相對的、流變的、虛幻不實的，沒有質的規定性和獨立實體，即所謂「空」，故而粟米不為小，世界不算大，因為它們都是世俗認識的「假相」，唯有擺脫世俗認識，才能顯示諸法「常住不變」的真實相狀（即「實相」）；唯有徹底斷滅生死諸苦和世界的一切，才能達到涅槃境界。這與下文道家的「貯乾坤於一壺」不同，道家認為神仙、仙境是真實的，神仙們長生不老，且具有凡人所沒有的各種能力和本領，能做到常人做不到的事，與佛教理論有本質的區別。❽貯乾坤於一壺二句　謂壺中別有一乾坤，道家的法術何等玄妙。相傳有一老翁（壺公）在街市上賣藥，掛一壺於肆（店鋪），日暮便入壺中休息，費長房看到後十分奇怪，經再三懇求，壺公帶費長房一起進入壺中，費看到裡面亭臺樓閣十分壯觀，驚歎道：「此別一乾坤也。」便向壺公學道。見《神仙傳·壺公》。❾妄

誕之言二句　謂說話虛妄不實，就好比車上裝了一車鬼。載鬼一車，《易・睽卦》「上九」爻辭，比喻可怪。❿高明之家二句　句出揚雄〈解嘲〉：「高明之家，鬼闞其室。」意思是地位尊貴的人，鬼只敢俯視他的家。高明，地位尊貴的人。《書・洪範》：「無虐煢獨而畏高明。」孔穎達疏：「高明，謂貴寵之人。」闞，俯視。⓫無鬼論二句　謂〈無鬼論〉是晉代阮瞻所著。《晉書・阮瞻傳》載：阮瞻執無鬼論，有天，有個人來找他辯論鬼神之事，阮瞻把他說得啞口結舌。客人怒說：「僕便是鬼。」隨即變形消失。阮瞻（約西元二八一～三一〇年），西晉陳留人，字千里。阮咸子。歷官東海王司馬越記室參軍、太子舍人，曾以「將無同」三字說明玄學與儒學宗旨相同，為時論所讚賞。⓬搜神記二句　謂《搜神記》是晉代干寶所撰。《搜神記》，志怪小說。東晉干寶撰，二十卷，今本已非原書，係後人由《法苑珠林》、《太平御覽》等書輯錄而成，僅六卷。所記多神怪靈異，其中也保存了一些民間傳說。干寶，晉新蔡人，字令升。少勤學，以才器召為佐著作郎，南渡後，王導薦修國史，官太守、散騎常侍等。著《晉紀》，有文筆，咸稱良史；注《周易》數十篇，所著《搜神記》，為我國古代重要小說作品。⓭顏子淵卜子夏二句　謂顏淵、子夏死後，在地下（陰間）當了修文郎。顏淵（西元前五二一～前四九〇年），春秋末魯國人，名回，字子淵。孔子學生。貧居陋巷，簞食瓢飲，而不改其樂，早卒，孔子極悲慟，後被尊為「復聖」。卜子夏，孔子學生。卜氏，名商，以文學見稱。參見卷二〈衣服〉有關注釋。修文郎，傳說顏淵、子夏死後，在地下為修文郎。見《太平廣記》卷三一九引王隱《晉書》，舊時因稱文人死亡為「修文」。⓮韓擒虎寇萊公二句　謂韓擒虎、寇準死後，當了陰間的閻羅王。見《北史・韓擒虎傳》及《翰苑名談》。韓擒虎（西元五三八～五九二年），隋河南人，一名豹，字子通。北周時，以軍功任新安太守、和州刺史；入隋，任廬州總管，以平陳功，進上柱國。寇萊公，寇準。北宋大臣，封萊國公。參見卷一〈武職〉有關注釋。陰司，舊時迷信者所說的陰間官府。閻羅王，梵文 Yamarāja（音譯「閻摩羅闍」）的簡譯。原為古印度神話中管理陰間之王，佛教沿用其說，稱管理地獄之王。中國民間傳說的閻羅王即源於此。⓯社稷　古代帝王、諸侯所祭的土神和穀神。《周禮・春官・大宗伯》：「以血祭祭社稷、五祀、五嶽。」舊時因作為國家的代稱。社，土地神。《禮記・祭法》：「共工氏之霸九州也，其子曰后土，能平九州，故祀以為社。」稷，五穀之神。相傳夏代以前祭祀厲山氏之子農，殷商以降，以農年代太遠，遂祀后稷為稷。見《左傳・昭公二十九年》。⓰旱魃　古代傳說中能造成旱災的怪物。《神異經》載：旱魃「身長二三尺，袒身而目在頂上，走行如風，所到之國大旱，赤地千里」。⓱魑魅魍魎二句　謂魑魅魍魎是山川中的鬼怪妖精。魑魅，古代傳說中山澤的鬼怪。魍魎，古代傳說中的山川精怪。《文選・張衡・西京賦》：「魑魅魍魎，莫能逢旃。」祟，古人想像中的鬼怪或鬼怪出而禍人。引申為災禍。⓲神荼鬱壘二句　謂神荼和鬱壘是能治服惡鬼妖魔的神。神荼鬱壘，古代神話傳說中看守鬼門的兩位大神，一名神荼，一名鬱壘，能治服惡鬼妖魔，黃帝以他們二人的像畫在門上，以禦凶魅，民間沿襲，貼二人的畫像在門上，作為門神。見《論衡．訂鬼》。啖，吃。⓳仕途偃蹇二句　謂仕途困頓，不得志，鬼神也會來戲侮嘲弄。事見《晉陽秋》。偃蹇，困頓。偃，停止；停息。蹇，跛足。引申為困難、不順利。揶揄，也作「邪揄」、「揶揄」。戲弄、侮弄之意。⓴心地光明二句　謂心地光明正大的人，自然會有吉祥之神呵護保祐他。《感應篇》：「心起於善，善雖未為，而吉神已隨之。」呵護，呵禁護持。

【語　譯】達摩死後，手中提了一隻鞋，回西天去；王喬是仙令，每次上朝，都把鞋子變成野鴨，從天上飛來。道家修煉時，能辟穀絕粒，通過呼吸，服食日精月華；佛家的最高境界是不生不滅，這只能靠自己的內在智慧去覺知佛性。梁朝高僧講經說法，其神妙可以使巖石點頭、天花墜地；張虛靖煉丹成功後，能夠使龍降虎伏、雞犬升天。世界可以藏在米粒中，佛法論辯何等深奧；乾坤能夠裝進一個小壺裡，道家的法術多麼玄妙。言語妄誕，空洞無物，如同載來一車鬼；地位尊貴的人家，鬼只敢俯視他的居室。西晉的阮瞻寫了〈無鬼論〉，東晉的干寶撰有《搜神記》。顏淵、子夏，死後當了地下修文郎；韓擒虎、寇準，死後則成為陰間的閻羅王。掌管土地五穀的神是社稷，導致乾旱的鬼叫旱魃。魑魅魍魎，是山川的鬼怪妖精；神荼鬱壘，是治服惡鬼妖魔的神靈。仕途困頓，鬼神也會戲弄他；心地光明正大，自有吉神呵護他。

新增文

菩提無樹，明鏡非臺❶。光明拳打破痴迷膜❷，愛欲海濟渡大願船❸。白足、清癯，誰個未知禪味❹；赤髭、碧眼，何人不是梵宗❺。法喜為妻，智度為母，無須詢骨肉為誰❻；慈悲作室，通慧作門，不須問宅居何在❼。孫居士大嘯一聲，山鳴谷應❽；陳先生長眠數覺，物換星移❾。巖下清風，黑虎賣董仙丹杏❿；山間明月，彩鸞棲張叟綠筠⓫。趙惠宗火中化鶴，豈避烽炎⓬；左真人盆裡引鱸，不須煙浪⓭。蕭靜曾餐芝似肉⓮，安期更食棗如瓜⓯。夏郊有異神，祀處卻轉凶為吉⓰；黎丘多奇鬼，惑時必以偽害真⓱。唐時花月妖，畏見狄梁公之面⓲；晉代枌榆社，愁逢阮宣子之柯⓳。仍思大手入窗，公亮舉筆⓴；翻憶長舌吐地，壯士吹燈㉑。鄒德潤徙項王祠，莫須有也㉒；牛僧孺宿薄后廟，豈其然乎㉓。

【章旨】本節補充介紹佛教（主要是禪宗）的一些基本觀點，以及中國民間盛傳的各種神異志怪，其中既有活靈活現的神鬼，也有不怕鬼的壯士。

【注釋】❶菩提無樹二句　謂菩提樹並非真實，所以沒有菩提樹；明鏡臺也是虛幻，所以沒有明鏡臺。案：本句指中國禪宗六祖之事。據《景德傳燈錄》：禪宗五祖弘忍為選嗣法弟子，命寺僧各作一偈。他的大弟子神秀主張漸悟，偈云：「身是菩提樹，心如明鏡臺，時時勤拂拭，勿使惹塵埃。」當時慧能只不過是碓房舂米的打雜僧人，他主張頓悟，並認為依佛法，菩提樹、明鏡臺亦是「空」，便請人代書作偈：「菩提本無樹，明鏡亦非臺，本來無一物，何處惹塵埃。」深得弘忍讚許，密授法衣。菩提，菩提樹。也譯作「覺樹」、「道樹」。樹名。相傳釋迦牟尼在蓽鉢羅樹下證得菩提（覺悟），故稱蓽鉢羅樹為菩提樹。該樹為常綠喬木，據傳南朝梁時僧人智藥自天竺（古印度）移植中國，多產於廣東，南方佛教國家常焚香散花，繞樹行禮。❷光明拳打破痴迷膜　謂如來舉起拳，打破世人對利祿愛欲的痴迷。光明拳，佛經謂：「如來舉金色臂，屈五輪指，為光明拳。決一切痴膜，到一切功德岸。」見《楞嚴經》卷一。痴迷膜，佛教認為人世間的功名利祿、愛恨情感都是虛幻之物，俗人痴迷其中而不自知，它們就像一層膜阻擋了覺知自心真性的智慧，故要破除。也叫愚痴膜。見《海錄碎事・鬼神道釋・經》。❸愛欲海濟渡大願船　謂佛乘大願船，在愛欲海（苦海）中普渡眾生，救助世人。愛欲海，佛家謂情欲、貪欲深廣如海，實際卻是苦海，讓人沉溺其中。《唐譯華嚴經》：「破煩惱山，竭愛欲海。」欲，欲望；欲念。濟，救助；接濟。大願船，《淨土文》謂：「菩薩乘大願船，在生死海中，呼引眾生上大願船。」即佛普渡眾生，使人們脫離苦海。❹白足清癯二句　謂白足、清癯（都是高僧的外號），哪個不知曉禪味。白足，相傳釋曇始之足比臉的膚色還白，人稱「白足和尚」。見《高僧傳・釋曇始》。清癯，相傳僧善權清癯（瘦），時號「瘦權」。禪味，禪宗的學說義理。禪，梵文Dhyāna音譯「禪那」之略。意譯為「靜慮」、「思維修」、「功德叢林」等。佛教名詞。謂心注一境、正審思慮。中國習慣把「禪」和「定」並稱為「禪定」，含義較廣，並轉義為禪宗之「禪」。禪宗是中國的佛教宗派，因主張用「禪定」概括佛教的全部修習而得名，又稱「佛心宗」，因其自稱「傳佛心印」，以覺悟眾生本有之佛性為目的而得名。相傳創始人為菩提達摩（參見上節注），至五祖弘忍而分成北宗神秀、南宗慧能（參見上節注），時稱「南能北秀」。北宗強調「拂塵看淨」，主張漸修；南宗強調心性本淨，佛性本有，覺悟不假外求，主張「以無念為宗」和「見性成佛」、「即心是佛」，故不讀經，不禮佛，不立文字，自稱「頓門」。中唐以後，經慧能弟子神會等人提倡，南宗成為禪宗正統，受到唐王室重視，對士大夫和民眾都有較大影響，並逐漸形成多家宗派。唐、宋時，禪宗相繼東傳朝鮮、日本，在當地有很大影響。❺赤髭碧眼二句　謂長有赤髭、碧眼的外國人，哪個不是佛教大宗師。赤髭，紅色鬍鬚。佛陀耶舍尊者赤髭，時號赤髭比丘沙彌。見《高僧傳・佛陀耶舍》。碧眼，綠色眼珠。菩提達摩眼碧，人稱碧眼禪師。梵宗，佛教大師。❻法喜為妻三句　謂僧人以佛法、善良為妻，以智慧離俗為母，不必探尋他的父母妻兒是誰。語本《維摩詰經》：「釋氏智度以為母，方便以為父，法善以為妻，慈悲以為子。」❼慈悲作室三句　謂僧人以慈悲作為屋子，聰慧作為人室之門，不用詢問他的家居住何方。案：此和前一句都是講由於現實世界一切皆苦，都是虛幻的，包括家庭、父母、妻子、兒女，出家人已脫俗世，所以沒有世俗的家庭、住室，而慈悲、智慧、佛法等等就是他們的一切。❽孫居士大嘯一聲二句　相傳晉代孫登得仙道，阮籍去拜訪他，與他談世事，孫不應，阮籍回途中走到半山時，聽到有聲音如鸞鳳的鳴聲，響徹巖谷，原來是孫登之嘯。見《晉書・阮籍傳》。孫居士，即孫登。西晉汲郡人，字公和。隱居郡北山土窟，好讀《易》。阮籍與語，不應；嵇康從遊三年，亦無所得，臨別誡康曰：「才多識寡，難乎免於今之世矣。」嵇康臨刑時，自歎愧對他。居士，梵文 Grha-Pati。音譯「迦羅越」，意譯「家主」。佛教用來稱呼在家佛教徒之受過三歸、五戒者。《維摩詰經》說：佛的弟子維摩詰居家學道，號稱維摩居士。慧遠疏：「居士有二：一、廣積資財，居財之士，名為居士；一、在家修道，居家道士，名為居士。」

❾陳先生長眠數覺二句　謂陳摶每睡必數月而醒，長睡數覺，時令、世事已有很大的變化。見《貴耳集》。陳先生，陳摶（?～西元九八九年）。五代宋初道士。亳州人，字圖南，自號扶搖子。舉進士不第，隱居武當山、華山。後周世宗曾召問其術，命為諫議大夫，固辭不受。宋太宗賜號希夷先生。物換星移，景物改換，星宿推移。指時序遷變，事物變更。語見王勃〈滕王閣序〉。❿黑虎賣董仙丹杏　吳國董奉居廬山，為人治病不收錢，讓病人癒後栽種杏樹，日久杏成林，每年杏熟時，買杏者用一石穀取一石杏，多取者便有黑虎追逐，故稱黑虎賣杏。見《神仙傳・董奉》。⓫山間明月二句　謂深山月明，有彩鳳停在張叟屋旁的竹上。張叟，張虛靖。東漢張道陵（張天師）的七世孫，隱居龍虎山，有彩鸞棲鳴其屋上，作詩有「結廬高處無人到，夜半彩鸞棲綠筠」之語。見《列仙傳》。綠筠，綠竹。筠，竹子的青皮，引申為竹子的別稱。⓬趙惠宗火中化鶴二句　趙惠宗，唐中期宜都人，相傳他得了仙術，於天寶末年，堆起柴薪自焚，怡然坐火中，誦《度人經》，化成仙鶴飛去。見《列仙傳》。⓭左真人盆裡引鱸二句　《後漢書・方士傳》說左慈精通道術，有次曹操宴客，說席上惟缺松江鱸魚，左慈拿一銅盤，貯水垂釣，一會兒釣出數尾。曹操嫌他有怪術，想殺他，乃遁去，後入東吳，為孫權禮重。左真人，左慈。東漢末廬江人，字元放。方士。相傳是東漢丹鼎派道教的道術傳授人。⓮蕭靜曾餐芝似肉　《神仙感遇傳》載：蕭靜之曾於地下掘得一物，像隻人手，肥潤而紅，煮熟吃下之後，他的齒髮更生，力壯貌少，有道士對他說：「所食者，肉芝也。」蕭靜，蕭靜之。漢代人。⓯安期更食棗如瓜　相傳漢武帝時有人在海上見到安期生，說他正在吃棗，那棗子大如瓜。見《史記・封禪書》。安期，安期生。仙人。⓰夏郊有異神二句　《國語・晉語》載：晉侯有病，夢見黃熊進屋，問這是什麼鬼怪，子產說：「堯在羽山殺鯀，其神變成黃熊，就是夏郊，夏商周三代都祭祀。」於是祀夏郊，晉侯的病就好了。⓱黎丘多奇鬼二句　梁北有黎丘部，多奇鬼，善於模仿別人的兄弟兒子，有個老人先一日被黎丘鬼所變的假兒子糾纏，得知真相後要殺黎丘鬼，結果卻殺了自己的兒子。事見《呂氏春秋・疑似》。後因以「黎丘丈人」比喻惑於假象、不察真情而陷於錯誤的人。⓲唐時花月妖二句　相傳唐代武三思寵妓素娥，有姿色，武三思宴請狄仁傑時，她忽然不見蹤影，只聽見廳堂深處有說話聲：「妾乃花月妖，梁公是正人君子，吾不敢見。」見《甘澤謠》。狄梁公，狄仁傑。唐初大臣，曾任大理丞。斷獄一萬七千人，件件公正，

封梁國公。參見卷二〈師生〉有關注釋。⑲晉代枌榆社二句　謂晉代阮修曾經砍伐家鄉祀神之處的樹。事見《世說新語・方正》：阮修砍伐社樹（祭祀社神之處的樹），有人制止他，他說：「社而為樹，伐樹則社亡；樹而為社，伐樹則社移，何害（如果社神就是樹，砍樹社神則死；如果樹是社神，砍樹則社神遷移，有什麼危害呢）？」枌榆，鄉名。漢高祖劉邦的故鄉。《漢書・郊祀志上》：「高祖禱豐枌榆社。」後人因稱家鄉為枌榆。社，古指土地神。《禮記・祭法》：「共工氏之霸九州也，其子曰后土，能平九州，故祀以為社。」阮宣子，即阮修。晉代陳留人，字宣子。官至太子洗馬，喜好《易》、《老》，擅長清言，主張儒、玄為一家，證鬼神無有之說，為時人所服；與王敦、謝鯤等同為王衍「四友」。⑳仍思大手入窗二句　相傳馬公亮在燈下讀書時，有鬼從窗中伸進大手，馬公亮提筆在鬼手上寫字，鬼手縮不回去了，再三哀求，公亮洗去鬼手上的字，鬼才得以離去。見《括異志》。㉑翻憶長舌吐地二句　《靈鬼志》載：晉代嵇康在燈下彈琴，忽然有鬼進來，舌頭吐出七尺多長，垂在地上，嵇康吹熄了燈，說：「恥與魑魅爭光。」壯士，指嵇康。晉代竹林七賢之一。參見卷二〈師生〉有關注釋。㉒鄒德潤徙項王祠二句　謂鄒德潤遷項王祠，這事或許有。案：據《能改齋漫錄》，遷移項王祠的是南朝齊吳興太守蕭琛，不是鄒德潤。蕭任太守時，郡內有項王（項羽）廟，他到廟裡說：「生不能與漢祖爭中原，死據此廳事，何也！」便把廟遷往他處。莫須有，猶言恐怕有、也許有。《宋史・岳飛傳》載：秦檜陷害岳飛構成冤獄，韓世忠不平，找秦檜質問抓岳飛有什麼根據，秦檜說：「岳飛子岳雲與張憲書信往返雖不明確，其事體莫須有。」韓世忠說：「『莫須有』三字何以服天下？」後因此以「莫須有」作為捏造誣陷的罪名。㉓牛僧孺宿薄后廟二句　謂牛僧孺曾住在西漢薄太后的廟中，這難道是真的嗎？牛僧孺，唐代宰相。參見卷二〈衣服〉有關注釋。相傳他去京師參加考試，未考取，回鄉途中，日暮時迷路，遠望火光，到一所大宅前，看門人帶他進去，珠簾內有人說：「妾是漢文帝母薄太后，你怎麼來到這裡？」而後喚出王嬙、楊貴妃、潘妃、綠珠等歷代著名美女，陪伴宴飲，至次日清晨醒來，才知道她們都是鬼。見牛僧孺《周秦行記》。薄后，漢高祖妃。漢文帝之母。

【語　譯】「菩提本無樹，明鏡亦非臺」，這是禪宗六祖慧能所作之偈。如來舉起光明拳，打破世人痴迷之障膜；菩薩乘大願船，在愛欲海中濟渡眾生。白足、清癯都是上人，哪個不懂禪味；赤髭、碧眼皆為高僧，哪個不是佛門大師。釋氏以法喜為妻，智度為母，無須問他家庭兒女是誰；如來以慈悲作室，通慧作門，不必問他宅居何處。孫登呼嘯一聲，山谷為之鳴應；陳摶每次睡覺必數月才醒，他只睡了幾覺，世事卻已大變。山巖下吹過清風，有黑虎監視人用穀換董奉的杏子；張虛靖隱居山間，有彩鸞夜半棲於綠竹。趙惠宗積柴自焚，化鶴而去，一點也不躲避烈火；左慈從空盆中釣出鱸魚，無須經受江河的煙浪。蕭靜之吃了肉芝，返老還童；安期生在海上所食巨棗大如瓜。夏郊有異神，祭祀之後，晉侯的病轉凶為吉；黎丘有奇鬼，一老人被它迷惑，把自己的兒子當成鬼殺了。唐代的花月妖，怕見狄仁傑的面；晉代阮修家鄉祀社神之處的樹木，被阮修砍伐。至今依然思念馬公亮舉筆在伸進窗子的鬼手上寫字；還會想起阮籍看到有鬼進屋，長舌吐地，便吹熄了燈，恥與魑魅爭光。過去傳聞鄒德潤遷徙項王祠，這事或許有；也有人說牛僧孺宿薄后廟遇見美女，這難道是真的嗎？

鳥獸

【題解】中國地域廣闊，南北東西的地形地貌、氣候環境有很大的差異，動植物種類十分豐富，《詩經》、《爾雅》等古籍中載有許多花鳥魚蟲的名稱，其中不乏中國特有的品種，如今天人們所熟知的大熊貓、銀杏等等。

不過，中國文化的特點同樣影響了先輩們對動植物的認識。古代中國從未有過建立在解剖學基礎上的對動植物的科學概念，而是根據直觀想像，賦各種動植物以倫理的意義，甚至分成所謂善惡吉凶，如本文所說的雞有五德，麒麟、騶虞皆好仁之獸，梟、獍是食父母的惡獸等，並且附會想像出一些事實上不存在的動物，如龍、鳳、麒麟等。古人認為人與動物相似，某些禽獸也會說話，但惟有人有禮儀，是為人獸間的最大區別，這實際還未脫倫理化的認識與解析。

麟為毛蟲之長❶，虎乃獸中之王❷。麟、鳳、龜、龍，謂之四靈❸；犬、豕與雞，謂之三物❹。騄駬、驊騮，良馬之號❺；太牢、大武，乃牛之稱❻。羊曰柔毛❼，又曰長髯主簿❽；豕名剛鬣❾，又名烏喙將軍❿。鵝名舒雁⓫，鴨號家鳧⓬。雞有五德，故稱之曰德禽⓭；雁性隨陽，因名之曰陽鳥⓮。家豹、烏圓，乃貓之譽⓯；韓盧、楚獹⓰，皆犬之名。麒麟、騶虞，皆好仁之獸⓱；螟、螣、蟊、賊，皆害苗之蟲⓲。無腸公子，螃蟹之名⓳；綠衣使者，鸚鵡之號⓴。

【章　旨】本節介紹常見的動物、家畜的名稱、別號，並賦予牠們某些仁德之性；也言及古人認為有但實際並不存在的一些吉祥獸，如麒麟、鳳凰。

【注　釋】❶麟為毛蟲之長　謂在身上長毛的動物中，麒麟是最尊貴的。麟，麒麟。古代傳說中的一種動物，麋身牛尾，狼項馬足，頭生一角，雄曰麒，雌曰麟。行止不踩蟲蟻，不折小草，不食不義，不飲汙池，有「仁獸」之稱，是吉祥的象徵。《公羊傳．哀公十四年》：「麟者，仁獸也。有王者則至。」毛蟲，謂身上長毛的（哺乳）動物，不是軟體動物中的毛蟲。案：中國古人把動物（包括人）分成五大類，各有其尊貴者：羽（毛）蟲三百六十，鳳為之長；毛蟲三百六十，麟為之長；甲蟲三百六十，龜為之長；鱗蟲（總稱魚蝦類水生動物）三百六十，龍為之長；倮蟲（總稱無羽毛鱗甲蔽身的動物，包括蛙、蚯蚓等）三百六十，人為之長。見《大戴禮記．易本命》。❷虎乃獸中之王　謂虎是獸王。《說文》：「虎，山獸之君。」古人認為虎是百獸之長，能噬食鬼魅。❸麟鳳龜龍二句　謂麟、鳳、龜、龍稱為四靈。語本《禮記．禮運》：「麟、鳳、龜、龍，謂之四靈。」麟，即麒麟。見前注。鳳，鳳凰。古代傳說中的神鳥，雄的叫「鳳」，雌的叫「凰」，亦可合稱為「鳳」或「鳳凰」。其狀如錦雞，五彩羽毛。古人認為鳳凰生性高潔，飲必擇食，棲必擇枝，能歌善舞，天下太平則見，亂世則隱。龜，古代傳說中長壽的神物。古人認為龜背上穹象天，下平法地，千歲以上的神龜問無不知。龍，古代神話傳說中的神靈之物。本是華夏族尊奉的圖騰，後成為尊貴的神聖之物。馬首、蛇身、魚鱗、鳥爪，能變化，或幽或明，或短或長，或高飛在天，或低潛深淵。❹犬豕與雞二句　謂狗、豬和雞，是古人盟誓時用的「三物」。三物，語出《詩．小雅．何人斯》：「出此三物，以詛爾斯。」毛傳：「三物，豕、犬、雞也。民不相信，則盟詛之。君以豕，臣以犬，民以雞。」豕，豬。❺騄駬驊騮二句　謂騄駬與驊騮都是良馬的代稱。騄駬，驊騮，馬名。相傳為周穆王的八駿中之二。《史記．秦本紀》：「造父以善御幸於周穆王，得驥、溫驪、驊駵（騮）、騄耳之駟。」裴駰集解：「八駿皆因其毛色以為名號。」後皆作為駿馬的代稱。案：騄駬，《穆天子傳》及《列子．周穆王》皆作「綠耳」，則當為綠色的馬。❻太牢大武二句　謂太牢、大武都是牛的別稱。太牢，也作「大牢」。古代帝王、諸侯祭祀社稷時，牛、羊、豬（豕）三牲全備為「太牢」。《公羊傳．桓公八年》：「冬曰烝。」何休注：「禮，天子諸侯卿大夫，牛、羊、豕凡三牲曰大牢。」也有專指牛的。大武，即「一元大武」。古代祭祀用的牛。《禮記．曲禮下》載：「凡祭宗廟之禮，牛曰一元大武。」鄭玄注：「元，頭也；武，迹（痕迹）也。」孔穎達疏：

「牛若肥則腳大，腳大則迹痕大，故云一元大武也。」❼柔毛　指古代祭祀所用的羊，以羊肥則毛細而柔弱，故名。見《禮記・曲禮下》。❽長鬣主簿　羊有美鬣，故稱長鬣主簿。見崔豹《古今注》。鬣，兩頰上的長鬚。❾剛鬣　豬。古代祭祀用豬的專稱，以豬肥則毛鬣剛大而名之。見《禮記・曲禮下》。❿烏喙將軍　豬的別稱。見《古今注》。烏喙，黑嘴。喙，鳥獸的嘴。⓫舒雁　鵝的別稱。見《爾雅・釋鳥》。以鵝行遲緩不迫而得名。⓬家鳧　鴨的別稱。見《爾雅・釋鳥》。鳧，泛指野鴨。⓭雞有五德二句　謂雞有五種美德，所以被稱為德禽。雞有五德，《韓詩外傳》卷二載：「君獨不見夫雞乎，首戴冠者，文也；足搏距者，武也；敵在前敢鬥者，勇也；得食相告，仁也；守夜不失時，信也。」搏距，指雄雞等跖後面突出像腳趾的部分。鬥時用它來刺敵。⓮雁性隨陽二句　謂雁的習性是追隨陽光，所以稱作陽鳥。《書・禹貢》：「彭蠡既豬，陽鳥攸居。」陽鳥，指大雁。為候鳥，每年春分後飛往北方，秋分後飛回南方，古人認為雁逐陽光，故稱陽鳥。⓯家豹烏圓二句　謂家豹、烏圓都是貓的美稱。家豹，貓的別名。以貓形體似豹而家養，因而得名。烏圓，貓的眼睛早晚圓亮，中午或強光下收斂如縱線，故名。圓，也作「員」。段成式《酉陽雜俎續集》：「貓一名蒙貴，一名烏員。」⓰韓盧楚獚　良種狗名。據《廣雅》：「犬之良者，有宋國之鵲，韓國之盧，楚國之獚，晉國之獒焉。」⓱麒麟騶虞二句　謂麒麟、騶虞都是喜好仁義的善良之獸。麒麟，見❶。騶虞，《詩・召南・騶虞》：「彼茁者葭，壹發五豝。于嗟乎騶虞。」孔穎達疏：「騶虞，義獸，不食生物。」案：也有人說騶是古代掌馬的官，虞是古代天子圍獵之所管理走獸的官。⓲螟螣蟊賊二句　謂螟、螣、蟊、賊，皆為危害莊稼的害蟲。《詩・小雅・大田》：「去其螟、螣，及其蟊、賊。」螟，螟蛾的幼蟲。一種蛀食稻心的害蟲。螣，食苗葉的小青蟲。蟊、賊，吃根的害蟲稱蟊，食莖節的害蟲稱賊；後因以常用蟊賊比喻對人民或國家有危害的人或事物。⓳無腸公子二句　謂無腸公子是螃蟹的別名。《抱朴子・登涉》：「稱無腸公子者，蟹也。」⓴綠衣使者二句　謂綠衣使者是鸚鵡的外號。相傳唐代楊崇義被妻子和鄰人李弇謀殺，縣官到楊家察看，楊家的鸚鵡忽說：「殺主人者，李弇也。」案情大白。唐玄宗因封鸚鵡為「綠衣使者」。見《開元天寶遺事》。

【語譯】麒麟是毛蟲之長，老虎是獸中之王。麟、龜、龍、鳳，合稱「四靈」；狗、豬和雞，是古人歃血為盟時所用之物，叫做「三物」。騄駬、驊騮，都是良馬之名；太牢、一元大武，皆為牛的別稱。羊叫做「柔毛」，又叫做「長鬣主簿」；豬別名「剛鬣」，又稱「烏喙將軍」。「舒雁」是鵝的代稱，「家鳧」是

弄巧反拙，即「弄巧成拙」。謂想逞巧、賣弄本事，結果反而弄糟了。黃庭堅〈拙軒頌〉：「弄巧成拙，為蛇畫足。」❿美惡不稱二句　謂以壞續好，好惡不相稱，叫做「狗尾續貂」。狗尾續貂，本指官爵太濫。古代近侍官員以貂尾為冠飾，任官濫，貂尾不足，以狗尾代替。語本《晉書・趙王倫傳》：晉代趙王倫篡位後，大肆封官，同謀者皆為卿相，奴僕也加爵位，時人說：「貂不足，狗尾續。」後世泛指以壞續好，前後不相稱，多用於文學作品。⓫貪圖不足二句　謂貪心不知滿足，稱為「蛇欲吞象」。蛇欲吞象，語本《山海經・海內南經》：「巴蛇食象，三歲而出其骨。」後因以「蛇吞象」比喻貪得無厭。⓬禍去禍又至三句　謂一個禍患剛剛消除，另一個禍患又隨即來臨，稱為「前門拒虎，後門進狼」。句見趙雪航〈評史〉。⓭除凶不畏凶三句　謂不怕危險除去凶患，叫做「不入虎穴，焉得虎子」。不入虎穴，焉得虎子，比喻不冒危難，不能成事。《漢書・班超傳》載：班超出使西域時曾說：「不入虎穴，焉得虎子。」⓮鄙眾趨利二句　謂鄙視俗人追逐利祿，就說如同群蟻附羶。群蟻附羶，螞蟻爬附在羊肉上。語本《莊子・徐无鬼》：「蟻慕羊肉，羊肉膻也。」比喻俗眾追逐利祿，趨炎附勢的齷齪行為。膻，同「羶」。羊臊氣。此指利祿。⓯謙己愛兒二句　謂謙稱自己喜愛兒女，可說「老牛舐犢」。《後漢書・楊彪傳》：「（楊彪）子修為曹操所殺。操見彪問曰：『公何瘦之甚？』對曰：『愧無日磾先見之明，猶懷老牛舐犢之愛。』」舐犢，老牛以舌舔小牛。以老牛愛小牛，比喻人之愛子。舐，以舌舔物。⓰無中生有二句　謂本來沒有的硬要加上，稱為「畫蛇添足」。畫蛇添足，語本《戰國策・齊策二》：楚國有數人飲一卮（古代的一種盛酒器）酒，不夠喝。有人提議比賽畫蛇，先成者飲酒。一人先畫成，便拿起卮飲酒，並說：「我還能畫足。」足未畫完，另一人的蛇已畫成，奪過卮說：「蛇無足，你怎麼能給牠畫足呢？」遂飲其酒。後因以「畫蛇添足」比喻做事節外生枝，不但無益，反而害事。⓱羝羊觸藩　語出《易・大壯》：「羝羊觸藩，羸其角。」謂公羊的角纏在籬笆上，進退不得。比喻進退兩難。羝，公羊。⓲杯中蛇影　亦作「杯弓蛇影」。語本《晉書・樂廣傳》：晉代樂廣家牆壁上掛有角弓，樂廣請客，弓影落在酒杯中似蛇，客人勉強喝下而生病了。樂廣知道後想了想，知道杯中蛇即弓影，再請客人來，置酒於前次所放之處，告訴他原因，那人的病立即好了。後世用以比喻因疑慮而引起恐懼。案：《風俗通・怪神》記應郴請杜宣喝酒，杯中有形如蛇，杜宣因此得病，後應郴在原處設酒，蛇乃弓影，其事相同。可見古人已注意到不良的心理因素往往會引起疾病。⓳塞翁失馬二句　謂塞翁失馬，一時難以分清是禍是福。塞翁失馬，語本《淮南子・人間》：塞上之翁失其馬，人們來安慰他，翁說：「安知非福（怎麼知道這不是福氣呢）？」過數月，他的馬又帶著一匹駿馬一起回來了。人們祝賀他，翁說：「安知非禍？」他的兒子騎此馬摔斷了手臂，有人為之惋惜，翁又說：「安知非福？」後來抽壯丁當兵時，翁子因斷臂而僅有他未去。後世以「塞翁失馬」比喻壞事可能會得到好的結果，反之亦然，故稱「難分禍福」。

【語　譯】狐假虎威，比喻借別人的威勢做壞事；養虎貽患，比喻縱容敵人，自留後患。「猶」是一種野獸，性多疑慮，聽見聲音就預先上樹，一會兒又下來，反覆不定，所以說人遇事遲疑不決，叫做「猶豫」；狼和狽，互相依倚，失去對方則困頓不堪，故以「狼狽」形容困頓窘迫的境況。鹿是打獵時爭奪的目標，在眾人爭奪某物而勝負未分時，說不知鹿死誰手；基業房產換了主人，秋去春來的燕子雖在同一地方築巢，卻已不是原來的家。大雁飛往南方時，先到的是主人，後到的是賓客；雉又名陳寶，抓住雄雉可以為王，抓住雌的可以稱霸。「刻鵠類鶩」，形容學業才入門；「畫虎類犬」，比喻弄巧成拙，反留下笑柄。以壞續好，美惡不相稱，叫做「狗尾續貂」；貪得無厭，如同蛇欲吞象。剛消除一個禍患，又遇上另一個災難，謂之「前門拒虎，後門進狼」；「不入虎穴，焉得虎子」，是說不冒危難，就不能獲得成功。俗眾鄙劣，趨逐利祿，叫做「群蟻附羶」；謙稱自己喜愛兒女，便說「老牛舐犢」。「畫蛇添足」，形容無中生有，節外生枝；「羝羊觸藩」，比喻進退兩難。無端產生疑慮恐懼，叫做「杯中蛇影」；「塞翁失馬」，是說壞事有時會產生好的結果，禍福並不是事情發生之時就能分辨的。

龍駒、鳳雛，晉閔鴻誇吳中陸士龍之異❶；伏龍、鳳雛，司馬徽稱孔明、龐士元之奇❷。呂后斷戚夫人手足，號曰人彘❸；胡人醃契丹王屍骸，謂之帝羓❹。人之狠惡，同於檮杌❺；人之凶暴，類於窮奇❻。王猛見桓溫，捫虱而談當世之務❼；寧戚遇齊桓，扣角而取卿相之榮❽。越王式怒蛙，以昆蟲之敢死❾；丙吉問牛喘，恐陰陽之失時⑩。

【章　旨】本節介紹歷史上有龍、鳳之譽的傑出人才，以及與動物（或動物名稱）相關的史事。

【注　釋】❶龍駒鳳雛二句　謂晉代閔鴻誇獎吳地陸雲有異於常人之處。《晉書・陸雲傳》載：閔鴻見陸氏兄弟後，稱讚道：「此兒若非龍駒，當是鳳雛。」龍駒、鳳雛，幼龍、幼鳳。比喻英俊的少年。閔鴻，三國廣陵人。曾為吳尚書，入晉後不仕，與紀瞻、顧榮、賀循、薛兼並稱「五俊」。陸士龍，陸雲。西晉人，與兄陸機皆有文才，並稱「二陸」。參見卷二〈兄弟〉有關注釋。❷伏龍鳳雛二句　《三國志・蜀書・諸葛亮傳》裴松之注引《襄陽記》：劉備在荊州時，向司馬徽詢問此間的人才，徽說：「伏龍、鳳雛。」備問：「是誰？」答：「諸葛孔明、龐士元也。」伏龍，又作「臥龍」。指諸葛亮。司馬徽，東漢人，字德操。善於知人。參見卷二〈衣服〉有關注釋。孔明，三國時蜀漢丞相諸葛亮字孔明。參見卷一〈天文〉有關注釋。龐士元，龐統。東漢末年劉備的重要謀士，與諸葛亮齊名，號稱「鳳雛」。參見卷二〈衣服〉有關注釋。❸呂后斷戚夫人手足二句　謂呂后砍斷戚夫人的手腳，稱她為人彘。呂后（西元前二四一～前一八〇年），漢高祖皇后。名雉，字娥姁，曾助劉邦殺韓信、彭越等異姓諸侯王，後其子（惠帝）即位，她掌實權；惠帝死後，臨朝稱制，分封諸呂為王侯，控制軍隊，共掌權十六年。戚夫人，劉邦寵姬。劉邦曾一度想廢惠帝，而立其子如意為太子。人彘，劉邦死後，呂后挾恨，斷戚夫人手足，去眼，熏耳，飲瘖藥，置於廁中，號為人彘。見《史記・呂太后本紀》。彘，豬。❹胡人醃契丹王屍骸二句　謂胡人曾經把他們國主的屍體用鹽醃起來，稱作帝羓。胡人，舊時對北方少數民族的統稱。契丹，我國古代北方少數民族，西元九一六年契丹族首領耶律阿保機建國，國號契丹，建都皇都（今遼寧巴林右旗附近），西元九四七年改國號為遼（西元九八三～一〇六六年間曾重稱契丹），改皇都為上京。疆域東北到今日本海，南到今天津、河北霸縣、山西雁門關一帶與宋朝接界。西元一一二五年被金所滅。帝羓，會同九年（西元九四六年），契丹國主耶律德光南下滅後晉，次年自汴北返，病死途中，契丹人剖其腹，去其腸胃，用鹽醃起來，載回國中，號為帝羓。見《新五代史・四夷附錄》。羓，乾肉。❺人之狠惡二句　謂人若狠毒兇惡，便如同檮杌。檮杌，古代傳說中的怪獸名。其狀如虎而大，毛長二尺，人面虎足，豬口牙，尾長一丈八尺，攪亂荒中。見《神異經・西荒經》。世常以此比喻惡人。❻人之凶暴二句　謂人如果兇狠殘暴，便與窮奇相類似。窮奇，傳說中的獸名。形狀如牛，長有刺蝟般的毛，其音如嗥狗，食人。見《山海經．西山經》。後以此比喻兇惡的人。❼王猛見桓溫二句　謂王猛去見桓溫，邊捉虱子邊談天下大事。王猛（西元三二五～三七五年），十六國時北海劇縣人，字景略。少嘗販畚箕於洛陽，後隱居華陰山。桓溫入關，他曾往見；後苻堅重用他，說「如玄德之遇孔明」。累遷司徒、錄尚書事、丞相。整頓吏治，勒禁豪強，加強君權，注意農業生產，病危時，勸說苻堅不宜攻晉，未被採納。桓溫（西元三一二～三七三年），東晉譙國人，字元子。明帝婿，任荊州刺史，握長江中游兵權；後廢海西公，立簡文帝，以大司馬鎮姑孰，專擅朝政，意欲受禪，未成，病死。捫虱而談，《晉書．王猛傳》載：王猛得知桓溫入關，穿著粗布衣去謁見，捫虱而談當世之務，旁若無人。捫虱，捉虱子。此處形容王猛從容不迫的樣子。❽寧戚遇齊桓二句　謂春秋時寧戚遇見齊桓公，敲著牛角唱歌，得到拜為卿相的殊榮。寧戚，春秋時衛國人。《淮南子．主術》載：他家貧，為人挽車，至齊，宿於東門外，待齊桓公外出，扣牛角發悲歌，桓公驚奇，使管仲去探看，他以「浩浩乎白水」一語抒出仕齊國的願望，管仲還報，桓公任為大父。齊桓，齊桓公（?～西元前六四三年）。春秋時齊國國君，西元前六八五～前六四三年在位。任用管仲為相，進行改革，使國力富強，創立霸業，是春秋「五霸」之一。❾越王式怒蛙二句　《吳越春秋．句踐伐吳外傳》載：越王伐吳時，路上遇見一隻發怒的蛙，式而敬之，左右問他何以如此恭敬，他說：「以其敢死也。」其意在激勵士兵勇於作戰。越王，春秋時越國國君句踐。曾被吳國打敗，臥薪嘗膽，而後發兵滅吳。參見卷三〈飲食〉有關注釋。式，同「軾」。車上橫木，即伏手板。古人用手俯按板上，表示敬意。❿丙吉問牛喘二句　《漢書．丙吉傳》載：丙吉為相時去郊外，路上遇見有鬥毆而死者，不問，又遇見一人追趕牛，牛呼呼喘氣，他問那人：「牛跑了幾里路?」侍從奇怪他何以問牛喘而不問人死，吉說：「現在天未熱，牛喘出舌，恐陰陽失序。三公調理陰陽，是我職責本分，當憂之而問。至於打死人，自有京兆官治理，不是宰相所當問的。」丙吉（?～西元前五五年），西漢魯國人，字少卿。本為魯獄吏，累遷廷尉監。武帝末，治巫蠱之獄，曾救護皇曾孫（即宣帝）。後任大將軍霍光長史，建議迎立宣帝。封博陽侯，任丞相。

【語　譯】晉閔鴻誇讚吳郡陸雲文采之異，說他是龍駒鳳雛；司馬徽向劉備稱道諸葛亮、龐統的奇才，說：「伏龍、鳳雛，二人得一，可定天下。」呂后斷戚夫人手足，投入廁中，稱之為「人彘」；契丹國主病死途中，契丹人醃其屍體，稱為「帝羓」。檮杌是惡獸，所以把兇狠惡毒的人比作「檮杌」；窮奇也是惡獸，故而稱殘暴的人為「窮奇」。王猛隱居，倜儻有大志，披褐衣謁桓溫，捫虱而談天下大事；寧戚家貧而有才，扣牛角發悲歌，齊桓公聽到後認為是奇才，故有拜為上卿的殊榮。越王伐吳時，為激勵士兵勇於作戰，向怒蛙致敬，因牠不畏死；丙吉見到牛喘而詢問，惟恐陰陽失序。

以十人而制千虎，比言事之難勝❶；走韓盧而搏蹇兔，喻言敵之易摧❷。兄弟似鶺鴒之相親❸，夫婦如鸞鳳之配偶❹。有勢莫能為，曰雖鞭之長，不及馬腹❺；制小不用大，曰割雞之小，焉用牛刀❻。鳥食母者曰梟，獸食父者曰獍❼。苛政猛於虎❽，壯士氣如虹❾。腰纏十萬貫，騎鶴上揚州，謂仙人而兼富貴❿；盲人騎瞎馬，夜半臨深池，是險語之逼人聞⓫。黔驢之技，技止此耳⓬；鼯鼠之技，技亦窮乎⓭。強兼并者曰鯨吞⓮，為小賊者曰狗盜⓯。養惡人如養虎，當飽其肉，不飽則噬；養惡人如養鷹，飢之則附，飽之則颺⓰。隋珠彈雀，謂得少而失多⓱；投鼠忌器，恐因甲而害乙⓲。事多曰蝟務⓳，利小曰蠅頭⓴。心惑似狐疑㉑，人喜如雀躍㉒。愛屋及烏㉓，謂因此而惜彼；輕雞愛鶩，謂舍此而圖他㉔。唆惡為非，曰教猱升木㉕；受恩不報，曰得魚忘筌㉖。倚勢害人，真似城狐社鼠㉗；空存無用，何殊陶犬瓦雞㉘。勢弱難敵，謂之螳臂當轅㉙；人生易死，乃曰蜉蝣在世㉚。小難制大，如越雞難伏鵠卵㉛；賤反輕貴，似鷽鳩反笑大鵬㉜。小人不知君子之心，曰燕雀豈知鴻鵠志㉝；君子不受小人之侮，曰虎豹豈受犬羊欺㉞。跖犬吠堯，吠非其主㉟；鳩居鵲巢，安享其成㊱。緣木求魚，極言難得㊲；按圖索驥，甚言失真㊳。惡人藉勢，曰如虎負嵎㊴；窮人無歸，曰如魚失水㊵。

【章　旨】本節介紹以動物為比喻的成語、典故、史事。

【注　釋】❶以十人而制千虎二句　謂以十個人的力量去制服一千隻老虎，比喻事情難以成功。以十人而制千虎，語本宋常安民〈與呂公著書〉，大意是老虎兇猛吃人，十人能制服一虎，但十人絕不可能制服千隻虎。見《宋史・常安民傳》。❷走韓盧而搏蹇兔二句　謂驅使良犬去追捕跛腳的兔子，比喻打敗敵人非常容易。《戰國策・秦策三》：范雎對秦昭王說：「以秦卒之勇，車騎之多，以當諸侯，譬若馳韓盧而逐蹇兔。」走，驅逐。韓盧，戰國時韓國的良犬。見前三節⓰。搏，捕捉。蹇兔，跛腳的兔子。蹇，跛足。❸兄弟似鶺鴒之相親　謂兄弟之間如同鶺鴒鳥那樣親密互助。鶺鴒，又作「脊令」。鳥名。比喻兄弟。參見卷二〈兄弟〉有關注釋。❹夫婦如鸞鳳之配偶　謂夫婦如同鸞鳳一樣相親相愛。鸞鳳，鸞鳥和鳳凰。比喻夫妻及夫妻和諧。參見卷二〈夫婦〉有關注釋。❺有勢莫能為三句　謂力量雖強，卻起不到作用，稱為「雖鞭之長，不及馬腹」。雖鞭之長，不及馬腹，語本《左傳・宣公十五年》：楚伐宋，宋國向晉求救，晉侯想救助，伯宗說：「不可。古人有言曰：『雖鞭之長，不及馬腹。』」謂鞭子不是用以打馬腹的。後以「鞭長莫及」比喻力所不及。❻制小不用大三句　謂做小事不必大動干戈，稱作「割雞之小，焉用牛刀」。割雞之小，焉用牛刀，謂殺雞哪裡須用宰牛的刀。語出《論語・陽貨》：「子之武城，聞弦歌之聲。夫子莞爾而笑，曰：『割雞焉用牛刀。』」比喻小題不必大做。❼鳥食母者曰梟二句　謂食母的鳥叫做梟，食父的獸叫獍。相傳梟是食母的惡鳥。見《述異記》。獍，一名破鏡，是食父的惡獸。見《漢書・郊祀志》。後遂以「梟獍」比喻兇惡忘恩的人。❽苛政猛於虎　語出《禮記・檀弓下》：孔子過泰山，見一婦人在墓邊哭得十分傷心，孔子讓子路去問，那婦人說：「我的公公與丈夫先後被老虎吃了，現在兒子又遭虎吃。」孔子問她為什麼不搬家，答：「無苛政。」孔子說：「小子識之（記住），苛政猛於虎也。」意思是苛重的政令賦稅比老虎還要兇猛可怕。❾壯士氣如虹　古人認為天人相應，人有怨怒之感，就

飲河，不過滿腹❾。棄人甚易，曰孤雛腐鼠❿；文名共仰，曰起鳳騰蛟⓫。為公乎，為私乎，惠帝問蛤蟆⓬；欲左左，欲右右，湯德及禽獸⓭。

【章　旨】本節介紹以動物為喻，或與動物有關的史事典故。

【注　釋】❶九尾狐二句　謂陳彭年為人奸險諂媚，人們譏諷他是「九尾狐」。見《儒林公議》。九尾狐，古代神話中有九尾的異獸。《山海經・南山經》載：「青丘之山……有獸焉，其狀如狐而九尾，其音如嬰兒，能食人。」後用以比喻陰險奸佞的人。陳彭年（西元九六一～一〇一七年），北宋建昌人，字永年。雍熙進士，敏給強記，以直史館兼崇文院檢討預修《冊府元龜》，朝廷儀制及封祀，無不參預。大中祥符元年（西元一〇〇八年），奉詔與丘雍修訂《切韻》，改名《大宋重修廣韻》，為研究我國中古音韻的重要著作。因其為人陰險，善於諂媚，人稱「九尾狐」。素性，本性；本心。❷獨眼龍二句　謂李克用雖然一目失明，但十分勇猛，人們誇他是「獨眼龍」。見《新五代史・唐莊宗紀》。李克用（西元八五六～九〇八年），唐沙陀部人，別號李鴉兒。一目失明，又號獨眼龍，勇武有力，任代州刺史、河東節度使；因平黃巢之亂，受唐封晉公，成為河東地區的實際割據者，與朝廷時有衝突。子存勗建立後唐，追尊為太祖。眇，瞎一隻眼。❸指鹿為馬二句　謂秦代趙高專權，指鹿為馬，欺騙秦二世。《史記・秦始皇本紀》載：趙高想專權，怕別人不服從，先設一計，將鹿獻給秦二世，說：「馬也。」二世說：「丞相誤耶？謂鹿為馬。」問左右，或沉默，或說馬以阿順趙高。凡說鹿的人，趙高皆背地加以陷害。後世因以「指鹿為馬」比喻有意顛倒黑白，混淆是非。趙高（？～西元前二〇七年），秦宦官。本趙國人，以母受刑為官奴婢，兄弟數人亦被宮刑。秦始皇以他通獄法，任為中車府令；始皇死，與李斯偽造遺詔，逼始皇長子扶蘇自殺，立胡亥為二世皇帝，任郎中令，掌握朝政大權；後殺李斯，任中丞相；不久又殺二世，立子嬰為秦王。旋為子嬰所殺。❹叱石成羊二句　《神仙傳・皇初平》載：皇初平成仙後，能把羊變成石頭，再變成羊。叱，大聲呵斥。案：本書原作「黃初平」，誤。《藝文類聚》卷九四、《太平廣記》卷七引均作「皇初平」。❺卞莊勇能擒兩虎　傳說卞莊子曾力擒兩虎。見《史記・張儀列傳》。卞莊，卞莊子。一作「管莊子」。春秋時魯國卞邑人。大夫，好勇，善事母。母在時三戰三敗，母死後三年，魯起兵出征，他連獲三甲首，殺敵七十餘人而死。❻高駢一矢貫雙鵰　相傳高駢早年見雙鵰並飛，祝願說：「我貴，當中之（能射中）。」一箭射去，貫穿雙鵰，後來果然貴為侍御。見《新唐書・高駢傳》。高駢（？～西元八八七年），唐幽州人，字千里。好文學。以世為禁軍將領，任神策都虞侯，軍功卓著，任刺史、節度使等。晚年迷信神仙方術，將士離心，為部將所殺。矢，箭。貫，穿通；貫穿。鵰，鳥名。一種大型猛禽的通稱，種類甚多。❼司馬懿畏蜀如虎　三國時，諸葛亮伐魏，司馬懿兵力不足，依憑險要，堅閉不出，諸葛亮派人送給他婦女衣飾（意嘲笑他如婦人），懿接受，仍不出戰，賈栩等說：「公畏蜀如虎，奈天下笑何！」見《漢晉春秋》。司馬懿（西元一七九～二五一年），三國時河內人，字仲達。出身士族。初為曹操主簿，多謀略，善權變。魏明帝時為大將軍，多次率軍對抗諸葛亮，為魏重臣。後專國政。死後，其子師、昭相繼專國政。其孫炎代魏稱帝，建立晉朝，追尊為宣帝。❽諸葛亮輔漢如龍　《綱鑑總論》評論諸葛亮：「鞠躬盡瘁，死而後已。亮之所以如龍也。」諸葛亮，三國時蜀漢丞相。參見卷二〈文臣〉有關注釋。❾鷦鷯巢林四句　謂小鳥在樹林中築巢，只需要一根樹枝；鼴鼠在河邊飲水，喝飽而已。語本《莊子・逍遙遊》：「鷦鷯巢於深林，不過一枝；鼴鼠飲河，不過滿腹。」鷦鷯，小鳥名。巢林，在森林中築巢。鼴鼠，在田野裡掘土捕食為生的動物。外形似鼠，體矮胖，長十餘厘米。因莊子之語，後世以「鼴腹」比喻器量小或欲望有限。❿棄人甚易二句　易被拋棄的人，如同孤雛腐鼠一般。《後漢書・竇憲傳》載：竇憲奪公主的田園，事發後，章帝大怒，召竇憲來訓斥，說：「久思令人震怖，國家棄汝，如孤雛腐鼠耳。」孤雛腐鼠，比喻微賤不足道的人。⓫文名共仰二句　謂文章才華為大家所敬仰，稱為「起鳳騰蛟」。起鳳騰蛟，鳳凰起舞，蛟龍騰飛。比喻才華橫溢。語本王勃〈滕王閣序〉：「騰蛟起鳳，孟學士之詞宗。」⓬為公乎三句　晉惠帝是歷史上有名的痴呆皇帝，臣子報告說老百姓沒飯吃，快餓死了，他說：「那為什麼不吃肉糜呢？」御花園中蝦蟆叫，他問：「此鳴者，為官乎？為私乎？」左右戲弄他，說：「在官地者為官，在私地者為私。」見《晉書・惠帝紀》。惠帝，晉惠帝。參見卷三〈衣服〉有關注釋。⓭欲左左三句　謂商湯看見獵人四面張網，他放開三面，對禽獸說：「願左左，願右右（想往左面的往左去，想去右面的向右去）。」見《史記・殷本紀》。商，商湯。商朝國君。參見卷一〈地輿〉有關注釋。德及禽獸，恩德連禽獸都能得到。參見卷三〈器用〉有關注釋。

【語　譯】陳彭年敏捷強記，諂媚奸險，人譏其是「九尾狐」；李克用驍勇善戰，因瞎一隻眼，人誇他為「獨眼龍」。趙高專權，故意顛倒是非，指鹿為馬，欺騙二世；黃初平得了仙術，能夠呵叱石頭使變成羊隻。卞莊子有勇力，能擒兩隻老虎；高駢曾一箭射中兩隻大鵰。司馬懿倚險固守，人笑他畏蜀如虎；諸葛亮鞠躬盡瘁，輔漢如龍。鷦鷯在森林中築巢，只不過需要一根樹枝；鼴鼠去河邊飲水，只要喝飽肚子就行。微不足道，易被拋棄的人，叫做「孤雛腐鼠」；文名為世所共仰，稱作「起鳳騰蛟」。晉惠帝是白痴皇帝，聽見蝦蟆叫，問侍從蝦蟆是為公事叫，還是為私事叫；商湯是仁義之君，把獵人的網張開三面，對禽獸說：「願往左的往左跑，願往右的往右去。」他的恩德推及於禽獸身上。

魚游於釜中，雖生不久❶；燕巢於幕上，棲身不安❷。妄自稱奇，謂之遼東豕❸；其見甚小，譬如井底蛙❹。父惡子賢，謂是犁牛之子❺；父謙子拙，謂是豚犬之兒❻。出人群而獨異，如鶴立雞群❼；非配偶以相從，如雉求牡匹❽。天上石麟，誇小兒之邁眾❾；人中騏驥，比君子之超凡❿。怡堂燕雀，不知後災⓫；甕裡醯雞，安有廣見⓬。馬牛襟裾，罵人不識禮義⓭；沐猴而冠，笑人見不恢宏⓮。羊質虎皮，譏其有文無實⓯；守株待兔，言其守拙無能⓰。惡人如虎生翼，勢必擇人而食⓱；志士如鷹在籠，自是凌霄有志⓲。鮒魚困涸轍，難待西江水，比人之甚窘⓳；蛟龍得雲雨，終非池中物，比人有大為⓴。執牛耳，為人主盟㉑；附驥尾，望人引帶㉒。鴻雁哀鳴，比小民之失所㉓；狡兔三窟，誚貪人之巧營㉔。風馬牛勢不相及㉕，常山蛇首尾相應㉖。百足之蟲，死而不僵，以其扶之者眾㉗；千歲之龜，死而留甲，因其卜之則靈㉘。大丈夫寧為雞口，毋為牛後㉙；士君子豈甘雌伏，定要雄飛㉚。毋跼促如轅下駒㉛，毋委靡如牛馬走㉜。猩猩能言，不離走獸；鸚鵡能言，不離飛鳥㉝。人惟有禮，庶可免相鼠之刺㉞；若徒能言，夫何異禽獸之心㉟？

【章　旨】本節介紹以動物為喻，或與動物有關的成語典故、謙辭、讚語。

【注　釋】❶魚游於釜中二句　謂魚在鍋子中游，雖然活著，已活不久了。比喻危在旦夕。《後漢書・張綱傳》：「若魚游釜中，喘息須臾間耳。」釜，炊器。❷燕巢於幕上二句　謂燕子在幕布上做巢，雖能棲身，但很不安穩。比喻處境非常危險。《左傳・襄公二十九年》：「夫子之在此也，猶燕之巢於幕上，而可以樂乎？」棲身，居住；停留。❸妄自稱奇二句　謂狂妄自大，自以為了不起，叫做「遼東豕」。遼東豕，語出《後漢書・朱浮傳》：漁陽太守彭寵為光武帝運糧，自以為功高天下，朱浮致函於彭寵，說：「遼東的豬皆黑，有次生了一隻白頭豬，以為是異事，去獻給皇帝，走到河東，見群豬皆白，慚愧而返。若以你的功勞在朝廷中講論，則遼東豕也。」後用以比喻少見多怪。❹井底蛙　語本《莊子・秋水》：井底之蛙向龍王誇耀牠住的地方多麼多麼好，龍王還未邁進一隻腳，就被卡住了。後因以「井底蛙」比喻見識短淺的人。❺犁牛之子　語本《論語・雍也》：「犁牛之子騂且角，雖欲勿用，山川其舍諸？」謂犁牛之子長著赤色的毛、周正的角，雖不想用於祭祀，可山川之神難道會捨棄牠嗎？案：孔子用此語評仲弓，仲弓之父是賤人，而仲弓卻是「可使南面」的人才，故以此喻。後世因用以稱兒子超過父親。犁牛，雜色牛。❻父謙子拙二句　謂父親謙稱兒子笨拙，說「豚犬之兒」。豚犬之兒，《三國志・吳書・吳主傳》載：曹操看見孫權軍隊整齊嚴肅，讚歎道：「生子當如孫仲謀，劉景升兒子若豚犬耳！」（參見卷二〈祖孫父子〉有關注釋）。後因以「豚兒」、「豚犬」作為稱自己兒子的謙詞。❼出人群而獨異二句　謂才華卓異出眾，如同鶴立雞群。《世說新語・容止》：嵇紹風度過人，有人對王戎說：「嵇延祖（嵇紹）卓卓如野鶴之在雞群。」鶴立雞群，比喻才能或儀表出眾。❽非配偶以相從二句　謂二者不匹配卻相伴相隨，如同雉求牡匹。雉求牡匹，野雞鳴叫，呼喚雄性配偶。語本《詩・邶風・匏有苦葉》：「雉鳴求其牡。」雉，野雞。牡，鳥獸的雄性。匹，匹偶。案：〈匏有苦葉〉一詩中以「雉鳴求其牡」表達一個女子期待、呼喚未婚夫來迎娶她的心願，本無不相匹配的意思。鄒聖脈在注釋原文時認為：「飛禽類稱雌雄，走獸稱牝牡，雉當求雄，現在求牡為配偶，則不當，如同淫亂之人，違背禮儀習俗而求偶一樣。」所以說「雉求牡匹」為不匹配。❾天上石麟二句　謂稱讚他人之子有文才，超越常人，可說「天上石麟」。《南史・徐陵傳》載：徐陵年數歲，家人帶他去見沙門（和尚）釋寶誌，寶誌撫摩他的頭頂說：「天上石麒麟也。」❿人中騏驥二句　謂「人中騏驥」，是用以比喻君子的傑出超凡。人中騏驥，比喻傑出人物。《南史・徐勉傳》：「此所謂人中之騏驥也。」騏驥，千里馬。⓫怡堂燕雀二句　《孔叢子・論勢》：「燕雀處屋（在屋中築巢），子母相哺，煦煦焉其相樂也，自以為安矣。灶突炎上（火從煙囪中冒上來），棟宇將焚，燕雀顏色不變，不知禍之將及己（危及自身）也。」後因以「燕雀處堂」或「怡堂燕雀」比喻處境極危險而不自知。⓬甕裡醯雞二句　謂甕中的小蟲，怎麼會有廣博的見識。甕裡醯雞，甕中的小蟲。語見《莊子・田子方》。猶言「井蛙」，比喻見識有限。醯雞，小蟲名。即蠛蠓。古人認為醯雞是酒醋上的白霉變成，故名。安，如何；怎能。⓭馬牛襟裾二句　謂人不懂禮義，沒有學問，如同穿著衣服的馬牛。韓愈〈符讀書城南〉詩：「人不通古今，馬牛而襟裾。行身陷不義，況望多名譽。」襟裾，泛指衣服。襟，古代指衣服的交領，後指衣服的前襟。裾，衣服的前襟；衣袖。⓮沐猴而冠二句　謂沐猴而冠，是嘲笑別人徒有其表，識見不寬廣。沐猴而冠，《史記・項羽本紀》：「人言楚人沐猴而冠耳。」獼猴戴帽子，比喻虛有其表。沐猴，即獼猴。恢宏，寬闊。⓯羊質虎皮二句　謂羊質虎皮，這是譏諷別人空有其表而無其實。羊質虎皮，語本揚雄《法言》：「羊質而虎皮，見草而說（悅），見豺而戰（恐慄），忘其皮之虎矣。」謂羊披上虎皮，但怯弱的本性不改，比喻外表裝作強大而內心虛怯。文，指外表。⓰守株待兔二句　謂守株待兔，這是說別人照著舊方法做事，笨拙無能。守株待兔，語本《韓非子・五蠹》：宋國有人耕地，見一隻兔子跑過來撞在樹根上死了。那人就不幹活了，守在樹下，可再也沒有得到兔子。後因以「守株待兔」比喻死守狹隘經驗，不知變通；或妄想不勞而獲，坐享其成。株，露出地面的樹根。⓱惡人如虎生翼二句　謂惡人如得到權勢或機會，那就一定會造成極大的危害，如同老虎長了翅膀，力量增強，一定要吃人一樣。語本《韓非子・難勢》：「故《周書》曰：毋為虎傅（添）翼，將飛入邑，擇人而食之。」翼，翅膀。⓲志士如鷹在籠二句　謂志士即使身陷困境，也不失其志，如同老鷹，雖然被關在籠子裡，仍有展翅飛向天空的志向和願望。《晉書・載記・慕容垂傳》有此語。志士，有高尚志向和節操的人。凌霄，直上雲霄。比喻志氣高邁或意氣昂揚。⓳鮒魚困涸轍三句　謂魚困在車轍中，等不及開渠從西江引來水，比喻人身處困境，十分窘迫，急需救助。鮒魚困涸轍，即「涸轍之鮒」。參見卷三〈貧富〉有關注釋。

⑳蛟龍得雲雨三句　謂蛟龍得水，即能興雲作霧，騰踔太空，比喻有才能的人得到機會，便可大有作為。池中物，比喻蟄處一隅，無遠大抱負的人。參見卷三〈科第〉有關注釋。㉑執牛耳二句　謂為人主持盟會，稱「執牛耳」。執牛耳，古代諸侯歃血為盟，割牛耳取血，盛牛耳於珠盤，由主盟者執盤，因稱主盟者為「執牛耳」。《左傳・哀公十七年》：「魯哀公會盟諸侯，孟武伯曰：『諸侯盟，誰執牛耳？』」後泛指在某一方面居領導地位。主盟，主持盟會。盟，古代諸侯於神前立誓締約之稱。㉒附驥尾二句　謂附驥尾，這是希望別人引進帶領的用語。附驥尾，也作「附驥」。依附千里馬。比喻依附他人以成名。《史記・伯夷列傳》：「顏淵雖篤學，附驥尾而行益顯。」後來一般用為謙詞。㉓鴻雁哀鳴二句　謂「鴻雁哀鳴」，是喻指百姓流離失所。鴻雁哀鳴，語本《詩・小雅・鴻雁》：「鴻雁于飛，哀鳴嗸嗸。」以雁失群而哀鳴比喻小民流離失所之慘。㉔狡兔三窟二句　謂「狡兔三窟」，是譏諷貪鄙之人巧於經營。狡兔三窟，狡猾的兔子有三個窩。比喻藏身之處多，便於逃避災禍。語本《戰國策・齊策四》：馮驩以狡兔有三窟作比方，為孟嘗君設計安排仕途與退路。今多用於貶義，謂人狡猾奸詐，工於心計，善為己謀。誚，譏嘲。㉕風馬牛勢不相及　語出《左傳・僖公四年》：齊侯伐楚，楚子使派人去說：「君處北海，寡人處南海，唯是風馬牛不相及也。」謂齊楚相去甚遠，即使牛馬走失，也不會跑到對方境內。風，放逸、走失之意。一說獸類雌雄相誘叫做「風」，馬與牛不同類，不致相誘。後因以「風馬牛」比喻事物之間毫不相干。㉖常山蛇首尾相應　《神異經・西荒經》載：「西方山中有蛇，有色五彩，頭尾差大，擊頭則尾至，中尾則頭至，中腰則頭尾并至。」因會稽常山最多此蛇，故又稱常山蛇，後以此比喻首尾相呼應。常山蛇，即「率然」。古代神話中的蛇。㉗百足之蟲三句　謂百足之蟲，死了也不倒下，因為支持的部位多。《文選・曹冏・六代論》：「百足之蟲，至死不僵，扶之者眾也。」後多用作貶義，比喻某集團或勢力雖已窘困敗落，但在一定時期內仍維持某種興旺的假象。百足之蟲，指蜈蚣一類的多足昆蟲。僵，撲倒。㉘千歲之龜三句　謂壽命達千歲的龜，死了以後留下龜甲，用它來占卜是十分靈驗的。《史記・龜策列傳》：「神龜出於江水中，廬江郡常歲時生龜長尺二寸者二十枚輸太卜官，太卜官因以吉日剔取其腹下甲。龜千歲乃滿尺二寸。王者發軍行將，必鑽龜廟堂之上，以決吉凶。今高廟中有龜室，藏內以為神寶。」㉙大丈夫寧為雞口二句　謂大丈夫寧願做雞嘴，不做牛屁股。比喻寧可做小地方的首領，不願當大地方首長的隨從。簡稱「雞口牛後」。語本《戰國策・韓策一》：「臣聞鄙語曰：『寧為雞口，無為牛後。』今大王四面交臂而臣事秦，何以異於牛後乎？」鮑彪注：「《正義》云：『雞口雖小乃進食，牛後雖大乃出糞。』」牛後，牛屁股。比喻從屬的地位。㉚士君子豈甘雌伏二句　謂士君子怎能甘心退藏、不進取，一定要

奮發有為。《後漢書・趙典傳》載：「趙溫為京兆尹，歎曰：『大丈夫當雄飛，安能雌伏？』遂棄官歸，後拜（當）司徒。」雌伏，舊時女子在深閨，不參加社會活動，以此比喻退藏、不進取、無所作為。雄飛，比喻奮發有為。㉛毋跼促如轅下駒　謂不要局促不安如轅下之駒。跼促，拘束。轅下駒，《史記・魏其武安侯列傳》載：漢武帝責備鄭當時，說：「汝數言（屢次說）竇嬰、田蚡長短，今日廷論，局趣（局促）效轅下駒。」轅，車的組成部分，駕車用的直木或曲木，壓在車軸上，伸出車輿的前端。殷周的車都是獨轅，轅在正中，漢以後多雙轅，左右各一。駒，幼馬。不習慣駕車，以此比喻人有所顧忌而顯得局促不安。㉜毋委靡如牛馬走　謂不要委靡不振如僕人。委靡，精神頹唐；沒有骨氣。牛馬走，像牛馬般供奔走的人；猶言僕人。舊時常用作自稱的謙詞。司馬遷〈報任少卿書〉：「太史公牛馬走。」李善注：「走，猶僕也。言己為太史公掌牛馬之僕，自謙之辭也。」㉝猩猩能言四句　謂猩猩雖然能說話，依然是野獸；鸚鵡雖能說話，依然是飛禽。句出《禮記・曲禮上》：「鸚鵡能言，不離飛鳥；猩猩能言，不離走獸。今人而無禮，雖能言，不亦禽獸之心乎？」案：古人誤認為猩猩能說話。如《水經注》記猩猩：「善與人言，音聲妙麗，如婦人對語，聞之無不酸楚。」㉞人惟有禮二句　謂惟有人有禮儀，才可避免〈相鼠〉的諷刺。庶，有幸；也許可以。表示希望。相鼠之刺，《詩・鄘風》有〈相鼠〉一詩，詩中怒斥「人而無儀」、「人而無禮」，如「相鼠有體，人而無禮。人而無禮，胡不遄死（怎麼不快些死）」，認為人無禮儀，還不如鼠之有皮。〈詩序〉指出：「〈相鼠〉，刺無禮也。」後世因以「相鼠之刺」表示對人無禮儀的譏諷。刺，諷刺。㉟若徒能言二句　謂人如果只會說話而無禮儀，那就與禽獸沒什麼差別。語本《禮記・曲禮上》。參見本節㉝。徒，僅僅；只。

【語譯】魚在鍋子裡游，雖然活著，但活不長了；燕子在幕布上做巢，雖能棲身，但是難以安穩。少見多怪，妄自稱奇，謂之「遼東豕」；見識短淺，眼界狹小，如同井底之蛙。父惡而兒子賢德，叫做「犁牛之子」；父親謙稱己子，則說「豚犬之兒」。才華卓異出眾，好比鶴立雞群；配偶不相稱，如同雉求牡匹。讚美他人之子有文才，說「天上石麒麟」；君子傑出超凡，稱為「人中騏驥」。「怡堂燕雀」，比喻處境極危險而不自知；「甕裡醯雞」，是說處所狹隘，識見怎麼會寬廣？「馬牛襟裾」，指穿戴衣冠的禽獸，用來罵人不懂得禮儀；「沐猴而冠」，則說獼猴戴了帽子，依然是猴子，用以笑人徒有其表，眼光短淺。「羊質虎皮」，譏諷人外表裝作強大而內心十分虛怯；「守株待兔」，是說人死守狹隘經驗，笨拙無能。

倘若給惡人以權勢與機會，如虎生翼，一定要擇人而食；志士即使身處困境，似關在籠中之鷹，仍然有凌霄之志。鮒魚困在乾涸的車轍中，等不及引來西江水，比喻人處境窘迫，急待援助；蛟龍只要得到雲雨，便會騰踔天空，終究不是池中物，形容有才華者只要得到機會，就能大顯身手。「執牛耳」，是說居於領導地位的人；附驥尾，謙稱依托他人的力量，希望他人提攜。「鴻雁哀鳴」，比喻災民流離失所，無處安身；「狡兔三窟」，譏刺人狡詐奸滑，善為己謀。牛、馬不同類，不會相互吸引，故以風馬牛勢不相及，比喻事物之間毫不相干；常山蛇擊頭則尾應，擊尾則首應，以此形容首尾相應的事物。百足之蟲，死而不僵，因為腳多（扶持者眾多）的緣故；一千歲的龜，即使死了，也會把龜甲留下，用它來占卜非常靈驗。雞口雖小，而能進食，牛後雖大，卻供出糞，故大丈夫寧為雞口，毋為牛後；士君子應有大志，豈能甘心退藏，定要奮發有為。不要畏忌跼促如轅下駒，切莫委靡逢迎似牛馬走。猩猩能言，不脫走獸之類屬；鸚鵡能言，不離飛禽之本性。人惟有懂得禮儀，才能免遭《詩經》中所言的相鼠之刺；如果僅僅會說話，那與禽獸又有什麼區別呢？

新增文

百鳥鴞稱悍❶，眾禽鶚獨胎❷。提壺提壺，定是村中有酒；脫袴脫袴，必然身上無寒❸。百舌五更頭，學盡眾禽之語❹；鵷雛九霄外，頓空諸鳥之群❺。甕中鴝鵒巧於人，江上白鷗閑似我❻。鶯呼金衣公子❼，鷁號錦帶功曹❽。鶻入鴉群，雄威豈敵❾；鴨去雞隊，氣類不侔❿。彪著羊，彪雄而羊敗⓫；羆敵犬，羆寡而犬強⓬。猿獻玉環，孫恪自峽山失婦⓭；鹿隨丹轂，鄭弘從漢室封公⓮。蛩蛩之皮，有可辟除癘瘴⓯；猣猣之尾，殊堪卻退煙嵐⓰。李愬設謀平蔡，藉聲於鴨隊鵝群⓱；盧公覓句遷官，得力於貓兒狗子⓲。長樂宮中有鹿，啣殘妃子榻前花⓳；午橋莊外多羊，點綴小兒坡上草⓴。羊舌氏雖為佳話㉑，馬頭娘未是美譚㉒。轅門傳號令，李將軍惟饗士之牛㉓；邑士起謳歌，時令尹留去官之犢㉔。

【章　旨】本節補充介紹部分動物的名稱、特點，以及與動物有關的傳聞、逸事。

【注　釋】❶百鳥鶚稱悍　謂百鳥中鶚最為兇悍。鶚，《說文》：「鶚，鷙鳥也。」猛禽，肉食性。❷眾禽鶴獨胎　謂在眾多的飛禽中惟有鶴是胎生的。見《格物志》。鶴，我國常見的丹頂鶴白羽紅頂，姿態很美。案：古人常以鶴喻高潔、長壽，後來又神化為仙人坐騎等。鶴實為卵生，亦被神化為胎生，以顯示鶴與一般飛禽不同。❸提壺提壺四句　謂提壺，提著壺，那一定是村中有酒；脫袴，脫下袴子，那必然是身體不冷。提壺、脫袴，皆鳥名。其鳴叫分別如「提壺」、「脫袴」，故名。袴，通「褲」。案：本句是因鳥名而聯想的戲言。高啟〈五禽言〉詩：「提壺盧，趣沽酒，杏花村中嫗家有。」朱子〈五禽言〉詩：「脫褲脫褲，桑葉陰陰墻下路。」❹百舌五更頭二句　謂百舌鳥在黎明時鳴啾，其聲多變，如同學百鳥之音。顧況〈洛陽早春〉詩：「一家千里外，百舌五更頭。」百舌，即「烏鶇」。全身黑色，惟嘴黃。善鳴，其聲多變化，故又稱「百舌」。五更頭，五更時。舊時計時，分一夜為五更，五更約在黎明前夕。❺鵷雛九霄外二句　謂鵷雛高飛九霄雲外，頓時顯出牠的獨特，因為這是其他鳥達不到的高度。古人有詩云：「鵷雛時高翔，頓空百鳥群。」鵷雛，傳說中與鳳凰同類的鳥。非梧桐不止，非練實不食，非醴泉不飲。見《莊子．秋水》。九霄，指天的極高處。❻甕中鴝鵒巧於人二句　謂甕中的鴝鵒學人語，比人還巧；江上的白鷗悠閑，和我一樣。案：這二句出自黃庭堅詩句。甕中鴝鵒巧於人，相傳晉代桓豁家養有鴝鵒，善於仿效人言，有一人說話甕鼻，牠學不像，便把頭伸進甕中，這樣聲音就很相似了。見《幽冥錄》。鴝鵒，鳥名。俗稱八哥，善鳴。白鷗，水鳥名。翼尖長，善於飛翔，趾間有蹼，能游水。❼鶯呼金衣公子　相傳唐玄宗在御苑中看見黃鸝羽毛金黃明艷，便稱牠為「金衣公子」。見《開元天寶遺事》。鶯，鶯科鳥類的通稱。黃鸝，也稱黃鶯。❽鷊號錦帶功曹　謂鷊的外號是錦帶功曹。見《正字通》。鷊，鳥名。同「鶂」。亦為草名，本作「虉」。《詩‧陳風‧防有鵲巢》：「邛有旨鷊。」毛傳：「鷊，綬草也。」陸璣《毛詩草木鳥獸蟲魚疏》卷上之上：「鷊，五色，作綬（古代繫帷幕或印紐的絲帶）文，故曰綬草。」案：本處應作第二解。功曹，功曹史的簡稱。漢代官名，相當於郡守的總務長。❾鶻入鴉群二句　謂鶻進入鳥鴉群中，其雄威是無可比擬的。事見《北史‧北齊上洛王思宗傳》。鶻，鳥綱隼科隼屬動物部分種類的舊稱。如游隼、燕隼等，這類鳥多半比較兇猛。敵，同等；相當；對抗。❿鴨去雞隊二句　謂鴨離開雞群，是因為牠們的種類不同。語本《風俗通》：雞孵鴨雛，待長大，鴨浮水而去，雞在岸上呼喚而鴨不理，氣類不同。氣類，猶物類、種類。侔，相等；相同。⓫彪著羊二句　謂把小老虎放入羊群，小老虎勝而羊敗。唐代楊思元為吏部，因選舉不公，而為夏侯彪所訟、御史郎餘慶奏免，許敬宗說：「固知楊吏部之敗也，一彪一狼，共著一羊，焉得不敗。」見《太平廣記‧楊思玄》。彪，小老虎。著，放置；放人。⓬羆敵犬二句　謂一隻羆與群犬鬥，羆敗犬勝。語本陳師道〈羆說〉：晉人以五犬追一羆，羆敗，被犬咬死。羆之所以受制於犬，並非不兇猛，而是狗多羆寡。羆，熊的一種。寡，少。⓭猿獻玉環二句　據《異苑錄》載：孫恪娶袁氏女，他們遊端州峽山寺時，獻碧玉環於僧，吃完飯，見數十野猿來寺，那婦女長嘯一聲，化為猿而去。僧人頓悟，說：「二十年前，我曾將此玉環繫於猿頸。」⓮鹿隨丹轂二句　相傳鄭弘任淮陰太守時，春遊，有兩鹿夾轂而行，主簿黃圖祝賀他，說：「三公的車畫雙鹿，您將為相。」後果任太尉。見謝承《後漢書》。丹轂，紅色車子。轂，車輪中心的圓木。也用作車輪、車的代稱。鄭弘（？～西元八六年），東漢會稽人，字巨君。歷官淮陰太守、尚書令、大司農、太尉等職。章帝時，曾上書開零陵、桂陽嶠道為交趾七郡與中原地區貿易往來之道，後遂為常路。⓯蛩蛩之皮二句　謂蛩蛩的皮，可以屏除瘟疫和瘴氣。蛩蛩，即「蛩蛩巨虛」、「邛邛巨虛」。古代傳說中的異獸。《山海經‧海外北經》：「北海內……有素獸焉，狀如馬，名曰蛩蛩。」辟除，屏除；掃除。癘，瘟疫。瘴，瘴氣。指南方山林間濕熱蒸鬱使人生病的氣；西南地區（湖南、雲南、貴州等地）俗稱瘧疾為瘴氣。⓰猰貐之尾二句　謂猰貐的尾巴完全可以使山嵐的霧氣散退。猰貐，古代傳說中的異獸。六足，尾巴長一丈餘，取其尾可以驅避煙嵐。見《山海經‧東山經》。殊堪，很可以。殊，很；極。堪，能；勝任。煙嵐，山林中的霧氣。⑰李愬設謀平蔡二句　《舊唐書・李愬傳》載：唐代李愬領兵進攻蔡城時，半夜抵達城下，正逢天下大雪，城邊上盡是鵝鴨池塘，李愬命軍士擊擾鵝鴨，利用牠們的聒噪之聲做掩護，順利登上城牆，取得勝利。李愬（西元七七三～八二一年），唐洮州人，字元直。以攻克蔡州封節度使，封涼國公；後任檢校左僕射，同中書門下平章事。平蔡，平定蔡城（的叛軍）。平，平定；掃平。舊時多用於指皇家軍隊征討叛軍或亂民。藉，憑藉；依仗。⑱盧公覓句遷官二句　五代時，盧延遜寫詩有「饑貓臨鼠穴，饞犬舐魚砧」及「粟爆燒氈破，貓跳觸鼎翻」等句，蜀主王建見了十分喜歡，後來宮中燒金鼎，貓相戲，碰翻了鼎，王建認為此事被盧詩所言中，任命盧為給事，盧延遜說：「平生投謁公卿，不意得力於貓兒狗子。」見《北夢瑣言》。盧公，盧延遜。五代蜀國人。⑲長樂宮中有鹿二句　史載唐明皇宮中有牡丹，顏色艷麗，忽有野鹿啣去。見《開元天寶遺事》。⑳午橋莊外多羊二句　史載唐代午橋莊外有小兒坡，芳草茂盛，裴度命人將數群白羊散放坡上，綠白相間，裴說：「芳草多情，賴此裝點耳。」見《窮幽記》。㉑羊舌氏雖為佳話　《藝文類聚・獸部・羊》載：古時有個偷羊的人，把偷來的羊頭送給叔向的母親，叔向母把羊頭埋在土中，後來偷羊的事被追究，人們掘地找尋，羊頭已爛，惟有舌在，國人詫異，便稱為羊舌氏。㉒馬頭娘未是美譚　謂馬頭娘的傳說不是人們樂於稱道的好事情。馬頭娘，據《述異記》載：遠古高辛氏時，有個蜀國人在外被人掠劫，只有所乘之馬歸來。其妻當眾盟誓：「有救回丈夫的，把女兒嫁給他。」那馬一躍而去，背負其夫還，自此悲鳴不已。蜀國人知道原因後，說：「發誓嫁女是對人而不是對馬的。」馬嘶鳴不已，便射殺牠，剝馬皮晾曬於庭院。一日他的女兒走過馬皮旁，皮忽然跳起，捲起她而去，數日後屍體腐爛，化為蠶，故稱「馬頭娘」。後來又傳說她成了蠶神。《太平廣記》等書載：四川許多地方建有蠶姑廟，「每歲祈蠶者四方雲集……（廟裡）塑女子之像，披馬皮，謂之馬頭娘。」案：此外，也有不同意見。清翟灝《通俗編》卷十九引《七修類稿》：「所謂馬頭娘，本《荀子・蠶賦》『身女好而頭馬首』一語附會，俗稱馬明王。明王乃神之通號，或作鳴，非。」美譚，即「美談」。人們樂於稱道的好事情。㉓轅門傳號令二句　謂軍營中傳出號令，李廣將軍殺牛款待士兵。案：原文該句有注，謂李將軍指漢代名將李廣，但《史記》、《漢書》均未見此記載，不知所本。惟《後漢書・吳漢傳》載有吳漢椎牛饗士事。轅門，指軍營。椎，擊。此處作殺牛解。饗，用酒食款待人。㉔邑士起謳歌二句　謂時苗為官清廉，留下牛犢，百姓們紛紛讚頌。邑士，一縣的民眾。邑，縣的別稱。謳歌，歌頌；讚美。時令尹，時苗。三國時人，任壽春令。《魏略》載：時苗任壽春令時，廉潔自守。初到任時，由一頭母牛拉車載來，在任期間，那母牛生一牛犢，離任時，時苗說：「牛犢產於此地，應留在這裡。」官吏百姓十分愛惜地飼養此牛犢，稱為「時公犢」。

【語　譯】百鳥之中，鴞最強悍；眾多飛禽裡，鶴獨胎生。提壺、脫袴皆為鳥名，稱提壺時，想必村中有酒；呼脫袴時，大概身上無衣。百舌鳥在五更時，學盡各種飛禽的啼鳴聲；鵷雛展翅九霄雲外，頓時把其餘的鳥比了下去。鴝鵒在籠中學舌，勝於人的巧嘴；白鷗在江上飛翔，和我一樣清閑。黃鶯又名「金衣公子」，鷊別號「錦帶功曹」。鵲飛入鴉群，其雄威豈是烏鴉所能抵擋；鴨子離開雞隊，是由於彼此氣類不相投合。小老虎（彪）放入羊群，彪雄而羊敗；羆敗於犬，因為羆寡而犬多。孫恪遊峽山寺，獻玉環於僧，他的妻子忽化猿而去，原來此玉環是二十年前僧人繫於猿頸的舊物；鄭弘春遊時，有兩頭鹿隨著他的紅色車子而行，預示著他將封為三公。蛩蛩是一種異獸，牠的皮可以驅除山林中使人致病的瘴氣；猣猣也是異獸，牠的長尾能夠驅退煙嵐。李愬設計，利用鴨隊鵝群的聒噪之聲做掩護，攻下了蔡城；盧延遜得以陞官，全靠著他詩中所寫的貓兒狗子合了君主之心意。唐明皇的長樂宮中有鹿，啣去了貴妃榻前的牡丹花；裴度命人在午橋莊外放羊，白羊點綴了小兒坡上的綠茵。羊舌氏的來歷，有一段佳話；馬頭娘的故事，卻不是美談。轅門傳出號令，李廣將軍親自宰牛犒勞士卒；壽春縣士人齊聲稱頌，讚美縣令時苗留下牛犢的清廉。

花木

【題解】中國地域廣闊；植物品種繁多，古人在長期的栽培實踐中，又培育出名目繁多的奇花異草，供人們觀賞或藥用。在美不勝收的百花園中，雖不乏牡丹這樣的國色天香、嬌艷富貴者，但士大夫們更讚賞的還是梅、松、竹、蘭一類的植物，它們貌不出眾，卻具有傲雪凌霜，虛心正直，冰肌玉骨，出汙泥而不染等特性，這些正是中國文化最為推崇的理想人格，故而它們也都有「君子」之稱，是中國古代詩文、繪畫經久不衰的主題；以花卉草木作比喻或引申出的成語格言，往往也帶有善惡褒貶的意蘊。

本篇與上篇〈鳥獸〉有一定的聯繫，可參見上篇的題解。

植物非一，故有萬卉之稱❶；穀種甚多，故有百穀之號❷。如茨如梁，謂禾稼之蕃❸；惟夭惟喬，謂草木之茂❹。蓮乃花中君子❺，海棠花內神仙❻。國色天香，乃牡丹之富貴❼；冰肌玉骨，乃梅萼之清奇❽。蘭為王者之香❾，菊同隱逸之士❿。竹稱君子⓫，松號大夫⓬。萱草⓭可忘憂，屈軼能指佞⓮。篔簹，竹之別號⓯；木樨，桂之別名⓰。明日黃花，過時之物⓱；歲寒松柏，有節之稱⓲。樗櫟乃無用之散材⓳，楩楠勝大任之良木⓴。玉版，筍之異號㉑；蹲鴟，芋之別名㉒。

【章旨】本節介紹我國一些著名花卉的名稱、別號，凸顯了人們賦予這些花卉樹木的意義與象徵。

【注　釋】❶植物非一二句　謂植物並非只有一種，所以有萬卉之稱。萬卉，也稱「百卉」。語見《詩・小雅・四月》。卉，也作「卉」。草的總稱。❷穀種甚多二句　謂穀物的種類非常多，所以有百穀之號。百穀，穀類的總稱。語見《書・舜典》。百，約數。❸如茨如梁二句　謂「如茨如梁」這句詩，是說稼禾繁茂，穀物堆積如山。如茨如梁，指穀物堆至屋頂房梁，形容極多。語出《詩・小雅・甫田》：「曾孫之稼，如茨如梁；曾孫之庾（穀），如坻如京（堆積如山）。」茨，用蘆葦、茅草蓋的屋頂，也指蓋屋用的蘆葦、茅草。蕃，茂盛。❹惟夭惟喬二句　謂「惟夭惟喬」這句話，是說草木生長得十分繁茂。惟夭惟喬，謂（草木）是茂盛，是高大。語本《書・禹貢》：「厥草惟夭，厥木惟喬，厥土惟塗泥，厥田惟下下。」惟，是；為。夭，草木茂盛貌。喬，高。❺蓮乃花中君子　古人認為蓮花品格高潔，出汙泥而不染，濯清漣而不妖，有君子的品格，故喻為花中君子。宋代周敦頤〈愛蓮說〉謂：「余謂菊，花之隱逸者也；牡丹，花之富貴者也；蓮，花之君子者也。」❻海棠花內神仙　古人認為海棠花色艷麗，然而花無香，不惹蜂蝶，又不結果，如同神仙，故喻之為花內神仙。見曾耽《百花譜》。❼國色天香二句　指傾國的婀娜姿色和天仙般的異香，表現了牡丹花的富貴品格。李浚《摭異記》載：唐文宗在宮中賞花，問陳修巳說：「今京邑傳唱牡丹詩，誰稱首（最好）？」陳答：「中書舍人李正封的詩句：『國色朝酣酒，天香夜染衣。』」唐文宗讚賞多時。❽冰肌玉骨二句　謂冰肌玉骨，用以形容梅花的清俊奇特。冰肌玉骨，古人認為梅花盛開於寒冬臘月，傲雪凌霜，不懼嚴寒，如同冰、玉一般純潔、堅貞、高貴，故而深為讚賞，常以此比喻人的氣節品格。孟昶〈玉樓春〉詞：「冰肌玉骨清無汗。」梅萼，即梅花。萼，花的外輪呈綠色者，有保護花芽的作用；也代指花。❾蘭為王者之香　謂蘭花應當為帝王開放吐香。喻指君子應當為帝王所用。《孔子家語》載：孔子從衛國回魯國，途中見幽谷中香蘭茂盛，感歎道：「蘭當為王者香，今乃與眾草伍（與雜草在一起）。」為自己東奔西走卻不得志，不為王者用而傷悲，便取琴彈奏，作〈猗蘭操〉。蘭，蘭花；也指蘭草（香草）。以其生於幽谷，不與百花爭艷的高貴氣質為士大夫們所推崇，常用於詩文以比喻美好高雅的人或事物。❿菊同隱逸之士　謂菊如同不與世俗合流的隱士。周敦頤〈愛蓮說〉中即有此說法。參見❺。案：春夏間萬花齊放，爭芳鬥艷時，菊花似隱士，悄然無息，卻在秋風蕭瑟、眾花凋零時開放，不屈於寒霜，故為中國隱士、文人所喜愛。⓫竹稱君子　竹子直而有節，歲寒不凋，而且虛心，有君子之道，故喻稱君子。見王陽明〈君子亭記〉。⓬松號大夫　《漢官儀》載：秦始皇登泰山時暴風雨驟至，他躲在五棵大松樹下避過了風雨，於是封為五大夫。⓭萱草　同「諼草」。古人認為可以使人忘憂的草，見《說文》；又認為婦女佩之宜於生男，故又以「萱堂」作為母親的代稱。參見卷二〈祖孫父子〉

有關注釋。⓮屈軼能指佞　古代傳說中的屈軼草，相傳能指佞人，故又稱「指佞草」。見《博物志》。佞，善於巧言獻媚的人。⓯篔簹二句　指篔簹是竹子的別名。篔簹，大竹子。生水邊，長數丈。見《異物志》。⓰木樨二句　指木樨是桂花的別名。樨，也作「犀」。見《土風錄・木犀花》。⓱明日黃花二句　蘇軾〈九日次韻王鞏〉詩：「相逢不用忙歸去，明日黃花蝶也愁。」黃花指菊，謂重陽過後，菊花就逐漸萎謝，後因以「明日黃花」比喻過時的事物。⓲歲寒松柏二句　謂歲寒松柏，是對有節操者的稱呼。歲寒松柏，《論語・子罕》：「子曰：『歲寒，然後知松柏之後凋也（天冷了，才知道松柏是最後落葉的）。』」後因以比喻不懼強暴、有骨氣、有節操的人。有節，有節操；有骨氣。⓳樗櫟乃無用之散材　謂樗櫟是沒有大用的木材。樗櫟，是兩種樹名。《莊子・逍遙遊》謂：「吾有大樹，人謂之樗，其大本擁腫而不中繩墨，其小枝卷曲而不中規矩。立之涂（途），匠者不顧（看）。」《莊子・人間世》又謂：「匠石之（去）齊，至乎曲轅，見櫟社樹……曰：『是不材（不能作材料）之木，無所可用。』」後因以「樗櫟」、「樗散」、「櫟散」等比喻無用之材；也用作自謙之詞。散材，不成材的樹木。⓴梗楠勝大任之良木　謂梗木與楠木都是可擔當大任的良木。梗楠，梗，黃梗木；楠，產於我國西南等地的喬木，木材富於香氣，二者皆為良木，可作棺槨或柱梁。見《淮南子・齊俗》。㉑玉版二句　指玉版是筍的別號。見《冷齋夜話・東坡作偈戲慈雲長老》。㉒蹲鴟二句　指蹲鴟是芋的別名。見《史記・貨殖列傳》張守節正義。蹲鴟，大芋頭。因其狀如蹲伏的鴟鳥而得名。

【語　譯】植物並非一種，所以有萬卉的名稱；穀類非常之多，所以有百穀之號。《詩經》有句「如茨如梁」，形容稼禾繁盛；《書經》有句「厥草惟夭，厥木惟喬」，是說草木豐茂。蓮是花中君子，海棠為花中神仙。國色天香，極言牡丹的富貴艷麗；冰肌玉骨，形容梅花的清秀俊奇。蘭似王者之香，尊貴高雅；菊如隱逸之士，孤傲高潔。竹有君子之稱，松有大夫之號。萱草又名忘憂草，因為服用配戴它可以忘憂；屈軼別號指佞草，因為它能夠指向佞人。篔簹，是竹子的代稱；木樨，是桂花的別號。黃（菊）花過了時令便萎謝了，故以「明日黃花」比喻過時的事物；松柏在嚴寒時依然蒼翠，所以稱有氣節的人為「歲寒松柏」。樗櫟是無用的散材，梗楠是能作棟梁的佳木。玉版是筍的別號，蹲鴟是芋的別名。

瓜田李下，事避嫌疑❶；秋菊春桃，時來遲早❷。南枝先，北枝後，庾嶺之梅❸；朔而生，望而落，堯階蓂莢❹。苾芻背陰向陽，比僧人之有德❺；木槿朝開暮落，比榮華之不長❻。芒刺在背，言恐懼不安❼；薰蕕異氣，猶賢否有別❽。桃李不言，下自成蹊❾；道旁苦李，為人所棄❿。老人娶少婦，曰枯楊生稊⓫；國家進多賢，曰拔茅連茹⓬。蒲柳之姿，未秋先槁⓭；薑桂之性，愈老愈辛⓮。王者之兵，勢如破竹⓯；七雄之國，地若瓜分⓰。

【章　旨】本節介紹與植物有關的詞彙成語。

【注　釋】❶瓜田李下二句　謂瓜田李下，是說做事要避嫌疑。瓜田李下，古樂府〈君子行〉：「君子防未然，不處嫌疑間。瓜田不納履，李下不整冠。」謂瓜田中不要彎腰提鞋，李樹下不要抬手整理帽子，以避免有偷瓜摘李之嫌。後即以「瓜田李下」比喻易招嫌疑的境地。❷秋菊春桃二句　謂菊花在秋天怒放，桃花則盛開於春日，這是由於時機之到來有早有晚的緣故。秋菊春桃，古詩說：「桃花二月放，菊花九月開。一般根在土，各自等時來。」比喻各有自己展露才華的時機。❸南枝先三句　謂（由於氣候由南向北逐漸變暖，所以）大庾嶺的梅花，在嶺南的開罷已落，在嶺北的卻剛剛吐蕊。見《六帖》。❹朔而生三句　謂堯帝屋子的臺階下長有蓂莢，初一開始生，十五日開始落。朔，初一日。望，十五日。參見卷一〈歲時〉有關注釋。蓂莢，傳說中的草名。上半月每天長一片葉，下半月每天落一片葉。參見卷三〈宮室〉有關注釋。❺苾芻背陰向陽二句　謂苾芻的習性是背陰向陽，以此比喻僧人的德性。《翻譯名義集》卷一〈釋氏眾名・苾芻〉稱：苾芻，香草名。含五義：生不背日、能療疼痛、體性柔軟、香氣遠騰、引曼旁布，是佛的徒弟。所以用苾芻比作僧人。苾，濃香。❻木槿朝開暮落二句　謂木槿樹的花早上開晚上就謝了，比喻榮華富貴不會長久。木槿，也作「木堇」。樹名。夏秋開花，朝開暮落。見《淮南子・時則》高誘注。後用以比喻事物的短暫。❼芒

刺在背二句　指背上有小刺，十分難受，以此比喻極為不安難受的感覺。《漢書・霍光傳》：「上內嚴憚之，若有芒刺在背。」芒刺，草木莖葉、果殼上的小刺。❽薰蕕異氣二句　謂薰與蕕氣味不一樣，如同賢士與惡人有區別。見《孔子家語・致思》。薰，香草。蕕，古書上指一種有臭味的草。否，惡。❾桃李不言二句　謂桃李不說話，但花美實甘，使人自然嚮往，來者不絕，樹下便踩出小路來。後以「桃李不言」比喻實至名歸，尚事實不尚虛聲。《史記・李將軍列傳》以此稱讚李廣。蹊，小路。❿道旁苦李二句　謂路旁的苦李，沒有人去摘取。比喻空有其表，被人所棄。見《晉書，王戎傳》。⓫枯楊生稊　乾枯的楊樹重新發芽。語出《易・大過》：「九二，枯楊生稊，老夫得其女妻，無不利。」後用以比喻老人娶少妻。稊，通「荑」。植物的嫩芽。⓬國家進多賢二句　謂國家得到許多賢德之人，稱「拔茅連茹」。拔茅連茹，語本《易・泰》：「拔茅茹，以其彙，徵吉。」拔茅草時，茅根互相牽連，會拔出一大片。茹，相互牽引之貌。比喻互相引薦，擢用一人就連帶引進許多人。參見本卷〈科第〉有關注釋。⓭蒲柳之姿二句　謂蒲柳的資質使它沒到秋天便枯槁了。蒲柳，一作水楊。在植物中凋零較早，常用來比喻身體衰弱；也用以比喻低賤。《晉書・顧愷之傳》載：顧愷之與簡文帝同年，但頭髮卻白了，簡文帝問他原因，說：「蒲柳常質，望秋先零；松柏之質，經霜彌（更）茂，（我與帝）所得的天命是不同的。」姿，通「資」。資質。⓮薑桂之性二句　謂生薑、肉桂的特性是越老味越辣。薑桂之性，生薑、肉桂，其味愈老愈辣，因用以比喻人到老年性格愈剛強。《宋史・晏敦復傳》：「況吾薑桂之性，到老愈辣。」性，本性；本質。⓯王者之兵二句　謂帝王的軍隊勢不可擋，戰無不勝。勢如破竹，語本《晉書・杜預傳》：「今兵威已振，譬如破竹，數節之後，皆迎刃而解。」形容節節勝利，毫無阻礙。參見卷三〈器用〉有關注釋。⓰七雄之國二句　謂七個強大的國家，如切瓜一般分割國土。七雄，指戰國時秦、楚、趙、魏、韓、齊、燕七國。瓜分，比喻分割國土或劃分疆土。《戰國策・趙策三》：「天下將因秦之怒，乘趙之弊而瓜分之。」

【語　譯】瓜田不納履，李下不整冠，這是說應該避免嫌疑；桃花二月放，菊花九月開，這是說展示才華的時間有早有遲。庾嶺的梅花，南枝先開，北枝後開；堯階的蓂莢，初一開始生，十五開始落。苾芻背陰向陽，比喻僧人有德；木槿的花朝開暮落，比喻榮華富貴不長久。芒刺在背，是說極度的恐懼不安；薰草香，蕕草臭，二者氣味絕異，如同賢人、惡人之差別。桃李不開口，人們喜愛它們的花與果實，來往不絕，樹下自然踩成小路；若是苦李，即便在路旁，也為人所棄。老人娶少婦，叫做「枯楊生稊」；

國家招進許多賢人，稱為「拔茅連茹」。蒲柳的質性，沒到秋天便已枯槁；薑桂的性質是愈老味愈辣。帝王之師，摧敵勢如破竹；戰國時期，中原地區被七國所瓜分。

苻堅望陣，疑草木皆是晉兵❶；索靖知亡，歎銅駝會在荊棘❷。王祐知子必貴，手植三槐❸；竇鈞五子齊榮，人稱五桂❹。鉏麑觸槐，不忍賊民之主❺；越王嘗蓼，必欲復吳之仇❻。修母畫荻以教子，誰不稱賢❼；廉頗負荊以請罪❽，善能悔過。彌子瑕常恃寵，將餘桃以啖君❾；秦商鞅欲行令，使徙木以立信❿。王戎賣李鑽核，不勝鄙吝⓫；成王剪桐封弟，因無戲言⓬。齊景公以二桃殺三士⓭，楊再思謂蓮花似六郎⓮。倒啖蔗，漸入佳境⓯；蒸哀梨，大失本真⓰。煮豆燃萁，比兄殘弟⓱；砍竹遮筍，棄舊憐新⓲。元素致江陵之柑⓳，吳剛伐月中之桂⓴。捐貲濟貧，當效堯夫之助麥㉑；以物申敬，聊效野人之獻芹㉒。冒雨翦韭，郭林宗款友情殷㉓；踏雪尋梅，孟浩然自娛興雅㉔。商太戊能修德，祥桑自死㉕；寇萊公有深仁，枯竹復生㉖。王母蟠桃，三千年開花，三千年結子，故人借以祝壽誕㉗；上古大椿，八千歲為春，八千歲為秋，故人托以比嚴君㉘。去稂莠，正以植嘉禾㉙；沃枝葉，不如培根本㉚。世路之蓁蕪當剔㉛，人心之茅塞須開㉜。

【章　旨】本節介紹與植物有關的史事、典故、傳聞。

【注　釋】❶苻堅望陣二句　前秦國君苻堅曾率八十萬大軍進攻東晉，反被晉軍打敗，前秦軍隊嚇破了膽，見八公山上的草木，皆以為是晉軍。參見卷一〈武職〉有關注釋。❷索靖知亡二句　謂晉代關內侯索靖看到西晉末期的亂象，知道晉朝將亡，感歎宮門前的銅駱駝將會沒於荊棘叢中。《晉書・索靖傳》載：索靖預見到晉朝將亡，指著洛陽宮門銅駝，歎道：「會見汝在荊棘中耳！」謂戰亂亡國後宮殿將變成廢墟荒冢。後因以「銅駝荊棘」形容亡國後殘破的景象。索靖（西元二三九～三〇三年），西晉敦煌人，字幼安。少入太學，名列「敦煌五龍」。郡舉賢良方正，對策高第。歷官駙馬都尉、尚書郎、散騎常侍等；頗曉軍事；善章草。銅駝，銅製的駱駝。古代放置於宮門外。❸王祐知子必貴二句　王祐，五代北宋時人，有大功於朝，不得相，在庭院中植三棵槐樹，祝子孫為相。參見卷三〈宮室〉有關注釋。❹竇鈞五子齊榮二句　竇鈞，五代時薊州漁陽人，為人厚道，相傳他年三十無子，去延壽寺燒香，拾到金子，歸還失主，積有陰德，上天賜他五子儀、儼、侃、偁、僖，皆顯耀，人稱「燕山五桂」。見《宋史・竇儀傳》。❺鉏麑觸槐二句　謂鉏麑寧願自己頭撞槐樹而死，也不忍心殺害為民請願的好官。《國語・晉語五》載：晉靈公無道，趙盾多次直諫，晉靈公忌恨，命鉏麑去刺殺他。鉏麑潛入趙家時天未亮，趙盾穿好朝服準備上朝，因時間尚早，坐著打盹。鉏麑感歎道：「趙盾忠勤王事，是民之主，殺民之主是不忠；不殺他，違背君命是不義。二者皆難，不如一死了之。」於是撞庭中槐樹而死。鉏麑，春秋時晉國人。力士。賊，殺害。民之主，古代多指君主，偶也指地方長官或高級官員；句中指趙盾。❻越王嘗蓼二句　《史記・越王句踐世家》載：句踐敗於吳國後，勵精圖治，冬則抱冰，夏則握火，臥薪嘗膽（一說「臥薪嘗蓼」），每天讓人在旁邊說：「句踐，汝忘會稽之恥也耶？」後來終於實現滅吳復仇的夙願。越王，指句踐。春秋時越國國君。參見卷三〈飲食〉有關注釋。蓼，草名。種類很多，如酸模葉蓼、水蓼、葒草等。❼修母畫荻以教子二句　《宋史・歐陽修傳》載：歐陽修四歲喪父，母親守節自誓，親自教子讀書，家貧無紙筆，以荻畫地學寫字，後來終於成為著名文學家、政治家，人皆稱讚她的賢德。修母，歐陽修之母鄭氏。荻，植物名。莖直立，桿可以編織席箔等用。❽廉頗負荊以請罪　廉頗是戰國時趙國大將，他曾看不起丞相藺相如，多次侮辱他，後來知道藺的為人高尚，遂負荊請罪。見《史記・廉頗藺相如列傳》。後因以「負荊請罪」表示向人賠禮認錯。參見卷二〈朋友〉有關注釋。荊，荊條。可以作鞭。背著荊條，表示願受鞭杖，請罪之意。❾彌子瑕常恃寵二句　彌子瑕，春秋時衛國人，早先得寵於衛靈公，有次彌在果園中摘個桃，咬了一口，覺得很甜，便把吃剩的桃給了衛靈公，衛靈公誇獎他「忠心耿耿，有了好吃的，忘了自己已咬過而獻」。數年後彌失寵，衛靈公給他的罪狀之一是：「把吃剩的桃子給我，對國君的不敬莫過於此。」見《韓非子・說難》。❿秦商鞅欲行令二句　秦國商鞅準備變法時，為使民眾信服，在城南門豎根大木頭，貼告示說：「有能把此木搬到北門者，賞十金。」無人相信，賞金逐日上升至五十金，終於有人搬木頭，果然得賞，於是商鞅樹立了自己的威信。見《史記・商君列傳》。商鞅，戰國時秦國丞相。實行變法，奠定了秦國富強的基礎。參見卷一〈地輿〉有關注釋。⓫王戎賣李鑽核二句　謂晉代王戎家有好李，嘗賣李營利，為防止他人得到良種，先在李核上鑽個洞，再賣出，實在太卑鄙吝嗇。見《晉書・王戎傳》。王戎，西晉人，字濬沖。貪吝好貨，苟媚取容。好清談。參見卷二〈身體〉有關注釋。⓬成王剪桐封弟二句　西周初年，周成王與弟叔虞玩耍，把桐樹葉削成圭形，說：「吾以此封汝。」史佚請他擇吉日下詔，成王說：「我開玩笑的。」史佚說：「天子無戲言。」於是封叔虞於唐，稱唐侯。見《史記・晉世家》。成王，周成王。西周國君，周武王子；幼年即位，由叔父周公輔政。戲言，開玩笑的話。⓭齊景公以二桃殺三士　謂齊景公設計用二個桃子殺了三個人。齊景公（？～西元前四九〇年），春秋時齊國國君。在位時好治宮室，厚賦重刑。二桃殺三士，《晏子春秋・諫下二》載：春秋時，公孫接、田開疆、古治子三人臣事齊景公，勇而無禮，齊景公十分討厭。齊相晏嬰便設計，請景公給他們二個桃，論功食桃，接與開疆說出己功後拿了桃，治子最後說，但功大。齊景公就命二人把桃給古治子，二人因而慚愧自殺。治子說：「他們死了，我獨生，是不仁不義的。」也棄桃自殺。後因以「二桃殺三士」比喻借刀殺人。⓮楊再思謂蓮花似六郎　六郎，指張昌宗，因容貌姿美得武則天寵信，封鄴國公，人們讚譽他的美，說：「六郎貌似蓮花。」楊再思說：「不對。應該說蓮花似六郎。」見《舊唐書・楊再思傳》。楊再思（？～西元七〇九年），唐鄭州人。佞而多智，為宰相十餘年，君主所善，譽之；所惡，毀之。時人因他無恥，稱為「兩腳狐」。⓯倒啖蔗二句　甘蔗的梢淡而根甜，從梢上倒著吃至根部，越吃越甜，故說「漸入佳境」。參見卷三〈人事〉有關注釋。⓰蒸哀梨二句　晉代哀仲家的梨樹結梨十分甘美，入口即化；如果蒸著吃，則失真味（比喻人愚昧不知真相）。見《世說新語・輕詆》。⓱煮豆燃萁二句　謂煮豆時用豆萁作燃料，比喻骨肉相殘。事本三國魏曹丕令弟植七步成詩。參見卷二〈兄弟〉有關注釋。⓲砍竹遮筍二句　謂砍去老竹，以利於新筍生長，比喻拋棄陳舊之物，憐惜新生而弱小的東西。棄舊憐新，語見趙顯宏《一枝花・行樂》套曲。⓳元素致江陵之柑　元素，指董元素，相傳有仙術，有次宣宗想吃江陵的柑橘，他拿一盒子放在御榻前，頃刻間，柑橘滿盒。見《異聞錄》。

江陵，古地名。唐代上元元年（西元七六〇年），升荊州為江陵府，治所在江陵。轄境相當今湖北枝江縣以東，潛江縣以西，荊門、當陽以南地區；元代改名中興路。⑳吳剛伐月中之桂　吳剛，古代神話中的人物，相傳有過失，天帝命他砍伐月中桂樹，桂樹隨砍隨合，怎麼也砍不倒。見《酉陽雜俎・神話傳說》。㉑捐貲濟貧二句　謂應當仿效范堯夫送麥子事，捐錢救助窮人。《冷齋夜話》載：范堯夫曾去東吳收租，得麥五百斛，船載而歸，在丹陽遇見石曼卿，石有喪事無錢歸葬，范堯夫便把一船麥子全送給了他。貲，通「資」。財物。范堯夫，范仲淹的次子。㉒以物申敬二句　謂以物品送人表示敬意，說這只是仿效山野之民的獻芹。事見卷三〈人事〉有關注釋。申，表達；表明。聊，姑且；略。獻芹，自謙所獻菲薄、不足當意之辭。㉓冒雨翦韭二句　相傳郭泰親自耕種，有次友人范逵夜間到來，他冒雨去翦韭菜，做湯餅給范吃，款待友人十分情真意切。後遂以「翦韭」為款客招飲之謙辭。杜甫〈贈衛八處士〉詩：「夜雨翦春韭，新炊間黃粱。」郭林宗，郭泰。東漢末年人，字林宗。太學生領袖。參見卷三〈人事〉有關注釋。㉔踏雪尋梅二句　唐代孟浩然嘗冒雪騎驢以尋梅花，說：「吾詩思正在風雪之中、驢子背上。」很有自娛的雅興。見《北夢瑣言》卷七。孟浩然（西元六八九～約七四〇年），唐代詩人。襄陽人，詩與王維齊名，稱為「王孟」。其詩以五言為多，長於寫景。㉕商太戊能修德二句　謂商朝太戊即位後，有祥桑在庭院中長出，七天後竟成為合抱的大樹，太戊問伊陟是什麼原因，伊反問他：「為政中是否有缺失？」太戊於是修先王之政，明養老之典，勤於政事，三天後祥桑枯死。見《史記・殷本紀》。太戊，商代國君。太庚之子，任用伊尹之子伊陟治理國政，又重用巫咸，使商朝復興。修德，努力提高自己的品德修養，以德政治國。祥桑，預示吉凶的桑樹。祥，吉凶的預兆。《左傳・僖公十六年》：「是何祥也，吉凶焉在？」㉖寇萊公有深仁二句　相傳寇準力主抗遼，深得民心，死後歸葬西京，路過公安縣，縣民紛紛將竹竿插在路邊，上掛紙錢，哭祭寇準，一個月後竹竿都萌出新葉，人稱「萊公竹」；另一說為寇準晚年遭讒被貶雷州，道出公安縣，寇剪竹插神祠前，祝願：「若無負朝廷，枯竹再生。」不一會果然枯竹長葉。見江少虞《事實類苑》。寇萊公，即寇準。北宋丞相，封萊國公。參見卷一〈文臣〉有關注釋。㉗王母蟠桃四句　中國古代神話說：「西王母的蟠桃，三千年開一次花，三千年結一次果。」（見《漢武帝內傳》），後世以桃祝壽，相傳即本於此。㉘上古大椿四句　語本《莊子・逍遙遊》：「上古有大椿者，以八千歲為春，八千歲為秋。」因大椿長壽，後遂作為父親的代稱。嚴君，古人有父嚴母慈之調，故以「家嚴」、「嚴君」稱自己的父親。參見卷二〈祖孫父子〉有關注釋。㉙去稂莠二句　謂除去雜草，正是為了培植好莊稼。稂莠，稂和莠都是形似禾苗的害草。比喻壞人。韓愈〈平淮西碑〉：「大慝適去，稂莠不薅。」

㉚沃枝葉二句　謂與其澆灌枝葉，不如培育根部。比喻要治本而不要僅僅治標。唐太宗時，西突厥種落散在伊吾，朝廷令李大亮貯糧賑給，大亮上疏說：「中國百姓，天下本根；四夷之人，猶於枝葉。擾於根本，以厚枝附，而求久安，未之有也。」見《舊唐書・李大亮傳》。沃，澆；灌。㉛世路之蓁蕪當剔　謂人世間的壞人如田野中的雜草，應當剔除。蓁蕪，雜草叢生之貌。語見蘇轍〈浰陽早發〉詩。在此用以比喻惡人、惡勢力。剔，挑出；去除。㉜人心之茅塞須開　謂人的愚昧無知應當啟迪。茅塞，比喻人的思路閉塞或愚不懂事。參見卷三〈人事〉有關注釋。

【語譯】肥水之戰苻堅大敗，遠望戰陣，風吹草動，以為都是晉兵；索靖預測晉朝將亡，指著洛陽宮殿前的銅駝，歎息道：「日後恐怕要在荊棘叢中見到了。」王祐知道子孫將為公卿，預先在庭院中種下三棵槐樹；竇鈞五個兒子皆顯貴，人稱五桂。鉏麑自己頭撞槐樹而死，卻不忍心殺害忠臣；越王臥薪嘗蓼，必定要報吳國之仇。歐陽修的母親以荻桿當筆，教子讀書寫字，誰不稱讚她是賢德的母親；廉頗背負荊條向藺相如請罪，知錯便改。彌子瑕依仗衛靈公之寵，把咬過的桃子給國君（衛靈公）吃；秦國的商鞅為推行變法，讓人搬木頭而給賞金，以建立威信。王戎賣李子之前，先在李核上鑽洞，防止他人得到種子，實在卑鄙吝嗇；周成王剪桐葉分封弟弟，因為天子無戲言。齊景公借刀殺人，用二個桃子使三位壯士自殺；楊再思阿諛諂媚，吹捧武則天寵臣張昌宗，說「蓮花似六郎」。倒吃甘蔗，漸入佳境；哀梨一蒸，便失真味。「煮豆燃萁」，比喻骨肉自相殘殺；「砍竹遮筍」，是說棄舊憐新。董元素有仙術，能把江陵的柑橘搬至長安宮殿中；吳剛被天帝懲罰，去砍月中桂樹，卻怎麼也砍不倒。捐資財救濟貧困，應當學范堯夫把一船的麥子送人；以物品饋贈他人，姑且仿效山野之民獻芹以表敬意。郭林宗殷切款待友人，親自冒雨去菜地翦韭菜；孟浩然詩懷曠達，踏雪尋梅，自我娛樂，雅興不凡。商代太戊修行德政，不吉利的祥桑自死；寇準仁德深厚，插下的枯竹復生枝葉。西王母的蟠桃，三千年開一次花，三千年結一次果，故而人們以蟠桃來祝壽；上古有大椿樹，八千年才算一春，八千年才算一秋，所以人們借它來比喻自己的父親。稂莠是害草，去稂莠以使禾苗更茂盛；植物以根為本，澆灌枝葉不如培育根本。社會中的惡人好比路上的雜草，應當剔除乾淨；人愚昧無知，如同茅草塞住心靈，必須使它開通才好。

新增文

姚黃魏紫，牡丹顏色得人憐❶；雪魄冰姿，茉莉芬芳隨我愛❷。雪梅乍放，月明魂夢美人來❸；玉蕊齊開，風動珮環仙子至❹。尼父試彈琴，發泗水壇前之杏❺；漁郎頻鼓枻，尋武陵源裡之桃❻。九烈君❼原為異柳，支離叟❽必屬喬松。丈夫進學駸駸，勿效黃楊厄閏❾；男子為人卓卓，必如老檜參天❿。龍芻茂時，周穆王備供馬料⓫；水萍聚處，樊千里用作鴨茵⓬。靈運詩成，已入西堂之夢⓭；江淹賦就，更聞南浦之歌⓮。生成鉤弋之拳，西山嫩蕨⓯；剖出莊姜之齒，北苑佳瓠⓰。曾言水藻綠於藍⓱，始信山菰紅似血⓲。元修蠶豆⓳，自古稱佳；諸葛蔓菁⓴，迄今猶賴。生薑盜母荽留子，盡付園丁㉑；蘆菔生兒芥有孫，頻充鼎味㉒。

【章　旨】本節補充介紹有關植物的史事逸聞。

【注　釋】❶姚黃魏紫二句　宋代洛陽有兩種名貴的牡丹花品種，姚黃為千葉黃花，出於姚氏民家；魏紫為千葉肉紅花，出於魏仁溥家。見歐陽修《牡丹譜》。❷雪魄冰姿二句　茉莉花純白，香氣幽雅，故以雪之魄、冰之姿比喻。唐人有〈茉莉〉詩云：「冰姿素淡廣寒女，雪魄輕盈姑射仙。」❸雪梅乍放二句　相傳趙師雄遊羅浮，天寒日暮，忽於松林酒肆邊見一美人，淡妝素服，師雄與她說話，芳香襲人，與她共飲，不知不覺酣然入睡，醒來見自己站在梅花樹下。見《龍城錄》。❹玉蕊齊開二句　相傳唐昌觀玉蕊花大開，有個年輕女子來，姿容瀟灑，數十步外都有異香，佇立良久，命僕人取花數枝，忽然不見。見《劇談錄》。❺尼父試彈琴二句　相傳孔子講學於杏壇（參見卷二〈師生〉有關注釋），弟子們讀書，孔子弦歌鼓琴。見《莊子．漁父》。尼父，對孔子的尊稱。古代常在男子字後面加「父」以示尊敬，叫「且字」。孔子字仲尼，故加且字為尼父。❻漁郎頻鼓枻二句　謂漁人頻頻搖槳，尋找武陵的桃花源。事本陶淵明〈桃花源記〉：晉武陵有漁人至一溪，見兩岸桃花盛開，再前行而有居民，問其由來，說：「避秦之亂至此。」不知外界已經歷漢、魏而至晉朝了。漁人出來後就再也找不到該地了。後世因以「桃源」作為亂世隱居之地的代稱。鼓枻，搖槳。枻，短槳；一說船柁。武陵，古地名。西漢時設郡，轄境在今湖北、湖南、貴州交界處及廣西部分地區，東漢以後轄境漸小，隋開皇九年（西元五八九年）廢；唐中期一度又曾改郎州為武陵郡。據今人考察，武陵境內確有一地，其地形、地貌、景色等極像陶淵明筆下的「桃花源」。❼九烈君　柳樹之神。相傳曾預言李固言會中進士，果及第。見《三峰集》。❽支離叟　元代鮮于樞在齋前種了一棵怪松，稱它為「支離叟」，朝夕觀賞。見《研莊雜記》。❾丈夫進學駸駸二句　謂大丈夫求學當迅速進步，不要像黃楊樹逢閏年那樣反而縮回去。丈夫，大丈夫；男子漢。駸駸，馬速行貌；引申為疾速。黃楊厄閏，古人以為「黃楊木歲長一寸，遇閏退三寸」，意思是黃楊樹逢閏年反會縮回去。見蘇軾〈監洞霄宮俞康直郎中所居四詠〉詩自注。後用以比喻人境遇困頓。❿男子為人卓卓二句　謂男子漢為人應當高遠特立，如同老檜樹，蒼蒼參天。李紳有詩云：「主人高氣節，老檜參青天。」卓卓，高遠貌；突出貌。檜，樹名。又稱「檜柏」。常綠喬木，高可達二十米，壽命長達數百年。參天，謂高出空際；直向天空。⓫龍芻茂時二句　謂龍芻草長得茂盛時，周穆王把它們收割儲備，作為馬料。見《類說》。龍芻，傳說中周穆王用以飼養駿馬的草。周穆王，西周國君。曾命呂侯作刑，在塗山會合諸侯，西征犬戎，南伐到九江；相傳他有八匹駿馬，曾「周行天下」。⓬水萍聚處二句　太原少尹樊千里買百餘隻鴨子放入池塘，又投進數車浮萍，給鴨子作墊褥。見《雲林異景志》。鴨茵，鴨子的墊褥。茵，墊子、褥子、毯子的通稱。⓭靈運詩成二句　「池塘生春草」是謝靈運〈登池上樓〉詩中的名句，相傳他曾於永嘉西堂苦苦構思而未成，忽然夢見族弟惠連，而得此句。見《南史．謝方明傳》。靈運，謝靈運（西元三八五～四三三年）。南朝宋詩人。陳郡人，幼寄養於外，因名客兒，人稱謝客；襲封康樂公，又稱謝康樂；擅長山水詩賦，為山水詩派創始人。文章與顏延之齊名，並稱「顏謝」。⓮江淹賦就二句　謂江淹寫成〈別賦〉後，更聽到了送別的歌聲。江淹，南朝時人。

少有才思，晚年詩文不進，時謂「江郎才盡」。參見卷三〈文事〉有關注釋。南浦，江淹的名篇〈別賦〉中有「春草碧色，春水碧波，送君南浦，傷如之何」句。因《楚辭・九歌・河伯》中云：「送美人兮南浦。」後遂常用「南浦」稱送別之地。⑮生成鉤弋之拳二句　謂西山上新長出的蕨草，形狀卷曲，如同鉤弋夫人的拳頭。楊廷秀〈詠筍蕨〉詩：「齊國老萊新脫錦，漢宮鉤弋未開拳。」鉤弋，漢武帝妃。相傳漢武帝東行，見青氣衝天，占卜的說「必有奇女」；去那兒一看，見一女在岩穴中，手握拳，眾人都掰不開，武帝親自去掰，才開，納為妃，號拳夫人。見《漢書・外戚傳》。⑯剖出莊姜之齒二句　謂北邊園地裡的大瓠瓜所剖出的瓜子，如莊姜的牙齒一樣潔白整齊。莊姜之齒，指瓠瓜子。《詩・衛風・碩人》讚美莊姜的牙齒潔白整齊，如同瓠瓜子，說：「齒如瓠犀。」本書反用其意，以美人牙齒比喻瓜子。⑰水藻綠於藍　謂水藻顏色之綠勝過青色。語本唐人詩「水藻碧於藍」。⑱山菰紅似血　語本唐人〈咏紅菰〉詩：「空山雨過正溫溫，松檜森森綠更匀。何事有菰凝血色，莫非杜宇灑啼痕。」菰，通「菇」。⑲元修蠶豆　蘇軾曾說：「蠶豆是菜中的美者，故人巢元修愛吃，我也愛吃。」見蘇軾〈元修菜詩引〉。後人便稱蠶豆為「元修菜」。⑳諸葛蔓菁　韋絢《劉賓客嘉話錄》載：諸葛亮屯軍處，即命軍士種蔓菁，時人稱「諸葛菜」。蔓菁，即「蕪菁」。形似蘿蔔，根和葉作蔬菜。㉑生薑盜母荽留子二句　謂生薑與香菜儘管種植方法不同，一留薑母，一留種籽，都歸於種菜人。「生薑盜母荽留子」為唐人諺語，是說栽種生薑時埋下薑塊，待薑芽長出後，就可以把薑塊（薑母）挖出作他用。荽，又名香菜。是以種籽繁殖的，故要「留子」（籽）。園丁，指菜農。㉒蘆菔生兒芥有孫二句　謂鍋裡經常散發出蘆菔與芥的菜香。蘆菔生兒芥有孫，語本蘇軾詩：「秋來霜露滿東園，蘆菔生兒芥有孫。我與何曾同一胞，不知何苦食雞豚。」蘆菔，蔬菜名。芥，可作蔬菜，芥籽碾成粉末後為調味品。鼎，古代炊器。多用青銅製成，盛行於殷周時。文中指鍋。

【語　譯】「姚黃魏紫」，指的是牡丹花，它鮮豔的顏色，真使人愛憐；「雪魄冰姿」，說的是茉莉花，它的芬芳令我喜愛。雪地梅花初開，趙師雄於明月夜夢見美人來；玉蕊花怒放，曾有仙女前來觀賞，風吹動了她的佩環叮噹悅耳。孔子在杏壇教書彈琴，琴音催發泗水壇前之杏；漁夫頻頻搖槳，找尋武陵的桃花源。九烈君，是古柳之名；支離叟，是怪松之號。大丈夫求學問當日日進步，切勿像那黃楊，逢閏年還要縮回一截；男子漢應卓然自立，必須如老檜樹，蒼蒼參天。龍芻茂盛時，周穆王命人割下，儲備起來作馬料；樊千里養鴨，在池中投數車浮萍，做鴨子的墊褥。謝靈運在西堂入睡，夢中得到佳句；江淹

〈別賦〉中，有「春草碧色」、「送君南浦」之句，自此，送別時不斷地唱南浦之歌。西山上的嫩蕨，形狀很像鉤弋夫人的拳頭；剖開北苑中佳美的瓠瓜，它的瓜子潔白整齊，如同莊姜夫人之齒。唐人詩中曾說「水藻綠於藍」，見到山菰後才相信唐詩中所說的「山菰紅似血」。元修所愛吃的蠶豆，自古以來就是佳肴；諸葛亮所種的蔓菁，至今依然是不可少的蔬菜。園丁種菜，生薑要留薑母，香菜要留種籽；鼎中烹調的菜肴中，有蘆菔子，也有芥籽末，香味頻頻四溢。

古籍今注新譯叢書

【哲學類】

新譯四書讀本　謝冰瑩等編譯
新譯學庸讀本　王澤應注譯
新譯論語新編解義　胡楚生編著
新譯孝經讀本　賴炎元等注譯
新譯易經讀本　郭建勳注譯
新譯周易六十四卦經傳通釋　黃慶萱注譯
新譯乾坤經傳通釋　黃慶萱注譯
新譯易經繫辭傳解義　吳　怡著
新譯禮記讀本　姜義華注譯
新譯儀禮讀本　顧寶田等注譯
新譯孔子家語　羊春秋注譯
新譯老子讀本　余培林注譯
新譯帛書老子　趙　鋒注譯
新譯老子解義　吳　怡著
新譯莊子讀本　黃錦鋐注譯
新譯莊子讀本　張松輝注譯
新譯莊子本義　水渭松注譯
新譯莊子內篇解義　吳　怡著
新譯列子讀本　莊萬壽注譯
新譯管子讀本　湯孝純注譯
新譯墨子讀本　李生龍注譯
新譯公孫龍子　丁成泉注譯
新譯晏子春秋　陶梅生注譯
新譯鄧析子　徐忠良注譯
新譯荀子讀本　王忠林注譯
新譯尹文子　徐忠良注譯
新譯尸子讀本　水渭松注譯
新譯鶡冠子　趙鵬團注譯
新譯鬼谷子　王德華等注譯
新譯韓非子　傅武光等注譯
新譯呂氏春秋　朱永嘉等注譯
新譯韓詩外傳　孫立堯注譯
新譯淮南子　熊禮匯注譯
新譯春秋繁露　朱永嘉等注譯
新譯新書讀本　饒東原注譯
新譯新語讀本　王　毅注譯
新譯潛夫論　彭丙成注譯
新譯論衡讀本　蔡鎮楚注譯
新譯申鑒讀本　林家驪等注譯
新譯人物志　吳家駒注譯
新譯張載文選　張金泉注譯
新譯近思錄　張京華注譯
新譯傳習錄　李生龍注譯
新譯呻吟語摘　鄧子勉注譯
新譯明夷待訪錄　李廣柏注譯

【文學類】

新譯詩經讀本　滕志賢注譯
新譯楚辭讀本　林家驪注譯
新譯楚辭讀本　傅錫壬注譯
新譯文心雕龍　羅立乾注譯
新譯六朝文絜　蔣遠橋注譯
新譯世說新語　劉正浩等注譯
新譯昭明文選　周啟成等注譯
新譯古文觀止　謝冰瑩等注譯
新譯古文辭類纂　黃　鈞等注譯
新譯樂府詩選　溫洪隆注譯
新譯古詩源　馮保善注譯
新譯千家詩　邱燮友等注譯
新譯詩品讀本　成　林等注譯
新譯花間集　朱恒夫注譯
新譯南唐詞　劉慶雲注譯
新譯絕妙好詞　聶安福注譯
新譯唐詩三百首　邱燮友注譯
新譯宋詩三百首　陶文鵬注譯
新譯宋詞三百首　汪　中注譯
新譯元曲三百首　賴橋本等注譯
新譯明詩三百首　趙伯陶注譯
新譯清詩三百首　王英志注譯
新譯清詞三百首　陳水雲等注譯
新譯唐人絕句選　卞孝萱等注譯
新譯唐才子傳　戴揚本注譯
新譯拾遺記　石　磊注譯
新譯搜神記　黃　鈞注譯
新譯唐傳奇選　束　忱等注譯
新譯宋傳奇小說選　束　忱注譯
新譯明傳奇小說選　陳美林等注譯

新譯容齋隨筆選　朱永嘉等注譯
新譯明散文選　周明初注譯
新譯明清小品文選　鄭　婷注譯
新譯人間詞話　馬自毅注譯
新譯白香詞譜　劉慶雲注譯
新譯幽夢影　馮保善注譯
新譯菜根譚　吳家駒注譯
新譯小窗幽記　馬美信注譯
新譯圍爐夜話　馬美信注譯
新譯郁離子　吳家駒注譯
新譯歷代寓言選　黃瑞雲注譯
新譯賈長沙集　林家驪注譯
新譯揚子雲集　葉幼明注譯
新譯曹子建集　曹海東注譯
新譯建安七子詩文集　韓格平注譯
新譯阮籍詩文集　林家驪注譯
新譯嵇中散集　崔富章注譯
新譯陸機詩文集　王德華注譯
新譯陶淵明集　溫洪隆注譯
新譯江淹集　羅立乾等注譯
新譯庾信詩文選　歸　青注譯
新譯初唐四傑詩集　李福標注譯
新譯駱賓王文集　黃清泉注譯
新譯王維詩文集　陳鐵民注譯
新譯孟浩然詩集　楊　軍注譯
新譯李白詩全集　郁賢皓注譯
新譯李白文集　郁賢皓注譯
新譯杜甫詩選　張忠綱等注譯

新譯杜詩菁華　林繼中注譯
新譯高適岑參詩選　孫欽善等注譯
新譯昌黎先生文集　周啟成等注譯
新譯劉禹錫詩文選　閻　琦注譯
新譯柳宗元文選　卞孝萱等注譯
新譯白居易詩文選　陶　敏等注譯
新譯元稹詩文選　郭自虎注譯
新譯李賀詩集　彭國忠注譯
新譯杜牧詩文集　張松輝注譯
新譯李商隱詩選　朱恒夫等注譯
新譯范文正公選集　王興華等注譯
新譯蘇洵文選　羅立剛注譯
新譯蘇軾文選　滕志賢注譯
新譯蘇軾詞選　鄧子勉注譯
新譯蘇轍文選　朱　剛注譯
新譯曾鞏文選　高克勤注譯
新譯王安石文選　沈松勤注譯
新譯唐宋八大家文選　鄧子勉注譯
新譯柳永詞集　侯孝瓊注譯
新譯李清照集　姜漢椿等注譯
新譯陸游詩文選　韓立平注譯
新譯辛棄疾詞選　聶安福注譯
新譯歸有光文選　鄔國平注譯
新譯唐順之詩文選　馬美信注譯
新譯徐渭詩文選　周　群等注譯
新譯薑齋文集　平慧善注譯
新譯顧亭林文集　劉九洲注譯
新譯納蘭性德詞　馮　乾注譯

新譯方苞文選　鄔國平等注譯
新譯鄭板橋集　朱崇才注譯
新譯袁枚詩文選　王英志注譯
新譯李慈銘詩文選　潘靜如注譯
新譯聊齋誌異選　任篤行等注譯
新譯閱微草堂筆記　嚴文儒注譯
新譯浮生六記　馬美信注譯
新譯弘一大師詩詞全編　徐正綸編著

歷史類

新譯史記　韓兆琦注譯
新譯漢書　吳榮曾等注譯
新譯後漢書　魏連科等注譯
新譯三國志　吳樹平等注譯
新譯資治通鑑　韓兆琦等注譯
新譯史記—名篇精選　韓兆琦注譯
新譯尚書讀本　吳　璵注譯
新譯尚書讀本　郭建勳注譯
新譯周禮讀本　賀友齡注譯
新譯逸周書　牛鴻恩注譯
新譯左傳讀本　郁賢皓等注譯
新譯公羊傳　雪　克注譯
新譯穀梁傳　顧寶田注譯
新譯春秋穀梁傳　周　何注譯
新譯戰國策　溫洪隆注譯
新譯國語讀本　易中天注譯
新譯說苑讀本　左松超注譯
新譯說苑讀本　羅少卿注譯

新譯新序讀本　葉幼明注譯
新譯吳越春秋　黃仁生注譯
新譯西京雜記　曹海東注譯
新譯列女傳　黃清泉注譯
新譯越絕書　劉建國注譯
新譯燕丹子　曹海東注譯
新譯東萊博議　李振興等注譯
新譯唐六典　朱永嘉等注譯
新譯唐摭言　姜漢椿注譯

宗教類

新譯金剛經　徐興無注譯
新譯高僧傳　朱恒夫等注譯
新譯碧巖集　吳　平注譯
新譯百喻經　顧寶田注譯
新譯楞嚴經　賴永海等注譯
新譯梵網經　王建光注譯
新譯圓覺經　商海鋒注譯
新譯法句經　劉學軍注譯
新譯六祖壇經　李中華注譯
新譯禪林寶訓　李中華注譯
新譯維摩詰經　陳引馳等注譯
新譯經律異相　顏洽茂注譯
新譯阿彌陀經　蘇樹華注譯
新譯無量壽經　邱高興注譯
新譯無量壽經　蘇樹華注譯
新譯妙法蓮華經　張松輝注譯
新譯景德傳燈錄　顧宏義注譯
新譯大乘起信論　韓廷傑注譯
新譯釋禪波羅蜜　蘇樹華注譯
新譯八識規矩頌　倪梁康注譯
新譯永嘉大師證道歌　蔣九愚注譯
新譯華嚴經入法界品　楊維中注譯
新譯地藏菩薩本願經　李承貴注譯
新譯悟真篇　劉國樑等注譯
新譯无能子　張松輝注譯
新譯坐忘論　張松輝注譯
新譯列仙傳　張金嶺注譯
新譯抱朴子　李中華注譯
新譯神仙傳　周啟成注譯
新譯性命圭旨　傅鳳英注譯
新譯老子想爾注　顧寶田等注譯
新譯周易參同契　劉國樑注譯
新譯道門觀心經　王　卡注譯
新譯養性延命錄　曾召南注譯
新譯樂育堂語錄　戈國龍注譯
新譯冲虛至德真經　張松輝注譯
新譯長春真人西遊記　顧寶田等注譯
新譯黃庭經・陰符經　劉連朋等注譯

軍事類

新譯司馬法　王雲路注譯
新譯尉繚子　張金泉注譯
新譯三略讀本　傅　傑注譯
新譯六韜讀本　鄔錫非注譯
新譯吳子讀本　王雲路注譯
新譯孫子讀本　吳仁傑注譯
新譯李衛公問對　鄔錫非注譯

教育類

新譯爾雅讀本　陳建初等注譯
新譯顏氏家訓　李振興等注譯
新譯聰訓齋語　馮保善注譯
新譯曾文正公家書　湯孝純注譯
新譯三字經　黃沛榮注譯
新譯百家姓　馬自毅等注譯
新譯幼學瓊林　馬自毅注譯
新譯增廣賢文・千字文　馬自毅注譯
新譯格言聯璧　馬自毅注譯

政事類

新譯商君書　貝遠辰注譯
新譯鹽鐵論　盧烈紅注譯
新譯貞觀政要　許道勳注譯

地志類

新譯山海經　楊錫彭注譯
新譯水經注　陳橋驛等注譯
新譯佛國記　楊維中注譯
新譯大唐西域記　陳　飛等注譯
新譯洛陽伽藍記　劉九洲注譯
新譯徐霞客遊記　黃　珅注譯
新譯東京夢華錄　嚴文儒注譯

◎新譯百家姓

馬自毅、顧宏義／注譯

《百家姓》是影響、流傳最為廣泛的一種有關姓氏知識的民間啟蒙讀物。本書以近代廣為流行的《百家姓》為依據，並參校明、清數種相關版本，著錄中華五百零四個主要姓氏。每個姓氏皆標讀音，詳考其歷史來源，收載相關郡望，檢列著名人物，蒐羅流傳較廣、影響較大的姓氏楹聯，並簡要注釋。書後還附有《百家姓》未收之較常見姓氏一百三十七個，以及音序索引，閱讀使用，非常方便。

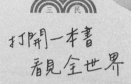

國家圖書館出版品預行編目資料

新譯幼學瓊林／馬自毅注譯;陳滿銘校閱.——二版七刷.——臺北市：三民，2024
面；　公分.——(古籍今注新譯叢書)

ISBN 978-957-14-2684-6 （平裝）
1. 中國語言—讀本

802.81

古籍今注新譯叢書

新譯幼學瓊林

注譯者　馬自毅
校閱者　陳滿銘

發行人　劉振強
出版者　三民書局股份有限公司
地　址　臺北市復興北路 386 號 (復北門市)
　　　　臺北市重慶南路一段 61 號 (重南門市)
電　話　(02)25006600
網　址　三民網路書店 https://www.sanmin.com.tw

出版日期　初版一刷 1997 年 9 月
　　　　　初版五刷 2005 年 8 月
　　　　　二版一刷 2007 年 2 月
　　　　　二版七刷 2024 年 1 月
書籍編號　S031440
ISBN　978-957-14-2684-6